## Olivier Cojan

Depuis vingt années, Olivier Cojan se consacre à ses deux passions : la lecture et l'histoire du XXe siècle. Avec la saga *Le pays où vont mourir les rêves*, il a construit une fresque qui met en scène plusieurs familles en intégrant avec habileté toutes les tragédies du siècle précédent à Saulnières, petit coin de campagne où il a grandi. Olivier Cojan a publié six tomes de la saga : *Dernières nouvelles du monde*, *N'oublie jamais*, *De toutes nos forces*, *Ainsi finit la nuit*, *Du fond de leur silence obstiné* et *La Fin d'un monde* chez Ella Éditions. Chez le même éditeur a suivi *Le Grand Voyage de la* Marie-Amélie, un roman historique poignant sur le commerce triangulaire, Révélation Pocket en 2021, puis *Un certain goût d'Alger* en 2023.

# UN CERTAIN GOÛT D'ALGER

## ÉGALEMENT CHEZ POCKET

**LE PAYS OÙ VONT MOURIR LES RÊVES**

1. LE PAYS OÙ VONT MOURIR LES RÊVES
1898 – 1918
2. LE PAYS OÙ LES RÊVES PRENNENT VIE
1926 – 1946
3. LE PAYS OÙ LES RÊVES EXISTENT
1947 – 1989

LE GRAND VOYAGE DE LA *MARIE-AMÉLIE*
UN CERTAIN GOÛT D'ALGER

OLIVIER COJAN

# UN CERTAIN GOÛT D'ALGER

ELLA Éditions

Ce livre est un roman. Il y est fait référence à des personnages, des faits et des lieux qui appartiennent à l'histoire de la guerre d'Algérie, mais tous les personnages sur lesquels est articulée cette fiction, ainsi que leurs parcours romanesques, sont imaginaires. Toute ressemblance avec des personnes existant ou ayant existé serait purement fortuite.


ISBN : 978-2-266-34142-4
Dépôt légal : juillet 2024

À ceux, qui ont trouvé le courage et la force
de se relever après avoir été malmenés
par les tourments de l'Histoire.

« J’ai aimé avec passion cette terre où je suis né,
j’y ai puisé tout ce que je suis, et je n’ai séparé
dans mon amitié aucun des hommes qui y vivent
de quelque race qu’ils soient. »

Albert Camus

Appel pour une Trêve civile en Algérie,
Alger, 22 janvier 1956

# 1956

## L'année de la guerre « imbécile et sans issue »

### 1er octobre 1956, jour de rentrée au lycée Bugeaud

— Amar Jean-Jacques ?

Le censeur leva les yeux de sa liste et balaya du regard le groupe des sixièmes intimidés par la solennité du rituel de la rentrée.

— Amar Jean-Jacques, réitéra-t-il en élevant la voix.

Le nommé Amar n'était pas là. Le censeur biffa le nom de l'absent sur sa liste et appela l'élève suivant :

— Bernat Philippe…

L'appelé sortit du groupe et se posta avec timidité devant monsieur Moresco, le professeur de mathématiques. À l'appel de son nom, Bidru Marcel vint se ranger à côté de Bernat, puis Boccolini Gianni et Cohen Didier se placèrent derrière eux et, en suivant l'ordre alphabétique, la classe de sixième B commença de se constituer.

Un peu empruntés, les petits potaches faisaient connaissance sous l'œil peu amène du professeur qui allait les prendre en charge toute la matinée.

— Messahoud… Zayn…

Le censeur butait sur ce nom et ce prénom indigènes qui n'étaient pas courants entre les murs du lycée. Il leva le nez de son papier et regarda le jeune Zayn aller se placer à la fin du rang avant de reprendre sa litanie.

— Moha Joseph, Nicolino Jean-Pierre, appela-t-il encore.

Les deux garçons se rangèrent dans la file des élèves en se mettant l'un à côté de l'autre juste devant Zayn Messahoud. Quand Perez Manuel et Perrotin Michel furent appelés, ils passèrent aussi devant lui. À l'appel de leurs noms, Villanueva Francis et Zermatti Bernard qui clôturaient la liste des élèves de la sixième B firent de même, si bien que Zayn Messahoud se retrouva seul en queue de peloton. Ils étaient vingt-sept.

Les appelés suivirent deux par deux, en silence, monsieur Moresco, jusqu'au premier étage où logeaient les sixièmes. Les fenêtres de la classe ouvraient sur les fraîcheurs ombreuses du jardin Marengo, propices à la rêverie. Le professeur prit bien le temps d'expliquer à ces garçons qu'ils n'étaient plus à l'école élémentaire, mais au lycée, et que pour eux, les choses sérieuses allaient commencer. Ils en étaient d'ailleurs bien conscients puisqu'ils ne portaient plus la blouse encore de rigueur au CM2 et que tous étrennaient leur premier pantalon. Jusque-là, ils n'avaient connu que la culotte courte ou le short. L'hiver, il pouvait faire très froid à Alger, mais les garçons allaient jambes nues à l'école primaire, quel que soit le niveau du mercure ; le printemps arrivait vite. En sixième on devenait un grand, en plus du pantalon, on accédait aux chaussures fermées.

Avec sa culotte courte râpée et ses sandales fatiguées, Zayn Messahoud dénotait. Il marchait seul, derrière les autres, au bout du bout de la classe avec son cartable usagé et son air gauche. Le garçon donnait l'impression de s'être égaré dans ce lieu où il n'était pas attendu.

En ce 1er octobre, le soleil était au rendez-vous. Les grosses chaleurs estivales étaient passées, la matinée était douce et agréable. Ce jour de rentrée aurait dû être radieux et léger. En découvrant, depuis les galeries en arcades, les cours intérieures du grand lycée, les nouveaux élèves de la sixième B prenaient vaguement conscience de pénétrer dans un autre monde. C'était pour eux tous un grand privilège d'être là. Beaucoup de ces garçons venaient de familles très modestes, dont aucun des parents n'avait jusqu'alors accédé aux études secondaires. C'était à la fois la récompense et la charge des bons élèves, on comptait sur eux.

Mais personne ne comptait vraiment sur Zayn Messahoud. Il était Arabe. Le seul de la classe. C'était un miracle qu'il ait pu passer à travers les mailles du filet qui empêchaient les indigènes de franchir les portes du prestigieux lycée de la place Jean-Mermoz. Quand ils allaient à l'école, les Musulmans[1] n'allaient jamais bien loin. C'était comme ça ! On disait qu'ils avaient la tête dure et surtout qu'ils étaient fainéants.

Zayn Messahoud n'avait pas la tête dure, il n'était pas fainéant, mais il était Arabe, comme son père, ses deux frères et ses deux sœurs. Il était le dernier de la fratrie, celui que monsieur Guedje avait remarqué à l'école des garçons du quartier de Saint-Eugène.

---

1. Dans ce roman, le mot « Musulman » ne doit pas être compris dans son sens strictement religieux. Il fait référence, ici, à la diversité du peuplement de l'Algérie : Berbères, Kabyles, Mozabites, Chaouis des Aurès, ou Touaregs. Le dénominateur commun de toutes ces populations, c'est l'appartenance à l'Islam. Et puis, pour d'évidentes raisons politiques, le gouvernement français préférait parler de Musulmans plutôt que d'Algériens à propos des peuples indigènes d'Algérie.

Après la récréation de dix heures, les élèves étaient à nouveau sagement assis en classe quand on frappa : c'était un surveillant qui convoyait l'attardé de la rentrée. Le nommé Jean-Jacques Amar se faisait remarquer en arrivant après tout le monde. Le pion glissa quelques mots à l'oreille de monsieur Moresco en lui tendant un document administratif autorisant l'élève Amar à intégrer la sixième B.

— Allez vous asseoir, jeune homme, fit le professeur au nouvel arrivant.

Il ne restait de places qu'au fond de la classe : deux tables doubles, l'une inoccupée, et l'autre où était assis Zayn Messahoud, seul. Tous les regards des élèves étaient braqués sur lui ; Jean-Jacques Amar hésita : devait-il s'installer seul à la table inoccupée, ou s'asseoir à côté de l'Arabe ?

Le retardataire fit un pas maladroit vers la table libre, puis changea d'avis et, à l'étonnement de tous, vint se poser à côté de Zayn.

Les autres regardaient du coin de l'œil cet Amar qui avait préféré s'asseoir à côté de l'Arabe de la classe plutôt que de s'installer à une table tout seul.

La veille, dimanche 30 septembre, en fin d'après-midi, le Front de libération nationale avait posé deux bombes devant le Milk-Bar, le glacier de la rue d'Isly, et une autre devant la Cafétéria, un bar de la rue Michelet. L'horreur. En cette fin d'été, beaucoup d'Algérois avaient l'habitude de venir en famille déguster une glace en rentrant de la plage. Les deux explosions avaient tué quatre femmes et blessé grièvement une soixantaine d'enfants. Entre eux, élèves et professeurs ne parlaient que des attentats.

Le lycée Bugeaud n'avait jamais accueilli beaucoup de Musulmans, aussi pour cette nouvelle rentrée les très rares élèves indigènes s'y sentaient mal à l'aise. Bien des petits lycéens disaient que les Arabes n'avaient rien à faire là. Alors que Jean-Jacques Amar, en plus de se faire remarquer pour être arrivé en retard, soit allé s'asseoir à côté du bicot, c'était vraiment curieux et peut-être bien une sorte de défi.

Quelques élèves durent penser que cet Amar devait être juif et que ces gens-là étaient encore plus qu'à moitié Arabes ou, à tout le moins, pas vraiment Français. Ils répétaient ce que disaient leurs parents qui portaient presque tous des noms italiens ou espagnols et n'avaient jamais mis les pieds en France métropolitaine.

Les « événements » rendaient hargneux tous ces braves gens, la guerre s'invitait chez eux, cela faisait presque deux années déjà que les Musulmans indépendantistes leur gâchaient l'existence.

Le retardataire avait beau s'appeler Jean-Jacques et être habillé comme tout le monde, avec ses cheveux bouclés tout noirs et ses yeux sombres, il ressemblait à un Arabe. Qui se ressemble s'assemble, il pouvait bien s'installer à côté de Messahoud.

En fait, Jean-Jacques n'aimait pas se singulariser. Les autres étant installés deux par deux, il s'était posé à côté de Zayn pour faire comme tout le monde. Et comme il était un peu distrait, ce ne fut qu'une fois assis, qu'il s'avisa que son voisin était Arabe. Peut-être aurait-il pu se lever pour aller s'asseoir tout seul, mais il n'en fit rien. Ou il n'osa pas. Monsieur Moresco reprit le cours de sa péroraison sentencieuse, que tous écoutèrent dans un silence respectueux.

Externes tous les deux, Zayn et Jean-Jacques rentrèrent déjeuner chez eux à midi. Zayn avait regagné les deux pièces où s'entassait sa famille dans les hauts de Saint-Eugène ; ce n'était pas la porte à côté. Le temps d'avaler une assiette de berkoukes, il était déjà grand temps de repartir au lycée. Place Jean-Mermoz, il s'était fait aussi discret que possible dans la cohue turbulente en train d'attendre l'ouverture des portes de l'entrée des externes.

Jean-Jacques s'était dépêché pour regagner l'appartement familial rue de la Lyre où l'attendait sa mère. C'était une anxieuse, les attentats de la veille l'avaient sidérée. Elle aurait voulu garder son fils sous son aile protectrice pour qu'il ne lui arrivât rien. Monsieur Amar père ne l'avait pas entendu de cette oreille, il s'était fâché après sa femme, chose rarissime. Il avait donc lui-même accompagné son fils au lycée.

À quatorze heures, tout le monde était de retour. Les timidités de la matinée étaient surmontées, on riait dans les rangs, on chahutait déjà un peu, on se bousculait ; sauf l'élève Messahoud évidemment, qui se tenait prudemment en marge du groupe, par habitude. À l'école du Plateau, dans son quartier de Saint-Eugène, il avait appris à se faire oublier des enfants européens. Il allait de soi que les Arabes scolarisés à l'école de la République devaient s'y faire discrets ; on les tolérait.

Cependant, la classe de sixième B n'était pas tout à fait complète. À quatorze heures, le pion qui avait escorté Jean-Jacques revint accompagné d'un nouvel élève. Pas un retardataire, celui-là : c'était un vrai nouveau qui débarquait.

André Lagadec fut donc invité à son tour à aller s'installer au fond de la classe. Il n'eut pas besoin de l'annoncer, tous les élèves comprirent, rien qu'à sa façon un peu raide de marcher et de se tenir, qu'il venait d'ailleurs. Avec ses yeux bleus, ses cheveux jaunes bien peignés et sa peau blanche, il n'avait sûrement pas grandi à Bab El Oued.

Cette fois, ils étaient vingt-neuf. La classe était au complet.

Ce fut donc l'élève Lagadec qui se retrouva seul à la table du fond.

Monsieur Moresco avait laissé la place sur l'estrade à mademoiselle Deleuze qui enseignait l'anglais.

— Lagadec… Lagadec ? C'est un nom breton ? Vous arrivez d'où, jeune homme ? l'interrogea la professeure avant que l'élève ne fût assis.

— De Brest, Madame. Jusqu'à samedi dernier, j'étais au lycée La Pérouse.

— Samedi dernier ? fit mademoiselle Deleuze, l'air étonné.

— Madame, en métropole, la rentrée a lieu plus tôt qu'en Algérie.

— J'avais oublié… Il est vrai qu'ici on ne fait rien comme ailleurs, il faut toujours qu'on se distingue !

Mademoiselle Deleuze n'était pas née sur ce rivage de la Méditerranée. Elle était différente, n'ayant ni l'accent des gens d'Alger ni leur façon d'accommoder la langue française. Les élèves ne pouvaient pas la confondre avec ces professeurs mûris au soleil ardent de l'Algérie. Peut-être ne voyait-elle pas l'insurrection des nationalistes algériens avec les mêmes yeux que ses collègues ? Beaucoup d'entre eux étaient installés dans la certitude de vivre dans un monde immuable, dans ce vieux pays colonial qu'ils voyaient comme une province française où rien ne devait jamais changer.

— Vous pouvez vous asseoir, Monsieur Lagadec.

Cette façon de s'adresser aux nouveaux lycéens n'était pas sans les décontenancer. Depuis qu'ils avaient franchi les portes du lycée, on les voussoyait, on leur donnait du « Monsieur ». La familiarité bruyante et joyeuse des rues de Bab El Oued n'avait pas cours en ces lieux du savoir sacralisé ; les garçons en ressentaient un mélange d'anxiété et de fierté.

Zayn Messahoud se demandait bien si, à lui aussi, on donnerait du « Monsieur ». Jamais un Européen ne s'était adressé ainsi ni à son père, ni à ses frères, ni à aucun autre des Arabes qu'il fréquentait dans son quartier des hauts de Saint-Eugène.

André Lagadec venait d'ailleurs, il semblait habitué à ce genre de traitement déférent et n'en marquait aucun étonnement tout en gardant sa posture un peu guindée de garçon bien élevé. Mademoiselle Deleuze jeta un rapide coup d'œil sur la fiche que lui avait remise le surveillant en même temps qu'il lui avait amené le nouvel élève. Elle repéra qu'il habitait l'Amirauté d'Alger. À son maintien un peu roide, elle devina un fils de militaire habitué à se tenir droit. On en avait fait venir des flopées depuis la métropole pour tenter d'étouffer la rébellion nationaliste. Mais il fallait sans cesse en faire venir d'autres, car plus on essayait d'éteindre l'incendie, plus il flambait et se propageait bien au-delà d'Alger.

## Un salon de coiffure pour hommes

Maurice Amar était coiffeur pour hommes. Il avait ouvert son salon à l'angle de l'avenue de la Marne et de la rue Delacroix en 1946 quand il avait été démobilisé. Bien que jeune marié, il avait participé à la libération de l'Alsace avec l'armée De Lattre, et occupé pendant l'hiver 1945 Donaueschingen dans le Bade-Wurtemberg.

Sa boutique était des plus modestes : un rideau de perles devant la porte toujours ouverte, un ventilateur au plafond, deux miroirs, un lavabo au milieu pour les shampoings, deux fauteuils, un pour Monsieur Léon, le garçon coiffeur, et l'autre pour le patron, avec des chaises alignées le long du mur pour attendre son tour.

Il y avait toujours du monde chez « Monsieur Maurice », comme on disait dans le quartier, parfois simplement pour le plaisir de causer un peu. S'il n'y avait pas de chevelure à rafraîchir ni de barbe à raser, monsieur Amar s'asseyait dans son fauteuil qu'il faisait pivoter vers ceux qui étaient assis sur les chaises. Ainsi le temps pouvait s'étirer dans des conversations sages ou animées.

Avant on causait de tout, mais depuis bientôt deux années on parlait surtout des « événements ». Quand le soir venait, on allait commander des anisettes au Khédive sur l'avenue de la Marne. Parfois le ton montait, il y avait des forts en gueule dans la clientèle de Monsieur Maurice. Si un ou deux Arabes anciens de l'armée d'Afrique venaient s'asseoir dans la boutique, on leur faisait apporter du thé. Mais la fraternité née pendant les combats s'était effritée au fil des mois, et rares étaient les anciens soldats indigènes qui osaient venir s'asseoir chez Monsieur Maurice, qui pourtant parlait arabe.

— Ils ont peur qu'on les voie avec des Européens, avait dit Monsieur Léon, le garçon coiffeur, le FLN leur fout la trouille.

Il était gentil, Monsieur Léon. Pour lui, ce n'était pas très grave de ne plus voir d'anciens soldats indigènes venir causer un peu au salon. Il n'avait pas combattu en Italie, n'avait pas libéré l'Alsace, n'était pas juif, ne parlait pas arabe, mais il avait un bon tour de main pour les coupes modernes que réclamaient les jeunes. Il ne pouvait pas comprendre la tristesse de son patron.

— Ça va se calmer, d'une façon ou d'une autre. Il faudra lâcher du lest des deux côtés, mais tout finira par s'arranger, avait répondu monsieur Amar. Un jour ils reviendront et tout reprendra comme avant.

Une cigarette se consumait au coin de sa bouche tandis qu'il maniait les ciseaux ou la tondeuse. Il fermait toujours à demi son œil droit agressé par la fumée.

— Vous rêvez, Monsieur Maurice, ça ne va pas se calmer comme ça. Il faut leur serrer la vis. Ils n'ont encore rien vu, les fellaghas, il arrive des milliers de soldats tous les jours, avec des avions et du matériel moderne pour faire la guerre. On va les mettre au pas. Tous ceux qui relèvent la tête vont se faire écrabouiller… Les melons vont comprendre qu'on ne va pas se laisser assassiner sans rien dire.

Quand la conversation prenait ce tour-là, Monsieur Maurice préférait glisser sur un autre sujet, par exemple la boxe. Son commis et lui en étaient passionnés. Les portraits des quatre plus grands boxeurs d'Afrique du Nord étaient accrochés au-dessus des miroirs : le regretté Marcel Cerdan, le fils d'immigrés espagnols, et Chérif Hamia, le Kabyle, encadrant Alphonse Halimi et Robert Cohen, les deux juifs champions du monde.

— Elle n'est pas belle, notre Algérie ? fit le patron coiffeur.

En levant la tête, il adressa un clin d'œil à Marcel Cerdan, comme s'il avait voulu s'assurer que ses idoles continueraient longtemps à veiller sur son commerce.

Monsieur Amar était un juif laïcisé. Il avait quitté sa famille et sa ville natale de Mostaganem en 1936 pour devenir apprenti coiffeur chez un frère de sa mère. Cet oncle algérois avait longtemps vécu en France où il avait adhéré au Parti communiste. Il lui en était resté une manière assez radicale de juger de la tradition dont il était issu. Biberonné au matérialisme historique, l'adolescent s'était tranquillement éloigné de la piété en vigueur chez ses parents. Il n'entretenait plus avec la tradition religieuse de ses aïeux qu'une relation distante. Il célébrait le Grand Pardon et la Pâque juive, mais aimait surtout rire et retrouver ses sœurs, ses cousins et son neveu autour de la table familiale couverte à profusion des plats festifs traditionnels.

— Oui, elle est belle l'Algérie, c'est pour ça qu'il ne faut pas la laisser sombrer dans le désordre et le terrorisme, ajouta le garçon coiffeur.

— Bien sûr… Bien sûr… répondit Monsieur Maurice qui aurait tellement voulu que la vie retrouve son cours paisible, sans violence, toute d'insouciance et de petits bonheurs indolents dans cette ville d'Alger qu'il chérissait.

Dans le secret de son cœur, Maurice Amar savait que ce n'était plus possible : trop de morts, trop de haines, de spoliations, de mépris, trop d'occasions manquées, d'erreurs et de stupidités s'étaient accumulés au fil des années. On ne pouvait plus revenir en arrière, mais monsieur Amar aimait rêver.

— Faut pas hésiter, ajouta le client en train de se faire couper les cheveux, il faut être aussi sauvages qu'eux. Tous ceux qui sont à la prison Barberousse, couic ! Coupez cabèche ! La guillotine est installée, il faut qu'elle serve tous les jours, et ceux qu'on prend les armes à la main dans le bled, une balle dans la tête, sans discuter, pour que les autres sachent bien qu'ils ont intérêt à rester tranquilles. On va pas se laisser emmerder par les bicots, tout de même !

Monsieur Amar préféra ne pas répondre, il se contenta de hocher la tête. On pouvait comprendre qu'il était d'accord avec son client ; on pouvait aussi penser qu'il ne tenait pas à répondre à ce genre d'argument. Il fallait savoir être commerçant !

Et puis que dire de plus ? Un type à ce point borné resterait muré dans ses convictions. La guillotine n'avait eu aucun effet dissuasif sur les nationalistes, bien au contraire elle n'avait fait que renforcer leur détermination à accéder, un jour, à l'indépendance. Les Arabes modérés s'étaient sentis humiliés par ces exécutions décidées à Paris. Beaucoup avaient considéré que c'était une déclaration de guerre et avaient rejoint le FLN.

— On peut fusiller, mais pas guillotiner, avait dit Youssef Mansour, un ancien de l'armée d'Afrique, à son vieil ami le coiffeur, parce qu'un fusillé il est encore debout, il est encore un combattant. La guillotine c'est pour les voleurs et les assassins, c'est le déshonneur. Et pour ça, il ne peut pas y avoir de pardon.

Depuis, Youssef n'était pas revenu parler de tout et de rien au salon de coiffure. On ne le voyait plus traîner dans la rue, sourire aux lèvres, à causer avec tout le monde, chéchia sur la tête, très digne dans son costume rapiécé ; il avait disparu. Monsieur Maurice en était très triste, il connaissait Youssef depuis qu'il était arrivé à Alger une vingtaine d'années auparavant.

— On a bien fait de foutre le bordel quand Guy Mollet est venu nous demander de plier devant les Arabes au mois de février. Il a vu de quoi on était capables. Maintenant, il sait qu'on ne négociera jamais avec les bicots : terminé les demi-mesures, il faut agir sans faire de détails.

C'était le client adepte de la guillotine pour tous ceux qui la ramenaient. La coupe de cheveux était terminée, court devant, ras derrière et les côtés bien dégagés. Monsieur Amar encaissa son dû et poussa un soupir de soulagement quand l'homme eut enfin débarrassé le plancher.

Le client suivant était un nouveau venu. La quarantaine élégante, l'homme était en civil, mais à son maintien, on devinait le militaire.

— Vous venez d'arriver à Alger ? s'enquit poliment le coiffeur en l'invitant à s'installer sur le fauteuil.

Monsieur Amar cultivait l'art de l'accueil, toujours aimable et courtois avec un nouveau client.

— Oui, mais j'y suis venu souvent avant et pendant la guerre… J'avais à faire en ville, j'étais en avance alors j'ai déambulé dans le quartier. Je suis entré chez vous un peu par hasard.

Nouvelle cigarette coincée au coin de la bouche, le patron coiffeur cherchait de quoi il allait bien pouvoir causer avec ce métropolitain. Mais ce fut l'homme qui prit l'initiative de la conversation :

— Je vous prie de m'excuser, je suis assez pressé, je vais attendre mon fils au lycée Bugeaud. Je ne voudrais pas rater la sortie, il est entré en sixième aujourd'hui, il ne connaît pas Alger, je ne voudrais pas qu'il se perde en rentrant tout seul à l'Amirauté.

— C'est vraiment le hasard, j'ai aussi un fils qui a commencé en sixième au lycée Bugeaud ce matin, fit monsieur Amar. Il est arrivé en retard, sa mère ne voulait pas le laisser sortir avec tout ce qui se passe en ville. J'ai dû me mettre en rogne pour qu'elle le laisse aller au lycée.

— Le mien a raté la matinée, son avion est arrivé au milieu de la nuit à Maison-Blanche ; on l'a laissé dormir ce matin.

## Tu gagneras ton pain à la sueur de ton front

Ça avait pris des semaines, le père Messahoud avait résisté, il avait son idée bien à lui quant à l'avenir de son plus jeune fils. Mais Ahmed avait fini par se laisser convaincre par monsieur Guedje. L'instituteur l'avait emporté de haute lutte : le plus jeune des fils Messahoud irait au lycée Bugeaud, le plus prestigieux des lycées de toute l'Algérie.

Alertées par monsieur Guedje, les autorités académiques s'étaient saisies du cas de ce garçon que son instituteur disait brillantissime. Comme dans ce fameux pâté où une alouette était censée peser aussi lourd qu'un cheval, la présence de cet élève au lycée Bugeaud prouverait à tous les incrédules et à toutes les mauvaises langues que l'Éducation nationale veillait à la promotion des enfants musulmans et participait à l'effort d'intégration de la population indigène.

À coup sûr Zayn obtiendrait une bourse. Puisqu'il était intelligent et travailleur, il fallait lui donner sa chance, il devait faire des études. C'était un garçon posé et réfléchi, il allait réussir, c'était évident. Toute sa famille, tout son quartier seraient fiers de lui, avait dit monsieur Guedje.

— Non, Monsieur l'Instituteur, avait d'abord répondu Ahmed, les études c'est pas pour les Arabes ! Zayn, il ira à l'école du certificat, c'est déjà bien pour nous. Après, je lui chercherai un boulot chez un patron, comme j'ai fait pour ses frères.

Monsieur Guedje, aussi persuasif qu'il fût, n'y serait pas arrivé tout seul parce qu'Ahmed était têtu comme trente-six bourriques. Monsieur Yborra s'en était mêlé, il avait même menacé de mettre son commis à la porte s'il continuait à s'obstiner.

Bien sûr, le père Yborra n'aurait jamais fait une bêtise pareille : un type comme Ahmed, travailleur, costaud et jamais malade était irremplaçable. Et bon musulman avec ça, il ne buvait jamais une goutte d'alcool, ça n'avait pas de prix dans un pareil métier de la soif.

Depuis tout ce temps qu'ils pétrissaient ensemble, une estime mutuelle s'était instaurée entre le patron boulanger et son commis. Ils ne se fréquentaient pas en dehors du fournil, mais à faire lever la pâte et à cuire le pain ensemble, l'ouvrier était devenu aussi indispensable à son patron que le patron l'était à son salarié. Ils se respectaient, ils s'entraidaient, ils avaient des attentions l'un pour l'autre, un peu comme des amis tout en sachant qu'un Européen et un Musulman ne pouvaient pas vraiment être amis. Pas que ce fût interdit, mais c'était comme ça, les roumis étaient entre eux et les Musulmans vivaient leur vie : on ne se mélangeait pas. Dans les rues, les gamins pouvaient transgresser la règle écrite nulle part de la séparation des populations, mais en grandissant chacun retournait chez soi.

À l'automne 1939, le père Yborra s'était mis en quête d'un homme de peine pour remplacer son sous-fifre mobilisé. On ne s'était pas bousculé à la porte de la boulangerie pour trimbaler des sacs de farine et travailler dans un fournil où l'été, quand le soleil était au mieux de sa forme, la température pouvait monter à plus de cinquante degrés.

Ahmed Messahoud en avait profité. Il arrivait du fin fond du bled, il venait gagner sa vie dans la grande ville, comme des milliers d'autres fellahs chassés de leur douar par la misère. Timide et emprunté, il avait poussé la porte de la boutique. C'était un jeune type solide. Il n'avait pas discuté sur le salaire, il avait juste demandé le droit de faire ses prières dans l'arrière-cour de la boulangerie sans déranger personne. Ahmed était très pieux.

On sut très vite que l'armée française venait d'enregistrer la plus effarante déculottée de son histoire et que le pauvre petit gars de Saint-Eugène, parti défendre la mère patrie, avait eu la malencontreuse idée de se faire tuer quelque part sur une plage de la mer du Nord. On n'eut pas le temps de se désoler à la boulangerie, il y avait urgence. Ne rechignant jamais à la tâche, astucieux et toujours content, Ahmed était vite devenu indispensable à la bonne marche du commerce. Le père Yborra ne s'était pas contenté de le garder comme homme de peine, il lui avait appris l'art de la boulangerie.

— Y a pas plus beau métier que de cuire le pain pour tout le monde, disait le patron.

— Oui, *Saïdi*, répondait l'ouvrier en sortant avec sa grande pelle en bois les baguettes et les miches du four, c'est un beau boulot la boulangerie.

— Pardi, pas de boulanger : rien à manger !

Ça les faisait rire, ils se remettaient au travail. Le nouveau commis en était venu à maîtriser si bien le métier que son patron lui laissait l'entière responsabilité du fournil quand il prenait une demi-heure ou même bien davantage pour aller boire une ou deux anisettes au tout proche bar du stade avec ses vieux copains de jeunesse. Il avait beaucoup de copains. Et tous les jours, il y avait de quoi causer. La rébellion nationaliste nourrissait toutes les conversations de bistrot. Tout le monde avait son idée à propos de ce qu'il fallait faire pour mater les enragés du FLN une bonne fois pour toutes.

Ahmed se serait volontiers tenu en dehors de ces histoires d'indépendance. Il était plutôt content de son sort et fataliste, la lutte contre le pouvoir colonial ne lui inspirait qu'indifférence. Cependant le FLN était venu le trouver, ses collecteurs de fonds ne plaisantaient pas ; ceux qui ne payaient pas étaient des traîtres. Et tout le monde savait ce qui arrivait aux traîtres. Ahmed

Messahoud était un homme raisonnable, à contrecœur il payait l'impôt, pour avoir la paix.

Monsieur Messahoud avait bien des soucis avec sa famille. Belkacem, son grand fils de dix-neuf ans, avait rejoint l'insurrection sans lui demander la permission. Il était inquiet. Ahmed savait qu'en Algérie la vie d'un Arabe comptait pour pas grand-chose. La police et l'armée qui menaient ensemble la répression contre les indépendantistes ne prenaient pas de gants. Dans les commissariats, les violences à l'encontre des Arabes étaient depuis toujours une pratique ordinaire, mais depuis novembre 1954, le phénomène avait pris une ampleur inédite. On parlait désormais de torture, d'assassinats et de disparitions. La révolte avait déjà coûté la vie à des milliers de Musulmans, combattants ou, le plus souvent, soupçonnés de l'être.

Belkacem avait-il pris le maquis comme beaucoup de garçons de son âge ? Se cachait-il dans la Casbah le jour pour perpétrer des attentats la nuit ? Avait-il été arrêté par la police ? Avait-il été tué ? Était-il détenu dans une prison secrète de l'armée ? Ahmed n'en savait rien et cette ignorance les minait, lui et Bouchra, sa femme.

Chérif, le deuxième des fils Messahoud, trépignait d'impatience. Il voulait suivre le même chemin que son frère aîné, entrer à son tour dans la lutte armée contre les Français. Il n'avait pas seize ans. Son père parvenait encore à lui tenir la bride serrée, mais ça ne durerait pas. Attifa et Zohra, ses deux filles de quatorze et treize ans, étaient à l'unisson de toute la jeunesse musulmane ; elles ne supportaient plus le joug colonial. Les deux filles ne manquaient pas une occasion de dire à Chérif que son devoir de Musulman était d'aller rejoindre les rangs du FLN pour chasser les impies qui occupaient l'Algérie depuis trop longtemps.

Heureusement pour Ahmed et Bouchra, il y avait Zayn, leur petit dernier. Un garçon calme et réservé qui n'aimait rien tant que de rester dans son coin à lire les livres que lui prêtait son instituteur.

— Le mettre au lycée des roumis, ça lui évitera de faire les mêmes conneries que ses frères, fit Ahmed Messahoud en s'adressant à son patron.

— Tu as bien fait de le laisser faire des études, il va être heureux comme tout ton gamin là-bas. Les professeurs, ils vont t'en faire un vrai Monsieur !

— Je m'en fous qu'il soit un Monsieur ou autre chose ! Je veux pas qu'il lui arrive malheur, c'est tout.

— T'as pas envie que ton fils, il soit avocat ou médecin, qu'il porte un beau costume pour aller travailler et qu'il gagne plein d'argent ?

Ahmed s'était contenté de hausser les épaules.

Fuyant la misère espagnole, les parents Yborra étaient arrivés à Alger avant la Grande Guerre avec leur ribambelle d'enfants. Celui que désormais les gens du quartier appelaient « le père Yborra » avait grandi dans la rue, il n'avait jamais mis les pieds dans une école, il idéalisait ce savoir que la vie lui avait refusé. Aider un des fils de son commis à devenir un vrai Monsieur était pour le boulanger une sorte de revanche. Et puis le vieux bonhomme avait de l'affection pour Zayn.

— Si tu veux bien, patron, je vais aller jusque là-bas chercher mon garçon pour être sûr que personne ne l'embête en route… Le premier jour, c'est pas un jour comme les autres.

— Va, mon ami ! Je me débrouillerai tout seul pour préparer la première fournée de demain matin.

— Alors pas d'anisette ce soir ! fit Ahmed à son patron.

— Fous-moi le camp, bougre d'andouille, rétorqua le père Yborra en riant et en faisant mine de balancer un tabouret sur son commis.

Même s'ils n'étaient pas amis, ils entretenaient une grande complicité.

## Le maître principal Lagadec

Le *Cap-Ferrat* n'avait rien d'un vaisseau conçu pour le combat naval. C'était un gros chalutier de haute mer qui avait fait partie du tribut militaire payé à la France par l'Allemagne vaincue en 1945. Repeint en gris et sommairement armé, il assurait les missions de servitudes et de transport de la marine sur la côte entre Alger et la frontière tunisienne. C'était le maître principal Lagadec qui commandait cet improbable navire de guerre.

Le bateau avait son poste d'amarrage quai des Chasseurs, à l'entrée de la darse[1] de l'Amirauté, en face des quais de la pêcherie. Les Lagadec habitaient là, dans un logement de fonction de la marine. De chez eux, de l'autre côté de la darse, la vue était imprenable sur les rampes du port, l'avenue de la République, le boulevard Carnot et la Casbah. C'était sûrement de chez eux que la ville était la plus belle. Ceci mis à part, l'appartement avait été aménagé dans une ancienne forteresse barbaresque. Le confort était des plus sommaires, mais l'habitation resterait fraîche quand soufflerait le sirocco et que viendraient les grosses chaleurs de l'été.

Sur le quai, devant chez eux, ça sentait les épices, le goudron des calfats, la vieille friture et parfois, si le vent

1. Darse : terme de marine spécifique à la Méditerranée. Bassin d'accostage.

y mettait du sien, l'odeur forte du poisson pêché resté trop longtemps au soleil. Ce monde joyeux, bruyant, nouveau, plein de lumière et d'exubérance étourdissait le jeune Lagadec en même temps qu'il le subjuguait.

En se rendant à pied au lycée avec son père, André avait été émerveillé par le spectacle des rues. Les palmiers sous le soleil donnaient à cette rentrée un air de vacances prolongées. Ces fragrances inconnues, le scintillement de la mer toute proche, ce grouillement de la ville, ces indigènes qu'il croisait sur les trottoirs, les fatmas toutes drapées de blanc, le visage masqué par la voilette traditionnelle, et les vieux, babouches éculées aux pieds, la tête enturbannée et vêtus de gandouras rapiécées, tout cet exotisme l'étourdissait. Il avait été surpris de voir des petits gamins arabes courir dans les rues, apostropher les passants pour cirer leurs chaussures contre quelques pièces de monnaie ou s'agripper en riant à l'arrière des tramways. D'autres en guenilles couraient pieds nus sur les trottoirs. La misère indigène lui sautait au visage, mais les Européens qui déambulaient sur les trottoirs ne semblaient pas en faire grand cas ; ils y étaient habitués, ils ne la voyaient plus.

Pour ce jour de rentrée, Pierre Lagadec avait accompagné son fils au lycée, il voulait présenter lui-même ses excuses au proviseur pour le retard de son garçon. L'officier marinier n'avait pas encore cette lassitude, ou ce fatalisme, de ceux qui vivaient depuis un certain temps déjà dans la crainte d'un attentat. Il était sur le qui-vive, la tragédie pouvait surgir à tout moment. Mais en ce début d'après-midi, la ville était paisible.

En fin d'après-midi, avant de quitter l'Amirauté, le maître principal Lagadec était passé au bureau des opérations. L'état-major de la marine était sur le pied de guerre, il se préparait quelque chose d'important, un très gros coup qui, disait-on, allait épater tout le monde et surtout couper l'herbe sous le pied des fellaghas du FLN.

Il n'y avait pas urgence, il était encore temps de musarder en ville. L'opération prévue était en principe secrète, mais tout le monde se doutait qu'il s'agissait d'aller tirer les oreilles de Nasser l'Égyptien qui, non content de soutenir le FLN, venait de nationaliser « notre » canal de Suez et de renvoyer chez eux les Français et les Anglais qui gagnaient beaucoup d'argent en contrôlant le passage entre la mer Rouge et la Méditerranée.

— Est-ce que ça vous dérangerait si je vous tenais compagnie pour aller jusqu'à la porte du lycée ? C'est le premier jour, il va être content, mon fils, de voir que je suis venu l'attendre.

— Ce sera avec plaisir, avait répondu Pierre Lagadec.

— C'est le premier à aller au lycée, vous savez ! Chez nous, on allait au certificat et après... au boulot ! Les cousins, les oncles et les tantes, on est tous très fiers de lui.

— Moi non plus je ne suis pas allé au lycée, c'était trop cher, je suis rentré à l'École des mousses très jeune.

La clientèle était clairsemée et patiente, le commis s'en sortirait très bien tout seul. Les deux hommes avaient marché sans trop parler jusqu'à la place Jean-Mermoz ; ils attendirent ensemble devant la sortie des externes. La conversation était difficile, ils ne se connaissaient pas, mais par sa profession, monsieur Amar trouvait toujours quelque chose à raconter.

— Vous savez, la vie n'est plus la même à Alger avec tous les événements, les gens ont perdu l'insouciance...

Maurice Amar avait esquissé un geste de découragement en allumant une énième cigarette.

— J'ai connu ça à Saigon : les dernières années, la guerre avait tout bouleversé, la ville avait beaucoup changé.

— Vous êtes allé en Indochine ?

— J'étais second sur une vedette rapide qui patrouillait sur le Mékong.

— Ben dites donc, vous avez vu du pays !

— L'Indochine, c'était fichu depuis longtemps, je me serais bien passé d'y aller.

— Moi aussi pendant la guerre avec l'armée d'Afrique je me suis promené un peu partout : l'Italie, la France et même l'Allemagne, pour finir ; mais l'Indochine c'est autre chose… C'est plus exotique.

Pour le maître principal Lagadec, c'était surtout douloureux. Comme tous les militaires qui avaient traîné leurs guêtres en Extrême-Orient, la blessure de la défaite restait à vif. Tous ces hommes étaient tombés sous le charme, parfois vénéneux, de l'Asie du Sud-Est.

— Peut-être ! se contenta de répondre Lagadec.

— Vous connaissez Mostaganem ? J'y suis né, mais ma vie est ici, à Alger.

— J'ai fréquenté un peu tous les ports de la côte par nécessité de service, mais en vérité, je ne connais pas l'Algérie.

— Moi non plus, je ne suis jamais allé plus loin qu'à Oran dans un sens et à Bône dans l'autre sens. On est bien à Alger, on est au milieu.

Place Jean-Mermoz, il y avait beaucoup de monde. La police épaulée par des gendarmes mobiles contrôlait les Arabes qui avaient eu la malencontreuse idée de passer par là. Les autorités redoutaient un nouvel attentat aveugle. Une bonne vingtaine de Musulmans étaient alignés, mains sur la tête, et subissaient une sévère fouille au corps. Ce jour-là il ne faisait pas bon avoir les cheveux frisés et le teint basané aux abords du lycée Bugeaud et de la caserne Pélissier. Au bout du rang, Ahmed Messahoud, mains sur la tête, attendait patiemment son tour d'être palpé.

Cette scène, devenue habituelle depuis des mois, mettait Maurice Amar très mal à l'aise. Il n'y aurait peut-être pas même prêté attention en temps ordinaire, mais il était avec un « étranger », un Français de France, un marin venu d'ailleurs, quelqu'un qui trouverait peut-être que la façon dont on traitait les Arabes à Alger était trop violente ou au contraire trop molle. Cette humiliation imposée aux Musulmans d'Algérie était douloureuse pour le coiffeur, on les traitait comme on avait traité les Juifs avant et pendant la guerre. Au début des années trente, il y avait eu beaucoup de morts lors des émeutes antisémites qui s'étaient déchaînées partout en Algérie. L'enfant qu'il était à l'époque ne l'avait pas oublié.

— Sur ces vingt types qu'on aura mis publiquement plus bas que terre, il y en aura bien dix qui iront rejoindre le FLN, lui confia Pierre Lagadec en hochant la tête.

— Si on les laisse faire, ils vont poser des bombes partout, répondit Maurice Amar avec beaucoup de prudence, il faut bien combattre le terrorisme !

— Oui, mais pas comme ça : en bafouant la fierté des Musulmans, on ne fait que jeter de l'huile sur le feu…

André et Jean-Jacques passaient le porche du lycée, surpris de retrouver leurs pères respectifs en pleine conversation.

— Vous vous connaissez ? interrogea le fils du coiffeur.

— Pas plus que ça, répondit Maurice en riant, si on ne causait qu'avec les gens qu'on connaît on finirait par tourner en rond.

— Nous deux, on est dans la même classe, fit joyeusement André, on est au fond parce qu'on est les deux retardataires de la journée.

Les retrouvailles tournèrent court parce qu'il y avait du remue-ménage tout près d'eux sur la place. En s'approchant de l'attroupement, ils virent deux gardes mobiles en train de maîtriser tant bien que mal un gamin qui se débattait comme un beau diable.

— C'est Zayn Messahoud ! s'exclama Jean-Jacques Amar. Il est en classe avec nous.

Ils étaient maintenant tout près du cordon de gendarmes qui isolaient sur le trottoir les hommes en train d'être fouillés par des policiers en civil.

Sans hésiter, Pierre Lagadec alla interpeller le maréchal des logis qui commandait l'escouade :

— Laissez ce gamin tranquille, il est avec moi, c'est un ami de mon fils.

— Un Arabe ? s'étonna le gendarme.

— Mon fils ne peut pas avoir un ami arabe ?

Le gendarme vit bien qu'il n'avait pas affaire à un Algérois ordinaire : la façon de parler, le vêtement dénonçaient un métropolitain tout juste débarqué. Bien qu'en complet veston, l'homme sentait son militaire à plein nez, peut-être était-ce un officier. Il valait mieux ne pas se mettre mal avec ces gens-là.

— Allons voir ça, répondit le gendarme.

Les deux Lagadec et les deux Amar suivirent le sous-officier jusqu'au lieu de l'esclandre. Zayn était maintenant à peu près calmé, mais toujours sévèrement maintenu par deux gendarmes. Le maréchal des logis s'entretint brièvement avec ses hommes ; le gamin énervé fut relâché.

— Viens, Zayn, n'aie pas peur, fit Pierre Lagadec.

Il y avait à la fois de la bienveillance et de la fermeté dans la voix du marin en civil ; Zayn hésita un peu avant de s'approcher.

— Qu'est-ce qui se passe ? Pourquoi cette colère ? Tu voulais tenir tête à toute une armée de policiers ?

— Ils ont arrêté mon père et je veux aller le rejoindre là-bas sur le trottoir, ils vont lui faire du mal.

— Ils ne l'ont pas arrêté, ils vont le fouiller, tenta de le rassurer monsieur Amar. Sois tranquille, s'il est correct, ils ne vont pas l'embarquer.

Zayn n'était pas plus rassuré que ça. Il savait que les policiers pouvaient coffrer n'importe quel Arabe au prétexte d'un regard un peu arrogant ou même sans raison aucune, parce que sa tête ne leur revenait pas.

Pierre Lagadec flanqué des trois lycéens et de monsieur Amar remonta l'alignement des gendarmes mobiles jusqu'à se trouver à hauteur d'Ahmed Messahoud. Cette fois, Zayn n'essaya pas de franchir le cordon policier, il hurla :

— *' bèba, bèba, rani hna, mateqleqche aâliya*[1] !

Ahmed entendit le cri de son fils, il l'aperçut en compagnie de deux autres garçons de son âge et d'un Européen. L'autre avec eux était un juif. Les Arabes avaient une sorte de sixième sens pour les repérer parmi les Européens. Ahmed avait grandi dans un douar perdu au sud de Médéa : pour lui, un juif était une sorte d'Arabe qui se prenait pour un Européen parce qu'il ne pratiquait pas la même religion que les musulmans. Il s'était toujours méfié de ces gens-là.

Mains sur la tête et jambes écartées, le commis boulanger n'en menait pas large. Il fut soulagé de voir que son jeune fils était accompagné par des gens en

1. Papa, papa, je suis là, ne t'inquiète pas pour moi !

apparence bienveillants. Il osa même lui faire un signe discret de la main.

D'une voix ferme, Pierre Lagadec interpella une nouvelle fois le maréchal des logis tout proche :

— L'homme, là, au bout de la rangée – il désignait Ahmed –, c'est le père du petit, je m'en porte garant si vous le relâchez.

L'officier marinier dut décliner son état civil, sa fonction dans la marine et son adresse pour que le fonctionnaire de police se laissât fléchir. Tous ces renseignements furent soigneusement consignés par l'inspecteur principal Brunet qui supervisait l'opération. Lui non plus n'était pas né en Algérie, il n'avait pas l'accent. Heureusement, parce que la police algéroise était méfiante ; elle n'aimait pas beaucoup ces métropolitains prompts à leur faire la morale et à prendre la défense des Arabes.

Ahmed put enfin rejoindre son fils, il se confondit en remerciements avant de s'excuser, il devait se dépêcher de rentrer chez lui, à Saint-Eugène. Il avait eu très peur. Belkacem, son aîné, était peut-être recherché, les flics auraient pu faire le rapprochement et l'emmener. Depuis le mois de mars et l'octroi des « pouvoirs spéciaux » au gouvernement, les policiers enquêteurs avaient été affranchis des règles les plus élémentaires du droit. La quête du renseignement échappait désormais à tout contrôle judiciaire. Bien des suspects de terrorisme ne reparaissaient jamais après avoir été interrogés dans les sous-sols des commissariats.

— C'est courageux ce que vous avez fait, Monsieur Lagadec, avait dit Maurice Amar en regagnant le boulevard de la Marne. Aujourd'hui à Alger, il n'y a pas beaucoup de gens pour se porter garants d'un Arabe qu'ils ne connaissent pas.

André et Jean-Jacques marchaient devant, ils parlaient du Championnat de France de football. Le foot avait détrôné la boxe. Elle avait été le sport roi en Afrique du Nord, mais désormais, les jeunes en pinçaient pour le stade de Reims de Raymond Kopa, l'AS Saint-Étienne ou l'Olympique de Marseille.

— Je n'en sais rien, ce dont je suis sûr, c'est que je n'ai pas rejoint de Gaulle en 1942 pour voir des policiers français faire la même chose que les Allemands dans les rues de Paris pendant l'Occupation.

Les deux pères de famille poursuivirent leur marche en silence. Ils gagnèrent l'avenue du 8 novembre sans rien dire. Ils étaient de ceux que la violence et l'absurdité du monde étonnaient toujours, ils avaient du mal à en parler.

## Le lundi soir, c'était courrier pour mademoiselle Claire Deleuze

Alger, lundi soir, 1er octobre 1956

Mes chers parents,

Voici ma lettre du lundi. Comme les autres, elle arrivera chez vous mercredi ou jeudi au plus tard. J'espère qu'elle vous trouvera tous les deux en bonne santé et pleins d'allant comme à votre habitude.

Ne vous tourmentez pas pour moi, les nouvelles que donne la radio doivent beaucoup vous inquiéter. C'est vrai, il y a eu un terrible attentat ce dimanche, n'allez pas vous imaginer qu'Alger est à feu et à sang. On vit ici presque normalement. Les esprits sont très échauffés et la peur des attentats n'arrange rien. Mes collègues presque tous nés en Algérie ne parlent que de réprimer l'insurrection arabe par la force. C'est de la folie, les Arabes sont dix fois plus nombreux que les Européens.

J'ai définitivement rompu avec Lionel. Nous n'étions plus d'accord sur rien, après une ultime querelle, nous avons décidé de nous séparer. Notre couple aura été un échec de bout en bout. Ni mariés ni parents, notre séparation était inéluctable. Lionel a grandi ici, à Alger, toutes les fibres de son être le rattachent à cette terre d'Algérie qu'il aime passionnément et même jusqu'à l'aveuglement. De là sont nées toutes nos disputes. Je ne devais pas être assez amoureuse pour supporter ses prises de position les plus extrémistes en faveur de l'Algérie française. Comment cet homme, par ailleurs si cultivé et intelligent, a-t-il pu s'abaisser à légitimer les crimes commis par la police d'Alger au nom de la lutte contre le terrorisme ? Comment le médecin qu'il est a-t-il pu tolérer la cruauté des exécutions capitales de cet été et le monstrueux attentat anti-arabe de la rue de Thèbes ? Car le premier attentat aveugle à Alger est bien le fait des ultras de l'Algérie française, mais ici personne ne veut l'admettre. Cette absence totale d'humanité et d'honnêteté ne fait qu'exacerber la haine entre les deux communautés. Il faudrait un peu de sagesse et de lucidité pour sortir du piège infernal de la violence. Malheureusement personne n'en a plus envie. Tous veulent en découdre.

Ça n'a pas été sans mal, mais j'ai trouvé une jolie maison à louer sur les hauteurs d'El Biar. Elle est toute petite, mais elle me convient. Il y a un jardin où poussent un mandarinier et deux palmiers qui donnent de l'ombre. J'y ai fait transporter mes affaires, quelques meubles, un peu de vaisselle et mes livres. Après une année de vie commune avec celui que je suis venue rejoindre en Algérie, j'aspire à la paix et à la tranquillité. Je devrai prendre le tram pour me rendre au lycée, mais ce n'est qu'un inconvénient mineur. En sortant de chez moi, les rues descendent vers Bab El Oued et le port. Ici, au mois de septembre, il faut encore prendre garde au soleil et marcher du côté ombragé des rues. C'est très agréable parce qu'il y a des lauriers et des bougainvillées qui débordent des jardins. Au loin on voit les bateaux immobiles sur la rade immensément bleue, je ne me lasse pas de tant de beauté. Comment ne pas aimer ce pays qui pourtant n'est pas le mien ?

Hormis cet horrible attentat, la rentrée s'est bien passée pour moi. Comme dans tous les lycées de France, les classes les plus prestigieuses sont réservées aux hommes, deux collègues femmes seulement interviennent en terminale. Vous allez encore dire que je râle tout le temps et que je ramène toujours tout à l'injustice faite aux femmes ou à l'iniquité de la politique coloniale de la France, mais dans la classe de sixième qu'on m'a confiée cette année, il n'y a qu'un seul élève arabe. Je m'abstiendrai de tout commentaire, je vous laisse en juger. L'oppression des femmes ou l'oppression coloniale, c'est toujours l'oppression et bien souvent les oppresseurs sont les mêmes.

Je sais bien que vous allez être très déçus, mais je ne pense pas venir passer les fêtes de Noël et de la Saint-Sylvestre à Chartres comme je vous l'avais écrit le mois dernier. J'aurais été tellement heureuse de voir toute la famille, mais le prix du billet aller-retour en avion entre Alger et Paris m'oblige à renoncer. Je ne viendrai que l'été prochain, mais je resterai deux mois pleins chez vous.

Je pense beaucoup à vous et je vous embrasse très fort,

Votre petite Claire

Sa rupture avec le docteur Paterlini la dévastait : pour venir le retrouver, Claire avait sollicité un poste à Alger. Leur amour n'avait pas eu la même saveur enivrante à Alger qu'à Paris. Ils s'étaient aimés ; le naufrage de leur couple lui laissait un goût amer.

Claire n'avait pas voulu dramatiser, dire à ses parents que l'insurrection arabe prenait chaque jour plus d'ampleur même à Alger. Il était inutile d'alimenter leur anxiété. En métropole, les journaux se voulaient tous optimistes, on pouvait y lire que l'ordre républicain allait s'imposer, ce n'était qu'une question de semaines, de mois tout au plus.

Au mois de février, Claire Deleuze avait espéré que l'arrivée au pouvoir à Paris d'une coalition dirigée par le socialiste Guy Mollet et plutôt orientée à gauche détendrait un peu l'atmosphère. Elle avait cru ce gouvernement capable de mettre sur pied un accord de paix civile avec le FLN en attendant de négocier un nouveau statut pour l'Algérie. À vingt-quatre ans, elle était encore bien naïve.

Les promesses de campagne avaient été vite oubliées. Guy Mollet n'avait fait qu'intensifier la répression. Il était venu à Alger tout de suite après son investiture pour tenter de ramener pacifiquement la paix civile, mais ce voyage avait été un vrai désastre. Les ultras de l'Algérie française l'avaient bombardé de trognons de légumes et de tomates. Il était rentré à Paris, blessé et ulcéré ; plutôt que de s'en prendre à ceux qui l'avaient humilié, il avait réclamé que les députés lui octroient les « pouvoirs spéciaux » pour en finir une bonne fois pour toutes avec le soulèvement indépendantiste. À partir de là, les choses n'avaient fait qu'aller de mal en pis.

Il était déjà bien tard, mais ne trouvant pas le sommeil, Claire reprit le livre posé sur sa table de chevet, elle s'y replongea avec une sorte de délice morbide et désenchanté. *La Chute* d'Albert Camus provoqua chez elle une cascade de réflexions amères ; elle mit longtemps à s'endormir.

## Lundi 22 octobre

L'incident de la place Jean-Mermoz le jour de la rentrée avait scellé une certaine complicité entre les trois élèves du fond de la classe de sixième B. Ce bref moment d'émotion partagé ne suffisait pas encore à susciter une véritable amitié, mais elle la rendait possible. Voir déambuler ensemble un Juif, un Arabe et un métro était devenu tellement improbable que leur trio ne passait pas inaperçu.

Depuis ce 1er octobre, en sortant du lycée, Jean-Jacques Amar et Zayn Messahoud avaient pris l'habitude de faire un détour avant de rentrer chez eux. Ils accompagnaient André Lagadec jusqu'en haut du boulevard Anatole-France, une sorte de longue avenue en pente qui descendait jusqu'au poste de garde et qui interdisait l'entrée de l'Amirauté à ceux qui n'avaient rien à y faire. Du haut de la rampe, on dominait le port et la vue portait loin sur la mer.

Le spectacle, ce jour-là, n'était pas habituel : trois gros croiseurs étaient au mouillage sur la rade avec plusieurs escorteurs au-delà du quai charbonnier. Sur la jetée est, des soldats avec tout leur matériel attendaient pour embarquer sur deux transports de troupes ancrés un peu plus au large. Des milliers d'Algérois assistaient à ces préparatifs guerriers depuis les boulevards surplombant les quais. Les trois gamins étaient bouche bée, fascinés par ce déploiement militaire.

— Là, le croiseur sur la gauche, s'écria soudain André, je le reconnais, c'est le *Georges Leygues*.

— Qu'est-ce qu'il a de particulier? s'étonna Jean-Jacques. C'est un bateau de guerre comme les autres.

— Non, il n'est pas comme les autres, c'est le bateau sur lequel mon père a fait la guerre.

Les deux autres, soudain admiratifs, hochèrent la tête. Faire la guerre sur un gros bateau comme ça n'était tout de même pas donné à tout le monde.

— Il est même allé jusqu'en Amérique avec ce bateau, ajouta André.

— Ton père est allé en Amérique ! s'exclama Zayn.

— À Philadelphie, en 1943. Le *Georges Leygues* était un bateau français, et les Américains voulaient en faire un vrai bateau américain pour faire la guerre.

Les deux autres en béaient d'admiration. Ils avaient déjà été épatés quand André Lagadec leur avait dit qu'il avait pris l'avion pour venir jusqu'à Alger, mais que son père soit allé en Amérique pendant la guerre, ça leur en bouchait un coin. Pour Jean-Jacques, l'Amérique c'était les westerns et les films de guerre qu'il allait voir presque toutes les semaines au cinéma avec son père. L'idée que Zayn se faisait de l'Amérique était encore plus sommaire : elle tenait dans les quelques pages d'un vieux livre de géographie que lui avait donné monsieur Guedje. Chez les Messahoud, on n'allait pas au cinéma et la lecture d'un journal ou d'un magazine était exceptionnelle ; d'ailleurs sa mère ne lisait ni le français ni l'arabe.

Monsieur Lagadec qui, quelque temps plus tôt, n'avait pas hésité à prendre de haut un policier, acquit, par le prestige de ce voyage en Amérique, une dimension presque mythique aux yeux des deux petits gars de Bab El Oued et de Saint-Eugène.

Justement, monsieur Lagadec était sur sa passerelle à plein temps ces jours-ci. Le *Cap-Ferrat* était sans arrêt sollicité pour toutes sortes de tâches de servitudes sur la rade. Les navires au mouillage devant Alger avaient en permanence besoin d'un aviso pour assurer leurs ultimes liaisons avec la terre, ils étaient en état d'appareiller à tout moment. Ce n'était plus un secret, le convoi en formation sur la rade d'Alger allait rejoindre le gros de l'escadre parti de Mers el-Kébir, et ensemble, ils iraient rejoindre l'armada britannique en Méditerranée orientale. La France et la Grande-Bretagne s'en allaient gaillardement envahir l'Égypte, comme au plus beau temps de l'expansion coloniale. On allait punir Nasser qui, non content de fricoter avec les Soviétiques et de confisquer « notre » canal de Suez, soutenait le FLN et l'indépendance algérienne avec une impudence obscène. Il allait voir, ce colonel malpoli, de quel bois on se chauffait à Paris et à Londres !

Ce 22 octobre, on ne vit pas grand-chose. Venus assister au départ d'une partie de l'armée d'invasion, les spectateurs se lassèrent d'attendre et rentrèrent chez eux ou allèrent s'installer aux terrasses des cafés pour boire l'anisette : malgré la crainte des attentats, l'apéritif restait un rituel sacré à Alger.

André descendit le boulevard Anatole-France en direction de l'Amirauté, Jean-Jacques remonta vers la cathédrale et la synagogue de la rue de la Lyre. Des fenêtres de l'appartement de ses parents, on avait vue sur les deux édifices religieux.

Zayn, de son côté, avait gagné le boulevard Amiral-Pierre et suivi le front de mer pour retourner à Saint-Eugène : des trois il était le moins gâté, il lui restait à s'appuyer trois bons kilomètres pour retourner chez lui. Mais il aimait marcher en regardant la mer, il rêvait, il essayait d'imaginer le monde au-delà de la ligne d'horizon.

André arriva à temps quai des Chasseurs pour assister à la manœuvre d'accostage du *Cap-Ferrat* ; il put attendre son père au pied de la coupée. Pierre Lagadec quittait son bord nu-tête, sa casquette sous le bras pour que le planton de faction ne soit pas dans l'obligation de lui rendre les honneurs au passage.

— Tu as du travail pour demain ?

— Pas trop. De l'anglais, mais ce sera vite fait.

C'était le rituel de leurs retrouvailles du soir, l'officier marinier demandait à son fils où il en était de ses devoirs, mais en réalité c'était toujours madame Lagadec qui veillait sur les études d'André.

— Mademoiselle Deleuze, notre prof d'anglais, nous a dit qu'elle était née et qu'elle avait grandi à Chartres !

— Ah bon ? En voilà une drôle d'idée ! Elle vous raconte sa vie ?

— Non, pas vraiment, c'était pour la prononciation : Chartres, en français, on n'entend pas le « s » à la fin, mais en anglais il faut dire « Chartress ». C'est comme « cathédrale », on doit dire « cassidrôl » et raccourcir le « l » en roulant la langue contre le palais… Et puis il faut mettre les mots à l'envers, les Anglais disent « Chartress Cassidrôl » pour « cathédrale de Chartres »…

Pierre Lagadec sourit. Il avait appris à baragouiner un peu d'anglais au contact des matelots de la Navy ou des soldats américains dans les ports et les arsenaux alliés pendant la guerre. Il n'était jamais question de cathédrale ou de « cassidrôl » dans ces discussions arrosées de mauvais whiskys ponctuées de jurons ou d'obscénités et qui souvent se terminaient en bagarre générale.

— Je lui ai dit que mes grands-parents habitaient à Saulnières et que c'était un village à trente kilomètres de Chartres. Je lui ai dit aussi qu'on irait cet été.

— Il faut toujours que tu causes à tort et à travers, répondit le père en riant, j'espère que tu lui as dit tout ça en anglais…

— Non, je ne peux pas encore ! Il faut que je fasse des progrès, laisse-moi le temps, je ne suis pas comme Zayn !

— Ah bon ? Qu'est-ce qu'il a de particulier, ton ami Zayn ?

— Il comprend tout, il est le meilleur de la classe dans toutes les matières. C'est incroyable, des fois, on dirait qu'il connaît la réponse avant que le prof ait posé la question…

André était couché. Il était difficile d'envoyer les enfants dormir parce qu'en octobre les soirées pouvaient être encore très agréables à Alger. Un pull léger sur les épaules, Marie-Jeanne Lagadec lisait sur la terrasse ou bien elle rêvassait en regardant les étoiles. Elle n'était pas encore rassasiée de la splendeur du ciel d'Afrique du Nord.

Un peu avant vingt-deux heures, le téléphone sonna ; c'était un appel sur la ligne du service : un des amis de Pierre, ancien des forces françaises combattantes et lui aussi maître principal, avait quelque chose d'important à lui dire ; il était de garde au bureau des opérations de la marine à Alger.

— J'ai d'abord cru que c'était une blague, mais après avoir recoupé mes informations je suis certain de ce que j'avance : l'armée de l'air vient de commettre un acte de piraterie inouï…

— Plus rien ne m'étonne depuis que je suis revenu en Algérie. Les « pouvoirs spéciaux » accordés au gouvernement autorisent l'armée à faire à peu près tout ce qui passe par la tête des généraux.

— Figure-toi que le DC-3 qui transportait les principaux dirigeants du FLN entre Rabat et Tunis a été détourné en plein ciel au mépris de toutes les conventions régissant le transport aérien, et contraint de se poser à Alger.

— Mais c'est de la piraterie, du véritable gangstérisme ! s'étrangla Pierre Lagadec. Qui a pu ordonner une connerie pareille ?

— Pour ce que j'en sais, le détournement a été organisé par les services secrets. Ils auraient agi sans solliciter l'accord du chef du gouvernement. C'est Max Lejeune, le sous-secrétaire d'État aux Armées, qui aurait signé l'ordre de passer à l'action. Ce type est complètement fada, il est prêt à tout pour écraser le FLN.

— Il aurait court-circuité le chef du gouvernement ?

— C'est certain, avec l'aide des généraux qui commandent les troupes en Algérie, répondit l'ami du bureau des opérations.

— Mais c'est un acte d'insubordination, les militaires n'ont pas à décider à la place du gouvernement civil, constata, stupéfait, Pierre Lagadec.

— Ben Bella, Aït Ahmed et consorts vont être mis en prison. C'est d'une stupidité sans nom, le FLN va se doter de nouveaux dirigeants et la guerre va continuer.

— Quelle que soit la suite, merci de m'avoir averti. Je ne tomberai pas des nues demain matin en lisant le journal…

— Notre conversation de ce soir doit rester strictement confidentielle.

— Ça va de soi, le rassura Pierre Lagadec.

En reposant le combiné, il s'aperçut qu'André, pieds nus, en pyjama, était à côté de lui, l'air absent de ceux qui sortaient de leur lit ; le téléphone l'avait réveillé.

— Qu'est-ce qui se passe, papa ? C'est grave ?

— Non, mon grand, rien de grave, des bêtises… rien que des bêtises !

En fait de bêtises, c'était le premier putsch des militaires en Algérie.

**De lumière…**

La dictée avait été ardue, pleine de pièges et de chausse-trappes. Jean-Jacques Amar s'en était à peu près bien sorti, mais pour André Lagadec ça avait été la bérézina. Comme toujours, Zayn Messahoud avait été le seul de la classe à s'en tirer sans faire la moindre faute. Madame Martinez, agrégée de lettres classiques, jubilait. Le seul plaisir que lui procurait l'enseignement consistait à mettre le nez de ses élèves dans ce qu'elle estimait être leur médiocrité congénitale. Cependant, la réussite de Zayn assombrissait considérablement sa jouissance. Pour elle, les Arabes étaient tous bornés, paresseux et surtout faux jetons : si celui-là avait réussi à faire zéro faute dans une dictée conçue pour faire trébucher tout le monde, c'était évident qu'il avait triché. Comment avait-il fait ? Elle n'en savait rien et ne voulait pas le savoir. Il avait triché, un point c'est tout !

— Zayn Messahoud… je n'ai pas noté votre dictée, lâcha-t-elle négligemment, cette copie est trop parfaite pour être honnête.

L'élève Messahoud avala l'insulte sans rien dire. Ce n'était pas la première fois qu'on l'humiliait en public, il en avait vu d'autres.

La réputation de madame Martinez n'était plus à faire, elle terrorisait son monde. C'était un dragon malfaisant, elle s'appliquait à mélanger intimement injustice et méchanceté, il en allait de son prestige. Aussi resta-t-elle interdite quand une voix s'éleva, sans trembler, depuis le fond de la classe :

— Ce n'est pas juste, Madame, vous ne pouvez pas dire ça, Zayn n'est pas malhonnête.

Jean-Jacques Amar était stupéfait par sa propre audace. Madame Martinez n'avait jamais imaginé que pareil outrage fût possible dans une de ses classes. Sûre d'elle, elle réajusta posément ses lunettes.

— Plaît-il ? fit-elle en cherchant à distinguer qui pouvait bien être l'impudent contestataire osant braver l'autorité et l'ordre des choses.

— Madame, fit André Lagadec, si Zayn a triché il faut le prouver, vous ne pouvez pas l'accuser comme ça…

Jean-Jacques était resté assis pour apostropher madame Martinez. André s'étant levé, il se leva à son tour.

— Quatre heures de colle chacun pour vous apprendre la politesse, et autant à Messahoud qui est la cause de votre effronterie. Sachez bien qu'on ne discute jamais la décision d'un professeur, jeunes gens !

— Les heures de colle ne changeront rien à l'injustice, se permit de rétorquer André.

— Zayn n'a pas triché, c'est le meilleur élève de la classe, rajouta Jean-Jacques.

— Oui, c'est le meilleur, il n'a pas triché, lança une autre voix.

Puis une autre voix se joignit à cette nouvelle dissidence, puis une autre encore et bientôt ce ne fut plus, dans la classe, qu'un brouhaha de contestation. Toute la sixième B avait pris fait et cause pour l'Arabe de la classe.

Madame Martinez rangea ses petites affaires dans son joli cartable en cuir et sortit très droite, l'air plus pincé que jamais, laissant les enfants seuls, tout étonnés d'avoir, en deux temps, trois mouvements, déstabilisé la plus terrible harpie du lycée Bugeaud.

Ce fut le censeur qui se chargea de réprimer cet embryon de révolte. Les vingt-neuf élèves de la classe écopèrent chacun de quatre heures de colle à effectuer le jeudi suivant.

Ce genre de mésaventure soudait un groupe. Désormais, Zayn Messahoud faisait vraiment partie de la classe et personne ne parlait plus de l'en exclure parce qu'il était Arabe. Madame Martinez prit la sixième B en grippe et marqua ostensiblement son mépris envers ces élèves dénués de respect pour l'autorité ; en fait, ça ne changeait rien du tout.

Cependant, l'incident eut pour conséquence de nouer plus solidement le trio Jean-Jacques, André et Zayn. Ils étaient heureux de se retrouver au-dehors autant qu'ils avaient plaisir à être ensemble au lycée.

Finalement, la colle avait été un bon moment passé tous ensemble dans la grande permanence du lycée : le pion chargé de la surveillance était un type à la coule, il avait laissé les punis copier les uns sur les autres pour faire le travail supplémentaire qu'on leur avait infligé. Une fois débarrassés du boulot, ils avaient discuté et bien rigolé. André et quelques autres étaient contents, ils avaient coupé à leur séance de catéchisme du jeudi matin : c'était toujours ça de gagné.

— Moi, on me fout la paix avec tout ça, avait répondu Jean-Jacques quand André lui avait dit qu'il en avait soupé du cathé. Les sœurs de mon père voulaient que j'aille au Talmud Thorah le dimanche matin, mais mon père leur a dit que je ferais comme je voudrais.

— Et qu'est-ce que t'as fait ? lui demanda André.

— J'ai dit que j'avais pas envie et on m'en a plus reparlé.

Zayn s'était bien gardé de dire à ses amis que lui était croyant, et que chez les Messahoud on ne rigolait pas avec l'enseignement du prophète, avec la prière et tout le reste.

Bref, à midi la colle était terminée, chacun s'en était retourné chez lui.

Le dimanche suivant, on était le 25 octobre et la flotte de soutien à l'invasion de l'Égypte était toujours au mouillage devant Alger, on commençait à se demander si elle allait lever l'ancre un jour. La famille Lagadec prit le tram en haut du boulevard Anatole-France et en descendit à l'arrêt « Cimetière européen ». De là, ils prirent à pied le boulevard Pitolet pour se rendre chez les Guivarch.

René Guivarch était un ancien maître voilier à la retraite, il avait longtemps navigué avant de poser son sac en Afrique du Nord. Pierre Lagadec l'avait connu lors d'une longue escale avant-guerre. À l'époque, il y avait encore du travail sur les quais d'Alger pour tailler des voiles ou les recoudre. Malgré la différence d'âge, l'artisan et le jeune matelot s'étaient liés d'amitié. Quand René Guivarch avait su que Pierre était de retour à Alger avec femme et enfant, il n'avait eu de cesse de faire connaissance avec Marie-Jeanne et André.

René et Giovanna Guivarch habitaient Saint-Eugène, au pied de Notre-Dame-d'Afrique. Leur vieille maison coloniale un peu bancale s'ouvrait sur un beau jardin méditerranéen qui donnait sur le boulevard Pitolet et surplombait la mer. Le temps semblait s'y être arrêté, l'ancien maître voilier y avait rassemblé les souvenirs de ses voyages. Il peignait aussi des marines. Il s'efforçait de saisir l'âme de la mer et du ciel dans de tout petits formats. Le peintre n'en finissait jamais de contempler les vagues et les nuages depuis son jardin.

André sut tout de suite qu'il passerait là bien des après-midi à écouter René Guivarch raconter le monde, ou peut-être l'inventer, ce qui revenait au même pour l'intarissable conteur qu'il était.

Après déjeuner, André obtint de ses parents d'aller retrouver son ami Zayn sur le boulevard tout à côté de chez les Guivarch. Les garçons s'étaient donné rendez-vous au pied de la statue de Marcel Cerdan qui marquait l'entrée du petit stade de Bab El Oued. Quand le jeune Lagadec était arrivé, Zayn était déjà là avec Jean-Jacques.

Sa mère refusant de le laisser sortir seul, le fils Amar avait convaincu son père de l'accompagner jusqu'au stade de la Consolation en face de la caserne de la Salpêtrière ; c'était en fait le début du boulevard Pitolet emprunté un peu plus tôt par les Lagadec. Il n'avait pas eu trop de mal, Maurice Amar ne refusait jamais rien à son garçon. En passant devant le kiosque à journaux du boulevard Guillemin, le père s'était acheté un Fleuve Noir. Il lisait beaucoup de romans policiers, il en profitait parce que le titre de celui-là aurait sûrement fait râler sa femme : *Des clientes pour la morgue*, d'un nommé San-Antonio ; l'auteur se cachait derrière un pseudonyme. Monsieur Maurice pouvait lire tranquille, assis sur un banc, en fumant autant de cigarettes qu'il en avait envie. Pendant ce temps-là, les garçons discutaient en regardant le match de handball sur un des terrains de sport gagnés sur la mer. C'était bien, le hand : contrairement au foot il n'y avait pas beaucoup de spectateurs et puis on prenait l'air, et c'était gratuit.

Pouvait-il y avoir plus grand bonheur, pour des gamins de onze ans, que de regarder la mer en rêvant et d'imaginer le monde au-delà de l'horizon ? Ils parlaient de l'avenir, comme on en parle à cet âge-là, sans y croire vraiment tellement c'était loin.

— Plus tard, j'irai vivre à Paris, avait dit Jean-Jacques, je serai saxophoniste dans un orchestre.

— Tu connais la musique ? avait demandé Zayn.

— Non, mais il n'y a pas besoin d'apprendre, les musiciens de jazz ils jouent naturellement alors qu'ils n'ont jamais appris, je ferai comme eux, je jouerai du jazz.

— Qui c'est qui t'a dit ça ? fit André, un rien dubitatif.

— Benjamin, mon cousin, il a plein de disques de jazz chez lui. Il est parti faire ses études à Paris.

— Moi, j'irai en Amérique, lâcha Zayn, ils aiment bien les Arabes là-bas.

— T'es sûr ? s'exclama Jean-Jacques.

Zayn le timide haussa les épaules. Il n'était pas sûr du tout de ce qu'il avançait, mais il fallait bien que lui aussi fasse part de ses rêves.

— J'aime bien croire que c'est vrai, rétorqua Zayn, l'Amérique est un pays où les Arabes sont des gens comme les autres.

André était très partagé : Paris ne le faisait pas rêver, il y était allé souvent, et son père se méfiait de l'Amérique et des Américains.

— Je me demande si ce n'est pas en Algérie que j'aimerais vivre plus tard : il y a du soleil et on est au bord de la mer… C'est comme si c'était tout le temps les vacances.

Vers seize heures, main dans la main, madame et monsieur Lagadec vinrent récupérer leur fils parce que madame Guivarch avait préparé pour ses hôtes un succulent goûter.

— Jean-Jacques et Zayn peuvent venir avec nous ? implora André.

— Je ne sais pas ce qu'en penseraient Monsieur et Madame Guivarch, répondit Marie-Jeanne à son fils, ce sera pour une prochaine fois.

Tout sourire, Pierre intervint en douceur, sans donner l'impression de contredire sa femme :

— Au contraire, je crois que René et Giovanna vont être enchantés d'avoir trois garçons autour de leur table : ils sont âgés, sans enfants ni petits-enfants, ils ne voient pas grand monde dans la semaine, ils vont être ravis.

Totalement immergé dans l'enquête burlesque du commissaire San-Antonio, monsieur Amar ne s'aperçut pas que son fils avait disparu. Jean-Jacques avait simplement négligé de signaler à monsieur et madame Lagadec la présence de son père en train de lire et de goûter le soleil d'automne sur un banc.

C'était la première fois que Zayn entrait dans une maison « européenne ». Il était bien sûr très intimidé, mais aussi très curieux de voir comment vivaient ces gens qu'au contraire de ses frères et sœurs, il ne parvenait pas à haïr.

Les gâteaux au miel et les cornes de gazelle servis par Giovanna Guivarch étaient très bons, ils ressemblaient furieusement à ceux que sa mère préparait pour l'Aïd-el-Kébir ou pour l'Aïd-el-Fitr. Madame Guivarch était née à Bab El Oued, son père l'avait appelée Giovanna pour rappeler à tous son origine maltaise, la pâtisserie arabe n'avait pas de secret pour elle, elle en raffolait.

En goûtant, René raconta aux garçons une de ses multiples aventures autour du monde dans les années qui avaient suivi la Grande Guerre. Ravis, ils écoutaient, bouche bée, le récit poétique du vieux marin. Pierre Lagadec ne commit pas l'outrage de dire à son ami René qu'il avait déjà entendu trois ou quatre versions différentes de cette même anecdote.

Zayn raccompagna les Lagadec et Jean-Jacques jusqu'à la station de tram. Jean-Jacques retrouva son père qui en avait fini avec le commissaire San-Antonio : il n'avait pas remarqué l'absence de son fils.

Pierre s'excusa d'avoir emmené Jean-Jacques sans même l'avoir averti, mais Maurice Amar ne voulut rien entendre, préférant remercier les Lagadec d'avoir permis à son fils de passer un si bel après-midi.

La journée avait été très agréable et pleine de soleil, mais d'un soleil d'automne. Une certaine Algérie était aussi à son automne, mais elle ne voulait pas le savoir, elle faisait semblant de croire que, bientôt, tout pourrait reprendre comme avant l'insurrection.

## … et d'ombre

Rien ne se passait sur la rade. À la terrasse des cafés, on commençait à dire que toute cette agitation franco-britannique autour de la nationalisation du canal de Suez n'était que gesticulation de grand guignol. Les gouvernants voulaient faire croire au bon peuple qu'ils n'étaient pas des mous du genou. Pour les Européens d'Alger, Guy Mollet n'était qu'un va-de-la-gueule et un dégonflé : il laissait les terroristes agir à leur guise, jamais il ne s'attaquerait à Nasser, il avait trop peur des Soviétiques et des Américains.

Pourtant, sans crier gare, la marine sonna le branle-bas. Dans la nuit du 26 au 27 octobre, l'escadre leva l'ancre. Il n'y avait pas besoin d'être un fin stratège pour deviner qu'elle allait rejoindre l'armada d'invasion. Les Égyptiens n'allaient pas tarder à comprendre que les Français et les Anglais, à défaut d'être dans leur bon droit, avaient pour eux la force et la volonté de ne pas s'en laisser imposer par le nationalisme panarabe : le 30 octobre tout le monde était à pied d'œuvre.

Brusquement, il se mit à faire mauvais. C'était fréquent au mois de novembre en Afrique du Nord. Le vent s'était mis à souffler en bourrasque, la mer était grise et hostile, il avait plu trois jours de rang. La mauvaise saison avait de l'avance.

Depuis le bureau des opérations de l'Amirauté, l'invasion de l'Égypte suscitait une grande excitation : on n'allait faire qu'une bouchée de l'armée du Raïs.

Pierre Lagadec n'avait pu s'empêcher de ronchonner et d'aller à l'encontre de l'enthousiasme général :

— On va écraser l'armée égyptienne, c'est certain, mais ça ne servira à rien. Ce qui compte de nos jours, ce n'est pas la victoire militaire, c'est la victoire politique. Nasser aura beau jeu de dénoncer l'arrogance impérialiste des anciennes puissances coloniales, le monde entier va le soutenir, on est en train d'attiser l'incendie qui flambe en Algérie.

Heureusement que le maître principal Lagadec s'était exprimé au mess des officiers mariniers : on y était entre militaires de bonne compagnie.

Dans le salon de coiffure de monsieur Amar, il se serait fait lyncher. Excités par les délires cocardiers et vengeurs débités par Radio Alger et par les journaux, les clients étaient absolument déchaînés à l'idée de la raclée qu'on allait administrer à Nasser.

— Les crouilles vont en rester sur le cul, avait ricané un gros bras qui venait se faire raser une fois par semaine, ils vont rentrer dans leur trou à rats la queue entre les jambes.

— C'est sûr, les melons vont venir, comme des foireux, nous manger dans la main, avait ajouté Monsieur Léon.

Hormis mademoiselle Deleuze et quelques autres issus de métropole, dans la salle des professeurs du lycée Bugeaud, on usait d'un langage plus châtié, mais on pensait à peu près comme les clients de Maurice Amar.

— J'aurais bien aimé aller en Égypte, s'était contenté de dire le coiffeur pour détendre un peu l'atmosphère, pas pour faire la guerre, mais pour aller voir les pyramides et le Sphinx. J'en ai toujours eu envie. Ce sera pour une autre fois…

— Qu'est-ce que vous nous chantez là, Monsieur Maurice ? fit le garçon coiffeur. Ce n'est pas pour faire du tourisme que nos militaires sont partis là-bas !

— C'est dommage d'aller en Égypte et de ne pas aller rendre visite aux pyramides et au Sphinx, c'est tout ce que je dis.

Monsieur Amar n'était pas du genre à gober tout ce qu'on racontait dans les journaux et ailleurs. Il avait fait la guerre, elle lui répugnait. Il se méfiait surtout beaucoup des militaires.

— J'en ai connu qu'étaient pas bien malins, disait-il en parlant des officiers qu'il avait connus pendant la guerre mondiale, c'est tout de même pas leur faute si on a fini par gagner la guerre !

Sa clientèle se demandait toujours s'il était sérieux ou s'il plaisantait. Maurice Amar était un type éminemment sympathique.

Après un ultimatum de pure forme, les Français et les Anglais passèrent à l'attaque. Les Israéliens avaient envahi le Sinaï, histoire de leur donner un coup de main.

L'armée égyptienne fut rapidement défaite, le 5 novembre, les alliés s'emparaient de Port-Saïd et s'apprêtaient à occuper toute la zone du canal quand Khrouchtchev siffla la fin de la récréation. Le maître du Kremlin n'y allait pas par quatre chemins : il menaçait Paris et Londres d'un bombardement nucléaire s'il n'était pas mis fin immédiatement à l'expédition punitive des Franco-Britanniques.

— Il en serait bien capable ! disait un client consterné par la tournure des événements.

— On ne devrait pas se dégonfler, fit un autre, Khrouchtchev a une grande gueule, mais il n'osera jamais employer la bombe atomique.

— Vaut mieux être prudent, tempéra Monsieur Léon, on ne sait jamais ce qui peut passer par la tête d'un Russe…

Dans le grand jeu de la guerre froide, la France et l'Angleterre n'étaient plus que des comparses. Les Américains se dépêchèrent de calmer l'ardeur de leurs alliés, ils n'allaient pas risquer une guerre nucléaire pour restaurer le prestige de deux anciennes puissances coloniales. Le corps expéditionnaire quitta piteusement la terre égyptienne et l'armada franco-britannique s'en retourna d'où elle était venue.

— Ils n'ont même pas eu le temps d'aller voir les pyramides, se désola monsieur Amar en parlant des soldats, c'est vraiment dommage !

Personne ne savait dire s'il se foutait du monde ou s'il laissait libre cours à sa naïveté naturelle ; sa remarque tomba à plat. Dans le salon de coiffure, c'était la douche froide. Les « bicots » ou les « crouilles » n'allaient pas « rentrer dans leur trou à rats » ni venir « manger dans la main des Européens ». Au contraire, la déconvenue de Suez venait de doper la fierté musulmane.

De Rabat à Bagdad, le monde arabe en était profondément secoué et bouleversé. Ahmed Messahoud, qui pourtant prenait bien garde de ne jamais se mêler de politique, se sentait tout ragaillardi par la déconvenue du corps expéditionnaire. Lui aussi était reconnaissant à Nasser d'avoir tenu tête à la France et à la Grande-Bretagne. Il suivait le mouvement.

— Ce Nasser, il est encore plus fort qu'Alphonse Halimi, avait dit le commis à son patron en préparant la fournée du matin.

Comme Maurice Amar, le père Yborra révérait, lui aussi, le cogneur de Constantine à l'égal d'un saint protecteur.

— Ça n'a rien à voir, Halimi gagne ses combats tout seul parce qu'il est le meilleur, ton Nasser, il se contente de tirer les marrons du feu.

La discussion tourna court. Ahmed n'avait jamais vu de marrons ni de châtaignes, il se demandait bien ce que voulait dire le patron, mais il ne voulut pas le faire répéter. Ce matin-là, le père Yborra ne chantait pas et ne sifflait pas en travaillant, il avait l'air triste et même désemparé. Il avait cru à la propagande officielle : un bon coup de marteau-pilon sur l'Égypte et c'en serait fini de l'indépendance et des indépendantistes. Il était déçu.

Au lycée Bugeaud, on battait froid mademoiselle Deleuze. Un de ses collègues, monsieur Tramoni, professeur de philosophie, avait dressé une liste officieuse des professeurs communistes ou soupçonnés d'être proches du Parti communiste algérien.

— On ne peut pas faire confiance à ces gens-là, pontifiait-il, les communistes français ont voté les « pouvoirs spéciaux » au gouvernement, mais les communistes algériens sont bien pires, ils fricotent avec le FLN, ce sont des traîtres.

Il était de ces enseignants très à droite et proches des ultras de l'Algérie française qui, depuis le début de l'insurrection, n'hésitaient plus à faire part de leur opinion à propos de ce que pudiquement on continuait à appeler « les événements ».

— Les communistes ne sont pas à la gauche de la gauche, disait ce philosophe adepte du fichage confraternel, ils sont à l'Est. Ils préféreront toujours l'URSS à la France... et l'URSS soutient le FLN.

Tramoni n'avait pas besoin d'en dire plus, un argument pareil faisait mouche à tous les coups dans ces jours d'amertume. Pour ce genre de type, la nuance n'était pas de saison : qui n'était pas à fond pour l'Algérie française ne pouvait être que pro-FLN.

Claire Deleuze s'était retrouvée sur la liste des pestiférés; elle n'était pas communiste, mais il lui était arrivé de retourner une paire de claques au philosophe traqueur de mauvais Français. Ce monsieur, par ailleurs très distingué, n'était jamais avare de propos ou même de gestes déplacés et malséants à l'endroit de ses collègues jeunes et jolies.

— Heureusement que ça se termine comme ça, avait-elle eu l'imprudence d'affirmer en présence de nombreux collègues, nous aurions pu avoir deux guerres sur les bras en même temps, une en Égypte et une ici, en Algérie...

Personne ne s'était donné la peine de répondre, on lui faisait la gueule et ceux qui auraient pu être d'accord avec elle préféraient faire profil bas.

Pourtant ce qu'elle venait de dire était frappé au coin du bon sens, mais dans l'ambiance électrique de ces jours de défaite navrante et pitoyable, ce n'était pas la meilleure des façons de se faire des copains parmi les Européens d'Algérie.

De son côté, le FLN voulait fêter l'événement à sa façon. Les attentats n'avaient jamais cessé en Algérie, mais en ce début du mois de novembre ils redoublèrent. La propagande du FLN disait que les Européens ne devaient plus se sentir en sécurité nulle part, et ce terrorisme alimentait une répression plus féroce et plus meurtrière encore. On s'enfonçait toujours plus profondément dans cette guerre que les autorités refusaient de reconnaître comme telle. En Algérie, l'armée et la police n'étaient censées faire que du maintien de l'ordre.

Les élèves de la sixième B du lycée Bugeaud suivaient plus ou moins tous ces événements dramatiques. Comme les autres garçons de leur classe, Jean-Jacques, Zayn et André étaient en train de grandir, ils étaient dans cet entre-deux incertain qui conduisait de l'enfance vers l'adolescence. L'inquiétude qu'ils devinaient partout ne les empêchait ni de vivre, ni de rêver, ni de rire.

Justement, ils s'apprêtaient à suivre leur cours hebdomadaire d'éducation musicale. Un vrai bonheur ! Monsieur Buis, leur professeur, jouait du cornet à pistons, il était surtout un peu dur d'oreille et il n'avait aucune autorité. Les gamins l'appelaient « Beethoven » et abusaient outrageusement de ses faiblesses. En enseignant consciencieux, monsieur Buis les faisait solfier, mais l'exercice tournait à chaque fois à la bouffonnerie. Même Zayn participait au chahut avec ses deux compères. Tous les trois vivaient pendant le cours de musique des heures inoubliables de rigolade effrénée.

Ensuite, ils allaient passer une heure avec madame Martinez, l'épouvantable pisse-vinaigre qui ne pouvait pas les piffer. Depuis leur révolte contre l'arbitraire dont elle avait fait preuve à l'endroit de Zayn, tous les trois étaient ses têtes de Turc : elle ne ratait jamais une occasion de les humilier, mais ils s'en fichaient complètement, ça finissait même par les amuser.

La journée serait quand même douce et heureuse parce qu'ils la termineraient par une heure d'enchantement avec la si jolie mademoiselle Deleuze, leur lumineuse professeure d'anglais : Claire, comme ils l'appelaient entre eux. Elle était belle et fraîche comme un jour de printemps, ses yeux étaient d'un bleu profond, son sourire angélique, elle leur parlait avec douceur et s'efforçait toujours d'éveiller leur curiosité ; quand elle passait sous les arcades des cours intérieures, tous les élèves du lycée Bugeaud, de la sixième à la terminale, avaient les yeux qui sortaient de la tête ; beaucoup étaient amoureux d'elle.

### Un dimanche en novembre

Après les cours, mademoiselle Deleuze buvait un verre à la terrasse du Pacha rue Bab-el-Oued avec les Ferrandi. Michel était un jeune professeur de mathématiques, et Colette, sa femme, enseignait l'espagnol. Depuis la rentrée, ils avaient sympathisé avec Claire. L'audace et le franc-parler de la jeune métropolitaine les avaient séduits.

— Il faut du cran pour prendre la parole en salle des profs. Tramoni – le fameux professeur de philo – fait régner la terreur. Plus personne n'ose ouvrir la bouche de peur d'être désigné comme un ami des fellaghas. Ici, c'est la pire des insultes.

— Je n'ai fait que dire le fond de ma pensée, ce n'est sûrement pas en bombardant l'Égypte qu'on trouvera une solution pour régler le problème algérien.

— Si jamais il existe une solution, n'avait pu s'empêcher d'ajouter Colette.

Michel et Colette étaient nés et avaient grandi en Algérie, la dégradation de la situation les peinait profondément. Ils étaient de ces Européens qui ne se laissaient pas embarquer dans le délire obtus des partisans de l'Algérie française.

— Comment peut-on encore prétendre maintenir les indigènes dans la sujétion et la misère sans rien céder à leurs souhaits d'émancipation et d'égalité? ajouta Claire avec indignation.

— Bien sûr! Il faut faire des réformes, c'est même très urgent, poursuivit Michel Ferrandi, on a perdu beaucoup trop de temps, il y a des années qu'il aurait fallu prendre le problème à bras-le-corps.

Les Ferrandi habitaient avec leur fille un tout petit appartement rue Dumont-d'Urville, ils avaient fini par convier Claire à dîner chez eux. La jeune professeure d'anglais avait décliné l'invitation : elle ne se voyait pas traverser de nuit toute la ville pour rentrer chez elle. Comme tous les Européens d'Alger, elle continuait à vivre, mais elle était devenue méfiante.

— Puisque c'est ainsi, nous passerons te prendre chez toi dimanche matin très tôt, annonça Colette, tu vas venir avec nous en voiture à Jean Bart, nous avons acheté une villa là-bas, au bord de l'eau. On ira se promener jusqu'au phare de Cap Matifou.

— Depuis le cap, la vue est magnifique sur toute la baie d'Alger, renchérit Michel, on ne se baigne plus au mois de novembre, mais on pourra marcher au bord de l'eau.

— La maison est petite, mais on s'y sent très bien. On y va pour les vacances et le dimanche, pour oublier un peu Alger. On reviendra en fin d'après-midi : la nuit, les routes ne sont plus très sûres.

Claire avait prévu de rester tranquillement chez elle pour lire. C'était une passion dévorante. La veille elle était allée jusqu'à la rue Charras à la librairie d'Edmond Charlot, Les Vraies Richesses,. Elle en avait ramené plus de livres qu'elle n'aurait de temps pour les lire. Et puis, elle avait des copies à corriger, mais ses nouveaux amis insistèrent tellement qu'elle finit par accepter.

— Et si ça te plaît, tu pourras venir à Noël ou au Premier de l'an, ajouta Colette, nous passerons les vacances là-bas, en famille. Nos parents vivent à Aïn Taya, c'est juste à côté.

C'était d'une beauté à couper le souffle. Michel avait raison, même au mois de novembre, on pouvait rester là, assis pendant des heures, à contempler la mer depuis le Cap Matifou. Alger, la ville blanche, s'étageait des hauteurs de la Casbah jusqu'à la mer, tout au fond de la baie. Loin en face, on apercevait Notre-Dame-d'Afrique qui dominait Saint-Eugène. Des bateaux majestueux et lents s'en allaient vers la France, d'autres rentraient au port, c'était si calme, si paisible qu'on en oubliait tous les tourments qui secouaient l'Algérie.

Les Ferrandi possédaient une voiture, une Simca Aronde toute neuve : on les enviait, ils passaient pour être très à l'aise. Il faisait à peine jour quand ils étaient passés prendre Claire chez elle.

Par la route moutonnière, en longeant toujours la mer, il n'y avait guère qu'une trentaine de kilomètres pour se rendre à Jean Bart. La villa n'était en fait qu'une jolie petite maison récente dans un lotissement bâti face à la mer; depuis la fenêtre du séjour, la vue était magnifique sur la pinède et la plage toutes proches. Le couple Ferrandi s'était endetté sur vingt ans pour passer les week-ends et les vacances les pieds dans l'eau.

Claire avait accompagné les Ferrandi jusque chez les parents de Michel. Leur petite Florence ferait sa sieste chez eux pendant qu'ils iraient se promener jusqu'au phare.

Venue du sud de l'Italie, la famille Ferrandi s'était s'installée à Aïn Taya dans les années 1860. C'étaient des gens modestes comme presque tous les Européens d'Algérie, ils avaient travaillé dur pour se sortir de la misère. Michel devait à l'école de la République d'avoir pu devenir professeur de mathématiques et de n'être pas, comme son père, ouvrier maçon.

Le front de mer était calme et très agréable. Toute proche de la grande ville, la petite bourgeoisie algéroise venait goûter là aux plaisirs simples de la villégiature. Les parents de Michel habitaient une modeste maison en retrait, toute proche du quartier kabyle et arabe. Là, les habitations n'avaient rien d'élégant, elles étaient construites de bric et de broc, entassées, encastrées les unes dans les autres et couvertes de tôles ondulées rouillées. Sans doute par simple distraction, les autorités municipales avaient oublié d'aménager la voirie et de bitumer les ruelles du quartier. Les dernières pluies avaient laissé partout des flaques boueuses, des enfants s'amusaient à s'éclabousser, des garçons plus grands jouaient au foot sur un terrain vague. Claire s'arrêta un instant pour les regarder. Ils s'interpellaient en arabe ou peut-être en kabyle, ils riaient beaucoup, leur entrain faisait plaisir à voir. Ils tapaient avec enthousiasme dans un ballon crevé.

— Vous avez remarqué ? fit-elle en rejoignant Michel et Colette.

— Non, je ne vois rien de particulier, répondit Michel, des gamins du village qui jouent au foot… C'est tout.

— Oui, mais ils jouent au foot pieds nus, comme s'ils étaient sur la plage… Ils ne sont pas sur la plage et ils jouent avec un ballon crevé !

Elle aurait pu ajouter qu'ils étaient habillés de hardes loqueteuses, et qu'éloigné des belles villas du bord de mer, ce quartier suait la pauvreté et l'abandon, mais elle n'osa pas. Colette et Michel côtoyaient cette indigence de la population musulmane depuis toujours, il n'y avait chez eux pas une once de mépris, mais le dénuement de ces petits indigènes ne les choquait pas. En fait, ils ne le remarquaient même pas.

Après déjeuner, la petite Florence au lit pour la sieste, Michel, Colette et Claire avaient fait cette grande balade jusqu'au phare de Cap Matifou. Il faisait doux, le vent s'était calmé, le ciel était à nouveau d'un bleu très pur.

— Quel pays magnifique ! s'était exclamée Claire. En métropole les gens ne savent pas à quel point l'Algérie peut être belle.

Ils venaient de traverser la grande pinède qui dominait la côte, ils étaient arrivés au pied du phare. La mer s'ouvrait devant eux, envoûtante, toujours magnifique.

— C'est vrai, les Français de métropole ne connaissent pas l'Algérie, ajouta Colette. Ils ne savent pas que Jean Bart, avec son église, sa mairie et son café des sports, ressemble à n'importe quel village du sud de la France.

Les Français d'Algérie n'étaient pas nombreux à avoir traversé la mer pour faire connaissance avec cette métropole dont ils se réclamaient. Les Ferrandi avaient visité la Provence l'été de leur mariage, ils étaient fauchés, ils avaient fait du camping.

— Il y a un peu de ça, concéda Claire, mais les Français de métropole n'ont pas non plus conscience qu'il y a un peuple algérien qui ne supporte plus d'être misérable et méprisé par la minorité européenne. L'Algérie et « les événements », ils n'en connaissent rien en dehors de ce qu'ils lisent dans les journaux.

— Je suis d'accord avec toi, reprit Michel Ferrandi, il faudrait absolument faire évoluer l'Algérie, le système colonial est une calamité.

Colette avait fermé les yeux pour mieux goûter le soleil d'automne ; elle était plus réaliste que son mari.

— Je crains qu'il ne soit trop tard pour les réformes, d'ailleurs ici personne n'en veut. Les ultras de l'Algérie française veillent à ce que rien ne change…

— Envoyer des milliers de soldats ne résoudra rien, se permit d'avancer Claire, tous les gens un peu sensés le disent : la guerre totale contre le FLN est une impasse…

— Je suis un incorrigible optimiste, la coupa Michel, si de profonds changements interviennent rapidement, les Arabes comprendront que nous ne sommes pas ennemis. Il y a de la place pour tout le monde en Algérie.

Michel voulait croire à la transformation miraculeuse de ce pays qu'il aimait tant, il la croyait encore possible, il s'accrochait de toutes ses forces à cette improbable chimère.

Ils restèrent un long moment à regarder la mer sans rien dire. Ils ne voulaient pas sombrer dans cette inquiétude qui, semaine après semaine, sapait toujours un peu plus leur confiance en l'avenir. Colette, enfin, brisa le silence. Elle ne lâchait pas son idée.

— Ils attendent depuis si longtemps, je crains qu'on ne soit arrivé au bout de leur patience.

Il était temps de rentrer à Alger : le soir tombait très vite en novembre.

En voiture, ils passèrent récupérer la petite Florence qui pleura beaucoup parce qu'elle voulait rester chez ses grands-parents. Sur le chemin du retour, elle bouda encore un peu puis grimpa sur les genoux de Claire, sa nouvelle amie.

Le dimanche soir, il y avait toujours beaucoup de circulation sur la route moutonnière. Même durant la mauvaise saison, les Algérois aimaient aller passer la journée au bord de la mer. Ils oubliaient un peu les attentats et cette ambiance de guerre urbaine qui minait la ville. C'était rassurant au retour, tout ce monde entassé dans les voitures. Il ne faisait pas bon errer en solitaire sur la route la nuit. Des attaques de véhicules civils isolés avaient eu lieu, il y avait eu des morts. L'armée et la police ne pouvaient pas être partout et sécuriser toutes les routes d'Algérie.

À partir d'Hussein-Dey, ce fut carrément l'embouteillage. Toutes ces carrosseries à touche-touche réconfortaient les automobilistes, ils se sentaient protégés par la masse de tôle de ce long serpent motorisé qui avançait au pas vers Alger.

Il faisait nuit noire quand les Ferrandi déposèrent Claire Deleuze chez elle. Claire avait encore des copies à corriger, elle procrastina. La lecture était le seul remède capable d'adoucir sa solitude. La veille, elle avait commencé à lire *Les Mandarins* de Simone de Beauvoir. Elle devait rendre leurs interrogations écrites aux sixièmes B le mardi suivant, elle s'y mettrait le lundi soir, après avoir écrit à ses parents. Claire choisit donc de lire, elle avait le temps. À Alger, tout le monde pensait encore avoir le temps.

**29 décembre 1956**

Ahmed Messahoud s'activait. Tout était prêt, le four était à température, les baguettes et les miches attendaient le bon vouloir de l'ouvrier boulanger. Il sifflotait en travaillant, il oubliait un peu le tracas que lui causaient ses deux grands fils. Chérif, suivant les traces de Belkacem, son aîné, s'était à son tour volatilisé dans la nature. Il n'était pas reparu depuis deux jours.

Quant au père Yborra, il avait passé son costume du dimanche et noué sa cravate. Après avoir confié le fournil à son commis, il était parti à « l'enterrement ». Ils étaient dans les vingt mille Algérois décidés à suivre le cercueil d'Amédée Froger entre l'église du Sacré-Cœur et le cimetière européen de Saint-Eugène.

Cet Amédée Froger était un des plus enragés partisans de l'Algérie française, un type très à droite, hostile à la moindre réforme du système colonial. Influent, habile à tirer toutes les ficelles du financement de l'agriculture algérienne, l'homme gérait une fortune personnelle considérable.

Le défunt était aussi maire de Boufarik et président de l'interfédération des maires d'Algérie. Il avait débuté en politique dans les années 1920, on l'appelait avec beaucoup de respect le « président Froger ». Pétainiste jusqu'en 1942, opportuniste quand le vent avait tourné, il avait été un des instigateurs des émeutes qui avaient accompagné la venue de Guy Mollet au mois de février. Il avait aussi réclamé, à cor et à cri, la décapitation des condamnés enfermés à la prison Barberousse. Autant dire que pour le FLN, le « président » Froger occupait une place de choix dans la liste des personnalités de l'establishment colonial à abattre.

Il fut donc abattu, rue Michelet, en sortant de chez lui, le 28 décembre, un vendredi matin en pleine trêve des confiseurs. Le FLN l'avait descendu, dans la rue, comme un vulgaire malfrat. L'émotion populaire fut tout de suite à son comble, la vie à Alger s'arrêta.

Monsieur Amar fut soulagé de devoir baisser le rideau métallique de son salon de coiffure pour le sabbat. Il se contenterait de suivre le déroulement des obsèques à la radio.

— Je me méfie toujours du populo en colère, il vaut mieux rester calfeutré en attendant que ça passe !

Pour une fois, Maurice Amar se plia sans discuter aux injonctions de sa femme.

Les funérailles du « président » auraient lieu le samedi 29 décembre. La rumeur courait partout qu'il allait y avoir du grabuge en ville : les partisans les plus exaltés de l'Algérie française avaient bien l'intention de transformer le cortège funèbre en grande manifestation de soutien à leur cause.

— On reste chez nous, ça risque de barder, on ne sort pas de la journée, avait ajouté le coiffeur.

Avec deux ou trois *OSS 117* à lire, il oublierait vite qu'il était enfermé. Il avait soigneusement camouflé les couvertures des livres pour lire tranquillement ; selon les principes un peu rigides de sa femme, des titres obscènes comme *Ne jouez pas avec les filles* ou *Cadavres au détail* n'avaient rien à faire dans une honnête maison juive.

Jean-Jacques aurait volontiers profité de ce jour de vacances pour aller un peu traîner en ville avec ses deux grands copains. Ils s'étaient donné rendez-vous place Jean-Mermoz pour se balader ensemble à Bab El Oued dans toutes ces ruelles biscornues autour de la cathédrale. Tous les trois se sentaient appartenir à cette ville dans la ville. D'une terrasse de café à l'autre on s'invectivait en espagnol ou en pataouète, ils adoraient l'ambiance joyeusement exubérante et toujours festive du quartier. Monsieur Amar ne refusait jamais rien à son fils, mais ce jour-là, il avait été intraitable : pas question de mettre le nez dehors.

Alger était sous tension ; André Lagadec allait aussi rater le rendez-vous. Impossible, ce 29 décembre, d'entrer ou de sortir de l'Amirauté sans une raison impérative et un laissez-passer orné de tout un tas de coups de tampon officiels de la gendarmerie maritime. André était consigné chez ses parents. Il en profiterait pour envoyer, via la poste, des cartes de vœux à toute la parentèle Lagadec ainsi qu'à ses grands-parents et à tous les oncles, tantes, cousins et cousines de la lignée maternelle ; l'exercice le barbait, mais très ferme sur la nécessité impérative de la correspondance familiale, sa mère y tenait beaucoup, il n'y avait pas moyen d'y couper.

Son père étant au travail, Zayn Messahoud était à peu près libre de faire ce qu'il voulait. Sa mère aurait préféré garder son fils à la maison, mais l'interdiction de sortir qui s'appliquait à ses sœurs ne le concernait pas. Il avait décidé d'aller, comme convenu, retrouver Jean-Jacques et André place Jean-Mermoz.

En passant devant le cimetière européen, le seul membre du trio non consigné à domicile avait bien remarqué un nombre impressionnant de policiers en faction, mais il avait continué son chemin. Toutefois le silence l'inquiétait, les rues et les boulevards habituellement trépidants d'agitation et de circulation étaient d'un calme qui lui sembla bizarre ; il se passait quelque chose d'inhabituel en ville. On n'avait pas la radio chez les Messahoud, ils vivaient en vase clos. La veille, le fils d'Ahmed avait vaguement entendu parler d'un « crime odieux » en se promenant dans Saint-Eugène, mais chaque journée apportait son lot d'attentats. Zayn n'y avait pas prêté particulièrement attention.

La place était déserte, Jean-Jacques et André n'étaient pas là : ils devaient être en retard. Il décida de les attendre.

Monsieur Yborra n'avait pas pu entrer dans la petite église du Sacré-Cœur. Il attendait la fin de l'office avec l'immense foule rassemblée sur le parvis et entassée dans toutes les rues adjacentes et rue Michelet. Quand le cercueil drapé de bleu, blanc, rouge franchit le porche de l'église à bras d'homme pour rejoindre le corbillard, une grondante *Marseillaise* jaillit spontanément des gosiers de ce peuple angoissé venu rendre un dernier hommage à son héros assassiné.

Le cortège eut un peu de mal à se former : on ne mettait pas en branle d'un claquement de doigts une procession de vingt mille personnes. Une première déflagration retentit en marge de la foule, pas une grosse explosion faite pour tuer, juste une bombinette destinée à affoler et à provoquer la colère de la multitude des endeuillés.

La marche était lente, la foule alternait *Le Chant du départ*, *La Marseillaise*, *Ce n'est qu'un au revoir* et le *Cantique des Adieux*. Une seconde bombe artisanale provoqua un début de panique dans cette procession hautement inflammable. Des petits groupes d'ultras de l'Algérie française s'appliquaient à exciter la colère de ce peuple tourmenté et anxieux. Une troisième explosion sur le parcours porta la folie vengeresse à son comble ; ces simulacres d'attentats avaient atteint leur but. Bientôt le cortège funéraire ne fut plus qu'une foule excitée, hurlant des insultes anti-arabes. Une colère saturée de haine se répandit dans toutes les rues européennes d'Alger.

Un slogan lancé par les ultras de l'extrême droite se mit à parcourir la foule : « Pour un Français, dix Arabes. » La fièvre vengeresse montait dangereusement. La police avait encore le moyen de casser le cortège en plusieurs tronçons et d'en exfiltrer les meneurs pousse-au-crime, elle les connaissait, ils agissaient depuis longtemps à visage découvert. Elle s'appliqua à n'en rien faire.

Un premier Arabe qui se trouvait par hasard sur le parcours de la manifestation fut battu à mort, massacré en pleine rue, puis un deuxième au niveau du square Bresson, puis un troisième rue Bab-Azoun. Arrivés au boulevard Carnot, on cessa de compter, la rancœur tourna à la haine collective, et rapidement à la ratonnade. Des Musulmans furent précipités sur les quais du port dix mètres plus bas. Des femmes voilées eurent la tête fracassée à coups de barre de fer, des magasins tenus par des commerçants musulmans furent saccagés. On chassa l'Arabe partout dans Bab El Oued et dans le bas de la Casbah. Le service d'ordre policier censé prévenir les désordres laissa faire.

Le père Yborra était effaré par ce déchaînement de folie criminelle. Le boulanger de Saint-Eugène essaya bien de raisonner trois hommes qui s'acharnaient sur un vieillard, mais ce fut peine perdue, l'abjection de la violence aveugle s'était emparée du cortège. Les funérailles d'Amédée Froger étaient en train de tourner au massacre.

Le si paisible commerçant était horrifié. À grand-peine, il parvint à s'extraire de ce bouillonnement de terreur et de violence. Par le dédale des ruelles autour de la cathédrale qu'il connaissait par cœur, il parvint à déboucher sur la place Jean-Mermoz. Elle n'avait pas encore été gagnée par la folie du lynchage, mais elle commençait à se remplir de monde. Le père Yborra aperçut le fils d'Ahmed en train d'attendre ses amis non loin de la porte du lycée, inconscient du chambard meurtrier qui avançait vers lui.

— Ne reste pas là, malheureux ! Ils vont te massacrer !

Le garçon ne comprenait pas pourquoi le patron de son père criait et lui faisait signe de se sauver. La foule hurlante et déchaînée commençait à déferler devant le lycée.

Zayn regardait la cohue massacreuse venir vers lui et tabasser à mort tous les Arabes qui n'avaient pas fui assez vite, il en était comme paralysé, plus par l'étonnement que par la peur. Pourtant, il ne fallait pas rester là, son âge encore tendre n'aurait pas suffi à le protéger. Le père Yborra tira le garçon par le bras et l'entraîna à sa suite hors de la place. Le cortège de la haine, tout à sa violence et à sa furie destructrice n'avançait qu'avec lenteur, les deux fuyards purent le devancer en marchant d'un bon pas, mais sans courir, ce qui n'aurait pas manqué d'exciter des bras vengeurs.

Les flics échelonnés sur l'avenue Malakoff qui menait au cimetière européen de Saint-Eugène n'arrêtèrent pas Zayn. Le père Yborra et le fils Messahoud arrivèrent sans tarder à la boulangerie.

— Vous allez rester à l'abri ici toute la nuit, dit le boulanger à Ahmed et à Zayn, ils sont devenus complètement cinglés.

Au fond du fournil, Ahmed avait travaillé sans avoir la moindre conscience de ce qui se passait en ville.

— Et pourquoi je pourrais pas rentrer chez moi, patron ? Mon fils et moi, on va pas dormir sur les sacs de farine ! Qu'est-ce qui te prend ? Qu'est-ce qui se passe ?

— Il se passe que dehors, les fous furieux ont commencé une grande chasse à l'Arabe, et que si je vous laisse sortir, vous n'avez aucune chance d'arriver vivants chez vous. Vous sortirez quand tout ça sera calmé. Ce soir et cette nuit, ça va être terrible.

Zayn se taisait. Il était très pâle et tremblait. C'était maintenant qu'il était à l'abri que le spectacle de toute cette violence lui inspirait de la terreur.

— C'est pas possible, patron, si je rentre pas et Zayn non plus, ma femme va croire qu'il nous est arrivé un malheur !

— On a connu un grand malheur aujourd'hui, jamais je n'avais imaginé que ça puisse arriver… Je vais aller trouver ta femme et lui expliquer ce qui se passe, et pourquoi vous devez rester cachés toute la nuit.

— Elle va pas comprendre, patron, elle vient du bled, elle parle pas français…

— Tes filles parlent très bien le français, elles expliqueront la situation à ta femme, on va se débrouiller, mais vous deux, vous ne bougez pas d'ici. Je ferme la boutique, et si on frappe vous n'ouvrez pas… À personne.

Ce jour-là, à Alger, il y eut d'autres pères Yborra, ils furent même nombreux à tenter de conjurer la folie criminelle des fanatiques de l'Algérie française. Beaucoup d'Européens furent épouvantés par le spectacle de toute cette haine déferlant dans les rues comme un torrent de boue saccageant tout sur son passage.

Ce n'était pas la première ratonnade à Alger, mais à coup sûr, ce fut une des plus meurtrières. Cependant, la préfecture se contenta de faire état, dans une envolée langagière empreinte d'une belle suffisance technocratique, de « heurts entre les deux grands éléments ethniques de la population ». Le rapport émanant du cabinet du préfet déplora que des victimes aient été « prises à partie » ou même « molestées » par des manifestants. On voulait en haut lieu rester dans l'anodin, il fallait absoudre ceux qui étaient à l'origine de ces meurtres.

Le fonctionnaire chargé de rédiger le rapport transmis au ministère de l'Intérieur ne fit état que de six morts et de vingt-neuf blessés. Il y en eut, à l'évidence, beaucoup plus, mais on négligea de les compter, ils n'apparurent dans aucun document officiel. Il ne fallait pas laisser penser que les ultras de l'Algérie française n'étaient qu'un ramassis de fascistes et d'assassins prêts à tous les crimes pour sauvegarder l'État colonial.

D'après le cabinet du préfet Baret, la police n'avait pas failli, elle avait même parfaitement rempli son office et n'avait rien à se reprocher. Les quelques malheureuses victimes recensées ce jour-là n'auraient jamais dû se trouver sur le parcours du cortège funéraire, ce fut tout juste si on ne les accusa pas d'avoir nargué, par leur présence, le peuple algérois éperdu de chagrin ; le service d'ordre n'avait jamais cédé aux provocations d'où qu'elles vinssent, son action fut d'ailleurs considérée comme exemplaire.

— On devrait même les décorer, fit Maurice Amar, à la fois désabusé et ironique.

Comme tous les Algérois, le coiffeur savait à quoi s'en tenir à propos de la police, il n'était pas dupe non plus des bobards que débitait la radio pour donner à penser que les obsèques d'Amédée Froger n'avaient été émaillées que d'incidents mineurs.

— Quand est-ce que tout ça va s'arrêter ? disait madame Amar en se tordant les mains.

— Un jour… peut-être ! Si Dieu veut…

C'était une façon de causer, car le patron coiffeur pensait depuis toujours que moins Dieu se mêlait des affaires des hommes, mieux c'était. Ayant toujours préféré la paix domestique à la guerre, il gardait ce genre de réflexion pour lui ou, à la rigueur, pour son fils qui marchait sur ses pas de mécréant.

Jean-Jacques, dans son coin, ruminait. Ses copains avaient dû l'attendre, ils allaient encore se moquer de lui parce que sa mère le protégeait comme une poule veillait sur son poussin unique.

André Lagadec pouvait toujours causer : fils unique lui aussi, il était couvé et surveillé par Marie-Jeanne, une mère attentive ni plus ni moins protectrice qu'une mère juive d'Algérie. De leur trio, seul Zayn jouissait d'une vraie liberté d'aller et de venir à sa guise sans avoir de compte à rendre à ses parents. Ses deux grands copains l'enviaient. C'était bien connu, l'herbe était toujours beaucoup plus verte dans le pré du voisin.

Quant à Claire Deleuze, elle était chez les Ferrandi. Elle les avait rejoints la veille par le bus des messageries d'Alger qui assurait un service régulier jusqu'au Cap Blanc en suivant la route par La Pérouse, Jean Bart et Aïn Taya. Elle était attendue.

Il était convenu qu'elle réveillonnerait avec eux chez les parents de Michel. C'était très chic de leur part.

Ces premières vacances solitaires avaient été pesantes, elle s'était sentie si seule et si malheureuse à Noël dans sa petite maison d'El Biar ! Si le beau docteur Lionel Paterlini, son ancien compagnon, lui avait ouvert les bras, elle s'y serait réfugiée pour échapper à la morosité et à l'ennui. Heureusement, il ne s'était pas manifesté.

Et pour ne rien arranger, cette fin du mois de décembre était grise, pluvieuse et venteuse.

Ce fut en arrivant chez les Ferrandi qu'elle apprit qu'Amédée Froger venait d'être victime d'un attentat qui lui avait coûté la vie.

— Les ultras et l'extrême droite ont perdu leur saint patron, avait dit Colette, on ne va quand même pas pleurer…

Pour sa part, Michel était catastrophé. Il n'avait jamais imaginé un attentat d'une pareille portée politique. Il était en proie à une terrible émotion qu'il ne surmontait qu'à grand-peine, ses mains tremblaient, sa voix chevrotait.

— Cet assassinat va avoir des conséquences terribles à Alger…

Assis, les coudes sur la table, Michel Ferrandi se massait le front ; ses espoirs de voir un jour naître une Algérie algérienne, où cohabiteraient Musulmans et Européens, s'éloignaient chaque jour un peu plus. C'était pour lui une vraie souffrance.

Florence grimpa sur les genoux de son père, elle le voyait triste et préoccupé, elle voulait lui faire un câlin. Il paraissait hébété.

# 1957

# L'année de la défaite morale et politique

## Un jour à Saint-Eugène

Ils étaient dans l'atelier de René Guivarch, ils l'écoutaient. Ce n'était qu'une petite chambre, la fenêtre ouvrait sur le jardin, un peu plus loin on voyait la mer, on l'entendait aussi s'il n'y avait pas trop de circulation sur le boulevard. Les étagères croulaient sous l'empilement des livres, des albums où étaient rassemblés, pêle-mêle, les dessins, les collages et les photos innombrables ramenés de ses voyages par l'ancien maître voilier.

René avait navigué sur toutes les mers du monde, abordé dans tous les ports et vécu toutes sortes d'aventures. Des souvenirs de ses expéditions lointaines étaient entassés partout, chacun de ces objets avait son histoire, le vieil homme possédait l'art de leur donner vie en les racontant.

Les trois garçons se sentaient bien au milieu de tout cet invraisemblable capharnaüm. René Guivarch restait un grand enfant, il avait le don de faire partager ses émerveillements et ses rêves, il avait accumulé tant de bazar poétique et farfelu dans son petit royaume qu'il était difficile de s'y asseoir. Une fois les garçons casés chez lui, le voyage pouvait commencer ; sa mémoire débordait d'autant de récits fabuleux que son atelier recelait de trésors dérisoires et inattendus. L'antre du vieux marin était devenu pour Jean-Jacques, Zayn et André le refuge du jeudi après-midi puisqu'on leur interdisait d'aller par les rues, le nez au vent.

Marie-Jeanne Lagadec accompagnait André jusqu'à Saint-Eugène. La mère et le fils prenaient Jean-Jacques au passage, son père l'accompagnait jusqu'à la station de trolley. Quand son fils avait rejoint l'ami André, Maurice Amar faisait un signe de la main à Marie-Jeanne et s'en allait vers son salon de coiffure. Pour sa part, Zayn n'avait besoin de personne, il venait tout seul jusque chez les Guivarch, il arrivait souvent le premier, il agitait la cloche au-dessus de la grille du jardin et entrait. Giovanna lui ouvrait la porte de la maison, elle n'était que sourire et bonté pour les trois garçons. Elle le cachait du mieux qu'elle pouvait, mais Zayn était son préféré.

L'inépuisable vieux raconteur d'histoires subjuguait les trois amis. Avec lui, ils visitaient des rivages inconnus toujours lointains et mystérieux, ils affrontaient des tempêtes, des typhons, des ouragans, ils faisaient relâche à Valparaiso, à Singapour ou à Djibouti, ils franchissaient le canal de Suez, celui de Panama, ils avaient même fait naufrage quelque part en mer de Chine. René Guivarch fouillait dans ses albums, remuait tous ses vieux papiers accumulés au fil des ans et finissait par en extirper la photo d'un ancien vapeur sur lequel il avait navigué, ou celle d'un immense voilier dont il avait recousu les voiles déchirées par un cataclysme océanique à peine imaginable.

C'était l'art de rêver que René Guivarch éveillait en eux. Il racontait, il inventait, il enjolivait, il dramatisait, emporté par la fougue de son récit. L'imagination des garçons s'enflammait, ils s'immergeaient dans ce passé recomposé jusqu'à ce que Giovanna vienne interrompre le flot impétueux de la saga en les appelant tous les quatre pour goûter. Ils débarquaient alors des vaisseaux fantômes, des îles fantastiques, des ports incertains, et comme de vieux marins posant leur sac à terre, ils venaient s'asseoir sagement autour de la table de la salle à manger. Là les attendaient les makrouds, les cornes de gazelle et toutes les pâtisseries au miel préparées par Giovanna.

Les garçons et le vieil homme mangeaient sans parler. Réfugiés dans un silence complice, ils savouraient l'instant ; le temps de ce voyage improbable dans un mythique autrefois, ils avaient oublié les sombres conversations des adultes, les attentats, les tragédies de la violence, les haines vengeresses et cette angoisse sournoise qui, jour après jour, minait leurs parents.

Maurice Amar ne voulait plus que son fils rentre seul rue de la Lyre. Peu à peu, la violence s'était insinuée partout. Prendre l'apéritif en terrasse pouvait s'avérer dangereux, des bombes avaient explosé à l'Otomatic, au Coq Hardi, et *bis repetita* à la Cafétéria, des bars et un restaurant très fréquentés par les Européens. Il y avait eu des morts et des dizaines de blessés. Personne n'était à l'abri d'une agression soudaine, imprévisible et presque toujours sanglante. La terreur indépendantiste dans les rues d'Alger répondait à la férocité de la répression et aux massacres perpétrés par l'armée française dans les djebels.

Le jeudi soir, Monsieur Maurice laissait à son commis le soin de boucler le salon de coiffure, il venait attendre Marie-Jeanne et les garçons à la station de trolley du stade de la Consolation. Il était toujours en avance, il s'asseyait sur un banc, à côté du buste en bronze de Marcel Cerdan.

Zayn accompagnait ses deux copains, mais il éprouvait aussi une joie intense à marcher un peu à côté de la mère d'André. Il était fasciné par cette femme à l'élégance discrète, toute de retenue et de douceur. Il l'admirait sans réserve : elle incarnait, à ses yeux, cet autre monde, celui des Européens qu'il n'avait jamais qu'entrevu, mais qui le faisait rêver. Jean-Jacques et André avaient bien raison d'être amoureux de mademoiselle Deleuze. Elle était très jolie, très distinguée aussi, mais elle n'irradiait pas cette délicatesse et cette impression troublante de sérénité. Aux yeux de l'élève Messahoud, ce calme et cette apparence de bonté que rien ne semblait en mesure de troubler la distinguaient de toutes les autres femmes. Qu'une telle personne pût lui adresser la parole était impensable ; elle lui témoignait le même respect et la même bienveillance qu'à son propre fils. Pour Marie-Jeanne, un garçon de douze ans méritait attention et bienveillance, son origine était sans importance.

Elle n'était pas la seule à penser ainsi. Madame Guivarch était née et avait grandi à Bab El Oued, mais elle restait capable d'une attention affectueuse à l'endroit d'un petit Musulman égaré entre deux mondes hostiles. Beaucoup d'Européens lui auraient claqué la porte au nez, mais Giovanna avait accueilli Zayn sans arrière-pensées, il n'y avait pas, tant s'en faut, que des fascistes bornés et obtus parmi les Algérois. « Rien n'est jamais tout noir ou tout blanc en ce bas monde », aurait dit René Guivarch. Puis il aurait embrayé sur une de ces anecdotes qui faisaient le bonheur de ceux qui savaient prendre le temps de l'écouter.

Zayn resta seul sur le trottoir, les autres étaient montés dans le trolley. Il leur adressa un joyeux signe de la main et s'en retourna chez lui. Il savait qu'il ne dirait rien du voyage immobile qu'il avait fait en compagnie de ses deux amis et de René Guivarch, ni des pâtisseries de Giovanna ni du petit bonheur qu'il éprouvait à rester un peu en compagnie de madame Lagadec. C'étaient ses affaires. Si ses sœurs Attifa et Zohra venaient à savoir qu'il avait passé tout l'après-midi avec des roumis et qu'il avait mangé des gâteaux et bu de la citronnade avec eux, elles le traiteraient de lâche, d'infidèle à l'islam et de traître à la cause de l'indépendance défendue les armes à la main par ses frères. Sa mère aussi ne manquerait pas de se lamenter : ses fils allaient la faire mourir de chagrin et Zayn ne manquerait pas d'apporter le malheur sur la maison. D'un seul geste de la main, son père aurait imposé le silence à toutes ces femmes sans même avoir besoin d'élever la voix, mais il était au travail. En attendant son retour de la boulangerie, il valait mieux se taire, se mettre dans son coin et oublier toutes les complications du monde en lisant le livre que lui avait prêté André Lagadec. Quand il lisait, on lui fichait la paix. En fait, le livre appartenait à Jean-Jacques qui l'avait passé à André qui lui-même, après l'avoir lu, l'avait passé à Zayn. Il s'agissait du dernier *Bob Morane* ; le célèbre aventurier créé par Henri Vernes était un lien très puissant entre les trois inséparables compagnons. Il ne fallait pas traîner en route, le père de leur héros publiait un roman tous les deux mois. Les garçons avaient du retard à rattraper, on était le 24 janvier, le nouveau Bob Morane paraîtrait le 28 ou le 29, il y avait urgence.

Avenue du 8 novembre, la circulation était bloquée, des camions militaires barraient les rues et les boulevards, il y avait des soldats en armes à tous les carrefours. Les civils étaient parqués sur les trottoirs par les gendarmes mobiles, casqués et fusils à la bretelle. Un silence angoissant s'était abattu sur la ville, habituellement si bruyante à cette heure-là, elle semblait retenir son souffle.

Une imposante colonne de parachutistes en tenue léopard, béret rouge sur la tête, mitraillette en sautoir, sortait de la caserne Pélissier au pas de parade et se dirigeait vers Bab El Oued en chantant quelque chose d'indistinct, mais qui n'avait rien d'une berceuse. Il se passait quelque chose de sérieux, mais Maurice Amar et Marie-Jeanne Lagadec ne comprenaient pas pourquoi on les empêchait de rentrer chez eux. La foule était paralysée, comme en état de choc.

— Vous comprenez pourquoi on est là ? demanda Marie-Jeanne à monsieur Amar, coincé comme elle sur un trottoir de l'avenue.

— Sans doute que l'armée veut nous faire croire qu'elle maîtrise la situation, ça doit être une sorte de parade militaire.

Maurice Amar n'en savait guère plus que Marie-Jeanne, mais il se méfiait des militaires. Il les avait vus à l'œuvre en France durant la guerre, ces gens-là manquaient de subtilité. Lui était de ceux qui pensaient qu'en Algérie, il aurait fallu essayer d'être fin et malin.

— Mon mari nous attend, il doit être fou d'inquiétude…

— Il est un peu du métier et il n'est pas sourd, répondit Maurice Amar avec affabilité, il n'y a pas eu d'explosions, pas de sirènes d'ambulance, et il sait que le FLN, dans la mesure du possible, épargne les femmes et les enfants.

— Dans la mesure du possible ! s'inquiéta Marie-Jeanne.

— Des fois il y a des bavures, fit-il, toujours très placide, en allumant une énième cigarette, c'est inévitable.

Ni l'un ni l'autre ne pouvait savoir que deux semaines plus tôt, le gouvernement avait capitulé devant les exigences des militaires. Guy Mollet avait cédé aux adeptes de la répression à outrance et confié tous les pouvoirs de police dans la plus grande ville d'Algérie au général Massu, le commandant de la 10e division parachutiste.

— Plus ça va, moins je comprends ce qui se passe en Algérie, répondit Marie-Jeanne en soupirant.

— Celui qui prétend y comprendre quelque chose, c'est qu'on lui a mal expliqué, répondit Maurice qui avait décidé de ne jamais dramatiser, ou alors c'est un naïf qui est prêt à gober n'importe quoi !

Tandis que Marie-Jeanne et André se demandaient comment ils allaient bien pouvoir rentrer chez eux à l'Amirauté et que Maurice Amar allumait une nouvelle cigarette, deux autres colonnes de parachutistes sortaient de la caserne d'Orléans et de la caserne des gardes mobiles pour ceinturer les hauteurs de la ville. La Casbah était bouclée. L'opération aurait dû être soigneusement tenue secrète, mais dans la foule coincée sur les trottoirs, certains semblaient avoir des informations sur ce qui se tramait. La rumeur courait bon train parmi tous ces gens anxieux.

— Les paras vont ratisser la Casbah maison par maison, disait un type qui avait l'air bien informé.

— Y a longtemps que ça aurait dû être fait, répondait un autre, les bandits du FLN sont comme des poissons dans l'eau là-dedans, il faut foutre le feu dans tout ça pour faire sortir les rats de leurs trous.

Ce qui se préparait semblait réjouir tout le monde. Le type qui avait l'air si bien informé se permit d'insister sur ce qui allait bientôt se passer dans la Casbah :

— Les paras ne vont pas demander la permission pour défoncer les portes qui ne veulent pas s'ouvrir et on peut compter sur eux : ils savent comment s'y prendre pour faire parler les muets.

Coincés au milieu de l'entassement des adultes, André et Jean-Jacques entendaient tous ces propos sans être certains de bien comprendre de quoi il retournait. Ils étaient inquiets, un orage de violence menaçait. Ce qu'un peu plus tard on appellerait « la bataille d'Alger » venait de commencer.

Jean-Jacques et son père purent enfin traverser le boulevard pour arriver rue Bab-el-Oued. Quant à Marie-Jeanne et André, ils durent passer plusieurs barrages pour regagner leurs pénates. À pied, évidemment. À chaque fois, la jeune madame Lagadec dut montrer ses papiers à des cerbères suspicieux et mal aimables. La police et l'armée savaient que plusieurs bombes meurtrières avaient été déposées par des jeunes femmes. L'engin explosif qui avait dévasté le hall de la radiotélévision algérienne à l'heure du journal parlé la semaine précédente avait été amené par une jeune Européenne dont on ne s'était pas méfié. C'était sûr et certain, tous les témoignages concordaient, on l'avait identifiée, on la recherchait. Les responsables de la sécurité publique découvraient, horrifiés, que des Français d'Algérie pactisaient avec les indépendantistes. On ne pouvait plus faire confiance à personne !

**Les paras rentrent dans la Casbah**

Ahmed Messahoud était bien ennuyé : rester chez lui au lieu de se rendre à la boulangerie pour travailler n'était pas dans ses habitudes. Le père Yborra ne pouvait pas s'en sortir tout seul, c'était bien trop dur pour un homme de son âge de trimbaler les sacs de farine et de pétrir seul les fournées de toute une journée.

Il n'y arriverait pas ! Le quartier allait manquer de pain ! Ce serait sa faute à lui, Ahmed, parce qu'il était en grève : il n'avait pas osé désobéir et rejoindre son patron.

Le mouvement avait été lancé pour répondre au bouclage de la Casbah par les parachutistes. Les travailleurs arabes avaient massivement répondu à l'appel des indépendantistes, les sbires du FLN de Saint-Eugène avaient fait la tournée du quartier pour convaincre les récalcitrants. Ceux qui iraient travailler pour les Français seraient des traîtres : ce n'était pas une menace en l'air, on retrouvait des traîtres tous les jours, égorgés au fond des impasses de la Casbah, ou étripés pour l'exemple et abandonnés sur des terrains vagues. Ahmed était un homme aussi pacifique que raisonnable, à contrecœur il était resté chez lui, confiné dans le minuscule logement qu'il occupait avec sa famille.

Les commerçants arabes avaient baissé le rideau de leurs boutiques et de leurs échoppes, les navires sur le port n'étaient plus ni chargés ni déchargés par des dockers arabes sous-payés, le bâtiment était à l'arrêt faute d'hommes de peine et d'ouvriers. La ville était comme morte, paralysée par cette grève que personne n'avait vue venir.

— Sans les Arabes, l'Algérie est en panne ! Les Européens ne s'en étaient pas encore bien rendu compte, mais il y a désormais beaucoup plus d'Arabes que d'Européens à Alger.

Pierre Lagadec se faisait couper les cheveux par monsieur Amar. Il aimait bien passer de temps en temps au salon pour causer un peu avec le coiffeur. Ils s'estimaient. Tous les deux venaient de deux mondes très différents, ils n'en partageaient pas moins un certain sens de la mesure : la sagesse et la lucidité n'étaient pas des vertus très courues dans l'Algérie de 1957.

— C'est nouveau ! fit Monsieur Maurice. La CGT et l'UGTA n'avaient jamais réussi à les mettre tous en grève en même temps.

— Cette fois, c'est toute la population arabe qui prend fait et cause pour le FLN, on ne pourra plus dire qu'il n'y a qu'une poignée de terroristes fanatiques qui réclame l'indépendance.

Comme à chaque fois qu'il ne savait pas trop quoi répondre, monsieur Amar alluma une cigarette pour se donner le temps de réfléchir.

— J'ai bien peur que vous n'ayez raison, finit-il par avouer, avec cette grève générale l'Algérie se casse un peu plus en deux. Il faudrait discuter avec les nationalistes, essayer de trouver un arrangement…

Monsieur Amar n'était pas dépourvu de sagacité, mais les parachutistes ne l'entendaient pas de cette oreille. Ils avaient reçu mission du gouvernement de rétablir l'ordre. Or, la grève était un grave désordre ; ils allaient s'en occuper. Sans prendre de gants.

Les rideaux métalliques des boutiques tenues par des Arabes furent donc forcés et arrachés à l'aide de véhicules blindés, les ouvriers et travailleurs de toutes sortes furent regroupés et amenés manu militari sur leur lieu de travail et ceux qui osaient protester étaient rossés ou emmenés pour être interrogés. La sécurité militaire voulait connaître les noms des instigateurs de la grève. Les paras disposaient de tous les fichiers de la police et des renseignements généraux. Les spécialistes des confidences extorquées de force usaient de méthodes effarantes pour dénouer l'écheveau de l'organisation clandestine du FLN. D'un strict point de vue militaire, la méthode était efficace.

Dans le même temps, la Casbah – une ville dans la ville de quatre-vingt mille habitants, tous Musulmans – était méthodiquement investie, chaque maison était perquisitionnée, fouillée et retournée pour débusquer les militants qui pourraient s'y cacher. Dix mille soldats et policiers participaient à l'opération, des milliers d'hommes et de femmes étaient arrêtés, mis au secret, détenus en toute illégalité dans des lieux soustraits à l'autorité judiciaire ou à la curiosité des journalistes. Le gouvernement avait fait savoir aux militaires qu'ils pouvaient utiliser « tous les moyens » pour rétablir l'ordre et reprendre en main la population musulmane. La chasse aux terroristes débuta donc par une abominable quête de renseignements. Ceux que les tortionnaires avaient trop esquintés ne pouvaient plus être remis en liberté, ils étaient purement et simplement liquidés, on les appelait pudiquement les « disparus ». Il y en eut d'abord quelques centaines, puis plusieurs milliers. La torture à grande échelle portait ses fruits, des caches d'armes et d'explosifs furent découvertes, et les cases encore vides de l'organigramme du FLN se remplirent au fil des interrogatoires.

Belkacem Messahoud fuyait. Quand les paras avaient défoncé la porte de la maison où le fils d'Ahmed se cachait avec deux autres militants entrés eux aussi dans la clandestinité, il avait réussi à s'échapper par le toit. Ses compagnons avaient été arrêtés, il ne pouvait plus rien pour eux ni pour les autres activistes débusqués des planques où ils se croyaient à l'abri. Il devait sauver sa peau pour continuer la lutte, coûte que coûte.

Svelte, souple et plein de vivacité, Belkacem avait pris tous les risques, il avait sauté de terrasse en terrasse, manquant de se rompre le cou. La peur lui donnait des ailes, mais il restait vigilant. Des hélicoptères survolaient la Casbah, il fallait se cacher, attendre le moment propice avant de bondir, parcourir quelques mètres, puis à nouveau se cacher, attendre, ne pas céder à la panique, rester attentif, concentré, ne pas se précipiter. Son cœur cognait fort dans sa poitrine, ses chances de s'en sortir étaient minces.

Les soldats étaient partout. De temps en temps des coups de feu claquaient. Ceux qui tentaient de s'échapper de la nasse le payaient presque toujours de leur vie. Des hommes étaient emmenés, des femmes aussi. D'autres étaient alignés face contre les murs, mains sur la tête en attente d'une sévère fouille au corps, des enfants pleuraient, hurlaient, appelant leur père ou leur mère qu'on emmenait et qu'on brutalisait.

Il avait dix-neuf ans ; Belkacem n'était qu'une petite main du FLN, un agent de liaison habile, rapide, débrouillard et intelligent. Larbi Ben M'hidi, le chef FLN de la zone autonome d'Alger et son adjoint, Yacef Saâdi, avaient repéré cet activiste dévoué à la cause de l'indépendance, un garçon jeune, efficace et surtout plein de ressources face aux nombreux aléas de la lutte clandestine. Il connaissait les caches et les noms de guerre des chefs ; il avait juré de mourir plutôt que de parler s'il était pris. C'était le genre de militant dont la révolution avait besoin, il n'était pas destiné à rester longtemps simple agent de liaison.

En attendant, il fallait sortir de la Casbah, échapper à la gigantesque rafle de l'armée française. Les parachutistes étaient assistés d'Européens supplétifs territoriaux et de quelques unités d'élite prélevées sur les régiments chargés de la protection des fermes de la Mitidja, entre Alger et Blida. Salan, le commandant en chef des troupes engagées en Algérie, et Massu avaient mis en œuvre tous les moyens dont ils disposaient pour organiser leur gigantesque coup de filet ; bien peu d'activistes parviendraient à y échapper.

Belkacem se dirigeait en direction des hauteurs d'Alger. La colline du Fort l'Empereur était très escarpée, il connaissait parfaitement le secteur. Le terrain n'était pas commode à quadriller même par des parachutistes rompus depuis longtemps à la lutte antiguérilla. C'était là et nulle part ailleurs qu'il fallait tenter de passer, essayer de gagner le parc Saint-Saëns et le quartier européen du Robertsau qui serait peu surveillé. Pour se donner plus de chance, il décida d'attendre la nuit.

La peur lui avait fait oublier qu'il avait faim. Bien caché, il finit par ne plus penser aux supplications de son estomac et s'endormit.

Le soir tombait vite sur Alger en hiver. Ce fut le froid qui réveilla Belkacem. La nuit était là, inquiétante, silencieuse, belle et sinistre à la fois. Il n'était plus temps de dormir, il devait courir sa chance.

Le clandestin Messahoud savait se mouvoir dans le noir, se fondre dans l'ombre, être à l'affût du moindre indice, du moindre trouble du silence. Il se déplaçait sans bruit, d'instinct il se fondait dans le décor. Il avait appris à respirer, à dominer son impulsivité, à toujours progresser avec lenteur, tous les sens en éveil. L'escarpement du fort l'Empereur lui permit de déjouer la surveillance de plusieurs sentinelles en armes. Les soldats avaient ordre de tirer au moindre refus d'obtempérer ; ceux qui tentaient de fuir pour ne pas tomber aux mains des parachutistes ne se faisaient pas d'illusions, les Bérets rouges étaient bien entraînés, ils étaient tous très bons tireurs.

Belkacem réussit à traverser le parc Saint-Saëns et à gagner le grand virage en épingle du boulevard Gallieni sans se faire repérer. Mais, désormais, il allait être à découvert. La police équipée de voitures à haut-parleurs avait sillonné toutes les rues d'Alger pour intimer l'ordre à la population de ne pas sortir à la nuit tombée. Le boulevard était désert, seulement parcouru de loin en loin par des véhicules de patrouille, le bruit des moteurs troublant le silence était angoissant. À l'arrière des jeeps, les soldats étaient sur le qui-vive ; entre leurs mains, les armes étaient prêtes à cracher la mort.

Il fallait y aller. Il lui restait à courir environ deux cents mètres très exposés pour gagner le couvert de la pinède du Mont Louis. Belkacem hésita un long moment avant de se lancer : le dernier grand lacet du boulevard Gallieni l'empêchait de voir et d'entendre ce qui pourrait déboucher sur sa droite. Il n'avait pas le choix.

L'automitrailleuse légère qui arrivait des hauteurs d'El Biar glissait dans la pente, moteur coupé ; elle était particulièrement discrète.

— Halte ! hurla l'homme de la tourelle.

Aussitôt un puissant faisceau de lumière éclaira le fuyard, une longue rafale déchira la nuit. Belkacem réussit à échapper au tir et à se jeter sous un buisson épineux de la pinède, mais l'alerte était donnée. Il était tapi au sol, le projecteur fouillait le hallier, il fallait décrocher. Plusieurs patrouilles convergeaient vers le boulevard Gallieni. La chasse allait pouvoir débuter.

**Servir encore pour la grandeur de cet empire ?**

— C'est pire qu'en Indochine ? demanda le commandant du *Cap-Ferrat*.

— Ça n'a rien à voir. Sur le Mékong, il n'y avait jamais de prisonniers ni d'un côté ni de l'autre, ce n'était pas beau à voir tous les jours, on faisait la guerre.

Le maître principal était à sa passerelle, debout à côté du timonier qui tenait la barre, un œil sur le compas de route. Il veillait à garder son cap. La mer était mauvaise, le bateau piquait dans la houle et la visibilité était réduite. Pierre Lagadec parlait avec le maître principal Tarantola de cette autre guerre coloniale perdue quelques années plus tôt.

— C'était abominable ! reprit-il en regardant la mer. J'aurais dû quitter la marine quand on m'a envoyé là-bas.

— Peut-être. Mais une fois sur le fleuve, c'était les niaks ou nous, on n'avait plus le choix.

— On a toujours le choix, mais parfois, on manque de courage, c'est tout !

— On n'a pas manqué de courage, on s'est bien battus… On ne pouvait pas gagner.

Il se tut. La guerre d'Indochine avait profondément marqué ces deux hommes, elle les hantait, elle restait présente dans tous leurs cauchemars. Quand les hasards du service les mettaient en contact, ceux qui en étaient revenus ne pouvaient pas s'empêcher d'en reparler, d'y retourner par la pensée, de vivre encore l'horreur de ces combats inhumains et sans issue à l'autre bout du monde.

Le *Cap-Ferrat* traversait la baie d'Alger, il convoyait deux cents fusiliers marins à leur base du centre Sirocco à La Pérouse, à deux pas du Cap Matifou et de Jean Bart. Ces hommes étaient des combattants d'élite, des baroudeurs mis pendant une semaine à la disposition du général Massu qui n'avait pas assez de paras pour investir la Casbah. Le maître principal Tarantola faisait partie de l'encadrement de ce groupe de Bérets verts. Il avait rejoint Pierre Lagadec sur sa passerelle. Les deux hommes s'étaient connus à l'École des mousses dans les années trente, ils avaient surtout fait équipe sur le Mékong avant Diên Biên Phu : c'était peu dire qu'ils savaient ce qu'était la guerre subversive.

— Les parachutistes dans la Casbah c'est autre chose, reprit le fusilier marin, ils ne font pas vraiment la guerre, ils commencent par faire du renseignement… Ensuite, ils nettoient.

Tous les deux avaient une idée assez précise de ce que recouvrait le verbe « nettoyer » dans le vocabulaire de la lutte contre-révolutionnaire.

— Je me souviens de ce qui restait de ce type qui avait été attaché sur le passage d'une procession de fourmis légionnaires pour le faire parler. On l'avait coincé sur la rive du Cổ Chiên. Ça reste une vision d'horreur dont je ne me débarrasserai jamais.

— Celui-là s'en était plutôt bien tiré, j'ai abrégé ses souffrances parce qu'il avait fini par nous dire où on pourrait cravater son groupe de Viêt-minh !

— Ce que font les paras dans la Casbah est du même tonneau ? demanda Pierre Lagadec à son camarade.

— Il n'y a pas de fourmis légionnaires en Algérie, mais il faut bien faire parler les prisonniers. Les paras ont des méthodes bien à eux, je t'épargne les détails, c'est assez répugnant… mais ils obtiennent des résultats.

— Quelle horreur ! ne put retenir Pierre Lagadec.

— Je te l'accorde ! La stratégie du renseignement militaire a été confiée à un type débordant d'imagination, le commandant Aussaresses. Quoi qu'il fasse, il est couvert par le commandement. Je l'ai vu à l'œuvre en Indochine, il est fou à lier, il ne recule devant rien quand il s'agit de confesser un suspect.

— En donnant carte blanche à un type pareil, l'armée va se déshonorer !

— C'est une question de point de vue, répondit l'autre officier marinier, l'honneur pour les généraux et les colonels qui dirigent la répression, c'est de ne pas perdre l'Algérie comme ils ont perdu l'Indochine.

— Tu sais aussi bien que moi qu'il y a des guerres qu'on ne peut pas gagner ; les généraux et les colonels qui commandent ici le savent !

— N'oublie pas que presque tous ces types-là étaient déjà officiers en mai 1940, rétorqua le fusilier marin Tarantola, leur carrière militaire a surtout été jalonnée par une succession de défaites et d'échecs. Cette fois ils veulent l'emporter à toute force.

— On a coutume de dire que la guerre est une chose bien trop grave et sérieuse pour la confier à des militaires.

— C'est vrai quand on a des hommes politiques d'envergure capables d'en imposer aux généraux va-t-en-guerre, mais pour l'heure, ceux qui nous gouvernent sont des nains sans autorité…

— Attention ! Tu déroges gravement à l'obligation de réserve, fit Pierre Lagadec en riant, nous sommes en service commandé.

— C'est vrai, je m'égare, concéda en souriant le sous-officier.

La traversée de la baie d'Alger n'avait rien d'un long voyage. Le Cap Matifou émergea bientôt du rideau d'embruns qui le tenait caché depuis leur départ d'Alger. Le maître principal Tarantola quitta la passerelle pour retrouver ses hommes. Le débarquement devait s'effectuer en bon ordre, les fusiliers marins iraient jusqu'au centre Sirocco au pas réglementaire derrière leur drapeau entouré d'une garde d'honneur. Pour faire vraiment viril, les militaires regagneraient leur casernement en entonnant une chanson de marche. Ce genre de démonstration militaire ne servait à rien, mais elle était censée rassurer la population traumatisée par les attentats.

Par mauvais temps, aller s'amarrer à la jetée qui protégeait le petit port de pêche de La Pérouse n'était pas une tâche réservée à un apprenti marin. Pierre Lagadec savait comment son bateau réagissait par mer très formée, il maîtrisait parfaitement la manœuvre. Malgré un clapot rageur et des rafales tempétueuses de vent, il réussit un impeccable accostage. Depuis le quai, le maître principal Tarantola adressa un salut plus amical que militaire à celui qui avait été son compagnon de guerre sur le Mékong.

Le commandant du bateau rendit le salut à celui qui, bien avant l'Indochine, avait été son camarade de chambrée sur les navires-pontons de l'École des mousses. Ils y étaient entrés à treize ans, leur attachement à la marine en était resté si fort que la quitter aurait été un déchirement. Ils étaient des hommes de devoir, de ceux qui n'abandonnaient pas la famille, même si on avait de graves reproches à lui faire.

**Pendant la bataille, la vie continue**

Zayn s'était cassé le nez devant la porte du lycée.

Les cours étaient suspendus pour deux journées, ils ne reprendraient que le lundi suivant quand l'effervescence provoquée par l'entrée en scène des parachutistes dans Alger serait retombée. L'armée avait fait savoir qu'il fallait éviter de sortir de chez soi pour ne pas gêner l'action des militaires. Radio Alger avait diffusé l'information, mais elle n'était pas arrivée jusqu'à la famille Messahoud.

C'était bien ennuyeux, il allait être privé d'André et de Jean-Jacques. Tous les trois étaient devenus inséparables, ils partageaient les merveilleux jeudis après-midi chez les Guivarch, ils lisaient les mêmes livres, ils rigolaient, ils commençaient à regarder les filles. Ils en parlaient beaucoup, ils rêvaient surtout ; ils n'avaient pas encore l'âge d'oser.

Quand ils sortaient du lycée, ils faisaient le détour par la rue Lazerges pour passer devant le collège d'enseignement technique où des adolescentes apprenaient la sténodactylo. Il y avait toujours des filles qui entraient ou qui sortaient, des grandes qui avaient au moins quatorze ans. Bien sûr, elles ne regardaient pas les morveux qu'ils étaient encore, mais ils pouvaient causer à n'en plus finir, se vanter d'un regard échangé furtivement, voire d'un clin d'œil d'encouragement. Ce n'était pas vrai, mais ça n'avait aucune importance.

Avec André et Jean-Jacques, Zayn laissait de côté sa timidité maladive, il oubliait qu'on le tolérait chez les roumis parce qu'il était gentil et que même s'il était très bon élève, il savait rester d'une exemplaire discrétion.

Ce vendredi où Zayn se trouva privé de lycée, il ramenait dans son cartable les livres qu'André lui avait prêtés. Il avait tout lu, tout assimilé en un rien de temps : deux romans de James Oliver Curwood dévorés à toute allure et, dans la foulée, il avait ingurgité *Croc-Blanc* et *L'Appel de la forêt* de Jack London, il avait adoré. Enfant d'un pays de chaleur, de sécheresse et de lumière, Zayn se délectait de ces récits de froidure extrême, de neige, de nuits sauvages ; plongé dans ces aventures lointaines, il s'inventait un ailleurs mythique loin des rues d'Alger.

La fermeture temporaire du lycée était une vraie catastrophe, il n'avait plus rien à lire et il ne verrait pas ses deux pourvoyeurs de livres avant trois jours. André avait promis de lui prêter *L'Île au trésor* et *Les Voyages de Gulliver*, mais surtout *Le Grand Atlas de l'Univers* qu'il avait eu pour Noël. Jean-Jacques, de son côté, n'apporterait qu'un seul livre – mais quel livre ! –,

*Les souris ont la peau tendre*, un San-Antonio qu'il avait discrètement piqué à son père. Il s'en était régalé en secret.

Zayn devait ensuite se délecter des aventures du beau commissaire avant de passer le relais à André. Après lecture, le fils Lagadec rendrait le bouquin sulfureux à Jean-Jacques, qui le remettrait à sa place et, si possible, en subtiliserait un autre.

C'était décidé : Jean-Jacques venait de changer son fusil d'épaule.

— Je ne serai pas musicien de jazz, je vais devenir chanteur de rock'n'roll comme Elvis Presley ou Jerry Lee Lewis.

— Tu sais jouer de la guitare électrique ? s'inquiéta André.

— Non, y a pas besoin ! Il faut juste avoir le sens du rythme et l'allure rock'n'roll.

— Pour l'instant, t'as surtout l'allure d'un gars de Bab El Oued, lui fit remarquer Zayn.

— Je vais demander à mon père de m'arranger la même coupe de cheveux qu'Elvis, et quand j'aurai des sous, je m'achèterai un blouson de cuir.

Ça avait commencé à Noël. Bien que juifs, les Amar célébraient la Nativité ; pas religieusement évidemment, mais ils faisaient un dîner familial agrémenté des spécialités qu'on cuisinait pour Kippour. On en profitait pour offrir des cadeaux à Jean-Jacques. Maurice avait le cœur tendre, il aimait beaucoup les réunions de famille pourvu qu'elles fussent pleines de gaîté et de bonne humeur. Pour le Noël 1956, Jean-Jacques n'avait eu qu'un cadeau : dans le plus grand secret, tout le monde s'était cotisé pour lui offrir un de ces tourne-disques de la marque Teppaz qui faisaient fureur parmi la jeunesse, à Alger comme partout en France. Une merveille !

La tante Rose, la sœur aînée de son père, lui avait offert *Pierre et le Loup* de Prokofiev raconté par Gérard Philipe, ce qui ne l'avait que médiocrement intéressé. En revanche, son cousin Benjamin, le fils de la tante Léa – celui qui était parti étudier à Paris – venait de lui envoyer par la poste deux 45 tours d'Elvis Presley et un autre de Jerry Lee Lewis. C'était dément, un tourbillon d'émotion esthétique et de révolte submergeait le préadolescent : six faces, douze titres qu'il écoutait sans jamais se lasser et dont il captait toute l'énergie et l'incroyable modernité. Enfermé dans sa chambre, il se saoulait de ces sons et de ces rythmes incandescents. Madame Amar venait cogner à sa porte pour qu'il baisse le volume avant d'engueuler son père parce qu'il ne disait jamais rien à son fils.

Monsieur Amar secouait la tête, allumait une cigarette. Il laissait passer l'orage.

— Il écoute de la musique, ce n'est pas bien méchant, finissait-il par dire, il ne fait de mal à personne.

Le salon de coiffure était resté fermé. Comme tous les autres commerçants d'Alger, Maurice s'était plié aux injonctions des militaires. Seuls les commerces de bouche étaient ouverts, il fallait bien nourrir la population.

Jean-Jacques s'accommodait très bien de ces deux jours de vacances généreusement octroyés par les parachutistes. Son seul regret était de ne pas pouvoir partager les émotions du rock'n'roll avec ses deux grands copains. Tous les deux lui manquaient d'autant plus qu'il avait discrètement emprunté à son père *Ne jouez pas avec les filles*, une aventure de l'agent OSS 117 de Jean Bruce. Il y avait dans ce roman d'espionnage quelques scènes très suggestives qui l'avaient mis dans tous ses états. Il trouvait très dommage de ne pas pouvoir évoquer son trouble avec ses amis, les seuls en mesure de comprendre et de partager ses rêveries érotiques. Avec un peu de chance, il pourrait piquer un autre Jean Bruce à son père pour le lire peinard dans sa chambre et rêver un peu aux belles espionnes que croisait au fil des pages Hubert Bonisseur de La Bath.

Les militaires avaient fait savoir que dès le prochain lundi, la vie pourrait reprendre son cours habituel. Ils n'avaient pas précisé – mais tout le monde avait compris – qu'ils parlaient pour les Européens. Pour les Musulmans ce serait très différent; ils ne devaient pas s'attendre à circuler librement ni en ville, ni dans la Casbah, ni dans les grands bidonvilles de Dar Mahieddine ou de l'oued Lezhar. La majorité musulmane des Algérois allait être soumise à un contrôle permanent, tatillon et arbitraire, pour que la minorité européenne puisse vaquer tranquillement à ses occupations.

André avait maudit ces deux jours de repos forcé. Impossible de sortir de l'enceinte de l'Amirauté. Quand les « événements » menaçaient de tourner au vinaigre en ville, l'enceinte de la marine à Alger devenait un vase clos. Il était aussi difficile d'y entrer que d'en sortir. Coincé chez ses parents, le jeune Lagadec trouvait le temps long. Son père était en mission et Marie-Jeanne entendait mettre à profit ce temps disponible pour faire travailler son garçon; pas question de s'endormir et de laisser son esprit en friche.

— Il faut apprendre pour apprendre, disait-elle, parce qu'on n'en sait jamais assez et qu'on peut toujours s'améliorer.

Il soupirait. André avait un penchant très marqué pour la nonchalance et la rêvasserie.

— Ça ne sert à rien, se défendait-il, même en travaillant jour et nuit je n'arriverai jamais à rattraper Zayn, il est trop fort !

— Tu ne travailles pas pour être au niveau de Zayn, tu travailles d'abord pour toi !

Madame Lagadec était une femme de principes qui surveillait de très près la scolarité de son fils. Tout y passait, les verbes irréguliers en anglais, des exercices supplémentaires en mathématiques, des poésies à apprendre par cœur, le nom des empereurs romains à réciter dans l'ordre, sans se tromper, une dictée pour améliorer son orthographe parfois défaillante et tout un tas d'autres choses qui faisaient soupirer d'ennui l'élève Lagadec. S'il lui restait du temps, André devait lire. Pas *Bob Morane* ni aucun des romans d'aventures dans lesquels il aimait se perdre, mais les auteurs qu'il fallait avoir lus à son âge : George Sand, Alain-Fournier ou encore Théophile Gautier et son *Capitaine Fracasse*. C'était sans doute très bien, mais il préférait choisir lui-même ses lectures, et ses goûts le portaient ailleurs.

André serait volontiers resté à regarder le déroulement des opérations de nettoyage de la Casbah. Depuis la terrasse de l'appartement familial, on pouvait suivre à la jumelle la progression des colonnes de parachutistes dans les ruelles de la ville arabe.

— Laisse un peu ces jumelles, lui dit Marie-Jeanne, ce qui se passe en face n'est sûrement pas un spectacle pour un garçon de ton âge !

Une nouvelle fois, il soupira. Il ne lui restait que l'ennui.

André en était à envier Zayn à qui ses parents – et pour cause – fichaient la paix avec le travail scolaire. Il faisait aussi à peu près ce qu'il voulait de son temps. Sans compter qu'il ne serait venu à l'idée ni de son père ni de sa mère de se mêler de ses lectures ; l'ami Zayn n'avait pas besoin de se planquer pour dévorer le San-Antonio que Jean-Jacques avait discrètement piqué à son paternel, tandis qu'André allait devoir se cacher et user de ruses de Sioux pour se régaler de ce livre interdit. C'était peu dire que le jeune Lagadec avait hâte de retourner au lycée le lundi suivant.

Cependant, le samedi, les voisins des Lagadec invitèrent Marie-Jeanne et son fils à passer la soirée chez eux puisqu'en l'absence de Pierre ils n'étaient que tous les deux. À dire vrai, les voisins étaient très fiers de leur toute nouvelle acquisition : ils étaient la première famille de militaires vivant à l'Amirauté à posséder un poste de télévision. André était épaté, jusque-là, il n'avait vu des téléviseurs que dans la vitrine des vendeurs d'électroménager. Personne dans l'entourage des Lagadec ne possédait encore ce fantastique robinet à images. Pour la première fois, André allait, l'espace d'une ou deux heures, regarder une émission tout entière ; peu importait ce qu'on lui donnerait à voir.

Adultes et enfants étaient assis dans la pénombre, silencieux, happés par cette magie moderniste qui défilait en noir et blanc devant eux. C'était petit, le cinéma était d'une autre ampleur et générait des émotions bien plus excitantes, mais c'était tout de même incroyable tout ce flux d'images et de sons qui arrivaient chez les gens. L'élève Lagadec eut une pensée pour ses deux grands copains qui n'avaient pas eu la chance de passer un pareil moment devant le petit écran. Ils allaient en rester sans voix.

— Il faudrait acheter un téléviseur, avait-il dit à sa mère en rentrant chez eux, ça serait rudement bien pour passer les soirées… Et j'apprendrais plein de choses intéressantes !

— Je préfère te voir lire : à ton âge, on a besoin de faire travailler son imagination et de faire des efforts de compréhension. La télévision c'est passif, tu es assis et on te gave de sensations, d'images et de mots sans que tu aies le moindre effort à fournir.

André argumenta bien encore un peu, mais Marie-Jeanne resta inflexible. Elle aimait beaucoup faire plaisir à son fils, mais l'achat d'un poste de télévision ne faisait pas partie de ses projets de vie familiale.

— Même la lecture d'un roman policier te serait plus profitable qu'une soirée à gober n'importe quelle ânerie, reprit Marie-Jeanne pour que les choses soient bien claires.

André saurait quoi répondre à sa mère s'il se faisait surprendre en train de lire le San-Antonio qui devait d'abord faire les délices de Zayn avant d'enflammer sa propre imagination.

## « La liberté va bientôt arriver Et alors nous sortirons de l'ombre »

Il était caché, tapi dans le jardinet d'une petite maison, il y avait de la lumière aux fenêtres. L'aîné des fils Messahoud avait presque réussi à semer ses poursuivants. Presque, parce que les paras en jeep continuaient à tourner dans le quartier. Ils le cherchaient, ils n'avaient pas renoncé à l'alpaguer. Le secteur était bouclé, c'étaient des tenaces, ils finiraient par le coincer.

Les militaires n'étaient plus seulement dans la Casbah ou dans un des bidonvilles de la périphérie d'Alger, ils avaient investi toute la ville. Ils assuraient aussi des missions de protection partout chez les Européens. À El Biar, l'éclairage public restait allumé toute la nuit. Belkacem entendait ses poursuivants, ils étaient peu discrets. Les parachutistes frappaient à toutes les portes, demandant poliment aux gens s'ils n'avaient rien vu d'anormal, ils inspectaient les jardins.

Soudain, la porte s'ouvrit. Une femme fit quelques pas dehors. S'il bougeait, il risquait d'être découvert. La dame lui tournait le dos, elle alluma une cigarette. Belkacem perçut l'odeur du tabac blond, il pensa qu'elle avait entendu du bruit et qu'elle devait attendre les soldats qui n'étaient plus très loin dans la ruelle. Il ne pouvait pas rester là, sans rien tenter, à attendre de se faire cueillir : il fallait se décider et vite. Agir, compter sur la chance, arrêter de peser le pour et le contre.

Elle regardait Alger en contrebas et la masse sombre de la mer au loin. L'instinct de survie le projeta en avant : d'un seul bond, il fut sur elle, plaquant une main sur sa bouche pour l'empêcher de crier. Aussi surprise que terrorisée, elle se laissa entraîner sans résister à l'intérieur de la maison. Ce qu'il ferait ensuite, il n'en savait rien, il improviserait.

La maison était vraiment toute petite, une pièce à vivre qui faisait office de chambre, une cuisine et un cabinet de toilette : apparemment la femme y vivait seule. Belkacem fut décontenancé tant il s'attendait à devoir affronter un homme.

Elle parvint à se libérer de son étreinte, elle lui fit face. Ce n'est qu'à cet instant qu'il s'avisa qu'elle était jeune et qu'elle n'était pas une faible femme apeurée ; elle était prête à se battre. À dire vrai, elle lui faisait peur, il n'avait jamais approché de si près une Européenne ni même aucune autre femme. Ils se regardaient tous les deux pleins de méfiance et d'angoisse. On frappa à la porte.

Belkacem ne douta pas un instant que sa cavale était arrivée à son terme. La jeune femme se dirigea vers la porte. Il pouvait entendre les soldats fouiller le petit jardin autour de la maison, elle allait le dénoncer.

Ils étaient équipés de puissantes torches électriques. Le jeune agent de liaison du FLN s'était enfermé dans un piège dont il ne pouvait plus s'échapper.

Il y eut un bref dialogue sur le pas de la porte, le fils Messahoud n'en percevait que des bribes, mais il devina que la femme n'était pas en train de le livrer aux parachutistes. Il se cala dans un coin de la pièce pour ne pas être vu par les soldats qui fouillaient à l'extérieur de la maison, aussi méthodiques qu'indiscrets. Le fugitif rampa et parvint à se cacher sous le lit. Il était temps. Le sous-officier, bousculant la jeune femme, avait décidé de jeter un coup d'œil à l'intérieur. Les militaires estimaient avoir tous les droits dans leur chasse aux terroristes. Par chance, il ne se livra pas à une perquisition en règle.

Le soldat estima que la femme ne mentait pas et qu'elle vivait seule dans cette petite maison d'El Biar. Peut-être était-il impressionné parce qu'elle lui avait dit qu'elle était professeure au lycée Bugeaud. Impressionné peut-être, mais à coup sûr méfiant : un certain nombre d'enseignants – surtout issus de métropole – étaient proches du Parti communiste algérien qui soutenait ouvertement la cause indépendantiste.

Sous le lit, Belkacem se retenait de respirer. Du soldat, il ne voyait que les godillots, lourds de menaces et de danger. D'où il était, le jeune homme ne voyait pas les pieds de la jeune femme ; elle ne disait rien. Enfin, le soudard se décida à quitter les lieux.

— Nous tournerons dans le quartier tant que nous ne l'aurons pas coincé, n'hésitez pas à nous faire signe si vous repérez quoi que ce soit d'anormal ! Bonsoir, Madame.

La porte claqua, Belkacem attendit encore de longues minutes avant de s'extraire de sa cachette.

— Vous ne m'avez pas livré ! bredouilla le jeune homme.

Il en restait incrédule. Claire Deleuze ne répondait pas, elle s'était vivement emparée d'un long couteau de cuisine qu'elle tenait fermement, lui signifiant par là qu'il n'avait pas intérêt à approcher.

— Vous avez pris beaucoup de risques. S'ils m'avaient trouvé, ils vous embarquaient aussi. On ne sait pas ce que deviennent ceux qu'ils emmènent.

Elle gardait le silence, elle avait peur de ce jeune Arabe. Il avait violé son intimité et exercé sur elle une violence intolérable. Il était chez elle, c'était un intrus, elle lui en voulait, mais elle l'avait sauvé.

— Je n'ai pas beaucoup de chance de m'en sortir, mais je vous remercie. Si je me fais prendre, je ne dirai jamais que vous m'avez aidé. Je le jure, Madame !

Belkacem était bien emprunté, l'insaisissable qui se coulait si bien dans la nuit et dans le fourmillement de la Casbah ne savait quelle attitude adopter. Le regard direct de la jeune femme le gênait. Ni ses sœurs ni sa mère ne se seraient permis de fixer un homme de cette manière-là avec, en plus, un couteau à la main. Elle continuait de se taire.

— N'ayez pas peur, Madame, je ne suis pas un bandit, je suis un…

— Un terroriste ! le coupa-t-elle brusquement.

— Non ! regimba-t-il avec fierté. Un Algérien qui lutte pour l'indépendance de son pays et la dignité de son peuple…

Il se sentit soudainement plus à l'aise : l'aîné des fils Messahoud aimait discuter politique, il débattait sans cesse avec ses camarades de combat, il était passionné, il pouvait parler durant des heures de la stratégie révolutionnaire du FLN.

— En tuant des innocents, des femmes, des enfants, l'interrompit-elle encore, en semant partout la terreur avec des attentats aveugles !

— Vous ne nous laissez pas le choix. La répression menée par l'armée française est féroce, des dizaines de milliers d'Algériens ont déjà été massacrés, des militants sont guillotinés toutes les semaines, d'autres sont torturés ou exécutés sommairement ; à la cruauté du pouvoir colonial, nous répondons par une autre cruauté. Il ne tient qu'au gouvernement français de faire cesser cet engrenage sanglant.

Claire était décontenancée. Pas tant par l'argumentation de Belkacem qu'elle avait déjà entendue ou lue sur des tracts du FLN ou du Parti communiste algérien, mais par le ton posé, calme et déterminé de ce garçon. Il n'avait rien d'un bravache endoctriné engagé dans une cause qui le dépassait.

— Ce pays n'est pas le vôtre, continua-t-il sans élever la voix, avec la tranquille assurance de sa conviction, nous réclamons qu'il soit souverain et que son peuple prenne son destin en main comme le peuple français l'a fait en se libérant de la tyrannie en 1789.

— Vous me faites la leçon ?

Cette fois, ce fut Belkacem qui fut désarçonné : elle l'avait vouvoyé. Il n'avait pas souvenir du dernier Européen qui s'était adressé à lui avec respect. Malgré sa peur et son hostilité, elle ne le regardait pas comme un sous-homme, un crouille, un bougnoule, un bicot, un moins que rien. Il osa changer le cours de la conversation :

— J'ai faim, avoua-t-il un rien penaud.

Mademoiselle Deleuze consentit à sourire, le garçon si sûr de son fait politique n'était plus qu'un jeune chien perdu. Elle le trouva très drôle en grand garçon timide avouant qu'il n'avait pas mangé depuis longtemps.

Sans le lâcher du regard et son couteau toujours bien en main, elle dégotta à tâtons un paquet de gâteaux secs qu'elle lui lança et qu'il attrapa au vol.

— Prenez donc un verre sur l'égouttoir derrière vous et servez-vous au robinet, vous devez avoir soif aussi. Et puis asseyez-vous à table.

Il obéit. Elle resta debout dans la position de la professeure évaluant un élève peu ordinaire. Il dévorait les gâteaux, il avait très faim.

— Je devrais vous mettre dehors, reprit-elle, mais vous n'avez aucune chance d'échapper aux soldats qui vous recherchent. Je crains que nous soyons obligés de cohabiter quelques heures, le quartier va être bouclé au moins jusqu'à demain matin.

— Je ne vous ai rien demandé ! se récria le jeune homme.

— J'ai commis l'erreur de ne pas vous dénoncer tout à l'heure, je dois assumer cette stupidité jusqu'au bout, je ne peux pas vous laisser au milieu du chemin.

— Vous savez ce que vous risquez à héberger et à aider un terroriste ?

Compte tenu de la radicalisation des Européens d'Algérie et des pouvoirs de police et de justice déférés à l'armée, Claire Deleuze avait bien conscience de prendre des risques insensés pour un jeune type qu'elle ne connaissait pas et qui ne lui était rien. Elle éluda la question.

— Avez-vous du sang sur les mains ?

— J'ai participé à des attentats, il y a eu des morts et des blessés…

— Vous me faites horreur !

Un lourd silence s'installa entre eux. Ils se regardaient, elle debout, frémissante de colère, et lui assis, tentant d'échapper à ce regard plein de reproches.

C'était une sorte de duel, il était acculé, mais plutôt que de baisser les yeux et de fuir, il contre-attaqua :

— Combien d'Oradour-sur-Glane en Algérie ? Combien de militants de la cause algérienne liquidés, enterrés vivants ou jetés à la mer depuis un hélicoptère, combien de femmes et d'enfants assassinés, brûlés dans leur maison, combien de viols, combien d'hommes torturés à mort par des parachutistes sadiques qui auraient eu leur place chez les SS allemands, combien de prisonniers guillotinés au mépris des lois de la guerre ? Je ne peux pas faire le compte des horreurs commises par l'armée, la police française et par les Européens, il y en a trop !

Claire se mordit les lèvres, elle avait conscience de la véracité de ce que venait d'énumérer le garçon. Encore une fois, elle était épatée par la maturité et l'argumentation de ce jeune homme tout juste sorti de l'enfance. Bien peu parmi les grands élèves du lycée Bugeaud auraient été capables de s'exprimer avec autant de clarté.

— Vous semblez bien connaître la période de l'Occupation en France métropolitaine.

— Un terroriste, comme vous dites, passe la plus grande partie de son temps caché, il ne sort de son trou que pour passer à l'action avant de retourner se terrer, parfois pendant des jours et des jours. Ça laisse beaucoup de temps pour lire. Je suis passionné par l'histoire de la Résistance française pendant la guerre…

— Vous vous en inspirez ? demanda Claire.

— Ça arrive ! J'admire Jean Moulin, son courage, son sens du sacrifice !

L'évocation du héros assassiné par la Gestapo eut pour effet de créer une sorte de connivence entre eux. Claire posa enfin son grand couteau de cuisine.

— Puisque nous devons passer quelques heures ensemble, lui dit-elle avec un air plus avenant, vous devriez vous présenter, je ne connais même pas votre nom…

— Pour des raisons de sécurité, je ne vous donnerai pas mon nom. Appelez-moi Belkacem, c'est mon vrai prénom.

— Je vous autorise à m'appeler Claire, je suis professeure d'anglais dans un lycée.

— Ah, le lycée ! Après le certificat d'études, j'ai pu m'inscrire au collège technique, mais ailleurs il n'y avait plus de places pour les Arabes… alors le lycée, c'était hors de portée.

— Oui, je sais, il y a malheureusement beaucoup trop d'injustices en Algérie.

Elle se rendit compte qu'elle venait de proférer une affligeante banalité. Il lui répondit par une question toute simple qui resta sans réponse :

— D'injustices ou de racisme anti-arabe ?

Tandis que Claire Deleuze et Belkacem discutaient, derrière les murs ouvragés de la villa Sésini, sur les hauteurs d'Alger, des dizaines de Musulmans soupçonnés d'être en relation avec le FLN étaient soumis à d'abominables tortures. Des hommes, mais aussi des femmes outragées et violées pour leur arracher le peu qu'elles pouvaient connaître des réseaux indépendantistes avant d'être assassinées.

— Je ne suis qu'un bicot, un melon, un rien du tout, indigne de fréquenter des Européens. Je préfère être un terroriste… même si je dois y laisser ma peau. Je ne vivrai pas couché devant les roumis.

Ce jeune homme n'était, à l'évidence, ni une tête brûlée ni un gamin endoctriné et fanatique, il avait beaucoup réfléchi. Claire était plus âgée que lui, elle avait fait des études, elle avait du jugement et un sens critique affuté. Le terrorisme lui restait odieux et répugnant, mais elle sut reconnaître qu'il y avait de la justesse dans les propos de Belkacem.

Ils discutèrent encore un long moment. Elle eut une brève pensée pour Lionel Paterlini, son ex-fiancé : il serait horrifié de la voir attablée à discuter presque tranquillement avec un terroriste qui, sans doute, avait du sang européen sur les mains. Un vague sourire flotta sur les lèvres de la jeune femme.

— Le lycée rouvre ses portes demain matin, je dois y être de bonne heure, il faut absolument que je me repose. Je vous propose un oreiller et une couverture pour dormir par terre, je n'ai rien de mieux à vous offrir pour cette nuit.

— La vie des moudjahidines est très difficile. Il m'est arrivé de passer des nuits nettement moins confortables.

Bien qu'elle s'efforçât de ne pas succomber au mépris ambiant, Claire Deleuze n'échappait pas complètement à la suffisance des Européens d'Algérie ; la plupart d'entre eux estimaient que par l'intelligence, la culture ou les mœurs, ils étaient bien supérieurs aux Arabes. La professeure d'anglais n'avait jamais imaginé qu'un si jeune type sorti de la Casbah pût s'exprimer avec autant d'aisance et de naturel.

— Essayez de m'oublier, lui lança-t-il en s'allongeant par terre. Je vous souhaite une bonne nuit, Claire.

Et poli, par-dessus le marché… Mais capable, au nom de la cause, de jeter une grenade au milieu d'une terrasse de café bondée ou d'aller déposer une bombe dans un autobus pour faire avancer la révolution.

Ils s'installèrent, elle sur le lit, habillée, crispée de méfiance, et lui par terre en chien de fusil. La situation avait quelque chose d'incongru. Ni l'un ni l'autre ne parvinrent à trouver le sommeil.

— Vous dormez, Belkacem ? demanda-t-elle après s'être tournée d'un côté puis de l'autre en espérant sombrer dans l'oubli.

Non, il ne dormait pas. Alors ils recommencèrent à parler, à voix basse, sans se voir, dans l'obscurité.

Finalement, elle l'invita à s'allonger à côté d'elle, en tout bien tout honneur après qu'il eut promis de n'attenter en rien à sa vertu, ni même de la frôler. Bien difficile de dire si ce fut lui qui manqua à sa parole ou bien si ce fut elle qui céda à une pulsion obscure et bienfaisante qui poussa Belkacem à transgresser les lois convenues de l'hospitalité.

Il y avait des mois qu'aucun homme ne l'avait approchée. Lui n'en menait pas large, il en avait rêvé souvent, mais c'était la toute première fois.

Ils oublièrent l'Algérie et la guerre, ils furent heureux, ils dormirent peu.

## La justice militaire est à la justice ce que la musique militaire est à la musique

En ne dénonçant pas Belkacem, en cédant à l'élan mystérieux du désir, Claire venait de s'engager sur un chemin qu'elle n'avait jamais souhaité emprunter ; elle s'était faite complice d'un présumé terroriste. Aux yeux des autorités civiles et surtout militaires, elle rejoignait le camp des nationalistes.

Les rares Européens choisissant de soutenir d'une façon ou d'une autre la cause de l'indépendance étaient prévenus : la répression s'abattrait sur eux avec la même férocité que sur les Musulmans. Pour qu'ils en soient bien convaincus, le gouvernement avait fait un exemple. Fernand Iveton, un jeune employé d'une usine à gaz de la banlieue d'Alger, mais surtout adhérent du

Parti communiste algérien, avait tenté de faire exploser une bombe dans le vestiaire de l'usine quand personne ne s'y trouvait. Tout avait marché de travers, la bombe avait été désamorcée, ne causant ni dégâts ni victimes. Fernand Iveton, terroriste amateur, avait été arrêté. Torturé, il avait avoué son « crime ». Il revint au tribunal militaire de juger le poseur de bombe maladroit. Les képis galonnés ne s'embarrassèrent pas de finasseries juridiques. Le 24 novembre 1956, en une seule journée, réquisitoire et plaidoirie compris, le jeune ouvrier fut condamné à avoir la tête coupée.

On pensait que la grâce de Fernand Iveton irait de soi, mais retranché derrière l'avis de Mitterrand, le garde des Sceaux, le président de la République l'envoya sans barguigner à la guillotine. Pas de pitié pour les traîtres : c'était une bien curieuse conception de la justice pour le ministre censé en être le garant et qui, de surcroît, était avocat de son état.

Dans la salle des professeurs, ses collègues trouvèrent que mademoiselle Deleuze avait bien mauvaise mine en ce jour de « rentrée ».

— Quelque chose ne va pas ? s'était enquise Colette Ferrandi.

Malgré leur grande proximité, Claire n'avait nulle envie de s'alléger de son lourd secret en se confiant à son amie.

— Non, tout va bien, j'ai très mal dormi à cause des patrouilles qui ont sillonné le quartier toute la nuit, ils recherchaient un type qui a réussi à leur filer entre les doigts.

Claire mentait mal, mais Colette était discrète, elle n'insista pas.

— Moi aussi j'ai mal dormi, Michel n'arrêtait pas de faire les cent pas dans l'appartement en fumant cigarette sur cigarette, reprit la professeure d'espagnol, ce qui se passe dans la Casbah le rend complètement fou. Il est de plus en plus instable, par moments il me fait peur, j'ai réussi à lui faire prendre un somnifère pour qu'il se repose un peu, il n'a pas cours le lundi matin.

— Je veux essayer de penser à autre chose. Ce qui se dit ici ou là à propos de la torture et des assassinats est tellement abominable que je préfère croire que tout ça n'est qu'affabulation ou vantardise d'Européens qui prennent leurs désirs pour la réalité.

Les deux jeunes femmes conversaient à voix basse dans un coin de la salle où régnait la fièvre des grands jours. Autour d'elles bien des professeurs se réjouissaient sans vergogne de la tournure des événements. La torture, les exécutions sommaires sans jugement, les viols, l'arbitraire le plus total à deux pas de chez eux ne suscitaient que bien peu de réprobations.

— Les parachutistes vont peut-être rétablir la paix et la sécurité à Alger, mais à quel prix ? reprit Colette. Michel voit son monde s'effondrer, il ne le supporte pas.

— Il faudra qu'il s'y fasse, la voie de la réconciliation à laquelle il a voulu croire n'était qu'un rêve, ce qui se passe dans la Casbah la rend désormais impossible.

La sonnette mit fin à leur aparté. Il était temps d'aller retrouver leurs élèves. Claire en fut soulagée, cette brève discussion avec son amie l'avait mise très mal à l'aise.

Le verrouillage du quartier avait été allégé au cours de la nuit. Le général Massu avait besoin de tous ses hommes pour fouiller la Casbah et les bidonvilles agglutinés autour d'Alger. Le bouclage ne pouvait pas être totalement hermétique.

Avec autorité, Claire avait imposé à Belkacem de rester caché chez elle toute la journée ; la nuit serait plus favorable à son évasion. Il venait de vivre des instants de pure exaltation avec elle, il était encore au paradis, subjugué par cette femme si belle et si étrange, il ne protesta pas.

— Tu risques de t'ennuyer en attendant la nuit, je te recommande de lire ce livre, fit-elle en lui lançant un bouquin qu'il attrapa au vol.

— *Les Justes*… Albert Camus !

— Tu connais ?

— Évidemment ! Ce type est né à Mondovi, j'ai lu *L'Étranger.*

— Et qu'en as-tu pensé ?

Claire s'apprêtait à partir au lycée, elle sirotait un dernier café très fort à petites gorgées, en attendant la réponse de Belkacem.

— Pas grand-chose, finit-il par dire. Les Arabes ne sont pas dignes de porter un nom dans ce roman, ils sont les colonisés, des bougnoules, des moins que rien, tandis que les Européens ont tous un nom, ils sont au centre du livre, c'est un roman colonial comme beaucoup d'autres, les Européens devant et les Arabes derrière, des faire-valoir noyés dans le décor.

Elle n'avait jamais envisagé le roman de Camus sous cet angle, elle n'était pas d'accord, mais la brève analyse de Belkacem ne manquait pas de pertinence. Décidément, ce garçon était étonnant.

— Nous en reparlerons ce soir. La politique t'obsède, tu lis avec des œillères, répondit-elle sans se fâcher, il ne t'est pas venu à l'idée que Camus interroge la duplicité de la justice confrontée au crime absurde d'un homme différent de tous les autres parce qu'il ne sait ni mentir ni pleurer, et qu'il parle de lui comme s'il s'agissait d'un autre.

— Ce sont des histoires d'Européens, nous autres, les Musulmans, nous sommes des asservis, des ratons, des analphabètes, vous nous méprisez depuis toujours, notre façon d'envisager la vie est différente de la vôtre.

— Parce qu'en me donnant à toi, je t'ai méprisé, cette nuit…

Claire reposa sa tasse, un silence s'installa entre eux. Il n'y avait plus trace de bienveillance dans le regard qu'elle portait sur lui. Belkacem baissa la tête comme un enfant pris en faute et implorant piteusement pardon.

— Excuse-moi, reprit-il avec beaucoup moins de superbe, tu n'es pas comme les autres, je ne parlais pas pour toi, je n'aurais jamais dû dire ça… c'était idiot.

Il avait l'âge des élèves des classes préparatoires du lycée Bugeaud, c'était un garçon vif d'esprit, outrancier et séducteur comme l'étaient parfois ces jeunes gens qui semblaient hésiter à devenir adultes. Et, elle l'admettait, d'une beauté singulière, faite d'un mélange d'arrogance et de douceur. Malgré sa froideur apparente, Claire ne parvenait pas à le détester.

— Oublie cette nuit ! Fais comme si rien ne s'était passé entre nous, mais prends le temps de lire cet autre livre de Camus, c'est une pièce de théâtre, elle parle de l'amour, de la vie et du désir de mort dans un groupe de terroristes russes avant la grande révolution de 1917.

Il ne sut quoi répondre. Glaciale, elle attrapa son sac et sortit sans même lui dire au revoir. Claire préférait penser qu'elle n'était pas amoureuse de cet effronté, intelligent et très joli garçon. Peut-être ne l'attendrait-il pas ? Peut-être serait-il parti quand elle rentrerait du lycée ? Mais peut-être pas ? À vrai dire, elle était troublée, incapable de savoir si elle souhaitait qu'il l'attendît ou bien qu'il sortît de sa vie, comme un mirage ou un rêve très doux qui aurait enchanté son sommeil, mais qu'au matin elle aurait oublié.

En ville, il y avait des barrages à tous les carrefours. Les Musulmans, hommes et femmes, étaient fouillés et examinés sous toutes les coutures par l'armée, mais les Européens devaient aussi exhiber leurs papiers. La police avait fourni aux renseignements militaires la liste des membres du Parti communiste algérien qui comptait de nombreux Européens dans ses rangs. Ces gens-là avaient pris fait et cause pour l'indépendance de l'Algérie. Depuis l'affaire Iveton, les autorités considéraient qu'il fallait de toute urgence retirer ces traîtres de la circulation.

Michel Ferrandi fut contrôlé à l'entrée de la rue Bab-Azoun. Il n'était pas communiste, mais il figurait sur une liste de sympathisants dressée par le commissariat central d'Alger. De sympathisant à militant clandestin, il y avait une nuance sans doute un peu trop subtile pour un militaire habitué à obéir aux ordres. Le professeur de mathématiques fut embarqué sans le moindre ménagement.

C'est au commissariat qu'il apprit que son collègue Tramoni, professeur agrégé de philosophie farouchement « Algérie française », avait communiqué aux autorités les noms de tous les professeurs qui ne lui revenaient pas en les accusant d'être des communistes clandestins. L'inspecteur principal Brunet chargé de faire la part du vrai et du fantasme dans le courrier de Tramoni était bien ennuyé : arrêter tous ces professeurs, c'était amputer le lycée Bugeaud d'une bonne moitié de ses enseignants. Et puis le policier avait un fils en troisième, élève de monsieur Ferrandi, il n'avait pas envie de voir son rejeton privé de cours de mathématiques parce que son professeur était, peut-être, communiste. Il prit donc le parti de relâcher son prévenu, non sans lui avoir posé quelques questions en apparence anodines :

— Vous connaissez mademoiselle Claire Deleuze, votre jeune collègue professeure d'anglais ?

— Naturellement, elle est beaucoup plus qu'une collègue, c'est une amie proche.

— Sur la liste communiquée par votre collègue Tramoni, son nom est souligné d'un double trait rouge.

— Tramoni n'a jamais accepté d'avoir pris publiquement une claque suite à un geste déplacé qu'il a eu à l'encontre de Claire, ça n'en fait pas une militante indépendantiste !

— Je vous l'accorde, Monsieur Ferrandi, mais un sous-officier parachutiste nous a transmis une fiche… Elle est soupçonnée d'avoir aidé un terroriste à échapper aux patrouilles qui essayaient de le coincer.

— C'est absurde ! Claire Deleuze n'a rien à voir, ni de près ni de loin, avec le FLN et les indépendantistes.

L'inspecteur principal sortit un dossier d'un tiroir de son bureau, il prit le temps de le feuilleter et même de donner l'impression de s'y absorber, histoire d'installer le malaise.

— C'est une métropolitaine, reprit enfin le policier, ses parents vivent en Eure-et-Loir, du côté de Chartres. Vous connaissez Chartres ? La cathédrale ?

— Non, je ne suis allé qu'une seule fois en métropole, dans le Midi.

— Dommage, fit-il encore, comme pour donner un tour familier à la conversation avant de revenir à ses moutons et d'étayer ses soupçons, son père est communiste, décoré de la médaille de la Résistance, avec rosette s'il vous plaît. Il a écrit un livre, que je n'ai pas lu, sur le devoir de solidarité avec les opprimés du monde entier. Il a hébergé des hommes du réseau Alliance pendant la guerre ; torturé par la Gestapo, il n'a pas parlé. Monsieur Deleuze a passé une dizaine de mois à Buchenwald à la fin de la guerre.

— Un parcours exemplaire ! J'ignorais que le père de Claire était un authentique héros. Ça ne fait pas de sa fille une supplétive des terroristes du FLN.

— Bien sûr que non, mais par les temps qui courent, avouez qu'il y a là un faisceau de coïncidences troublantes…

— Vos allégations sont insultantes à propos d'une personne dont la droiture et la loyauté sont exemplaires.

— Bien sûr, bien sûr, Monsieur Ferrandi, mais si vous avez un tant soit peu d'amitié pour mademoiselle Deleuze, recommandez-lui de faire très attention, qu'elle n'aille pas se mettre dans un pétrin dont il serait impossible de la sortir…

Michel Ferrandi s'apprêtait à quitter le bureau de l'inspecteur, déjà il avait la main sur la poignée de la porte quand il se tourna vers son questionneur.

— Pourquoi tant de prévenance à l'égard de cette jeune femme qui ne vous est rien ?

— Je pourrais vous répondre que je la trouve jolie et gracieuse sur la photo qui est jointe à son dossier et que j'aurais beaucoup de peine de la savoir entre les mains des soudards de Massu. Il ne vous a pas échappé que je viens de métropole…

Le professeur de mathématiques acquiesça d'un hochement de tête. L'inspecteur Brunet prit le temps qu'il fallait pour revenir sur une vieille histoire :

— En 1942, j'ai rejoint le réseau des Arsenaux en Bretagne. Je dois la vie à une femme dont je ne sais même pas le nom, je ne l'ai pas retrouvée pour la remercier après la guerre. La Gestapo était à mes trousses, elle ne faisait partie d'aucun réseau de la Résistance, elle m'a caché. En ouvrant sa porte à un fugitif, cette femme a fait preuve ce soir-là d'un sang-froid et d'un courage hors du commun. Admettez qu'en mettant en garde votre amie, je m'acquitte d'une vieille dette d'honneur.

### Une vague de suicides

Ils avaient juré sur la tête de leur mère que jamais ils ne révéleraient ce que Zayn allait leur dire, même sous la torture : c'était dans l'air du temps. Zayn avait ajouté que s'ils ne voulaient plus être amis avec lui, il aurait de la peine, mais il ne leur en voudrait pas, il comprendrait.

— Mes deux frères ont rejoint l'Armée de libération nationale, ils font la guerre aux Français pour l'indépendance de l'Algérie.

André Lagadec et Jean-Jacques Amar n'avaient rien répondu tant la nouvelle les bouleversait. Sans le vouloir, Zayn les avait entraînés à sa suite dans le monde tourmenté et violent de la guerre.

— Vous êtes quand même toujours amis avec moi ?

— Tu sais bien qu'entre nous trois, c'est à la vie, à la mort, mon frère ! avait aussitôt répliqué Jean-Jacques.

C'était une conversation chuchotée sur un banc du square Marengo. Tout en tirant, à trois, sur la même cigarette clandestine, ils mettaient en commun un secret très lourd, une de ces confidences qui engageaient pour toute la vie.

— Ça ne change rien ! s'était empressé de rajouter André. Mais toi, qu'est-ce que tu penses de l'indépendance de l'Algérie ?

C'était une question bien ennuyeuse pour Zayn. Malgré le racisme qui affleurait sans cesse dans les propos de certains de ses camarades, il aimait ce monde du savoir et des livres qu'il retrouvait chaque jour au lycée. Grâce à Jean-Jacques et à André, il s'y sentait heureux et même un peu chez lui. Mais il avait conscience de l'oppression qui pesait sur les siens. La place réservée aux Musulmans par le statut colonial le révulsait. Il prenait chaque jour un peu plus la mesure de l'humiliation et du mépris qui pesaient sur le peuple algérien. L'intervention brutale des parachutistes lui avait ouvert les yeux ; le combat de ses frères n'était pas toujours empreint de noblesse, mais il était juste.

— Peu importe que l'Algérie soit française ou algérienne, avait-il finalement répondu à ses amis, ce qui manque ici c'est la justice, l'égalité des droits et surtout le respect des Musulmans.

Même à ses amis les plus proches, Zayn ne pouvait pas dire le fond de sa pensée, il avait peur de les blesser, peut-être de les perdre ; cette complicité improbable, nouée avec un juif d'Algérie et un roumi métropolitain, lui était précieuse.

— Je suis d'accord avec toi, avait tout de suite rétorqué Jean-Jacques avec un certain enthousiasme, j'ai déjà entendu mon père dire la même chose. Remarque bien que moi, je m'en fous, plus tard, j'irai vivre à Paris.

André s'était contenté de hocher la tête, il n'avait pas l'habitude de donner son avis sur une question de cette importance, il était même très étonné de l'avoir posée.

C'était Jean-Jacques qui piquait discrètement à son père la cigarette quotidienne qu'ils fumaient ensemble avant de rentrer chez eux. André suçait un ou deux bonbons à la menthe avant d'arriver chez lui et d'embrasser sa mère. Si elle venait à savoir que son garçon fumait en cachette, elle en aurait fait toute une histoire. Maurice Amar fumait comme un pompier, l'haleine tabagique de son fils se perdait dans les remugles de tabac qui imprégnaient l'appartement. Quant à Zayn, il faisait ce qu'il voulait, quand il voulait : ni son père ni sa mère ne lui disaient jamais rien.

Pierre Lagadec lisait *L'Écho d'Alger.* C'était le seul quotidien algérois disponible, les autres avaient été victimes d'interdiction de diffusion ou de fermeture administrative. Les grands ciseaux de la censure ne toléraient que ce seul journal parce qu'il appartenait à une famille de colons immensément riche et outrageusement « Algérie française ».

— Ce n'est pas un journal, tout juste un baveux, il est tellement partial qu'il finirait presque par être comique s'il ne traitait pas d'événements aussi graves et tragiques.

— Je me demande pourquoi tu l'achètes encore, répondit Marie-Jeanne sans lever le nez de *Fragments d'un paradis* de Jean Giono, paru quelques années plus tôt.

— C'est toujours intéressant de voir comment fonctionne la propagande. *L'Écho d'Alger* encense Massu et ses parachutistes depuis qu'ils ont entrepris de rétablir l'ordre. Évidemment, il ne dit pas un mot des exactions, de la torture ou des assassinats… Comment les gens peuvent-ils gober un pareil tissu de bobards ?

Les Lagadec étaient tous les trois dans la petite pièce qui faisait office de salon. Cette soirée du mois de mars était très agréable. Marie-Jeanne soupira, haussa les épaules et poursuivit sa lecture. Elle n'avait pas l'intention d'entrer avec son mari dans une de ces discussions à n'en plus finir sur la situation politique de l'Algérie en train de basculer dans l'irrationnel. Le maître principal Lagadec continua donc à soliloquer :

— Qui peut croire que le chef FLN de la zone autonome d'Alger s'est suicidé dans sa cellule ?

— Tu parles de Larbi Ben M'hidi ? Il a été liquidé !

Marie-Jeanne sortit de son bouquin et Pierre posa son journal, tous les deux regardèrent leur fils qui était censé travailler à son devoir de français sans s'occuper de la conversation des parents. De quoi se mêlait-il ?

— D'où est-ce que tu tiens ça ? fit Pierre.

— C'est Zayn qui nous l'a dit ! Le suicide est interdit dans la religion musulmane, c'est les militaires qui l'ont tué et qui veulent faire croire à un suicide. Le journal ment, tous les Arabes d'Alger le savent.

— Je crois que tu ferais mieux d'être plus attentif à ce que tu es en train de faire que d'écouter les conversations des adultes.

— André n'est plus un petit garçon, dit avec douceur Marie-Jeanne à son mari, il a bien le droit d'avoir une opinion sur « les événements ». Au moins il ne se laisse pas intoxiquer par les mensonges de la presse.

— Il ne manquerait plus que les enfants aient des opinions politiques ! s'amusa brièvement Pierre Lagadec.

— Au lycée, pendant les récréations, on n'arrête pas de parler de ce qui est en train de se passer, il y a des bagarres parce que ceux qui sont pour l'Algérie française ne supportent pas qu'on ne soit pas d'accord avec eux.

— Tu t'es battu ? s'alarma Marie-Jeanne.

— Pas encore, mais s'ils touchent à Zayn, Jean-Jacques et moi, on le défendra…

— Si vous n'êtes pas « Algérie française », vous êtes quoi tous les trois ? Indépendantistes ? interrogea Pierre.

— Nous, on est pour la vraie justice, pour l'égalité des droits et le respect des Musulmans. Les Arabes se battront tant qu'ils seront considérés comme des moins que rien.

Pierre ne répondit pas tout de suite. En fait, il était plutôt fier de son fils qui ne se laissait embobiner ni par la propagande ni par ses camarades de classe. Au milieu de l'hystérie ambiante, André tentait vaille que vaille de réfléchir et de suivre son propre chemin.

— Je suis bien d'accord avec toi, il faudrait commencer par-là, justice, égalité des droits et respect des Musulmans ! Reste à savoir si ça sera suffisant.

— Décidément c'est une épidémie, après Larbi Ben M'hidi, voilà que c'est Ali Boumendjel qui décide d'en finir en sautant du sixième étage.

Monsieur Léon, le garçon coiffeur employé par monsieur Amar, commentait la une de *L'Écho d'Alger* ; la mort du jeune avocat pacifiste, membre du FLN, ne le peinait pas plus que ça.

— Ils ont préféré le jeter par la fenêtre plutôt que de le traduire devant le tribunal militaire, répondit Monsieur Maurice, pas facile de guillotiner un type connu et brillant comme Boumendjel, ça risquait de mobiliser tous les avocats de France et de Navarre… En plus, ils avaient dû bien l'arranger avant de le pousser dans le vide !

— Vous ne croyez pas au suicide de Boumendjel, Monsieur Maurice ?

— C'est une fable, un type de sa trempe a tout à gagner à être jugé publiquement, même s'il sait qu'il va être condamné à mort et exécuté : les parachutistes manquent d'imagination, soit ils abattent ceux qui les gênent en disant qu'ils tentaient de s'enfuir, soit ils les suicident.

— Suicidé ou pas, ça revient au même, c'était un communiste et un indépendantiste. Bon débarras, l'Algérie se passera très bien d'un type pareil.

Monsieur Léon n'était pas un méchant bonhomme, mais la simple idée de l'indépendance de l'Algérie était pour lui inconcevable. Il faisait partie de ces braves gens que le puissant lobby affairiste et colonialiste savait faire marcher devant lui pour défendre ses intérêts et ses privilèges.

— L'armée a déjà arrêté les chefs du FLN extérieur en détournant leur avion l'année dernière, si elle liquide tous les dirigeants de l'intérieur il ne restera plus d'interlocuteurs quand l'heure sera venue de discuter…

— Vous êtes trop bon, Monsieur Maurice, l'interrompit le commis, il n'y a pas à discuter avec ces gens-là : on tire dans le tas et on n'en parle plus.

— Je ne suis pas meilleur qu'un autre, Monsieur Léon, fit Maurice Amar, j'essaie de rester lucide : les temps changent, les Arabes aussi. Les Musulmans ne veulent plus de l'Algérie qu'on a toujours connue… Il va falloir s'y faire.

— Vous êtes un défaitiste, Monsieur Maurice, maintenant que les paras ont pris les choses en main, tout va très vite rentrer dans l'ordre !

Par tempérament, Maurice Amar se méfiait des militaires. Avant de partir faire la guerre en Italie, il s'était fait aboyer dessus pendant des mois à la caserne de la Salpêtrière par des sous-officiers pétainistes et antisémites ralliés du bout des lèvres à la France combattante en 1943. Il imaginait facilement ce que ces types-là devaient penser des Arabes en général et des militants indépendantistes en particulier.

— On verra ! Les militaires n'arriveront pas à étouffer l'idée de l'indépendance, elle court chez tous les Musulmans. Que ça nous plaise ou non. Il faudra bien en discuter un jour avec eux, si on veut retrouver la paix.

Il n'y avait pas de clients, la discussion aurait pu durer encore un bon moment, mais Jean-Jacques venait d'entrer dans le salon de coiffure, il voulait que Monsieur Léon retravaille un peu ses crans qui, pensait-il, le faisaient ressembler à Elvis. On se mit donc à parler de football et de l'équipe des amateurs d'El Biar qui faisait, cette année-là, un très beau parcours en coupe de France.

— Il ne faudrait pas que les joueurs musulmans décident de faire grève pour soutenir l'indépendance parce que sans eux, le foot algérien n'arriverait pas à grand-chose.

Sa remarque fit sourire monsieur Amar et tousser son commis, Monsieur Léon : Jean-Jacques était très content de lui.

**Ce n'est pas la guerre, mais on compte les morts**

Guy Mollet avait fini par fatiguer tout le monde. La majorité qui l'avait soutenu pendant plus d'une année ne le croyait plus en état de résoudre la crise algérienne. Le 21 mai 1957, mis en minorité à la Chambre, le gouvernement tomba et le président de la République se mit en quête d'un nouveau président du Conseil.

Mitterrand estimait que le poste devait lui revenir. N'avait-il pas fait preuve de fermeté dans la lutte contre la rébellion ? En moins d'une année, le couperet de la guillotine avait tranché quarante-cinq têtes de nationalistes algériens : on pouvait lui faire confiance, il ne céderait rien au FLN ! Toutefois, le président Coty se méfiait beaucoup de cet ambitieux sans scrupule, il lui avait préféré Bourgès-Maunoury, moins cauteleux, sans doute plus raide et malcommode, mais moins ambigu.

À Alger, Mitterrand ou Bourgès-Maunoury, on s'en fichait pas mal. En ce printemps 1957, les Français d'Algérie ne croyaient plus qu'à l'armée et à ces généraux qui savaient régler les problèmes sans se perdre dans des discussions parlementaires oiseuses : à tout le moins, c'était comme ça que la plupart des clients du salon de coiffure voyaient les choses.

Avec sa manie de toujours faire un pas de côté, Maurice Amar s'était mêlé de dire qu'après Guy Mollet et les pouvoirs spéciaux, il y avait urgence à revenir à la légalité républicaine. Tout le monde s'était bruyamment esclaffé dans la boutique.

— Sacré Maurice ! avait réagi un vieux client qui riait aux larmes. Faut toujours que tu nous sortes une vraie connerie quand on vient se faire couper les cheveux chez toi…

— Remarque, c'est pour ça qu'on t'aime bien et qu'on t'a choisi comme coiffeur, avait fait un autre candidat rigolard à la coupe sans fantaisie.

— La légalité républicaine n'est pas une connerie, avait calmement répondu monsieur Amar en allumant posément une nouvelle cigarette et en plissant son œil droit, c'est pour ça que je me suis engagé en 1943 : pour qu'on la rétablisse. J'y tiens beaucoup.

— Qu'est-ce que tu vas chercher ? reprit le premier client. On s'est engagés pour la France pendant la guerre, on s'est battus pour elle sans rechigner : en venant serrer la vis aux melons, la patrie ne fait que répondre à notre fidélité passée.

— D'accord, avait encore fait Monsieur Maurice, mais la justice doit être rendue par des juges civils et indépendants, pas par des militaires. Et c'est au gouvernement de diriger la police, pas à l'armée ou aux gros colons qui exploitent l'Algérie et gagnent beaucoup d'argent.

Les autres n'en avaient cure.

— T'as toujours été à moitié communiste, Maurice, avait dit un autre client, et les communistes, même quand ils ont tort, ils ont quand même raison, ils ne voudront jamais reconnaître que Massu était le seul type capable d'en finir avec les terroristes à Alger.

Ce n'était pas faux. Au prix d'un bilan effroyable, les parachutistes avaient réussi à rétablir l'ordre et à ramener le calme. L'organisation et les réseaux du FLN étaient démantelés à Alger : les caches d'armes et d'explosifs avaient été mises au jour, les principaux chefs de l'Armée de libération nationale avaient été arrêtés et, à une ou deux exceptions près, liquidés.

Pour le commandement militaire en Algérie, c'était une victoire – à la Pyrrhus, sans aucun doute –, mais une victoire. Pour les Européens, Massu était le sauveur, celui qui avait osé donner un coup de pied dans la fourmilière indépendantiste. Bien rares étaient ceux qui osaient critiquer la terreur et la barbarie des méthodes mises en œuvre pour pacifier la ville.

Les professeurs du lycée Bugeaud étaient comme tous les Algérois : soulagés de voir la ville purgée du terrorisme et bien résolus à ne rien savoir des milliers de victimes de « la bataille d'Alger » qui n'avait rien d'une bataille, mais tout d'une féroce opération de basse police. La toute petite minorité d'enseignants qui trouvait à y redire se faisait discrète. Claire Deleuze et son amie Colette faisaient profil bas, elles ne se sentaient en rien solidaires ou redevables de l'action terrifiante des parachutistes. Pour la plus grande désolation de sa femme, Michel Ferrandi était incohérent. Avec un certain courage, il s'élevait contre la violence démesurée de l'armée, mais dans le même temps, il applaudissait très fort le retour à l'ordre. Colette et Claire préférèrent ne pas s'attarder en salle des professeurs.

Les élèves de la sixième B attendaient toujours leur professeure d'anglais avec impatience : non seulement elle était belle, enjouée et vive, mais elle sortait des sentiers battus et rebattus de la pédagogie des langues vivantes. Puisqu'il n'était pas question d'évoquer en classe la situation politique algérienne, elle avait trouvé judicieux de faire lire en français à ses élèves *La Case de l'oncle Tom* et de leur faire commenter en anglais à l'oral certains passages du roman d'Harriet Beecher Stowe. Il n'avait pas échappé aux plus malins qu'on pouvait établir une certaine parenté entre les noirs soumis à l'esclavage dans l'Amérique du XIXe siècle et les Arabes réduits à la situation misérable de sous-citoyens dans l'Algérie des années cinquante. D'autant que mademoiselle Deleuze ne se privait pas d'apporter un certain nombre de précisions sur l'histoire de la discrimination raciale outre-Atlantique.

— Please, Miss, can we compare the Fugitive Slave Act of 1850 in the United States and the *indigénat* status of the indigenous population of Algeria in 1870[1] ?

André Lagadec avait soigneusement préparé sa question avec ses deux copains après être allé à la pêche aux renseignements auprès de son père.

— Mister Lagadec, I cannot answer your question, répondit Claire, I suggest you ask your history teacher[2].

Mademoiselle Deleuze évitait dans la mesure du possible de donner des réponses à ses élèves, elle s'efforçait plutôt de les amener à se poser des questions et à se forger leur propre opinion sur les événements qu'ils vivaient au quotidien. Et puis livrer le fond de sa pensée à propos de la question d'André pouvait lui valoir de sérieux ennuis avec les parents d'élèves ou la direction du lycée.

---

1. S'il vous plaît, Mademoiselle, peut-on comparer le *Fugitive Slave Act* de 1850 aux États-Unis et le régime de l'indigénat des indigènes du territoire de l'Algérie en 1870 ?

2. Monsieur Lagadec, je ne peux pas répondre à votre question, je vous invite à la poser à votre professeur d'histoire.

— Miss, *Uncle Tom's Cabin* is a Christian novel for the use of Christians. We cannot compare the situation of Christian slaves in America and the indigenous Muslim population of Algeria[1].

Cette fois encore, la remarque soulevée par Zayn avait été préparée sur un banc du square Marengo par les trois compères qui aimaient beaucoup ce jeu de questions et de réponses mis au point par la professeure.

— I agree with you, Mister Messahoud, rétorqua Claire, it's about thinking, not comparing… But I haven't heard Mister Amar's voice yet. Would you also have something else to ask, Mister Amar[2] ?

Mademoiselle Deleuze avait, de longue date, perçu que les trois inséparables copains du fond de la classe posaient des questions toujours orientées, mais pertinentes. Le troisième larron devait avoir dans sa besace une vraie question bien embarrassante à laquelle elle ne répondrait pas.

— Yes, Miss, I have a question. If the American segregationists are like the Nazis, can we say that the French « parachutistes » are like the SS soldiers during the last world war[3] ?

Claire avait eu raison de se méfier. La provocation était manifeste, il y eut un bref instant où on entendit

1. Mademoiselle, *La Case de l'oncle Tom* est un roman chrétien à l'usage des chrétiens. On ne peut pas comparer la situation des chrétiens esclaves en Amérique et des musulmans indigènes en Algérie.

2. Parfaitement d'accord avec vous, Monsieur Messahoud, il s'agit de penser, pas de comparer… Mais je n'ai pas encore entendu la voix de Monsieur Amar. Auriez-vous autre chose à demander, Monsieur Amar ?

3. Oui, Mademoiselle, j'ai une question. Si les ségrégationnistes américains sont comme les nazis, peut-on dire que les parachutistes français sont comme les soldats SS pendant la dernière guerre mondiale ?

les mouches voler. La professeure n'eut pas le temps de reprendre la main.

— Retire ça tout de suite, lança une voix dans la classe.

— Je n'ai rien à retirer, je pose simplement une question, crana encore Jean-Jacques, on n'est pas obligé de me répondre.

— Sale juif ! hurla un autre gamin.

Mademoiselle Deleuze n'eut pas le temps de s'interposer, André Lagadec s'était jeté sur l'insulteur et le rouait de coups. Les tenants de l'honneur de l'armée française encourageaient l'auteur du propos antisémite, les autres soutenaient André.

Jean-Jacques et Zayn eurent bien du mal à maîtriser leur ami, tandis que deux ou trois élèves ceinturaient l'autre protagoniste. La bagarre avait été aussi soudaine que brève, mais cette violence entre enfants avait stupéfié Claire. Le « sale juif » jailli spontanément de la bouche d'un élève de la classe l'avait glacée, de vieilles haines qu'elle croyait enfouies à tout jamais revenaient à la surface.

— Monsieur Amar, votre question était malvenue, je suis très fâchée ! Vous avez provoqué un désordre inadmissible, vous serez puni : dorénavant, vous me soumettrez vos questions par écrit et nous ne traiterons que de celles qui se rapportent à *Uncle Tom's Cabin*.

Elle aurait dû aussi punir André, mais elle n'eut pas le cœur de le faire : elle les aimait bien tous les deux ainsi que Zayn, ce garçon si brillant qu'elle soupçonnait d'être l'âme du trio.

## Danser le dimanche après-midi

Il y avait eu encore plusieurs attentats sanglants dans Alger, mais l'ALN ne pouvait plus faire régner la terreur, elle n'en avait plus les moyens. La ville reprenait le cours en apparence paisible de son existence. Les prisons étaient pleines et les centres d'interrogatoire tournaient à plein régime, mais qui s'en souciait ?

On était au début du mois de juin, il commençait à faire très chaud dans la journée. Le soir, quand l'air devenait plus respirable, les Algérois retrouvaient petit à petit le chemin des terrasses des cafés. On renouait un peu avec la vie « d'avant ». La rébellion continuait à flamber, mais ailleurs. Le bled était toujours en effervescence, l'armée française se déployait partout avec ses hélicoptères, ses avions, son napalm et tout son matériel de guerre sophistiqué, mais rien n'y faisait. Malgré des pertes énormes et la souffrance des populations musulmanes embringuées dans cette guerre invraisemblable, les fellaghas de l'ALN s'obstinaient à poursuivre le combat.

L'été n'était pas encore tout à fait arrivé, mais l'appel de la plage et du farniente était irrésistible. La mer, le ciel bleu très pur, une certaine idée de la douceur de vivre faisaient le charme envoûtant de cette ville de passion et de soleil. On était le 9 juin, la jeunesse européenne d'Alger voulait danser à nouveau, rire et s'amuser, oublier cette guerre qui n'osait pas dire son nom, mais n'en finissait pas d'assombrir leur vie.

Ce même dimanche, les Lagadec étaient à la plage de Bab El Oued, aux bains Padovani. Il fallait payer pour entrer, mais c'était bien fréquenté. Ils voulaient profiter de la mer et du soleil avant d'aller retrouver René et Giovanna Guivarch à Saint-Eugène. Pierre avait voulu arriver tôt le matin pour éviter la foule qui ne manquerait pas d'envahir les lieux dès la fin de matinée. Les Amar étaient là aussi, ils aimaient l'ambiance de ces dimanches d'été, l'odeur de la friture et des merguez, le goût de la bière glacée sur la terrasse dans le flot de la jactance joyeuse, haute en couleur, des Algérois aux bains de mer. Et puis, après avoir nagé, on pouvait se rincer à l'eau douce pour retourner chez soi ou bien attendre la soirée et danser sur le plancher de la guinguette.

André et Jean-Jacques s'étaient retrouvés, ils avaient nagé avant de rôtir au soleil en regardant, sans en avoir l'air, les filles en bikini. Il ne leur manquait que leur ami Zayn pour que ce dimanche fût parfait. Les Arabes n'entraient pas aux bains Padovani : on n'avait pas besoin de les refouler, ils n'y venaient pas.

Les garçons s'étaient mis d'accord la veille, ils se retrouveraient chez les Guivarch après déjeuner. Giovanna serait toute contente d'ouvrir sa porte à Zayn s'il arrivait le premier. Les Guivarch aimaient beaucoup les trois garçons, mais Zayn, leur presque voisin, tenait une place à part dans leurs cœurs fatigués. Il leur rendait visite tout seul ; il aidait René au jardin ou faisait les courses pour Giovanna, il parlait avec eux. En les écoutant, il était un peu le petit-fils qu'ils n'avaient jamais eu. Une vraie complicité s'était peu à peu tissée entre les deux vieux et l'adolescent.

Rachel et Maurice Amar avaient accompagné les Lagadec et leur fils jusque chez les Guivarch.

— Vous n'allez pas repartir comme ça, s'était fâchée Giovanna quand Maurice et sa femme avaient voulu prendre congé, vous restez avec nous pour le goûter.

— On ne veut pas déranger, s'était excusé Maurice qui avait bien l'intention d'aller lire tranquillement un roman policier à l'ombre d'un parasol sur la plage de Bab El Oued.

— On se fera tout petits, avait minaudé madame Amar.

Dévorée de curiosité, Rachel avait très envie de passer un moment avec les Lagadec et les Guivarch, des gens apparemment bien comme il fallait dont son fils lui rebattait les oreilles depuis des mois.

Les trois compères étaient dans l'atelier avec René et les adultes avaient devisé agréablement à l'ombre de la tonnelle en buvant la citronnade maison préparée par Giovanna. Ils avaient parlé de politique, des événements, de la France si proche et si lointaine, des livres qu'ils lisaient les uns les autres, et de fil en aiguille des enfants, de Jean-Jacques et d'André, mais aussi de Zayn que tous appréciaient beaucoup.

— Vous allez rester dîner, avait proposé Giovanna, il fait jour tard et le calme est revenu, vous prendrez un taxi pour rentrer.

— Les garçons vont au lycée demain, avait mollement protesté Marie-Jeanne, il faut qu'ils se reposent.

— On est au mois de juin, ils vont avoir tout l'été pour se reposer autant qu'ils en auront besoin, avait répondu monsieur Amar qui, finalement, se trouvait très bien chez les Guivarch en compagnie des Lagadec.

La cause fut entendue, René sortit la sacro-sainte anisette et Giovanna amena des olives sur une assiette avant d'entraîner mesdames Lagadec et Amar à la cuisine pour leur vanter sa façon de faire frire les beignets de pois chiches.

On allait passer à table quand, toutes sirènes hurlantes, trois ambulances et plusieurs fourgons de police remontèrent à vive allure le boulevard Pitolet en direction de la corniche et de la pointe Pescade. Des camions militaires suivaient avec des parachutistes en armes entassés à l'arrière. Tous blêmirent ; il se passait quelque chose de très grave.

— Je vais me dépêcher de rentrer chez moi, fit Zayn, ma mère va s'inquiéter.

Il ne savait pas encore ce qui venait d'arriver, mais d'instinct il devinait que ça allait une fois de plus barder pour les Arabes.

René Guivarch alluma le vieux poste de TSF qui trônait sur le buffet. D'autres ambulances passaient sur le boulevard. Seuls la police et les véhicules de secours pouvaient circuler. Le reporter de Radio Alger venait d'arriver, ses propos étaient confus, il annonçait qu'il y avait des morts et des blessés, beaucoup de blessés, des dizaines, peut-être plusieurs centaines.

On ne parlait plus de manger. On attendait, silencieux, dans l'angoisse.

Enfin on sut. Une bombe venait d'exploser au Casino de la Corniche, un bar-dancing de Saint-Eugène. La jeunesse algéroise venait y flirter, danser et s'amuser le soir aux beaux jours. L'engin explosif avait été placé sous l'estrade. Des garçons, des filles et des militaires du contingent étaient venus écouter Lucky Starway, l'enfant chéri de Bab El Oued. Lucky et ses musiciens n'étaient plus que de la charpie sanglante. Au moment de l'explosion, des couples dansaient ; il y eut des pieds arrachés, des jambes déchiquetées.

À l'hôpital Mustapha et dans les autres hôpitaux d'Alger, il fallut amputer et amputer encore, jusqu'au petit matin.

Les huit morts et les quatre-vingt-douze blessés étaient tous Européens. L'attentat du Casino de la Corniche ne risquait pas de tuer un Arabe : ils étaient refoulés quand ils prétendaient entrer.

Massu avait affirmé qu'il ne restait plus un terroriste en ville et même dans les environs. Il disait aux Algérois de recommencer à vivre comme avant, parce qu'ils étaient chez eux, en France, nom de nom ! Parce que, pour lui, l'Algérie c'était la France.

Il se trompait, le général baroudeur. Il en restait, des terroristes. Et eux aussi étaient chez eux, et ils le faisaient savoir de la pire des façons !

Il fallut retourner à pied rue de la Lyre pour les Amar ou à l'Amirauté pour les Lagadec. Les trolleys ne circulaient pas ce soir-là, ni les taxis. De Saint-Eugène à l'Amirauté d'Alger, il y avait une sacrée trotte et un nombre impressionnant de barrages à franchir. Dès qu'il y avait du grabuge quelque part, l'armée dressait des barrages dans toutes les rues et les avenues.

Les parachutistes du colonel Bigeard investissaient à nouveau Alger. L'étreinte de la guerre, qu'on avait crue desserrée, étouffait à nouveau la ville. La nuit était douce, elle aurait été propice à une très longue promenade, mais le cœur n'y était plus.

## La fin justifie-t-elle tous les moyens ?

— Jure-moi que tu n'as pas prêté la main à cette horreur !

— Je te le jure, sur la tête de ma mère… mais…

— Mais quoi ? l'interrompit Claire Deleuze.

Belkacem hésitait à répondre. Il la tenait encore alanguie et douce, serrée contre lui, il la désirait, le goût de ses lèvres l'enivrait ; devait-il dire à cette femme qu'il aimait ce qui hantait sa conscience de combattant clandestin de l'ALN ?

— Si on m'avait demandé de transporter la bombe jusqu'au Casino de la Corniche, ou même de la placer sous l'estrade des musiciens, je l'aurais fait sans hésiter.

Claire s'arracha des bras du jeune homme. Quelque chose de fragile et précieux venait de se briser. L'espace d'un instant, elle fut une autre ; une furie toute de violence et de colère.

— Fiche le camp de chez moi, je ne veux plus te voir, plus jamais, tu m'entends ? Si tu oses revenir, je te dénoncerai. Tu me dégoutes !

Il tenta de lutter, mais elle n'était plus en état de l'écouter.

— Qu'attends-tu de nous ? Qu'on crève ? Qu'on fasse comme si les parachutistes n'avaient pas éliminé des milliers des nôtres depuis qu'ils sont entrés dans la Casbah ? On se bat avec la seule arme qui nous reste. C'est affreux de devoir commettre des attentats, mais la France ne nous laisse pas le choix !

— Je ne veux plus t'entendre, plus te voir, j'ai honte de ce que nous avons vécu, c'est fini. Ne mets plus jamais les pieds chez moi.

Elle était blême de fureur. Belkacem était accablé. Il n'avait pas voulu lui mentir. En venant la retrouver cette nuit, il savait que la franchise qu'il lui devait ferait exploser leur belle histoire.

— Vous pouvez dénombrer les victimes des attentats et les enterrer dignement, nous, on ne peut même pas compter nos morts, l'armée les fait disparaître en les jetant à la mer les pieds pris dans des blocs de ciment. Me taire, c'était les trahir, les renier… Je suis solidaire avec mes frères combattants qui ont fait exploser cette bombe.

— Assez ! Je ne veux plus t'entendre… Dehors ! explosa-t-elle.

— Je t'aime, prit-il encore le temps de lui dire avant d'ouvrir la porte.

C'était maladroit, ce n'était plus le moment, il y avait entre eux les morts et les blessés du Casino de la Corniche. Elle le toisait avec fureur, sa colère était froide, déterminée, il n'y avait plus rien à dire, il sortit.

La nuit était tiède et douce. Il pleurait. Le désespoir le faisait divaguer, il maudissait ce combat atroce qui le déchirait, il insultait Claire qui l'avait chassé de chez elle comme on virait un moins que rien, il en voulait à la Terre entière, il souhaita mourir, il allait par les rues sans la moindre précaution, sans se cacher. Une patrouille pouvait bien le ramasser, il n'en avait plus rien à faire, c'en serait fini de toute cette absurdité, il serait un cadavre de plus dans le cortège innombrable des morts de cette guerre féroce et sans pardon.

Claire aussi s'était effondrée en pleurs. Elle l'avait aimé, ce garçon, de toute son âme, elle l'avait soutenu, elle l'avait caché, elle avait dompté sa fougue, elle lui avait appris l'amour. Il était beau, touchant, sensible, il lisait les livres qu'elle lui proposait avec intelligence et finesse, il argumentait toujours avec beaucoup de tact, elle admirait son audace. Il était un gamin et en même temps un homme fait, mûri par les épreuves de la lutte clandestine.

Il s'introduisait chez elle sans prévenir, comme une ombre, il la surprenait, elle sursautait, il l'embrassait, la passion les emportait. Ils parlaient dans la nuit, ils vivaient l'instant, sans jamais faire de projets. La vie était trop incertaine, les heures trop précieuses pour les gaspiller à bâtir de vaines chimères.

À l'aube, Belkacem disparaissait, silencieux, insaisissable, il pouvait rester plusieurs jours sans donner signe de vie, elle s'inquiétait, elle avait peur, pour lui, pour elle aussi, les militaires pourraient remonter jusqu'à elle s'ils l'arrêtaient et s'ils le faisaient parler. C'était comme une longue apnée angoissée, et puis il refaisait surface quand elle ne l'attendait plus et la passion flambait à nouveau.

Leur existence était devenue un entrelacs de secrets, de silences, de peur, de connivences et d'élans érotiques violents. La folie sensuelle illuminait leur clandestinité amoureuse, ils vivaient une complicité fiévreuse, soumis tous les deux à l'impératif de la révolution en marche. Mais voilà, c'était fini.

Belkacem était prévenu, jamais Claire ne cautionnerait le terrorisme aveugle. C'était pour elle une frontière infranchissable. Rien ni aucune cause ne pourrait jamais justifier à ses yeux l'assassinat de civils innocents, de femmes et d'enfants. Le prix à payer de la sincérité était exorbitant, il ne leur restait que le vide des amours sacrifiées.

Les funérailles des victimes de l'attentat du Casino de la Corniche eurent lieu le mardi 11 juin. La ville pensait en avoir fini avec le terrorisme, elle s'en voulait de s'être trompée, elle était en deuil : il y avait foule autour du grand cimetière européen de Saint-Eugène. L'enterrement d'Amédée Froger en décembre de l'année précédente, mais surtout la chasse à l'Arabe qui s'ensuivit était encore présent dans toutes les mémoires. Les Musulmans de l'ouest d'Alger se terraient le plus loin possible de la colère de la foule venue accompagner les morts de l'avant-veille, et surtout crier vengeance.

Le père Yborra avait pris les devants. Le lundi soir, il était allé jusque chez les Messahoud avec sa grosse traction et, sans être vu des voisins, il avait ramené chez lui Bouchra, Zayn et ses deux sœurs. Dans la plus grande discrétion, le boulanger avait installé ses « invités » dans la resserre où il stockait ses sacs de farine. Ils avaient ordre de n'en sortir sous aucun prétexte. C'était faire preuve de sagesse.

Comme on pouvait s'y attendre, les obsèques solennelles des victimes de l'attentat se transformèrent en une gigantesque ratonnade. Les boutiques des petits commerçants arabes furent impitoyablement saccagées, on poursuivit des ouvriers qui travaillaient à la réfection des trottoirs de la rue Cardinal-Verdier, plusieurs furent massacrés par des excités ivres de haine. À Saint-Eugène, on défonça des portes d'appartements occupés par des familles arabes pour en sortir les occupants apeurés, on vit des mères qui suppliaient qu'on épargnât leurs enfants. Des hommes furent sauvagement rossés par la populace des excités, il y eut des morts. Il y en eut même beaucoup et cette fois encore on oublia de les compter.

Débordées par l'émeute, les autorités décrétèrent un couvre-feu général dès vingt et une heures, mais le mal était fait. La police, incapable d'assurer sa mission de maintien de l'ordre, minimisa l'événement. La presse algéroise ne parla que d'une manifestation qui avait par endroits dégénéré, concédant, sans plus de précisions, qu'il y avait eu quelques victimes.

— Tu vois, patron, fit Ahmed Messahoud en découvrant le minuscule logement familial dévasté par une bande de ratonneurs fous furieux, je crois que mes fils, ils ont raison de faire la guerre aux Français… *Inch Allah*.

Que répondre ? Le père Yborra se laissa tomber sur une chaise, il hochait la tête, à la fois désespéré et fataliste.

— Il faut quand même préparer la fournée de demain matin, fit-il d'une voix sourde, manquerait plus qu'après une journée comme ça, il n'y ait pas de pain.

— Oui, patron, on va faire le pain !

Face au désastre, Zayn n'avait pas le cœur à aller au lycée : les livres qu'il accumulait tant bien que mal – son bien le plus précieux – avaient été jetés à terre, piétinés et souillés ; c'était pourtant le meilleur de ce que la France avait à offrir aux opprimés d'Algérie comme à tous ceux qu'elle avait dépossédés de leur pays et de leur âme, par ignorance, par égoïsme ou mépris. *Le Silence de la mer* de Vercors gisait au milieu de la vaisselle cassée, son *Petit Prince*, son *Robinson Crusoé*, ses *Bob Morane* et ses Jack London n'étaient plus qu'un tas de feuilles informe et dérisoire au milieu de la pièce, *Les Misérables* – un cadeau de Marie-Jeanne Lagadec – avait été profané, la couverture déchirée traînait au milieu des autres livres démantibulés. Comble du sacrilège, les barbares, non contents de détruire la maigre bibliothèque de Zayn, avaient pissé sur Victor Hugo.

L'adolescent pleura. Il avait jusque-là toujours refusé de l'admettre, mais il devait se rendre à l'évidence, les ratonneurs lui refusaient d'accéder au monde des idées et du savoir contenu dans les livres, ils l'en jugeaient indigne parce qu'il était arabe.

Zayn décida de sécher ce jour-là. Au lieu d'aller au lycée, il se réfugia chez les Guivarch. Malgré toute la tendresse qu'ils éprouvaient pour ce garçon égaré entre deux mondes, René et Giovanna ne parvinrent pas à adoucir sa peine.

— Les militaires ont réussi leur coup, dit Maurice, le gouvernement français n'a plus la possibilité de discuter avec les indépendantistes, ils ont éliminé Larbi Ben M'hidi et Ali Boumendjel qui étaient les plus à même de conduire une négociation directe…

Tandis que la famille Messahoud reprenait possession de l'appartement dévasté, Pierre Lagadec et Maurice Amar étaient assis à la terrasse du Khédive, boulevard de la Marne, en train de siroter une mauresque glacée. Ils aimaient bien se retrouver tous les deux pour boire un verre ensemble et discuter. Ils allaient au café parce qu'il était devenu impossible de tenir le moindre propos raisonnable au salon de coiffure.

— Plus de discussion possible, soupira Pierre. Il n'y a pas d'autre solution que de continuer la guerre, c'est bien ce que voulaient les généraux.

— La guerre ? Jusqu'où ? s'interrogea Maurice à haute voix. Il n'y a pas d'issue, cette guerre ne finira jamais.

— Le problème, c'est qu'en Algérie, le gouvernement ne dirige plus grand-chose, c'est l'armée qui décide.

Ils se turent. C'était agréable d'être là, à l'ombre, en train de déguster un apéritif dans la douceur de cette fin d'après-midi. Mais très vite la guerre obsédante qui minait l'Algérie revenait s'imposer à leur esprit.

— Les militaires ont décidé d'en finir avec le Parti communiste algérien, fit Maurice en entamant son second paquet de cigarettes de la journée, ils l'ont fait interdire suite à la répression dans le Constantinois en 1955, mais ça ne leur suffit pas, ils veulent arrêter tous les militants.

— L'exécution de Fernand Iveton a fait du bruit, les militaires se méfient de la métropole, ils vont essayer de régler leur compte en douce, sans faire de procès.

Plus de vingt années de service dans la marine avaient fait de Pierre un solide anticommuniste. Néanmoins, la perspective de voir des hommes et des femmes – fussent-ils communistes – liquidés en toute discrétion par l'armée le révulsait.

— J'ai des bons copains qui militent chez les cocos, des Juifs surtout… Ils ont toujours été pour l'indépendance, mais contre l'insurrection armée !

— Comme vous, Maurice ?

La question de Pierre Lagadec était directe. Maurice Amar aspira une bonne goulée de fumée avant de répondre :

— J'ai milité au Parti avant la guerre. J'étais naïf, je pensais qu'on pouvait construire une Algérie plus juste, plus fraternelle où chacun trouverait sa place. Mais j'ai fini par comprendre que l'Algérie ne se réformerait que sous la contrainte.

— Alors ? insista Pierre.

— Je me suis marié avec Rachel et j'ai emprunté pour acheter le salon de coiffure où j'avais été apprenti ; Jean-Jacques est né.

— Le passé est le passé, reprit l'officier marinier, aujourd'hui, comment vous voyez les choses ?

Avant de répondre, Maurice Amar s'assura qu'il n'y avait pas d'oreilles indiscrètes alentour.

— En massacrant quelques milliers de Musulmans à Sétif et Guelma en 1945, la France a fait savoir aux Algériens qu'elle ne ferait aucune concession. Les Arabes ont compris que s'ils ne prenaient pas les armes, ils resteraient à jamais soumis à la minorité européenne… Tout est parti de là !

Leurs verres étaient vides. L'ombre était propice ; ils n'avaient pas fini de discuter. Pierre commanda une autre tournée.

— On ne peut pas continuer comme ça ! reprit Maurice sur le ton de la confidence. Neuf millions d'Algériens privés de tout et réduits à servir de larbins à un petit million d'Européens, ça n'a plus de sens dans le monde d'aujourd'hui !

— Nous sommes d'accord, lâcha Pierre Lagadec.

— Vous n'êtes pas un militaire comme les autres, fit Maurice tout sourire.

— Et vous, vous êtes un Européen d'Algérie bien singulier, répondit Pierre.

— Pas un Européen, un Juif d'Algérie, ce n'est pas la même chose ! répondit monsieur Amar avec bonhomie. Nous, les Juifs, nous sommes en Algérie depuis des siècles ; entre 1940 et 1943, on ne voulait plus de nous comme Français… On est de vrais Algériens.

Maurice Amar ponctua son propos d'un clin d'œil avant de lamper une gorgée de sa seconde mauresque. Pierre Lagadec en fit autant. Ils ne pouvaient pas savoir qu'à l'heure où ils prenaient l'apéritif, Maurice Audin, un jeune chercheur en mathématiques, et Henri Alleg, ancien directeur d'*Alger républicain*, tous deux membres actifs et clandestins du Parti communiste algérien, étaient entre les mains des tortionnaires au béret rouge. Pendant qu'il y était, le général Massu avait décidé d'éliminer tous ceux qui dénonçaient l'action de l'armée en Algérie.

## Un bel été au bord de la Blaise

Jacques Anquetil venait de remporter son premier Tour de France quand Marie-Jeanne et André débarquèrent à Orly. Retenu par son service à la mer, Pierre ne les rejoindrait qu'aux alentours du 15 août. Le retour des Lagadec à Alger était prévu pour le 15 septembre, après une quinzaine de jours passés en Bretagne chez la mère de Pierre. Les vacances françaises d'André allaient pouvoir commencer.

Henry et Lucienne Lécuyer – les parents de Marie-Jeanne – étaient venus attendre leur fille et leur petit-fils à Orly. Près d'une année qu'ils ne les avaient pas vus. À la fin de l'été précédent, ils avaient dit au revoir à un petit bonhomme et voilà qu'ils retrouvaient un garçon presque aussi grand que son grand-père, le teint hâlé par des journées de plage en compagnie de ses deux grands copains.

Les valises casées dans le coffre de la 203, la famille prit la direction de Saulnières. Quatre-vingt-dix kilomètres pour gagner le petit bourg du pays drouais au nord de l'Eure-et-Loir où les grands-parents d'André passaient leur retraite. Ils y auraient vécu pleinement heureux s'ils ne s'étaient fait, toute cette année, un sang d'encre pour leur fille, leur gendre et leur petit-fils immergés dans la confusion violente du chaudron algérien. Ils n'étaient pas les seuls au village à écouter à la radio, avec une certaine anxiété, les nouvelles venues d'Afrique du Nord. En avril 1956 le service militaire avait été porté à vingt-six mois et on parlait à Paris d'allonger encore le temps perdu sous les drapeaux. C'était qu'il en fallait, des soldats, pour venir à bout de la rébellion de ces « bandes de fellaghas ignares et mal équipés » !

Quatre jeunes gars du pays crapahutaient déjà dans les djebels algériens et les classes montantes voyaient approcher la date de la conscription. Les familles n'étaient pas sans savoir qu'il y avait de la casse. Des jeunes revenaient blessés, il y avait des morts aussi.

À Saulnières, la guerre était encore vécue comme une fatalité qui revenait à chaque génération. Les grands-pères étaient partis en 1914 en laissant la moisson en plan, les pères avaient suivi le mouvement en 1940, certains étaient restés cinq longues années prisonniers en Allemagne ; les fils et petits-fils partaient en Algérie. Il y avait bien ici ou là une grande gueule pour dire que ce coup-ci ce n'était pas pour sauver la patrie en danger, mais pour défendre les intérêts des colons qui faisaient « suer le burnous », mais c'étaient des communistes ou peut-être pire encore : on n'avait pas idée d'écouter ces gens-là.

André avait quitté Alger à regret. Les trois copains avaient passé pas mal d'après-midi du mois de juillet sur la plage de Bab El Oued sous la surveillance de Rachel Amar, de Marie-Jeanne Lagadec ou de toutes les deux ; parfois Maurice et Pierre étaient là aussi. La présence d'un adulte européen était indispensable pour que Zayn ne se fît pas chasser de la plage. Il n'était écrit nulle part qu'elle était interdite aux Arabes, mais on avait vite fait de leur faire comprendre qu'ils n'avaient rien à y faire. Zayn faisait semblant de ne pas voir que les parents de Jean-Jacques et d'André veillaient sur lui et le protégeaient de la malveillance ambiante. L'adolescent n'en disait rien, mais il se savait indésirable parmi tous ces gens. Il se sentait reconnaissant de la bienveillance des Amar et des Lagadec, mais l'humiliation le blessait, elle le rendait taciturne parfois.

Heureusement, ils allaient aussi très souvent chez les Guivarch. Quelques heures dans l'intimité de l'atelier de René étaient un baume apaisant sur les blessures du dernier des Messahoud. Tous les trois ressortaient de là des rêves plein la tête et le cœur en fête. C'était tout simple ce bonheur d'été, une belle histoire ancienne plus ou moins inventée, contée par un vieux poète avec, en prime, le sourire lumineux de Giovanna appelant ce quatuor hétéroclite à venir goûter.

Pourtant, André aimait Saulnières, où il passait une grande partie des vacances depuis sa toute petite enfance. Il était le dernier des petits-enfants des grands-parents Lécuyer, sans aucun doute le préféré, le plus choyé.

Le vieux village si paisible parlait toujours au cœur du fils Lagadec. Après toute une année passée au bord de la Méditerranée, il retrouvait la verdure humide de ce coin de campagne presque normande, les frondaisons généreuses et les grands peupliers au bord de la Blaise, la jolie rivière paresseuse où il allait pêcher avec son grand-père.

Ici, d'une année à l'autre, rien ne changeait jamais. Pour toutes les vieilles maisons du bourg ou le vieux manoir endormi au fond du val, le temps semblait s'être arrêté depuis longtemps. Plus loin, il y avait les champs et les prés et puis d'autres villages eux aussi assoupis ; c'était là qu'avait grandi Marie-Jeanne, dans cette campagne, où elle s'était un peu ennuyée dans sa jeunesse, mais qu'elle redécouvrait si familière sous le soleil. À Saulnières, il n'y avait pas d'attentats, pas de manifestations violentes, pas d'émeutes, pas de bruit, pas de fureur, c'était si tranquille que c'en était presque anormal.

— Là-bas, c'est la guerre, avait dit André à Réjane, la fille des voisins ; il la connaissait depuis toujours.

Elle avait un prénom original et deux années de plus que lui, il était content de la revoir, mais sa tête était restée en Algérie. Pouvait-il parler d'autre chose ?

— De temps en temps ça barde, il y a des soldats partout et on ne va pas au lycée pendant deux ou trois jours.

— Comment trouves-tu ma coupe de cheveux ? lui avait répondu Réjane. Un carré légèrement crêpé et maintenu par de la laque, c'est très à la mode, à Paris, toutes les filles veulent être coiffées comme ça !

— Mais je te parle de l'Algérie, s'était-il permis d'insister.

— Ce n'est pas une vraie guerre, avait répliqué Réjane, les Arabes ne font pas le poids, on dit que ça ne va plus durer très longtemps !

— Tu crois ça ! Qui a pu te dire une bêtise pareille ? s'était étonné André.

Elle se regardait dans la glace suspendue au-dessus du buffet de la salle à manger de ses parents. Réjane était vraiment très contente de son coup de peigne, son jeune voisin aurait dû se pâmer d'admiration ; au lieu de ça il lui parlait de l'Algérie. Elle en avait les oreilles rebattues, de l'Algérie ! Son père était fâché avec la moitié du village parce qu'il disait à qui voulait l'entendre que ça allait finir encore plus mal qu'en Indochine et qu'on ferait mieux de laisser les Européens d'Algérie se débrouiller avec les Arabes.

— Un copain, répondit-elle en se concentrant sur son reflet, il a obtenu un sursis de deux ans pour finir ses études, il dit qu'il n'ira pas en Algérie parce que la guerre sera terminée quand il sera appelé pour le service militaire.

— Ton copain parle sans savoir, si tu veux mon avis ! Personne ne sait quand ça va se terminer.

— Vous connaissez Chuck Berry à Alger, celui qui chante *Johnny B. Goode* ? J'adore…

— Qu'est-ce que tu crois ? Buddy Holly aussi et Fats Domino et plein d'autres. On n'est pas des ploucs à Alger, j'ai même un ami qui veut devenir chanteur de rock'n'roll plus tard. Il n'arrête pas de dire que dès qu'il pourra il viendra vivre à Paris !

— Toi aussi tu viendras t'installer à Paris plus tard ? lui avait demandé sa jolie voisine.

Elle vivait à la campagne et rêvait d'habiter la capitale.

— Je crois que je resterai toujours en Algérie, avait-il répondu, tu ne te rends pas compte à quel point c'est beau, Alger ! Il y a le soleil, les palmiers et puis quand tu es là-bas, tu vois la mer de partout. Même en plein hiver, la mer est là devant toi !

— Saulnières ne te manquera pas ?

— Peut-être ! Je reviendrai de temps en temps…

Quelques jours plus tard, Marie-Jeanne décida de se rendre à Chartres avec André. Mademoiselle Deleuze avait fait promettre à son élève métropolitain de venir la voir quand elle serait chez ses parents et lui chez ses grands-parents. Elle s'était même engagée à lui faire découvrir la cathédrale, monument qu'elle ne se lassait pas d'admirer et d'aller visiter quand elle retrouvait la maison de son enfance.

La mère et le fils prirent la micheline qui circulait plusieurs fois par jour entre Chartres et Dreux. Claire les attendait devant le portail royal. Les retrouvailles entre la professeure et son élève furent émouvantes et heureuses. André fut évidemment très troublé quand Claire l'embrassa sur les deux joues. L'événement serait largement commenté dans le courrier qu'il enverrait, sans faute, à ses deux grands copains restés à Alger.

Marie-Jeanne et André connaissaient déjà la cathédrale, mais cette redécouverte fut passionnante. Claire était une guide très pointue, souvent très drôle. Marie-Jeanne et André furent subjugués par tant de connaissances mises au service d'un récit aussi fluide qu'érudit.

Après la visite, ils allèrent tous les trois s'asseoir dans un restaurant tout proche. Claire et Marie-Jeanne avaient sans doute envie de parler d'autre chose que d'art et d'architecture médiévale. Inévitablement, l'Algérie finit par mobiliser la conversation.

— Serez-vous encore au lycée Bugeaud à la prochaine rentrée ? demanda Marie-Jeanne l'air de rien.

— Bien sûr, je peux même vous dire que j'aurai deux classes de cinquième. Avec un peu de chance, je retrouverai mes trois inséparables de la sixième B.

André se contenta de sourire. Chez les Lagadec, on ne plaisantait pas avec certains principes : un enfant n'intervenait jamais dans une conversation entre adultes à moins d'y être invité.

— L'Algérie agit un peu comme une drogue : quand on y a goûté, on ne peut plus la quitter, ajouta Claire.

— Malgré tout ce qui s'y passe ? Nous avions projeté de nous y installer quand Pierre quitterait la marine, mais je crains que ce ne soit désormais impossible !

— Même si l'Algérie devient indépendante un jour, les Français qui le veulent et qui reconnaîtront le nouveau pouvoir y auront toute leur place.

— À vrai dire, nous n'avons encore rien décidé, mais le fossé entre Musulmans et Européens est si profond qu'il n'y aura pas de réconciliation possible, quel que soit le statut futur de l'Algérie.

Si André ne disait rien, il ne perdait pas une miette de la conversation entre les deux femmes. Il pensait à Zayn et à Jean-Jacques car eux étaient de vrais Algériens ; si un jour ses parents décidaient de rentrer en métropole, ils ne lui demanderaient pas son avis, il risquait de les perdre à tout jamais. Il en fut soudain très triste.

— Vous êtes bien pessimiste, Madame Lagadec, le pire n'est jamais le plus certain, il faut croire à l'avenir, il peut être radieux… Il faut y croire envers et contre tout.

Claire y croyait très fort. Très soigneusement pliée au plus secret de son sac à main, il y avait une longue lettre signée d'un simple « B ». L'auteur connaissait l'adresse de ses parents, l'enveloppe venait d'Algérie, elle avait reconnu l'écriture. Elle avait d'abord pensé jeter ce courrier sans l'ouvrir, mais la curiosité l'avait emporté.

En fait, elle avait fondu de bonheur. Son jeune amant faisait amende honorable, il confessait sa sottise, sa façon abrupte de clore une discussion sans qu'il fût possible de ne rien répliquer et son manque de tact ; il lui disait surtout combien il l'aimait et que vivre sans elle ce n'était pas vivre, c'était se noyer dans un flot de regrets amers et nostalgiques.

Loin d'Alger, couvée par la tendresse attentive de ses parents, Claire fut émue aux larmes par les mots tendres et repentants de Belkacem. La rupture avait été si brutale que l'incendie mal éteint de cette passion ne demandait qu'à flamber à nouveau.

Mais la lettre contenait une information importante que son interlocuteur distillait avec beaucoup de précautions à la fin de sa missive, sans citer aucun nom tant il redoutait que son courrier fût lu par les agents des services secrets :

*... Le patron a réuni ses contremaîtres et quelques-uns de ses mitrons. Ensemble ils ont décidé qu'il n'y aurait plus d'attentats si le croque-mitaine prend l'engagement de ne plus trancher le cou des indépendantistes emprisonnés en Algérie ou en France. Nous avons un moyen très sûr de lui mettre le marché en main... Tu comprends que je ne puisse t'en dire plus. D'ailleurs je n'attends pas de réponse à ma lettre, aucune adresse ne serait assez sûre pour que je prenne le risque d'aller la chercher.*

*Le pain de l'indépendance est en train de lever, il serait pour moi bien amer si tu n'étais pas à mes côtés pour le partager quand il sera cuit.*

— Dites-moi, André, le père de votre grand ami Zayn Messahoud n'est-il pas ouvrier boulanger ?

Une bien curieuse idée venait de traverser l'esprit de Claire ; cette métaphore boulangère était en train de s'imposer comme une évidence.

— Il doit avoir des frères, reprit-elle encore, vous en parlez parfois avec lui ?

— Je n'en sais rien, mentit André.

Un secret était un secret. Il avait juré de ne jamais trahir sa parole, mais il ne put s'empêcher de rougir.

Plus tard, on sut que la grande ethnologue Germaine Tillion, éminente résistante, rescapée de Ravensbrück, avait transmis à Bourgès-Maunoury, le nouveau président du Conseil, l'offre de Yacef Saâdi, le chef FLN de la zone autonome d'Alger. Pour toute réponse, trois têtes de nationalistes roulèrent dans la sciure au mois de septembre.

# 1958

## L’année de la grande illusion

**« Bonheur à tous**
**Bonheur à ceux qui vont survivre »**

Déjà plus d’une année qu’ils étaient ensemble au lycée Bugeaud.

En français, le trio n’avait plus affaire à la Martinez – la peste faite femme –, mais à monsieur Taisne, un médiéviste un peu lunaire passionné par Chrétien de Troyes et les épopées celtiques. C’était assez cocasse, parce qu’André Lagadec mis à part, ses élèves mûris au grand soleil de l’Afrique du Nord étaient bien incapables d’imaginer à quoi pouvait bien ressembler une forêt bretonne noyée de brouillard.

— Après tout, s’était amusé monsieur Amar, les rares petits Musulmans qui ont accès à l’école publique apprennent bien que leurs ancêtres étaient des Gaulois.

— Vous exagérez, Maurice, avait répondu Marie-Jeanne, nous n’en sommes quand même plus là !

— À propos des Gaulois ? Ou à propos du nombre d’enfants arabes qui vont à l’école de la République ?

Marie-Jeanne n’avait pas su quoi répondre, Maurice n’avait rien rajouté.

Comme presque tous les dimanches après-midi, les Amar et les Lagadec étaient chez les Guivarch à Saint-Eugène, ils causaient de tout et de rien en admirant les cactées et les succulentes entretenues avec amour par René. Zayn n'était pas encore arrivé. Jean-Jacques et André commentaient leurs notes tout à fait moyennes en mathématiques.

Leur professeur était monsieur Ferrandi. Ce type leur semblait un peu fantasque et, pour tout dire, confus dans ses démonstrations. Les deux garçons préféraient mettre la médiocrité de leur résultat sur le dos de ce professeur plutôt que sur leur manque d'ardeur au travail. Là, comme dans toutes les autres matières, Zayn était au-dessus du lot, il comprenait ce dont il était question avant même qu'on lui eut donné la moindre explication. Il était brillant tout en restant d'une discrétion confondante. Quant à ses deux grands copains, ils s'efforçaient d'être d'assez bons élèves sans trop se casser la tête.

— Faut pas comparer, avait avancé Jean-Jacques à l'intention de ses parents, Zayn est hors de portée, il est bien trop fort pour des élèves comme nous.

— Vaut mieux pas essayer de faire la course, on aurait l'air ridicules, s'était dépêché de compléter André.

C'était une façon comme une autre de devancer d'éventuels reproches. N'y voyant pas malice, Maurice et Rachel trouvaient que c'était une attitude raisonnable et sage de la part des garçons. Marie-Jeanne aurait préféré qu'ils fussent un peu plus combatifs. Mais que faire et que dire ? André grandissait, il s'affirmait et devenait de moins en moins maniable, elle se résignait.

Mademoiselle Deleuze était restée leur professeure d'anglais. Les trois inséparables se disaient toujours amoureux d'elle, mais André bénéficiait d'une marque d'intimité exceptionnelle. Alors qu'elle voussoyait tous les élèves de la classe, Claire s'autorisait à le tutoyer.

Les autres considéraient que c'était du favoritisme, une complicité inadmissible entre Français de France visant à privilégier les métropolitains au détriment des Français d'Algérie. C'était, disaient-ils, une grave injustice dont ils étaient victimes.

— Lagadec est un vrai maquereau, il a réussi à taper dans l'œil d'une « vieille », persiflaient les jaloux.

— C'est un vrai lèche-cul, disaient d'autres envieux, c'est pour ça qu'il est le chouchou de la prof.

En fait, André trouvait ces ragots plutôt flatteurs. Seuls ses deux amis savaient – mais ils avaient juré de garder le secret – que depuis ce jour de leur rencontre à Chartres l'été précédent, la belle mademoiselle Deleuze entretenait une relation des plus amicales avec Marie-Jeanne et André, ses parents. De temps à autre, Claire descendait des hauteurs d'El Biar et venait jusqu'à l'Amirauté déjeuner chez les Lagadec.

Les quotidiens d'Afrique du Nord avaient fait leurs choux gras des attentats, n'hésitant jamais à jeter de l'huile sur le feu pour faire peur et exciter la population européenne. Depuis la fin du mois d'août, ils n'en finissaient plus de glorifier l'efficacité du contrôle de la ville par les parachutistes. Le bon peuple ne demandait qu'à les croire.

En décembre, on avait pu recommencer à se promener rue d'Isly, à aller flâner aux Galeries de France ou arpenter la rue Michelet, là où battait le cœur de l'Algérie française.

Les Amar avaient recommencé à sortir, à aller au cinéma ou au restaurant. Claire voulait profiter sans retenue des opportunités de la grande ville, elle avait réussi à entraîner Marie-Jeanne rue Charras, jusqu'Aux vraies Richesses, la minuscule librairie où on trouvait, entre autres livres, les écrits de tous ceux qui s'efforçaient, tant bien que mal, de réfléchir à un avenir possible dans une Algérie pacifiée.

Pierre et Maurice avaient retrouvé les petits plaisirs de la terrasse du Khédive à l'heure de la kémia et de l'anisette.

— Les fêtes de fin d'année vont finir par ressembler à ce qu'elles étaient les années passées, disait Maurice en allumant une cigarette.

— Les Algérois sont des gens du sud, au premier rayon de soleil, ils sont dehors, dans les rues ou aux terrasses des cafés à rire, à parler fort et à discuter à n'en plus finir.

— Ils ont déjà oublié qu'il y a un an, ils vivaient dans la peur. L'ambiance est à la fête, avait ajouté Maurice, ça ne durera pas, on aurait tort de croire que les parachutistes ont mis fin à la guerre d'Algérie.

— C'est sûr, on ne sait ni où ni quand, mais l'ALN et le FLN vont repartir au combat…

En attendant, c'était les vacances de Noël, elles étaient les bienvenues.

Au terme d'une lutte acharnée, André et Jean-Jacques avaient arraché à leurs mères respectives l'autorisation d'aller en ville l'après-midi avec Zayn, en toute liberté. C'était une immense victoire, ils allaient pouvoir errer par les rues, regarder les filles surtout. Ils s'étaient enhardis, ils osaient un sourire, un geste amical, il arrivait qu'on leur réponde. André avait encore grandi, avec sa tignasse blonde, il ne passait pas inaperçu, il se permettait de jouer aux affranchis même s'il ne faisait pas mieux que les deux autres.

Ils avaient aussi obtenu d'aller au cinéma, en matinée, tous les trois, comme des grands qu'ils n'étaient pas encore.

— Vous rentrez directement à la fin du film, sans aller traîner en ville après, leur serinaient Rachel ou Marie-Jeanne.

— Évidemment, promettaient séparément les deux garçons.

Ils savaient déjà qu'ils n'en feraient qu'à leur tête.

Au Régent, rue d'Isly, ils avaient vu *Le Triporteur* avec Darry Cowl, leur premier film, et puis la semaine suivante, dans la même rue, mais cette fois au Club, ils en avaient pris plein les yeux avec *Du sang dans le désert* d'Anthony Mann. Depuis longtemps le cinéma nourrissait leur imagination, mais y aller sans adultes pour veiller sur eux c'était encore mieux.

Ahmed Messahoud donnait à Zayn de quoi payer son billet, il ne voyait pas l'intérêt d'aller au cinéma pour un bon Musulman, mais le père Yborra lui avait fait valoir que c'était indispensable quand on était, comme son fils, le meilleur élève du lycée Bugeaud.

L'ouvrier boulanger s'était laissé convaincre ; il n'en disait rien, mais il était très fier de son petit dernier. Bouchra, sa femme, avait protesté : pour elle, le cinéma était une invention diabolique de roumis pour les roumis, mais Ahmed était le maître chez lui, c'était lui qui ramenait les sous, c'était lui qui décidait.

Il va sans dire que pour Rachel Amar ou Marie-Jeanne Lagadec, ces heures de liberté accordées à leurs fils n'étaient qu'angoisse et anxiété. Les attentats pouvaient recommencer, et la ville, à nouveau, être en proie à la terreur.

— Il faut bien vivre, disait Maurice Amar à sa femme, on ne va pas rester enfermés à longueur de temps parce qu'il pourrait peut-être y avoir un attentat ! S'il ne se passe rien, on aura l'air fin à attendre la fin du monde chez nous.

Ne voulant pas voir plus loin que la visière de leur képi, beaucoup de militaires estimaient que « la bataille d'Alger » était une grande victoire. Les plus lucides savaient bien que cet ordre rétabli au prix de quelques milliers de morts n'était qu'une illusion. Larbi Ben M'hidi, le chef de l'ALN d'Alger, avait été liquidé et Yacef Saâdi, son adjoint, arrêté. Les derniers responsables opérationnels du FLN avaient été contraints de fuir la Ville blanche.

Les Européens respiraient, l'optimisme était de rigueur. Avec les mesures radicales qu'on avait enfin décidé de prendre, la révolte musulmane allait être matée sans tarder.

Côté musulman, les choses étaient bien différentes : jamais la moitié arabe de la population n'avait été à ce point contrôlée et soumise à l'arbitraire de l'appareil répressif instauré par la police et l'armée, mais qui s'en souciait à Alger ?

L'écho des combats était désormais plus lointain, il arrivait des djebels ou de la frontière avec la Tunisie. Des milliers d'appelés du contingent crapahutaient jour et nuit dans ces zones désertiques et inhospitalières pour tenter de coincer ceux qui se battaient pour l'indépendance de leur pays. Du fait de la disproportion des forces engagées, les coups de main s'étaient espacés, les moudjahidines marquaient le pas. Les képis étoilés ne manquaient pas de le faire savoir et de parader en bombant le torse.

— Les militaires vivent dans l'illusion d'une victoire décisive remportée contre un ennemi qui ne fait pas la même guerre qu'eux, disait Pierre Lagadec à mademoiselle Deleuze, comme en Indochine, ils s'aveuglent…

— En attendant, il y a des morts par milliers, il faudra bien trouver le moyen de faire cesser tous ces massacres inutiles !

Claire était venue déjeuner chez les Lagadec ce dimanche de janvier 1958. Elle était véhémente et elle prenait fait et cause pour la défense des victimes de la répression. Pierre n'était pas loin d'être sur la même ligne.

— Nos généraux ne se rendent pas compte que leurs victoires ne servent à rien, à peine ont-ils tourné le dos que la rébellion reprend de plus belle.

— C'est une évidence, s'emporta Claire, les Français d'Algérie refusent de regarder la réalité en face, ils sont encore convaincus que le désir d'indépendance n'est qu'une lubie d'une poignée d'intellectuels qui manipulent les masses arabes.

Marie-Jeanne préférait voir Claire quand Pierre était absent. Elles pouvaient ainsi parler des livres qu'elles étaient en train de lire, de la mode, ou bien échanger des souvenirs ou des confidences plus intimes. Si le temps le permettait, elles s'installaient sur la terrasse pour causer et y passaient de très bons moments, elles riaient beaucoup. Madame Lagadec en avait assez de ces discussions politiques à n'en plus finir, mais il était difficile d'y échapper quand Pierre et Claire se retrouvaient autour de la table. Pierre était obnubilé par le devenir de l'Algérie, la tournure des événements le navrait.

André écoutait, il brûlait de donner son avis, mais ses parents n'auraient pas manqué de le sermonner et de lui faire bien sentir qu'on ne lui avait rien demandé.

— On aura beau dire et beau faire, l'indépendance finira par s'imposer. Tous les peuples colonisés réclament leur indépendance, reprit Claire.

De vieux et douloureux souvenirs de sa campagne sur les rives du Mékong revenaient hanter Pierre ; il soupira avant de répondre :

— Le FLN mène un combat politique, tandis que l'armée française fait la guerre comme au temps des conquêtes coloniales ! Espérons que ça se termine mieux qu'en Indochine.

— Je le souhaite de tout mon cœur !

Claire voulait y croire de toutes ses forces. La grande fâcherie du mois de juin n'était plus qu'un souvenir désagréable qu'elle voulait oublier ; le beau Belkacem occupait à nouveau une grande place dans son cœur. Leur vie amoureuse était une sorte de pointillés que le fol espoir d'une solution rapide au conflit rendait supportable.

— Nous ne sommes pas d'ici, Claire, nous ne vivons pas les événements avec la même passion que les Européens enracinés en Algérie depuis trois ou quatre générations.

— Je suis bien d'accord avec vous, fit-elle encore, raison de plus pour se dépêcher d'organiser la cohabitation entre Musulmans et Européens dans la future Algérie indépendante.

— Pour ce que les services secrets français ont laissé transpirer ici ou là, les dirigeants du FLN à Tunis ou au Caire n'ont pas l'air d'être d'accord entre eux quant à ce que pourrait être l'Algérie indépendante.

L'avenir inquiétait, même si on faisait semblant de croire que tout allait bien. Marie-Jeanne se décida enfin à participer à cette conversation qu'elle avait boudée jusque-là :

— Pour l'instant, il n'y a aucun dialogue possible, les ultras de l'Algérie française n'en veulent à aucun prix.

— Et ils font beaucoup de bruit. À Paris aucun homme politique n'ose les affronter ni les faire taire, rajouta Claire.

— Ils sont soutenus par l'armée et c'est de l'armée que le gouvernement a peur, fit Pierre Lagadec en servant le café.

Il savait de quoi il parlait : autour de lui beaucoup d'officiers de marine et de sous-officiers ne faisaient pas mystère de leur envie de voir la population musulmane ramenée dans le droit chemin à coups de trique ou en fusillant à tour de bras si le besoin s'en faisait sentir.

Claire déclina l'offre de Marie-Jeanne de rester pour dîner. Elle avait beaucoup de travail en retard, s'excusa-t-elle. Il n'était pas plus question de confesser sa relation sulfureuse avec un membre du FLN aux Lagadec qu'à ses amis Ferrandi. Cependant, elle se rassurait en fréquentant ces deux couples qui partageaient en partie sa vision d'un avenir possible pour l'Algérie.

— Des copies à corriger, des cours à préparer et quelques livres en anglais à lire absolument !

En fait, Juliette Capulet et Roméo Montaigu devaient se voir cette nuit-là. Faire vivre leur relation avait quelque chose d'exaltant, s'aimer dans le plus grand secret était un jeu dangereux. Claire et Belkacem n'étaient pas sans savoir qu'ils y jouaient leur vie.

Fort galamment, Pierre proposa de raccompagner mademoiselle Deleuze jusqu'à sa maison d'El Biar avec sa voiture de service. André demanda s'il pouvait être du voyage, la curiosité le tenaillait, il voulait voir où habitait sa chère professeure. Marie-Jeanne n'y tenait pas, mais monsieur Lagadec la convainquit de faire plaisir à son fils.

André n'en parlerait à personne d'autre qu'à ses deux grands copains. Les faits et gestes de la belle Claire restaient au cœur de leurs conversations ; c'était une posture, une sorte de jeu entre eux, ils se prenaient pour des adultes et rêvaient d'amours illusoires.

En cours de français, monsieur Taisne avait évoqué l'amour courtois au XIIe siècle. Il leur avait expliqué ce qu'était « avoir une dame de cœur » dans la littérature arthurienne, ça les avait tous bien fait rire, mais Zayn au plus secret de son cœur s'était pris pour Lancelot du Lac, il avait élu Marie-Jeanne Lagadec comme sa « dame », celle qu'il admirerait toujours et qu'il aimerait en secret.

**Passé les bornes, il n'y a plus de limites…**

Ça bardait au mess des officiers mariniers. On s'invectivait, c'était tout à fait inhabituel. L'ambiance était électrique, on discutait avec tant de véhémence qu'on n'était plus très loin d'en venir aux mains, c'en était à peine imaginable !

Trois semaines plus tôt, le 8 février, l'aviation française était allée bombarder, sur le territoire tunisien, le village de Sakiet Sidi Youssef supposé être une base arrière du FLN. Soixante-dix morts, dont douze enfants, et cent cinquante blessés : une grande réussite !

Bourguiba, le président tunisien, avait saisi le conseil de sécurité, Washington avait immédiatement protesté auprès du gouvernement français, le monde entier était outré par cette agression contre un petit pays pacifique ayant récemment recouvré sa souveraineté pleine et entière.

À la bronca internationale était venu s'ajouter un scandale politique purement franco-français. Certains parlementaires s'étaient avisés que ce n'était sans doute pas Félix Gaillard, le nouveau président du Conseil, qui avait commandé la violation du territoire tunisien, mais les militaires qui en avaient pris l'initiative sans en référer au gouvernement. Tout bien considéré, c'était une sorte de coup d'État.

— Si les faits sont avérés, les généraux Jouhaud et Salan devraient être relevés de leur commandement, avait lancé Pierre Lagadec, et ils devraient être traduits en conseil de guerre pour insubordination et trahison.

— On te connaît, Lagadec, avait répliqué un de ses collègues, t'es plus qu'à moitié communiste et jusqu'à preuve du contraire ce ne sont pas les communistes qui ont à juger les faits et gestes de l'armée.

Dans la marine, attribuer à un collègue sous-officier des accointances avec le Parti communiste avait valeur d'insulte. Pierre réussit néanmoins à garder son calme.

— Ce que je suis ou ne suis pas ne regarde que moi. Les militaires doivent obéir au pouvoir civil issu du processus électoral démocratique, ça ne souffre pas de discussion.

— Tu nous fatigues avec tes grands principes ! avança un autre défenseur des généraux. On change de gouvernement à tout bout de champ, les politiciens courent après le pouvoir et passent leur temps à se chamailler ; ce sont tous des incapables, ils ne dirigent plus rien.

— C'est le cirque à Paris, intervint un autre, la Chambre des députés est une pétaudière, heureusement que l'armée tient bon et qu'on peut compter sur les généraux !

— Est-ce que vous vous rendez compte de la situation ? s'indigna un autre sous-off venu supporter Pierre dans sa joute verbale avec ses collègues. À ce train-là on peut se retrouver avec une junte militaire au pouvoir, comme en Espagne ! Les Français seraient tous dans la rue, on irait tout droit vers la guerre civile !

Cette perspective n'effrayait pas le clan des soutiens inconditionnels à l'initiative des chefs de l'armée. Depuis la ridicule déconvenue de l'expédition de Suez, le ressentiment des militaires envers le personnel politique était très fort.

— Les communistes menaient le bal en Espagne; s'ils la ramènent, il n'y aura qu'à tirer dans le tas pour régler le problème ! s'exclama un premier maître. C'est ce qu'on aurait dû faire à la Libération... Pas de quartier ! Si on les avait muselés à ce moment-là, on serait sûrement encore en Indochine !

— J'espère que tu ne penses pas ce que tu viens de dire, répliqua Pierre Lagadec.

— Bien sûr que si je le pense, et si tu étais avec tes copains cocos, je commanderais le feu sans hésiter, tu peux me faire confiance.

Blanc de colère, mâchoires crispées, Pierre Lagadec s'était levé. Ceux qui partageaient son opinion quant au rôle de l'armée en démocratie faisaient cercle autour de lui. Le matelot qui faisait office de barman avait cessé de torcher ses verres, il attendait l'empoignade, bouche ouverte.

— Tu retires ce que tu viens de dire tout de suite...

Le 9 novembre 1942, ceux qui voulaient rester fidèles au vieux Maréchal défaitiste et ceux qui voulaient continuer le combat aux côtés des alliés s'étaient déjà battus.

— À vos rangs, fiiixe ! hurla-t-on depuis l'entrée de la vaste pièce.

Tous ces types-là avaient pas loin de vingt années de service derrière eux, la plupart sortaient de l'École des mousses. Tous se figèrent dans l'attitude réglementaire du garde-à-vous qui, pour eux, était une sorte de réflexe. Le cinq galons panachés Franconi, commandant de la marine à Alger, ancien officier très respecté des Forces françaises combattantes, venait de faire son entrée dans le mess.

— Messieurs, fit-il avec un certain flegme, j'ai ouï dire que vous parliez politique ! Nous sommes des militaires, et comme tels nous sommes tenus à une stricte obligation de réserve. Vos opinions, aux uns comme aux autres, vous honorent, mais je me dois de vous rappeler qu'elles ne peuvent s'exprimer qu'en privé, en dehors de votre temps de service !

Le différend était profond entre les uns et les autres. Le commandant Franconi eut l'habileté de désamorcer la crise par ce rappel au règlement et par un savon individuellement administré, dans le secret de son bureau, à chacun des acteurs de cette algarade, Lagadec compris.

— On a déjà eu des sacrés corniauds comme chefs du gouvernement, ricana le type qui attendait son tour pour se faire couper les cheveux, mais Félix Gaillard n'est pas près d'être rattrapé, il a pris trop d'avance en tête de la course !

Le nouveau président du Conseil s'était pris les pieds dans le tapis en confirmant qu'il n'avait pas donné son aval au bombardement de Sakiet Sidi Youssef, mais qu'il avait donné son accord de principe aux militaires lors de son investiture par l'Assemblée. Tout le monde rigolait de la maladresse du chef du gouvernement dans le salon de coiffure de monsieur Amar.

— Remarque, fit Maurice au client qui commentait à haute voix un article de *L'Écho d'Alger*, Chaban-Delmas a reconnu qu'il n'était pas au courant, mais il a apporté son soutien aux généraux mis en cause. En somme, il les félicite de l'avoir fait passer pour un imbécile.

— Il est ministre de quoi, ton Chaban-Delmas ?

— Ministre de la Défense ! Normalement, c'est lui qui commande aux militaires, il doit les empêcher de faire les marioles, mais en Algérie, il y a longtemps que les généraux ont pris l'habitude de n'en faire qu'à leur tête.

Maurice n'aimait ni les généraux ni l'armée. Il valait mieux garder la suite de ses réflexions pour lui s'il voulait ménager sa clientèle. À Alger les militaires étaient très populaires chez les Européens.

— On va quand même pas faire toute une histoire pour un village de fellaghas bombardé chez les Tunisiens, ajouta celui qui épluchait le journal.

— Ça va les calmer, renchérit un autre, les terroristes vont finir par comprendre qu'ils ne sont à l'abri nulle part.

— Faut voir, fit Maurice sans trop s'engager, ils sont malins au FLN.

Ses clients se fichaient complètement des suites politiques de ce matraquage qui avait tué des femmes et des enfants. Les militaires avaient donné une bonne leçon aux Arabes, ils n'en demandaient pas plus ; c'était bien fait pour eux.

Ridiculisé par les militaires, déconsidéré aux yeux du monde entier, le gouvernement n'avait plus prise sur les événements ; il était en sursis. Les Français, incrédules, assistaient à cet incroyable charivari politique. Plus personne ne semblait en mesure de diriger le char de l'État, la crise algérienne paraissait plus que jamais insoluble.

— L'armée française ne pouvait pas faire un plus beau cadeau au FLN ! commenta Belkacem.

— Des enfants tués dans leur école, des dizaines de morts et autant de blessés graves, tu appelles ça un cadeau !

Belkacem soupira : Claire allait encore lui jeter à la tête son pacifisme et son refus obstiné de l'action révolutionnaire. La tempête amoureuse était retombée, il fallait bien souffler et reprendre quelques forces avant de faire à nouveau lever la houle de la passion. Alors, tels des conspirateurs, ils causaient à voix basse comme s'ils craignaient d'être entendus ou dénoncés.

— Je te parle d'un cadeau politique, reprit Belkacem, suite au bombardement de Sakiet, des dizaines de pays sont en train de reconnaître le FLN comme seul représentant du futur État algérien indépendant. C'est une grande victoire pour nous.

— Je n'aime pas qu'on se serve du malheur de ces pauvres gens comme d'un étendard, ça me déplaît, je trouve ça indécent.

— Tu as raison, mais moi, c'est la force brutale de l'aviation française que je trouve répugnante. Qui sont les terroristes aujourd'hui ?

— Ça ne finira donc jamais ! Des morts et encore des morts, des attentats, des bombardements, des viols, des cadavres mutilés, j'en ai assez, je ne supporte plus de vivre sous la menace de cette guerre odieuse.

— Elle finira avec l'indépendance et la liberté du peuple algérien. La victoire est proche maintenant, sois encore un peu patiente !

Claire ne répondit pas. Elle pleurait, des larmes coulaient doucement sur ses joues. Certains jours, la violence qui enflammait toute l'Algérie lui était insupportable. L'appréhension et la peur l'accompagnaient à chaque instant, elle n'avait pas encore vingt-cinq ans ; adolescente, elle avait rêvé de vivre dans l'allégresse, d'aimer au grand jour. Ses rencontres amoureuses n'étaient jamais de paisibles romances, elles se muaient en longs tunnels dénués de joies et d'enthousiasme.

Belkacem était décontenancé par ce chagrin qu'il ne pouvait pas comprendre.

— Je vais rentrer en métropole, finit-elle par lui dire, je vais demander un poste dans un lycée de province, dans une ville tranquille loin de la folie qui règne ici.

— Tu vas m'abandonner, me laisser tout seul ?

Belkacem si sûr de lui, toujours si volontaire et péremptoire, était soudain comme un enfant perdu, presque pitoyable. Il venait d'un monde pudique à l'excès où on avait l'habitude de taire ses sentiments, il était incapable de faire face au désarroi de cette femme qu'il admirait et qu'il aimait.

— Tu es beau, intelligent, charmeur, tu trouveras d'autres compagnes sur le chemin de l'indépendance de l'Algérie. Notre histoire est sans issue, je ne sais rien de toi… même pas ton nom ! La clandestinité me fatigue. Peux-tu comprendre que je sois lasse de tout ça ?

— Je n'ai que toi. Je ne vois plus ni mon père ni ma mère pour ne pas les mettre en danger, je ne sais même pas ce que deviennent mes frères et mes sœurs. Les moudjahidines sont mes compagnons de combat, mais je suis seul, sans personne à aimer. Sans toi, ma vie est vide, triste, sans joie, sans plaisir, elle n'a plus aucun goût.

Elle fut émue par sa fragilité et son infinie tristesse. Le désenchantement les guettait. Lui aussi osa pleurer ; la perspective d'être séparé de Claire rendait insipide et dérisoire son rêve de vivre un jour dans une Algérie libre et indépendante.

— C'est la première fois que tu me parles de ta famille, dit-elle en le prenant dans ses bras comme pour le bercer et atténuer sa peine.

Il hésita un court instant avant de se lancer car c'était contrevenir aux règles de l'anonymat indispensable dans la clandestinité.

— Je suis l'aîné, j'ai deux frères et deux sœurs. On a grandi ensemble, je crois que je regrette ces années-là ; c'est terrible de ne pas savoir ce qu'ils deviennent, surtout le plus jeune. De nous cinq, c'est le plus fragile. Son instituteur disait qu'il était très doué pour les études et qu'il devrait aller au lycée, mais mon père ne voulait pas.

— Et alors ? Il y est allé, au lycée ?

— Je n'en sais rien ! Quand j'ai quitté ma famille, la question n'était pas tranchée…

Depuis longtemps déjà, elle suspectait Belkacem d'être le frère aîné de Zayn ; ce que venait de lui révéler son jeune amant ne faisait que renforcer sa conviction. Elle garda pour elle ses déductions, lui dire qu'elle avait percé une partie de ses secrets l'aurait inutilement blessé. Elle l'embrassa avec fougue, le jeune félin répondit à l'appel de ces lèvres ardentes. Leur étreinte eut un goût de désespoir, elle n'en fut que plus sauvage, plus violente, plus belle aussi.

Belkacem quitta le lit de Claire avant l'aube.

## Le printemps est là avec ses parfums que la brise éveille

Zayn, Jean-Jacques et André n'avaient que faire du grand circus politicien qui faisait couler beaucoup d'encre dans les journaux et encore plus d'anisette aux terrasses des cafés d'Alger. Les trois copains avaient bien d'autres choses en tête, ils étaient désormais très assidus à la sortie du collège d'enseignement technique pour jeunes filles de la rue Lazerges.

Ils avaient noué un contact, et même pour être plus précis, trois contacts : trois filles vives et jolies, à peine plus âgées qu'eux. Un jour, l'une d'elles avait souri de se savoir regardée. Une aubaine !

Le premier pas était toujours le plus difficile à franchir ; Jean-Jacques et Zayn avaient poussé André en avant, parce qu'il était le plus grand du trio et qu'il n'avait pas l'accent de Bab El Oued, ce qui lui conférait un avantage indéniable auprès des filles. Un pas en avant, deux pas en arrière, André avait été long à décider et puis un soir, bravement, fort des encouragements de ses deux grands copains, il s'était lancé, il avait traversé la rue.

— Bonjour, avait-il débuté assez gauchement, mes amis et moi on voudrait bien vous accompagner un peu pour parler avec vous… Je m'appelle André.

Les filles s'étaient d'abord esclaffées, André s'était senti rougir.

— Pourquoi pas ? avait fini par dire Anita, brune piquante aux yeux noisette ; certainement la plus délurée des collégiennes.

— Si c'est juste pour causer, avait ajouté Josiane, on fait un tour en ville avant d'aller prendre notre bus.

André fit signe à Zayn et à Jean-Jacques de venir les rejoindre. Il se chargea des présentations.

La troisième s'appelait Brigitte, toute blonde et intimidée, elle avait rougi. Elles étaient toutes les trois aussi empruntées que les garçons. Mais peut-être étaient-elles tout de même soulagées qu'un des lycéens dont elles avaient repéré le manège eût osé les aborder ?

— Enchanté, attaqua Jean-Jacques.

Il avait lu quelque part que ce genre d'entrée en matière vous posait son homme. Un peu désemparé par cette situation qu'il avait pourtant ardemment désirée, Zayn s'était contenté de sourire. Il balançait d'un pied sur l'autre sans savoir quelle posture adopter. Le fait qu'il fût arabe ne semblait pas déranger les filles, il en était tout étonné.

À vrai dire aucun des six n'était tout à fait à l'aise. Les débuts furent donc un peu laborieux, mais de maladresse en hésitation puis en timidité surmontée, ils finirent par nourrir leur conversation de ce qu'il fallait de banalité pour faire fleurir l'envie de se revoir. Ce premier soir, il s'agissait avant tout de briser la glace ; badiner, flirter, être légers ou drôles était un art qu'ils ne maîtrisaient pas, ils avaient encore beaucoup de choses à apprendre.

Anita, Josiane et Brigitte habitaient Guyotville, une petite cité du bord de mer, toute proche, à l'ouest d'Alger. Elles faisaient le trajet chaque jour jusqu'au collège technique. Après avoir traîné un peu dans Bab El Oued, elles devaient prendre le bus pour rentrer chez elles. Les trois amis les accompagnèrent jusqu'à la station de la place du Gouvernement. On se fit des grands signes de la main pour se dire au revoir et on se promit de refaire un bout de chemin tous ensemble le lendemain.

C'est peu dire que tous les trois furent en proie ce soir-là à une immense et délectable excitation. Comme ses copains, André restait amoureux de sa professeure d'anglais – c'était une question d'honneur et de fidélité –, mais obtenir les faveurs d'Anita lui sembla plus réaliste.

Jean-Jacques se tint à peu près le même raisonnement ; toutefois son cœur balançait entre Brigitte et Josiane, il leur trouvait du charme à toutes les trois, mais André semblait très attiré par Anita ; la prééminence du choix lui revenait, il avait fait le premier pas. Jean-Jacques en parlerait à Zayn, d'homme à homme en quelque sorte.

Quant à Zayn il se posait pour la première fois la question de savoir si une Européenne d'Algérie accepterait de se laisser embrasser par un lycéen musulman. Il aurait tant aimé le croire, mais il en doutait.

Ainsi, loin du tumulte provoqué par l'incommensurable sottise de quelques généraux et l'incompétence avérée d'une poignée de ministres bringuebalés en tous sens par la tourmente algérienne, les trois amis rêvaient d'amour et d'hypothétiques étreintes. Que c'était bon de s'imaginer sur la plage, à l'ombre de la guinguette des bains Padovani, le cœur en fête, goûtant aux joies de la baignade, enivrés de caresses et de baisers. Ils en avaient la fièvre et c'était merveilleux même s'ils savaient que la carte du tendre était semée d'une foultitude de chausse-trappes et d'embûches.

## Faire face à la médiocrité

Le 15 avril, suite à l'affaire de Sakiet Sidi Youssef, Félix Gaillard avait été contraint de poser la question de confiance. Pour la vingt-septième fois depuis 1946, le gouvernement avait été renversé ; il fallait maintenant trouver un autre président du Conseil.

— La gauche n'a voulu ni de Georges Bidault ni de René Pleven, et les socialistes ont refilé le mistigri à Edgar Faure qui n'en veut pas non plus.

Tout ce charivari parlementaire qui parvenait jusqu'à Alger amusait beaucoup Maurice Amar. Il est vrai que, depuis son salon de coiffure, l'agitation désordonnée des députés pouvait avoir quelque chose de comique. Le printemps invitait à l'indolence, mais Pierre Lagadec ne cachait plus le désarroi que lui inspirait la situation.

— C'est du jamais vu en France, personne ne se sent capable d'assumer la responsabilité du pouvoir.

Les généraux nous ont mis dans une impasse, aucun homme politique n'a de solution pour en sortir.

— Avec ou sans gouvernement, on ne voit pas la différence, lui répondit Maurice, on devrait en profiter pour prendre notre destin en main comme les communards en 1870.

— Ça s'est terminé par un épouvantable massacre, lui répondit Pierre, il n'y a pas de système politique sans défaut. À tout prendre je fais plus confiance au système républicain qu'à une organisation anarchiste de la société. Qu'en pensez-vous, René ?

Les Amar, les Lagadec et Zayn étaient chez les Guivarch ce dimanche après-midi ; les garçons étaient en exploration libre dans le fouillis de l'atelier de René tandis que les dames papotaient à l'ombre de la tonnelle supportant l'énorme bougainvillée qui attendait son heure pour se parer de ses couleurs d'été. Les hommes admiraient la collection de cactus et de plantes grasses rassemblée dans le jardin de Saint-Eugène. René prit son temps pour répondre à ses hôtes qui accompagnaient sa déambulation au milieu des aloès, des agaves et de toutes sortes de sédums.

— Je n'ai plus de temps à perdre, il me reste bien moins de temps à vivre que ce que j'ai déjà vécu ; ce genre de discussion ne m'intéresse plus.

Pierre et Maurice pensaient qu'il s'en tiendrait là. Mais après avoir ruminé un moment ce qu'il avait en tête, l'ancien maître voilier reprit la parole :

— Je vais tout de même vous dire que j'aime les hommes qui savent rire de leurs erreurs, qui savent rester modestes, qui ne se sentent pas élus avant l'heure, qui ne fuient pas leurs responsabilités, qui défendent la dignité humaine et qui font toujours le choix de la vérité et de l'honnêteté. Il y a bien peu de chance qu'un de ces hommes accède un jour au pouvoir en France ou en Algérie.

— Vous êtes un sage, fit Pierre en souriant à son vieil ami.

— Non, je suis vieux, je vais à l'essentiel, répondit René, j'essaie d'être en paix avec moi-même et avec les autres.

— Vous trouvez la sérénité en Algérie, s'exclama Maurice Amar, c'est vous qu'on devrait nommer ministre résident en Algérie !

— Vous vous tenez à l'écart de cette folie qui s'est emparée des Européens, fit encore René Guivarch, amusé par la remarque de Maurice, les gens raisonnables et mesurés sont devenus très rares ici. J'ai beaucoup de chance, j'en connais deux…

Ils avaient fini leur promenade autour du jardin, et continuant à deviser, ils allèrent retrouver leur épouse sous la tonnelle. Le printemps était la saison la plus agréable à Alger, l'air était doux, la végétation avenante, rien n'était plus délicieux que de se laisser caresser par la brise d'avril en regardant la mer.

Les garçons vinrent chercher René : ils étaient en quête d'explications et de commentaires à propos d'un album de vieilles cartes postales brésiliennes qu'ils avaient déniché dans un coin presque inaccessible de l'atelier. Pareille demande avait pour le vieil homme un caractère impératif. Le clan des quatre s'immergea dans le passé recomposé de l'ancien maître voilier devenu vieux sage.

**La loi du talion**

Maurice et Fernand Meyssonnier, à vulgairement parler, ne savaient plus où donner de la tête. Maurice

– le père – était le bourreau pour toute l'Algérie, et Fernand – le fils – était son adjoint. Ils parcouraient l'Algérie sous bonne escorte, d'Oran à Constantine en passant par Alger, avec une guillotine entretenue avec un soin maniaque. Hormis le repos dominical octroyé aux Meyssonnier, la « veuve » – un modèle Berger construit en 1889 – servait tous les jours, et parfois plusieurs fois par jour.

Claire Deleuze savait quand une exécution allait avoir lieu. Depuis la prison Barberousse, la nouvelle se répandait dans toute la communauté musulmane d'Alger, la Casbah s'enflammait. La protestation, les cris, les lamentations s'entendaient depuis El Biar jusqu'au boulevard Carnot. Ces jours-là, personne ne pouvait prétendre ignorer l'horreur qui se perpétrait derrière les hauts murs de la prison.

Il y avait eu une exécution la veille ; comme à chaque fois, on avait été glacé d'effroi, puis on était passé à autre chose, la vie continuait. Colette Ferrandi et Claire Deleuze prenaient un café au Picaduros, un bar espagnol de la rue Bab-el-Oued tout proche du lycée Bugeaud. Elles ne commençaient qu'à dix heures ce samedi 10 mai. Depuis déjà quelques semaines, elles avaient sorti leurs tenues d'été et allaient bras nus et cheveux au vent. Les deux amies causaient de tout et de rien, Colette aimait passer un peu de temps à discuter en castillan avec le patron et quelques vieux habitués du bistrot qui ne parlaient qu'à peine le français. Quant à Claire, elle aimait simplement repousser le moment où il lui faudrait franchir le grand portail du lycée.

Michel Ferrandi devait les rejoindre. Il avait fait un détour par un kiosque de rue pour aller acheter *L'Écho d'Alger*.

Le digne professeur de mathématiques était décomposé quand il s'assit en face des deux femmes. Michel était incapable de parler, il se contenta de jeter le journal devant Colette et Claire. Toute la une était occupée par un seul article :

« Le 25 avril 1958, le tribunal spécial de l'"Armée de libération nationale" siégeant sur le territoire algérien a condamné à mort, pour tortures, viols et assassinats, perpétrés contre la population civile de la mechta de Ram-El-Souk (région de La Calle), les militaires français dont les noms suivent… »

Colette Ferrandi fut la première à réagir.

— Œil pour œil, dent pour dent ! lâcha-t-elle.

Trois appelés du contingent, un sergent et deux soldats prisonniers du FLN suite à un accrochage sur la frontière tunisienne, venaient d'être exécutés par les indépendantistes.

— Les moudjahidines du FLN répondent aux têtes des activistes tranchées par la guillotine, commenta brièvement Colette.

— Ils n'ont pas le droit, bredouillait Michel Ferrandi, ils n'ont pas le droit… c'est inadmissible… on ne peut pas laisser juger et assassiner des jeunes Français par une bande de hors-la-loi qui prétend rendre la justice !

L'émotion autant que la colère submergeait les Européens d'Alger. C'était pain béni pour la propagande « Algérie française ».

En pages intérieures, un autre article commençait par cette question : « Comment ces va-nu-pieds sans honneur osent-ils fusiller nos soldats ? »

— En instituant un tribunal spécial prononçant des sentences de mort, les fellaghas ne font que singer l'administration française, fit valoir Claire, c'est un tribunal militaire qui condamne à mort les militants du FLN.

— Des terroristes, rien que des terroristes. Ils ont du sang sur les mains…

Le professeur Ferrandi était dans une sorte d'état second, incapable de retrouver son calme. Colette était très inquiète de voir son mari une nouvelle fois submergé par ses émotions.

— C'est intolérable, s'indigna encore Michel, il faut le dire et même le hurler haut et fort pour que ce soit entendu jusque dans les travées du Palais-Bourbon.

— Il pourrait y avoir des débordements. Les ultras appellent à la grève générale et à manifester mardi 13 mai. Les Musulmans ont intérêt à se faire discrets, ils risquent encore de payer très cher l'initiative du FLN, ajouta Claire.

Colette s'était absorbée dans la lecture de l'article.

— Vous avez vu le communiqué du ministre résident ? « Une nouvelle fois, le FLN vient de montrer sa sauvagerie et son mépris total de la vie des prisonniers. » Ce type ne craint pas le ridicule. Pour lui, guillotiner des membres du FLN ce n'est pas montrer un mépris total pour la vie des prisonniers ?

— Les ultras vont manifester contre qui ? demanda encore Claire. Contre quoi ? Depuis un mois, il n'y a plus de gouvernement à Paris pour répondre d'une façon ou d'une autre à tous ceux qui vont être dans la rue.

— Pflimlin a été pressenti par le président de la République, intervint Michel qui, après avoir avalé un cognac, retrouvait son calme. Il pourrait obtenir la majorité à l'Assemblée, mais ici personne n'en veut : ni l'armée ni les ultras de l'Algérie française. Il a déclaré qu'il engagerait des négociations directes avec le FLN s'il était investi. Il est presque autant détesté que Mendès France !

— Tu veux dire que les manifestants vont être soutenus par l'armée et qu'ils refuseront toute solution de compromis venue de Paris ? s'inquiéta Claire.

— Je n'en sais rien. La protestation contre l'exécution des trois militaires français va mettre toute la population européenne dans la rue. Il faut faire savoir clairement au prochain gouvernement qu'on s'opposera à toutes les tentatives de négociation avec les rebelles, d'où qu'elles viennent.

Michel parlait comme le pire des ultras. Colette Ferrandi et son mari ne semblaient plus d'accord. Claire fit comme si elle n'avait rien remarqué. Il était temps de se rendre au lycée. Une fois de plus, l'orage risquait de se déchaîner sur Alger, mais chacun vaquait tout de même à ses petites ou grandes affaires ; les lycéens vivaient leur belle jeunesse, rigolards et volontiers chahuteurs, ils attendaient leurs professeurs de pied ferme.

— Le lycée sera sûrement fermé mardi, suggéra Colette, une bonne moitié des profs ira manifester pour l'Algérie française à l'appel des ultras.

Michel Ferrandi avala un autre verre. Il était revenu à une attitude calme et raisonnable. Encore une fois, Claire fit mine de n'avoir rien remarqué.

## La question n'est pas « pourquoi le mal », mais « le mal pour quoi faire » ?

L'empoignade amoureuse avait déridé Belkacem, mais tout de suite après il était retombé dans une sorte de bouderie mutique. Quelque chose ne tournait pas rond. Claire pensa d'abord que son jeune amant était fâché d'avoir dû faire face à sa colère et à ses larmes lors de leur précédente rencontre. Elle n'avait pas l'intention de mendier un quelconque pardon pour lui faire retrouver sa belle humeur et son enthousiasme coutumiers.

— Si tu quittes l'Algérie pour retourner en métropole, je partirai avec toi, finit-il par lâcher.

— Qu'est-ce qui se passe ? Tu t'es fâché avec le FLN ?

— C'est très compliqué le FLN, tout le monde se bat pour l'indépendance, mais l'avenir du futur État algérien entraîne une impitoyable guerre des chefs.

— Tu boudes parce que tu fais partie d'un groupe minoritaire, s'amusa-t-elle, vouloir la liberté c'est bien, mais vivre la démocratie au jour le jour, c'est beaucoup plus compliqué !

Il se mit debout, se contentant de hausser les épaules. Il avait envie de s'épancher auprès de Claire, mais il ne voulait pas ternir la révolution à laquelle il avait voué sa vie. La marche vers l'indépendance n'était plus ce bel élan unanime et fraternel dont il avait rêvé, elle était émaillée de querelles internes et de combats fratricides, il lui en coûtait beaucoup de le reconnaître.

— Il n'y a pas de démocratie chez nous, il y a surtout des règlements de comptes et même des meurtres, finit-il par lâcher d'une voix qui trahissait son amertume et sa peur.

— On dit des révolutions qu'elles dévorent leurs enfants, la rébellion algérienne ne fait pas exception à la règle.

Il se contenta de hocher la tête. Il avait jusque-là vécu et combattu pour un idéal, il lui fallait oublier le grand rêve héroïque de son adolescence, se convertir au réalisme et à l'âpreté des luttes pour le pouvoir.

— J'ai cru que nous étions unis par une même volonté de mettre les Français dehors et d'entraîner le peuple derrière nous, mais ces luttes prennent de plus en plus d'importance, au détriment du combat révolutionnaire.

— Le respect de l'adversaire politique ne va pas de soi, reprit-elle, c'est un long apprentissage.

— Abane Ramdane n'a pas été tué par les Français comme on voudrait nous le faire croire, mais il a été assassiné au Maroc sur ordre des « colonels ».

— Il y a des colonels chez vous aussi ! voulut plaisanter Claire. Finalement, toutes les armées du monde se ressemblent.

— Ces colonels-là sont des combattants en train de mettre sur pied la future armée algérienne depuis la Tunisie ou le Maroc ; ils ont bien l'intention de s'emparer du pouvoir et d'imposer leur conception de la société quand l'armée française quittera l'Algérie.

— J'ai vaguement entendu parler de cet Abane Ramdane, fit la jeune femme en se recroquevillant sous le drap, viens te recoucher et prends-moi dans tes bras.

Belkacem obéit avec docilité. Elle se lova contre lui, elle fut toute douceur et tendresse, il se détendit un peu.

— Abane Ramdane était le numéro un du FLN de l'intérieur, il coordonnait le combat du maquis avec la lutte à Alger et dans les grandes villes. Tout le monde l'admirait, il était très populaire parmi les militants, c'est à lui que serait revenu le soin de diriger les premiers pas de l'Algérie indépendante. Il rêvait d'une Algérie algérienne et s'opposait aux militaires de l'extérieur favorables à une Algérie arabe et musulmane.

— Parce qu'il y a une différence ? susurra naïvement Claire à l'oreille de son amant.

— L'Algérie algérienne voulait se construire sur la diversité du peuple algérien, expliqua Belkacem, Arabes, Kabyles, mozabites, Touaregs, Juifs et même les Français qui voudraient bien se plier à la loi du nouvel État algérien libre et indépendant. Tous y auraient eu leur place, les langues, les coutumes des uns et des autres auraient été respectées…

Le jeune homme marqua une pause, comme s'il ne voulait pas voir s'effacer ce beau rêve auquel il avait cru si fort.

— L'Algérie arabe et musulmane ne s'embarrassera pas de ces différences : un seul peuple, une seule langue et surtout une seule religion. L'islam et la langue arabe deviendront le ciment de cette future nation algérienne dirigée par les « colonels ». Quant à la liberté pour laquelle nous combattons, ils ne s'en préoccupent plus. Depuis Tunis, Rabat ou Le Caire, ils font comme s'ils avaient déjà vaincu l'armée française…

— Tes « colonels » vont un peu vite en besogne, l'interrompit Claire en s'installant sur lui. La grande manifestation de demain est destinée à resserrer les liens entre l'armée, les Européens d'Algérie et la métropole, la victoire est peut-être au bout du chemin, mais ce chemin va encore être très long.

Dieu qu'elle était belle, désirable et audacieuse. Il perdit pied, il oublia la férocité des luttes pour le pouvoir, il l'aima comme on aimait à vingt ans, l'instant fut magique, le plaisir les emporta. Demain serait un autre jour.

Le père Yborra n'avait pas l'intention d'aller à la manifestation du 13 mai. L'enterrement d'Amédée Froger à la fin du mois de décembre 1956 l'avait à tout jamais vacciné contre les rassemblements orchestrés par les grandes gueules populacières de l'extrême droite algéroise. Il ne pouvait effacer de sa mémoire l'abjecte ratonnade qui s'était ensuivie.

Cette fois encore, il était allé chercher Ahmed Messahoud, sa femme, ses filles et Zayn, et les avait installés au milieu de ses sacs de farine. La famille Messahoud commençait à avoir ses habitudes dans l'arrière-cour de la boulangerie.

— On ne sait jamais comment risquent de tourner les manifestations : il vaut mieux être prudents, vous resterez cachés ici. Je vous ramènerai chez vous quand le calme sera revenu.

Silencieux, Ahmed triturait son *misbaḥa*, récitant le *dhikr*, glorifiant de toute son âme à chaque grain du chapelet un des quatre-vingt-dix-neuf noms d'Allah. Quant à Bouchra, le visage fermé, elle revivait ce jour du mois de juin de l'année passée, quand elle avait retrouvé leur misérable logement saccagé par des furieux pleins de haine et se prenant pour des justiciers.

Les deux sœurs de Zayn, d'habitude si enjouées et bavardes, se muraient dans un silence inquiet; il courait chez les jeunes filles musulmanes d'abominables récits de viols collectifs, d'humiliations et de sévices perpétrés par la police et les soudards chargés du renseignement militaire.

Pour Zayn, cet enfermement était propice aux songes. Le plus jeune des frères Messahoud imaginait la vie de tous ces peuples des contrées lointaines en compulsant les cartes du grand atlas mondial que lui avait offert René Guivarch. C'était son livre le plus précieux, le support de ses rêves d'aventures et d'ailleurs. Craignant les vandales, il avait emporté son cadeau dans la resserre du père Yborra.

Giovanna Guivarch était venue jusqu'à la boulangerie. Elle avait attendu le départ de la vendeuse. Le soir, le père Yborra tenait seul la boutique pendant une heure pour les quelques retardataires qui avaient besoin de pain pour le dîner. Elle était entrée quand elle avait vu le boulanger commencer à passer le balai, il n'allait pas tarder à baisser son rideau. Elle avait demandé une baguette.

— C’est bien ce que vous faites, Monsieur Yborra, murmura Giovanna en ramassant la monnaie qu’il venait de lui rendre.

— Je fais du pain, j’espère qu’il est bon, répondit-il, en tout cas, je fais de mon mieux.

— Il est bon votre pain, mais c’est pour Zayn et sa famille que je vous dis que c’est bien !

— Je ne vois pas de quoi vous voulez parler, je ne connais pas de Zayn ! Je suis désolé.

— Zayn nous a raconté que vous les avez protégés pendant les émeutes du mois de juin. Mon mari et moi, on aime beaucoup Zayn, on est rassurés de savoir qu’il est chez vous, à l’abri.

— Je vous assure, Madame, que vous faites erreur…

— On sait qu’il aime lire, continua Giovanna en ignorant les dénégations du vieux boulanger, alors René et moi, on voudrait lui faire passer un livre parce que si ça doit durer, il va s’ennuyer.

Elle sortit de son cabas un épais bouquin vieux et écorné, qu’elle posa sur le comptoir en faisant un clin d’œil au boulanger. Il regarda le titre sur la couverture, *Le Livre des merveilles*, d’après Marco Polo ; il était impressionné, c’était un gros livre. Le père Yborra avait été mitron à douze ans, il avait toujours beaucoup travaillé et n’avait jamais pris le temps de lire, ni même de se reposer. Il n’en éprouvait aucune amertume, mais il fut soudain très fier du fils d’Ahmed.

— René dit que ça devrait lui plaire ! Ils s’entendent bien tous les deux…

Le boulanger hocha la tête et esquissa même un sourire. Giovanna posa son index sur ses lèvres, c’était convenu, ils partageaient maintenant un secret. Il était inutile d’en parler.

**Être ou ne pas être un coup d'État ?**

Maurice Amar était tout seul dans son salon de coiffure. Son commis, Monsieur Léon, avait répondu à l'appel des partisans de l'Algérie française à manifester pour rendre hommage aux trois soldats exécutés par le FLN et exiger une fermeté sans faille du futur gouvernement.

Monsieur Maurice estimait qu'il était capable de juger de ce qu'il devait faire ou ne pas faire. Il ne s'était pas associé à la grève générale décrétée par un autoproclamé, et plus que douteux, comité de vigilance dont personne n'avait entendu parler jusque-là. Son salon de coiffure était bien le seul commerce du quartier à oser braver l'injonction des ultras de l'Algérie française.

Tant pis pour lui, il écouterait les nouvelles sur son tout nouveau poste à transistor. Radio Alger retransmettrait en direct les péripéties de la manifestation. Le maître artisan du cran gominé s'était assis dans le fauteuil derrière lequel, en temps ordinaires, il opérait, ciseaux, peigne ou tondeuse à la main.

Inquiet de l'emballement des événements, Maurice fumait, il s'ennuyait. Prévoyant que la journée risquait de lui paraître bien longue, il avait amené plusieurs de ses chers romans policiers, mais il ne parvenait pas à lire parce que la radio débitait des informations à jet continu. Trop de nouvelles, trop de confusions venaient le distraire. Il aurait aimé ne penser à rien. Évidemment, il n'y arrivait pas. Il attendait.

Loin d'Alger, le *Cap-Ferrat* se balançait tranquillement sur son ancre devant Philippeville. Le bateau avait convoyé depuis Alger jusqu'à cet extrême est algérien une mission de géographes, de géologues et d'ingénieurs en génie civil accompagnée d'une solide escorte de fusiliers marins. Tout ce beau monde était à terre, en train d'envisager la possibilité de construire un terminal pétrolier sur ce point de la côte où pourrait déboucher un oléoduc amenant le pétrole du gigantesque gisement saharien d'Hassi Messaoud découvert en 1956.

En attendant le retour de la mission scientifique et technique à bord, les matelots s'ennuyaient et leur patron, le maître principal Lagadec, écoutait la radio dans la salle des cartes à l'arrière de la passerelle.

— La foule immense est au rendez-vous, s'exaltait le reporter de Radio Alger, la colère des Algérois est impressionnante, à la mesure du crime perpétré par le FLN…

La manifestation avait lieu sur le Forum, l'esplanade aménagée au pied du ministère de l'Algérie – le seul qui ne fût pas domicilié à Paris – que les Algérois continuaient à appeler le Gouvernement général.

Chauffés à blanc par les ultras, les manifestants pourraient rendre hommage aux trois soldats exécutés devant le monument aux Morts tout proche et, dans le même temps, faire savoir au gouvernement « des poltrons défaitistes parisiens » qu'ils l'avaient à l'œil.

— Les combattants de 1914-1918 et ceux de la Seconde Guerre marchent derrière leurs drapeaux, ils sont accompagnés de beaucoup d'anciens soldats musulmans venus faire savoir à tous les hommes politiques parisiens que les Musulmans d'Algérie se sentent Français et que ceux qui réclament l'indépendance ne sont que des ingrats, des bandits sans foi ni loi.

L'homme de la radio ne faisait pas dans la nuance, il prétendait être la voix de tout ce peuple en ébullition. Après une minute de silence, le dépôt de gerbes fut sublimé par une vibrante *Marseillaise*, histoire de faire grimper la température.

— C'est une irrésistible marée humaine qui se tourne maintenant vers le Gouvernement général, s'égosillait le commentateur, la foule emporte tout sur son passage, la police est submergée, les grilles sont arrachées… Il semblerait que la foule soit en train d'envahir le bâtiment…

Maurice Amar monta le son, Pierre Lagadec s'approcha du poste, ils écoutaient le même reportage : le type de Radio Alger exultait, prenant fait et cause pour les émeutiers, il vivait un grand moment.

Maurice et Pierre devinaient que la situation était hors de contrôle, ou qu'à tout le moins, elle n'était plus sous le contrôle des autorités de la République.

— Les parachutistes postés autour du Forum pour suppléer les forces de l'ordre auraient dû se déployer et contenir l'émeute tant ils sont respectés et populaires chez les Européens, mais – allez savoir pourquoi – ils n'en ont rien fait.

Derrière cette dernière remarque, on percevait la satisfaction du journaliste à voir les hommes de Massu pactiser avec la foule qui tournait sa colère contre ce symbole de l'autorité gouvernementale et humiliait l'autorité civile.

Le bâtiment était mis à sac, le speaker de Radio Alger s'égosillait de ravissement et de bonheur devant ce débordement populaire.

Tout se passait comme si le scénario des événements avait été écrit à l'avance ; ceux qui entendaient tirer avantage de la situation ne perdaient pas de temps. L'agrégat improbable d'ultras, de gaullistes et d'autres personnages on ne peut plus troubles se dépêcha de mettre sur pied un « Comité de salut public » composé de personnalités proches de l'extrême droite et de militaires, dont le général Massu. On y invita même un ou deux Arabes de bonne volonté pour donner à penser que ce comité représentait l'ensemble de la population algérienne.

Maurice Amar, l'oreille collée à son transistor, dut se pincer très fort pour croire ce qu'il entendait. Depuis le balcon du Gouvernement général, Massu donna lecture du télégramme qu'il allait adresser au président de la République ; il ne demandait rien moins que la création d'un « gouvernement de salut public » apte à prendre toutes les décisions qui s'imposeraient pour garantir le maintien de l'Algérie dans le giron de la République sans se soucier de l'avis des parlementaires.

— C'est un coup d'État, s'étrangla Pierre Lagadec quand il entendit le bref discours de Massu. Les généraux sont devenus complètement fous, voilà qu'ils donnent des ordres au gouvernement.

Il coupa la radio et regagna sa passerelle. Une partie de la mission technique devait rentrer à Alger, il fallait se préparer à appareiller. Il avait des ordres à donner.

Avec la radio, tout le monde était en prise directe avec l'actualité. Chez les Amar on n'en perdait pas une miette. Le lendemain, 14 mai, la tension n'était pas retombée. Paris ne pouvait pas rester sans réagir, il fallait répondre au coup de force des militaires. Au milieu de la nuit, le démocrate-chrétien Pierre Pflimlin avait été investi président du Conseil par l'Assemblée nationale. À Alger, les ultras et les généraux estimèrent que c'était une insulte faite à l'armée française autant qu'à la population européenne d'Algérie. Ce fut l'hystérie dans les rues d'Alger, il allait encore y avoir du grabuge.

Maurice Amar avait décidé de rester fidèle à la ligne de conduite qu'il s'était fixée : il ouvrirait sa boutique comme si de rien n'était, même s'il devait encore passer sa journée tout seul à attendre un improbable client.

Quand les Amar avaient pris leur petit-déjeuner dans la minuscule cuisine de leur appartement, Rachel s'était inquiétée :

— Fais comme tout le monde, Maurice, n'ouvre pas le salon aujourd'hui, avait-elle supplié, tu n'auras pas de client. Reste à la maison, je t'en prie !

Elle y alla d'une larme qu'elle avait toujours facile pour amadouer son homme en pareilles circonstances. Mais Maurice campa fermement sur sa position.

— On ne va quand même pas se déballonner devant l'extrême droite !

— Tu sais bien que nous, les Juifs, on est mal vus par les Européens d'Algérie ; ils sont fichus d'aller mettre une bombe dans ton salon de coiffure.

— Tu te fais des idées, ce sont les commerces des Musulmans qui sont saccagés quand il y a des émeutes… pas ceux des Juifs !

— C'est déjà arrivé avant-guerre, ça pourrait recommencer ! Quand ça ne va pas, on s'en prend toujours aux Juifs…

— Au lycée on m'a déjà dit que les Juifs c'étaient à moitié des Arabes, intervint Jean-Jacques en trempant un morceau de pain dans un bol d'huile d'olive, c'est pour ça qu'il y a des Juifs qui soutiennent le FLN.

— On dit ça dans ton lycée ?

— Oui, on dit ça, on a l'habitude ! Les Juifs, on est toujours à part, mais moi, je m'en fous, plus tard j'irai vivre à Paris. Là-bas, Juif ou n'importe quoi d'autre, on te laisse en paix.

— Si tu le dis, conclut Maurice un rien dubitatif, c'est que ça doit être vrai !

— Et puis, on n'est qu'à moitié Arabe : les ultras ne feront peut-être sauter que la moitié du salon de coiffure, fit encore Jean-Jacques comme s'il avait voulu détendre un peu l'atmosphère.

— Comment n'y ai-je pas pensé? fit Maurice à l'adresse de sa femme. Je suis sûr que l'armée peut fournir à l'extrême droite des demi-bombes pour faire des demi-attentats contre ceux qui ne sont que des demi-Arabes !

Le père et le fils se mirent à rire. Rachel haussa les épaules. Les hommes n'en faisaient jamais qu'à leur tête. Elle les aurait volontiers gardés à la maison tous les deux, à l'abri illusoire des murs qu'elle pensait inexpugnables de l'appartement de la rue de la Lyre.

Jean-Jacques s'apprêtait à partir au lycée, il ne pouvait pas y avoir grève tous les jours. Il allait surtout retrouver ses copains. La journée serait ce qu'elle serait, mais à cinq heures, Brigitte, Josiane et Anita les attendraient à l'angle de la rue Lazerges et de la rue Delacroix. C'était Josiane qui le faisait rêver. Ça tombait bien parce que Zayn en pinçait pour Brigitte tandis qu'André tenterait sa chance auprès de la piquante Anita. Il n'y avait pas eu de discussions, les élans du cœur s'étaient agencés tout seuls. Il ne leur était pas venu à l'idée que les souhaits des filles pouvaient être différents des leurs.

Ce lendemain de folie collective sur le Forum d'Alger, il manquait beaucoup de professeurs au lycée Bugeaud et une bonne moitié des élèves s'étaient dispensés de venir en cours. Monsieur Ferrandi, plus fébrile et agité que jamais, et Colette, sa femme, étaient fidèles au poste ; mademoiselle Deleuze aussi. Tous les enseignants qui assuraient leur service ce jour-là voulaient montrer qu'ils n'étaient en rien solidaires avec les délires de l'extrême droite, des généraux et d'autres agités, plus discrets, mais qui avaient une idée bien précise de la direction que devait prendre le mouvement du 13 mai.

L'oreille toujours collée au transistor, Maurice Amar essayait d'entrevoir la suite des événements. Il s'attendait à ce que le nouveau président du Conseil destituât les factieux et les mît au rancart ou en prison, mais, sans doute dans l'espoir d'apaiser les tensions, il préféra plier le genou devant les militaires. À dix-sept heures, comme tous les Algérois, Maurice apprit que Salan, le général en chef des troupes stationnées en Algérie, s'était vu remettre tous les pouvoirs civils et militaires pour l'ensemble du territoire. Le coup de force avait réussi au-delà des espérances des comploteurs.

À la même heure, trois garçons, le cœur battant et les mains moites, attendaient les filles avec qui ils avaient rendez-vous. Étaient-elles intimidées elles aussi et leurs cœurs battaient-ils la chamade ? Les trois inséparables du lycée Bugeaud n'en savaient rien, ils espéraient. Ils se fichaient bien de la tragicomédie en train de se jouer devant des milliers de spectateurs en liesse sur la grande scène du Forum d'Alger. Parce que, soyons un peu sérieux, quoi de plus important dans la vie d'un adolescent que d'approcher pour la première fois l'instant décisif du basculement, ce moment sublime qui, croyait-il, le sortirait une bonne fois pour toutes de l'enfance ? Ferait-il preuve d'audace ? Prendrait-il cette main si proche, mais encore tellement inaccessible ? Pour André, Jean-Jacques et Zayn, la question de savoir à qui profitait le coup d'État de la veille était à ce moment-là tout à fait accessoire.

Ils n'avaient qu'une seule certitude, elles étaient en retard. Zayn eut un doute.

— Les bus sont en grève, finit-il par dire aux deux autres, elles ne sont peut-être pas venues au collège aujourd'hui.

— Tu as peur ? Tu te dégonfles ? Tu veux rentrer chez toi ? fit Jean-Jacques. Elles vont venir, c'est sûr. On attend.

— S'il n'y a pas de bus, comment veux-tu qu'elles viennent au collège ? dit André. C'est loin, Guyotville. On ferait mieux de décrocher !

— Toi aussi, tu te dégonfles ! Allez-y si vous voulez, moi je reste là, j'attends.

Eux trois mis à part, la rue Lazerges et la rue Delacroix étaient désertes. Personne ne traînait dehors ce jour-là. Pourtant, il faisait bon, la soirée promettait d'être douce et agréable. Ceux qui n'étaient pas sur le Forum en train de brailler *La Marseillaise* à plein gosier ou de scander sur l'air des lampions « Algérie française, Algérie fran-çaise » étaient chez eux, inquiets et résignés, en train de se demander sur quel pied danser en attendant la suite des événements.

— Tu vas prendre racine, fit Zayn, elles ne viendront pas !

— Zayn a raison, tu peux rester là autant que tu veux, ajouta André, mais pour ce soir, c'est foutu ! On verra demain.

En fait Jean-Jacques était soulagé. Il n'était pas sûr d'être le séducteur qu'il rêvait d'être, il n'était pas sûr non plus du succès de sa subtile manœuvre d'approche. Au moins avait-il fait croire à ses deux amis qu'il était le plus résolu du trio. Déçus, ils gagnèrent le boulevard Amiral-Pierre qui surplombait la mer. D'où ils étaient, ils entendaient, lointaine, mais lourde de menaces, la rumeur colérique de la foule massée autour du Gouvernement général. Ils pensaient aux trois filles… à ce qu'ils oseraient peut-être la prochaine fois.

Un cortège de voitures empanachées de bleu, blanc, rouge descendait le boulevard Carnot, les conducteurs scandaient du klaxon « Algérie française » ; des hommes gesticulaient et hurlaient par les vitres baissées, peut-être avaient-ils forcé sur l'anisette. Cette fois les Musulmans avaient pris soin de ne pas se trouver sur le passage des excités vociférant, avides de casser du bougnoule pour bien se convaincre qu'ils étaient toujours les maîtres de l'Algérie. Les visages des hommes étaient marqués par la haine et la colère. Sur le trottoir les trois garçons étaient paralysés par la peur. D'autres cortèges du même acabit sillonnaient toute la ville, bloquaient les carrefours, hurlant qu'ils étaient chez eux et qu'ils allaient débarrasser la ville des Arabes.

— Tu ne vas pas rentrer à Saint-Eugène, c'est trop dangereux, dit Jean-Jacques à Zayn, viens chez moi te mettre à l'abri.

Zayn protesta, il voulait rentrer chez lui, sa mère et son père allaient être fous d'inquiétude s'ils ne le voyaient pas rentrer.

— Jean-Jacques a raison, trancha André, tu n'arriveras pas vivant chez toi, je vous accompagne !

Zayn protesta encore, mais devant la fièvre et la violence des manifestants, il finit par céder. Il voulait bien aller chez Jean-Jacques à condition qu'on téléphone à la boulangerie du père Yborra. Il fallait prévenir son père qu'il ne rentrerait pas ce soir, mais qu'il était en sécurité.

Les Amar n'avaient pas le téléphone, ce fut donc Marie-Jeanne qui se chargea de la commission quand André regagna le domicile familial. Madame Lagadec avait été folle d'inquiétude en attendant André. Mais après qu'il lui eut raconté qu'avec Jean-Jacques ils avaient protégé Zayn des furieux de l'Algérie française, elle n'avait pas eu le cœur de faire une scène à son fils parce qu'il était en retard. André avait omis d'évoquer le rendez-vous manqué avec Anita, Josiane et Brigitte.

**Naguère le pays, dans ses profondeurs, lui avait fait confiance…**

De retour de Philippeville avec à son bord une partie de la mission « oléoduc », le *Cap-Ferrat*, à toute petite vitesse, traversait le port d'Alger pour gagner son poste d'amarrage à l'entrée de la darse de l'Amirauté. À sa passerelle, le maître principal Lagadec veillait à la manœuvre; c'était particulièrement délicat ce jour-là parce que le plan d'eau était très encombré. Toute la flottille des bateaux de pêche d'Alger était à quai puisque les patrons de la pêcherie, répondant à l'appel à la grève lancé par les ultras, avaient fermé boutique.

Attentif à l'accostage de son bateau, Pierre Lagadec gardait une oreille disponible aux soubresauts de l'actualité que la radio diffusait en direct; le coup d'État en cours le fascinait tout autant qu'il l'épouvantait.

Le commandant en chef des troupes stationnées en Algérie achevait un discours retransmis en direct. Bien qu'il fût copieusement acclamé par la foule, il n'égrenait que de grandiloquentes banalités. En guise de conclusion, Salan s'écria : « Vive la France, vive l'Algérie française. » Sa proclamation fut saluée par une fantastique ovation, puis il s'éloigna du micro, sans doute pensait-il en avoir terminé. Un membre du Comité de salut public lui glissa discrètement quelques mots à l'oreille; comme aimanté par le délire d'enthousiasme de la foule, Salan revint sur le devant du balcon, et s'écria : « Vive le général de Gaulle. » Ce fut un moment d'extase; une monstrueuse clameur salua le nom de l'homme du 18 juin 1940.

— Les cons! ne put s'empêcher de proférer, à haute voix, Maurice Amar tout seul dans son salon de coiffure.

Monsieur Amar n'aimait pas de Gaulle, il l'avait toujours soupçonné d'être antisémite. Il avait fallu douze mois au Général pour rétablir les Juifs d'Algérie dans leur dignité et dans leurs droits de citoyens français après le débarquement anglo-américain du 8 novembre 1942; si ce n'était pas de l'antisémitisme, c'était, aux yeux du coiffeur, une coupable mauvaise volonté. Et puis, dans sa jeunesse, Maurice avait été communiste…

— Qu'est-ce qu'ils sont encore allés chercher pour nous entourlouper? fit Michel Ferrandi.

Les non-grévistes étaient dans la salle des profs en train d'écouter le reportage de Radio Alger. Les élèves présents au lycée erraient en quasi-liberté dans les bâtiments désertés par toute forme d'autorité. Dans une des cours qui servaient à l'éducation physique, un match de foot s'était improvisé entre la classe de cinquième B et la quatrième C. Jean-Jacques, intraitable sur sa ligne de but, venait de sauver son équipe qui comptait très fort sur Zayn pour marquer; en sport comme dans toutes les autres disciplines, il était le meilleur, mais les autres étaient plus grands et plus costauds.

— De Gaulle! Un militaire hissé au pouvoir par des militaires, s'offusqua Colette Ferrandi, c'est un coup d'État comme en Espagne en 1936, on va vers la guerre civile!

— Je ne crois pas, objecta Claire Deleuze, je ne vois pas le héros de la Libération devenir dictateur comme

Franco ou Mussolini, je crois même que son souci sera justement d'éviter la guerre civile.

— Un militaire est un militaire, rétorqua Colette Ferrandi, celui-là ne m'inspire pas plus confiance que Massu, Salan et compagnie.

Ils restèrent encore un long moment à essayer d'imaginer la suite des événements sans parvenir à y voir clair.

Le 15 mai était un jeudi, il n'y avait pas cours l'après-midi. Dans une joyeuse bousculade, les élèves sortirent du lycée et se répandirent sur la place Jean-Mermoz. Le temps était splendide, la République tremblait sur ses bases, elle était même tout près de s'effondrer, mais tous ces garçons de la sixième à la terminale avaient surtout envie de s'amuser ou d'aller à la plage.

Finalement, la cinquième B avait perdu, les quatrièmes étaient trop forts. André était fâché, il n'aimait pas perdre. Marie-Jeanne et Rachel attendaient les garçons, pour les accompagner à Saint-Eugène chez les Guivarch ; les temps étant troublés, les deux mères avaient décidé d'accompagner leur fils.

— Il faudra passer à la boulangerie de Monsieur Yborra, avait dit Zayn, ma mère a préparé des pâtisseries. Elle veut vous remercier pour avant-hier, quand j'ai dormi chez Jean-Jacques et que madame Lagadec a téléphoné à mon père. Et puis ça lui fera plaisir de vous connaître.

Ainsi fut fait. Marie-Jeanne ne put offrir à Bouchra Messahoud qu'un sourire en recevant son plat de gâteaux, mais Rachel parla avec la femme d'Ahmed, elles rirent même ensemble. Madame Amar était une vraie fille d'Alger, elle comprenait bien et parlait le darja, l'arabe dialectal des indigènes d'Alger.

À la même heure, le général de Gaulle faisait remettre à la presse un bref communiqué qu'il concluait par ces mots : « [...] Je me tiens prêt à assumer les pouvoirs de la République [...]. »

Les garçons n'échappaient pas à ce mélange d'excitation et d'anxiété qui maintenait sous pression la population européenne d'Alger. Mais pour l'heure, ils étaient avec René sur le pont du *Voltigeur*, un vieux croiseur auxiliaire de la marine sur lequel il avait navigué avant la guerre de 1914. Et puis le lendemain, Josiane, Brigitte et Anita retourneraient sûrement au collège. C'était pour eux bien plus important que les palinodies d'un vieux général qui lorgnait depuis longtemps déjà sur un pouvoir tombé en déshérence.

Dans la nuit et dans la matinée du 16 mai, tous les officiers de la 10e division parachutiste se mirent à arpenter la Casbah dans tous les sens pour faire sortir les habitants dans les ruelles et les regrouper aux abords de la ville européenne. Des consignes précises étaient aboyées sur tous ces gens apeurés ; ils devaient former un cortège compact et impressionnant. Des banderoles étaient déployées au-dessus de la manifestation proclamant l'amour des Musulmans pour la France et leur volonté d'être Français à tout jamais. Les Arabes d'Alger savaient de quoi étaient capables les paras, il valait mieux obéir et même faire semblant d'être contents. Ils furent vingt ou trente mille à se mettre en marche en fin d'après-midi, soigneusement encadrés par des militaires en civil.

Le cortège des requis pour la grande comédie de la « fraternisation » sortit des rues basses de la Casbah, emprunta la rue d'Isly et se dirigea vers le Forum ; les femmes et les hommes de la ville arabe avançaient dans la crainte, sans bien savoir ce qu'on attendait d'eux. La foule européenne agglutinée depuis trois jours devant le Gouvernement général se mit à applaudir cette procession inattendue déclarant son amour pour la France. Bientôt, dans la plus grande confusion, Européens et Musulmans se mêlèrent, pouvant donner l'impression de participer à une joyeuse fête de réconciliation. Les caméras pouvaient filmer, les photographes pouvaient photographier, la mise en scène était très réussie. Des femmes musulmanes se débarrassèrent de leur voile traditionnel pour bien montrer qu'elles étaient libres au pays de la liberté et des droits de l'homme et de la femme. On aurait pu s'y laisser prendre ; on apprit plus tard qu'il s'agissait de prostituées dont la prestation avait reçu rétribution.

— Qui peut croire à tout ce cinéma ? s'interrogea à haute voix Maurice Amar. Musulmans et Européens se sont toujours méfiés les uns des autres, mais depuis les attentats et la bataille d'Alger, ils se haïssent.

Contre l'avis de leurs épouses respectives, Maurice Amar et Pierre Lagadec étaient venus en curieux assister à l'événement depuis le haut des escaliers qui conduisaient du boulevard du Télemly à l'esplanade du Forum.

— Y croiront ceux qui auront envie d'y croire, répondit Pierre Lagadec, ils soutiendront mordicus que c'était une manifestation spontanée et sincère.

— On verra demain comment *L'Écho d'Alger* rendra compte de l'événement. Il y a fort à parier qu'il encensera la fraternisation et l'égalité arabo-européenne dont ils n'ont jamais voulu entendre parler depuis la prise d'Alger en 1830, ajouta Maurice Amar.

— Un seul peuple mêlant Arabes, Kabyles, Européens, Juifs et Mozabites… c'était possible au début du $XX^e$ siècle, ça aurait peut-être marché ! Les militaires font semblant de croire que c'est l'avenir dont ils rêvent pour l'Algérie… À moins qu'ils soient complètement aveugles et qu'ils y croient vraiment !

Le maître principal de la marine était cravaté et en complet veston, il suait à grosses gouttes. Maurice Amar, plus décontracté, portait une chemisette et s'était coiffé d'un panama. Le soir venait, il faisait encore très chaud, et vingt à trente mille Musulmans mélangés à autant d'Européens, c'était du jamais-vu à Alger, même si ce n'était qu'une opération de propagande de l'armée.

— Les Français n'ont jamais rien compris aux musulmans, reprit Monsieur Maurice. Dans les mosquées les imams ne prêchent pas contre vous, ils ne parlent pas de la misère ni de la liberté à conquérir les armes à la main ni de la dignité bafouée du peuple, ils ne parlent que de la restauration de la oumma… de la communauté des croyants.

— Les Européens d'Algérie ont bien des torts vis-à-vis des musulmans, mais ils ne les ont jamais empêchés de pratiquer librement leur religion. Sur ce point au moins, la liberté du culte a été à peu près respectée depuis la conquête ; c'est bien la seule…

— Vous parlez comme un républicain laïc, ça n'a aucun sens pour les musulmans. Pour les Arabes d'ici, vous serez toujours des infidèles, des roumis. À leurs yeux, vous buvez de l'alcool, vous fumez et vos femmes sont impudiques, vous serez toujours des mécréants, des étrangers en terre d'Islam, ajouta Maurice Amar.

— Vous voulez dire que le FLN aurait réussi à capter l'indignation religieuse de la population musulmane et à la détourner politiquement à son profit ?

— J'en suis certain ! C'est même ce qui fait la force des indépendantistes !

Maurice Amar se sentait maintenant très à l'aise avec ce militaire pas comme les autres. Au fil des événements, une vraie confiance s'était instaurée entre eux deux.

— La fraternisation n'est qu'une mauvaise comédie à laquelle ne croient ni les uns ni les autres. Nos militaires se bercent d'illusions en organisant cette farce.

— Les Musulmans aussi, rétorqua Maurice Amar, l'indépendance ne résoudra rien, elle ne les fera pas moins pauvres, mais ils seront libres… de continuer à crever de faim et de misère.

— Je ne vous savais pas cynique, fit Pierre Lagadec.

— L'indépendance sans révolution sociale ne rime pas à grand-chose, mais le FLN est sourd de ce côté-là… Pierre, je crois que nous en avons assez vu pour aujourd'hui et qu'il est l'heure de l'anisette, je vous invite.

## Le pouvoir tombait en quenouille, mais la guerre continuait

— On dit que les fellaghas sont comme des poissons dans l'eau au milieu des Arabes alors les militaires vont vider l'eau du bocal pour asphyxier les poissons !

Le garçon était très content de sa sortie, il devait même se trouver très spirituel.

Au lycée ou ailleurs, les gamins discutaient. Le plus souvent, ils rapportaient ce qu'ils entendaient chez eux, à savoir que les indépendantistes étaient cruels, mais pas bien finauds, tandis que les militaires français étaient bien plus intelligents et courageux et qu'ils allaient gagner la guerre ; c'était couru d'avance.

Zayn réussissait à ne pas se mêler à ce genre de discussion, André préférait garder pour lui ce qu'il en pensait, mais Jean-Jacques ne pouvait pas rater pareille occasion de se payer la tête d'un élève prétendument bien informé.

— C'est ton père qui dit ça ! fit-il à l'autre. Il est vachement balaise, ton père…

— Pour avoir la paix dans le bled, les habitants des villages sont envoyés dans des camps, comme ça, les fellaghas ne trouvent rien à manger ni personne pour les aider.

— Faire crever de faim les fellaghas… fallait y penser ! Ils mettent les Arabes en camps de concentration, ils sont très forts, tes militaires…

L'autre voulut lui emmancher une baffe pour lui signifier qu'on ne se foutait pas du monde impunément, mais Jean-Jacques se baissa et la beigne s'écrasa sur un autre visage. Il s'ensuivit une empoignade à laquelle l'élève Amar prit bien garde de ne point se mêler.

Jean-Jacques et André étaient au fait des dernières nouvelles de la guerre, ils entendaient leurs parents parler de la ligne Morice, ces barrages électrifiés et ces champs de mines installés à grands frais pour isoler l'Algérie de ses voisins tunisiens et tarir l'approvisionnement en armes de l'ALN. Ils imaginaient tout ce déploiement militaire dont tout le monde parlait sans avoir une idée claire des enjeux. S'y ajoutait ce qui se disait des renseignements extorqués par la torture et les rodomontades des généraux auxquelles personne ne pouvait échapper. Ils se disaient convaincus d'être proches de la victoire finale, ils ne se privaient pas de l'annoncer dès qu'ils avaient un micro sous le nez.

Tous ces propos laissaient Maurice Amar dubitatif.

— Il est plus facile d'empêcher le passage des armes à la frontière que d'empêcher l'idée d'indépendance de circuler dans la population algérienne, avait-il fait remarquer aux trois garçons.

Le printemps avait un drôle de goût ce jour-là. Comme presque tous les dimanches, ce 25 mai, les Amar et les Lagadec étaient chez les Guivarch. Ils avaient passé le début de l'après-midi aux bains Padovani avant d'aller retrouver leurs vieux amis. Évidemment, Pierre Lagadec y était aussi allé de son commentaire :

— Le FLN et l'ALN sont en position délicate face à l'armée française, mais jamais ils n'ont eu une pareille reconnaissance internationale. Tôt ou tard, il faudra en tirer toutes les conséquences.

— Vous savez bien que la lucidité est considérée comme un crime de haute trahison en Algérie, s'amusa Maurice en se resservant un verre de rosé bien frais.

— Les militaires ne voient jamais plus loin que le bout de leurs chaussures à clous, compléta Pierre, ils se sont mis dans l'idée que ça n'allait pas se passer comme en Indochine et qu'ils allaient gagner cette guerre… quoi qu'il en coûte.

Zayn, André et Jean-Jacques ne perdaient rien de ces conversations entre adultes. Sans être encore des grands, ils n'étaient plus des petits garçons insouciants. Qu'en était-il du bien et du mal ? Du juste, de l'injuste ? Du vrai, du faux ? Peu à peu, ce qu'ils entendaient ici ou là suivait son chemin. L'idée qu'ils se faisaient des événements prenait forme.

— La métropole commence à douter de l'utilité d'envoyer ses enfants arpenter les djebels au risque de s'y faire descendre.

Le lundi 26 mai, une pluie de sauterelles s'abattit sur Alger. Il y en avait tant qu'elles obscurcissaient le ciel, elles s'insinuaient partout, elles grouillaient. En marchant, on en écrasait par dizaines sur les trottoirs.

André n'avait jamais vu pareil phénomène. Quand il n'y eut plus de feuilles aux arbres et que les géraniums que Marie-Jeanne cultivait sur la terrasse ne furent plus que des squelettes, les bestioles disparurent aussi soudainement qu'elles étaient apparues. Pendant deux journées, elles avaient fait diversion, les gens avaient pu penser à autre chose qu'au coup d'État.

À Paris, le gouvernement ne gouvernait plus rien. Quant au général de Gaulle, il attendait, en marquant quelque impatience, qu'on répondît à son offre de service. Il avait ses coquetteries, il voulait accéder légalement au pouvoir; il prenait bien soin de ne pas approuver les auteurs du coup d'État sans toutefois les désavouer. Les généraux venaient de le sortir de la retraite où il s'ennuyait depuis 1946, il n'allait pas commencer par se les mettre à dos.

L'agonie de la République virait au grotesque : Pflimlin démissionna et Coty, le président de la République, appela enfin « le plus illustre des Français » à constituer un gouvernement. Le 1er juin, le général de Gaulle fut investi président du Conseil par l'Assemblée nationale. Tout le monde était content : ceux qui pensaient qu'il allait serrer la vis aux Arabes et étouffer la rébellion des indépendantistes algériens comme ceux qui pensaient qu'une fois au pouvoir, il serait capable de négocier une sortie en douceur du conflit.

— Je suis curieuse de voir comment il va s'en sortir, disait Claire, il ne va pas pouvoir faire plaisir à tout le monde !

— C'est un vieux malin, il a dû réfléchir à une solution pendant toutes ces années à Colombey-les-Deux-Églises, fit Michel. Laissons-lui le temps de s'installer et de faire des propositions.

Claire était avec les Ferrandi à la buvette des bains Padovani. Michel, d'habitude si fébrile et agité, était étonnamment calme ; le coup d'État des militaires ne semblait pas l'affecter. Claire serait bien allée se baigner avec Colette pendant que Michel aurait gardé la petite Florence, mais les deux professeures venaient de se rendre compte que beaucoup de leurs élèves étaient sur la plage. À l'heure où la France se posait bien des questions sur son avenir, les deux jeunes femmes s'interrogeaient sur le fait de savoir s'il était bien convenable que deux respectables enseignantes du lycée Bugeaud se montrassent en maillot de bain deux pièces à des garçons qui ne manqueraient pas de les reluquer et de commenter, sans trop de finesse, leurs plastiques respectives. La question était d'importance.

Claire aperçut Marie-Jeanne Lagadec allongée sur sa serviette. Chapeau de paille sur la tête et lunettes de soleil sur le nez, elle lisait. Non loin d'elle, trois garçons qu'elle identifia immédiatement tentaient de marcher sur les mains et semblaient bien s'amuser à ne pas y arriver.

— Il faut absolument que je vous présente mon amie Marie-Jeanne, fit Claire à Colette et Michel Ferrandi, je vous ai souvent parlé de Pierre Lagadec et de sa femme, elle est originaire d'un petit village d'Eure-et-Loir, nous nous sommes vues cet été à Chartres.

— Je connais le fils, il est en cinquième B, un bon élève, bavard, mais plutôt sympathique.

— On ne va pas aller au bord de l'eau tout habillées, il va falloir qu'on se mette en maillot de bain.

Colette, très brune, peau mate et taille fine, ne manquait pas d'allure dans son petit bikini imprimé. Claire, presque blonde, silhouette irréprochable, fit aussi son petit effet en sortant de la cabine où elle s'était changée. Il n'y eut pas que les regards des potaches qui les suivirent des yeux quand elles commencèrent à arpenter la plage. Les deux jeunes femmes marchaient l'une à côté de l'autre ; leurs premiers pas furent un peu timides, presque hésitants, mais très vite, elles marchèrent avec assurance. Un peu en arrière, Michel suivait, portant sa fille dans les bras : elle était grognon, elle n'aimait pas marcher dans le sable. Claire fit les présentations et les trois garçons approchèrent. Voir des professeures en petite tenue était complètement extraordinaire, et puis Claire si peu vêtue exerçait une vraie fascination sur Jean-Jacques et André. Au plus secret de son intimité, Zayn était, pour sa part, bouleversé par la silhouette longiligne de Marie-Jeanne dans son strict maillot de bain noir à l'élégance un peu sévère. Il était fasciné et en même temps révolté de n'être que toléré dans ce monde vaguement érotique de la plage de Bab El Oued.

Tous les élèves du lycée Bugeaud présents aux bains Padovani cet après-midi du 1er juin en bavaient de jalousie. De loin, il leur semblait que Jean-Jacques, André et Zayn s'adressaient avec familiarité aux trois femmes : « Un melon, en plus, pensaient certains, quelle honte, elles n'ont aucune fierté ! »

— Pierre n'est pas là, expliqua Marie-Jeanne, Monsieur Amar l'a emmené au stade de la Consolation où le boxeur Alphonse Halimi doit faire quelques rounds d'exhibition contre plusieurs jeunes boxeurs algérois. Ils ne voulaient pas rater ça !

Les Ferrandi et Claire s'installèrent sur leur serviette. La petite Florence fit des pâtés avec son père et les trois femmes décidèrent d'aller se baigner. À Aïn Taya, Colette Ferrandi avait appris à nager en même temps qu'elle avait appris à marcher. L'eau infiniment bleue de la Méditerranée était son élément, elle crawlait avec élégance et efficacité. Les deux natives d'Eure-et-Loir nageaient avec plus de retenue et de circonspection. Avant les grosses chaleurs de l'été, le début du mois de juin était bien agréable à Alger. Les garçons plongèrent eux aussi avec délices dans les vagues ; tous ces bras, toutes ces jambes, tous ces corps de femmes qui remuaient et s'ébattaient dans l'eau les mettaient dans un état d'agitation extrême dont l'immersion masquait l'indécence.

Tandis qu'à Paris le vieux et très glorieux Général revenu aux affaires s'installait au pouvoir, les Amar, les Lagadec, les Ferrandi et Claire prenaient l'apéritif chez les Guivarch à Saint-Eugène. Les trois garçons allongés par terre dans le jardin regardaient le ciel ; André parlait de la neige que Jean-Jacques et Zayn n'avaient jamais vue, mais qui les faisait rêver. La soirée était si douce que tous auraient voulu qu'elle s'étirât indéfiniment.

**« Je vous ai compris »...**

Le général de Gaulle maniait le verbe et l'emphase comme personne.

Du haut du balcon du Gouvernement général, il était venu, depuis Paris, délivrer au petit peuple des Européens d'Algérie un discours habile et plein de flatteries où chacun pourrait trouver son compte. En fait, il devait avoir son idée sur la suite des événements, mais il la gardait pour lui dans le secret de sa conscience. Tout le monde pensait avoir été compris par le nouveau maître du pouvoir, ceux qui croyaient à l'Algérie française, ceux qui n'y croyaient plus depuis longtemps, ceux qui voulaient la paix comme ceux qui voulaient la guerre à outrance. Les sceptiques gardaient leurs doutes et leurs ricanements pour eux parce que, sanglé dans son bel uniforme sorti de la naphtaline, le héros national en imposait, il triomphait ; c'était un grand jour d'espérance.

Ce mercredi 4 juin 1958, presque toute la population européenne était dans les rues. Sur les trottoirs, les enfants des écoles agitaient des drapeaux français en papier, la foule hurlait son enthousiasme au passage du cortège officiel.

Pierre et Marie-Jeanne avaient préféré passer cette journée chez les Guivarch à Saint-Eugène avec les Amar. Les Lagadec n'avaient pas la moindre idée de ce qu'allait faire le nouveau chef du gouvernement, mais ils avaient une confiance inébranlable en l'homme qui avait incarné l'espoir pendant les années noires de l'Occupation. Pierre faisait partie de ces marins qui avaient désobéi et rejoint les forces combattantes dès le mois de décembre 1942, sa reconnaissance envers celui qui avait sauvé l'honneur de la France était infinie.

Quant à l'ami René, il n'aimait pas les chefs tout imbus d'eux-mêmes et parlant au nom de la France. Il avait fait la Grande Guerre chez les fusiliers marins, il en avait entendu des proclamations patriotiques qui avaient fini par se solder par des milliers et des milliers de morts. Depuis, il se méfiait des verbeux et des pompeux mélodramatiques.

— De Gaulle est trop grand, trop fier et trop grandiloquent pour ne pas cacher quelques vilains tours dans sa musette de vieux général, avait-il dit à Pierre qu'il trouvait trop enthousiaste.

De leur côté, les Amar étaient très réservés. Ils redoutaient les grands emballements populaires qui invariablement, en Algérie, finissaient mal pour les Juifs.

— Ici, ils étaient tous pétainistes pendant la guerre. Les Européens d'Algérie ont toujours été antisémites et ils le sont encore, même si ça se voit moins. De Gaulle n'y a rien changé en installant à Alger son gouvernement provisoire en 1943.

— De Gaulle parviendra peut-être à réconcilier tous ces gens dévorés de haine et de ressentiments, s'entêtaient à croire Pierre et Marie-Jeanne.

Les Ferrandi avaient accompagné leurs élèves dispensés de cours afin d'aller applaudir le sauveur de l'Algérie. Ils attendaient de voir, ils doutaient, mais ne pouvaient s'empêcher d'y croire. Tous les deux rêvaient aussi d'une Algérie pacifiée où, à nouveau, il ferait bon vivre.

Un peu plus loin, avec une certaine inconscience, Claire Deleuze n'arrêtait pas de dire à qui voulait l'entendre qu'en dehors de l'indépendance, il n'y avait pas d'avenir pour l'Algérie.

— Il n'y a pas à sortir de là, de Gaulle, tout sauveur de la patrie qu'il est, doit se dépêcher de faire aboutir le processus tout en assurant l'avenir des Européens qui choisiront de vivre dans la future République algérienne.

Elle était amoureuse, elle s'y voyait déjà. Ce n'était pas bien compliqué, elle comptait sur le prestige du vieux héros pour faire évoluer les mentalités.

Le général de Gaulle suscitait un immense espoir chez les Européens d'Algérie. Les anti-indépendantistes comptaient aussi beaucoup sur celui qu'ils venaient de porter au pouvoir pour restaurer le prestige de la France et en finir, une bonne fois pour toutes, avec le FLN et l'ALN. Les indépendantistes n'étaient pas en reste non plus, ils n'étaient pas loin de penser que le Général, fort de son immense prestige, leur octroierait l'indépendance sans barguigner.

Quant au père Yborra, il préparait ses fournées de baguettes et de miches en silence dans son fournil.

— De Gaulle ou un autre, disait-il aux clients qui lui demandaient son avis, il faudra toujours cuire du pain. Tout le monde a besoin de pain…

« De pain, de liberté et de justice ! » avait-il souvent envie d'ajouter, mais il préférait se taire. Il était âgé, il ne croyait plus à grand-chose, il ne voulait se fâcher avec personne.

Ahmed Messahoud aussi préférait garder le silence. Il avait peur, pas seulement de l'armée et de la police, mais à quelques exceptions près, de tous les Européens. Il écoutait les informations avec son patron en travaillant, mais c'était compliqué, souvent il n'y comprenait rien. Le soir il demandait des explications à ses filles ou à Zayn. Ahmed avait compris que le général de Gaulle allait faire la paix tout de suite.

— Si la paix revient, on oubliera la guerre, les attentats et tout le reste, disait-il au père Yborra. S'ils sont encore vivants, Belkacem et Chérif pourront sortir de leurs cachettes, revenir chez nous.

Même avec sa femme, Ahmed évitait d'en parler. Il ne fallait pas se monter la tête et risquer d'être déçus, une fois de plus.

Ce 4 juin 1958, Jean-Jacques, Zayn et André étaient avec leur classe sur le passage du cortège de ce Général dont on leur rebattait les oreilles depuis plus de deux semaines. André et Jean-Jacques avaient chacun un drapeau français à la main, Zayn se faisait discret, il n'agitait pas de drapeau. Le cadet des Messahoud ne croyait pas à cette « fraternisation » que vantaient la radio et les journaux à longueur de colonnes. Il ne croyait pas plus à cette idée absurde qu'en Algérie il n'y aurait plus désormais qu'un seul peuple de neuf millions de Musulmans et d'un million d'Européens, tous égaux, tous dotés des mêmes droits, astreints aux mêmes devoirs civiques unis par un même idéal national. La couleuvre était un peu grosse à avaler quelques mois seulement après la fin de l'abomination qu'avait été la bataille d'Alger.

— Les Français nous ont toujours méprisés, dit-il à ses deux grands copains, on ne va pas devenir un seul peuple d'un coup de baguette magique.

— Tu vas voir, de Gaulle va retourner la situation et ramener la paix en Algérie, répondit André.

Comme son père, le jeune Lagadec ne cachait pas son admiration pour le vieux Général.

Zayn haussa les épaules et répondit d'une moue dubitative, il n'allait pas se fâcher avec ses deux amis parce qu'il voyait la suite des événements avec ses yeux d'enfant arabe inconfortablement assis entre deux chaises. Au nom de tous les siens assassinés, morts au combat, guillotinés ou massacrés, il était devenu impossible pour Zayn d'agiter un drapeau français.

— On verra bien comment ça va tourner ! finit-il par dire.

— Ils ont déjà cinq cent mille soldats sur le terrain, ils torturent à qui mieux mieux, ils rasent les douars, ils se servent du napalm, ils déplacent les populations, ils assassinent tous ceux qui les gênent. Qu'est-ce qu'ils veulent de plus, les militaires ? La bombe atomique, comme les Américains ?

Maurice Amar lisait *L'Écho d'Alger* en attendant les premiers clients tandis que Monsieur Léon, son très méticuleux commis, affutait ses rasoirs et préparait son petit matériel de coupeur de cheveux en quatre.

— Il y a quatre ans que ça dure, l'armée en a marre, les généraux veulent en finir au plus vite avec les rebelles.

De Gaulle au pouvoir, plus d'hésitations et surtout pas de négociations, on va pouvoir faire place nette. Vous verrez, Monsieur Maurice, tout sera fini à Noël !

— Peut-être bien, avait dit le patron coiffeur en se frottant le menton, mais ça ne sera peut-être pas fini…

— Vous êtes pessimiste, Monsieur Maurice, on dirait que ça ne vous fait pas plaisir de voir qu'on a enfin un chef qui nous écoute et qui va nous débarrasser des fellaghas.

— C'est marrant, on voudrait se débarrasser des fellaghas et les fellaghas voudraient se débarrasser des Européens… Si tout le monde réussit son débarrassage, à la fin il n'y aura plus personne.

— Je vous aime bien, Monsieur Maurice, mais ce n'est pas drôle !

— La vie n'est pas drôle tous les jours, c'est pour ça qu'il vaut mieux en rire.

Là-dessus monsieur Amar alluma une cigarette. Sa perplexité devant la tournure des événements le rendait anxieux, le tabac était pour lui le remède souverain contre toutes les formes de l'angoisse.

Un premier candidat à une coupe de cheveux poussa le rideau de perles du salon de coiffure. Le type était très excité, de Gaulle allait revenir à Alger, le voyage était prévu le 2 juillet, ce n'était pas encore officiel, c'était un copain à lui, gratte-papier au Gouvernement général, qui le lui avait confié sous le sceau du secret.

— Cette fois, c'est sûr, il va nous dire comment on va en sortir, avait renchéri Monsieur Léon, de Gaulle ne nous laissera jamais tomber.

— Il est notre dernier espoir de retrouver la paix et la tranquillité comme avant, avait ajouté le porteur de nouvelles fraîches.

Pour beaucoup d'Européens, l'Algérie « d'avant » semblait être un temps lointain, presque édénique, une sorte de paradis perdu où la vie coulait avec douceur et facilité. Bien sûr, ce passé réinventé n'avait sans doute jamais existé, mais l'évoquer entretenait l'espoir en ces temps de doutes et de désarroi.

— Je vous ferai quand même remarquer que de Gaulle a parlé d'intégration et d'égalité des droits entre les Français et les Musulmans, se permit de rajouter le patron coiffeur, s'il réussit à aller jusqu'au bout de ce qu'il a annoncé, l'Algérie de demain ne ressemblera pas du tout à celle d'avant 1954, il faudra vous y faire.

Maurice Amar aimait bien jeter un pavé dans la mare et doucher les enthousiasmes. Il n'avait jamais cru ni aux grands sorciers ni aux faiseurs de miracles ; pour lui, le général de Gaulle n'était jamais qu'un vieil illusionniste.

En fait, le sauveur de la patrie était venu clamer à longueur de discours qu'il allait régler le problème algérien. Comment ? Quand ? Au prix de quelles concessions ? De quels renoncements ? Il n'en disait jamais rien. Il fallait lui faire confiance et commencer par approuver sans réserve la nouvelle constitution qui ferait l'objet d'un référendum le 28 septembre. Musulmans et Européens voteraient tous dans les mêmes urnes, sans distinction de couleur ou de religion. C'était une bonne idée, mais ce n'était plus de saison depuis longtemps.

— Demain, je ne viendrai pas avec vous !

— Tu ne peux pas venir ? fit Jean-Jacques. Qu'est-ce qui se passe ?

— Rien de spécial, mais c'est trop loin, je n'ai plus envie.

— T'es malade ? s'inquiéta André. Ne nous dis pas que tu as peur de te balader dans Alger, on ne te croira pas.

Zayn était renfermé depuis quelques jours, mais ses deux grands copains n'avaient jamais envisagé qu'il les laisserait tomber, qu'il battrait en retraite et n'irait pas jusqu'au bout de leur grand projet.

— Qu'est-ce qu'on va dire si elles viennent toutes les trois et que nous, on est que deux ? s'alarma Jean-Jacques.

— Après tout le mal qu'on s'est donné, on va avoir l'air de quoi si tu ne viens pas ?

L'idée, c'était de passer tout un jeudi après-midi au jardin d'essai avec les trois filles qu'ils rencontraient presque tous les soirs à la sortie du collège technique de la rue Lazerges. Leurs affaires n'avaient pas avancé beaucoup, ils en étaient toujours à tourner autour du pot sans vraiment oser aller jusqu'où ils rêvaient d'aller. Cependant, quand pour une raison ou pour une autre ils étaient en retard, Josiane, Anita et Brigitte les attendaient. C'était un signe qu'ils interprétaient comme éminemment favorable.

Il avait fallu convaincre les trois filles, qui elles-mêmes avaient dû convaincre leurs parents. Contourner le refus net et tranché de Rachel et de Marie-Jeanne avait nécessité beaucoup de doigté et d'habileté de la part des garçons ; la demande avait été faite le dimanche après-midi à l'heure du goûter chez les Guivarch. René et Giovanna s'étaient immédiatement rangés dans le camp des garçons. Il avait fallu négocier les modalités de l'escapade, faire tout un tas de promesses intenables, mais André et Jean-Jacques avaient fini par obtenir l'accord de leur mère pour le jeudi suivant qui se trouvait être le dernier de l'année scolaire. Et maintenant que les planètes étaient enfin bien alignées, voilà que Zayn leur faisait faux bond. Pourtant, des trois garçons, le petit dernier des Messahoud était le seul du trio à pouvoir traîner en ville à sa guise.

— C'est quand même toi qui as eu l'idée au départ, reprit calmement Jean-Jacques, il faut que tu nous dises pourquoi tu as changé d'avis.

— Oui, parce que si on continue comme ça, un coup je t'vois, un coup je t'vois pas, on n'arrivera jamais à rien, renchérit André.

Ils étaient sur « leur » banc du jardin Marengo, ils aimaient s'y retrouver avant de rentrer au lycée, de temps en temps ils y fumaient une cigarette chipée en douce au père de Jean-Jacques. Jamais aucun des trois amis n'avait jusqu'alors manifesté de mauvaise humeur, bien au contraire c'était toujours un vrai moment de joie et de connivence de se retrouver. Zayn se décida enfin à parler :

— Je n'irai pas parce que je ne veux pas être humilié.

— Qu'est-ce que tu racontes ? se récria André. Je ne vois pas qui pourrait t'humilier quand on est ensemble.

— Jamais une Européenne n'acceptera de se laisser embrasser par un Arabe, lâcha-t-il avec un air accablé.

— Qu'est-ce que t'en sais ? objecta Jean-Jacques.

— J'en sais que c'est comme ça depuis toujours, les Européennes ne tombent jamais amoureuses des melons, une fille qui sortirait avec un Musulman, plus personne ne voudrait lui parler, même dans sa famille.

— Tu dis n'importe quoi ! répondit André. Regarde-toi dans une glace, t'es beau gosse, t'es le plus intelligent de tous les mecs du lycée, tu parles bien, t'as de l'allure, t'as tout ce qu'il faut pour qu'une fille tombe amoureuse de toi.

— T'es différent, t'es pas comme les autres…

Jean-Jacques laissa sa phrase en suspens, conscient de s'être pris les pieds dans le tapis en voulant rassurer son ami Zayn.

— Je ne suis pas comme les autres Arabes : c'est ça que tu voulais dire ?

— Non, pas du tout, c'est toi qui interprètes de travers ce que je dis.

Jean-Jacques tentait de se défendre et de corriger la bourde dont il venait involontairement de se rendre coupable. Zayn était sans colère.

— Tu as raison, je ne suis pas un Arabe comme les autres, je vais au lycée, mes amis sont des Européens, je passe le plus clair de mon temps avec eux, ce sont les meilleurs amis du monde ; je suis reçu dans leurs familles, mais eux ne connaissent pas la mienne, ils ne viennent jamais chez moi, dans notre gourbi d'Arabes !

Jean-Jacques et André ne répondirent pas, ils laissèrent Zayn vider son sac. Son refus d'accompagner ses amis le lendemain n'était pas une foucade. Tout ça venait de loin, porté par ses rêveries adolescentes, mais surtout par sa réflexion sur son statut d'élève indigène du prestigieux lycée Bugeaud, temple de la culture française, conçu pour les fils de la bourgeoisie coloniale.

— Les bons Arabes, reprit Zayn, sont ceux qui finissent par ressembler aux Européens. Si on est discrets, polis, et qu'on fait ce qu'on attend de nous, les maîtres arrivent à oublier qu'on est Arabes, alors tout va bien !

Il était lancé, il n'y avait plus moyen de l'arrêter, les deux autres étaient pris de court, ils écoutaient. Zayn leur faisait remarquer ce que, tout simplement, ils n'avaient jamais voulu voir.

— Mais moi, je n'oublie pas que je suis un Arabe d'Algérie, un vrai, né d'une mère et d'un père musulmans, que j'ai des frères et des sœurs qui vont rester arabes toute leur vie parce qu'ils ont eu moins de chance que moi...

— Tu sais bien qu'André et moi, on croit à l'indépendance, l'interrompit Jean-Jacques, quand elle sera là, tous les Musulmans retrouveront leur dignité, on sera tous égaux.

— Peut-être, mais les filles de chez vous ne sortiront pas plus avec les garçons comme moi qui ont la peau basanée et les cheveux bouclés ! Et l'indépendance n'y changera rien.

Il y avait de la colère dans ce que venait de répliquer Zayn. André et Jean-Jacques ne savaient plus que répondre.

Finalement Zayn céda. Quand il eut fini de soulager son cœur, obéissant au devoir d'amitié, il accepta d'accompagner ses deux amis.

Les adolescents et les filles se promenèrent, firent le tour des pièces d'eau en causant de tout et de rien, André et Jean-Jacques bêtifiant comme on bêtifiait à cet âge-là pour se donner une contenance. Quant à Zayn il restait sur une prudente réserve ; parfois le silence valait mieux qu'une profusion de paroles un peu sottes et désordonnées.

Ils arpentèrent l'allée des platanes, puis celle des ficus, puis celle des dragonniers, ils traversèrent la bambouseraie, la palmeraie avant d'aller admirer les animaux de la ménagerie. Les vieux lions du jardin d'essai dormaient, ils avaient chaud, ils étaient repus et fatigués. Les jeunes ne s'attardèrent pas, ils passèrent un peu de temps à regarder les autruches avaler tout ce que le public leur tendait. La déambulation était bien agréable, mais les filles avaient rendez-vous avec le père d'Anita qui les ramènerait à Guyotville en voiture, il fallut se dire au revoir. La balade avait été brève, ils n'avaient guère progressé, mais ils estimaient être sur la bonne voie.

En définitive, Brigitte, la plus effacée en apparence, était la plus délurée des trois collégiennes. Au moment de se quitter, elle prit les deux mains de Zayn, les serra dans les siennes et les porta à ses lèvres, puis avec un grand sourire, elle l'embrassa sur les deux joues. Les deux autres en étaient désarçonnés, André dut se contenter d'une seule bise très furtive de la si piquante Anita, Josiane n'accorda guère plus de faveurs à Jean-Jacques.

La France vivait des heures angoissantes à force d'être incertaines : l'extrême droite campait dans l'antichambre du pouvoir, les généraux rêvaient de faire marcher tout le monde au pas réglementaire, on allait peut-être basculer dans la guerre civile, les Algérois traumatisés par la rébellion et les attentats, manipulés par les uns et grugés par les autres, ne savaient plus sur quel pied danser. Sous le beau ciel bleu de ce début d'été en Algérie, les centres d'interrogatoire de l'armée ne désemplissaient pas, les populations des zones interdites mouraient de faim et de misère dans les camps de regroupement, de jeunes soldats français tombaient dans d'impitoyables embuscades, des moudjahidines étaient sommairement exécutés, chaque jour des femmes musulmanes étaient avilies et des enfants humiliés. Mais au cœur de cet orage de haine et de sang, l'effleurement des lèvres douces des trois collégiennes de la rue Lazerges sur leurs joues encore imberbes effaçait, pour ces adolescents sentimentaux, tout ce tumulte insensé dont, soudain, ils n'avaient plus que faire.

**« Et toi, vieux gitan, d'où viens-tu ?**
**Je viens d'un pays qui n'existe plus »**

Les convulsions du pouvoir n'avaient pas empêché les Français de se précipiter au bord des routes de l'hexagone pour applaudir et encourager les cyclistes du Tour de France. L'orgueil national venait d'être gravement humilié : entre Gap et Briançon, le Luxembourgeois Charly Gaul avait chipé le maillot jaune à Raphaël Geminiani. La déroute du Français occupait la une des journaux.

Heureusement, il y avait les variétés à la radio : signe de ces temps troublés, la chansonnette était légère, *Les trois cloches* des Compagnons de la chanson répondait au *Gondolier* de Dalida ou à *Mon manège à moi* d'Édith Piaf. C'était un peu comme si la musique populaire s'appliquait à ignorer ce qui enlaidissait ce bel été 1958. Il fallait bien penser à autre chose qu'à cette satanée guerre d'Algérie qui ne voulait pas finir.

Marie-Jeanne et André étaient arrivés le 15 juillet chez les grands-parents Lécuyer. Sur les terrasses de l'Amirauté, la chaleur était devenue difficilement supportable. Pour Marie-Jeanne c'était le moment de retrouver les chemins du pays de l'enfance ; Saulnières les attendait.

Douceur de l'été sur les rives de la Blaise, chez les grands-parents Lécuyer. Marie-Jeanne et son fils, en quelques heures d'avion et de train s'étaient soudain retrouvés hors du temps dans ce monde ancien, presque immobile. On aurait pu penser que l'agitation et la férocité des événements d'Algérie n'arriveraient là qu'assourdies et lointaines. Pourtant, la tragédie algérienne était présente dans beaucoup de foyers.

Les jeunes appelés au service militaire étaient tous envoyés en Algérie ; ils écrivaient. Les nouvelles qu'ils rapportaient dans leurs lettres n'étaient pas celles des journaux ou de la radio. Elles portaient, jusque dans leurs silences ou leurs omissions plus ou moins volontaires, tout l'ennui, tout le désenchantement et toute la cruauté de la « pacification ». Ces lettres venues du bled circulaient d'une maison à l'autre, les mères savaient lire entre les lignes : les propos rassurants des fils ne les trompaient pas. Les pères savaient deviner l'odieux, les atrocités, la sauvagerie, la honte, l'oisiveté mortifère ou la peur que taisaient les garçons partis en Algérie. Ils connaissaient. Eux aussi, autrefois, avaient subi la guerre. Des femmes venaient faire lire le courrier reçu la veille à Marie-Jeanne, lui demandant ce qu'il fallait en penser. La crainte se lisait dans leurs yeux ; « Ça ne va pas bientôt finir ? » semblaient-elles implorer. Que répondre ?

— Gardez le moral, il ne faut pas que votre fils sache que vous vous inquiétez pour lui, c'est la meilleure façon de l'aider, répondait invariablement Marie-Jeanne, ça ne va plus être très long maintenant, la paix est pour bientôt.

Personne n'en savait rien. Mais c'était sûr et certain, il y aurait d'autres soldats qui n'en reviendraient jamais, on leur ferait un bel enterrement avec drapeau bleu, blanc, rouge et sonnerie de clairon. Seraient-ils de véritables « morts pour la France » ? Plus personne n'y croyait, pas même les discoureurs officiels que la République dépêchait aux obsèques.

— Faut comprendre, on a fini par se libérer des Allemands, disait le grand-père Lécuyer, on ne supportait plus d'être occupés, les Arabes veulent se débarrasser des Français, c'est normal, ils sont chez eux !

— Ça n'a rien à voir ! répliquait Marie-Jeanne.

Elle n'allait pas plus loin, elle manquait de conviction. Elle aussi était lasse de cette guerre déguisée en simples opérations de maintien de l'ordre.

Il y avait ces blessés, rapatriés, convalescents chez leurs parents, à Saulnières comme dans d'autres villages alentour. On les connaissait plus ou moins, on entendait parler de leurs souffrances ou de leurs infirmités, on maugréait, on critiquait ces hommes politiques qui faisaient de grandes déclarations solennelles sur le perron de Matignon, mais qui s'avéraient incapables d'en finir avec cette guerre.

« Pourquoi tout ça ? Pour qui ? » entendait-on partout. Le doute était à l'œuvre, faire la guerre pour garder l'Algérie française commençait à ne plus aller de soi.

Il y avait surtout ceux qui commençaient à revenir après deux années passées dans les djebels. Ils ne disaient rien de ces mois retranchés du monde mais le retour à la vie civile était difficile, ils étaient sombres, à jamais marqués par ce qu'ils avaient vu et vécu là-bas. La colère rentrée débordait parfois dans des saouleries du samedi soir, ils pouvaient être violents.

Dans ce petit bourg du pays drouais, l'Algérie c'était ça, l'angoisse des parents et ce silence douloureux des « libérés ». Ce malaise, ces consciences tourmentées, ces souvenirs qu'il fallait enfouir au plus profond pour tenter de vivre. Cette guerre, il fallait essayer de l'oublier.

Désormais, André s'ennuyait un peu en vacances chez ses grands-parents. Il avait perdu le goût de ce passage paisible du temps, de ces jours emplis de petits riens, de longues rêveries et d'innocente vacuité dans la douceur de l'été. Il aimait l'agitation, le bruit et la fureur de la grande ville. Alger c'était ailleurs, presque l'Orient, il s'y sentait vivre.

Avec ses accroche-cœurs et sa chevelure légèrement crêpée, la fille des voisins était venue passer quelques jours à Saulnières. Elle était vraiment devenue très jolie et se barbait chez ses parents, elle avait maintenant un petit ami, un étudiant communiste. Il lui tardait d'aller le retrouver. Avec lui, elle avait défilé à Paris le 28 mai contre le coup d'État et pour sauver la République. Ensemble ils avaient lu *La Question* d'Henri Alleg. Comme beaucoup de Français, elle venait de découvrir l'abomination de la torture en Algérie.

— On a fait ça ! Des Français sont capables de faire ça ! s'indignait-elle.

— L'an dernier, tu n'avais même pas voulu m'écouter, tu me disais que ça te fatiguait d'entendre sans cesse parler de l'Algérie. Tu as changé d'avis ?

— Ma conscience politique s'est éveillée, lui avait-elle répondu avec beaucoup d'aplomb.

— Il était temps. Heureusement que tu es sortie avec un communiste. Si tu avais dégotté un facho…

— Imbécile ! C'est toi, le facho, qu'est-ce que tu connais des femmes et de leur façon de voir la vie ? se fâcha-t-elle. Tu es aussi bête que mon père, toi aussi tu crois que les femmes ne sont pas capables de réfléchir et de se faire une opinion sans le secours d'un mec !

André était devenu tout rouge ; sa voisine avait raison, il ne connaissait rien des femmes. Sa mère pensait comme son père et sa grand-mère comme son grand-père, toutes les femmes qu'il connaissait pensaient comme leurs maris, il lui semblait aller de soi que dans un couple, c'était toujours l'homme qui devait donner le tempo.

— J'ai la prétention de comprendre ce qui se passe en Algérie aussi bien que toi, même si moi je ne vis pas à Alger.

— Je plaisantais, bredouilla André, je ne voulais pas te vexer.

— C'était une plaisanterie idiote, mais je te pardonne parce que je te connais depuis toujours et que je t'aime bien, acheva-t-elle, aimable et souriante.

Elle s'était voulue à la fois protectrice et condescendante en lui répondant.

Quand elle fut repartie, l'adolescent resta seul. André ne partageait plus grand-chose avec les garçons de son âge qui vivaient dans le village de sa petite enfance. Les matinées passées au bord de l'eau à pêcher avec son grand-père ne l'amusaient plus. Jean-Jacques et Zayn lui manquaient. Quand le ciel se chargeait de grisaille, il soupirait en pensant au grand soleil d'Alger, au bonheur et au mystère de l'ombre, à la mer, à la plage de Bab El Oued.

Ses deux grands copains devaient passer des après-midi aux bains Padovani ou aller chez René et Giovanna Guivarch se gorger des récits fabuleux du vieux maître voilier et des pâtisseries au miel de sa femme, ils retrouvaient sans doute Josiane et Brigitte ; peut-être avaient-ils réussi à les embrasser ?

André s'inquiétait en secret : Anita, la belle brune aux yeux noisette, pensait-elle à lui ? Il aurait donné cher pour le savoir. Dans le courrier qu'il enverrait prochainement à Jean-Jacques et à Zayn, l'air de rien, il demanderait à ses amis de se renseigner. Il devrait être habile et avoir l'air très détaché dans la formulation de sa demande.

Jean-Jacques et Zayn se régalaient sûrement à regarder les formes des filles, accentuées par l'étoffe mouillée des maillots de bain quand elles sortaient de l'eau ; c'était un de leurs plus grands plaisirs quand ils étaient ensemble à la plage, mater sans en avoir l'air. Ils devaient aussi se délecter des romans policiers ou d'espionnage que Jean-Jacques continuait à piquer de moins en moins discrètement à son père. Maurice faisait mine de ne pas s'en apercevoir tout en prenant bien garde que sa femme n'y vît que du feu. Les trois inséparables avaient progressivement abandonné la lecture des *Bob Morane*, c'était bon pour les gamins. À la prochaine rentrée, ils seraient en quatrième au lycée Bugeaud, ils étaient grands maintenant. Du moins le croyaient-ils.

Chaque jour André avait devant lui ses devoirs de vacances. Marie-Jeanne avait concocté pour son fils un copieux programme de lectures obligatoires : rien que des livres « qu'il faut avoir lus quand on a ton âge », disait-elle avec ce qu'il fallait d'autorité. Un pensum !

Donc, tous les jours, le jeune Lagadec lisait : une page sur deux pour *Le Capitaine Fracasse*, une sur trois pour *David Copperfield*, histoire de savoir de quoi il retournait sans y passer plus de temps que nécessaire. Cependant, quand il s'était plongé dans *Les Misérables*, il avait été happé au point de n'avoir pas sauté une seule ligne du roman et d'avoir plusieurs fois été ému aux larmes au cours de sa lecture.

— Zayn l'a lu deux fois, avait-il dit à sa mère, il a épaté le prof de français parce qu'il connaît même des passages par cœur.

Zayn n'était pas comme tout le monde, André n'était pas loin de penser qu'il possédait au moins deux cerveaux ce qui lui permettait d'ingurgiter tout ce qu'il voulait et d'être le meilleur dans toutes les matières.

— Tu as beaucoup de chance d'être l'ami de ce garçon, il a une très bonne influence sur Jean-Jacques et sur toi.

La belle et parfois bien naïve Marie-Jeanne ignorait qu'ensemble les trois adolescents fumaient, s'amusaient à jurer comme des charretiers et échangeaient de nombreux secrets à ne surtout pas partager avec leurs parents.

Marie-Jeanne s'était fait une joie de revenir passer quelques semaines dans la maison où elle avait grandi, mais elle aussi ne tarda pas à trouver le temps un peu long. Pierre n'arriverait qu'après le 15 août, ils feraient un saut en Bretagne pour embrasser madame Lagadec mère et puis ils repartiraient en Algérie. Heureusement, le désœuvrement de Marie-Jeanne et de son fils fut brièvement distrait par Claire Deleuze qui vint passer deux jours à Saulnières.

L'élève Lagadec accueillait dans sa maison d'enfance sa professeure d'anglais, celle qui était capable, par sa seule présence, d'illuminer une journée de tristesse et d'ennui dans l'austérité d'une classe du lycée Bugeaud.

Claire était toujours aussi belle, lumineuse et joyeuse au point qu'on aurait pu la croire insouciante, presque indifférente aux événements qui secouaient la France et l'Algérie. Elle cachait bien son jeu.

Le grand-père Lécuyer était immédiatement tombé sous le charme de la jeune femme, la grand-mère aussi, mais chez les ouvriers, les épouses de sa génération cultivaient encore la discrétion, et même l'effacement.

— On va vous emmener au bord de la rivière, s'était enthousiasmé le grand-père, vous verrez, l'été c'est très beau. André aime beaucoup y venir à la pêche avec moi. On a nos coins !

En fait, Marie-Jeanne, Claire et André s'étaient esbignés en douce pendant la sieste d'après déjeuner du vieux monsieur ; il aurait gâché la promenade avec son bavardage incessant. Marie-Jeanne voulait profiter des rives de la Blaise au calme, avec son amie et son fils. En présence de Claire, André s'efforçait toujours d'apparaître comme un garçon exemplaire, discret et empressé, il adoptait une politesse et une galanterie un peu surannées, mais de bon ton. Devinant que Claire et sa mère avaient à se dire des choses qui ne le regardaient pas, il marchait vingt pas devant elles en prenant bien soin de ne pas les distancer.

Le soleil et le vent jouaient dans les hautes ramures des peupliers, le murmure et la fraîcheur de l'eau accompagnaient discrètement la promenade. Qu'il était agréable de marcher à l'ombre et de jouir de toute cette verdure bienveillante de ce chemin qui suivait la rivière ! L'Algérie semblait si lointaine qu'elle n'eut aucune peine à s'inviter en toute simplicité dans la conversation des deux femmes.

— L'hiver dernier, j'ai eu un coup de cafard, j'ai même pensé revenir en métropole, confia Claire à son amie, et puis au moment de déposer ma demande de mutation auprès de l'administration, je l'ai déchirée, je me suis dit que je n'étais pas encore rassasiée de l'Algérie.

— Je vous comprends, malgré tout ce qui s'y passe, on s'attache à cette ville d'Alger et à ce pays ; nous avons de très bons amis là-bas maintenant, j'aurais beaucoup de peine à devoir les quitter.

— J'attends beaucoup du général de Gaulle, mes amis Colette et Michel Ferrandi disent qu'il est capable de ramener la paix civile et d'amener une forme d'indépendance où toutes les communautés trouveraient leur place… Ils sont nés en Algérie, ils veulent croire à la paix entre les Arabes et les Européens.

— Ils sont bien optimistes, soupira Marie-Jeanne, je ne vois pas bien comment le Général pourra rétablir la confiance entre les Musulmans et les Européens… C'est trop tard !

Elles marchèrent encore un peu en silence sur le chemin qui suivait la rivière. Leur esprit s'en était retourné là-bas où le soleil tapait si dur certains jours qu'on ne faisait rien d'autre que d'attendre la brise du soir qui ramenait la vie et la rendait si douce et parfois si tendre au cœur de la nuit. André ne pouvait pas entendre ; Claire reprit le cours de leur conversation :

— Envers et contre tout, moi aussi j'y crois, j'y crois même passionnément. Il faut que je vous avoue quelque chose, Marie-Jeanne…

Elle dut s'interrompre : un jeune promeneur de belle allure venait vers elles, retournant vers Saulnières alors qu'elles s'en éloignaient.

— Marie-Jeanne, s'écria-t-il joyeusement, je suis vraiment heureux de vous rencontrer. Vous voilà revenue parmi nous ?

— Pour quelques semaines seulement, Étienne, nous repartons en Algérie au mois de septembre.

André s'était approché pour voir qui pouvait bien être le malotru qui troublait l'harmonie de leur promenade au bord de l'eau.

— Étienne, ajouta Marie-Jeanne, je vous présente mon amie Claire qui est professeure à Alger et mon grand fils que vous avez dû voir tout petit.

— Effectivement, je m'en souviens, il a beaucoup grandi, les années passent…

Le jeune homme était affable et décontracté, ils badinèrent encore un moment, parlant de tout et de rien. Après les avoir salués, il poursuivit son chemin, et la promenade des deux femmes et d'André reprit son cours paisible.

— J'ai connu Étienne tout gamin, ma mère était bonne à tout faire chez ses parents. Personne ne les aime ici, ce sont les plus riches du pays.

— Être riche ne le rend pas antipathique…

— Étienne est sursitaire, il est dans je ne sais plus quelle grande école à Paris tandis que tous les jeunes gars d'ici sont en Algérie. Ça met mon père très en colère. Ces gens-là ont le bras long, ils ont obtenu un sursis d'incorporation pour un des leurs. La guerre ne pèse pas sur tout le monde de la même manière.

— Votre père n'a pas tort, fit Claire, moi non plus je ne supporte pas ce genre d'injustice.

— Qu'alliez-vous me dire quand nous avons été interrompues par ce jeune homme…

— Je ne m'en souviens plus, ça devait être sans importance.

L'instant de la confidence était passé. Marie-Jeanne eut le bon goût de ne pas insister, Claire parla d'autre chose, elle sut gré à André de venir se mêler à leur conversation.

**Le soleil s'en souviendra**

Le 28 septembre, les Lagadec étaient revenus à Alger. C'était un grand jour. Pour la première fois, Musulmans et Européens, hommes et femmes confondus, allaient voter pour savoir s'ils étaient d'accord avec la nouvelle constitution gaullienne. Le Général avait fait savoir que c'était à prendre ou à laisser. Il ne consentirait à sortir le pays de l'ornière où il était embourbé qu'à la condition qu'on approuve sans réserve sa façon d'envisager le gouvernement du pays.

Il n'avait toujours pas dit comment il allait s'y prendre pour s'extraire du bourbier algérien, mais plus de quatre-vingts pour cent des électeurs de métropole et d'Algérie lui accordèrent leur confiance.

Ahmed et Bouchra Messahoud ne seraient pas d'eux-mêmes allés glisser un bulletin dans l'urne, mais le père Yborra avait insisté, il les avait même emmenés jusqu'au bureau de vote. Ce n'était pas lui qui avait mis un « oui » dans l'enveloppe, mais il leur avait un peu tenu la main. Beaucoup de Musulmans vivement encouragés et encadrés par les autorités découvraient ce jour-là le cérémonial électoral.

— Il ne pourra pas faire plaisir à tous ceux qui ont voté « oui », disait Maurice Amar en passant la tondeuse sur les tempes du maître principal Lagadec.

Pierre était curieux de recueillir l'avis de Maurice au lendemain de l'apothéose électorale du vieux Général, il était donc allé se faire couper les cheveux qu'il avait, de toute façon, toujours très courts.

— Il y aura des déçus, c'est inévitable…

— Des cocus, je dirais, l'interrompit le coiffeur, c'est plus ennuyeux, les déçus sont déçus, mais ça s'arrête là, tandis que les cocus sont hargneux, ils ont été trompés, ils veulent se venger, la haine et la colère les aveuglent, ils deviennent dangereux !

— On verra bien ! Cette semaine, de Gaulle revient pour la troisième fois en Algérie depuis le mois de juin. Maintenant qu'il a les mains libres, il devrait commencer à dire aux Européens et aux Musulmans comment il entend mettre tout le monde d'accord.

— Il aura intérêt à être prudent, tempéra Maurice Amar qui savait comme personne prendre le pouls de la population, les Algérois sont remontés à bloc, un mot de travers et ce sera l'explosion.

Pierre Lagadec resta sur sa faim. Une fois de plus, le grand Charles avait gagné du temps en évitant d'entrer dans le vif du sujet. À Constantine, le 3 octobre, il avait fait un grand discours solennel dans lequel il avait annoncé un ambitieux plan de réformes sociales et d'équipement en logements, en écoles, en dispensaires et en aménagements de toutes sortes en faveur des masses musulmanes histoire de se les mettre dans la poche ou, peut-être, de les soustraire à l'influence du FLN. Les Français d'Algérie n'y trouvèrent pas leur compte : pas un mot sur l'avenir politique de l'Algérie dans la péroraison du Général. Certains commençaient à avoir des doutes sur sa volonté de conserver l'Algérie française.

— En somme, il promet de réaliser en deux ou trois ans ce que la France n'a pas fait depuis des dizaines d'années ! S'il croit qu'il va amadouer le FLN avec ça, il est bien naïf.

Cette fois, c'était René Guivarch qui doutait. Le général de Gaulle était reparti à Paris, Les Amar et les Lagadec accompagnés de Claire Deleuze sirotaient de la citronnade maison sous la tonnelle du jardin de Saint-Eugène. Depuis quelque temps, Claire était admise dans le petit monde des Guivarch : elle aussi avait succombé aux enchantements épiques de René et à la douce bienveillance de Giovanna.

— Et puis, ce n'est pas tout d'en parler, il faudra se donner les moyens de réaliser ce programme, parce qu'il va y en avoir pour des sous !

C'était Maurice, il ne pouvait pas s'empêcher de faire part de son scepticisme goguenard.

— Il fallait bien qu'il commence par quelque chose, s'irrita Claire, ce n'est pas rien de proposer de construire des logements pour les plus modestes et de lutter contre l'illettrisme des enfants musulmans. Ce que le général de Gaulle a proposé se fera parce que c'est indispensable pour restaurer la paix civile et construire un avenir possible pour tous de ce côté-ci de la Méditerranée.

Croyait-elle vraiment qu'après avoir englouti tant d'argent dans la guerre, la France allait consacrer une part aussi importante de son budget pour loger, soigner et éduquer une population qu'elle n'avait jusqu'alors jamais voulu considérer comme française ? Elle l'avait toujours négligée, hormis au temps des guerres mondiales, quand elle avait grand besoin de chair à canon.

Il y avait des hauts – l'amour fou – et des très bas – la dépression de l'un ou de l'autre ou des deux en même temps. La clandestinité de leur relation finissait par être déprimante. Plus d'une fois, Claire avait voulu rompre, mais elle s'en savait incapable, son jeune amant était à la fois son bonheur et son angoisse, une sorte de drogue dont elle ne parvenait pas à se défaire. Quant à Belkacem, il avait bien conscience de faire courir à sa maîtresse un péril mortel ; la sagesse commandait qu'il s'éloignât de Claire, ne serait-ce que pour la protéger. Mais ses résolutions les plus fermes ne tenaient jamais, la serrer dans ses bras et se perdre en elle devenait obsédant, il revenait la voir, tombait à ses genoux et l'aimait à nouveau.

Cette fois le départ avait été euphorique, ils s'étaient unis dans la fièvre de retrouvailles improbables. Ils avaient vécu un de ces moments inoubliables d'extase, mais ensuite Belkacem avait sombré dans la tristesse. Les beaux jours de l'enthousiasme révolutionnaire étaient loin désormais, rien n'allait plus au sein de l'ALN, le bras armé du FLN, le militant ardent qu'il était en souffrait, le combat pour l'indépendance lui faisait la grimace.

— Les services secrets français ont réussi à retourner certains des nôtres. Avec leur aide ils ont pu, petit à petit, infiltrer tous les réseaux du FLN et semer le doute en faisant croire qu'il y avait des militants ou des hommes du maquis qui renseignaient les Français en secret. C'est terrible, tout le monde se méfie de tout le monde. Des prétendus traîtres sont exécutés d'une balle dans la tête sans qu'on sache s'ils ont vraiment trahi. Des centaines des nôtres ont déjà été exécutés.

— Tu es en danger ? s'alarma Claire.

— C'est la guerre, je suis un combattant, le danger est partout et permanent ! À chaque fois que je viens te voir, c'est peut-être la dernière.

— Je le sais bien, j'admire ton courage, mais je veux savoir si tu cours le risque d'être éliminé par tes propres amis qui n'auraient plus confiance en toi.

— Je ne crois pas. Les Français cherchent surtout à attiser la guerre des chefs au sein du FLN, ils ont réussi à susciter la méfiance envers tous ceux qui étaient plutôt des modérés, les intellectuels, ceux qui ont fait des études ou qui ont voyagé hors d'Algérie : tous ceux qui auraient pu entrer en négociation avec les Français.

— Tu veux dire que l'armée française se sert des dirigeants du FLN pour éliminer toute chance de négociations et être sûre de faire la guerre jusqu'au bout ?

Claire en avait des frissons. Cette guerre secrète l'épouvantait. Elle avait peur pour Belkacem, peur pour elle et peur aussi pour cette Algérie et cette ville qu'elle aimait. Elle prenait conscience qu'il n'y avait pas d'issue. Des deux côtés, les partisans de la politique du pire étaient en train de l'emporter. L'extrême droite militaire jouait le même jeu que les plus radicaux des rebelles ; le piège machiavélique de l'armée risquait surtout de se refermer sur la population européenne prise entre les deux feux de ce combat à outrance. La jeune femme se blottit contre Belkacem ; toute cette violence la terrorisait, elle ne parvenait pas à se réchauffer.

— Quand tous les modérés et les démocrates auront été éliminés, il ne restera que les plus durs, qui ne feront aucune concession, ils se battront pour une Algérie arabe et musulmane débarrassée des Européens, des Juifs et de ceux qui se sentent plus kabyles qu'arabes.

— Il n'y aura pas de place pour moi dans ce nouveau pays, il faudra que je retourne en France, que je t'oublie peut-être ! Pourquoi suis-je tombée amoureuse de toi ?

— Personne ne sait ce que sera l'Algérie indépendante. Peut-être n'y aurai-je pas ma place non plus… j'irai te retrouver en France.

— Je ne sais pas si je pourrai t'aimer dans un pays en paix, fit-elle en riant, peut-être que le danger et l'incertitude m'excitent.

— Peut-être… Alors vive la guerre !

Il se rua sur elle avec toute la fougue de sa jeunesse. Elle s'abandonna, elle oublia sa peur, l'absurdité de cet amour sans issue. Claire fut tout entière à ce plaisir fugace, fragile et délicieusement violent qu'il savait lui offrir quand ils butaient ensemble au fond de leur impasse amoureuse.

Ce jeudi soir 23 octobre, les Amar étaient venus dîner à l'Amirauté chez les Lagadec. C'était la première fois. Maurice et Jean-Jacques mangeaient de bon appétit ce qu'on mettait dans leur assiette, mais Marie-Jeanne s'était mis dans la tête que Rachel observait les règles de la kashrout. Il avait fallu être prudent, demander discrètement au patron coiffeur ce qu'il fallait absolument proscrire de la table ce soir-là. Maurice en avait bien ri.

Tout s'était bien passé, Rachel avait été ravie : en fait elle aimait beaucoup la compagnie des Lagadec, des métropolitains calmes, discrets et de fréquentation reposante, tout à l'opposé de ces gens de la rue de la Lyre et de Bab El Oued, plutôt volubiles et démonstratifs.

Malgré les réticences de Marie-Jeanne, Pierre venait d'acheter un poste de télévision : « C'est indispensable pour suivre les actualités », avait-il fait valoir à sa femme. Elle s'était inclinée. Et l'actualité était riche ce jour-là, c'était même pour ça que les Amar étaient venus chez les Lagadec, parce qu'à vingt heures trente le général de Gaulle avait convoqué une conférence de presse.

À l'heure dite, le Général apparut à l'écran, en civil. Il n'était plus déguisé en chef de guerre, il ne voulait plus apparaître comme l'homme des généraux, mais comme le chef légitime de l'État. La voix profonde et grave, l'œil vif, le geste ample, le plus illustre des Français eut une fois de plus l'habileté de ne rien dire et de lanterner son public.

Quand la question vint sur le tapis de savoir comment il envisageait la suite des événements en Algérie, il ouvrit la porte à la négociation, mais dans le cadre très strict du maintien dans la communauté nationale française. Il offrit au FLN « la paix des braves » : pas question d'indépendance ni même d'autonomie. Le pardon des offenses et la reconnaissance de la valeur de l'adversaire, rien de plus.

— Il se fout du monde, fit Maurice Amar, les Arabes auraient fait tout ça pour gagner le droit de voter comme les Européens et attendre qu'on veuille bien être gentil avec eux ? Il rêve, votre Général !

Pierre attendait un engagement plus franc en faveur de l'indépendance de la part de son grand homme. Toutefois, il ne le désavoua pas.

— Il ne rêve pas, ce n'est pas son genre, il gagne du temps ! Il doit composer avec les généraux, ils ont pris l'habitude d'imposer leur façon de voir et de penser aux gouvernements, il doit contourner ceux qui l'ont porté au pouvoir pour mieux les mettre dans sa poche.

— Alors la guerre va continuer, intervint Jean-Jacques, à qui on n'avait rien demandé.

— Je le crains, répondit Pierre, je pensais que de Gaulle saurait ramener tout le monde à la raison pour trouver une solution acceptable par tous, mais il n'en a pas les moyens.

— Moi, si j'étais Arabe, je serais fellagha !

André, encouragé par la prise de parole de son compère, s'était risqué à glisser cette énormité dans la conversation. Tout le monde le regarda avec étonnement. Marie-Jeanne s'apprêtait à faire la leçon à son fils : il n'avait pas à intervenir dans ce qui se disait entre adultes, mais Jean-Jacques la devança.

— Moi aussi, renchérit Jean-Jacques, on serait dans le même groupe de maquisards avec Zayn !

Aucun des quatre adultes ne trouva de réponse opportune à opposer aux deux garçons. On changea donc de sujet. La soirée ne se poursuivit pas trop longtemps, il y avait école le lendemain, il fallait coucher les lycéens.

« La paix des braves » proposée par le Général avait vivement inquiété les ultras de l'extrême droite algéroise. Ils commençaient à se dire que le vieux Général qu'ils avaient contribué à porter au pouvoir était peut-être bien en train de leur faire avaler quelques couleuvres, ils avaient dans l'idée de déclencher une nouvelle grève générale histoire de remettre la pendule gaullienne à l'heure de l'Algérie française.

Les 23 et 30 novembre eurent lieu les élections législatives pour désigner les députés de la première législature de la toute nouvelle Cinquième République. Monsieur et Madame Messahoud n'allèrent pas voter. Le FLN avait appelé au boycott de ces élections qui, proclamait-il, ne concernaient en rien le peuple algérien : il valait mieux être prudent.

Au fil des jours, Ahmed et sa femme étaient passés du camp des indifférents à celui des attentistes puis à celui de la franche sympathie pour l'indépendance. L'arrogance raciste de l'extrême droite, le mépris clairement exprimé à leur endroit par nombre d'Européens, les ratonnades, la mise à sac de leur appartement l'année précédente et l'influence de leurs fils avaient concouru à ce glissement politique. Le père Yborra n'avait rien fait pour dissuader son ouvrier de ne pas rester fidèle à la France, il comprenait ; le vieux boulanger gardait son estime pour Ahmed et toute sa famille.

— Je suis né Français de parents espagnols, j'aurais pu naître Arabe… C'est le hasard !

— Mais t'es pas Arabe, t'es patron, avait répondu Ahmed, c'est Dieu qui l'a voulu…

— Dieu n'a rien à voir là-dedans, je serais Lui, je ne serais pas fier d'avoir laissé la guerre et tous les crimes qui l'accompagnent ravager le pays.

En métropole, les affidés du général de Gaulle connurent leur jour de gloire, l'opposition fut laminée. Mitterrand, Mendès France et beaucoup d'autres caciques de la Quatrième République passèrent à la trappe. La France avait bien changé de régime.

Restait l'élection présidentielle. Les grands électeurs furent convoqués le 21 décembre 1958. Un communiste et un candidat qui se réclamaient de l'Union des forces démocratiques se présentèrent contre le général de Gaulle : ils firent de la figuration. Le Général l'emporta avec près de quatre-vingts pour cent des suffrages. Devenu Chef de l'État, adossé à une majorité solide qui lui serait fidèle, l'ex-retraité de Colombey-les-Deux-Églises avait désormais toutes les cartes en main pour résoudre la difficile équation algérienne.

André écrivit à ses grands-parents pour leur souhaiter un joyeux Noël. En bas de sa missive, il dessina une caricature assez réussie du général de Gaulle en train de lever les bras et de crier à l'adresse d'une foule absente de son dessin : « Je vous ai compris, il y aura du champagne, de la dinde au réveillon et des cadeaux pour tout le monde au pied du sapin. » L'adolescent était très content de lui, il recopia son dessin pour en faire cadeau à René Guivarch ; les Lagadec fêteraient Noël chez eux à Saint-Eugène.

Claire, elle, passerait les fêtes chez les Ferrandi à Jean Bart ; Jean-Jacques resterait avec sa famille, mais Zayn serait aussi chez les Guivarch. Le père Yborra avait réussi à amadouer son ouvrier, la négociation avait été âpre. Le vieux boulanger avait promis à Ahmed qu'en aucun cas son fils n'irait prier dans une église avec les roumis. En bougonnant, le père de Zayn avait donné son accord.

# 1959

# L'année du marteau-pilon

## Pour une juste cause

Ils avaient déjà parcouru un trimestre de leur année de quatrième. Zayn commençait à avoir un peu de poil au menton et sa voix devenait plus grave. Jean-Jacques enrageait, malgré sa coupe de cheveux moderne, il gardait un peu de cet air délicieusement juvénile qu'il avait en entrant en sixième. Quant à André, il avait encore grandi, désormais il dépassait son père d'une demi-tête. Maigre, un peu voûté et ne sachant jamais trop quoi faire de sa grande carcasse, il passait un certain temps devant le miroir de la salle de bains à surveiller les boutons d'acné qui arrivaient sans prévenir sur son visage.

Comme toujours, Zayn avait une bonne longueur d'avance sur ses deux amis ; il avait entamé un flirt complice, à défaut d'être poussé, avec Brigitte. Les deux autres faisaient du surplace. Anita et Josiane restaient sur une prudente réserve. Elles appréciaient la compagnie du boutonneux et du gominé à la coupe au rasoir, mais de là à se laisser prendre la main ou à échanger un baiser, il y avait un grand pas qu'elles ne franchissaient pas. Ils devraient encore faire preuve d'un peu de patience.

Les trois inséparables n'avaient plus monsieur Ferrandi en mathématiques, mais ils avaient madame en espagnol.

— Je vous aiderai, avait dit Jean-Jacques à ses deux copains, je parle espingouin.

Poussés par la misère ou fuyant Franco, les Ibériques étaient nombreux à Bab El Oued, tout le monde y baragouinait un peu d'espagnol. Jean-Jacques s'était vanté : ce qu'il pensait être du castillan saisi au vol chez ses voisins était en fait du valencien. Madame Ferrandi eut tôt fait de recadrer tous ces adolescents qui, comme Jean-Jacques, pensaient apprendre une seconde langue vivante sans trop se fatiguer.

Les trois amis avaient retrouvé le lunaire monsieur Taisne en français. Leur espoir d'avoir à nouveau à faire avec mademoiselle Deleuze en anglais fut déçu. En fait, étant liée d'amitié avec les Lagadec et les Amar et de façon bien plus inavouable avec la famille Messahoud, Claire s'était arrangée pour n'avoir pas le trio parmi ses élèves. Les garçons s'en consolaient parce qu'ils la rencontraient souvent en dehors du lycée.

Ils avaient toujours l'inénarrable monsieur Buis. Des générations d'élèves étaient venues chahuter chez « Beethoven ». Le sonotone dont le digne professeur s'était équipé depuis le mois de septembre n'y changeait rien. La musique adoucissant les mœurs, il arrivait qu'un calme relatif régnât dans la classe pendant au moins deux minutes. Quoi qu'il en fût, monsieur Buis restait toujours d'une placidité exemplaire. Tout bien pesé, Zayn, Jean-Jacques et André passaient de très bons moments au lycée Bugeaud.

— Amar, Lagadec et Messahoud font les malins, disaient les autres, ils sont pour le FLN et les fellaghas… Messahoud c'est normal, il est Arabe, mais les deux autres…

Pourtant, Zayn prenait soin de rester à l'écart des discussions à propos des événements. André et Jean-Jacques se contentaient de ne pas aboyer avec la meute. La majorité des élèves emboîtait le pas de leurs parents, ils ne voyaient que par les parachutistes et la guillotine pour en finir avec la rébellion.

Dans l'enceinte du lycée, les adolescents acquis à la perpétuation *ad vitam aeternam* de l'Algérie française se contentaient de mépriser les archiminoritaires osant faire part de leurs doutes quant aux méthodes employées par l'armée française pour ramener la paix. Un regard de travers ou un mot maladroit pouvait toujours provoquer une bordée d'insultes ou un passage à tabac.

— Fermez-la, avait dit Maurice Amar, vous faire casser la gueule ne fera avancer les choses ni dans un sens ni dans l'autre.

— Maurice a raison, soyez prudents, avait renchéri Pierre Lagadec, ça ne vous empêche pas de réfléchir et de vous faire une opinion, mais vu la situation, gardez-la pour vous. N'allez pas dire n'importe quoi devant n'importe qui…

— Et la liberté de penser? avait fanfaronné Jean-Jacques. Pourquoi on n'aurait pas le droit de dire ce qu'on pense?

C'était un beau dimanche de janvier à Saint-Eugène. Avec beaucoup de tact, René Guivarch avait expliqué que ce n'était pas être lâche que de garder pour soi des vérités qui dérangeaient quand on était en butte à des gens aveuglés de colère.

— C'est très beau l'héroïsme, avait-il conclu, mais il ne faut pas en abuser…

— Surtout ne pas confondre l'héroïsme et la gloriole, avait rebondi Maurice, il faut savoir se taire quand on n'a aucune chance d'être entendu, l'important c'est d'être en état de discuter quand vient le moment de prendre la parole face à un auditoire qu'il est possible de convaincre en usant d'une argumentation raisonnable !

— Ça me paraît tout à fait sage, avait rajouté Pierre.

— C'est le b.a.-ba de la dialectique. On apprenait ça chez les communistes quand on était jeunes, Rachel et moi.

Pierre se contenta de sourire. Maurice aimait beaucoup rappeler à son ami militaire qu'autrefois, il avait été encarté chez les cocos d'Algérie. Il lui en restait quelque chose.

Les Ferrandi étaient chez eux dans leur petite maison de Jean Bart. La soirée était paisible, Colette jouait avec Florence, Michel corrigeait des copies en écoutant la radio ; Dalida chantait *Come prima*, sa voix d'une sensualité empreinte de nostalgie bouleversait toujours le professeur à la sensibilité exacerbée. Aussi, quand le speaker de Radio Alger interrompit la diva pour un flash spécial d'informations, il pesta. Mais la nouvelle était d'importance. Le général Salan, un des artisans du 13 mai, déchargé depuis décembre de son commandement, était promu au poste purement honorifique de gouverneur militaire de Paris. Il allait sans plus tarder faire ses paquets et quitter l'Algérie. De Gaulle privait les ultras de celui qui les avait soutenus jusqu'à laisser s'organiser un coup d'État pour les conforter dans l'illusion que l'Algérie resterait française jusqu'à la consommation des siècles.

— De Gaulle commence à faire le ménage chez les militaires, dit-il à sa femme, Salan on s'en fout, mais il n'a pas intérêt à nous enlever Massu ! Si jamais il le vire, il y aura du monde dans les rues d'Alger…

— Pour mettre sur pied une politique de concorde en Algérie, il faut bien que le Général se débarrasse des militaires responsables de la répression. C'est la première fois depuis le début de la rébellion indépendantiste que le gouvernement ose s'en prendre aux généraux.

— Depuis le discours sur « la paix des braves », de Gaulle ne m'inspire plus confiance. Je me demande s'il n'est pas en train de jouer avec nous au chat et à la souris, il dit qu'il nous a compris, mais il vire Salan qui lui a permis de revenir au pouvoir…

— Tu es vraiment désespérant, ne put s'empêcher de rétorquer Colette, tu es pessimiste, tu vois toujours tout en noir. Si de Gaulle veut un jour négocier l'indépendance et la place des Français dans la future Algérie, il faut bien qu'il sorte du jeu les militaires les plus compromis avec l'extrême droite.

Les prises de bec étaient de plus en plus fréquentes entre les époux Ferrandi. Ils ne partageaient plus la même vision de l'avenir de l'Algérie. Entre eux le dialogue était devenu presque impossible.

— Il aurait fallu s'entendre avec Messali Hadj ou Ferhat Abbas après la guerre, reprit Michel, à ce moment-là on aurait pu trouver un compromis acceptable.

— Je te rappelle qu'en 1945, il y a eu Sétif et Guelma, le rembarra vertement Colette. Combien de morts chez les Musulmans pour la centaine d'Européens tués ? Huit mille ? Dix mille ? Plus ? Mieux vaut ne pas savoir… On ne peut pas revenir en arrière, alors arrête de pleurnicher sur les compromis ratés et les occasions manquées. Que ça nous plaise ou non, si un jour de Gaulle doit négocier le statut des Européens dans l'Algérie indépendante, ce sera avec le FLN et m'est avis que le plus tôt sera le mieux.

En vérité, de Gaulle avançait en crabe, il cherchait à anéantir la rébellion tout en donnant l'impression d'entrouvrir la porte à une éventuelle solution politique. C'était à n'y rien comprendre : Salan viré, le Général avait nommé Challe commandant en chef. Un aviateur, un type énergique et capable, aux idées très arrêtées sur la façon de mater l'insurrection. Il avait carte blanche pour venir à bout des fellaghas de l'ALN.

Comme tous les Français d'Algérie, les Ferrandi ne savaient plus sur quel pied danser. Michel alternait des moments d'euphorie optimiste et des phases de profonde dépression. Colette jugea plus sage de laisser tomber l'avenir de l'Algérie et de s'en tenir à un sujet plus anodin.

— Au beau temps, on devrait inviter Claire, les Lagadec, les Guivarch et les Amar à passer un dimanche sur la plage avec nous, à Jean Bart ou à Aïn Taya, on pourrait pique-niquer, tu pourrais faire des grillades.

— Les Amar sont juifs, ils ne mangent pas de grillades !

— T'es vraiment agaçant ! Il faut toujours que tu compliques tout. Qu'est-ce que tu en sais que les Amar ne mangent pas de grillades ?

— Ils sont juifs et les Juifs ne mangent pas comme nous ! C'est tout…

Colette était à genoux sur le tapis en train de jouer avec Florence. Elle coupa court à la conversation et prit sa fille par la main pour aller la coucher avant d'aller s'enfermer dans leur chambre. Elle était vraiment fâchée. Michel se remit à la correction fastidieuse de ses copies. Depuis quelque temps, pour échapper au trou noir dans lequel il se sentait aspiré, il buvait en toute discrétion des petits verres d'anisette presque pure. Il sortit la bouteille et un verre, il fallait qu'il desserre ce nœud d'angoisse diffuse qui lui serrait la gorge et la colère qui lui brouillait l'entendement.

### Vivre enfin chez soi !

Maurice n'en finissait pas d'additionner et de recompter. Il hésitait. Le salon de coiffure lui rapportait de quoi faire vivre sa petite famille, mais pas beaucoup plus. Comme presque tous les Européens d'Algérie, les Amar avaient souvent du mal à joindre les deux bouts. Cependant, sou après sou, Rachel et Maurice avaient mis un peu d'argent de côté ; comme tout le monde, ils épargnaient pour leurs vieux jours.

Mais voilà qu'un beau soir de ce mois de janvier, le propriétaire de l'immeuble qu'ils habitaient depuis plus de dix ans, rue de la Lyre, était venu leur annoncer qu'il mettait en vente tous ses appartements. Le type avait du bagout, il était convaincant. Les époux Amar avaient cru comprendre que c'était une occasion à saisir. S'ils le voulaient, ils pouvaient devenir propriétaires et dormir enfin chez eux.

Ils en avaient très envie, mais leurs petites économies n'y suffiraient pas, ils devraient s'endetter sur quinze ans. Ils avaient calculé qu'au train où allaient les choses, ils ne seraient vraiment dans leurs murs qu'en 1974. Mais ce serait tout de même rudement bien d'être chez soi, sans loyer à payer, quand viendrait l'heure de la retraite.

Maurice en avait parlé à Pierre qui s'était montré sceptique. Au contraire, René Guivarch avait été très enthousiaste quand le patron coiffeur l'avait interrogé sur le sujet de savoir s'il était opportun de devenir propriétaire. De son côté, Claire, qui voulait croire en l'avenir, avait très fortement encouragé Rachel. Les Ferrandi avaient fait valoir aux Amar que c'était une véritable aubaine pour un appartement au cœur d'Alger ; il fallait en profiter.

— Dans deux ou trois ans, les prix auront encore monté, ça risque d'être beaucoup plus cher, avait doctement énoncé Michel.

Quant à Rosa et Léa, les deux sœurs aînées de Maurice, elles n'y connaissaient rien, mais elles avaient assuré leur frère que la pierre avait toujours été un très bon placement, surtout à Alger.

Forts de tous ces conseils éclairés, Rachel et Maurice s'étaient décidés : ils avaient vidé leur tirelire avant de se rendre au Crédit immobilier d'Afrique du Nord pour signer, sans les lire, tout un tas de papiers les instituant débiteurs de la banque et par lesquels ils s'engageaient à rembourser, en cent quatre-vingts mensualités, la dette qu'ils venaient de contracter.

Jean-Jacques se fichait bien de savoir si ses parents étaient propriétaires ou locataires puisque, de toutes les façons, lui irait vivre à Paris quand il serait grand. Il ne se privait pas de le claironner à tout-va quand ses tantes lui demandaient ce qu'il envisageait de faire plus tard. On ne le prenait pas au sérieux parce que dans sa famille rien n'était plus enviable que de vivre en Algérie même si le cousin Benjamin, parti étudier à Paris, ne semblait pas pressé de revenir. Personne chez les Amar n'envisageait d'aller voir ailleurs si la vie valait la peine d'y être vécue.

— On a raclé le fond du tiroir, avait dit Maurice à sa femme et à son fils en rentrant de chez le notaire, c'est vraiment dommage, j'aurais bien acheté une petite voiture, une Dauphine ou une Quatre-chevaux, pour aller à la mer aux beaux jours…

— Tu n'es jamais content, on est enfin chez nous et maintenant tu veux une voiture, s'était insurgée Rachel.

— Les bains Padovani c'est bien, mais les plages de Jean Bart, de Cap Matifou ou d'Aïn Taya c'est autre chose, c'est vraiment la mer. Avant-guerre, on y allait à vélo le dimanche, mais de nos jours avec la circulation, c'est devenu dangereux.

Rachel se contenta de hausser les épaules, ce n'était tout de même pas sa faute si Maurice faisait cadeau de la coupe de cheveux aux clients qu'il savait nécessiteux. Le salon ne rapportait pas autant qu'il aurait dû ; c'était d'ailleurs entre les deux époux un fréquent sujet de querelle domestique.

— Les sans-le-sou ont le droit d'avoir les cheveux bien coupés et d'être propres sur eux, c'est une question de dignité. Et moi, Madame Amar, je ne fais pas payer la dignité à un homme, quel qu'il soit… Ce serait bassement mesquin !

Il déclamait avec ce qu'il fallait de grandiloquence et d'humour pour ne pas laisser la dispute s'installer entre eux. Il faisait le clown, Rachel finissait toujours par rire. Pour Maurice, rien ne justifiait jamais la gravité et le sérieux.

— Moi, j'aurais bien aimé qu'on achète la télé comme les Lagadec, fit Jean-Jacques, histoire d'intervenir dans la conversation.

— Mais qu'est-ce que j'ai fait au Bon Dieu ? s'exclama madame Amar. Ils veulent me faire mourir tous les deux, on va finir sur la paille.

— Mourir d'accord, mais sur notre paille, dans notre appartement, en train de regarder notre télévision ! C'est quelque chose d'être propriétaire, ça vous pose un homme, tout de même !

Que répondre à un type pareil, capable de se moquer de tout et surtout de lui-même ? Rachel soupira, elle ne demandait plus à l'Éternel de changer son mari : au fond, c'était comme ça qu'elle l'aimait, inconséquent souvent, mais drôle et surtout très généreux.

— Et puis, on n'a pas besoin de déménager pour être enfin chez nous ! C'est toujours ça de gagné.

— Si on se débrouille bien, avait ajouté Rachel pour faire plaisir à Maurice, la voiture on pourra peut-être l'acheter l'année prochaine si t'en trouves une pas trop cher !

— Pour aller à la mer aux beaux jours, avait conclu l'époux en faisant un clin d'œil appuyé à son fils.

### À qui la plus grosse part du gâteau ?

Le maître principal Lagadec était à nouveau devant le petit port de Philippeville. Le projet de construction d'un terminal pétrolier et gazier sur la côte de l'Est algérien se précisait. Il fallait sécuriser le secteur, protéger les géologues et les ingénieurs en train de concevoir ce grand dessein gaullien. La protection de toute cette équipe technique et scientifique était une tâche dévolue aux fusiliers marins.

Les routes étant peu sûres, le ravitaillement des concepteurs du terminal et de leurs anges gardiens sur le terrain se faisait par la mer. Le *Cap-Ferrat* était donc mis à contribution pour assurer la logistique de cette mission hautement sensible et sur laquelle le gouvernement évitait de s'étendre.

— Tu ne devineras jamais ce qui a germé sous les crânes de ceux qui nous gouvernent, s'amusait le maître principal Tarantola, le vieux compagnon fusilier marin de Pierre Lagadec.

— Plus rien ne m'étonne, ni de la part du gouvernement ni de ceux qui conduisent la guerre sur le terrain. On n'est plus à une absurdité près.

— Ils ont l'intention de séparer le Sahara de l'Algérie, l'idée étant qu'au cas hautement probable où l'indépendance deviendrait inéluctable, on garderait le pétrole, le gaz et l'enclave de Philippeville pour pouvoir rapatrier tout ça chez nous... Fallait y penser!

— D'où est-ce que tu tiens ce genre d'informations?

— Avant-hier soir, on a récupéré l'ingénieur en chef des géologues qui s'était perdu dans les collines au sud-ouest de la ville avec toute son équipe d'arpenteurs et de géomètres. Ils ont eu de la chance qu'on les retrouve vivants, le secteur est un vrai coupe-gorge. Le type avait très froid, on lui a fait boire des grogs bien chargés en rhum pour le remettre d'aplomb : un vrai sérum de vérité. Au bout d'une heure, il était intarissable, on n'a pas eu besoin de le cuisiner pour qu'il nous déballe tout le scénario du film.

— Les excellences ministérielles s'imaginent peut-être que le FLN va les remercier pour la générosité dont la France fait preuve à l'égard de l'Algérie.

— Les ministres ne doutent jamais de rien, c'est pour ça qu'ils sont ministres...

— Remarque, reprit Pierre Lagadec, je trouve notre gouvernement un peu timide. À sa place, je proposerais aux Arabes de nous laisser en plus du Sahara toute la zone côtière entre la Tunisie et le Maroc avec la plaine de la Mitidja en prime...

— Tu as raison, s'amusa le fusilier marin, on pourrait même faire des réserves, comme pour les « Indiens » en Amérique. Les Arabes y seraient indépendants, mais ils auraient l'interdiction d'en sortir et de réclamer quoi que ce soit.

Debout à la passerelle du *Cap-Ferrat*, ils discutaient en regardant une compagnie de fusiliers en train d'embarquer. Après une vingtaine de jours en opération, ces soldats d'élite retournaient au centre Sirocco de La Pérouse se reposer pendant une semaine. Pierre Lagadec avait convoyé la relève.

— Blague à part, j'en ai marre de tout ça : avec toutes mes campagnes et mon service à la mer comme bidel, j'ai largement mon compte d'annuités, je prends ma retraite.

— J'y songe aussi, fit Pierre Lagadec redevenu sérieux, mais je n'ai jamais imaginé ma vie en dehors de la marine.

— Nous autres, fusiliers, on fait un boulot dangereux, mourir pour la France est une éventualité que j'ai toujours acceptée, mais depuis l'Indochine j'ai perdu toutes mes illusions. Me faire descendre en opération pour des conneries pareilles, je ne suis pas d'accord, je préfère boucler mon sac et débarquer.

## Le marché de la rue de Chartres

Rachel avait réussi à entraîner Marie-Jeanne à la découverte d'Alger. Madame Amar avait emmené la si sage madame Lagadec en dehors des rues soignées et bien comme il faut de la ville européenne. Au début, Marie-Jeanne n'avait suivi la mère de Jean-Jacques qu'avec beaucoup de réticence ; à vrai dire elle n'avait pas osé refuser, elle n'avait pas voulu paraître impolie ou trop fière en déclinant l'invitation de Rachel à s'immerger dans la réalité algéroise. Mais bien vite elle avait été subjuguée par cette autre ville, pourtant si proche, qu'elle découvrait.

Toutes les deux se rendaient une fois ou deux la semaine au marché de la rue et de la place de Chartres, dans le bas de la Casbah. Marie-Jeanne n'était pas toujours très rassurée, mais elle avait vite pris plaisir à déambuler dans les ruelles étroites autour de la halle où s'entassaient les petits marchands musulmans. Tout un mélange de populations bigarrées et hautes en couleur s'agitaient et gesticulaient entre les étals : des hommes enturbannés bien sûr, des Kabyles, des Juifs, et de ces Européens exubérants mûris à tous les soleils de la Méditerranée. Tous étaient chez eux dans ce dédale de venelles où s'étalait l'anarchique marché indigène.

D'obscures échoppes s'ouvraient sur les rues ; toutes sortes de petits trafics s'y nouaient et s'y dénouaient. Ça sentait les épices, le rance, l'eau croupie et la misère mêlés à tous les parfums de l'Orient, ça se bousculait, ça s'engueulait en darja, en pataouète ou en espagnol d'un étal à l'autre, ça rigolait aussi, ça causait fort, c'était le vrai monde du Sud, immuable, vivant, grouillant, joyeux, mais inquiétant aussi. Toutes ces ruelles du bas de la Casbah, étroites, biscornues et ombreuses savaient se protéger des ardeurs et de la violence du soleil.

Marie-Jeanne, qui avait le goût de l'ordre, était ébahie par cette confusion de nourriture et de marchandises de toutes sortes amoncelées dans les ruelles. Des essaims de mouches prenaient d'assaut les carcasses de moutons ou de bœufs suspendues aux crochets des bouchers, des chats squelettiques étaient à l'affût du moindre bout de quelque chose à chaparder, des enfants dépenaillés couraient partout ou rêvaient en regardant la mer qu'on entrevoyait de loin au détour des ruelles.

Assis là depuis bien avant la conquête, des marchands somnolaient en attendant d'hypothétiques clients, ou peut-être le verre de thé à la menthe qu'ils se faisaient apporter par des gamins aux grands yeux sombres. Il fallait se méfier des voleurs à la tire et de tout un tas de types agglutinés devant le cinéma Odéon, à attendre l'heure de la séance : on y passait des mélos hindous sirupeux ou des nanars égyptiens en arabe. Avant le film, sur les trottoirs, les spectateurs rigolards regardaient avec concupiscence les femmes non voilées égarées chez les musulmans. Le haïk traditionnel et le a'adjâr sur le visage étaient une protection pour les femmes musulmanes.

En mars 1959, la peur des attentats n'avait pas disparu, mais il fallait bien vivre, sortir, aller par les rues, remplir son cabas et faire bouillir la marmite. L'armée et la police voulaient montrer qu'elles avaient la situation bien en main, régulièrement des patrouilles de soldats armés jusqu'aux dents fendaient la bousculade du marché. À leur passage, un silence anxieux s'imposait brièvement, l'hostilité de la rue arabe devenait palpable, puis la soldatesque s'éloignait et la vie revenait dans toute son intensité.

Si prompte à s'inquiéter du moindre retard de son fils ou de son mari, Rachel Amar aimait ce capharnaüm du « marché de Chartres », c'était son univers, c'était l'Algérie de toujours, où elle était née, où elle avait grandi.

— Chartres, c'est bien ton pays ? demanda Rachel. C'est là-bas que tu as grandi ?

— Pas tout à fait, mais vu d'ici ce n'est pas très loin, guère plus d'une trentaine de kilomètres.

— Il y a une rue d'Alger à Chartres ?

— Oui, mais ça n'a rien à voir, c'est une toute petite rue très sage, s'excusa presque Marie-Jeanne.

En fait, Marie-Jeanne avait toujours été d'une sagesse exemplaire. Ces promenades avec sa nouvelle amie dans le bas de la Casbah étaient une sorte de transgression qu'elle s'autorisait. À Pierre, elle disait qu'elle allait faire les courses avec Rachel : ce n'était pas un mensonge, mais il n'aurait pas aimé savoir son épouse sans protection dans ce qu'il pensait n'être qu'un dangereux coupe-gorge.

L'hiver avait capitulé depuis plusieurs semaines et le soleil faisait de l'œil à tout le monde en Afrique du Nord. Mais ce 25 mars, le petit peuple des Français d'Algérie était crispé : le général de Gaulle allait tenir une conférence de presse. On était plus que méfiant à Alger.

« La paix des braves » était restée en travers de la gorge des Européens. L'euphorie du 13 mai était retombée, plus d'un Algérois estimait avoir été entourloupé par le vieux Général quand il avait lancé à la foule son « Je vous ai compris ».

À quinze heures pétantes, en civil, solennel et déterminé, le président de la République occupa les écrans de télévision et les ondes de toutes les radios de métropole et d'Algérie. Le Général maîtrisait l'art de lanterner son auditoire : on l'attendait sur l'Algérie, il embarqua son public dans un long exposé liminaire sur la situation internationale, le statut de la ville de Berlin et la nécessaire fermeté de l'Occident face à l'activisme de l'URSS. C'était très bien, mais dans le salon de coiffure de monsieur Amar on s'en fichait, on voulait savoir comment il envisageait l'avenir de l'Algérie. Un journaliste lui posa poliment la question, et la réponse du Général fut sans ambiguïté : « […] Au fur et à mesure que l'Algérie nouvelle se dessinera… son destin politique paraîtra dans l'esprit et dans les suffrages de ses enfants […]. »

Les enfants en question, c'étaient neuf millions de Musulmans pour un petit million d'Européens : la démographie ne plaidait pas pour l'Algérie française.

Le Général eut beau dire qu'il ne doutait pas que les Algériens choisiraient une association étroite avec la France, personne ne le crut.

— Il va plier devant le FLN, s'indignait un client, il se dégonfle devant les melons, on ne peut plus compter sur la France.

Tout le monde écoutait la conférence de presse du chef de l'État. Du quasi-monologue du Général, cette seule petite phrase retenait l'attention des fidèles clients de Monsieur Maurice.

— Ça va être difficile de discuter avec les melons, répliqua un autre client, Challe est en train de faire le ménage, l'armée élimine les rebelles un par un, au lance-flammes, comme des rats, la guerre va bientôt finir faute de combattants.

— Faudrait tuer les gosses aussi !

Imperturbable, Maurice continuait à manier le peigne et les ciseaux après avoir tranquillement balancé dans la conversation cette énormité qui laissait sa clientèle sans voix.

— Tu déconnes complètement, personne n'a jamais dit ça !

— Quand on zigouille un terroriste, il y en a dix qui sortent des rangs pour le remplacer, expliqua monsieur Amar, si on veut être tranquilles, il faut prendre de l'avance, il faut se débarrasser des gosses qui seront les rebelles de demain…

— C'est pas possible, l'interrompit le premier client, on ne peut pas faire ça…

— Si on ne veut pas faire ça, il faudra négocier et puis voter sur l'avenir de l'Algérie, parce que cette guerre-là, la France ne pourra jamais la gagner : c'est ça qu'il a dit, le Général, si vous l'avez bien écouté…

Monsieur Léon, le commis coiffeur, n'était jamais avare de commentaires indispensables sur la situation politique algérienne, mais ce jour-là, il n'avait encore rien dit.

— Jamais ! explosa-t-il. Vous m'entendez bien, Monsieur Maurice ? Il n'y aura jamais de négociation avec le FLN, parce que si ça devait arriver, l'armée se révolterait et ce jour-là on sera tous derrière les militaires, contre de Gaulle.

— C'est qu'un traître, le Général, lança un autre client, et les traîtres, on les attache au poteau et on leur colle douze balles dans la peau.

— C'est peut-être un traître, mais c'est surtout un malin, rectifia Maurice, il sait y faire, il a bien compris que les Français de France en avaient plus que marre de l'Algérie.

Même à ses plus proches collaborateurs, le général de Gaulle ne livrait jamais le fond de sa pensée, il n'en distillait, ici ou là, que ce qui l'arrangeait. Les journalistes politiques et les clients des salons de coiffure pour hommes pouvaient donc gloser à l'infini sur ses intentions les plus secrètes. Depuis son retour aux affaires, il voulait sortir du guêpier algérien, mais la tête haute, son képi étoilé bien planté sur la tête, en gardant le pétrole et le gaz du Sahara et en laminant la rébellion au « lance-flammes », comme disait finement un des clients de monsieur Amar.

De plus en plus de Français d'Algérie étaient ulcérés par ce qu'ils estimaient être un odieux coup de poignard dans le dos. Aux terrasses des cafés, ils protestèrent avec véhémence, mais n'occupèrent pas la rue pour manifester leur opposition au président de la République.

— Heureusement qu'on a les militaires, les vrais, ceux qui se battent avec nous pour que l'Algérie reste française, dit encore Monsieur Léon.

Le général Challe venait d'éliminer les colonels Amirouche et Si El Haouès, respectivement chefs de la rébellion en Kabylie et au Sahara. Cette « victoire » tombait à point nommé, les beaux jours arrivaient, les Algérois allaient pouvoir bientôt retourner à la plage et rêver d'une Algérie pacifiée dont ils resteraient à tout jamais les maîtres, protégés par une mère patrie attentive et bienveillante. La douceur du printemps incitait à la rêverie.

## Un peu de beauté dans une ville en guerre

Au fil des semaines et des films qu'ils allaient voir, le cinéma devenait une vraie passion pour les trois garçons. Ce jeudi après-midi, André, Zayn et Jean-Jacques étaient assis tous les trois au cinéma Olympia, rue d'Isly, en train de regarder *Babette s'en va-t-en guerre.* Leurs trois amies de Guyotville n'avaient pas obtenu la permission de sortir avec des « copains », comme on commençait à dire.

Les garçons riaient comme des enfants qu'ils restaient encore un tout petit peu. Le scénario était d'une loufoquerie bon enfant, les comédiens épatants, BB, comme on l'appelait familièrement, crevait l'écran dans un rôle d'ingénue parfaitement maîtrisé, et Francis Blanche en caricature d'officier allemand rondouillard et colérique était irrésistible.

Marie-Jeanne avait tenu à accompagner les garçons. Comme toutes les femmes, elle se méfiait de Brigitte Bardot, tant de bruits couraient sur son compte ! La si sage madame Lagadec voulait voir par elle-même ce qu'il en était de la scandaleuse corruptrice.

Zayn était tout chamboulé, ce n'était pas le film qui le bouleversait, mais la présence à côté de lui, dans le noir, de cette femme qu'il admirait depuis ce jour déjà lointain où il l'avait vue pour la première fois ; elle était pour lui une sorte d'idéal, à la fois sophistiquée et bienveillante, bien au-delà du désir. Mais il n'en laissait rien paraître, il serait mort de honte si, par une sorte de magie hypnotique, on avait pu connaître ses pensées les plus secrètes.

À ce culte tout personnel qu'il vouait à la mère de son ami André se superposait maintenant un insidieux et désagréable sentiment de culpabilité : se pouvait-il qu'il eût honte de Bouchra, sa propre mère ? Zayn avait beau chasser cette idée, elle ne le laissait jamais bien longtemps en paix ; elle le faisait souffrir.

Les trois adolescents sortirent du cinéma des étoiles dans les yeux, conquis par la grâce à la fois juvénile et mutine de celle qu'on avait voulu réduire à une dérisoire apparition luxurieuse.

Marie-Jeanne les suivait en prenant soin de rester en dehors de leur conversation. Elle prit le temps d'acheter quelques journaux pour Pierre qui rentrerait, le soir même, de trois jours en mer. Elle savait son mari avide d'informations, il aurait envie de lire, de comprendre et d'essayer de deviner la suite des événements.

Le kiosquier à qui elle s'adressa ne vendait ni *France Observateur*, ni *Le Monde*, ni *Témoignage Chrétien*, ni aucun autre quotidien ou hebdomadaire métropolitain traitant de la guerre d'Algérie avec un tant soit peu d'objectivité. Madame Lagadec dut se contenter de *L'Écho d'Alger* et de quelques magazines anodins ou franchement Algérie française. Au moment de payer, elle avisa la une de *L'Écho d'Oran* : « L'Algérie de papa est morte ! »

Ce titre accrocheur n'était qu'un bout de phrase extrait d'un entretien qu'avait eu Laffont, le député d'Oran, directeur du journal, avec le général de Gaulle à l'Élysée ; Marie-Jeanne avait hâte de découvrir l'article et d'en parler avec Pierre.

En fait, le Général, en une seule phrase, donnait un vigoureux coup de marteau sur le clou qu'il avait commencé d'enfoncer lors de sa conférence de presse un mois plus tôt : « [...] L'Algérie de papa est morte, et si on ne le comprend pas, on mourra avec elle [...] », avait-il laissé écrire.

— Indéniablement on commence à voir où il veut en venir, avait dit Pierre Lagadec après avoir lu l'entretien du journaliste avec le président de la République.

— Il se trompe d'époque, il veut faire évoluer le statut des Musulmans et leur faire une petite place chez eux, ce n'est pas ce que les Arabes attendent.

Marie-Jeanne était moins optimiste que son mari. Le général de Gaulle la décevait, elle l'avait cru capable de trancher dans le vif et d'imposer un compromis acceptable par les deux communautés. Mais il louvoyait, sans doute l'avait-elle surestimé.

— Il est obligé d'aller tout doucement, les Français d'Algérie veulent la garder telle qu'ils l'ont toujours connue et ils savent que les généraux les soutiennent. Au risque de voir les militaires se soulever une nouvelle fois contre le gouvernement, le Général est bien obligé de composer.

— Si lui est incapable de mettre un terme à cette guerre, elle va donc continuer...

— Je le crains, soupira Pierre.

Leur conversation fut interrompue par le fracas d'un hélicoptère qui venait de se poser sur une esplanade en terrasse de l'Amirauté. Il en arrivait de plus en plus souvent qui revenaient du bled déverser leurs lots de soldats blessés que des ambulances militaires convoyaient toute sirène hurlante vers l'hôpital Maillot. Parfois, c'étaient des morts qu'on débarquait. L'enceinte militaire de l'Amirauté, interdite aux journalistes fouineurs, était bien pratique : pas de photo, pas de reportage, pas de blessés et encore moins de morts. Les généraux cherchaient encore à entretenir l'illusion d'une guerre propre.

Le plan Challe consistant à éliminer systématiquement les combattants indépendantistes ne faisait pas que des milliers de morts chez les maquisards de l'ALN, il provoquait aussi des pertes douloureuses dans les rangs français : dos au mur, les fellaghas vendaient chèrement leur peau.

— Les communiqués de l'armée destinés à la presse annoncent toujours la fin imminente des combats, fit tristement Marie-Jeanne, mais l'échéance est sans cesse repoussée, on n'en voit jamais le bout.

— C'est une guerre sans fin : dès que l'armée tourne le dos, les territoires pacifiés reprennent feu… J'ai déjà connu ça en Indochine !

Brigitte Bardot faisait rêver les soldats, sa photo ornait bien des guitounes et des chambrées d'appelés : grâce à elle, ils oubliaient un peu toute cette laideur, toutes ces atrocités auxquelles ils étaient confrontés et tout ce désespoir qui, parfois, les submergeait. Il y avait des suicides chez les appelés ; c'était un secret militaire hautement sensible.

Quant aux généraux, ils restaient droits dans leurs bottes : cette guerre, ils étaient en train de la gagner, on n'allait pas la leur voler. C'était ce qu'ils voulaient croire.

### Même le couscous était devenu politique

Le dimanche suivant à Saint-Eugène, il ne fut pas seulement question de « l'Algérie de papa ».

Trois semaines plus tôt, les Guivarch avaient invité tout le monde à déjeuner : les Lagadec, les Amar, les Ferrandi, Claire Deleuze et bien sûr leur très cher Zayn. Giovanna s'était levée de très bonne heure pour concocter un de ces couscous dont la recette confidentielle lui avait été transmise par sa mère qui elle-même la tenait d'une grand-mère disparue depuis longtemps. Partager un tel régal de saveurs, d'épices et de parfums vous enchantait jusqu'à vous redonner le goût du bonheur si, par un hasard malheureux, il vous avait déserté.

— C'est vraiment délicieux, Giovanna, l'avait complimentée Rachel, mais nous, les Juifs d'Alger, nous ne préparons pas le couscous comme vous, le goût du nôtre est différent.

— Différent, mais sûrement pas meilleur, s'était dépêché de rajouter Maurice.

— Pour apprécier la différence, avait ajouté Claire, il faudrait que Rachel nous prépare un couscous la semaine prochaine.

L'idée avait déclenché l'enthousiasme. Rachel ne s'était pas défilée, si bien que le dimanche suivant les Amar étaient arrivés très tôt à Saint-Eugène avec tout ce qu'il fallait pour préparer un vrai repas de fête.

Ce fut un délice, une merveille précédée d'une kémia apéritive arrosée d'une anisette Cristal bien fraîche ; tous complimentèrent les deux dépositaires de l'ancestrale tradition couscoussière de Bab El Oued et personne ne se risqua à une comparaison des deux plats préparés, à une semaine d'intervalle, avec une égale générosité.

— Je crois que vos couscous à toutes les deux sont très bons, avait tout de même osé Zayn à l'adresse de Giovanna et de Rachel, mais je trouve que celui que fait ma mère est encore meilleur.

— Tu fais preuve de beaucoup de culot, mon garçon, avait rétorqué René avec bienveillance, comment peux-tu affirmer une chose pareille ?

— Parce que c'est celui de ma mère !

Tout le monde avait regardé Zayn avec des yeux ronds. Il était on ne peut plus sérieux, sans doute avait-il mûrement réfléchi à la manière dont il interviendrait dans la conversation.

L'adolescent aimait beaucoup tous ces gens rassemblés autour de la table des Guivarch, mais il se sentait différent et en ressentait une sorte de malaise. Les livres lus, les journées passées au lycée, les heures de rires ou de rêves partagés avec Jean-Jacques et André, les déambulations amoureuses avec Brigitte en sortant du lycée, tout ce vers quoi il se sentait attiré et qu'il avait le désir de vivre pleinement l'éloignait des siens. Zayn ne serait jamais un Français comme André ou Jean-Jacques. Il ne serait pas non plus un vrai Musulman algérien, il se sentait de plus en plus écartelé, condamné à un entre-deux douloureux et sans issue.

— Ce qu'on reçoit de sa mère est unique. Ma mère m'a donné la vie, elle m'a élevé, elle m'a fait Algérien aussi…

Il replongea le nez dans son assiette. Un soupçon de gêne venait de s'inviter autour de la table.

Mais c'était dit. Plus moyen de revenir en arrière, Zayn mettait sa mère à hauteur de tous ces gens qui l'invitaient le dimanche parce qu'il était un bon Arabe. Il voulait la mettre à l'honneur, même si elle ne parlait pas français et qu'elle était vêtue comme s'habillaient les femmes du bled loin au sud de Médéa. Son admiration pour la belle Marie-Jeanne continuerait d'occuper ses rêves, mais il savait maintenant qu'il serait toujours fier de Bouchra, la femme qui l'avait mis au monde.

— Tu sais, Zayn, avait alors dit la douce Giovanna, il faudrait que ta maman vienne nous préparer un couscous et qu'à nous aussi elle donne un peu de cette Algérie qu'elle t'a donnée. Tu vas lui dire qu'on l'attend… J'irai voir Monsieur Yborra, le boulanger, dès demain pour qu'il en parle à ton père.

L'adolescent gratifia madame Guivarch d'un sourire de reconnaissance.

— Je suis sûr qu'elle va venir. Vous allez voir, elle va vous étonner, ma mère, elle est… C'est ma mère !

Il termina la gorge nouée et les yeux embués de larmes. Jean-Jacques et André commencèrent à applaudir leur ami et toute la tablée suivit.

Claire était bouleversée, elle allait faire la connaissance de la mère de Belkacem.

Zayn était rouge de confusion et de plaisirs mêlés, il n'en revenait pas d'avoir osé revendiquer la dignité pour sa mère.

Il n'y avait pas loin entre le petit appartement des Messahoud et la maison des Guivarch. Bouchra, ses deux filles et Zayn étaient arrivés très tôt chez Giovanna et René, chargés comme des bourricots parce que Bouchra ne cuisinait que dans ses gamelles : elle n'avait pas confiance dans celles des roumis.

Les deux filles étaient reparties tout de suite, Zayn était resté avec sa mère pour faire l'interprète en cas de besoin. Giovanna s'était mise au service de madame Messahoud, elle épluchait les légumes et surveillait le réchaud à gaz qui pouvait être capricieux. Rachel n'avait pas tardé, elle aussi, à venir assister Bouchra.

Les trois femmes parvenaient à se comprendre. L'arabe parlé chez les Messahoud n'était pas tout à fait le même que le darja parlé par les Musulmans d'Alger, mais la conversation avait pu prendre forme autour du cérémonial du couscous.

La veille, madame Messahoud avait préparé des pâtisseries orientales pour les roumis. Elle leur servirait un thé à la menthe à la fin du repas avec des makrouds à la semoule et aux figues, des zlabias frites nappées de miel ou des cornes de gazelle.

Elle n'employait pas les mêmes épices que les Juifs d'Alger ou les Européens de Bab El Oued, son couscous était un voyage, une fête, un mets empli de toute la noblesse des tribus oubliées. Les parfums et les saveurs qui montaient des plats racontaient son Algérie à elle, celle du bled et de la sécheresse, celle du dénuement écrasé de soleil, mais plein de la fierté et de la patience infinie des peuples humiliés.

Tous se régalèrent d'un pareil cadeau. On le lui dit évidemment, mais on eut beau la supplier, Bouchra refusa de s'asseoir à table avec tout le monde ; pas qu'elle fût fâchée, elle gardait même le sourire. Servir les roumis d'accord, mais pas question d'abolir la différence, d'oublier qu'ils étaient des infidèles, de faire comme si Européens et Musulmans avaient le droit de piocher dans le même plat. La tradition, la religion et plus d'un siècle de méfiance, d'incompréhension et de peur des Français étaient à l'œuvre. Et puis, ses deux grands fils avaient pris les armes, ils combattaient l'armée et la police française. Elle ne cessait jamais de trembler pour eux.

Quand vaisselle et gamelles furent nettoyées, Bouchra vint saluer tout le monde avant de retourner dans le minuscule appartement des Messahoud. Zayn lui emboîta le pas. André et Jean-Jacques raccompagnèrent la mère et le fils jusque chez eux dans les ruelles hautes de Saint-Eugène. Malgré les protestations de sa mère, Zayn les invita à entrer.

Les deux garçons franchissaient pour la première fois la porte d'une demeure musulmane. Chez les Messahoud, on vivait dans deux pièces exiguës. Les livres de Zayn s'entassaient sur une étagère, il ne disposait, pour travailler, que d'un coin de la table autour de laquelle la famille prenait ses repas. Son lit n'était déplié que le soir, quand on avait repoussé tout ce qui encombrait pour dégager un peu d'espace.

— Voilà ! Ici, c'est chez moi !

Il y avait de la provocation dans les mots de Zayn, de la fanfaronnade aussi. Il leur jetait au nez la misère arabe, l'injustice, la dépossession, l'indignité et toutes les avanies qu'endurait son peuple depuis si longtemps.

Les deux autres n'en revenaient pas ; comment pouvait-on vivre à ce point à l'étroit, les uns sur les autres, sans qu'il fût possible de s'isoler, de se sentir un peu hors du monde pour lire ou rêver ? Et pourtant jamais Zayn n'avait remis un devoir en retard, jamais il n'avait laissé deviner qu'il étudiait dans le bruit, comme il pouvait et quand il pouvait. Il savait toujours tout ce qu'il y avait à savoir et même beaucoup plus, il avait lu plus de livres que la plupart des garçons de son âge.

— C'est tellement petit chez Zayn que ses parents le laissent sortir quand il veut. C'est impossible de rester enfermé dans leur appartement.

— Tu préférerais qu'on aille vivre dans un appartement tout petit pour que tu puisses te balader à ta guise dans Alger ? Tu as raison, on va déménager, il va falloir qu'on en cause avec ta mère, elle va être facile à convaincre.

Maurice savait rire de tout, il aimait la dérision. Jean-Jacques ne s'y trompait pas, il connaissait bien son père. Il haussa les épaules sans prendre la peine de répondre.

Après ce beau dimanche à Saint-Eugène, la vie des uns et des autres reprit son cours plus ou moins tourmenté. Dans la semaine, Claire était allée acheter son billet pour retourner, comme chaque année, passer une partie de l'été, au calme, chez ses parents.

Elle ne pouvait s'empêcher d'être inquiète : où était-il ? Que faisait-il ? Belkacem n'avait pas donné signe de vie depuis deux semaines. C'était fréquent. La clandestinité leur imposait sa loi, elle en souffrait sans jamais pouvoir confier son tourment à qui que ce soit.

Chez les Guivarch, elle avait deviné le désarroi d'une mère anxieuse et tourmentée dans les sourires tristes et résignés de Bouchra. Elle avait reconnu les blessures et les déchirements de son amant dans la fierté et les mots de son jeune frère. La cruauté de cette guerre inavouable avait mûri Zayn ; Claire aurait aimé dire à l'adolescent qu'elle partageait son secret, qu'elle avait deviné pour son frère, mais c'était trop compliqué, trop intime, elle n'avait pas osé. Avouerait-elle à Belkacem qu'elle connaissait Zayn, qu'elle avait goûté au fabuleux couscous préparé par sa mère, qu'elle avait percé son secret ? La dissimulation et le silence lui pesaient. Claire admettait que son amant pourrait ne jamais revenir, qu'à l'instant où elle pensait à lui, il était peut-être entre les mains de tortionnaires, au secret, soumis à d'épouvantables sévices, hurlant sa souffrance et son épouvante ; dans un de ses cauchemars, un officier sans visage avait décidé de le liquider, une balle tirée à bout portant lui fracassait la nuque. Elle vivait dans la frayeur et l'incertitude permanentes.

Cet amour silencieux, caché depuis si longtemps, devenait chaque jour plus douloureux. L'absence de Belkacem était pour Claire un abîme d'angoisse, mais sa présence, pour enivrante qu'elle fût, ne la rassurait pas non plus. La mort rôdait. L'armée, la police et les services secrets menaient la chasse. Les ultras de l'Algérie française leur servaient d'indicateurs et de supplétifs, ils étaient tous armés.

Mais pour Belkacem, le danger pouvait aussi venir de la rébellion elle-même. Les luttes féroces et les règlements de comptes au sein de la mouvance indépendantiste avaient déjà fait des milliers de morts. Désormais, Claire ne se faisait plus aucune illusion, à Alger, d'un côté comme de l'autre, on tuait, on exécutait, on liquidait sans état d'âme.

La jeune professeure était devenue méfiante. Il lui semblait qu'on la surveillait, la rue lui était devenue hostile, chaque individu croisé sur un trottoir éveillait ses soupçons. Elle vivait dans la crainte, tendue, attentive au moindre mouvement, au moindre changement, au moindre bruit inhabituel.

Heureusement, au lycée, face à ses élèves, Claire Deleuze redevenait la jeune professeure enthousiaste et épanouie. Et puis, il y avait les dimanches après-midi à Saint-Eugène ; ces quelques heures d'insouciance chez les Guivarch lui étaient précieuses. Elle riait avec tous les autres, elle oubliait les soucis et les peurs qui l'accablaient. Elle voyait Zayn aussi, son petit « beau-frère » comme elle s'amusait à le penser de temps en temps, elle le trouvait adorable, il ressemblait beaucoup à Belkacem.

Au mois de juin, c'était promis, sûr et certain, un dimanche, ils iraient tous à Jean Bart, profiter de la mer et de la plage. Les Ferrandi y tenaient beaucoup.

**Pas de relâche pour la veuve !**

Profitant d'un jour où le *Cap-Ferrat* restait à quai, Pierre et Marie-Jeanne avaient invité les Amar à passer l'après-midi à l'Amirauté. En juin, le soleil tapait déjà très dur sur les murs blancs de la vieille forteresse barbaresque ; Rachel était restée dans la fraîcheur de l'appartement des Lagadec à parler avec Marie-Jeanne. Les deux amies buvaient la citronnade préparée par Fatma.

Chez les Lagadec, on faisait travailler une Mauresque. Dire qu'on employait une « Arabe » choquait Marie-Jeanne, c'était un peu péjoratif. Fatma – la Mauresque – dévoilait son visage pour s'occuper du ménage. Elle était parfaite. Marie-Jeanne avait pris goût à la présence d'une petite bonne à la maison. Elle avait plus de temps pour lire, s'occuper de ses géraniums, voir du monde ou prendre des bains de soleil sur la terrasse. Et puis Fatma ne coûtait pas cher du tout, il aurait été stupide de se passer de ses services. Si on lui demandait, elle préparait même le repas pour le soir. Il n'y avait qu'à faire réchauffer avant de passer à table et tout ce qu'elle préparait était délicieux.

À l'Amirauté, toutes les familles d'officier ou d'officier marinier employaient une « Fatma ». Il fallait en profiter : à Brest, Toulon ou ailleurs en métropole une employée de maison était un luxe hors de portée pour un sous-officier. Les Amar n'avaient pas de « Fatma » chez eux, leurs moyens étaient limités, ils ne disposaient pas pour vivre de la solde régulière et des primes conséquentes servies à un maître principal de la marine nationale.

Pierre avait emmené Maurice visiter le *Cap-Ferrat*. À la passerelle, il avait commencé par donner à son visiteur quelques explications techniques sur l'usage du compas de route et du radar, mais très vite les deux hommes en étaient venus à parler politique. Et il y avait de quoi causer : après un répit qui avait duré plusieurs mois, le bourreau s'était remis au travail. Malgré l'arrivée au pouvoir de l'homme du 18 juin 1940, les tribunaux militaires – qui n'étaient qu'une grossière caricature de justice – n'en continuaient pas moins à condamner à tour de bras des nationalistes à la peine capitale.

— Quand on le voit comme ça, un peu raide et guindé, à la télévision, on n'a pas l'impression, mais de Gaulle est un sacré danseur de tango : un pas en avant et tout de suite il enchaîne avec deux pas sur le côté. Un sacré artiste, votre Général !

— Je dirais qu'il connaît la musique ! Et ce n'est pas « mon » Général, mais « le » Général.

— Admettons, fit Maurice Amar, il dit que « l'Algérie de papa est morte », ce qui braque les ultras, et aussitôt il fait exécuter deux ou trois indépendantistes détenus à la prison Barberousse pour caresser l'extrême droite dans le sens du poil.

— De Gaulle a probablement ses raisons…

Pierre aussi doutait du Général, il lui répugnait de l'avouer, mais son héros venait de jeter de l'huile sur le feu.

— Ce n'est pas très malin, reprit Maurice Amar, les mêmes causes vont produire les mêmes effets, les Arabes sont révoltés par la guillotine : c'est le châtiment promis aux gangsters ou aux meurtriers de vieilles dames. Les combattants du FLN sont des héros pour les Musulmans, sûrement pas des bandits de grand chemin ni des assassins d'enfants.

— Peut-être, se rebella Pierre, mais il ne faut pas confondre ceux qui se battent contre nous dans le maquis avec les terroristes qui commettent des attentats en ville. Ceux-là ne sont que de vulgaires criminels.

— Les Musulmans ne voient pas les choses comme vous : ceux qui combattent les Français sont engagés dans le djihad, qu'ils soient poseurs de bombes ou qu'ils se battent contre l'armée française.

— La guerre sainte au nom du prophète? Vous mélangez tout, Maurice, on n'est plus au Moyen Âge!

— Vous en penserez ce que vous voulez, mais les guillotinés deviennent des martyrs! À chaque exécution, la Casbah s'enflamme. Les jeunes sont les plus révoltés : on peut parier que les attentats vont reprendre!

— Ceux qui sont condamnés à mort ont commis des crimes, ils ont du sang de femmes et d'enfants sur les mains. Tant qu'il n'y aura pas de perspectives politiques pour sortir du conflit, le pouvoir sera bien obligé de condamner ceux qui sont reconnus coupables d'assassinats.

— Ils sont envoyés à l'échafaud au terme de procès expéditifs confiés à la justice militaire! Sont-ils vraiment coupables? On n'en sait rien, l'instruction est réduite à presque rien et la défense n'a que le droit de se taire : en Algérie, on continue à confondre justice et loterie… J'attendais mieux du général de Gaulle.

Maurice devenait véhément, mais la discussion ne s'envenima pas. Le Général n'avait toujours pas rétabli la légalité républicaine à Alger, et la paix était renvoyée à plus tard. La répression continuait, toujours plus féroce. C'était sans issue, l'armée française écrabouillait les combattants de l'ALN sans parvenir à étouffer toutes les braises de la révolte; de ces brandons mal éteints, l'incendie de l'indépendance renaissait et repartait de plus belle.

— De Gaulle ne cherche plus l'apaisement, il ne croit qu'au marteau-pilon pour anéantir la rébellion. Finalement, il ne fait pas mieux que les autres, il patauge !

Plutôt que de répondre, Pierre préféra l'entraîner dans une visite complète du bateau. Ils se retrouvèrent bientôt sur la plage arrière. Du regard, ils embrassaient toute la ville, la Casbah et le port : la vue était magnifique. Il n'y avait pas un souffle de vent, le pavillon français pendait inerte sur sa hampe.

— Vous savez, poursuivit le coiffeur, il y a cent trente ans que les Français ont débarqué en Algérie, mais la greffe n'a jamais pris. Les Arabes sont patients comme vous n'avez pas idée ! Pour eux, cent trente années, ça ne compte pas. Les Français les ont massacrés, ils les ont méprisés, ils les ont humiliés, ils ont considéré qu'ils ne pouvaient être que leurs domestiques, mais ils sont toujours là, endurants, immobiles, ils attendent. Ils regardent les Français s'agiter, courir dans tous les sens, tracer des routes, cultiver la terre qu'ils leur ont volée, commercer, gagner de l'argent, voter des lois et tout ce que vous voulez… Mais eux s'en foutent, leur monde est tellement différent du vôtre… Vous n'avez jamais rien compris aux Arabes.

— Vous voulez dire que les Français n'ont pas su apprivoiser les Algériens et l'Algérie !

— Les Français ont conquis l'Algérie par la force, ils s'en sont emparés, ils l'ont soumise sans essayer de la comprendre, ils ont voulu en faire une nouvelle France ! D'une femme, on dirait qu'ils l'ont violée avant de l'asservir. La guerre n'a pas commencé en 1954 ni même en 1945, elle dure depuis que le premier soldat français a posé le pied sur la plage de Sidi-Ferruch, en 1830.

— Les Français d'Algérie aiment ce pays, s'emporta Pierre, il est devenu le leur au fil des générations, ils y sont viscéralement attachés, ils ont aussi le droit de vivre sur cette terre ! Il faudra bien sortir de la guerre un jour, elle n'a que trop duré.

— Reste à savoir quand et comment tout ça va se terminer : ni vous ni moi ne sommes prophètes ! Les Juifs d'Algérie, on est tous un peu Arabes, c'est ce que disent les Européens. Alors on fait comme les Arabes, on s'en remet à Dieu, si Dieu veut, on sera heureux, et si Dieu y met de la mauvaise volonté…

— *Inch Allah*, comme ils disent tout le temps.

Les deux hommes regardaient le port. Aidé par deux remorqueurs, le *Ville de Marseille* était en train d'accoster au quai de la Transat. C'était un spectacle à la fois quotidien et rassurant, on pouvait croire qu'il durerait toujours ; comment imaginer que l'Algérie pourrait, un jour, rompre tous ces liens qui l'attachaient à la France ?

Il était convenu qu'à la sortie du lycée, Jean-Jacques rejoindrait ses parents à l'Amirauté en compagnie d'André. Les trois garçons avaient escorté celles qu'ils considéraient comme leurs petites amies jusqu'à l'arrêt de bus de la place du Gouvernement ; de ce côté-là, on était au point mort, les garçons étaient paralysés par le trac et les filles n'osaient pas. Seul Zayn avait eu droit à la bise de Brigitte au moment de se dire au revoir. Leurs muses étant reparties vers Guyotville, les inséparables avaient marché ensemble jusqu'en haut du boulevard Anatole-France, sans autre raison que de discuter encore un peu. En fait, ils étaient tous les trois d'inépuisables bavards.

Au mois de juin, entre seize et dix-sept heures à Alger, la sensation d'étouffement pouvait devenir insupportable. Le bitume des chaussées fondait, les trottoirs, les murs et les façades des maisons restituaient la chaleur emmagasinée depuis le matin alors que la brise de mer n'était pas encore venue rendre l'atmosphère plus respirable. Les garçons suaient à grosses gouttes, Zayn avait demandé à André de leur parler de la neige, c'était une façon comme une autre de se protéger du soleil.

André avait raconté. Il racontait bien, il rajoutait beaucoup de neige et de glace pour épater ses copains. Le Saulnières de ses grands-parents finissait par ressembler à un village du Grand Nord canadien, mais les deux autres en redemandaient, alors il avait évoqué la mare gelée, la rivière qui charriait des glaçons et aussi des bonshommes de neige magnifiques, des glissades à n'en plus finir ou des descentes vertigineuses en luge. Les deux autres n'étaient pas dupes, mais c'était rafraîchissant.

Jean-Jacques et Zayn se souvenaient vaguement d'avoir vu une fois la neige tomber sur Alger. C'était à l'hiver 1956, mais ils n'avaient pas eu le temps d'en profiter, elle n'avait pas tenu plus de deux heures, le vent et la pluie l'ayant balayée sans tarder.

— Plus tard, j'irai vivre dans un pays de froid et de neige, dit Zayn en quittant ses deux amis.

Il s'en retourna tout seul vers Saint-Eugène en longeant la mer par le boulevard Amiral-Pierre. Il aimait bien marcher seul, rêver d'un monde serein où il aurait pu aimer Brigitte en toute liberté sans que personne ne s'en offusquât.

— Celui-là est intéressant ! fit un des deux types en treillis.

— Qu'est-ce que tu lui trouves de particulier ? interrogea l'autre en train de ranger son appareil photo ; il en avait fini avec les portraits.

— Ce n'est pas un Kabyle, normalement ici il ne devrait y avoir que des Kabyles… Ça intéressera sûrement l'état-major.

— Arabes, Kabyles, Chaouis ou Mozabites, pour moi, tout ça, c'est du pareil au même, tous les melons se ressemblent, reprit le photographe, ce qu'on est en train de faire ne sert pas à grand-chose.

— C'est un travail de fourmi, mais l'identification est indispensable. Si un de ces types a un nom, on retrouvera forcément sa famille. Il y a toujours quelque chose qui nous intéresse quand on interroge les proches d'un fellagha.

L'homme ponctua son propos d'un coup d'œil complice à son binôme. Bien que ne portant aucun insigne de grade ou d'appartenance à une unité particulière, il était clair que tous les deux venaient de la grande muette. Ils avaient du métier, ils savaient ce que voulait dire « interroger » un suspect. L'arrivée du général de Gaulle au pouvoir n'avait mis fin ni aux exactions en tous genres ni à la torture systématique des prisonniers et de ceux qu'on soupçonnait d'avoir des liens avec la rébellion. En matière d'interrogatoire, le nouveau pouvoir n'avait donné que de très vagues consignes de modération. Les chefs de l'armée n'avaient donc rien changé à leurs manières d'aller à la quête aux renseignements ; depuis des mois, ils disaient être tout près de gagner la guerre par l'anéantissement de l'ennemi indépendantiste.

— C'est vraiment un coup de bol quand on arrive à retrouver leur nom ! La plupart de ces gars-là n'ont jamais fait de demande de carte d'identité. Je vais prendre quand même toutes les empreintes digitales, on ne sait jamais ! En général, ils ne sont pas répertoriés dans les fichiers de la police.

Derrière les deux hommes, un bulldozer du génie tournait au ralenti. Perché sur le siège de l'engin, un sergent attendait l'ordre de pousser les corps au fond de la fosse qu'il venait de creuser dans le lit d'un oued asséché depuis plusieurs générations. Le processus de décomposition des cadavres était accéléré par la chaleur, l'odeur de mort était insupportable, des nuages de mouches zonzonnaient autour des cadavres tandis que des oiseaux charognards tournaient dans le ciel en prévision d'un éventuel festin. C'était à croire qu'ils suivaient les commandos de chasse de l'armée française ; l'accrochage avait eu lieu quelques heures plus tôt, à l'aube d'une journée torride de ce mois de juillet 1959.

Le photographe collecteur d'empreintes digitales avait terminé son office. L'autre, qui semblait être le chef, fit un signe en direction de l'engin du génie. Les dix-huit combattants défunts de l'ALN furent entassés pêle-mêle dans la fosse. Sans qu'il fût question d'une quelconque oraison funèbre ou de la moindre marque de respect, on étala la terre et la rocaille sèche de Kabylie pour reboucher le charnier et renvoyer ces morts à leur anonymat.

On entendait les trois gros hélicoptères Sikorsky en approche, ils venaient récupérer le commando de chasse. Les militaires appuyés par une section de supplétifs musulmans avaient été efficaces. L'armée française ne pouvait plus se passer de ces hommes qui avaient choisi la France. On les appelait les harkis, ils connaissaient le terrain, la langue, les us et coutumes du bled, ils étaient devenus indispensables pour mener ce genre d'opération.

Les renseignements extorqués à quelques fellahs dûment cuisinés étaient de bonne qualité. Les hommes auraient droit à quelques jours d'un repos bien mérité. À Melouza, l'armée veillait sur l'état sanitaire des prostituées, il n'aurait plus manqué que les bidasses attrapassent la chaude-pisse ou pire encore : on avait besoin de soldats en pleine santé pour faire cette guerre.

Après avoir mis sur pied, en 1959, l'opération Courroie pour nettoyer la montagne algéroise et l'Ouarsenis, après Étincelle destinée à isoler la Kabylie de l'Algérois, Challe avait lancé l'opération Jumelles pour en finir avec la rébellion en Kabylie. Le général avait fait les choses en grand : soixante mille hommes, combattants autochtones compris, avec un appui aérien, des hélicoptères, des parachutistes, des fusiliers marins et du napalm en quantité pour vitrifier les douars qui auraient eu envie d'apporter aide ou assistance aux fellaghas. En face, les bandes de maquisards exsangues, affamés, armés de bric et de broc ne faisaient pas le poids.

Les Kabyles n'avaient jamais cessé de guerroyer contre l'occupant turc avant la conquête de 1830, ils n'avaient cédé devant les Français qu'en 1872, écrasés par l'artillerie et suite à une série de massacres épouvantables. Depuis, ils étaient restés des insoumis, de perpétuels révoltés, sans doute les plus farouches partisans de l'indépendance de l'Algérie. Le général Challe voulait en finir coûte que coûte.

Le portrait avait été agrandi et punaisé au mur. La tête de ce garçon ne disait rien à personne, il devait avoir dix-neuf ans même s'il paraissait plus jeune sur la photo des services de renseignements ; il était mort, mais ses empreintes digitales avaient parlé pour lui. Ce jeune gars avait eu besoin d'une carte d'identité en mai 1955 pour s'inscrire aux cours du soir. Il voulait passer le CAP d'électricien, il s'appelait Chérif Messahoud, il était né le 10 novembre 1940 et il habitait chez ses parents dans les hauts de Saint-Eugène.

— On ramasse toute la famille, on les boucle et on les prépare comme il faut avant d'avoir avec eux une conversation franche et sincère sur les relations de leur fils et frère avec le FLN et l'ALN ?

L'inspecteur Brunet qui menait l'enquête tempéra l'ardeur de son adjoint. Il s'estimait plus malin et subtil que les militaires qui ne connaissaient que la force et la violence pour arriver à leurs fins. « Quand on tient un brin de laine qui dépasse de la pelote, avait-il l'habitude de dire, on ne tire dessus qu'avec beaucoup de délicatesse pour ne pas risquer de le casser. »

— Non, pas tout de suite. On les met sous surveillance, je veux un rapport complet sur la famille, leur pedigree, les occupations de chacun, leurs fréquentations et tout ce qui s'ensuit. On va montrer aux hystériques de la gégène qu'avec une bonne vieille enquête à l'ancienne, on obtient plus de résultats qu'en réduisant des types en bouillie avant de les balancer à la mer depuis un hélicoptère.

Avec l'offensive antiguérilla en Kabylie, les parachutistes n'arrivaient plus à faire face à leur quête forcenée de renseignements : le cas du fellagha Messahoud ne semblait pas de la première importance, on l'avait donc confié à la police dont les inspecteurs supportaient mal la tutelle exercée par les militaires. Ils étaient pourtant censés travailler main dans la main avec les services de renseignements de l'armée.

Le soir même, la famille Messahoud avait donc été mise sous surveillance. Les limiers de la police n'avaient pas tardé à s'apercevoir qu'un des fils d'Ahmed et Bouchra manquait à l'appel. Bien sûr, au bout d'une semaine, ce fut sur cet absent que se concentra toute l'attention des enquêteurs.

— Rien de rien, on a planqué devant chez eux, on a surveillé la mère, le père, les frangines, on a suivi le plus jeune qui traîne à droite et à gauche avec un petit juif, mais pas trace de l'aîné. Apparemment, il a coupé tout contact avec sa famille !

— C'est la règle pour ceux qui sont entrés en clandestinité ! Comment s'appelle-t-il, ce fantôme ? demanda le chef.

— Belkacem… Belkacem Messahoud.

— Il va falloir aller à la pêche, fit l'inspecteur Brunet après un moment de réflexion, des fois ça marche : on va coffrer toute la famille, et par vos indicateurs vous allez faire savoir dans la Casbah que la famille Messahoud de Saint-Eugène a été mise au secret. S'il vit planqué quelque part dans Alger, ça peut le faire sortir du bois…

— Il y a déjà tellement de melons arrêtés et mis au secret que plus personne ne s'en préoccupe. Il faudrait toute une succession de miracles pour qu'on arrive à coincer ce type-là !

— Un bon flic, c'est un flic qui a de la chance : tout le monde au gnouf et que ça saute.

Aussitôt dit, aussitôt fait. Bouchra et ses filles avaient été cueillies chez elles. Ahmed était au fournil en train de préparer la fournée de l'après-midi, il avait été embarqué malgré les protestations du père Yborra. Quant à Zayn, il était resté introuvable. En fait, il avait passé l'après-midi aux bains Padovani avec Jean-Jacques, et Rachel qui les chaperonnait. Anita, Josiane et Brigitte étaient venues rejoindre les garçons par le bus de l'après-midi. André n'était pas là. Comme chaque année à pareille époque, il échappait à la fournaise de l'été algérois en retournant passer quelques semaines en métropole chez ses grands-parents. Le monde était mal fait ; André pestait, il aurait bien voulu passer tout l'été à Alger tandis que les deux autres auraient volontiers visité la France où ils n'avaient jamais mis les pieds.

Les trois inséparables n'étaient donc que deux, mais ils avaient passé un après-midi formidable, un moment de grâce dans une vie d'adolescent. Dans l'eau, alors qu'ils nageaient l'un à côté de l'autre, Zayn s'était saisi de la main de Brigitte, leurs doigts s'étaient mêlés, l'émotion avait été si forte qu'il avait failli boire la tasse. De son côté, Jean-Jacques avait touché la poitrine de Josiane, il ne l'avait pas fait exprès, ce n'était même que la manifestation d'une certaine maladresse, mais il en était délicieusement excité. Tous les deux étaient convaincus de voir, bientôt, s'ouvrir les portes du paradis.

Anita soupirait ; elle était seule, mais elle n'avait pas été sans remarquer que des garçons délurés la reluquaient avec insistance depuis la buvette. Avec ses lunettes de soleil sur le nez, elle se donnait un faux air d'Audrey Hepburn dans *Funny Face* de Stanley Donen ; la posture romantique de la belle abandonnée solitaire lui allait à ravir.

Un peu plus tard, en rentrant chez ses parents, Zayn avisa un civil qu'il ne connaissait pas en faction devant la porte du vieil immeuble. Les Musulmans du quartier avaient l'œil affuté, ce type sentait le flic à plein nez.

L'adolescent prit peur, il se passait quelque chose de pas ordinaire. Tout de suite, il pensa à ses frères ; Zayn devina qu'il ne devait pas rentrer chez lui tout de suite, mais se cacher. L'idée lui vint d'aller retrouver son père. La boulangerie du père Yborra n'était pas très éloignée, en rasant les murs, il réussit à se glisser dans la cour sans se faire remarquer. À chaque fois que la situation avait menacé de dégénérer, le vieux boulanger avait apporté aide et protection à la famille Messahoud. Sans discuter, le père Yborra cacha Zayn dans la resserre où il stockait ses farines. C'est là que, dégrisé, l'amoureux de Brigitte apprit que sa famille avait été arrêtée et qu'on le recherchait.

Ce fut une vraie conspiration. De la boulangerie, Zayn fut transféré, en toute discrétion, chez les Guivarch. Désemparés par la gravité de la situation, les deux vieux prévinrent Rachel et Maurice Amar. Ensemble, ils tinrent conseil : il ne pouvait être question de livrer Zayn à la police, tous étaient d'accord là-dessus, mais que faire ? Tenir enfermé à longueur de temps un garçon de quinze ans en attendant la fin de la guerre – et nul ne pouvait dire si elle finirait un jour – paraissait difficile à envisager.

L'idée de mettre Zayn en pension chez les Ferrandi à Jean Bart fut évoquée ; là-bas il y avait la mer, une belle pinède de pins maritimes qui bordait la plage où on pouvait prendre l'air, et le maillage policier était surtout bien moins serré qu'à Alger. Tous savaient que Michel Ferrandi n'allait pas bien du tout, qu'il alternait les moments d'abattements dépressifs et des périodes de surexcitation hors de propos. Sa raison chancelait au fur et à mesure que l'édifice de l'Algérie coloniale se lézardait. Il n'était pas réaliste de vouloir confier l'adolescent à ce couple en train de se fracturer.

Après en avoir longuement discuté, on décida donc de ne rien décider du tout.

— Il faut prévenir Pierre, avait fini par conclure Rachel, on peut compter sur lui, il va sûrement avoir une idée…

Tous avaient approuvé, même le père Yborra qui ne connaissait pas le marin en question. Pierre Lagadec rentrait justement de deux journées de convoyage de fusiliers marins entre La Pérouse et Bougie. Il pensait passer la soirée à écrire à Marie-Jeanne. Quand il reçut un coup de téléphone tout à fait anodin de Maurice l'invitant à passer la soirée à Saint-Eugène, Pierre comprit qu'un événement d'importance venait d'arriver. Maurice se méfiait du téléphone, les services de renseignement ne se privaient pas d'écouter les conversations privées des uns et des autres, il valait mieux être prudent.

C'était faire beaucoup d'honneur au maître principal Lagadec de penser qu'il allait pouvoir dénouer, d'un claquement de doigts, une situation aussi confuse. Néanmoins, en bon militaire méthodique, il prit quelques dispositions indispensables.

— D'abord, on ne parle à personne, secret absolu, pas de parlote, pas de courrier non plus, rien du tout. Ensuite, il faut savoir pourquoi toute la famille a été arrêtée… Après, je ne sais pas, il faudra aviser au jour le jour.

On n'attendait pas de miracle, chacun se réfugia dans le silence. Le sentiment de buter sur un mur les étreignait tous. Ce fut Maurice qui, après s'être raclé la gorge, rompit ce pénible moment d'introspection :

— Les garçons ont leurs secrets, c'est de leur âge. Zayn est encore sous le choc de l'arrestation de ses parents, on va lui fiche la paix ce soir, mais je vais avoir une conversation les yeux dans les yeux avec Jean-Jacques.

Maurice était grave. La guerre, qu'il avait toujours pris soin d'observer avec une certaine distance, venait de faire irruption dans la vie des Amar.

— Est-ce bien utile ? demanda René. Laissez donc votre fils en dehors de cette malheureuse histoire !

— Depuis qu'André est en métropole, Zayn et lui sont fourrés ensemble à longueur de journée, je suis sûr qu'ils se sont donné rendez-vous demain pour aller traîner en ville. Il faudra bien lui dire pourquoi son copain Zayn s'est volatilisé et qu'il reste introuvable. Jean-Jacques a passé l'âge d'avaler toutes les sornettes qu'on veut bien lui servir, je vais jouer franc jeu avec lui, je lui fais confiance.

— Tu as raison, Maurice, la guerre fait grandir nos enfants trop vite, et ils doivent se sentir responsables, il faut leur faire confiance, nous n'avons pas le choix.

D'une certaine façon, en protégeant Zayn, Pierre entrait en résistance. Lui, d'ordinaire si pudique, venait de tutoyer Maurice. C'était la première fois.

Jean-Jacques ne lâcha rien de ce qu'il savait de la clandestinité de Belkacem et Chérif. Il se contenta de dire à son père que l'arrestation de la famille Messahoud était peut-être liée à ses frères ou à ses sœurs. Le père Yborra, de son côté, raconta tout ce qu'il savait à propos des enfants Messahoud. Il fut dès lors possible d'imaginer que la police en avait après Chérif et Belkacem.

**Se taire, c'est être complice !**

— Ce que vous me demandez est en dehors de mes compétences, Lagadec. Malgré toute l'estime que j'ai pour vous, je ne peux rien faire, c'est impossible !

— Je sais ce que ma démarche peut avoir d'insolite et même de tout à fait inconvenant, mais je dois tout tenter pour les sortir des griffes de la police… J'en fais une question d'honneur, je connais ces gens.

S'ils devaient être assassinés ou torturés, je démissionnerais immédiatement de la marine.

Derrière le commandant Franconi, un pavillon frappé de la croix de Lorraine occupait le centre du mur. Pendant presque trois années, le quartier-maître gabier Lagadec avait été aux ordres du lieutenant de vaisseau Franconi, responsable du service de manœuvre à bord du *Georges Leygues*. Entre cet officier breveté de l'École navale et ce gabier sorti des Mousses avec son sac sur l'épaule, l'estime était réciproque. Ces deux vrais marins étaient liés par tout ce temps passé à escorter des convois dans l'Atlantique nord durant la guerre.

— Le hasard des affectations nous réunit une nouvelle fois, Lagadec. Vous êtes un officier marinier de valeur. Si vous aviez consenti à faire un second séjour en Indochine, vous seriez aujourd'hui officier des équipages, mais déjà votre conscience…

— Ce que nous faisions en patrouillant sur le Mékong était inacceptable. J'ai manqué de courage, j'aurais dû démissionner.

— J'étais responsable des opérations navales sur le Delta, je n'ignore rien de ce qui s'est passé là-bas. Quoi qu'il ait pu m'en coûter, j'ai fait mon devoir.

— En préférant occuper un obscur poste subalterne à Brest plutôt que le commandement qui m'attendait à Saigon, j'ai triché…

— Votre droiture vous honore, Lagadec. Vous avez sacrifié votre carrière pour ne pas cautionner ce que vous réprouviez. Mais nous voilà à nouveau dans la guerre et vous parlez encore de quitter la marine !

— C'est toujours aux militaires qu'il revient de patauger dans l'épouvantable, lui fit remarquer Pierre, ce n'est pas toujours de faire son devoir qui est le plus difficile, mais plutôt de savoir ce qui relève de son devoir.

Le capitaine de vaisseau Franconi ne broncha pas. Le commandant de la marine à Alger entrait dans la cinquantaine. Ses cheveux taillés en brosse lui donnaient l'air un peu rogue, mais il portait l'uniforme avec une élégance sportive. Il était surtout un gaulliste de la première heure, ce qui lui valait l'hostilité des combattants de la vingt-cinquième heure, ceux qui, dans la marine, s'étaient découverts gaullistes en 1944. On se méfiait de lui à l'Amirauté.

— Je vous ai sauvé la mise à plusieurs reprises, poursuivit l'officier supérieur. Vous passez pour un original proche des communistes, si j'avais laissé faire, on vous aurait renvoyé à Brest ou à Toulon. Mais je n'aime pas les moutons, j'ai toujours eu un faible pour les hommes qui ont une conscience et à qui on ne fait pas faire n'importe quoi.

Pierre Lagadec ne perdait pas de vue qu'il avait sollicité un entretien avec le commandant pour essayer de sortir les Messahoud de la prison où ils étaient enfermés. Il connaissait les usages : laisser parler le supérieur hiérarchique, attendre que le flot tarisse avant de saisir le bon moment pour reprendre l'attaque.

— N'allez pas le répéter, Lagadec, mais je pense comme vous que cette guerre déshonore la France et son armée… Nous sommes des militaires, nous obéissons, même à contrecœur.

Il y eut un moment de silence. L'officier supérieur semblait las. Peut-être réfléchissait-il aux conséquences de ce qu'il venait de laisser échapper devant un sous-officier ?

— Et pour les Messahoud, n'y a-t-il rien de possible, commandant ? osa Pierre Lagadec.

Franconi soupira. Le maître principal était un tenace. Pour le commandant, il n'allait pas être facile de se débarrasser de ce sous-officier dont il ne pouvait s'empêcher d'apprécier la détermination.

— Ils ont la chance de ne pas être entre les mains des fous furieux sadiques de Massu et d'Aussaresses ! D'après ce que vous me dites, ils sont détenus et mis au secret par la police. Les flics ne valent pas beaucoup plus cher que les tortionnaires de l'armée, mais ils sont beaucoup plus malins.

— Sauver ces gens ne changera rien à ce qui se joue en Algérie, plaida encore Pierre Lagadec. Se montrer pour une fois généreux serait un beau geste !

— Beaucoup de fonctionnaires compromis avec l'extrême droite sont renvoyés en métropole. Les postes importants dans l'administration sont, petit à petit, occupés par des gaullistes. Ne perdez pas espoir ; on ne sait jamais, un miracle est toujours possible !

— Merci, commandant.

Cet été-là, une sécheresse et une chaleur inhabituelles s'étaient imposées partout en France, les nuits n'apportaient pas de fraîcheur. Les Lagadec mère et fils trouvaient cette canicule métropolitaine anodine, presque aimable. Les Français n'avaient jamais encaissé un sévère coup de sirocco ni transpiré tout le mois de juin et le début de juillet sous le soleil d'Alger. Une douce indolence baignait Saulnières, on pouvait faire confiance au vieux village assoupi, ici rien ne changeait jamais. L'année avait passé si vite.

Sous l'aile bienveillante des grands-parents pour quelques semaines, Marie-Jeanne et André n'imaginaient pas les turpitudes que traversait la famille Messahoud. Pourtant, madame Lagadec devinait que quelque chose d'inhabituel contrariait le cours si paisible du temps des vacances. Pierre avait la plume facile, il écrivait tous les jours quand ils étaient loin l'un de l'autre. Elle aimait lire et relire ses lettres. Il savait se rendre proche par les mots et recréer leur intimité, être tour à tour léger, drôle ou grave quand il le fallait. Mais cette année, son courrier était plat, évasif, dénué de cette manière affectueuse et tendre d'abolir la distance qui les séparait. Les années précédentes, Pierre écrivait aussi à son fils, mais depuis qu'ils avaient pris leurs quartiers d'été chez les grands-parents Lécuyer, pas la moindre lettre n'était arrivée pour André.

— Il doit être en mer, s'était contenté de remarquer l'adolescent, pas de nouvelles, bonnes nouvelles.

Contrairement à son père, le jeune Lagadec était plutôt cossard en matière de courrier. Pas de lettre reçue, pas de réponse à rédiger : c'était toujours ça de gagné.

L'apparent embarras de Pierre était éloquent, il retenait sa plume parce qu'il savait que son courrier pouvait être surveillé par la censure militaire, ils en avaient souvent parlé tous les deux : la platitude assumée des lettres de son mari était un signe qu'elle ne parvenait pas à interpréter.

Marie-Jeanne se dépêcha donc d'inviter Claire à passer quelques jours à Saulnières. Elle aussi était chez ses parents, à Chartres. Chaque année, elle y restait jusqu'au début du mois de septembre. Peut-être aurait-elle quelques informations sur ce qui se passait là-bas ?

Quand ils surent que la belle mademoiselle Deleuze allait leur rendre visite, les grands-parents Lécuyer furent enchantés. Le séjour de la jeune femme l'année précédente avait été un joyeux rayon de soleil dans une vie où, saison après saison, il ne se passait plus grand-chose. André fut content, sans plus ; il s'était définitivement converti au réalisme. Toute l'année au lycée ou chez les Guivarch, il voyait Claire. Il l'appréciait toujours beaucoup, mais elle ne provoquait plus, chez lui, cette douce émotion qui avait enchanté ses cours d'anglais.

Désormais, le fils Lagadec se prenait pour un grand, à la rentrée il serait en troisième. Il pensait un peu à Anita et aux bains Padovani, mais la fille des voisins était venue s'installer pour deux semaines chez ses parents avec une copine. Les deux filles étaient internes au lycée à Chartres, elles venaient goûter ensemble aux petits bonheurs de la campagne en été. Pour André, cette proximité féminine s'annonçait pleine de promesses. Ce serait la grande affaire des vacances – à tout le moins, l'espérait-il –, il en était chamboulé et excité comme un jeune chien un peu fou essayant d'attraper les papillons qui passaient à sa portée.

Quand elle arriva à Saulnières, Claire avait les traits tirés et le teint pâle de ceux qui faisaient de mauvaises nuits. Marie-Jeanne la trouva fatiguée et manquant d'allant. Une tristesse indéfinissable voilait son regard d'habitude si lumineux, ses cheveux étaient ternes et son sourire un rien crispé. Elle voulait faire bonne impression, mais elle se forçait.

Il fallait la sortir, lui faire prendre l'air, tenter de la distraire, de la faire rire. Après le déjeuner auquel Claire avait à peine touché, Marie-Jeanne emmena son amie sur le chemin au bord de la Blaise. André ne les avait pas accompagnées, la voisine et sa copine requéraient toute son attention.

Le temps était immobile, ou bien il se mordait la queue. Les deux femmes avaient l'impression de poursuivre la conversation engagée l'année passée au même endroit. Le moment était propice aux confidences.

— Vous avez des nouvelles d'Alger? demanda Marie-Jeanne. Je ne sais pas ce qui lui arrive, mais Pierre ne m'écrit que des banalités depuis que nous sommes ici. Il doit se passer là-bas des choses qu'il ne veut pas ou qu'il ne peut pas me dire. Vous n'avez rien de votre côté ?

— Non, rien de particulier. Colette Ferrandi m'a écrit, mais surtout pour s'épancher ; Michel ne va pas bien du tout, l'enchaînement des événements le perturbe, il n'en finit pas de remuer toutes sortes d'idées noires au point que leur couple bat sérieusement de l'aile. Pour le reste… pas de nouvelles.

Il y eut une hésitation à peine perceptible. Marie-Jeanne devina que Claire restait en chemin. Un secret, que peut-être elle ne voulait pas livrer, devait peser sur sa conscience ; ce malaise la minait : son air triste et accablé ne pouvait avoir d'autres causes.

— Enfin si, j'ai des nouvelles, mais indirectement… Elles ne viennent pas de nos amis Amar ou Guivarch…

Craignant d'être maladroite ou indiscrète, Marie-Jeanne préféra ne rien brusquer par une question malvenue. Ce fut timide, hésitant, mais Claire finit tout de même par se livrer, la voix comme assourdie par l'émotion :

— J'ai reçu une lettre d'Algérie.

Elle marcha encore un peu, prit sa respiration avant de se décider à raconter toute son histoire à Marie-Jeanne :

— Il faut que je vous confie un secret, il devient beaucoup trop lourd à porter, il faut que je le partage, je crois que vous êtes capable de l'entendre sans me juger…

Belkacem avait écrit. La lettre n'avait pas été expédiée chez ses parents, mais chez une amie d'enfance où Claire l'avait récupérée ; elle avait été postée de Boufarik par un certain monsieur Auguste Portier. Leur correspondance était entourée d'un luxe de précautions qu'ils avaient mis au point pour échanger des nouvelles quand il le fallait. L'auteur était resté prudent dans sa rédaction, il ne citait aucun nom ni aucun prénom. La mort de Chérif au maquis était rapportée sans passion, mais il mentionnait l'arrestation de ses parents et de ses sœurs par la police. De toute évidence, Belkacem n'accordait aucune confiance à la poste qu'il savait soumise aux services des renseignements français. Le plus jeune de ses frères, écrivait-il aussi, avait été aperçu pour la dernière fois aux bains Padovani en compagnie d'un jeune juif et de sa mère, mais depuis il demeurait introuvable.

— Vous pensez qu'il s'agit de Zayn et de la famille Messahoud ?

— J'en suis certaine. Par souci de sécurité il ne m'a jamais dit son nom, mais j'ai toujours pensé que Zayn et lui étaient frères.

Dans son courrier, Belkacem avait ajouté que le malheur attirant le malheur, pour sa sécurité à elle, il devait mettre un terme à leur relation. Il l'assurait de son amour indéfectible, mais sa position étant devenue intenable, il allait devoir quitter Alger.

Marie-Jeanne était stupéfaite. Elle découvrait une autre Claire, secrète, déchirée par cette guerre qu'elle vivait avec une intensité douloureuse et intime. Pendant un long moment, elle n'osa pas parler.

— Il vaudrait mieux que vous ne retourniez pas là-bas pour l'instant, finit-elle par murmurer, on ne peut pas vous obliger à faire la prochaine rentrée au lycée Bugeaud, ça doit pouvoir s'arranger avec votre administration !

— Vous ne comprenez donc pas, Marie-Jeanne ! J'aime Belkacem, je suis prête à tout pour le rejoindre, je souffre de savoir qu'il peut tomber entre les mains des parachutistes, qu'il peut être torturé et lâchement assassiné comme des milliers d'autres combattants indépendantistes, je sais qu'il a besoin de moi, autant que moi j'ai besoin de lui.

— C'est de la folie, ma petite Claire !

— Et puis, il y a Zayn, je dois l'aider, si je restais ici, je les abandonnerais, je trahirais Belkacem et je trahirais Zayn, j'en mourrais de honte !

— Que pouvez-vous faire ? Les Messahoud sont victimes d'événements terribles qui nous dépassent tous.

— Je ne sais pas ce que je peux faire ! Je verrai là-bas…

— Pierre et moi partageons tout depuis que nous nous connaissons, je ne suis pas capable de lui cacher tout ce que vous venez de me dire, je ne peux pas lui mentir… même par omission.

Claire se sentait soulagée, ce trop lourd secret était devenu oppressant, il l'empêchait de respirer. Ce n'était pas encore la quiétude et l'apaisement, mais elle sortait d'un long tunnel. Retrouvant un peu de lumière, elle fut tout sourire pour répondre à Marie-Jeanne :

— Je le sais...

L'angoisse et la tristesse n'allaient pas disparaître tout de suite.

À la radio, chez les parents de Marie-Jeanne, Sacha Distel n'en finissait pas de servir « des pommes, des poires et des scoubidous » aux Français de France, c'était léger, joyeux même. Tout le monde fredonnait ce refrain à Saulnières : c'était distrayant. On en avait besoin parce qu'on commençait à en avoir par-dessus la tête de l'Algérie et de tous ces événements auxquels plus personne ne comprenait rien.

On apprit le 29 juillet qu'Aïssat Idir, le leader syndicaliste de l'Union générale des travailleurs algériens, était décédé à l'hôpital Mustapha dans le service des grands brûlés. D'après le colonel Bigeard, Aïssat Idir s'était suicidé en mettant le feu à sa paillasse dans sa cellule de la prison d'El Biar où il était détenu. On n'était pas obligé de croire le colonel. Aïssat Idir avait réussi à convaincre la Confédération internationale des syndicats libres de soutenir les grèves patriotiques des travailleurs algériens. Dans la torpeur de ce bel été, la nouvelle passa inaperçue. Claire, elle, en frémit d'horreur. Elle pensa à Belkacem et à la famille Messahoud que des soudards ou des policiers cyniques pouvaient torturer et faire disparaître en toute impunité.

**« C'est pas d'la soupe, c'est du rata »**

— Le voilà revenu, disait Monsieur Léon, le commis coiffeur, ça doit bien être son quatrième ou cinquième voyage depuis qu'il est de retour au pouvoir.

— C'est qu'il se plaît bien en Algérie ! Il doit être un peu surmené, quelques jours de vacances au soleil de chez nous lui feront le plus grand bien.

— Vous rigolez, Monsieur Maurice, mais à moi, il ne fait pas rire le Général, rétorqua le figaro adjoint, il doit être encore en train de tramer un coup tordu en douce.

Pierre Lagadec, dans son coin, le nez dans son journal, se gardait bien d'intervenir dans la conversation entre le patron et son commis ; il attendait son tour. Il avait différé son départ en métropole parce qu'il était convoqué à l'état-major du commandant de la marine à Alger. N'ayant rien de mieux à faire, il venait faire rafraîchir sa coupe réglementaire chez son ami Maurice.

— Tout est un peu tordu en Algérie, le Général se met à l'heure algérienne, il monte des coups tordus pour faire comme tout le monde.

Ils n'étaient pas nombreux, en ville, ceux qui s'amusaient du énième voyage du président de la République en Algérie, mais c'était dans sa nature, Monsieur Maurice s'amusait de tout.

— Vous rirez moins si un jour il donne l'indépendance à l'Algérie et que les melons deviennent les patrons.

— Les hommes naissent et demeurent libres et égaux en droits. Les distinctions sociales ne peuvent être fondées que sur l'utilité commune, énonça doctement Maurice, rien n'empêche les « melons », comme vous dites, de devenir les patrons au même titre que les Européens.

— Un rêveur, j'ai toujours dit. Ouvrez un peu les yeux, Monsieur Maurice, vos grands mots, gardez-les pour les Européens, les bicots ne sont pas comme nous, rien que des bons à rien, des fainéants, des crasseux, des voleurs…

— Vous savez, intervint un client qui attendait son tour, pendant la guerre, c'étaient des bons soldats, les Arabes, ils étaient courageux, je dirais même héroïques. Pour défendre la patrie, ils étaient bons, mais pour le reste, macache !

— Vous mélangez tout, se fâcha un autre, on ne parle pas de la dernière guerre, mais du bordel qu'ils mettent partout pour essayer de faire croire qu'ils sont les plus forts et les plus malins.

Le ton montait dans le salon de coiffure pour hommes. Quand les deux clients les plus vindicatifs en eurent fini, Monsieur Maurice laissa la direction des opérations à son commis et entraîna Pierre jusqu'à la terrasse du Khédive histoire de se désaltérer d'une anisette bien fraîche accompagnée d'olives et de petits anchois marinés.

— J'ai écouté la discussion tout à l'heure, je m'aperçois que tu ne parles pas comme les gens d'ici, tu n'as pas cette habitude de commencer la phrase par le complément d'objet, c'est pourtant typique du pataouète des Français d'Algérie.

— C'est que je ne suis pas un Français d'Algérie : je suis un Juif d'Algérie ! Ça n'a rien à voir, les Français d'Algérie ont toujours été antisémites. Sais-tu qu'avant la guerre de 1914, il y avait dans chaque village d'Algérie un comité antijuif ? Et n'oublie pas qu'en 1940, quand Pétain nous a retiré la nationalité française, ils ont tous applaudi, ils ne voulaient plus de nous. Je ne veux pas qu'on me prenne pour un Français d'Algérie, alors je respecte la langue française.

— Comment veux-tu que le Général s'en sorte ? Tout est tellement compliqué ici, voilà maintenant un Juif qui fait bande à part…

Ce genre de discussions les amusait beaucoup : Maurice en rajoutait dans le particularisme juif et Pierre posait en métropolitain naïf qui ne comprenait rien à l'Algérie.

— Blague à part, demanda Maurice à l'ami Pierre, qu'est-ce qu'il vient faire à Alger cette fois ? Il veut être bien certain que les Européens d'Algérie le haïssent après l'avoir porté aux nues ? Il va se livrer à un bain de foule rue d'Isly pour tester sa popularité ?

— À ce qu'on dit, il viendrait pour faire la tournée des popotes, rencontrer la troupe, mais surtout discuter avec les généraux et les colonels pour voir où en est l'armée. Comme d'habitude il avance avec une prudence de chat.

Leur tête-à-tête autour d'une anisette n'avait pas pour seul objet de commenter l'actualité politique ; une question bien plus angoissante était au cœur de leurs préoccupations.

— Toujours rien pour les Messahoud ? Zayn a lu tous mes policiers, tous mes romans d'espionnage, il en a plus que marre d'être enfermé chez René et Giovanna.

Pierre soupira. L'espoir de voir la situation des Messahoud s'arranger était si mince qu'il avait préféré ne pas en parler.

— Nous n'allons pas pouvoir le maintenir dans la clandestinité très longtemps, mais je n'ai rien à proposer.

— On a expédié Jean-Jacques à Mostaganem chez mes sœurs, il va bientôt revenir à la maison, il voudra voir Zayn.

— André et Marie-Jeanne ne vont pas tarder à retrouver Alger : je vais devoir les mettre au courant… Après, on avisera !

Le mardi 25 août, le maître principal Lagadec était sur son trente-et-un, tenue d'été de toile blanche, chaussures passées au blanc d'Espagne, col de chemise amidonné, cravate noire, plaque d'officier marinier astiquée et barrette de décorations discrètement pincée sur la poche de poitrine. Casquette sur la tête, il se regarda dans la glace. Tout était parfait, mais il était inquiet : une convocation impérative à l'état-major n'annonçait jamais rien de bon. S'il devait faire face à un reproche ou à un quelconque manquement à son devoir, il assumerait ses responsabilités ; l'École des mousses et vingt-cinq années de service actif dans la marine vous formataient un homme.

On le fit attendre, mais le commandant Franconi vint en personne l'inviter avec courtoisie à l'accompagner dans son bureau. Le sous-officier, tête nue, sa casquette sous le bras, attendit que le commandant entrât dans le vif du sujet.

— Lagadec, vous n'ignorez pas que le général de Gaulle vient ici pour s'entretenir de la situation politique et militaire avec les officiers supérieurs et les officiers généraux ; à tout le moins ceux qui ont la responsabilité de conduire les opérations en Afrique du Nord.

— C'est ce qui se dit, commandant, le Général ne fera pas l'honneur de demander à un simple sous-officier ce qu'il pense de la situation actuelle de l'Algérie.

— À vous non, mais à moi, oui ! Je dois lui faire un compte rendu succinct, mais précis, de l'état d'esprit qui règne dans la marine du dernier des matelots au corps des officiers supérieurs à Alger. J'y travaille depuis une semaine.

— Qu'attendez-vous de moi, commandant ?

— Rien, Lagadec, je voulais juste vous prévenir que j'en profiterai pour présenter le cas de la famille Messahoud au Général et je lui demanderai de bien vouloir intervenir pour qu'ils soient tous libérés.

Pierre sentit son cœur s'emballer. Sa démarche auprès du commandant n'avait pas été vaine, il n'en croyait pas ses oreilles. Il bafouilla un bref remerciement qui n'obéissait pas exactement aux règles de politesse militaire d'un subordonné envers un supérieur hiérarchique.

— Ne me remerciez pas encore, Lagadec, il se pourrait que j'agace le Général et qu'il abrège l'entretien, vous savez que son temps est précieux et qu'il a horreur des digressions et des propos oiseux.

— Je ne doute pas qu'il vous écoutera, commandant !

— Je le vois après-demain, il va de soi que rien ne doit transpirer de l'entretien que nous venons d'avoir, j'ai une confiance absolue en votre sens du devoir et de la loyauté.

Pierre se figea au garde-à-vous, il ne pouvait faire moins, mais le commandant Franconi lui tendit la main.

— Votre obstination à sauver une famille arabe fait de vous un sous-officier d'exception, Lagadec, la marine manque d'hommes comme vous !

Cette année-là, le maître principal Lagadec ne se rendit pas en France pour voir la famille et embrasser sa mère. La pauvre femme en fut désolée.

Le dimanche 6 septembre, Pierre alla donc attendre sa femme et son fils à l'aéroport de Maison-Blanche ; ce fut un beau moment de retrouvailles, d'autant que Claire Deleuze revenait elle aussi à Alger par le même vol. La rentrée n'aurait lieu que trois semaines plus tard, mais Marie-Jeanne et Claire avaient éprouvé le besoin de renouer au plus vite avec le bouillonnant chaudron algérien.

Les Lagadec venaient à peine d'arriver chez eux quand le téléphone sonna. C'était Maurice Amar.

— La famille Messahoud est libre.

**« Dans les ténèbres du dehors,**
**Il y aura des pleurs et des grincements de dents »**

L'inspecteur principal Brunet faisait face à la mauvaise humeur de ses hommes : l'élargissement de la famille Messahoud restait en travers de la gorge de ces flics engagés depuis bientôt cinq ans dans une lutte à mort contre les indépendantistes. Pour une fois que les tortionnaires de l'armée leur concédaient toute une famille de bons vrais suspects, on leur enjoignait de les relâcher. Ils les avaient bien cuisinés, mais les Messahoud étaient des coriaces ; ou alors ils n'avaient rien à dire, ils restaient mutiques à propos de l'aîné de leurs fils et du dernier sur lequel les policiers n'avaient pas réussi à mettre la main.

Les flics s'apprêtaient à les faire craquer en leur faisant croire qu'ils détenaient Zayn et qu'il ne lui serait fait aucun mal s'ils faisaient preuve de bonne volonté ; mais s'ils s'obstinaient à ne rien lâcher à propos de Belkacem… C'était des méthodes de gestapistes auxquelles répugnait Brunet, mais elles étaient pratiques courantes dans l'Algérie de ces années-là. C'était un moyen tout simple et efficace de délier la langue des récalcitrants comme les Messahoud, ou de s'assurer qu'ils n'avaient aucune nouvelle de leur grand fils depuis plusieurs années. Et voilà qu'une fois de plus, des politicards parisiens venaient se mêler de ce qui ne les regardait pas.

— La note est signée du chef de cabinet du ministre de l'Intérieur, fit l'inspecteur principal, et elle est même qualifiée de prioritaire par le préfet qui attend en retour un rapport administratif de bonne exécution !

— Note du ministre ou pas, on aurait mieux fait de les transférer discrètement aux paras. Leur compte était bon, ils auraient peut-être parlé… Ensuite…

L'inspecteur adjoint Jimenez eut un geste vague de la main qui tenait sa cigarette. La fumée évoquait autant la destinée fatale des prévenus musulmans que leur évaporation définitive.

— On ne tirera rien de ces gens-là, reprit l'inspecteur principal, on va surveiller tous ceux qui ont à faire avec les Messahoud, on va au moins essayer de savoir qui les protège et pourquoi on nous a enjoint de les libérer.

— Pour ce qu'on a pu savoir en enquêtant à Saint-Eugène, Yborra, le patron de la boulangerie, est un ami des bicots, fayota l'adjoint.

Brunet n'en laissa rien paraître, mais il se méfiait de Jimenez, un flic du cru, né à Alger. Bien longtemps avant les événements, il usait déjà sans retenue de toutes sortes de sévices pour obtenir des aveux quand une enquête criminelle mettait sur son chemin un Musulman, qu'il fût ou non concerné par l'affaire en question. C'était lui qui avait mené les interrogatoires de la famille Messahoud. L'inspecteur principal s'était enfermé dans son bureau, il préférait ne pas savoir comment s'y prenait son adjoint pour tirer les vers du nez de ses victimes.

— On va commencer par celui-là, reprit Brunet, ensuite on élargira le cercle des connaissances des Messahoud, m'est avis qu'on va trouver les Européens qui veillent sur eux et peut-être sur ce fameux Belkacem.

L'inspecteur principal Brunet venait de métropole, il avait commencé sa carrière en pistant les collabos dans les années qui avaient suivi la Libération. Il n'était sûrement pas un féroce, mais à coup sûr, un homme de devoir et un authentique républicain. Depuis qu'il était arrivé en Algérie, il n'avait jamais digéré d'être soumis à ces militaires sans états d'âme qui exerçaient l'autorité de police, le maintien de l'ordre et l'administration de la justice. L'inspecteur principal était un flic à l'ancienne, il faisait confiance à son flair. C'était un tenace, un chasseur patient ; il cherchait Belkacem Messahoud, il avait le temps, il ne doutait pas de le débusquer un jour ou l'autre.

Ça n'avait pas été une libération heureuse, ni même le simple soulagement de retrouver l'air libre et le soleil. Le goût de vivre les avait désertés. La réapparition des Messahoud était sombre, elle n'était plus qu'une famille déshonorée et dévastée.

Comme beaucoup de Juifs d'Algérie, Rachel et Maurice Amar parlaient l'arabe de la rue. Tous les deux s'étaient fait un devoir de raccompagner la famille Messahoud jusqu'à leur logis des hauts de Saint-Eugène et de réconforter, autant que possible, Ahmed et les siens. Mais il fut impossible d'établir le moindre dialogue. Après tous ces jours enfermés dans le sous-sol d'un commissariat d'Alger, ils marchaient dans les rues comme des ombres, silencieux, les yeux baissés et rasant les murs. Bien sûr, il y avait la mort de Chérif qui était certaine et toutes les questions qui les hantaient à propos de Belkacem. La police le recherchait. Ce qu'ils avaient subi durant le temps de leur détention les rendait muets, ce n'était pas racontable, la honte les accablait, c'était un gouffre de désespoir.

Le mystère de leur libération leur semblait plus inquiétant encore que leur arrestation. Qu'allait-il leur arriver? Pourquoi les avait-on relâchés? Ils n'en savaient rien, ces questions sans réponses les enfermaient dans l'angoisse et dans l'incertitude. Ils étaient devenus leur propre prison.

Il fallait bien vivre, retourner travailler au fournil. Ahmed n'était plus le même. Il ne riait plus avec son patron, il ne parlait plus. Son visage était encore enflé et bleui des coups qu'il avait reçus lors des interrogatoires menés par l'inspecteur Jimenez. Il souffrait de blessures invisibles, plus secrètes, plus profondes, longues à cicatriser – si elles devaient guérir un jour.

Ahmed et sa famille avaient été traités comme des bêtes par des policiers ivres de toutes les haines accumulées durant les presque cinq années de cette guerre impitoyable et par plus d'un siècle de mépris et de méfiance. Retrouver Zayn sain et sauf ne pouvait pas suffire à effacer l'ignominie dont les Messahoud avaient été victimes.

De son côté, l'adolescent ne supportait pas de voir sa famille anéantie par l'humiliation ; la révolte l'étouffait. Que restait-il de toutes ces belles et grandes idées venues de France ? Il y avait cru, il s'en voulait d'avoir été à ce point naïf. Que valaient la littérature et la poésie qu'il aimait, tout ce monde de l'intelligence et de la beauté entraperçu au lycée ? Comment avait-il été possible de proclamer, dans tous ces livres qu'il lisait avec passion, la grandeur sacrée de la liberté, le si bel idéal de l'égalité et la nécessité impérieuse de la fraternité humaine pour accepter, depuis tant d'années, que la dignité des populations algériennes fût à ce point bafouée ?

Bouchra se murait dans un silence bouleversant. Souillée, elle pensait n'être plus digne de préparer les repas des Messahoud. La tête couverte, le visage caché derrière un voile épais, elle serrait contre elle ses deux filles qui n'avaient plus même de larmes pour pleurer leur malheur. Elles étaient salies, avilies, le tourment du supplice ne les quitterait plus jamais. Le rire odieux de l'inspecteur Jimenez et de son acolyte les poursuivrait, leur odeur de sueur, d'urine, de tabac froid et de crasse persisterait sur elles et en elles sans qu'il ne soit jamais possible de s'en débarrasser.

Quand André et Jean-Jacques avaient retrouvé Zayn, ils avaient eu peine à le reconnaître. L'ami que souvent ils avaient envié, le garçon lumineux et joyeux qu'ils avaient admiré était devenu sombre et violent.

Par un bel après-midi du mois de septembre, les trois adolescents s'étaient donné rendez-vous chez René et Giovanna Guivarch. Zayn était triste, taciturne, retranché en lui-même, la colère l'habitait. En quelques semaines il avait quitté le monde insouciant des adolescents, il était désormais immergé dans les tragédies et les haines des adultes en guerre depuis des générations sur la terre d'Algérie.

— Si je pardonnais ce qu'ils ont fait à ma famille, je serais un lâche. Je tuerai ces deux flics.

D'un mouvement qu'il voulait fraternel, André avait posé sa main sur l'épaule de Zayn, mais Zayn se débarrassa de cette main amicale.

— Je ne vais pas retourner au lycée avec vous, reprit-il, c'est terminé tout ça ! Je vais rejoindre le maquis, je suis un bicot qui va se battre avec d'autres bicots pour l'indépendance de l'Algérie et la dignité du peuple bicot.

— Tu ne peux pas faire ça, s'indigna Jean-Jacques, tu vas foutre ta vie en l'air !

— Ça me regarde ! J'ai assez joué au singe savant, ça ne sert à rien. Maintenant je veux me battre, je n'attends plus rien de la France ni des Français.

L'idée de voir exploser leur trio était insupportable à André, ce n'était pas pour rien qu'on les appelait « les inséparables ».

— Tu veux venger ta famille, c'est normal, mais tu ne peux pas décider aujourd'hui de nous laisser tomber et d'abandonner le lycée, c'est impossible !

— Si, c'est possible et c'est même tout réfléchi…

Jean-Jacques et André argumentèrent encore pour tenter de dissuader Zayn de mettre son projet à exécution, mais il était buté et n'en démordait pas. La discussion commençait même à s'envenimer. Heureusement, l'air de rien, Giovanna entra dans la pièce ; elle était inquiète, c'était la première fois qu'elle les entendait s'énerver et élever la voix. René, dans son coin, était en train de dessiner un cactus très rare qui, la veille, avait fleuri dans son jardin : il s'était fait oublier, mais n'avait rien perdu de la conversation.

André n'avait pas pu annoncer la grande nouvelle à Jean-Jacques et à Zayn, ce n'était pas le moment, mais il en était encore tout excité. À Saulnières, pendant les vacances chez ses grands-parents, il avait embrassé ; sur la bouche, comme au cinéma et même plusieurs fois.

Zayn était en plein marasme. Il ne parlait plus, ne riait plus, il voulait rester seul, il n'avait plus goût à rien. René et Giovanna parvenaient encore à communiquer avec lui, mais les efforts des Lagadec et des Amar pour le distraire de ses chagrins restaient vains. Ils s'en désolaient.

— Il vaut mieux ne pas savoir ce que les flics ont fait subir aux Messahoud, ça a dû être terrible.

Pierre n'ignorait rien des méthodes des tortionnaires de l'armée ou des sombres brutes de la police algéroise. Il restait évasif pour ne pas choquer son fils ; André avait toujours une oreille qui traînait autour de la conversation des adultes.

— Zayn sait ce qu'ont vécu ses parents et ses sœurs. Il partage leur souffrance et leur humiliation.

Pour une fois, Maurice ne trouvait pas matière à rire.

— Je crois surtout que Zayn s'en veut d'être resté caché pendant que les siens étaient entre les mains de la police, ajouta Marie-Jeanne, il se sent coupable d'avoir échappé au sort de toute sa famille.

Cette soirée du 16 septembre, Maurice était venu avec Jean-Jacques jusqu'à l'Amirauté chez les Lagadec ; il avait vraiment très envie d'acheter un téléviseur, mais Rachel faisait de la résistance, elle était restée rue de la Lyre pour montrer à son époux qu'elle se passait très bien de la télévision.

Le moment étant propice aux confidences intimes, André avait entraîné son ami Jean-Jacques dans sa chambre pour lui glisser sans être entendu par les adultes ce qui meublait ses nuits depuis qu'il avait tutoyé les anges.

— Un palot ! Tu as roulé un palot, s'extasia Jean-Jacques.

— Pas un, au moins trois… à la suite… Il faut reprendre son souffle !

— Tu lui as caressé les seins ? voulut savoir l'admirateur du rouleur de palot.

— Euh… Non ! C'était difficile de caresser et d'embrasser en même temps !

— Parce que moi, j'ai caressé les seins de Josiane.

Ce fut au tour d'André d'être épaté.

— C'était en nageant, je ne l'ai pas vraiment fait exprès, mais c'était…

L'ami Jean-Jacques ne trouvait plus ses mots tant l'émotion le submergeait en songeant à cet instant magique vécu quelques semaines plus tôt. Tous les deux auraient volontiers continué à échanger sur leurs expériences estivales réciproques, mais Marie-Jeanne vint les appeler : le Général allait parler.

Vingt-trois minutes de discours. Le vieux Général en costume civil avait parlé aux Français de France, aux Européens et aux Musulmans d'Algérie les yeux dans les yeux, sans jamais consulter la moindre note. Pour la première fois depuis qu'il était revenu au pouvoir, il sortait du bois et s'aventurait en terrain découvert sans chercher à louvoyer : il avait lâché le mot « autodétermination ». C'était tellement nouveau que sur le coup personne n'avait bien saisi ce qu'une idée pareille impliquait pour l'Algérie et tous ceux qui y vivaient.

— Qu'est-ce qu'il raconte, le vieux ? réagit Maurice. Il va demander aux Algériens s'ils veulent être indépendants ?

— Ça m'en a tout l'air, fit Pierre, si j'ai bien compris, il veut organiser un référendum pour définir le futur statut de l'Algérie.

— Ce n'est pas très clair. Qui va voter ? s'interrogea Marie-Jeanne. Toute la France ou seulement l'Algérie ?

Perplexes, les deux hommes ne surent pas lui répondre, mais comme toujours Maurice trouva matière à s'amuser de cette épineuse question :

— Si tous les Français doivent voter, je suis curieux de savoir ce que vont penser les Antillais ou les Réunionnais de l'indépendance de l'Algérie ! Va savoir, ça pourrait bien leur donner des idées…

Avec ses manières un peu raides de vieux patriarche de la nation, le Général s'était pourtant appliqué à la pédagogie, mais c'était bien connu, dans un discours on n'entendait jamais que ce qu'on était prêt à entendre. En annonçant qu'il revenait aux Européens et aux Musulmans d'Algérie de choisir ce qui devait advenir de leur territoire en vertu du droit des peuples à disposer d'eux-mêmes, l'autoproclamé rédempteur de la patrie ne faisait qu'énoncer une mesure de bon sens. Il avait fallu des dizaines de milliers de morts pour en arriver là, mais c'était dit, même s'il faudrait encore un peu de temps pour que la proclamation gaullienne chemine dans les esprits.

— Il a dit aussi que l'indépendance totale serait une catastrophe pour l'Algérie, fit remarquer André qui, l'air de rien, avait suivi l'allocution présidentielle avec attention.

— Il a surtout parlé d'une association étroite de la France avec une Algérie indépendante, compléta Jean-Jacques. Il veut une indépendance pas trop indépendante.

Les deux pères, un peu surpris, s'aperçurent que leurs fils avaient décortiqué la péroraison gaullienne avec beaucoup de pertinence.

— N'empêche, leur répondit Pierre, c'est la première fois qu'il fait une vraie offre politique pour sortir de la guerre.

— Ça va barder, fit Maurice en se mettant en garde comme un boxeur sur le ring, les ultras et les fous furieux de l'Algérie française ne vont sûrement pas laisser passer ça sans réagir : va y avoir du sport.

Le coiffeur ponctua son propos par un fictif crochet du droit à la manière d'Alphonse Halimi, son idole.

Effectivement, il y eut du sport dans les jours qui suivirent le discours du président de la République : quelques Arabes qui étaient au mauvais endroit au mauvais moment firent les frais de la colère des ultras. C'était devenu banal, les journaux n'en parlèrent même pas, préférant insister sur ce qu'ils estimaient être « la juste colère des manifestants qui se sentaient trahis ».

L'extrême droite donna de la voix sans parvenir, cette fois-ci, à entraîner derrière elle la masse des Algérois. Plus que jamais, les Européens étaient déboussolés par l'évolution des événements : d'un côté les militaires claironnaient sur tous les tons que la guerre était sur le point d'être gagnée, et de l'autre, le pouvoir leur disait qu'on allait vers l'indépendance.

Pour ajouter à l'incertitude et à la confusion générale, l'agitation avait repris : plus les maquis de l'ALN perdaient pied dans les djebels, plus les activistes entendaient faire parler d'eux. En ville, on ne comptait plus les attentats souvent aveugles et meurtriers. Une grenade offensive lancée depuis la rue sur une terrasse de café faisait toujours du dégât ; il s'ensuivait le lynchage du semeur de mort ou d'un Arabe quelconque passant par-là, si l'auteur de l'attentat était parvenu à s'enfuir.

Michel et Colette Ferrandi avaient regagné plus tôt que prévu le petit appartement qu'ils occupaient à Bab El Oued. Les vacances à Jean Bart avaient été assez pénibles. Lui doutait chaque jour un peu plus de l'avenir de la minorité européenne en Algérie. À l'abattement mélancolique du printemps avait succédé, au début de l'été, une neurasthénie crépusculaire.

Quand ils étaient arrivés dans leur petite maison du bord de mer pour y passer l'été, Colette avait fait preuve d'un optimisme un peu forcé. Pour remettre son mari d'aplomb, elle avait seriné qu'il fallait être un peu patient, que tout finirait par s'arranger et qu'il était inutile de se mettre la tête à l'envers. Mais rien n'y faisait, Michel avait le sentiment que son monde se délitait, il ne voyait plus d'issue à toutes ces secousses qui n'en finissaient pas d'ébranler l'Algérie. Il ne voulait plus sortir. Il restait assis à ne rien faire, dans la pénombre à longueur de journée, buvant de plus en plus d'anisette pure pour s'assommer et dormir.

Au fil des semaines, les Ferrandi en étaient venus à ne plus se parler, ou alors c'était pour s'invectiver ou laisser éclater leur colère. La petite Florence pleurait de voir et d'entendre ses parents se déchirer.

Colette n'en pouvait plus. Elle avait écrit à Claire pour lui faire part de la faillite de leur couple, mais Claire était loin, chez ses parents quelque part en métropole, elle ne pouvait pas comprendre ce qu'était devenue la vie aux côtés d'un homme de plus en plus désespéré, incapable d'affronter la réalité et plus ou moins suicidaire. D'ailleurs, la réponse à son appel de détresse avait été banale, une enfilade de lieux communs et d'encouragements d'une platitude inhabituelle chez Claire. « Elle doit avoir autre chose en tête, avait pensé Colette, peut-être un nouvel amour ? Tant mieux pour elle. »

Michel Ferrandi, déjà très perturbé par l'évolution des événements de cet été 1959, reçut le discours du Général comme une violente secousse émotionnelle supplémentaire. Après avoir cassé tout ce qui pouvait être brisé dans le petit appartement de Bab El Oued, il menaça de se jeter par la fenêtre ; heureusement, deux voisins parvinrent à le maîtriser à temps. Colette, réfugiée avec sa fille chez la concierge du vieil immeuble, n'eut d'autre recours que de faire appel à police secours pour endiguer cette soudaine crise de démence.

Le professeur de mathématiques fut emmené à l'hôpital Mustapha où on le bourra de calmants. « Il aurait besoin de beaucoup de repos », fit valoir le psychiatre qui le prit en charge. À coup sûr, le professeur de mathématiques allait rater la rentrée.

Pour la première fois, madame Ferrandi envisagea sérieusement de faire une demande de mutation en métropole, si possible dans le midi de la France.

Profitant de l'hospitalisation de son mari et de son incapacité à s'opposer à ses projets, elle se mit en tête de vendre la petite villa de Jean Bart où ils avaient passé une partie de l'été. Colette ne savait pas encore si elle reprendrait la vie commune avec Michel. Mais elle était certaine que ce ne serait pas en Algérie. Pour elle c'était fini, elle voulait tourner la page.

**Septembre de lumière et d'or**

Belkacem n'arrivait pas à y voir clair. Les dirigeants du FLN réfugiés à Tunis n'avaient pas réagi à l'annonce gaullienne. Pas le moindre communiqué ni à la radio ni dans *El Moudjahid,* le journal officiel du Front de libération. C'était comme si l'annonce de cette autodétermination ne les concernait pas.

— Ils sont trop occupés à régler leurs comptes entre eux et à s'entretuer pour saisir une éventuelle opportunité d'abréger la guerre.

— Oublie un peu la révolution, et prends-moi dans tes bras. Le temps que tu consacres à l'amour est trop bref, ne le gaspille pas !

Elle avait raison. Il faisait encore très chaud, les volets fermés adoucissaient la violence de la lumière de cette fin du mois de septembre. Claire était nue dans la pénombre, alanguie sur le lit, elle le regardait avec un sourire à la fois mutin et moqueur, elle le trouvait changé, amaigri, soucieux, plus sévère aussi.

— Mon frère Chérif est mort, j'en ai assez de cette guerre ! Ma famille a été libérée, je veux les revoir, leur dire que je les aime, leur demander pardon pour ce qu'ils ont subi. Tout ce qui leur est arrivé est ma faute…

— Tu sais bien que non, ce n'est pas ta faute ! Tu le dis souvent, cette guerre nous dépasse, elle est plus grande que nous !

— Je voudrais pouvoir t'aimer, vivre avec toi. Je ne voulais pas te le dire, mais je ne peux pas résister : une nuit, j'ai rêvé que nous avions un enfant ensemble…

— Garçon, ou fille ?

— Je ne sais pas, mais moitié roumi moitié Arabe, c'est sûr. Dans mon rêve, on était très fiers de montrer notre bébé à tout le monde, c'était le plus beau.

Un bébé, ce n'était vraiment pas le moment, mais y penser faisait du bien. Était-il imaginable de se priver à ce point d'un de ces bonheurs si faciles à saisir et à vivre ?

Ils étaient dans la petite chambre que Claire avait louée pour un mois à Fort-de-l'Eau. Belkacem connaissait la logeuse, une Européenne bienveillante mariée à un instituteur kabyle proche des indépendantistes. En bus, c'était tout près d'Alger. C'était là qu'ils se retrouvaient pour s'aimer. Claire se faisait peut-être des idées, mais elle imaginait sa petite maison d'El Biar sous surveillance. Belkacem lui avait indiqué toutes sortes d'astuces et de combines pour s'assurer de n'être pas suivie ou pour semer un individu trop curieux.

— C'est bon de rêver, mais c'est mieux encore de s'aimer ! Viens…

La furia amoureuse fit brièvement oublier à Belkacem la mission qui lui était confiée. Elle lui déplaisait. Cependant, il savait qu'il la mènerait à bien. Il n'avait d'ailleurs pas le choix, les tièdes n'étaient jamais que de futurs traîtres, ils risquaient de payer de leur vie leur manque d'enthousiasme révolutionnaire.

Le FLN entendait incarner à lui seul la diversité du peuple algérien en marche vers sa souveraineté : « Un seul peuple uni derrière un seul parti. » Au nom de ce slogan simpliste, l'élimination de toutes les formes de dissidence ou de divergence s'imposait : c'était décidé, il n'y aurait bientôt plus de partisans de Messali Hadj et de son vieux mouvement démocratique ni en Algérie ni en métropole. À la réunion clandestine où il avait été convié, Belkacem n'avait émis aucune réserve, ce qui valait approbation. Il n'était plus un simple agent de liaison. On l'avait jugé assez mûr et aguerri pour lui confier des responsabilités ; il avait été désigné pour recruter et organiser une des équipes de liquidateurs chargées d'exécuter les basses œuvres du FLN.

La rentrée eut lieu le jeudi 1er octobre. Le début de l'automne était toujours très agréable à Alger, l'air était doux et léger, l'été se prolongeait avec une sorte de tendre nonchalance. À la grande surprise d'André et de Jean-Jacques, Zayn était bien présent à l'appel des classes des élèves de troisième.

— Tu ne peux pas savoir comme ça me fait plaisir de te revoir ici, avec nous, fit Jean-Jacques en lui donnant l'*abrazo* comme il se pratiquait entre les Espagnols d'Alger.

Zayn grogna quelque chose qui pouvait vouloir dire que lui aussi était content de retrouver ses deux grands copains.

— C'est vraiment bien que tu aies changé d'avis, on a eu peur que tu nous abandonnes et que tu quittes le lycée. Tu sais, on est tous avec toi et avec ta famille…

Pour toute réponse, Zayn fit un vague signe de tête. Ils n'entendirent pas le son de sa voix de toute la journée. André et Jean-Jacques respectèrent son silence.

Dans la semaine qui avait précédé la rentrée, René Guivarch avait fini par convaincre Zayn qu'aller se faire tuer au maquis ne servirait en rien la cause de l'indépendance.

— L'Algérie a plus besoin de gens instruits que de martyrs, avait dit René, elle en a déjà trop.

Sa mère s'y était mise aussi, elle l'avait supplié de ne pas suivre le chemin de malheur de ses deux frères. Elle pleurait, il n'avait pas eu le cœur de lui faire plus de peine encore. Son père n'était pas encore sorti de la détresse qui l'assommait depuis sa sortie de prison ; l'adolescent avait senti que les siens avaient besoin de lui, il avait renoncé au maquis, mais sûrement pas à la vengeance.

Il faisait très beau, Pierre et Maurice étaient allés boire une petite anisette bien fraîche à la terrasse du Khédive. Ils avaient bien sûr causé de ce malheureux

Michel Ferrandi, toujours soigné à l'hôpital Mustapha. Un peu avant dix-sept heures, ils étaient allés attendre leurs deux grands garçons devant la sortie des externes du lycée. Jean-Jacques et André se seraient bien passés de la présence de leur paternel, ils auraient préféré aller traîner un peu du côté de la rue Lazerges histoire de renouer avec ce que les vacances d'été avaient interrompu.

La joyeuse cohue des lycéens franchit l'imposant portail du lycée et déboula bientôt sur la place Jean-Mermoz. Un peu en retrait de Jean-Jacques et André, Zayn allait droit devant lui. Étranger au chahut ambiant, il ne salua Pierre Lagadec et Maurice Amar que d'un petit signe de la main, sans leur dire un mot, sans leur accorder le moindre sourire. Accablé, les épaules basses, il suivit son chemin, par la rue Boissonnet, en longeant la caserne Pélissier. Il gagna le boulevard du front de mer, il avait hâte de retrouver les siens, leur souffrance et leur détresse.

— Zayn a changé, même à nous il ne parle plus !

André en était énervé, presque fâché.

Pierre Lagadec fit face aux deux garçons. Ils n'avaient pas conscience du drame intime qui bouleversait la famille Messahoud.

— Cet été, votre ami Zayn a rencontré la guerre, pas celle qu'on raconte dans les journaux, mais la vraie, celle qui détruit tout sur son passage et abîme pour toujours ceux qu'elle ne tue pas. Le malheur est entré dans sa famille, il souffre avec ses parents et ses sœurs, il faut lui laisser le temps de surmonter ce qui vous a été épargné jusqu'à maintenant…

— Faites-lui confiance, ajouta Maurice, personne ne peut dire ce qu'il adviendra de nous demain !

**Tous dans le même sac !**

Le petit groupe d'amis qui se retrouvait chez les Guivarch le dimanche après-midi fut très vite circonscrit par la police algéroise. Un dimanche du mois d'octobre, ils vinrent tous rendre visite à l'ancien maître voilier et à son épouse. Ils voulaient soutenir et montrer leur solidarité à cette pauvre Colette Ferrandi parce que l'hospitalisation prolongée de son mari bouleversait sa vie.

Un inspecteur en civil repéra Giovanna en train de parler avec le père Yborra dans la boulangerie de Saint-Eugène. L'homme la suivit ; la vieille maison coloniale un peu bancale fut mise immédiatement sous surveillance. Fidèle à lui-même, l'inspecteur principal Brunet privilégiait toujours les méthodes d'enquête à l'ancienne. Son adjoint, l'inspecteur Jimenez, était responsable des opérations sur le terrain.

Chacun fut soigneusement repéré, analysé et catalogué. René et Giovanna Guivarch furent décrits comme un couple de dangereux anarchistes, Maurice et Rachel Amar comme des activistes clandestins du Parti communiste : les fichiers des renseignements généraux avaient parlé.

Concernant Claire Deleuze, les archives de la police algéroise avaient ressorti un document rédigé par un certain Tramoni, professeur de philosophie au lycée Bugeaud : il avait dressé toute une liste de ses collègues qu'il soupçonnait de sympathie pour le Parti communiste algérien ; Claire y figurait en bonne place. Sans compter qu'elle avait des antécédents familiaux, une note des renseignements généraux avait été transmise à l'inspecteur principal Brunet. La police se méfiait beaucoup des enseignants et de leur humanisme naïf et complaisant à l'égard des « terroristes ».

Pour ce qui était de madame Ferrandi, la police n'avait rien pour l'instant, mais quand il était étudiant, son mari avait signé une pétition de l'Union démocratique du manifeste algérien, le vieux mouvement égalitariste de Ferhat Abbas. Au début des années cinquante, Michel Ferrandi était donc de ceux qui avaient réclamé une intégration politique sans préalable et sans restriction des Musulmans d'Algérie. Bien qu'hospitalisé, ce type était douteux.

Restaient les Lagadec. L'inspecteur Jimenez n'avait pas le moyen d'enquêter sur des militaires en activité, mais il ne se priva pas d'extrapoler : Pierre Lagadec était à coup sûr un communiste infiltré au sein de l'appareil militaire.

Tous ces Européens, avec leur air de ne pas y toucher, constituaient un réseau communiste de soutien au FLN. C'était l'intime conviction de l'inspecteur adjoint Jimenez. Il était de ces flics qui voyaient la subversion indépendantiste s'infiltrer partout et il entendait la combattre sans répit.

L'inspecteur principal Brunet avait réuni dans son bureau tous ceux qui travaillaient sur « l'affaire Belkacem ». L'inspecteur Jimenez avait bien l'intention de bousculer son chef et le contraindre à aller de l'avant.

— Par l'enquête de voisinage, on a appris que les deux vieux accueillaient chez eux le dernier fils des Messahoud ! On coffre tout ce monde-là et on les cuisine jusqu'à ce qu'ils se mettent à table. On tient le bon bout, chef.

— Tu vas un peu vite en besogne, Jimenez. Tu marches à l'intuition, mais on n'a pas de quoi arrêter ces gens-là. On n'est pas des parachutistes, on est des flics, on travaille en finesse. On a le temps parce que, vois-tu, je voudrais bien comprendre comment ces gens, somme toute assez modestes, auraient pu se débrouiller pour faire libérer la famille Messahoud !

Jimenez accusa le coup. Son chef était un timoré, une tafiole, il prenait son temps alors qu'il fallait foncer, faire un exemple, foutre la trouille à tous ceux qui auraient l'idée saugrenue de soutenir la rébellion des crouilles.

L'hostilité allait croissant chaque jour un peu plus entre l'inspecteur principal Brunet et son adjoint né en Algérie.

— C'est ce Belkacem qu'on cherche, reprit Brunet. Les réseaux de soutien au FLN, c'est l'affaire des services secrets. Chacun son boulot.

Un silence pesant planait sur la réunion. Les flics présents n'aimaient pas ce chef, il n'était pas né en Algérie, il ne savait pas y faire avec les Arabes et voilà qu'ils découvraient qu'il ne valait pas mieux avec les traîtres européens. Leur conviction était faite : Jimenez avait raison.

— On me met tous ces gens-là sous surveillance, je veux un rapport sur les faits et gestes des uns et des autres, heure par heure. Exécution !

Dans le brouhaha des chaises déplacées et des conversations, la réunion prit fin. Brunet soupira. Il faisait tout de même un fichu métier.

## Auguste Reine des cieux, écoute ma prière

Giovanna sortit de grand matin, ayant enveloppée sa tête et ses épaules de la belle mantille de dentelle noire qui lui venait de sa mère. Elle avait aussi pris sa canne parce que ses mauvaises jambes étaient enflées, elle avait du mal à marcher.

Elle n'avait pas dit à René où elle allait, son vieil anarchiste de mari n'était pas méchant pour deux sous, mais il se serait moqué de tant de naïveté. Par les ruelles pentues et les escaliers qui montaient jusque dans les hauteurs de Saint-Eugène, Giovanna Guivarch avait marché jusqu'au promontoire où, depuis un siècle, se dressait la basilique Notre-Dame-d'Afrique. Elle y venait souvent dans sa jeunesse, mais depuis qu'elle était avec René, elle avait pris ses distances avec la foi de son enfance.

Cette nuit, la statue de la Vierge, couronnée d'or, revêtue de sa chasuble de velours bleu brodée de fils d'argent, était venue dans son rêve. Sur le mur de l'abside, derrière la statue, elle avait lu : « Notre-Dame d'Afrique, priez pour nous et pour les musulmans » ; la même phrase était inscrite en arabe et en kabyle. Elle en avait ressenti un grand trouble. Elle avait décidé d'aller s'agenouiller devant la Vierge Marie et de prier de toute son âme, comme quand elle était gamine, qu'elle venait avec ses parents demander à la mère de Jésus d'intercéder auprès de son fils pour les aider à survivre. Ils étaient alors cernés par la maladie et toutes les calamités qui s'abattaient ordinairement sur les pauvres gens.

Après s'être signée, elle s'agenouilla ; ses mains couvrant son visage, elle implora la Vierge :

— Souveraine du monde, accordez-nous votre protection et la paix du cœur. Mère de Dieu, je Vous supplie de ramener la joie chez les Messahoud, ils sont musulmans, mais je sais que pour Vous ça n'a aucune importance, ils sont dans la peine, j'ai confiance en Vous, je sais que Vous allez les aider parce que Vous n'êtes que bonté et amour.

Giovanna laissa le silence de la basilique l'envahir avant de poursuivre sa prière. Quand elle sentit la quiétude l'envahir, elle reprit le cours de sa supplique :

— Très Sainte Vierge, c'est surtout Zayn qu'il faut aider, je Vous assure que c'est un bon garçon, mais il ne sait plus où il en est. René l'a empêché de faire une grosse bêtise, mais on est vieux tous les deux, on ne sera pas toujours là pour le protéger, et pour l'aimer parce qu'on l'aime beaucoup. On aime bien André et Jean-Jacques aussi, mais Zayn ce n'est pas pareil, il est un peu comme notre petit-fils. Je sais que Vous guiderez et que Vous protégerez notre petit Zayn, c'est pour ça que Vous êtes venue dans mon rêve : pour me le dire.

Avec toute la ferveur dont elle était capable, les yeux clos, elle récita un *Je vous salue, Marie*, elle pria pour la paix entre les hommes, elle pria pour que soient pardonnées les offenses.

Quand elle se releva, Giovanna se sentit apaisée et sereine. Lentement, elle sortit de la basilique et avança sur le parvis. Dans la pureté du matin, à ses pieds, la baie d'Alger était une splendeur : d'un côté le regard portait jusqu'au cap Matifou, et de l'autre, la pointe Pescade paraissait toute proche. Au loin dans la brume de chaleur, la mer et l'azur du ciel se confondaient. Le bruit de la ville était assourdi et lointain. Au-delà du grand cimetière de Saint-Eugène, depuis les hauts d'El Biar, l'entassement de la Casbah descendait jusqu'à la ville européenne et jusqu'à la mer, il émanait de ce panorama une illusoire impression de paix et de tranquillité.

# 1960

## L'année du doute

**« Sans cette main affectueuse que vous avez tendue au petit enfant pauvre que j'étais [...] »**

« Si la guerre tue les hommes, elle peut aussi tuer leurs idées avec eux. » C'est par cette phrase d'Albert Camus écrite au tableau que Colette Ferrandi avait accueilli ses élèves de troisième, ce mardi 5 janvier 1960. La veille, le prix Nobel de littérature 1957 était mort, non pas tué par la guerre, mais victime d'un banal accident de la circulation quelque part sur une route française. Il était né à Mondovi, un village de l'Est algérien pas très loin de Bône, il avait été élève au lycée Bugeaud, il était un enfant pauvre de cette Algérie qu'il aimait à l'égal d'une mère nourricière.

Aucun des élèves de la classe n'avait lu un livre d'Albert Camus, mais tous en avaient entendu parler. Le grand écrivain était haï par les Français d'Algérie pour son *Appel pour une Trêve civile*, un plaidoyer pacifiste pour une paix équitable. Pareil idéalisme n'était déjà plus de saison depuis longtemps. À son grand désespoir, il était impossible à Albert Camus de remettre les pieds à Alger, il s'y serait fait écharper.

Face à des élèves indifférents, voire hostiles, Colette Ferrandi tenta d'expliquer qui était Camus et pourquoi sa disparition brutale était un drame pour l'Algérie. Elle sortait de son rôle de professeure d'espagnol en évoquant la voie de la raison et de la justice qu'incarnait le grand écrivain. Tout était devenu si confus de ce côté-ci de la Méditerranée que l'étude en castillan de la *Canción del jinete* de García Lorca pouvait bien être précédée d'un bref éloge en français d'Albert Camus. On n'était plus à ça près, Colette Ferrandi étant depuis longtemps, aux dires de certains de ses collègues, proche du Parti communiste algérien et des indépendantistes.

Consciente de n'avoir converti aucun de ses élèves à la lecture de la prose à la fois lucide et exigeante de l'auteur de *L'Étranger,* elle conclut son propos par une remarque de simple bon sens dans un silence qu'elle devinait réprobateur :

— Plutôt que de le condamner sans le connaître, parce qu'autour de vous tout le monde le déteste, vous auriez plutôt intérêt à lire Albert Camus pour vous faire votre propre opinion sur son œuvre et ses prises de position.

André et Jean-Jacques se sentirent vaguement morveux. Claire Deleuze avait offert à chacun le recueil des nouvelles de *L'Exil et le Royaume* quand elle les avait retrouvés chez les Guivarch au mois de septembre. Ils l'avaient évidemment remerciée, mais ni l'un ni l'autre n'avaient pris le temps d'ouvrir ce livre, qu'a priori, ils trouvaient barbant ; ils lui avaient préféré de très loin la fréquentation du commissaire San-Antonio ou celle de l'agent OSS 117 dont ils connaissaient toutes les aventures, souvent croustillantes.

Zayn ne venant plus chez les Guivarch le dimanche après-midi, Claire avait demandé à René de lui faire passer l'exemplaire qu'elle lui réservait, mais il avait repoussé le livre.

— Je ne me laisse plus prendre au piège des livres, avait-il répondu à l'ancien maître voilier, ils sont pleins de belles idées, mais tout ça n'est que du vent ! La France se vante d'avoir apporté chez nous la littérature, le chemin de fer et tout un tas de choses qui ne nous servent à rien, mais elle nous a surtout envoyé des policiers, des parachutistes et la guillotine. Comment croire à tout ce qui est écrit dans ces livres dont les Français sont si fiers ?

Zayn était devenu farouche et ombrageux. Il ressentait de la colère aussi, elle lui serrait la gorge et lui brouillait l'entendement. René ne chercha pas à discuter ou à essayer de le ramener à une vision plus juste des choses.

— Moi, je vais le lire, ton livre, lui avait-il dit avec toute la douceur dont il était capable, et quand je l'aurai lu, je te dirai ce que j'en pense. Si tu changes d'avis, il t'attendra, tu pourras le reprendre… Tu sais, il n'y a que les imbéciles qui ne changent jamais d'avis.

En sortant du lycée, Claire et Colette étaient convenues de se rendre à la Librairie Les vraies Richesses au 2 bis de la rue Charras, chez Edmond Charlot. En 1937, cet amoureux des livres avait publié *L'Envers et l'endroit*, le premier texte d'Albert Camus, jeune auteur encore totalement inconnu. Dans ce lieu minuscule, les deux amies et quelques dizaines d'autres Algérois avaient décidé de rendre hommage à l'écrivain tragiquement disparu. Pour les Européens d'Alger, la mort de Camus n'était qu'un fait divers sans grand intérêt ; il s'en trouvait même beaucoup pour penser que c'était bien fait pour lui et que sa mort était une manifestation de la justice immanente.

Ce tout petit local ne pouvant accueillir tout le monde, l'hommage eut donc lieu sur le trottoir. Il pleuvait. Ce ne fut qu'un temps de recueillement très bref sous le regard goguenard d'une poignée d'ultras d'extrême droite venus pour casser du « communiste » et éventuellement la vitrine d'Edmond Charlot. La tension monta très vite. Claire et Colette n'étaient pas rassurées du tout, mais une fois n'étant pas coutume, la police fit son travail et protégea les trop rares admirateurs de Camus. Il ne pouvait être question de laisser rosser des Européens, même intellectuels de gauche, comme de vulgaires Arabes.

À l'heure où les deux professeures faisaient face aux ultras rue Charras, André ouvrait le cadeau de Claire, retrouvé sous la pile des livres qu'il aurait dû lire, mais qu'il n'avait pas ouverts. Il entra sans difficulté dans la prose à la fois solaire et sobre du grand écrivain. Quand Marie-Jeanne l'appela pour dîner, il avait lu la première des six nouvelles du recueil. Cette sorte de parabole à propos de la perpétuelle quête du bonheur et de l'insatisfaction qu'elle engendrait le tourmentait. Quittant à regret sa lecture, il alla rejoindre la table familiale.

En rentrant du lycée, Jean-Jacques s'immergea lui aussi dans le cadeau de Claire. *L'Exil et le Royaume* était en attente de lecture depuis des semaines. On ne dînait pas de bonne heure chez les Amar, le salon de coiffure de Maurice restait ouvert jusqu'à vingt heures et même parfois plus tard. En attendant de passer à table, l'adolescent avait déjà lu *La Femme adultère* et *Le Renégat ou Un esprit confus*, les deux premiers textes rassemblés dans le livre. Jean-Jacques était troublé. Il n'aurait pas su dire pourquoi, mais il était subjugué par sa lecture. Pourtant, ce qu'écrivait Camus restait pour lui énigmatique.

Quant à Zayn, il regrettait d'avoir dédaigné « son » livre, il se disait qu'il avait été stupide, mais il ne céderait pas à la tentation de le récupérer, il voulait rester ferme sur son rejet de la culture du colonisateur ; il n'attendait plus rien de la France ni des écrivains français. Même si ce renoncement lui était douloureux, l'heure n'était plus aux émotions littéraires, mais à la lutte.

Les deux professeures du lycée Bugeaud étaient en butte aux quolibets et aux insultes des manifestants d'extrême droite venus cracher leur mépris à la face des admirateurs du traître Camus. Cependant, protégées par les gendarmes, Claire et Colette parvinrent à embarquer dans un taxi. Il faisait nuit, il tombait toujours sur Alger cette pluie fine et glacée qui, en janvier, pouvait vous faire douter d'être au bord de la Méditerranée. Colette invita Claire à dormir chez elle. Elle était seule, la petite Florence était à Aïn Taya chez ses grands-parents. Ce soir-là sa tristesse était infinie, Claire n'eut pas le cœur de refuser.

## Les errances d'un désespoir

— Aller déclarer dans un journal allemand que l'armée avait fait une erreur en propulsant de Gaulle au pouvoir en mai 1958 ! Quel con, ce Massu !

Que Massu fût un con recueillit l'assentiment de toute la tablée, il n'était pas besoin de rajouter quoi que ce fût à cette affirmation péremptoire de Maurice.

Les parachutistes et surtout leur chef incarnaient pour eux la politique du pire en Algérie.

— De Gaulle ne l'a pas raté, il n'attendait que ça pour le virer, fit René.

— Manquement à l'obligation de réserve, pour un général, c'est une sorte de trahison.

Pierre Lagadec ne pouvait faire moins que rappeler un point fondamental de la discipline à laquelle tous les militaires étaient astreints, quel que fût leur grade.

— Une fois de plus il a réussi à mettre tous les Européens dans la rue, lui répondit Maurice.

Il exagérait. Les Français d'Algérie ne participaient pas tous à l'émeute, mais ils étaient bien entre vingt et trente mille à scander sur l'air des lampions « Algérie française » ou « de Gaulle au poteau, l'armée avec nous ».

Ça bardait. Les manifestants avaient essayé de s'emparer une nouvelle fois du Gouvernement général, mais les gendarmes et les CRS n'avaient pas laissé faire. La foule des émeutiers en colère refluait vers la rue Michelet et la rue d'Isly.

— C'était prévisible, Massu est leur idole, ils ne veulent pas le laisser partir.

— Ils veulent refaire le coup du 13 mai, soupira Pierre Lagadec.

— L'armée n'a pas l'air de suivre pour l'instant ! fit Claire.

Elle voulait faire preuve d'un peu d'optimisme, elle était bien la seule. Les autres – même Maurice – étaient atterrés.

Cet après-midi du dimanche 24 janvier, toute la « bande » de Saint-Eugène était réunie chez les Guivarch. Il manquait Zayn ; il n'avait pas laissé tomber les deux vieux, mais il leur rendait visite quand il était certain que Giovanna et René étaient seuls. Un autre manquait. On évitait d'en parler pour ne pas remuer le couteau dans la plaie; les époux Ferrandi vivaient désormais chacun de leur côté.

Tous essayaient de se faire une idée du drame en train de se jouer. La radio retransmettait en direct la bataille rangée entre les forces de l'ordre et les manifestants; la situation était confuse. Une fusillade venait d'éclater rue d'Isly, ils avaient distinctement entendu des coups de feu et des explosions. Apparemment, le député Lagaillarde, le représentant du Mouvement national étudiant, Susini, et quelques autres leaders de l'extrême droite algéroise, mégaphone en main, excitaient la foule et l'encourageaient à l'insurrection.

Sur place, le reporter hurlait dans son micro, mais on n'y comprenait plus rien, on percevait l'affolement de la foule, des hurlements, mais impossible de savoir qui tirait sur qui. C'était plus qu'angoissant.

À vol d'oiseau, il n'y avait guère plus de deux kilomètres entre le tumulte tragique de l'émeute et la petite pièce où ils suivaient les événements autour du vieux poste à lampe de René. La nuit tombait sur Alger, la situation était en train de dégénérer.

— Pour la première fois depuis le début de cette fichue guerre, des Français tirent sur d'autres Français, fit remarquer René.

— C'est la guerre civile? s'inquiéta Marie-Jeanne.

— Trop tôt pour le dire, mais ça commence à y ressembler.

Pierre prit la main de sa femme. Il voulait la rassurer, lui redire par ce simple geste qu'il veillerait toujours sur elle et leur grand fils.

Le reportage à la radio était toujours aussi inaudible : on ne comprenait rien à ce qui se passait rue d'Isly sauf qu'il y avait des blessés, et peut-être des morts.

— La métropole se fout bien de ce qui se passe ici, se permit d'avancer Claire, les gens en ont marre de l'Algérie, ils ont fait une croix dessus, elle peut bien devenir indépendante, ils n'ont pas envie de voir leurs enfants se faire tuer dans les djebels pour savoir si elle doit ou non rester française.

Là-dessus Giovanna éteignit la radio. Elle n'avait encore rien dit. L'heure était grave, mais on allait s'accorder un moment pour souffler. Claire avait préparé une manière de gâteau de Savoie qu'elle avait nappé de confiture d'abricot : c'était à cent lieues des pâtisseries orientales qu'on dégustait d'habitude chez les Guivarch, mais accompagné d'un rosé de Mascara bien frais, c'était très bon.

Les dernières miettes du gâteau avalées, la radio fut rallumée. Les manifestants avaient dépavé les rues, ils avaient érigé des barricades, le cœur de la ville européenne était transformé en camp retranché. Les unités des supplétifs territoriaux s'étaient jointes aux émeutiers. Ces soldats d'occasion formaient une sorte de garde nationale, équipée d'armes de guerre. La tension était soudain montée de plusieurs crans. Les gendarmes mobiles et les CRS perdaient pied, on lançait sur eux des explosifs. Le reporter de Radio Alger restait approximatif, il parlait d'une dizaine de morts parmi les forces de l'ordre.

— Ça se corse ! fit Maurice.

Las de tout ce chambard qui affolait tant les adultes, André et Jean-Jacques s'étaient réfugiés dans l'atelier-canfouine de René. Ils avaient acquis depuis peu le droit de lire ce qu'ils voulaient quand ils voulaient. Ils étaient tous les deux immergés dans les aventures aussi abracadabrantes que libertines du commissaire San-Antonio. Le lendemain, comme à chaque coup de tabac dans les rues d'Alger, les portes du lycée Bugeaud allaient sûrement rester closes.

Suite à son hospitalisation et à sa cure de sommeil, Michel Ferrandi avait retrouvé du mordant et de l'enthousiasme. Colette et lui s'étaient séparés, ils n'étaient plus d'accord sur rien. Leur belle histoire n'avait pas résisté à la tempête qui soufflait sur l'Algérie depuis plus de cinq années.

Pour Michel, la rupture n'était pas seulement conjugale. Il s'était débarrassé des vieilles lunes égalitaristes et socialo-humanistes qui jusque-là l'avaient empêché de s'affirmer en tant que Français d'Algérie. La question ne se posait plus de savoir ce que deviendraient les Européens si de Gaulle accordait l'indépendance à l'Algérie ; pour lui, tout était devenu clair et limpide, il n'y aurait pas d'indépendance, un point c'est tout. Le professeur Ferrandi avait viré de bord, il avait trouvé sa voie. Il fricotait désormais avec les plus ultras des ultras, prêts à en découdre pour que l'idée d'autodétermination avancée par le président de la République fût à tout jamais enterrée.

En ce jour d'émeute insurrectionnelle, Michel Ferrandi faisait partie du service d'ordre du Front national français qui empêchait les gardes mobiles et les CRS d'approcher de l'immeuble de la Compagnie financière d'Algérie, rue Michelet, où le leader d'extrême droite, Joseph Ortiz – patron de bistrot de son état – avait établi son quartier général.

— L'Algérie doit choisir, être française ou mourir, avait-il lancé aux micros des radios et aux milliers de manifestants venus en masse rejeter ce qu'ils disaient être « la trahison » du général de Gaulle.

La foule avait déliré d'enthousiasme, le discours du cafetier galvanisait les émeutiers. Longtemps attendue par l'extrême droite, l'insurrection flambait enfin. Le pouvoir allait plier : Massu, le vainqueur de « la bataille d'Alger », ne pouvait pas s'en aller comme un simple fonctionnaire qui aurait fait son temps aux colonies. Lui seul était capable de protéger Alger du terrorisme. Il était le sauveur adulé des Algérois, celui qui ne les abandonnerait jamais. Avec ses grands mots et son autodétermination, de Gaulle les avait floués, il voulait lâcher l'Algérie, mais cette fois, fini de rigoler, ils allaient se battre, jusqu'à la mort s'il le fallait.

— On va lui faire un feu d'artifice du tonnerre de Dieu, au grand Charles !

À l'abri de la barricade, Michel Ferrandi, aidé par deux autres apprentis sorciers, était en train de bourrer d'explosifs un pneu ; ils allaient balancer leur engin de mort sur les forces de l'ordre si elles essayaient à nouveau d'approcher. C'était la troisième machine infernale qu'ils envoyaient sur les CRS, faisant mouche à chaque fois : des hommes en noir et casqués étaient restés allongés par terre avant d'être traînés hors de portée des émeutiers par leurs collègues. Le professeur posé et réfléchi qu'il avait été n'existait plus, il n'était plus que haine et colère.

On n'y voyait plus rien, il faisait nuit, mais des coups de feu continuaient à claquer de partout sans qu'on sache qui tirait sur qui ou sur quoi. Soudain, la rumeur courut toute la barricade : « Les paras arrivent pour nous donner un coup de main. » En effet, des Bérets rouges, acclamés par la foule, prenaient position entre les manifestants et les forces de l'ordre en déroute. Les tirs cessèrent.

En fait, l'armée venait au secours des gendarmes mobiles et des CRS. L'insurrection avait déjà fait quatorze morts chez les policiers, il fallait éviter un massacre. Les insurgés comptaient au moins huit morts dans leurs rangs. On dénombrait au moins cent cinquante blessés par balles.

— Vive l'armée ! Les paras avec nous ! hurla Michel Ferrandi, debout sur la barricade.

L'excitation de cet instant qu'il voulait croire héroïque l'emportait dans une sorte de délire chimérique. Une formidable clameur répondit aux éructations viriles de Michel.

Bientôt, des rangs insurgés monta une *Marseillaise* reprise par des milliers de poitrines gonflées d'orgueil, convaincues d'être en train de faire plier le pouvoir. Franchissant les quelques mètres qui les séparaient des soldats, les émeutiers s'approchèrent sans crainte du cordon de militaires. Parachutistes et manifestants fraternisèrent. Michel Ferrandi en pleurait d'émotion.

Pour signifier leur opposition radicale au gouvernement, les ultras avaient appelé les Européens à la grève générale. Le mouvement était très suivi, même Maurice Amar avait fermé son salon de coiffure ; non qu'il approuvât la consigne lancée par l'extrême droite, mais les hommes d'Ortiz ne rigolaient pas, il valait mieux obéir. Ces jeunes gens brutaux et excessifs méprisaient les Musulmans, mais n'aimaient pas non plus les Juifs : ils n'étaient d'ailleurs pas loin de penser que tout ce chambard en Algérie était en grande partie de leur faute.

Pour une fois, Maurice avait écouté sa femme, il était sagement resté rue de la Lyre à attendre la suite des événements.

La ville retenait son souffle, personne ne se hasardait à prédire comment on allait pouvoir sortir de cette nouvelle crise ouverte entre Alger et Paris. André et Jean-Jacques étaient consignés chez eux. Tous les lycées d'Alger étaient fermés, une bonne moitié des professeurs étant sur les barricades.

Une fois de plus les deux grands adolescents étaient coincés chez eux. Pas question d'aller au cinéma ou d'aller flâner en ville, c'était trop dangereux.

Restait la lecture : il fallait bien tuer le temps ! Après avoir pas mal tourné en rond, André se résolut à attaquer les livres en souffrance depuis des semaines sur sa table de nuit. Boris Vian venait de mourir, on parlait beaucoup de lui à propos du *Déserteur*, une de ses chansons, censurée pour antipatriotisme. André s'immergea donc dans *L'Écume des jours* et *L'Arrache-Cœur*, deux livres dont la voisine de ses grands-parents lui avait recommandé la lecture pendant ses vacances à Saulnières. Il fut subjugué. En d'autres temps, il les aurait passés à Zayn. Il n'en était plus question.

Jean-Jacques aussi avait des fourmis dans les jambes, la rue et les écrans des cinémas tout proches l'appelaient : au Triomphe, rue Waysse, on projetait *L'Homme aux colts d'or* d'Edward Dmytryk, et au Régent, rue d'Isly, il serait bien allé voir *Rio Bravo* de Howard Hawks. Avant l'été, à la belle époque de leur complicité, cela aurait été un grand moment d'aller voir ces films tous les trois.

Il ne fallait plus y penser. Jean-Jacques aussi devait se rendre à l'évidence, Zayn n'était plus le même.

Voir les roumis se dresser contre l'autorité *di giniral di Goâl* réjouissait les Musulmans. Ils se tenaient le plus loin possible de tout ce désordre ; pour eux, se rendre dans le cœur d'Alger en état de siège aurait été pure folie. Zayn ne s'aventurait pas au-delà des quelques rues de Saint-Eugène où il avait grandi. Lui aussi était désœuvré, il en profitait pour accompagner Ahmed jusqu'au fournil du père Yborra. Malgré la grève, les boulangeries restaient ouvertes, il fallait bien nourrir la population.

Le vieux boulanger avait acheté un transistor, c'était impeccable pour écouter les nouvelles en préparant les fournées. Zayn ne voulait pas déranger, il se mettait dans son coin, seulement attentif à ne pas rater les bulletins d'information. Avec ce qu'il avait glané ici ou là dans les journaux, l'adolescent expliqua au patron de son père pourquoi la marmite algéroise était entrée en surchauffe et risquait d'exploser.

— C'est l'autodétermination ! Ils ont peur, c'est pour ça que les roumis se révoltent. Si nous, les bicots, on vote, c'est sûr, l'indépendance l'emportera.

— Je croyais que c'était pour protester contre le départ de Massu qu'ils faisaient tout ce cirque.

— Massu, c'était au début. Maintenant, la vraie question, c'est l'indépendance ! De Gaulle a dit que ce serait à nous de choisir…

— Comme tu y vas, mon garçon, s'amusa le père Yborra, ça viendra peut-être un jour, mais attendez que j'aie pris pension au cimetière, j'ai pas envie de voir ça.

Ahmed s'était arrêté de préparer ses pâtons, il s'essuya les mains en souriant.

— Écoute mon fils, patron, fit-il, il est intelligent, s'il te dit que la vraie question c'est l'indépendance, tu discutes pas, la vraie question, c'est l'indépendance…

À son tour, le vieux boulanger hocha la tête ; il devait se rendre à l'évidence, la situation était en train d'évoluer.

— Dites-moi, tous les deux, reprit-il en riant, quand il y aura l'indépendance, je pourrai quand même rester patron dans ma boulangerie ?

Une question aussi sotte amusa beaucoup le père et le fils. Ahmed n'avait jamais envisagé de ne plus travailler pour le père Yborra. Son patron il était, son patron il resterait, indépendance ou pas.

Zayn avait tout de même perçu une pointe d'anxiété dans l'interrogation du patron Yborra. Il n'y avait pourtant aucune raison pour qu'il ne continuât pas à cuire le pain pour les habitants de Saint-Eugène.

En revenant jusqu'à l'appartement où Bouchra et ses sœurs l'attendaient, Zayn se disait que discuter de la possibilité de l'indépendance avec André et Jean-Jacques n'aurait pas été sans intérêt ; tous les trois auraient sûrement trouvé le moyen d'en rire. Mais que pouvaient comprendre à la colère et à l'espérance des Musulmans, un roumi et un Juif qui allaient au lycée ? Leur trio n'avait été qu'une illusion. Il les voyait toujours, ils étaient dans la même classe, mais il avait réduit leur relation au strict minimum. Au début, ils avaient essayé de le raccrocher et puis ils avaient fini par se décourager : « C'est mieux comme ça, se disait Zayn, c'est plus honnête ! »

Ce 29 janvier à l'Amirauté, le mess des officiers mariniers était en effervescence : le général de Gaulle allait une nouvelle fois s'adresser à la nation à propos de la révolte de ceux qu'on commençait à appeler – allez savoir pourquoi – les pieds-noirs. Le ton montait entre les sous-offs. D'un côté, il y avait ceux qui se rangeaient derrière le gouvernement de la République, et de l'autre, ceux qui souhaitaient ouvertement que les militaires franchissent une nouvelle fois le Rubicon. Pour eux, l'autodétermination n'était qu'un prélude à l'abandon pur et simple de l'Algérie aux Arabes. On leur refaisait le coup de l'Indochine ; se profilait une ignoble forfaiture à laquelle il fallait mettre un terme sans plus tarder.

— Il n'a plus le choix, proclamait un premier-maître ancien de la guerre en Extrême-Orient, l'armée n'a pas encore basculé, mais les généraux et les officiers refuseront de faire tirer sur les émeutiers.

— Que de Gaulle retire son projet d'autodétermination et tout rentrera dans l'ordre, renchérissait un autre partisan de la révolte contre l'autorité de l'État.

Les aspirants factieux avaient le verbe haut et se sentaient pousser des ailes. Il y avait de quoi : la presse locale avait rapporté les propos d'un colonel parachutiste aux émissaires du gouvernement venus mesurer l'ampleur de la révolte des pieds-noirs : « Si de Gaulle ne veut pas renoncer à l'autodétermination, les colonels se chargeront de l'y contraindre ».

La discussion s'envenimait, il devenait difficile de se faire entendre, mais Pierre Lagadec n'était pas du genre à laisser l'assemblée sous l'influence d'une bande d'excités inconséquents, il dut presque crier pour émerger du cirque ambiant :

— Le Général ne pliera pas. Pendant la guerre, il a affronté tout seul Churchill, Roosevelt, Staline, en même temps que les Allemands et Pétain, c'était un combat d'une autre envergure ! Les Lagaillarde, Susini, Ortiz et compagnie ne font pas le poids.

— L'armée ne veut pas provoquer un bain de sang, tout de Gaulle qu'il est, il va le retirer, son projet, répliqua un autre.

Des protestations s'élevèrent, aussitôt couvertes par autant d'approbations. C'était la foire d'empoigne. Le maître principal Lagadec réussit tout de même à reprendre la parole :

— Les généraux ont pris l'habitude de faire comme ils l'entendaient en passant par-dessus la tête des politiques, mais avec de Gaulle ils sont tombés sur un os, ils n'auront pas leur mot à dire sur la politique qu'il entend mener.

Pierre commençait à se fâcher, mais l'algarade en resta là. Le commandant Franconi venait de faire son entrée dans le mess accompagné de son officier en second et de son chef d'état-major. Tout le monde s'était levé. Un silence respectueux de la hiérarchie s'imposa à tous.

— Messieurs, commença le commandant, j'ai tenu à vous réunir ce soir pour que nous entendions ensemble l'allocution du chef de l'État. Ce qu'il dira vaudra pour nous feuille de route. Ne perdons jamais de vue qu'« Honneur, Patrie, Valeur, Discipline » est la devise de la marine. Là, et là seulement, est notre devoir.

Le commandant avait soigneusement pesé chacun des mots qu'il adressait à ses subordonnés. Il marqua un temps d'arrêt assez long avant d'imposer une dernière remarque en forme d'injonction :

— Nous aurons tous à cœur de nous conformer aux ordres venus de l'état-major de la marine à Paris, quoi qu'il en coûte à la conscience des uns ou des autres. La loyauté pour un militaire n'est pas un choix, c'est un impératif qui s'impose, quelles que soient les circonstances.

Cette brève mise au point était sèche et n'admettait aucune réplique. Tous, debout et en silence, attendirent pendant plusieurs minutes l'apparition du Général sur l'écran du poste de télévision du mess.

Revêtu de son uniforme de général de brigade, c'était le vieux chef de guerre qui parlait aux Français. La voix était grave et profonde, les mots étaient précis, assénés avec la même autorité que sur les ondes de la BBC aux heures les plus terribles de la défaite. Le propos était net, tranchant et sans la moindre ambiguïté : le projet de recourir à l'autodétermination pour sortir de l'enlisement en Algérie était réaffirmé avec force, les agitateurs d'extrême droite, traités de menteurs et de conspirateurs, les militaires rappelés à leur devoir d'obéissance et les émeutiers priés de quitter sans délai leurs barricades et de rentrer chez eux, faute de quoi il ferait démanteler leur camp retranché par la force.

Tous, officiers et sous-officiers, étaient au garde-à-vous. Franconi attendit la fin de *La Marseillaise* qui clôturait le discours présidentiel pour reprendre brièvement la parole :

— Messieurs, le message ne comporte pas la moindre équivoque, les choses sont désormais parfaitement claires. Les ordres venus de Paris, quels qu'ils soient, seront donc exécutés comme il se doit, immédiatement, sans hésitation ni murmure. Je vous souhaite à tous le bonsoir.

Il sortit. Personne ne pipa. La marine ne manquerait pas à la loyauté envers la République et le chef de l'État. Les deux demi-brigades de fusiliers marins cantonnées à La Pérouse, de l'autre côté de la baie d'Alger, obéiraient aux ordres. Si on leur commandait de mettre fin à l'insurrection des pieds-noirs, les fusiliers feraient feu sur les insurgés. Pierre Lagadec en eut des nœuds à l'estomac ; en cas d'intervention des Bérets verts à Alger, il serait chargé de les convoyer depuis La Pérouse jusqu'à l'Amirauté, il aurait lui aussi sa part du sang des insurgés sur les mains ; du sang français.

**« Boum**
**Quand notre cœur fait Boum**
**Tout avec lui dit Boum**
**Et c'est l'amour qui s'éveille »**

La fermeté du verbe gaullien avait brisé la révolte des pieds-noirs.

Les militaires s'étaient dégonflés. Bomber le torse, braver le pouvoir, d'accord, mais de là à organiser un nouveau coup d'État, il y avait un grand pas, que les généraux et les colonels n'avaient pas osé franchir à nouveau. On n'en usait pas avec de Gaulle comme avec Guy Mollet ou Félix Gaillard.

Les émeutiers retranchés derrière leurs barricades déposèrent les armes. Les unités territoriales furent dissoutes. Toutefois, avec la complicité de certains éléments de l'armée, Ortiz, Lagaillarde et quelques autres leaders de l'extrême droite réussirent à s'enfuir en Espagne pour échapper à la prison.

Le divorce virait à la haine ; de Gaulle était maintenant l'ennemi des pieds-noirs. La vie algéroise reprit son cours toujours plus chaotique et incertain. La méfiance était partout. Cependant, les cafés retrouvèrent leurs clients les plus fidèles et les cinémas rouvrirent. Les élèves purent à nouveau franchir les portes du lycée Bugeaud et celles du collège d'enseignement technique de la rue Lazerges.

Un jeudi après-midi, au Régent, le grand cinéma de la rue d'Isly, André et Jean-Jacques purent enfin voir *Rio Bravo*. Rachel et Marie-Jeanne, dominant leur peur des attentats, leur avaient permis d'aller au cinéma ; les garçons n'en avaient rien dit à leurs mères, mais cette fois ils ne seraient pas deux, mais quatre. Pour la première fois, Josiane et Anita les accompagnaient.

Brigitte n'était pas venue parce que Zayn, une fois de plus, avait décliné l'invitation à se joindre à leur groupe.

— Si on la voyait avec un Arabe, elle aurait des ennuis, avait-il dit, c'est mieux pour elle si elle ne vient pas.

« Tant pis pour eux », avaient pensé les quatre autres.

Ce film si longtemps attendu devait être une très belle séance de cinéma, mais pour André, il fut beaucoup plus que ça. Ce fut un moment de grâce inoubliable. Dans l'obscurité propice à toutes les audaces, il osa se saisir de la main d'Anita. Après un instant d'hésitation, leurs doigts se mêlèrent pour ne plus se lâcher jusqu'à la fin du film. Il essaya bien de s'approcher et d'embrasser sa voisine, mais elle se déroba. Chaque chose en son temps, semblait-elle lui signifier ; il n'insista pas, se contentant de savourer pour ce qu'elle était cette première étape décisive de son parcours amoureux.

Jean-Jacques avait bien perçu qu'il se jouait quelque chose d'important sur sa droite. Il aurait bien tenté sa chance lui aussi, mais Josiane était absorbée par le film et gardait les mains croisées sur son giron. Il se résolut à ne rien manquer du dialogue entre John Wayne, le héros sans peur et sans reproche, et Dean Martin, le shérif alcoolique.

En raccompagnant les deux filles jusqu'à la station de bus, Jean-Jacques joua à l'affranchi en déplorant que le film ne fût pas en version originale, mais doublé en français.

— Tu comprends l'américain ! s'était exclamée Josiane.

— Évidemment ! Quand je vivrai à Paris, je n'irai voir que des films américains en version originale, le doublage est vraiment insupportable.

Jean-Jacques se poussait légèrement du col, il était bon élève en anglais, mais il était très loin de pouvoir suivre *Rio Bravo* de bout en bout sans sous-titres. Il voulait juste impressionner Josiane.

Tous les quatre convinrent de se retrouver le samedi suivant après les cours. Elles sortaient du collège technique à quinze heures, les garçons avaient une heure de musique avec monsieur Buis de quinze à seize heures. C'était décidé, ils sécheraient ; son cours était un tel chambard que le prof ne s'apercevrait de rien.

— C'est quand même dommage que Zayn nous fasse la gueule, fit Jean-Jacques quand le bus fut parti pour Guyotville.

— Oui, c'est dommage. Pourquoi tu dis ça maintenant ?

— Parce que de nous trois, il est le seul à pouvoir suivre un film américain en version originale ! Et ils éclatèrent de rire.

Le samedi après-midi, ils se retrouvèrent au square Bresson. C'était une belle journée pour un mois de février, il était déjà plaisant de s'asseoir sur un banc au soleil, de profiter de la verdure, de regarder les enfants faire le tour du parc sur le dos des bourricots menés, bride serrée, par des âniers en burnous rapiécés.

Anita avait abandonné sa main à André. Ni l'un ni l'autre ne savait que dire, l'instant était magique, favorable peut-être. Elle se tourna vers lui, ils se sourirent, il se pencha un peu, elle ferma les yeux, leurs lèvres se rencontrèrent. Un effleurement d'abord, puis toute timidité vaincue, ils s'embrassèrent comme on s'embrassait dans les films, avec ce même mélange de voracité et de retenue. Ce fut un embrasement de l'esprit, du cœur et des sens qui les étonna l'un et l'autre. Le chemin avait été long pour arriver à ce premier baiser, mais que c'était bon et que c'était beau !

Sur le banc voisin, Jean-Jacques, du coin de l'œil, louchait discrètement sur la réussite de son ami André. À cœur vaillant, rien n'étant impossible, lui aussi décida de passer à l'attaque. Il n'en menait pas large, Jean-Jacques en était encore à se demander comment il allait s'y prendre quand Josiane, toutes préventions vaincues, le saisit par les épaules, l'attira contre elle et plaqua ses lèvres sur les siennes. L'instant de la panique et de la surprise surmonté, il parvint à se dégager d'abord, puis à reprendre les choses de façon plus ordonnées et conformes à ce qu'il avait imaginé. Ce second baiser fut lumineux, merveilleux même. Les premières fois étaient toujours inoubliables. Jean-Jacques s'appliquait à faire preuve de la même passion élégante et décontractée que Gregory Peck en train d'embrasser Caroll Baker dans *Les Grands espaces* de William Wyler. Il avait vu ce film quelques mois plus tôt au Majestic en compagnie de son père ; tous les deux étaient fous de westerns.

Les amoureux étaient dans un jardin public, il n'était pas envisageable d'aller beaucoup plus loin, mais c'était déjà une avancée colossale sur le chemin des amours à venir. Ils se promenèrent un peu tous les quatre autour du kiosque à musique. D'où ils étaient, la vue sur le port et la baie d'Alger était exceptionnelle, elle les enchanta ; tout semblait si calme. Ils riaient, ils disaient n'importe quoi, ils étaient heureux. Ce jour-là la vie les gratifiait d'un de ses plus beaux sourires. Les garçons touchaient au nirvana ; les filles, elles aussi des étoiles plein la tête, ne perdaient pas de vue qu'elles avaient un bus à ne pas rater.

Ils se quittèrent place du Gouvernement sur un dernier baiser. Devant la grande mosquée de la pêcherie toute blanche, la statue du duc d'Orléans sur son cheval de bronze semblait approuver ces amours balbutiantes.

Le matin même, à Reggane, au cœur du Sahara, la mise à feu de la première bombe française avait signalé au monde entier que la France devenait à son tour une puissance nucléaire. À Alger, on en était tout esbaudi et presque ragaillardi, « De Gaulle, pensait-on, ne peut pas abandonner le pays où il fait péter ces engins de mort auxquels il tient tant. » Pour André et Jean-Jacques, ce qu'ils venaient de vivre sur un banc du square Bresson était un véritable tremblement de terre ; l'explosion de la première bombe atomique française serait, pour eux, à tout jamais associée à ce bel après-midi amoureux.

— Tu crois qu'on doit raconter tout ça à Zayn ?

La question d'André était directe, Jean-Jacques hésita. Ils avaient cru que l'amitié était inaltérable, qu'elle devait durer toute la vie. C'était sans doute très naïf, mais l'éloignement de celui avec qui ils avaient tout partagé depuis la sixième les désolait.

— Il risque de nous faire encore plus la gueule… ou alors, ça pourrait lui remettre la tête à l'endroit.

— Non ! C'est ce qui s'est passé cet été : le truc très grave avec ses frères et sa famille. Il n'est plus le même depuis !

— Tu crois qu'il reviendra vers nous un jour ? interrogea Jean-Jacques.

André haussa les épaules. Entre eux, il y avait la sale guerre. Ils n'y pouvaient rien.

Le brave monsieur Buis contrôlait scrupuleusement la présence des élèves qui venaient se divertir chez lui. Il avait donc signalé l'absence de deux élèves habituellement turbulents à son cours du samedi après-midi en dernière heure. Le lundi, Zayn ne vint même pas leur demander pourquoi ils avaient séché. Ils écopèrent de quatre heures de colle chacun et d'une bonne remontée de bretelles, rue de la Lyre chez les Amar pour l'un, et chez les Lagadec à l'Amirauté pour l'autre. Les deux garçons furent d'accord pour considérer que c'était bien peu payer l'immense bonheur qu'ils avaient entrevu cet après-midi-là ; la punition et l'engueulade donnaient même un peu plus de lustre et de saveur à leur « aventure ».

**La vie est étrange, ne trouvez-vous pas ?**

Il l'avait abordée au moment où elle franchissait le grand porche du lycée. Il s'était présenté avec courtoisie, elle avait eu l'impression que ses jambes allaient se dérober et qu'elle allait s'effondrer sur le trottoir.

— Inspecteur principal Brunet. Voulez-vous que nous marchions un peu ? Nous pourrons parler tranquillement.

Ils avaient traversé la place Jean-Mermoz et pris la rue Bab-el-Oued en direction de la place du Gouvernement. Brunet avait la quarantaine plutôt élégante pour un policier algérois, il portait un chapeau mou qui masquait un peu son visage. Ils allaient l'un à côté de l'autre. Lui donnait l'impression d'avoir tout son temps.

— La vie est étrange, ne trouvez-vous pas ?

Elle ne répondit pas, elle était incapable d'articuler le moindre mot. Il poursuivit :

— Il y a des années de ça, je marchais à côté d'un policier : j'étais, comme vous, paralysé de trouille. C'était un vieux flic, il faisait son boulot, il traquait les résistants, il aurait dû m'arrêter, mais ça devait le dégouter. Ce type savait que j'appartenais au réseau des Arsenaux. Il était venu m'attendre à la sortie du personnel cheminot, rue de l'Arrivée – à l'époque, je travaillais à l'enregistrement des bagages, à Montparnasse. On a marché rue de Rennes, tranquillement. Je n'en menais pas large.

Claire était toujours incapable de parler, elle était encore très pâle.

— Au lieu de m'arrêter, il m'a conseillé d'interrompre tout contact avec un des membres du réseau. Les flics avaient retourné ce type, si on ne prenait pas des dispositions immédiates, le traître allait faire tomber tout le monde.

— Je ne vois pas pourquoi vous me racontez tout ça, finit-elle par répondre d'une voix bien peu assurée.

Brunet soupira. Il fallait tout expliquer à mademoiselle Claire Deleuze qui faisait semblant de ne rien comprendre.

— Vous avez pu berner ce crétin de Jimenez pendant des mois, mais vous allez être sous surveillance. Vous êtes habile et d'une prudence exemplaire, mais il va finir par vous coincer, vous et surtout ce Belkacem Messahoud que nous recherchons depuis l'été dernier.

L'inspecteur principal Brunet parlait sur un ton presque amical, sans hâte, comme s'il donnait un conseil judicieux, presque anodin, à une vieille amie sur le point de faire une grosse bêtise.

— Si ça devait arriver, poursuivit-il, je ne pourrais plus rien faire pour vous. Je ne vous apprends rien, les magistrats et l'armée sont cul et chemise en Algérie, la procédure suivra son cours, personne n'ira vous tirer des griffes des militaires. Belkacem finira au fond de la mer les pieds pris dans un bloc de ciment après avoir été sauvagement torturé, à moins qu'il ne soit « suicidé », et vous… vous aurez affaire aux spécialistes de l'interrogatoire de la 10e division parachutiste. Il se peut que vous en sortiez vivante, mais…

Il était inutile d'être plus précis, toutes les femmes d'Algérie, musulmanes comme européennes, savaient ce que voulait dire être « interrogée par les parachutistes ».

Claire était désemparée. La tête vide, elle marchait droit devant elle, sans savoir où elle allait.

— Je suppose que je dois vous remercier, osa-t-elle enfin.

— N'en faites rien ! Autrefois, j'ai été un combattant de l'ombre, comme votre père, Mademoiselle Deleuze : lui a été héroïque, pas moi, je n'ai été qu'un type ordinaire essayant de faire ce que lui dictait sa conscience. Considérez que je reste fidèle à une certaine idée de mes devoirs et de la justice.

Ils étaient arrivés place du Gouvernement. Il souleva son chapeau pour lui signifier qu'il lui en avait assez dit et que l'entretien était terminé. D'un pas tranquille, il se dirigea vers la terrasse de la brasserie Le Bordeaux toute proche de l'arrêt de bus. Les jambes encore flageolantes, Claire continua vers la rue Bab-Azoun : elle avait prévu, après les cours, de prendre le tram pour aller rue Charras fouiner dans les empilements de livres de la librairie d'Edmond Charlot. Elle aimait, chaque semaine, aller se perdre une heure ou deux dans le lumineux désordre du premier éditeur de Camus, de Roblès, de Mouloud Feraoun, de Jules Roy et de quelques autres écrivains qui étaient l'honneur intellectuel et humaniste de l'Algérie de ces années-là.

Son entrevue avec l'inspecteur principal Brunet l'avait à ce point perturbée que son appétit de littérature était momentanément tari. Claire préféra s'en retourner à El Biar. Elle avait mal à la tête, elle n'aspirait plus qu'à prendre un somnifère, se coucher dans le noir et dormir longtemps pour tout oublier.

Leurs « boîtes à lettres » habituelles restaient vides. Plus de nouvelles. Plus aucun de ces discrets signaux de connivence qu'elle lui adressait de temps à autre. Plus de rendez-vous clandestins programmés et orchestrés avec un soin maniaque. Plus rien. Avait-elle été arrêtée ? Avait-elle coupé toute communication parce qu'elle jugeait leur sécurité menacée ? Cherchait-elle à le protéger ou bien était-elle lasse, fatiguée de ce jeu dangereux, compliqué et sans avenir ? Ne l'aimait-elle plus ? Belkacem n'en finissait pas d'interroger le silence de Claire, il en souffrait.

Quand il lui avait fait promettre qu'à la moindre alerte elle devrait cesser toute communication avec lui, il était réfugié dans la tiédeur et la quiétude de cette femme tant aimée. Ils étaient dans cet instant de la tendresse infinie, après l'amour, avant la tristesse et l'arrachement du départ : il devait s'évanouir à nouveau dans l'âpreté de cette guerre cruelle et sans merci. Maintenant seul, il était confronté à l'absence, au doute, à la solitude.

— Un révolutionnaire est porté par une cause qui le dépasse, lui avait-il dit ce soir-là, sa destinée individuelle est sans intérêt, sa vie ne lui appartient plus…

Belkacem était on ne peut plus sérieux, il avait beaucoup changé depuis qu'elle l'avait retrouvé à la fin de l'été. Son bel amant était devenu plus dur, plus intransigeant. Plus silencieux aussi, plus secret.

Elle avait ri avant de se jucher sur lui. Elle l'avait embrassé, elle lui avait caressé le front, ses doigts s'étaient perdus dans sa tignasse épaisse et bouclée.

— Mon pauvre chéri, tu dis parfois tant de bêtises que maintenant tu vas te taire, je ne veux plus t'entendre…

Et pour qu'il ne répliquât point, elle lui avait couvert la bouche d'un baiser aussi passionné que langoureux.

Il en oublia la révolution et l'indépendance de l'Algérie, il se laissa emporter par l'ardeur voluptueuse de cette femme en amour ; elle se donnait à lui qui n'avait rien d'autre à lui offrir que de l'angoisse et de la peur.

— Si tu devais choisir entre la révolution et moi ? lui avait-elle demandé à l'instant de se séparer.

À son tour, il l'avait embrassée : il n'avait pas répondu, son visage s'était fermé. Claire en avait été mortifiée. Ce jour-là elle avait perçu l'implacable exalté qu'il était en train de devenir. La jeune femme n'avait pas répondu au signe de la main qu'ils s'adressaient à chaque fois qu'ils se quittaient. Il lui avait fait peur.

Belkacem devait garder la tête froide, rester vigilant, ne pas s'abandonner au sentimentalisme nostalgique. La vie clandestine avait ses exigences, elle était aussi une terrible prison où les faibles et les tièdes n'avaient pas leur place.

Claire était au lycée quand sa petite maison d'El Biar avait été entièrement passée au peigne fin par les limiers de la police. Ils en avaient été pour leurs frais, ils n'avaient rien trouvé qui pût compromettre la jeune professeure d'anglais. Après qu'elle eût été avertie par Brunet, elle avait fait le ménage : les lettres, les moindres signes de sa possible relation avec Belkacem avaient été effacés. Bizarrement, elle en avait éprouvé un immense soulagement.

Pour la forme, elle alla porter plainte, mais il était admis à Alger que la police ne rendait jamais compte, à qui que ce soit, de ses agissements. Le gardien de la paix qui était censé enregistrer sa déposition lui fit remarquer, avec beaucoup de finesse, que si elle n'était pas contente, la prochaine fois, on lui enverrait les parachutistes.

La perquisition n'avait pas échappé à la très discrète surveillance de Belkacem ; il était maintenant conscient que Claire appliquait scrupuleusement ses consignes ; elle le protégeait. Mais le doute avait commencé à faire son chemin.

Quelques jours plus tard, Claire retira un dossier de mutation au secrétariat du lycée. L'année précédente, la liasse des imprimés administratifs avait fini dans une corbeille à papier. Lasse de tant d'amertume et de désillusions, elle était bien décidée à clore le douloureux chapitre de ses années algériennes.

**« Faire face, ne rien céder… quoi qu'il en coûte ! »**

Au lycée Bugeaud, Jean-Jacques Amar et André Lagadec avaient la réputation d'être de ceux qui n'étaient pas hostiles à l'indépendance de l'Algérie. C'était plutôt mal vu en ces temps de radicalisation à outrance de tous ceux qui voulaient croire, envers et contre tout, à l'avenir de l'Algérie française.

L'aigreur majoritaire s'accompagnait d'un racisme cynique et assumé. Quand les lycéens discutaient entre eux, il n'était plus question ni de Musulmans, ni d'indigènes, ni même d'Arabes ou de Kabyles, mais de crouilles, de melons, de bicots, de bougnoules, ou même de nègres ou du plus littéraire « troncs de figuiers ».

Ce lundi, des terminales et les troisièmes B étaient parqués dans une des cours du lycée, ils attendaient leurs professeurs, attardés depuis plus d'une heure à commenter l'actualité dans une salle où ils s'étaient réunis : tous ces gens, en principe bien éduqués, ne discutaient plus, ils en étaient à s'invectiver violemment.

Des éclats de voix et de colère parvenaient jusqu'aux élèves qui patientaient.

Un groupe s'était formé autour d'un élève de terminale fort en gueule et plus ou moins leader des lycéens ultras. Le gars se vantait, il racontait son week-end.

— On l'a coincé, c'était un jeune, une vingtaine d'années pas plus, il s'était approché de la terrasse du café, quelqu'un a crié « attention, il va lancer une grenade ». Le melon a eu peur, il s'est sauvé, alors on l'a coursé.

— Vous avez coursé quoi ?

Jean-Jacques avait décidé de jouer l'ingénu rétif au vocabulaire d'usage courant chez les pieds-noirs. L'autre s'énerva :

— T'es sourd ? Le melon, le crouille, si tu préfères !

— Melon ? Crouille ? Non, je ne vois pas…

— Arrête de jouer au con, fit-il à Jean-Jacques, avant de poursuivre le captivant récit de ce qui, sous d'autres cieux, aurait été qualifié de pur et simple assassinat. Il courait vite, ce bicot, c'est mon oncle qui l'a coincé contre un mur avec sa voiture…

— Vous étiez combien pour faire son affaire à ce type ?

Jean-Jacques insistait. C'était courageux, mais pas bien malin.

— Qu'est-ce que ça peut te foutre ? rétorqua le lyncheur en chef.

— Rien, c'est juste pour savoir, parce qu'il faut beaucoup de courage pour buter un Arabe quand il est tout seul et qu'on est tout un groupe !

— Toi, le Juif, tu vas fermer ta gueule, maintenant. Et si tu essaies de la ramener encore, tu risques de le regretter.

André s'était rapproché. Parti comme c'était parti, les coups risquaient de voler bas, il n'était pas question de laisser Jean-Jacques seul face aux buteurs d'Arabes.

— C'est parce que je suis Juif que je dois me taire, ou parce que tu as participé à un meurtre ?

— Vous êtes vraiment des emmerdeurs, les Juifs, à vouloir toujours faire la morale à tout le monde. On devrait vous écrabouiller en même temps qu'on écrabouille les bougnoules…

Avec une rapidité fulgurante, Jean-Jacques décocha un violent coup de pied dans l'entrejambe du fier-à-bras qui instantanément se plia en deux, ce qui lui valut d'encaisser un vigoureux crochet du droit au menton façon Alphonse Halimi. L'instant de triomphe fut très bref pour Jean-Jacques : dix autres lycéens « Algérie française » vinrent porter secours au coinceur d'Arabe contre un mur. L'élève Amar ne profitait que de l'aide certes efficace, mais terriblement insuffisante, d'André Lagadec.

Les deux amis, submergés par le nombre, étaient en train de prendre la dérouillée de leur vie. Au fond de la cour, les deux pions chargés de faire régner l'ordre se gardaient bien d'intervenir : voir deux suppôts de l'indépendance algérienne se faire rosser n'était pas pour leur déplaire.

Soudain, une tornade fondit sur la mêlée. Une furie. Personne ne l'avait vu venir, il avait foncé dans le tas, tête baissée, toutes griffes dehors, bousculant tout sur son passage parce qu'il ne pouvait pas laisser faire ça. Zayn était là, aux côtés d'André et de Jean-Jacques, il se battait, il cognait, il avait la rage, il mettait toute sa hargne, tout son cœur à lutter contre la connerie, contre la lâcheté, contre le racisme imbécile et satisfait. Il cognait pour la justice, il se battait pour les deux amis, les deux frères qu'il retrouvait. C'était en lui une certitude qui décuplait ses forces, il ne céderait jamais devant la bêtise crasse, il n'accepterait plus jamais de s'aplatir et de se faire marcher dessus. Il saignait du nez, lui aussi allait succomber sous le nombre, mais il éprouvait une sorte d'orgueil, se sentait fier d'avoir des amis comme André et Jean-Jacques et d'avoir participé à ce combat. Il était en train de se faire esquinter, mais à chaque coup reçu, il avait conscience d'atteindre à une sorte d'invincibilité.

Jean-Jacques gisait au sol, une brute s'acharnait sur lui à coups de pied. André ne bougeait plus, il avait l'air si mal en point que les autres hésitaient. Cogner encore ça aurait été l'achever, il avait vomi. Les deux pions estimèrent enfin qu'il était temps d'intervenir.

Marie-Jeanne fut prévenue par téléphone tandis qu'un factotum du lycée Bugeaud venait avertir Rachel : on avait brièvement relaté l'incident aux deux mères. Les garçons avaient été transportés en ambulance à l'hôpital Mustapha. Elles arrivèrent presque en même temps dans le couloir des urgences où l'on donnait les premiers soins à Jean-Jacques et à André. Assis un peu plus loin, un œil clos par l'enflure, le visage tuméfié, Zayn tenait une compresse déjà bien imbibée de sang sur son front, et de l'autre une poche de glace qu'il s'appliquait sur le crâne. Il attendait qu'on voulût bien recoudre une vilaine plaie au-dessus d'une de ses arcades sourcilières.

— Mon Dieu ! s'écria Marie-Jeanne. Dans quel état vous vous êtes mis !

Zayn se contenta d'acquiescer en hochant la tête ; il avait bien essayé de parler, mais une bave sanguinolente lui coulait sur le menton, il préféra se taire.

Rachel Amar était décomposée, l'hôpital la terrorisait. C'était pour elle le lieu de la maladie et de la mort dont personne ne sortait vivant, une sorte d'antichambre des enfers ; que son fils fût là-dedans lui ôtait tous ses moyens. Étranglée par les sanglots, il lui était impossible d'articuler le moindre mot. Du trio, Marie-Jeanne était la seule à pouvoir parler malgré l'anxiété qui lui nouait la gorge.

— Où sont André et Jean-Jacques ?

De la main qui tenait la poche de glace, Zayn lui désigna le poste infirmier au bout du couloir. Avant de se précipiter pour avoir des nouvelles, Marie-Jeanne prit le temps de lui caresser la tête et de poser un baiser sur la partie intacte de son front. Des larmes de bonheur coulèrent sur les joues de Zayn, déformées par les coups qu'il avait reçus au visage. De tous ces gens qu'il ne voulait plus fréquenter, madame Lagadec était celle qui lui avait le plus manqué.

Ahmed déboula à son tour dans le couloir. Le lycée avait téléphoné à la boulangerie pour le prévenir que son fils était à l'hôpital. Laissant le père Yborra en plan, il s'était dépêché de voler au secours de son garçon ; le père Messahoud se faisait à peu près la même idée de l'hôpital que Rachel Amar.

Au poste infirmier, Rachel et Marie-Jeanne eurent enfin des nouvelles de leurs garçons multicontusionnés. Jean-Jacques était parti à la radio, il avait vraisemblablement deux ou trois côtes fêlées et une épaule luxée ; quand on aurait nettoyé les plaies qui le défiguraient et qu'on aurait bloqué son épaule dans un bandage serré, sa mère pourrait le récupérer et le ramener rue de la Lyre. Le médecin qui signa son bon de sortie insista bien sur l'obligation de rester à la maison pendant au moins une bonne semaine avant de retourner au lycée. Il pouvait compter sur Rachel, elle ne le laisserait pas mettre un pied dehors.

Le cas d'André était plus inquiétant, l'avalanche des coups reçus à l'abdomen avait provoqué des vomissements. Quand on aurait nettoyé et pansé quelques plaies plus spectaculaires que graves, on le garderait au moins deux jours en observation pour être certains qu'une lésion interne ne risquait pas d'aggraver brutalement son cas.

Marie-Jeanne prenait conscience que son fils revenait de loin. Le passage à tabac des trois garçons était affreux, mais il aurait pu tourner à la tragédie ; elle serra les dents : femme de militaire, elle tenait son rang, elle ne voulait pas qu'on la vît pleurer.

Quand André fut installé dans un lit, sa mère, ses deux amis, Rachel et Ahmed purent lui rendre visite. Les inséparables étaient à nouveau réunis, à se voir couverts de pansements et barbouillés de mercurochrome ils auraient pu être pris d'un vrai bon fou rire, mais avec des côtes cassées et le visage boursouflé par les gnons reçus ils ne purent s'adresser que quelques grimaces qui voulaient ressembler à des sourires.

On vint bientôt prier tous ces gens de débarrasser le plancher. Marie-Jeanne put rester au chevet de son fils. C'était quand même bien bon de se savoir aimé et protégé par une mère aussi prévenante. André se sentit redevenir un tout petit garçon. Bientôt, il s'endormit paisiblement, rassuré par cette présence à la fois bienveillante et protectrice.

En sortant de l'hôpital, Jean-Jacques avait réussi à glisser discrètement à l'ami Zayn retrouvé qu'il devrait dès que possible faire passer le message à Josiane et Anita qu'André et lui seraient indisponibles un certain temps. Zayn approuva d'un hochement de tête. Ni Rachel ni Ahmed n'avait rien perçu du discret échange de leurs rejetons. La complicité entre eux renaissait. Cette dérouillée encaissée ensemble effaçait tous les mois de bouderie et d'indifférence. Et puis ils étaient inquiets. Quand ils l'avaient quitté, André était tout pâle, nauséeux. C'était impressionnant de le voir couché sur un lit d'hôpital. Ahmed, devinant la détresse des garçons, se plaça entre eux et les prit chacun par l'épaule.

— Il va passer toute la nuit à bien dormir, demain il ira mieux, leur dit-il. Il sait qu'il a des vrais amis, ça va le remettre debout.

— J'ai demandé à renouveler mon embarquement pour trois années supplémentaires en juin dernier. Quoi qu'on décide, je devrai rester à mon poste ! Il vous faudrait repartir en métropole sans moi.

— Ce qui s'est passé est trop grave. J'en ai assez de toute cette violence ! Ce n'est plus vivable, la situation ne fait qu'empirer de jour en jour. On ne peut plus rester en Algérie, je veux rentrer en France.

Les Lagadec étaient chez eux à l'Amirauté, leur fils unique dormait à l'hôpital, ils étaient abasourdis par la tournure des événements. Depuis le Khédive, Maurice avait téléphoné pour prendre des nouvelles, les assurer de son amitié.

— Claire et Colette doivent déjà être au courant. Demain matin, je ferai un saut jusqu'à Saint-Eugène pour prévenir René et Giovanna.

Marie-Jeanne, qui s'était montrée si forte toute cette journée, laissait maintenant libre cours à sa peur et à son émotion. La tête posée sur l'épaule de son mari, elle pleurait.

Pierre Lagadec était rentré tard d'une nouvelle mission de transport jusqu'à Philippeville. Il n'avait pas pu voir son fils, l'heure des visites à l'hôpital Mustapha était largement dépassée. Lui aussi était sidéré par la dégradation de la situation. Les Européens s'estimaient abandonnés et trahis par le pouvoir gaulliste, l'angoisse et le désespoir les poussaient à tous les excès : dans la cour d'un lycée, des adolescents, encore presque des enfants, s'étaient battus avec une férocité difficilement imaginable.

— C'est entre Européens que c'est en train de dégénérer ! J'ai peur…

Le constat de Marie-Jeanne était amer. Pierre aussi était ébranlé.

— Maurice Amar ne s'est jamais considéré comme un Européen et la famille de Zayn est musulmane, la situation est de plus en plus compliquée.

Depuis le début de l'année, l'Algérie avait la fièvre, elle était même entrée en convulsions. Venus de métropole, Marie-Jeanne et Pierre Lagadec s'étaient crus à l'abri du tourbillon de colère qui était en train de soulever les pieds-noirs contre l'autorité de l'État. Tous les deux étaient désemparés par le déchaînement de violence dont André avait été victime.

— C'est horrible ! Ces garçons étaient prêts à le tuer !

Elle était secouée de sanglots, Pierre la serra dans ses bras.

— Je vais prendre rendez-vous avec le proviseur du lycée, il faut absolument qu'on sache ce qui s'est passé, je vais demander à Maurice de venir avec moi…

— Demande aussi à monsieur Messahoud, le père de Zayn, de venir avec vous. Je ne le connaissais pas, mais il m'a l'air très bien, ce monsieur-là !

Bien sûr, Claire et Colette avaient été consultées, elles avaient dit qu'ils devaient y retourner. Les deux professeures avaient assuré qu'elles veilleraient à distance sur les trois garçons. Les parents n'avaient donc pu faire moins que donner leur accord même si Rachel et Marie-Jeanne auraient bien encore gardé leurs grands fils à la maison. Elles ne pouvaient pas les retenir indéfiniment en cage. À quinze ans passés, ils avaient besoin de respirer, d'aller et de venir à leur guise.

Quand s'était posée la question de savoir s'il convenait de renvoyer Zayn au lycée, Ahmed et Bouchra avaient d'abord refusé. Zayn n'irait plus à l'école des roumis, avaient-ils dit, c'était trop dangereux. Il n'avait pas été facile de les faire changer d'avis. Tout le monde s'y était mis, les Guivarch avaient été les plus persuasifs :

— Qu'est-ce qu'il va faire tout seul à longueur de journée ? Vous n'allez pas l'enfermer chez vous, il sortira, il ira traîner en ville, avait avancé Giovanna, vous ne serez pas derrière lui pour le surveiller !

Les parents Messahoud avaient peur de savoir leur fils en vadrouille au milieu de la fièvre qui n'en finissait pas de monter à Alger. René s'était dépêché de renchérir sur ce que venait de dire sa femme :

— C'est vrai, il y a des bagarres dans la cour du lycée, mais c'est moins dangereux que de se balader en ville. Il ne risquera pas d'y rencontrer des recruteurs pour les maquis de l'ALN.

L'argument avait porté. Bouchra et Ahmed avaient déjà perdu un fils au maquis et peut-être un autre dont ils étaient sans nouvelles depuis des années maintenant, ils craignaient par-dessus tout que leur Zayn se mît en tête de suivre le même chemin que les deux aînés.

Le visage encore marqué par les coups, André, Jean-Jacques et Zayn étaient convenus de retourner au lycée le même jour. Ils avaient promis de ne pas se battre quoi qu'il arrivât, mais ils voulaient faire bloc face au mépris que ne manqueraient pas de leur adresser les partisans de l'Algérie française.

À peine le porche de l'entrée franchi, ils perçurent une violente hostilité. Le motif du pugilat dont ils étaient sortis amochés était connu de tous et bien des lycéens pensaient qu'ils n'avaient pas volé leur mémorable correction. Mais à leur grand étonnement, ils reçurent aussi de plusieurs de leurs camarades des vrais témoignages de sympathie et d'admiration. Sans l'avoir cherché, ils tiraient un certain prestige de leur spectaculaire raclée, ils n'étaient pas des dégonflés. Aux yeux de tous ces enfants de pieds-noirs, ils avaient osé défier les grandes gueules qui donnaient le ton dans la cour du lycée, ils avaient du cran, ce n'était pas donné à tout le monde. Les quelques traces de la bagarre encore visibles sur leur visage leur conféraient quelque chose de vaguement noble et romantique qui n'était pas pour déplaire aux trois héros de la rixe.

Jean-Jacques, André et Zayn étaient contents de faire leur « rentrée » : même s'ils s'y étaient fait dérouiller, le lycée avait du bon. Depuis la bagarre qui les avait envoyés à l'hôpital, l'administration était devenue vigilante. Les discussions à caractère politique étaient, en principe, interdites dans les cours de récréation. La consigne de la direction était plus ou moins respectée, mais les événements qui secouaient l'Algérie s'en trouvaient plus diffus, plus lointains, comme assourdis.

En cours, les trois complices oubliaient l'ambiance délétère des rues d'Alger. Tous ces attentats qui ponctuaient les journées, toutes ces nouvelles du bled où la guerre continuait, toutes celles qui arrivaient de France, et qui n'avaient jamais rien de rassurant, pesaient sur leurs jeunes épaules. Pourtant, comme dans tous les lycées de métropole, à la récréation, ils parlaient de Johnny Hallyday, de Richard Anthony et de tous ces yéyés qui commençaient à faire passer la chanson française dans la grande lessiveuse du rock américain. Ils s'efforçaient de vivre leur jeunesse : la guerre faisait partie de leur quotidien, ils pouvaient penser à autre chose, mais la vieille garce s'ingéniait à ne jamais se laisser oublier.

Le soir de leur « rentrée », malgré la promesse de ne pas traîner en ville et de rentrer directement, ils firent le détour par la rue Lazerges. L'ambiance n'était pas aux amours, le quartier était quadrillé par la police. Leur cœur battit très fort, elles étaient là, toutes les trois, elles les attendaient.

Zayn avait réussi à les prévenir. Ils étaient tous bien empruntés et intimidés de se retrouver, il fallait renouer les fils distendus de leurs relations. Les baisers furent chastes, discrets et brefs. Elles attendaient le père de Brigitte qui venait chercher les filles parce que les bus étaient une nouvelle fois en grève. Il ne manquait plus que le père en question vît les trois filles en compagnie de garçons.

La folie du monde semblait glisser sur les deux vieux, tout pouvait bien s'effondrer autour d'eux, René n'en continuait pas moins à soigner ses cactus, à bouturer ses plantes grasses, à tailler ses citronniers, à essayer de saisir le mouvement des nuages et des vagues sur les petits formats qu'il accrochait dans toutes les pièces de la maison.

Giovanna nourrissait les chats, parlait aux oiseaux et souriait à son René. Il restait le grand enfant rêveur qui l'avait séduite bien des années auparavant. Elle le savait fragile, elle veillait sur lui.

De nouveau, les inséparables étaient dans l'atelier du vieux maître voilier, peintre et poète. La pièce n'était pas chauffée, le vieux bonhomme avait froid, il s'était emmitouflé dans une couverture, il ressemblait au vieux chef d'une tribu perdue des portes du désert. Les garçons l'écoutaient sans toujours bien comprendre ce qu'il disait, mais ce n'était pas grave, ils aimaient l'entendre parler, faire surgir de sa voix un peu rauque un ailleurs de plus en plus imaginaire. Depuis qu'ils venaient s'asseoir dans son atelier, sa parole les avait envoûtés. Pour eux, il avait recomposé le monde, redessiné les contours des mers et des océans, il avait inventé d'obscures mythologies dans lesquelles il se plaisait encore à les égarer.

Un jour, il leur avait dit qu'il ne fallait pas chercher à comprendre tout ce qu'il leur racontait ; les mots de sa vieillesse étaient avant tout des paroles de sagesse, elles devaient rester obscures.

— On les adopte et on les laisse mûrir comme des fruits cueillis trop verts. C'est quand on n'y pense plus et qu'on croit les avoir oubliées qu'elles arrivent à maturité. Ce jour-là, vous comprendrez ce que je voulais vous dire…

René était un intuitif, un homme sensible et bon, lui seul était capable d'enseigner « l'art d'attendre » à des gamins impulsifs qui n'avaient pas encore fêté leur seizième anniversaire.

— À mon âge, on s'aperçoit que rien n'est vraiment important, leur avait-il dit, la vie nous emmène à sa fantaisie, là où elle veut, le temps nous échappe. Tout doucement, il s'est effrité, il m'a filé entre les doigts, il ne m'en reste plus beaucoup…

S'il enviait un peu leur jeunesse, il n'en laissait rien paraître. L'amitié qu'il avait nouée avec ces garçons embellissait la fin de son parcours, c'était une magnifique consolation. Un sourire bienveillant éclairait le visage tout ridé du vieil homme. René prenait son temps, il savait qu'ils étaient venus le voir pour essayer de vaincre leur inquiétude. Ils voulaient rire, aimer, se régaler de vivre, mais ils se sentaient aspirés par le tourbillon violent des événements. En Algérie, personne ne pouvait prétendre échapper à la guerre.

— Le hasard m'a poussé par ici ou par là. Soyez certains qu'il en fera autant avec vous, il en fait toujours à sa guise, l'avenir est toujours surprenant, il ne faut pas essayer de chercher un sens à tout ce qui nous arrive, il n'y en a pas. Jamais je n'avais imaginé finir ma vie en trouvant du plaisir à élever des cactus et à bouturer des crassules en regardant la mer.

Les garçons ne voyaient pas où il voulait en venir, mais c'était pour l'accompagner dans ce genre de divagations qu'ils étaient venus passer l'après-midi avec lui. Ils se gardèrent bien d'intervenir au risque d'interrompre le vieux sage.

— Je me souviens qu'avec Maurice et Pierre on vous avait mis en garde contre l'héroïsme et la gloriole, reprit René, on aurait mieux fait de se taire, vous vous êtes battus quand même.

— On n'aurait pas dû, tout ce qui est arrivé est ma faute, confessa Jean-Jacques.

— Au contraire, il ne faut rien regretter ! fit le vieux René en riant. On s'est crus malins, on vous a fait la leçon, mais ça ne sert jamais à rien…

— Ce n'était pas prévu, glissa André comme pour s'excuser, c'est le hasard…

— Pas du tout ! Il fallait que vous vous battiez, c'était même indispensable, vous vouliez savoir si vous étiez capables d'affronter l'ignorance, le mépris et la bêtise. C'était un combat perdu d'avance ! Mais c'est toujours en prenant des coups qu'on grandit. Vous vous souviendrez longtemps de ce qui vous est arrivé dans la cour du lycée, vous avez appris bien plus sur la vie et sur vous-mêmes qu'avec toutes les leçons de sagesse assénées par vos pères, ces vieux bonshommes qui se croient intelligents parce qu'ils sont prudents.

Aucun des trois garçons ne répliqua, ils voulurent bien sourire d'entendre leurs pères qualifiés de vieux bonshommes prudents.

— Zayn, tu te souviens de ce cadeau de Claire, ce livre que tu ne voulais pas lire ?

— L'Exil et le Royaume…

— Tu devrais le lire, maintenant.

André et Jean-Jacques approuvèrent. Ils étaient loin d'avoir saisi toute la complexité de la pensée d'Albert Camus, mais en entendant ces mots tout simples de René, ils venaient d'admettre qu'on ne pouvait pas tout comprendre du premier coup une bonne fois pour toutes et pour toujours.

**Affaire Boupacha**

— Halimi, Halimi, elle est de la famille d'Alphonse ?

— Non, le nôtre, il est de Constantine, cette Halimi-là, elle vient de Tunisie et je crois qu'elle vit à Paris…

— Alors qu'est-ce qu'elle vient nous emmerder ici ? Ce qui se passe chez nous ne la regarde pas, il y a de très bons tribunaux et des juges qui connaissent leur métier, ici.

Maurice Amar soupira. Discuter avec son commis ne l'amusait plus, Monsieur Léon était vraiment obtus. D'après lui, si les choses allaient de mal en pis en Algérie, c'était uniquement la faute du général de Gaulle. À l'entendre, il n'y avait pas trente-six méthodes pour ramener la paix, il fallait serrer la vis aux Arabes : la répression, le napalm, les exécutions sommaires, les camps d'internement pour les insurgés du bled et la guillotine matin, midi et soir pour ceux qu'on coinçait en ville… Pour foutre la trouille à tous les autres. Monsieur Léon ne changeait pas, il ne changerait jamais.

Maurice aurait préféré causer d'Alphonse, l'autre Halimi, celui qu'il admirait sans réserve. Le cogneur de Constantine s'était mis à brûler la vie par tous les bouts, l'idole des pieds-noirs avait perdu sa couronne mondiale l'année précédente, mais il s'était repris et préparait activement le Championnat d'Europe des poids coqs.

— C'est pourtant pas compliqué ! poursuivait le coiffeur adjoint, spécialiste de la gomina. Si on faisait vraiment ce qu'il fallait, en moins de deux on en aurait fini avec le FLN et avec tout le cirque que les Arabes mettent partout.

C'était la guillotine qui avait provoqué la discussion. Djamila Boupacha, une jeune indépendantiste, avait été arrêtée au mois de février 1960. On l'accusait d'avoir déposé une bombe à la Brasserie des facultés. Torturée, violée par les spécialistes du renseignement militaire, elle avait avoué. La justice d'exception qui avait cours à Alger ne perdait pas de temps avec ce genre d'affaires.

Mais Gisèle Halimi, une avocate parisienne, avait entrepris de sauver la jeune femme en renversant la charge de l'accusation. Elle engagea le combat pour que sa cliente, d'accusée devînt la plaignante, en dénonçant les sévices et les viols répétés dont elle avait été victime. Simone de Beauvoir et Sartre furent les premiers à soutenir le combat des deux jeunes femmes. La mobilisation contre la torture en Algérie venait de prendre une ampleur inédite. Le pouvoir fut contraint de dessaisir le tribunal militaire algérois du cas Boupacha et de transférer la jeune femme à Paris pour éviter qu'elle ne soit assassinée dans sa cellule.

Comme beaucoup de pieds-noirs, Monsieur Léon en était ulcéré.

— Qu'est-ce qu'ils ont, ces avocats, à défendre les terroristes ? C'est eux qui ramassent les morts et les blessés quand une bombe a explosé en ville ? S'ils vivaient à Alger, ils diraient pas la même chose.

— Ils veulent retirer aux pieds-noirs et aux militaires le droit de faire fonctionner la justice comme ça les arrange !

C'était bien ce qui fâchait si fort les Français d'Algérie : pour eux, c'était clair, une fois de plus le pouvoir soutenait la canaille indépendantiste. Ils manifestaient bruyamment leur colère pour le faire savoir. Comme il en avait maintenant l'habitude, monsieur Amar faisait un pas de côté.

— Vous la défendez, Monsieur Maurice, c'est normal, cette Halimi, elle est juive. Vous êtes juif, tous les Juifs se soutiennent, c'est bien connu !

Monsieur Léon aimait bien son patron, il n'était pas vraiment hostile aux Juifs, mais il n'hésitait jamais à faire siens les vieux clichés antisémites encore bien vivaces en Afrique du Nord ; pour lui, les Juifs d'Algérie étaient des gens à part.

— C'est pas pour vous que je dis ça, reprit le commis coiffeur, mais beaucoup de Juifs appartiennent au Parti communiste algérien, ils soutiennent le FLN !... Si c'est pas malheureux, après tout ce que la France a fait pour eux ! C'est vraiment de l'ingratitude !

Le racisme et l'antisémitisme avaient toujours fait bon ménage chez les Européens de ce côté-ci de la Méditerranée. Monsieur Amar était fatigué de réfuter à longueur de journée les tombereaux d'idioties qu'il entendait débiter dans son salon de coiffure. Comme souvent, il préféra abonder dans le sens de son employé :

— Vous savez, Monsieur Léon, on s'entraide tous et on se soutient… un peu comme les francs-maçons ! Je me demande s'il est bien raisonnable de nous faire confiance, de nous considérer comme des Français.

L'autre continua sans percevoir l'ironie de son patron :

— Vous parlez arabe, les Juifs d'Algérie parlent arabe, c'est normal, les Juifs avant d'être Juifs, ils étaient Arabes, c'est sûr, il leur en reste quelque chose…

Maurice était découragé. Il se concentra sur la nuque qu'il était en train de dégager à la tondeuse. Comme le commis n'en rajoutait pas, il lui répondit sans élever la voix :

— Vous avez sûrement raison, Monsieur Léon, mais ça ne change rien à la façon qu'on a eue de rendre la justice ces dernières années en Algérie. Vous savez ce qui se dit chez nous, Monsieur Léon : « On ne cueille pas les fruits du bonheur sur l'arbre de l'injustice. »

— Ça vient du Talmud ? voulut savoir le commis.

— Non, du Saint Coran…

**« Ce soir, l'ennemi connaîtra le prix du sang et des larmes… »**

Depuis l'été dernier, Belkacem avait un compte personnel à régler avec l'occupant. Son frère Chérif était tombé en martyr, les armes à la main, et il savait ce qu'avaient subi ses parents et ses sœurs. Il avait soif de vengeance. Désormais les factions les plus modérées du FLN lui faisaient horreur. Il n'y avait plus de compromis possible, Belkacem avait choisi.

Le militant activiste Messahoud avait pris du galon. Il avait fait ses preuves, il n'avait pas tremblé quand on lui avait demandé d'en finir avec les derniers partisans de Messali Hadj.

Les chefs clandestins de l'insurrection étaient régulièrement liquidés par les services de renseignement français. L'ALN ne finissait jamais de se réorganiser, il ne restait plus beaucoup de combattants de la première heure. De fait, les responsables de la lutte urbaine étaient de plus en plus jeunes.

Il était loin le temps où Belkacem n'était qu'un simple agent de liaison. Dans la clandestinité, on ne le connaissait plus que sous le nom de Sidi-Nouman. Désormais, il était de ceux qui organisaient la lutte clandestine à Alger. Il coordonnait les actions, mettait à l'épreuve ceux qui voulaient rejoindre le combat nationaliste, il commandait l'exécution des traîtres, des mouchards et de toutes sortes d'ennemis de l'intérieur, ceux qui divergeaient sur la meilleure façon d'emprunter les chemins de la liberté. Il s'était endurci, le combat était âpre, d'une cruauté inouïe, la pitié n'était de mise ni d'un côté ni de l'autre. Aux meurtres perpétrés par la police et l'armée, à la torture, aux exactions de toutes sortes répondaient les attentats, la terreur aveugle.

Sidi-Nouman-Belkacem avait du sang sur les mains, il commandait, il exécutait les ordres venus de la direction du FLN. Il n'avait plus qu'un seul objectif : faire advenir l'indépendance et assister enfin à l'émancipation du peuple algérien.

— C'est horrible, mais il n'y a pas de guerre propre, disait-il quand il mettait au point un attentat avec un ou plusieurs activistes aussi déterminés que lui, ce que nous faisons n'est pas pire que de larguer à l'aveuglette des bombes ou du napalm sur un douar depuis un avion.

Les autres approuvaient. Belkacem s'appliquait à endormir sa conscience. Pour lui la fin justifiait tous les moyens, même les pires. À chaque fois qu'ils entraient en action, il y avait des blessés, des mutilés, des morts, souvent des policiers ou des militaires, mais aussi des civils, des femmes, des enfants…

— C'était inévitable… lâchait-il quand il lisait dans le journal la recension du nombre des morts et des blessés dans un attentat qu'il avait organisé.

C'était surtout d'une sauvagerie effarante. Sidi-Nouman disait à ses poseurs de bombes que les Européens ne devaient plus se sentir nulle part en sécurité à Alger, c'était la ligne idéologique impulsée par les plus durs de la direction politique du FLN depuis Tunis ou Le Caire. Il avait longtemps hésité, mais maintenant il était de ceux qui appliquaient sans états d'âme cette stratégie de la peur.

En dehors de la lutte à laquelle il se dévouait tout entier, le cœur et l'âme de Belkacem étaient devenus un désert immensément vide. Ne plus voir Claire, ne plus organiser sa clandestinité pour aller la retrouver pour la séduire encore, et l'aimer, avait libéré le révolutionnaire intransigeant qu'il était devenu. Jamais il n'aurait pu donner toute sa mesure s'il était resté sous le charme cette jeune femme tellement attirante. En brisant le lien qui les unissait, la police, sans le savoir, avait rendu un brillant activiste à l'insurrection.

Les Français ignoraient encore sa véritable identité, mais Sidi-Nouman était activement recherché. Son expérience de la clandestinité le rendait difficilement repérable, il avait des gardes du corps maintenant : trois ou quatre militants très affutés étaient chargés de le protéger, de surveiller ses caches, de sécuriser les réunions auxquelles il participait, de le prévenir en cas de danger.

Les indépendantistes avaient tiré les leçons de la bataille d'Alger, leurs réseaux étaient plus complexes, mieux cloisonnés, plus ramifiés et dispersés, mieux défendus. Malgré la violence exercée sur la population musulmane et la torture systématique de tout individu suspect, les services de renseignement ne parvenaient plus à infiltrer aussi facilement les réseaux clandestins.

Des mois qu'elle n'avait pas revu Belkacem. Claire commençait à se faire une raison, sa belle et flamboyante rencontre amoureuse n'avait peut-être été qu'un mirage, une sorte de folle parenthèse dans sa vie trop sage de professeure de lycée. Leur histoire s'était terminée de façon brutale et inattendue. Il fallait se rendre à l'évidence, ils y avaient mis fin parce qu'elle était impossible à vivre. Claire avait été follement amoureuse, mais le feu de la passion avait fini par s'assoupir.

— C'est mieux ainsi, confia-t-elle un jour à Marie-Jeanne, je me suis bercée d'illusions. J'étais venue à Alger pour retrouver un homme qui m'a déçue, et je me suis lancée à corps perdu dans une aventure impossible. Je ne dois pas être douée pour l'amour.

— Ne dites pas de bêtises, Claire, vous avez cru que votre amour serait plus fort que cette épouvantable guerre… On ne sait rien de l'avenir, ce que vous avez vécu avec Belkacem renaîtra peut-être.

— Non, je suis une romanesque incorrigible ! Je me demande souvent si ce n'est pas la clandestinité et le danger que j'ai recherchés dans les bras de Belkacem.

— Même si vous vous êtes perdus tous les deux, vous avez eu le courage d'affronter l'impossible, ce n'est pas rien.

— Les années passent, je suis seule…

Claire ne partageait son secret qu'avec Marie-Jeanne. À qui d'autre aurait-elle pu avouer sa détresse et ses tourments ? Elle était aussi très proche de Colette Ferrandi, mais Colette était née en Algérie ; inconsciemment sans doute, elle restait soumise aux préjugés raciaux des pieds-noirs : une relation charnelle avec un Musulman restait pour elle inconcevable, une sorte de sacrilège honteux et inavouable.

— Votre histoire avec ce garçon au cœur de la tempête algérienne me bouleverse, reprit Marie-Jeanne, elle raconte une Algérie imaginaire, un rêve brisé…

— Pour moi c'est fini, l'an prochain j'enseignerai l'anglais dans un lycée à Chartres. J'avoue que l'idée de retourner vivre quelque temps chez mes parents ne m'enchante pas vraiment, je me suis tellement sentie algérienne ces dernières années que j'ai le sentiment de partir en exil.

— L'éloignement et le temps vous feront vite oublier toute cette violence, tous les attentats, tous les morts, tous ces drames auxquels on ne fait même plus attention, vous vous souviendrez du soleil, des bains Padovani et de nos dimanches après-midi chez les Guivarch.

— En venant ici, j'ai aimé Belkacem, mais je crois que j'ai plus encore aimé l'Algérie, je suis déjà très triste de savoir que je vais la quitter bientôt. Et puis vous allez tous me manquer.

— Nous nous verrons à Saulnières ou à Chartres. Pierre doit rester encore deux ans à Alger, mais André et moi rentrerons à la fin de l'an prochain.

— J'y compte bien, fit Claire en s'autorisant enfin à rire, nous fonderons une amicale des anciennes d'Algérie.

— Moi non plus ça ne m'enchanterait pas d'aller m'installer chez mes parents en attendant la nouvelle affectation de Pierre. J'avais pensé repartir en France dès cet été, mais j'ai fini par céder, André et moi resterons une année de plus à Alger.

Elles s'étaient retrouvées aux Galeries de France, rue d'Isly, on pouvait encore y flâner ou faire quelques achats en toute sécurité. On pouvait prendre le temps d'y causer un peu. Les femmes devaient laisser visiter leur sac à main en entrant et les hommes étaient sommairement fouillés. Les Musulmans évitaient d'aller faire leurs emplettes dans le plus beau des grands magasins de toute l'Afrique du Nord, car si les Européens avaient peur des Arabes, les Arabes redoutaient plus encore les accès de folie furieuse des Européens.

C'était la veille du week-end de la Pentecôte. Le rapt avait été mené de main de maître. Elle s'en allait prendre son tram place du Gouvernement pour rentrer chez elle ; ils étaient à l'affût sous le porche de Notre-Dame-des-Victoires, rue Bab-el-Oued. Quand elle était passée, ils l'avaient cueillie en douceur et poussée dans une 403 opportunément garée devant l'église. Elle n'avait même pas eu le temps de crier.

Le moteur tournait, la voiture avait démarré et s'était coulée discrètement dans la circulation. Ils avaient roulé. Ils parlaient peu, mais en arabe, elle ne comprenait rien. Elle était assise au milieu sur la banquette arrière, un costaud de chaque côté, l'air pas trop sympathique. Elle était terrorisée. Elle n'était pas sans savoir que ceux qui étaient enlevés en pleine rue disparaissaient généralement à tout jamais. Ou alors si on les retrouvait, ils n'étaient plus que des cadavres affreusement mutilés, abandonnés sur un terrain vague. La police usait et abusait de cette méthode d'intimidation depuis le début de l'insurrection ; des suspects de complicité ou même de sympathie avec le FLN étaient brutalement embarqués pour un voyage sans retour. Dans cette Algérie qui marchait sur la tête, les kidnappeurs étaient chargés d'enquêter sur le kidnapping qu'ils venaient de commettre : ils ne risquaient pas la mise à pied.

Depuis quelque temps, les activistes de l'ALN s'y étaient mis aussi : quelques grandes gueules de l'Algérie française s'étaient vues brutalement propulsées au fond d'une voiture, direction l'éternité, non sans avoir été, au préalable, méthodiquement torturées. Œil pour œil, dent pour dent.

Claire n'était qu'un nœud d'angoisse et même de terreur, sa peur était telle qu'elle ne parvenait même pas à pleurer ; qu'avait-elle fait pour mériter ça ? Qu'allaient-ils lui faire subir avant de la tuer ? Une sarabande de questions tournait dans sa tête, le désespoir et la peur l'empêchaient de réfléchir. D'horribles récits de femmes torturées et violées occupaient son esprit.

Elle tenta de remuer un peu, mais la poigne vigoureuse de l'homme assis à sa droite était intraitable. Elle n'osait plus bouger, la voiture roulait, on allait quitter la ville. Elle était bien trop effarée pour repérer la route qu'ils prenaient. On lui avait enlevé sa montre. Quand la voiture s'arrêta, la soirée était bien avancée, mais elle était incapable de dire depuis combien de temps elle avait été enlevée.

Sans la brutaliser, on la conduisit à l'intérieur d'une maison d'apparence tout à fait anodine au cœur d'un bourg qui lui sembla vide d'habitants. Elle n'avait pas vu de pancartes, elle ignorait où elle était. La chambre où Claire fut enfermée à double tour était modestement meublée, des grilles de fer forgé ôtaient tout espoir de s'échapper par la fenêtre. On devait être au début de la nuit. Épuisée, elle se laissa tomber sur le lit. Elle put enfin pleurer avant de sombrer dans un demi-sommeil nauséeux.

Le bruit de la clé dans la serrure la réveilla. Affolée, elle se recroquevilla sur le lit. L'heure était venue, la nuit était profonde maintenant. L'homme n'avait pas allumé, il restait immobile, silencieux, elle ne le voyait pas, mais c'était lui, elle le savait. Il vint s'asseoir au bord du lit. Belkacem resta silencieux un long moment avant de lui adresser la parole :

— Nous avons de grandes oreilles et des yeux partout, dans toutes les administrations, finit-il par lui dire, j'ai appris que tu allais repartir en métropole.

— Oui ! Je ne supporte plus cette guerre atroce, j'aspire à vivre en paix.

— Bien sûr, reprit-il d'une voix un peu lasse, je comprends. Moi aussi je suis fatigué de cette vie clandestine. Mais je ne pouvais pas te laisser partir comme ça : après tout ce qu'on a traversé, il fallait qu'on se dise adieu !

— Tu m'as fait enlever pour me dire ça !

Ils se turent. Et puis soudain, sans que rien ne le laissât prévoir, elle se mit à rire.

— Qu'est-ce qui t'amuse ? s'étonna-t-il.

— Tu es peut-être devenu quelqu'un d'important, mais tes hommes de main ont encore de gros progrès à faire en matière d'enlèvement romantique. Ils manquent un peu de… délicatesse.

— Ce sont des combattants, ils n'ont pas tes habitudes de Française bien élevée, on ne leur a pas appris les bonnes manières, ils sont dévoués corps et âme à la cause de l'indépendance de l'Algérie. Je n'aime pas que tu te moques d'eux.

— Je ne me moque pas, mais je ne joue plus. J'en ai assez, je n'ai pas de place dans ton monde. Je t'ai aimé, Belkacem, je t'aime peut-être encore, mais il vaut mieux que je m'en aille, que je te laisse à l'Algérie… Elle a besoin de toi !

— Elle a besoin de tous ceux qui veulent en finir avec l'occupation coloniale. J'ai changé, je ne suis plus celui que tu as connu, les Français ont tué mon frère, violé mes sœurs et humilié ma mère et mon père ; je suis devenu comme ceux qui vous font la guerre, maintenant j'organise des attentats… J'ignore la pitié, je n'ai plus peur de tuer.

— C'est horrible, tu oses me dire ça ! Comment peux-tu encore m'adresser la parole ?

— La haine a gagné ! Tous les Européens devront s'en aller, ils iront en France ou ailleurs, peu nous importe, ce qui est certain, c'est qu'ils ne seront plus chez eux dans l'Algérie indépendante !

Ils ne se voyaient pas, leurs mots n'étaient que murmure. Belkacem s'efforçait de parler d'une voix neutre, sans passion. Le terrorisme révulsait la femme qu'il aimait. Elle allait le rejeter et même le haïr. Il ne pourrait pas la retenir, parce que ce qui se jouait sous le soleil de l'Algérie les emportait irrémédiablement sur les rives opposées de ce monde en train de se briser.

— Notre histoire était un beau rêve, reprit Claire. Maintenant, elle vire au cauchemar. Les rêves ne sont pas faits pour être vécus, ils finissent toujours par se fracasser sur le mur de la réalité.

— Je te devais la vérité, je ne t'ai jamais menti.

Sans doute n'y avait-il plus rien à dire. Claire était maintenant assise contre le mur, ses bras serraient ses jambes contre elle. Belkacem était couché en travers du lit. Ils restèrent longtemps sans rien se dire dans le noir, comme s'ils avaient craint de se regarder pour mettre ce douloureux point final à leur histoire.

De la main elle le chercha, elle toucha son visage. Il pleurait. Par-delà les larmes, il y avait cet homme qu'elle ne pouvait plus aimer. Elle l'attira contre elle et berça longuement ce grand garçon égaré, ce chef d'une bande de terroristes qui aurait dû lui faire horreur. Elle retrouvait son odeur, le grain de sa peau, l'élasticité de ses muscles, elle en fut troublée. Depuis son enlèvement, une tension presque insupportable l'étreignait. Au contact du corps de Belkacem, elle se détendit. Une tendresse mêlée de pitié la submergea ; leurs lèvres se joignirent.

Claire et Belkacem firent l'amour. Ce n'était pas cet élan passionné, presque animal, qui souvent les avait jetés l'un vers l'autre, c'était, cette nuit-là, une suite d'étreintes désespérées, entrecoupées de larmes, une danse d'amour toute de tristesse et de gravité. Un adieu.

Il se leva sans bruit en prenant soin de ne pas la réveiller. Peut-être fit-elle semblant de dormir pour lui permettre de sortir de sa vie sans avoir à remuer à nouveau tous ces mots dérisoires incapables de les consoler. En partant, il avait posé sur son front un baiser, d'une légèreté angélique. Son cœur avait tressailli, mais elle était restée d'une immobilité parfaite. Quand elle entendit claquer des portières et une voiture démarrer, elle sut qu'elle pouvait enfin pleurer. C'était fini.

Toujours aussi peu gracieux et bavards, les sbires de Belkacem la déposèrent, à sa demande, en haut du boulevard Anatole-France. Elle se sentait vide, triste et sans désir. Sans doute était-elle soulagée aussi.

Claire descendit la rampe qui conduisait à l'entrée de l'Amirauté. Pierre lui avait fait établir un laissez-passer permanent pour franchir le poste de garde de la gendarmerie maritime. Affronter son désarroi seule dans sa petite maison d'El Biar l'effrayait, elle espérait que les Lagadec seraient chez eux, elle voulait confier sa peine à Marie-Jeanne.

Elle avait bien fait de ne pas retourner chez elle. L'inspecteur Jimenez avait fait une grosse colère quand ses hommes lui avaient avoué avoir brusquement perdu la trace de Claire Deleuze rue Bab-el-Oued. L'inspecteur adjoint avait décidé d'outrepasser les consignes de l'inspecteur principal Brunet et de se saisir sans plus tarder de la jeune professeure d'anglais qui les mystifiait depuis des mois.

Deux policiers en civil planquaient dans la rue pour arrêter Claire quand elle regagnerait ses pénates. L'arrêter, mais surtout la faire parler ! Jimenez voulait qu'elle leur livre l'insaisissable Belkacem. Il ignorait que Sidi-Nouman – qu'il recherchait aussi – et Belkacem Messahoud n'étaient qu'une seule et même personne. Même la police ne pouvait pas tout savoir.

Jimenez était sûr de lui, il en connaissait un rayon pour faire parler une femme. Depuis qu'il avait rejoint la police, l'inspecteur adjoint Jimenez avait rendu bavardes bien des Musulmanes plus ou moins liées à la rébellion indépendantiste, mais il n'avait encore jamais fait la démonstration de son savoir-faire avec une

Européenne. Il s'en régalait à l'avance : il ne risquait rien, en Algérie, tout était permis à la police au nom de la lutte contre l'insurrection.

## Les territoires du quotidien dans une ville en guerre

Avec sa frimousse de jeune fille bien sage et sa belle tresse blonde, Brigitte faisait preuve d'une audace incroyable. Ce jeudi midi du mois de juin, elle traversait la place du Gouvernement main dans la main avec Zayn. On les dévisageait. C'était impensable, à la limite de la décence. Elle lisait la réprobation dans le regard des Européens courroucés qu'ils croisaient. Il la raccompagnait à la station des bus. Elle était plutôt contente d'elle. Sous son air parfois un peu gauche, elle se régalait de cette provocation, devinant les insultes et les injures que tous ces braves gens avaient envie de lui cracher au visage.

Lui aussi jubilait. Il n'était plus ce petit Arabe timide qui se faisait oublier tout au bout du rang de la classe de sixième quelques années plus tôt. Zayn était fier, il était chez lui, dans son pays, et il était amoureux, il était libre et n'avait aucun compte à rendre à tous ces passants qui le regardaient de travers parce qu'il fricotait avec une Européenne.

Ils étaient très beaux tous les deux : lui, chemise blanche, col ouvert, grand, solide, large d'épaules comme son père, élégant, un petit cartable sous le bras, le regard franc, rieur, du plaisir et du bonheur plein les yeux, elle, sereine, douce, innocente en apparence, mais sûre d'elle, défiant le conformisme mortifère de cette seule main fragile amoureusement offerte à un jeune

Musulman, un Arabe, un crouille, un bicot, un melon, un tronc de figuier

En ces temps de haine ordinaire, il leur fallait un sacré culot – ou une bonne dose d'inconscience – pour s'afficher ainsi en public. Tous les deux avaient le goût de ne pas obéir aux convenances de leurs communautés respectives et d'aller leur chemin comme bon leur semblait. Si beaucoup d'Européens trouvaient contre nature pour une des leurs de nouer une relation amoureuse avec un Arabe ou un Kabyle, il ne manquait pas non plus de zélateurs du prophète pour trouver indécente une liaison entre une roumi et un Musulman : c'était *haram*, interdit, illicite. Pour d'autres, c'était une intolérable insulte aux martyrs de l'insurrection. Cent trente années de cohabitation forcée et d'incompréhension avaient édifié une barrière de préjugés racistes et religieux qu'il fallait bien du courage pour s'aviser de franchir.

À côté d'eux marchaient André et Anita. En fait, ils ne marchaient pas, ils planaient dans les éthers, l'amour leur donnait des ailes. Leurs lèvres ne cessaient de se rejoindre pour des baisers aussi furtifs que tendres et complices. Ils babillaient, ils bêtifiaient, il y avait quelque chose d'enivrant à se rendre ainsi à la station des bus. Autour d'eux, c'était peut-être la guerre ponctuée d'attentats, mais Dieu que la vie était belle dans ces instants de l'envol amoureux !

Jean-Jacques et Josiane allaient un peu en avant, eux aussi main dans la main, ils échangeaient de douces confidences, des promesses d'amour sans fin qu'ils ne tiendraient pas, mais qu'on aimait dire, et qu'on voulait croire possibles à cet âge-là.

Quand le bus pour Guyotville démarra, ils eurent encore le temps de s'envoyer du bout des doigts quelques promesses de tendresse. Puis, encore abasourdis de félicité, ils redescendirent sur Terre. Il ne fallait plus trop traîner pour regagner leurs foyers : même les parents de Zayn ne supportaient plus de savoir leur garçon en vadrouille dans les rues d'Alger.

« Tu veux faire mourir ta mère », allait encore dire Rachel. Savoir que son fils se promenait en ville, inconscient du danger qui guettait partout, la plongeait dans un abîme d'angoisse. Quant à Marie-Jeanne, l'absence de son fils provoquait chez elle des accès d'anxiété nerveuse qui l'empêchaient de ne rien faire d'autre que de l'attendre en se tordant les mains.

Terrorisées à l'idée d'imaginer Jean-Jacques ou André victime d'un attentat ou pris avec Zayn dans le cours furieux d'une émeute, les deux amies étaient beaucoup moins craintives pour elles-mêmes. Elles avaient espacé leurs visites au marché de la rue et de la place de Chartres en bas de la Casbah, mais elles continuaient de s'y rendre de temps en temps.

— C'est de la folie, s'était récrié Pierre Lagadec quand elle lui avait avoué qu'elle allait régulièrement se perdre dans la foule si pittoresque des ruelles du vieux marché traditionnel, je t'interdis d'y aller !

C'était inédit, jamais il n'avait parlé ainsi à sa femme ; Marie-Jeanne ne l'en croyait pas capable ; elle en resta, quelques instants, stupéfaite.

— Ce qui importe, avait-elle fini par lui répondre, c'est que moi, je me l'autorise !

Le maître principal Lagadec n'était pas sur sa passerelle, Marie-Jeanne n'était pas un matelot à qui on dictait sa conduite. Il n'insista pas.

André avait été témoin de la scène. Quand sa mère lui avait interdit d'aller traîner avec Jean-Jacques et Zayn – il n'avait pas fait mention d'Anita, de Josiane et de Brigitte – du côté du square Bresson, il lui avait resservi le fameux « Ce qui importe, c'est que moi, je me l'autorise ». Marie-Jeanne n'avait pas engagé une épreuve de force avec André. Après l'avoir abreuvé d'une longue suite de conseils de prudence et de recommandations diverses, elle avait laissé sortir son oisillon du nid familial.

Comme André avait le droit d'aller en ville, Rachel, la mort dans l'âme, avait aussi laissé son garçon arpenter les trottoirs d'Alger en compagnie de ses deux amis. Maurice, en homme prudent et avisé, avait allumé une cigarette, bien résolu à ne pas intervenir dans le débat entre sa femme et son fils.

Zayn aussi pouvait aller retrouver les deux autres. C'était le père Yborra qui avait convaincu Ahmed et Bouchra de laisser leur petit dernier prendre l'air, il en avait besoin. Zayn avait promis de ne pas s'attarder et de rentrer à l'heure pour ne pas affoler sa mère et ses sœurs.

Quelques jours plus tôt, il avait rencontré monsieur Guedje, son instituteur de CM2. Après un échange de banalités de bon aloi, son ancien maître l'avait entraîné jusqu'à la maison d'école où il habitait, il voulait lui donner des livres.

— C'est un copain à moi qui les a écrits, on était ensemble à l'école normale de la Bouzareah, c'est un Kabyle, tu vas voir, il écrit des livres formidables ! Tu m'en diras des nouvelles.

Zayn se confondit en remerciements, il était ému de la confiance et de l'amitié que lui manifestait encore l'instituteur ; il avait conscience d'avoir trop souvent négligé d'aller le visiter depuis qu'il était entré au lycée.

— Mouloud Feraoun, *Le Fils du pauvre* ! fit Zayn, pensif, en regardant le titre du premier livre.

Il y avait quatre années maintenant qu'il était au lycée et il venait seulement de s'apercevoir que la littérature n'était pas l'apanage des Européens. Des Algériens avaient pu eux aussi s'emparer de la langue du colonisateur, se l'approprier et dire le monde tel qu'ils le vivaient et tel qu'ils le voyaient.

Dans les lycées d'Algérie, on ne sortait pas du programme officiel. Vus de Paris, pour les ministres de l'Éducation nationale, les Mouloud Feraoun, Kateb Yacine, Mouloud Mammeri n'étaient que des ploucs tout juste bons à produire une sous-littérature régionaliste.

## Un dimanche à Saint-Eugène

L'inspecteur Jimenez avait été très déçu. Depuis une semaine, il ne décolérait pas ; les deux types qu'il avait mis en faction devant la maison de Claire Deleuze n'étaient que des trouillards et des incapables, ils avaient tout fait rater. Pierre Lagadec avait raccompagné Claire chez elle avec la voiture de service mise à sa disposition. Deux ancres de marine croisées et une marque militaire tricolore sur la plaque minéralogique avaient fait réfléchir les deux fonctionnaires de police. Et celui qui conduisait était en uniforme ! Les deux policiers chargés d'arrêter la jeune femme n'avaient pas osé intervenir sans en référer à l'inspecteur principal Brunet. Une suspecte européenne ramenée chez elle par un véhicule de la marine nationale conduit par un sous-officier en tenue n'était pas une justiciable comme les autres ; il valait mieux être prudent. Avec les militaires, les flics ne savaient jamais trop sur quel pied danser.

C'était bien l'avis de Brunet, qui enjoignit à ses subordonnés de se tenir à carreau et de ne rien faire. Jimenez avait eu beau se fâcher, le chef était resté intraitable : on ne touchait pas à mademoiselle Deleuze pour l'instant.

— Il semble qu'elle n'ait rien à voir avec l'insurrection indépendantiste, annonça-t-il à ses subordonnés, la dangereuse terroriste Claire Deleuze est fatiguée de l'Algérie, elle a demandé sa mutation en métropole, on peut penser que d'ici un mois, elle nous quittera.

— Vous êtes sûr, patron ? s'inquiéta un des sbires.

— Notre métier est de tout savoir, donc je sais de source sûre qu'elle a obtenu un poste dans une petite ville de province, elle a aussi acheté un aller simple pour Paris au comptoir d'Air France... Beaucoup de fonctionnaires originaires de métropole essaient par tous les moyens de rentrer en France.

— Les rats quittent le navire, maugréa l'inspecteur Jimenez, il faudrait les obliger à rester.

Brunet n'était visiblement pas mécontent de couper l'herbe sous le pied de son adjoint.

— Jimenez, vous ne pourrez plus compter sur Claire Deleuze pour vous conduire jusqu'à ce fameux Belkacem...

Jimenez n'était pas loin de considérer que son patron était un infiltré pro-FLN dans les rangs de la police.

Ce dimanche soir, inconsciente d'être passée à côté d'une seconde séquestration secrète, Claire put s'endormir après avoir avalé un somnifère qui lui permit de passer une nuit à peu près tranquille. Et puis, ce lundi de Pentecôte étant férié, elle pourrait faire la grasse matinée. Tous devaient se retrouver chez les Guivarch pour le plaisir d'être ensemble une dernière fois.

L'année scolaire arrivait à son terme, Colette et Claire allaient bientôt quitter Alger pour la métropole.

À Saint-Eugène, la gaîté était un peu forcée cet après-midi-là. Claire et Colette partaient : c'était irrévocable, elles ne pouvaient plus revenir en arrière. Colette Ferrandi aurait voulu obtenir un poste dans un lycée de Marseille ou bien dans une grande cité du Midi, au bord de la mer, mais l'Éducation nationale l'envoyait enseigner l'espagnol dans la préfecture du Lot; elle avait soigneusement caché sa déception à ses amis. Vue d'Alger, la ville de Cahors n'était qu'un point minuscule sur la carte de cette France qu'elle n'avait fait qu'entrevoir lors de son voyage de noces. Colette n'y connaissait personne, elle ne savait pas encore comment elle se logerait avec sa fille : elle se débrouillerait, disait-elle crânement. Elle risquait surtout de s'y sentir perdue de solitude, presque comme à l'étranger. Elle voulait croire que ce serait une chance unique de reconstruire sa vie en repartant de zéro, et surtout du bon pied.

Le divorce n'avait pas encore été prononcé, mais son mari, désormais voué tout entier au maintien de l'Algérie dans le giron de la France, n'avait élevé aucune objection à voir partir au loin sa fille et celle qui avait été sa femme. Il donnait même l'impression d'en être plutôt soulagé. Mise en vente à la fin de l'été précédent, la petite maison de vacances des Ferrandi à Jean Bart n'avait toujours pas trouvé d'acheteur. Depuis les événements du mois de janvier, l'investissement immobilier n'intéressait plus personne à Alger. Même bradés, maisons et appartements restaient sur les bras des vendeurs. L'incertitude était partout, la confiance en l'avenir s'était brutalement effondrée.

Colette s'efforçait de faire bonne figure, mais ses sourires étaient un peu forcés. Il était trop tard pour reculer, mais sans le dire, elle en était à se demander si elle ne faisait pas la plus grosse bêtise de sa vie.

Claire non plus n'était pas au mieux de sa forme. Au bout de la table, elle donnait l'impression d'être complètement absente, elle ne répondait pas quand on lui adressait la parole, ou bien elle n'avait pas entendu la question. Alors elle faisait répéter en adressant à son interlocuteur un sourire un peu triste et contraint.

— Ça n'a pas l'air d'aller, ma petite Claire, s'était inquiétée Giovanna.

— C'est de devoir bientôt tous vous quitter qui me rend triste. Qui sait quand je pourrai revenir en Algérie ? Peut-être n'y reviendrai-je jamais ?

— Ne dites pas de bêtises, Claire. D'une manière ou d'une autre, toute cette agitation liée à l'insurrection finira par retomber, il fera à nouveau très bon vivre en Algérie.

C'était Maurice qui lui avait répondu. Il jouait à l'incorrigible optimiste, mais il était comme tout le monde, il n'avait pas la moindre idée de la façon dont allait se dessiner l'avenir.

— D'une manière ou d'une autre ! avait repris Claire d'une voix un peu étrange.

À tous ces gens qu'elle aimait, qui l'avaient accueillie, avec qui elle avait ri et qui si souvent lui avaient réchauffé le cœur, elle ne pouvait pas dire ce que lui avait avoué Belkacem. Les Lagadec n'étaient que de passage en Algérie, mais les Amar et les Guivarch n'avaient nulle part où aller, ils étaient liés à cette terre, à la vie, à la mort.

Marie-Jeanne s'était rapprochée de Claire. Giovanna avait entraîné Rachel et Colette dans sa cuisine, pour leur communiquer quelque secret. Les hommes étaient dans le jardin en train de causer politique en regardant les pots de cactées et de succulentes de René. Il y avait un peu de vent, la mer était agitée, on entendait les vagues se briser sur les rochers en contrebas du boulevard, la vie semblait devoir toujours s'écouler ainsi, tranquille et sans histoires.

C'était le père Yborra qui amènerait le goûter de cette journée des adieux : des ensaimadas et des polveronnes, des gâteaux espagnols. Le vieux boulanger en tenait la recette de sa mère venue d'Espagne, il y avait de ça bien longtemps.

Quant aux garçons, ils étaient comme des conspirateurs, retranchés dans l'atelier de René. Porte fermée, ils pouvaient échanger tranquillement quelques confidences loin des oreilles des adultes. Le départ de Claire et Colette pour la métropole ne les laissait pas indifférents, mais ils n'y pouvaient rien. Après tout, c'était leurs vies, elles faisaient ce qu'elles voulaient; eux avaient l'esprit occupé par mille et une choses. Et puis ils étaient amoureux. Ils se sentaient emportés par une sorte de béatitude sentimentale vaguement euphorique. Entre eux, ils parlaient d'aller plus loin dans leur découverte des mystères infinis de la féminité; les filles étaient prudentes et pleines de retenue, elles se dérobaient. Le désir des garçons s'exacerbait. Ils languissaient, mais ils imaginaient le bonheur tout proche, à portée de la main.

Tandis que les « vieux » discutaient de choses et d'autres, entre deux évocations de toutes leurs émotions intimes, Zayn avait confié à André et à Jean-Jacques qu'il n'avait pas renoncé à venger l'offense faite à ses parents et l'insoutenable violence infligée à ses sœurs. Les deux flics auteurs de ces crimes n'allaient pas s'en tirer comme ça. Il leur avoua avoir la certitude qu'un jour il retrouverait les deux tortionnaires qui avaient humilié sa famille : ils paieraient.

— Je sais qu'il y en a un qui s'appelle Jimenez, mes sœurs ne l'oublieront jamais, elles le reconnaîtront. S'il est toujours à Alger, on le retrouvera.

— C'est impossible de le repérer, lui fit remarquer Jean-Jacques, la moitié des pieds-noirs s'appelle Jimenez.

— Et si vous le repérez avec tes sœurs, qu'est-ce que tu feras après ? voulut savoir André.

— Après, je n'en sais rien. J'attendrai le bon moment, il faudrait que je trouve une arme, ou un autre moyen de le tuer.

— Tu serais capable de buter un mec ?

— Peut-être… Ou alors, je pourrais demander à un type de l'ALN de le faire à ma place ! Pour la vengeance, ça reviendrait au même…

L'objectif était encore lointain, mais pour fumeuse qu'elle fût, l'idée de faire éventuellement intervenir un spécialiste de l'ALN était plus réaliste que de procéder lui-même au châtiment d'un policier. Cette idée les laissa songeurs un bon moment. André brisa le silence en s'adressant à Zayn :

— Supposons que tu aies une arme, tu saurais t'en servir ?

— Ça n'a pas l'air bien compliqué. Tu vises, tu tires… comme au cinéma.

— Parce que mon père, il a un revolver, mais il faut qu'il s'entraîne pour avoir le droit de le porter sur lui.

— Ton père a un revolver ? Un vrai ? Comme dans les films de gangsters ?

— Un vrai, bien sûr, et qui tire des balles ! Mais il n'est pas à lui, c'est un revolver qui appartient à la marine. Quand il sort en ville, il le porte sous l'aisselle avec un holster. Quand il a sa veste sur le dos, on ne voit rien.

Les deux autres en étaient épatés. Le si placide et raisonnable monsieur Lagadec se baladait depuis des semaines, en ville, avec une arme sur lui. Ils avaient entendu dire que des tas de gens se promenaient dans Alger avec un pistolet sur eux parce qu'ils avaient peur, mais ils n'en avaient jamais vu un de leurs yeux.

— C'est pour ça que mon père garde toujours sa veste, même quand il fait très chaud, comme aujourd'hui.

André se trompait. Quand ils rejoignirent les autres pour déguster les délicieux gâteaux espagnols du père Yborra, Pierre avait tombé la veste, mais il avait gardé le holster sanglé autour de ses épaules et de son torse. Jean-Jacques et Zayn en étaient bouche bée.

Tire-bouchon en main, monsieur Lagadec était en train d'ouvrir une bouteille de rosé de Mascara. Rien de tel pour faire glisser les délicieuses pâtisseries ibériques du vieux boulanger de Saint-Eugène. Personne ne semblait choqué ou étonné de voir la crosse d'une arme de poing dépasser sous le bras de Pierre. En principe, c'était pour se défendre en cas de besoin. La meilleure défense étant l'attaque, plus aucun civil porteur d'une arme à feu ne pouvait vraiment dire s'il était prêt à se défendre ou au contraire à attaquer.

## Ceux qui se mêlent de prédire l'avenir se trompent toujours

Claire était revenue chez ses parents à Chartres, ses malles venaient d'arriver. D'Alger, elle ne ramenait que ses livres ; sa bibliothèque était le seul bien auquel elle tenait vraiment. Elle retrouvait sa chambre de jeune fille, elle espérait s'installer bientôt chez elle, mais elle ne voulait rien précipiter. Ce retour était douloureux, le chapitre de ses années algériennes n'était pas facile à refermer. Recommencer une nouvelle vie l'angoissait, elle manquait d'entrain.

La blessure était encore à vif. Tout doucement, Claire refaisait surface. Elle n'oublierait jamais Belkacem. Avec le temps, il se rangerait dans le repli le plus intime de sa mémoire aux côtés de ce Lionel Paterlini, l'aspirant médecin qu'elle avait connu à Paris et qu'elle était allée rejoindre à Alger avant de le quitter. Lionel et Belkacem, l'eau et le feu, l'ultra de l'Algérie française et le combattant de l'indépendance devenu terroriste. Pour eux, la guerre… pour elle, deux échecs.

« Tout passe, se disait-elle, il faudrait ne plus y penser. » C'était impossible.

D'ailleurs, comment ne pas y penser sans cesse ? On parlait de l'Algérie à chaque bulletin d'information à la radio, à chaque journal télévisé. Elle était à la une de tous les quotidiens, il n'était pas une conversation privée qui ne finissait pas en discussion acharnée à propos de ce qui se passait là-bas. Et puisqu'elle en revenait, on ne cessait de lui demander son avis. Chaque jour, elle était sommée de dire ce qu'elle pensait des événements en cours et comment elle croyait qu'on allait en sortir. Parfois Claire essayait de répondre, mais le plus souvent elle préférait dire qu'elle ne savait pas parce que c'était bien trop compliqué. Elle gardait pour elle cette confidence de Belkacem qui lui glaçait le cœur : « La haine a gagné ! Tous les Européens devront s'en aller, ils iront en France ou ailleurs, peu nous importe, ce qui est certain, c'est qu'ils ne seront plus chez eux dans l'Algérie indépendante ! »

Claire était lasse et découragée par les empilements de livres qu'elle devait ranger, il y en avait partout.

Curieusement, ce désordre dans sa chambre de jeune fille la rassurait, il la ramenait au temps de sa prime jeunesse, avant tout ce tumulte de la guerre en Algérie.

Depuis plusieurs jours, elle était patraque, fatiguée et barbouillée. Le matin même elle avait vomi son petit-déjeuner. Le doute lui vint d'un seul coup, elle se palpa les seins devant le miroir de la salle de bains, il lui sembla qu'ils avaient un peu grossi. Ils étaient aussi parcourus de frissons et de douleurs légères et diffuses.

— Non ! C'est pas Dieu possible ! fit-elle en ouvrant des yeux grands comme des soucoupes.

Puis elle caressa son ventre. Elle ne pourrait jamais oublier l'Algérie, car voilà qu'en silence, elle avait commencé à vivre en elle.

## Décembre 1960 – Septembre 1961

## L'année du bras de fer

### Que sèmeront-ils sur leur victoire sinon une autre révolte ?

André avait pris le tract, il l'avait ostensiblement chiffonné et l'avait laissé tomber à ses pieds avant de marcher dessus. Il n'avait pas lâché des yeux le type qui distribuait son torche-cul. L'autre lui avait jeté un regard noir, mais n'avait pas osé déclencher une bagarre à la porte du lycée. C'était un ultra plutôt timide, tout le monde n'était pas doué pour la violence, même à l'extrême droite.

Le jeune Lagadec poursuivit son chemin et rattrapa ses deux grands copains qui n'avaient pas osé refuser le feuillet ronéoté qui dénonçait l'abandon de l'Algérie par de Gaulle et appelait, par la même occasion, à voter non au référendum qui aurait lieu un mois plus tard.

— Pas envie de me faire casser la gueule ! lui avait dit Jean-Jacques.

— Moi non plus, mais de temps en temps, il faut vérifier qu'on en a encore dans le slip, avait répondu André, somme toute assez content de lui.

— Et c'est comment, dans ton slip ? voulut savoir Zayn.

— J'me plains pas, mais je ne suis pas allé défier un malabar habitué au combat de rue. J'en ai pris un à ma portée, pas trop balaise et l'air un peu con !

Jean-Jacques était rassuré sur la témérité d'André, elle restait raisonnable. Mine de rien, Zayn ramena l'ami Lagadec au sens des réalités :

— Rappelle-moi, combien t'as passé de jours à l'hôpital l'an dernier ?

André ne jugea pas utile de répondre.

Depuis la rentrée d'octobre, les trois garçons ne faisaient plus le détour par la rue Lazerges. Anita, Josiane et Brigitte en avaient fini avec leur brevet professionnel de sténodactylo, elles cherchaient du travail. Elles cherchaient, mais ne trouvaient rien. Alger n'inspirait plus vraiment confiance. Beaucoup de jeunes partaient tenter leur chance en métropole avec dans l'idée de revenir un jour, plus tard, quand le calme serait revenu. Dans une ville qui commençait à douter de son avenir, les emplois ne couraient pas les rues.

Las de chercher, le père d'Anita parlait même d'envoyer sa fille chez des cousins à lui, commerçants à Besançon ; leur affaire prenait un peu d'ampleur et ils avaient besoin d'une dactylo.

André ne voyait pas ce départ d'un bon œil : il était amoureux. Anita l'était peut-être aussi, mais elle espérait bien partir le plus tôt possible dans cet inconnu lointain. C'était l'aventure, elle n'avait jamais mis les pieds hors de l'Algérie ; Besançon la faisait rêver, c'était ailleurs, loin de ses parents, loin de cette Algérie si compliquée, c'était pour elle la promesse de la liberté. C'était si bon parfois de se nourrir d'illusions. Elle n'oublierait pas les amis quand elle serait là-bas ; elle disait qu'elle écrirait pour donner des nouvelles ou qu'elle reviendrait pour les vacances.

Josiane et Jean-Jacques échafaudaient des plans plus fumeux, en tout cas à plus longue échéance. Dès qu'il aurait le bac en poche, ils fileraient tous les deux à Paris, la Ville lumière où ils pourraient s'aimer en toute liberté sans avoir de compte à rendre à quiconque. Lui serait étudiant, elle travaillerait en attendant que Jean-Jacques trouve un emploi, forcément bien payé, puisqu'à Paris, c'était bien connu, tout le monde gagnait beaucoup d'argent. Il y avait encore très loin de la coupe aux lèvres, mais ils étaient dans cet âge où on ne doute jamais de rien.

Zayn n'aimait pas parler de l'avenir. Le présent était bien assez embrouillé comme ça, il vivait au jour le jour. Comme tout le monde, il lui arrivait de rêver, mais quitter l'Algérie ne lui semblait pas réaliste. Pour ce qu'il en savait, les Arabes partis en métropole occupaient les emplois boudés par les Français et mal payés. Au moins en Algérie, avec un peu de chance, il pourrait faire des études… Après, il aviserait. Brigitte non plus ne se voyait pas d'avenir ailleurs qu'à Alger ; tous les deux étaient d'accord là-dessus et même sur beaucoup d'autres choses.

Plus de sorties au collège technique et de déambulations amoureuses jusqu'à la station des bus, il ne restait aux garçons qu'à s'en retourner chez eux. Les trois amis voulaient aller vers le boulevard Amiral-Pierre, ils aimaient bien s'y attarder un peu en sortant du lycée pour discuter en regardant la mer. Mais ce soir-là, chaque entrée sur la place Jean-Mermoz était verrouillée par des rassemblements de militants du FAF – le Front de l'Algérie française. Ils voulaient faire une démonstration de force et entraîner les plus grands et les plus politisés des lycéens dans leur combat. Mégaphone en main, les leaders haranguaient la foule, déniant à l'avance toute validité à un possible oui à la question sur l'autodétermination des populations d'Algérie posée par le général de Gaulle.

Au premier rang des FAF, ils reconnurent celui qui donnait le ton à cette manifestation spontanée. Il avait été leur professeur de mathématiques et même « un ami de Saint-Eugène ». Michel Ferrandi hurlait des imprécations délirantes contre le gouvernement, contre le FLN, contre les lâches et tous les défaitistes sans honneur qui étaient prêts à renoncer, à céder, à s'aplatir devant des bandes d'Arabes arriérés et pouilleux. Il en appelait à la volonté, au courage, à la révolte. Malgré tous ces excès, la plupart de ceux qui attendaient approuvaient cette diatribe, certains allaient grossir la cohorte des protestataires.

— Si le oui l'emporte ici, éructait Michel Ferrandi, nous punirons Alger, nous mettrons la ville à feu et à sang. Jamais nous n'accepterons que des Arabes, soutenus par le pouvoir gaulliste, fassent la loi chez nous.

Autour des trois garçons, on applaudissait : ce discours exalté, braillé dans un mégaphone, suscitait l'enthousiasme, c'était ce que le petit peuple d'Alger voulait entendre.

— Il est devenu complètement dingue, glissa Jean-Jacques à ses deux amis.

Il évitait de parler trop fort. Le moindre incident, le moindre geste ou la moindre parole mal interprétée pouvait faire déraper ce meeting improvisé et provoquer une émeute violente. Un coup de folie furieuse pouvait faire de Zayn une victime expiatoire de cette petite foule excitée, soumise aux délires du professeur de mathématiques. Heureusement, le soir était en train de s'installer : la colère des pieds-noirs n'y voyait plus très clair, même si elle était particulièrement inflammable en ce mois de décembre 1960.

Le scrutin était prévu pour le 8 janvier. Un mois de campagne serait bien long à Alger, les ultras ayant décidé d'occuper le terrain pour bien montrer à de Gaulle ce qu'ils pensaient de son référendum.

Une manifestation spontanée scandant les cinq syllabes « Al-gé-rie fran-çaise » sur l'air des lampions s'engagea dans la rue Bab-el-Oued. Les trois inséparables se gardèrent bien de s'y joindre.

Les dimanches de Saint-Eugène n'étaient plus tout à fait ce qu'ils étaient. Autour de René et Giovanna Guivarch ne se retrouvaient plus que les Amar, les Lagadec, le père Yborra de temps en temps, et Zayn.

Justement, ce 10 décembre, on attendait Zayn pour goûter. La veille, il avait assuré qu'il viendrait, c'était un garçon de parole. Giovanna, surtout, était inquiète.

— Qu'est-ce qui se passe encore ? Quand il dit qu'il va venir, il vient ! Ce n'est pas normal, il devrait être là.

Ce qui n'était pas normal du tout, c'était tous ces groupes de Musulmans qui passaient sur le boulevard Pitolet et qui se dirigeaient vers le cœur d'Alger. Pierre, Maurice et René, accompagnés des deux garçons, étaient sortis pour les regarder passer. Ce n'était pas une foule en mouvement, mais plutôt une succession de petits cortèges joyeux d'allure, bigarrés, indisciplinés, où marchaient pêle-mêle des femmes voilées, des enfants, des hommes et même des vieillards en burnous qu'il fallait attendre parce qu'ils cheminaient à petits pas. Des familles entières s'en allaient comme à une fête, il en venait sans arrêt depuis les hauts de Saint-Eugène et de toutes les banlieues de l'ouest d'Alger.

Les Messahoud faisaient partie d'une de ces ribambelles festives. Bouchra, voilée, drapée dans son haïk tout blanc, donnait le bras à ses deux filles, Attifa et Zohra, qui allaient le visage découvert, habillées à l'européenne. Ahmed et Zayn marchaient fièrement derrière les femmes. En apercevant ses copains aux côtés de Pierre, de Maurice et de René, il leur adressa à tous un grand bonjour amical auquel les cinq spectateurs de ce singulier défilé répondirent d'un salut de la main.

— On va manifester, leur hurla-t-il tout joyeux, je vous raconterai tout ça demain.

André et Jean-Jacques se seraient volontiers joints à cette procession anarchique.

— Ce n'est pas votre affaire, dit Maurice, vous n'y seriez pas à votre place !

Pierre et René approuvèrent, ils étaient soudain très inquiets. En venant à Saint-Eugène, les Lagadec et les Amar avaient constaté qu'un impressionnant service d'ordre était en train de prendre position. L'armée renforçait partout les escadrons de gendarmes mobiles et de CRS, c'était à nouveau l'ambiance oppressante de ces grandes journées de crise qu'Alger traversait depuis que flambait l'insurrection.

La circulation était interrompue sur le boulevard Pitolet, on entendait les rires, le bourdonnement continu et les cris de ce peuple en marche ; personne ne savait dire où il allait, mais il y allait de bon cœur.

La suite, les habitués des dimanches après-midi chez les Guivarch en suivirent les péripéties à la radio. Les reporters en restaient incrédules, ils en bafouillaient dans leur micro. C'était totalement inédit, la foule arabe déferlait dans le centre d'Alger, chez les Européens.

Le peuple musulman manifestait. Les jeunes avaient sorti les drapeaux vert et blanc frappés du croissant rouge et des banderoles exaltant le FLN étaient déployées tout au long du cortège. Les colonisés anonymes submergeaient l'ordre colonial. Ils étaient comme un fleuve soudain sorti de son lit. Les Musulmans envahissaient les rues et les avenues pour faire savoir que, eux, les sans-grades, les crève-la-faim, les méprisés, les exclus et les archaïques en avaient assez. Ils réclamaient l'indépendance parce que sans elle, ils ne recouvreraient jamais cette dignité de peuple libre qu'on leur avait confisquée en 1830.

— C'est du jamais-vu ! s'était exclamé Maurice. Les Arabes dans la rue en train de manifester, ça n'est jamais arrivé.

— Du jamais vu qui peut tourner au massacre ! avait rétorqué René.

Tous étaient inquiets. Ce qui était en train de se passer apportait un peu plus de confusion dans le cours incertain des événements. Rachel voulait rester optimiste :

— Le pire n'est jamais le plus certain, espérons que cette manifestation restera pacifique jusqu'au bout.

La police et l'armée entendaient garder la maîtrise du terrain et ne pas se laisser déborder par toute cette populace. Les soldats hésitaient, beaucoup étaient de jeunes appelés qui faisaient leur service militaire, il y avait des enfants, des femmes, des vieillards face à eux. C'était une impressionnante marée humaine qui les défiait.

Cette foule musulmane aurait sans doute fini par s'effilocher et se disperser, si un trop jeune officier pris de panique n'avait commandé le feu. Les fusils crachèrent la mort ; la vague si puissante de la protestation fut brisée net. Une seconde salve de fusillade acheva de semer l'effroi parmi les manifestants. Les haïks blancs des femmes étaient maintenant maculés de taches rouges.

Les Messahoud refluèrent boulevard Carnot ; la police chargeait, il fallait protéger Bouchra et empêcher Attifa et Zohra de se joindre à tous ces jeunes qui remontaient le cortège pour aller défier l'armée et la police : c'était de la folie, les tirs des soldats fauchaient les premiers rangs. La manifestation n'avait ni mot d'ordre, ni chef, ni direction, ni organisation, la foule fuyait les balles, se heurtait à d'autres barrages de soldats. Il se passa une bonne dizaine de minutes avant que l'ordre de cesser le feu ne fût imposée aux troupes. Le ballet des ambulances put enfin commencer, il fallait évacuer les victimes. En cette fin d'après-midi, on releva cent douze morts par balles sur le pavé algérois, peut-être plus, le dénombrement des Musulmans tués restait toujours approximatif.

Alger fut verrouillée et quadrillée, la police procéda à des centaines d'arrestations, elle n'avait pas les moyens d'embastiller tous ces gens-là, les prisons étaient déjà pleines à craquer. Les Messahoud furent fouillés, insultés et malmenés, mais ils parvinrent, malgré tout, à rentrer chez eux. Zayn était plutôt content de sa journée ; pour la première fois, il avait participé à la lutte pour l'indépendance.

Les Amar et les Lagadec étaient repartis avant la tombée de la nuit.

Plus tard dans la soirée, on tira au fusil de chasse depuis le boulevard sur les fenêtres des Guivarch. Toutes les vitres volèrent en éclat. La chambre de Giovanna et de René ne donnait pas sur la rue, ils en furent quittes pour la peur.

— Ils veulent qu'on parte, fit René avec fatalisme.

— C'est impossible, on est chez nous ici, c'est notre maison. Et puis, à notre âge, où veux-tu qu'on aille ?

Il haussa les épaules. René découvrait qu'on pouvait ne pas les aimer et qu'on voulait les mettre à la porte de chez eux, lui et Giovanna, parce qu'ils étaient Européens.

— Ils veulent qu'on parte, répéta le vieil homme.

**« Mes pleurs coulaient parmi vos rires**
**Ma blessure saignait en moi seul »**

Retranché au fond d'une cache aménagée dans les ruines d'une ferme abandonnée entre Boufarik et Rovigo, Belkacem s'enfonçait dans la dépression et la mélancolie. La guerre était sur le point d'être perdue et la femme lumineuse qu'il aimait l'avait quitté. Elle s'en était retournée en métropole. Elle referait sa vie, elle l'oublierait.

Pris d'une immense fatigue, Sidi-Nouman se disait qu'il n'avait jamais connu que le malheur et la déception, il n'avait même pas su mourir en héros et martyr comme son frère. Dans l'aridité de sa solitude, il lui arrivait de pleurer, d'avoir envie d'en finir, de sombrer dans le néant pour ne plus subir la blessure lancinante de ses échecs.

L'armée française ratissait et nettoyait le bled pour annihiler toute velléité de rébellion, les maquis de l'ALN se trouvaient réduits à presque rien. En ville, les réseaux clandestins du FLN étaient démantelés les uns après les autres.

Belkacem végétait depuis plusieurs jours dans un de ces moments de noire mélancolie quand le plus proche de ses compagnons de clandestinité vint le tirer des sables mouvants où il était en train de s'enliser : Radio Alger rapportait des événements totalement imprévus. Le reporter cramponné à son micro ne trouvait pas ses mots pour décrire le déferlement des guenilleux dans les rues de la ville européenne.

— C'est quoi ce *bourdil* ? s'interrogeait un des compagnons de planque.

— C'est le peuple algérien, il est descendu dans la rue sans demander l'autorisation à personne, ni aux Français ni au FLN.

Sidi-Nouman resta songeur. La radio parlait de dizaines de milliers de Musulmans en train de manifester dans les rues d'Alger. Sans en avoir l'air, ce soulèvement populaire changeait la donne et bousculait le schéma politique gaulliste ; dans le cortège revendicatif, il n'était question ni d'autonomie ni d'une quelconque association avec la France, on réclamait l'indépendance tout simplement.

— C'est toujours le FLN qui doit donner les consignes, le peuple n'est pas informé, il n'a pas les moyens de décider tout seul de ce qu'il doit faire, reprit un autre membre du groupe.

— Le peuple est en train de montrer qu'il veut l'indépendance, ça ne pouvait pas mieux tomber pour nous.

La radio annonçait qu'à l'imitation d'Alger, Oran, Constantine et quelques autres villes connaissaient aussi ce genre de manifestations plus ou moins spontanées. C'était la première fois depuis le début de la guerre qu'une protestation d'une pareille ampleur soulevait le petit peuple d'Algérie, les misérables et les méprisés.

— Même s'il n'y est pas pour grand-chose, le FLN va dire qu'il est à l'origine de ce mouvement et que tout le peuple des Musulmans est derrière lui, poursuivit Belkacem, il y a bien longtemps que nous n'avons pas eu de bonnes nouvelles comme celle-là.

Belkacem était le chef, c'était à lui que revenait d'interpréter les événements et d'appliquer au mieux la ligne politique de la faction la plus influente au sein de la direction du mouvement de libération.

Le reporter qui couvrait l'événement était soulagé. L'armée et les CRS commençaient à faire reculer les manifestants. On entendait des coups de feu. Même terré au milieu de nulle part, on pouvait deviner que les militaires ne faisaient pas de détails et tiraient sur la foule musulmane.

— Il va y avoir des morts et des blessés, soupira Belkacem, les martyrs servent notre cause, les militaires français devraient le savoir depuis le temps qu'ils nous font la guerre.

Il n'avait pas osé dire que plus il y aurait de victimes mieux ce serait, mais ses compagnons savaient prolonger sa pensée et entendre ce qu'il estimait inutile de dire à haute voix. Soudain, Sidi-Nouman prit conscience que ses parents, ses sœurs et son frère Zayn pouvaient participer à cette manifestation sur laquelle les soldats français étaient en train de faire feu.

« Il va y avoir des morts et des blessés », avait-il dit en soupirant. Belkacem ne laissa rien paraître de son malaise : il était le chef, et un chef digne de ce nom n'étalait pas ses états d'âme devant les hommes qu'il conduisait au combat, et trop souvent à la mort.

Ce lundi matin, Zayn avait attendu André. Ils arrivaient toujours les premiers au rendez-vous, à l'angle de la place Jean-Mermoz et de la rue Boissonnet. Tous les deux allaient au-devant de Jean-Jacques ; Rachel devait se fâcher pour faire sortir son fils du lit. Le jeune Amar avait du mal à démarrer la journée. Il bougonnait que plus tard, à Paris, il vivrait la nuit et dormirait le jour, mais en attendant, tel un zombie, il partait au lycée, il n'émergeait de sa nuit qu'en apercevant ses deux amis.

Franchir ensemble la porte du lycée Bugeaud était, depuis la sixième, un rituel auquel les garçons n'avaient dérogé que pendant les mois de la fâcherie boudeuse de Zayn l'année passée. Les jeunes Lagadec et Amar étaient dévorés de curiosité, eux n'avaient jamais participé à une manifestation.

— Au début on n'osait pas trop faire de bruit, on n'est pas habitués à défiler dans les rues comme les roumis. Mais plus il arrivait de monde plus on était excités, on a pris confiance, on s'est mis à crier « Algérie indépendante, Algérie indépendante »…

— C'est pour ça que ça a déraillé, le coupa Jean-Jacques, dès qu'on prononce le mot « indépendance », les militaires tirent ! C'est un réflexe chez eux…

— Quand on a entendu les coups de feu, ça nous a foutu la trouille, tout le monde s'est mis à courir. Alors avec mes sœurs, mon père et ma mère, on a fait comme tout le monde, on a cherché à se mettre à l'abri. Il y a eu des morts.

— Tu les as vus ? voulut savoir André.

— Non ! On était trop loin, mais tu peux me croire, les coups de feu, je les ai entendus.

Les garçons étaient discrets, ils se savaient en milieu hostile. Au lycée, il valait mieux s'en tenir à des sujets plus consensuels : le cinéma, c'était très bien. Tout le monde aimait causer des films, des réalisateurs, des acteurs et surtout des actrices qui faisaient rêver tous ces jeunes gens. Justement, *La Machine à explorer le temps* venait de sortir, le film de George Pal, inspiré du célèbre roman de H. G. Wells, allait être projeté au Triomphe, rue Waisse. Les ultras et tous les autres s'en léchaient les babines, on disait qu'Yvette Mimieux – le nom sonnait français, mais c'était une actrice américaine – y apparaissait très dénudée. Les mensurations des starlettes suscitaient des débats passionnés, au lycée Bugeaud comme dans tous les autres lycées de garçons d'Algérie ou de métropole.

— On pourrait y aller jeudi après-midi, suggéra André.

— D'accord, mais avec les filles, compléta aussitôt Jean-Jacques.

— Ça va de soi, ajouta Zayn, tout sourire.

Il fallait donc les prévenir, leur faire savoir qu'elles étaient attendues. Auraient-elles le droit de venir en ville ? La question était d'importance ; sans être oubliée, la manifestation de la veille était soudain passée au second plan de leurs préoccupations. Ils étaient capables de tenir à distance les soubresauts de la politique algérienne en rêvant d'un moment de tendre complicité dans l'ombre propice d'une salle de cinéma un jeudi après-midi. Ils avaient seize ans ; c'était toujours fantastique d'avoir seize ans, de croire que tout était possible, même le plus improbable.

Les parents de Brigitte étaient privilégiés et larges d'esprit, ils avaient le téléphone et ils permettaient à leur fille d'en user à sa guise. Jean-Jacques était hors-jeu, ni rue de la Lyre ni au salon de coiffure, il n'y avait de téléphone ; il y en avait bien un chez André, mais il serait difficile d'échapper à l'oreille très attentive de Marie-Jeanne ; restait Zayn. Le cadet des Messahoud se dévoua sans se faire prier, il irait à la boulangerie du père Yborra, il s'y sentait un peu chez lui. Le téléphone était dans le cagibi qui servait de bureau au vieux commerçant. En disant qu'il devait absolument appeler André pour un renseignement sur un devoir de n'importe quoi, en tirant la porte derrière lui et en ne parlant pas trop fort, il pourrait lancer les invitations. De toute façon, le père Yborra ne refusait jamais rien au fils de son commis, il était extrêmement fier de la réussite scolaire de Zayn.

— Que veux-tu que je te dise ? Il y a aussi des abrutis chez les Arabes, la connerie a toujours été la chose la mieux distribuée au monde !

Maurice n'était pas allé travailler, il essayait de consoler Rachel qui pleurait à chaudes larmes. Ce 12 décembre, une foule de Musulmans fous furieux avait envahi puis mis à sac et incendié la plus vénérable des synagogues d'Alger. Horrifiés, les Amar avaient assisté à l'émeute depuis les fenêtres de leur appartement, ils avaient vu les flammes dévorer le vieil édifice religieux, la place Randon étant toute proche de la rue de la Lyre.

Ils étaient sidérés. Rachel ne mettait jamais les pieds à la synagogue, elle était même une fervente laïque, mais le souvenir des grandes émeutes antijuives des années trente revenait la hanter. Le cauchemar vécu lors de ces journées terribles de son enfance l'accompagnait sans cesse, même si, par pudeur, elle n'en parlait jamais.

Pour la ménager, Maurice lui cachait encore que plusieurs Juifs du quartier avaient été massacrés lors de l'émeute.

— C'est toujours pareil, réussit à dire Rachel entre deux sanglots, dès que quelque chose va de travers en Algérie, les Juifs trinquent.

Maurice soupira ; rien n'avait laissé présager cette soudaine flambée de violence contre les Juifs de la Casbah. Il était fataliste.

— Les Français d'Algérie sont moins antisémites qu'autrefois, mais voilà que les Arabes ne nous aiment pas… Il faudra s'y faire.

Après le succès de la manifestation du 10 décembre et pour venger leurs morts, des groupes de Musulmans pleins de fureur et de haine – sans doute manipulés en sous-main par des caciques du FLN – s'en étaient pris au symbole le plus ancien et le plus respecté du judaïsme algérien.

— Pourquoi faut-il que ça tombe toujours sur nous ? se lamentait Rachel.

— Ce n'est pas une manifestation spontanée, presque tous les Juifs d'Algérie ont choisi le camp de la France, le FLN nous fait savoir que désormais, Juifs et pieds-noirs, c'est du pareil au même.

— Qu'est-ce qu'on va faire, Maurice ?

Malgré sa placidité naturelle, monsieur Amar était secoué par ce qu'il voyait : la férocité et la violence étaient partout. Après la profanation et l'incendie, les parachutistes venaient de remettre de l'ordre dans le quartier, ils avaient agi à leur manière, toute de brutalité et d'efficacité. Des dizaines d'émeutiers étaient alignées contre les murs, bras levés, et sévèrement fouillés avant d'être embarqués dans des camions bâchés. Maurice prit le temps de réfléchir un peu avant de répondre à sa femme :

— On va faire comme d'habitude ! D'ailleurs, je ne vois pas ce qu'on pourrait faire d'autre.

— Je ne veux plus que Jean-Jacques aille traîner en ville avec André et Zayn, c'est bien trop dangereux, je vais lui interdire de sortir et même d'aller au cinéma.

Maurice se contenta d'opiner du chef. Il n'avait pas l'intention de se mêler de la discussion, nécessairement houleuse, qui allait avoir lieu entre la mère et le fils.

— C'est pas tout ça, mais je dois aller travailler ! Comme d'habitude…

Jean-Jacques avait du caractère, il savait argumenter inlassablement pour arriver à ses fins. L'incendie de la synagogue, pour détestable qu'il fût, ne l'empêcherait pas de sortir. Rachel pleura et supplia, mais il ne céda pas. Il sut être affectueux et faire preuve de piété filiale sans jamais dévier de la ligne qu'il s'était fixée. Il obtint d'aller au cinéma. Maurice approuva ; il ne s'en était pas mêlé.

Elles vinrent toutes les trois. Ce fut un après-midi inoubliable.

Tout entiers absorbés par la découverte de l'intimité la mieux défendue de leurs tendres voisines, ils ne virent à peu près rien de *La Machine à explorer le temps*.

À Alger comme ailleurs, le cinéma du jeudi après-midi était l'endroit privilégié – sans doute même le seul – où pouvait s'exprimer la sensualité adolescente, c'était le lieu de la découverte et des premiers émois.

Quand, après le générique de fin, la lumière revenait dans la salle, garçons et filles étaient un peu chiffonnés, un rien dépenaillés, il fallait remettre un peu d'ordre dans son vêtement, revenir sur terre et sortir, encore tout énamourés, en rêvant d'aller plus loin la prochaine fois.

En attendant, encore étourdis par ce qu'ils venaient de vivre, tous les six se dirigèrent vers l'arrêt des bus de la place du Gouvernement. Ils s'embrassèrent à bouche que veux-tu pour se dire au revoir. Ils étaient heureux de ce bonheur léger, inconsistant, mais indispensable, que savaient si bien rendre les comédies musicales romantiques de Stanley Donen. On en avait bien besoin à Alger en cette toute fin d'année 1960.

## Il vous reviendra de décider…

Depuis le temps qu'on en parlait, on avait fini par croire que ça n'arriverait jamais, que ce n'était qu'une de ces promesses grandiloquentes que faisaient de temps en temps les hommes politiques avant de les oublier et de finir par les enterrer. Mais le général de Gaulle n'était pas un homme politique comme les autres, il n'avait pas reculé devant la difficulté, il était resté debout dans la tempête. Le vieux chef de guerre revenu aux affaires avait dit qu'il organiserait un référendum sur l'autodétermination des populations vivant dans les départements d'Algérie, et malgré les colères et les menaces des uns ou des autres, il s'y était tenu.

Les Amar votaient à l'école primaire des garçons de la rue Lazerges, les Lagadec juste à côté, à l'école des filles. Ils s'étaient mis d'accord pour glisser leur bulletin dans l'urne en fin de matinée et filer ensemble à Saint-Eugène pour déjeuner chez les Guivarch. Giovanna y tenait beaucoup.

Elle était inquiète. De temps en temps, on tirait depuis le boulevard dans les fenêtres de la vieille maison qu'ils habitaient. René en était devenu bien morose, il n'avait plus le goût de soigner ses cactus ni le désir de saisir l'âme de la mer et du ciel sur ses toiles de petit format. Il fixait maintenant l'horizon d'un regard vide et inexpressif.

Giovanna comptait sur la présence des garçons. Son homme était toujours tellement content de les voir et de redevenir, pour une heure ou deux, le vieil arpenteur des rêves et du temps passé.

Ce 8 janvier 1961, l'ambiance était tendue à Alger. Des soldats casqués et armés jusqu'aux dents occupaient les carrefours, ils contrôlaient l'identité de tous les passants et fouillaient les voitures. Le scrutin était sous surveillance renforcée. L'armée était censée veiller sur le bon déroulement des opérations. En fait, elle intimidait ; méfiants, les Musulmans ne se précipitaient pas dans les bureaux de vote, ils restaient calfeutrés dans leurs bidonvilles et dans la Casbah.

Tout le monde avait peur : les Européens avaient peur des Musulmans, les Musulmans avaient peur des soldats et les soldats avaient peur d'une émeute qui, une fois de plus, risquait de tourner au bain de sang. Les Européens étaient tout de même allés en masse refuser le projet gaulliste d'autodétermination.

— Le oui va gagner, s'était permis de lancer Zayn en arrivant tout guilleret chez les Guivarch, c'est la porte ouverte vers l'indépendance !

Ses deux copains avaient approuvé.

L'heure était grave, et le gigot de mouton préparé par Giovanna, particulièrement appétissant. Personne n'avait vraiment envie de discuter de l'avenir de l'Algérie, les adultes se contentèrent d'adresser un sourire entendu à Zayn.

André, Jean-Jacques et Zayn s'étaient intéressés à la campagne référendaire ; les trois adolescents estimaient que le oui allait l'emporter et que tout allait être réglé d'un seul coup. C'était tout simple, la guerre s'achèverait très vite et l'Algérie heureuse – mais indépendante – refleurirait comme aux plus beaux jours. Elle ressemblerait un peu à celle d'avant 1954, mais avec la liberté, la justice, le progrès social et la fierté en plus pour les Musulmans. En fait, personne, ni en Algérie ni en France, ne se risquait à imaginer la suite des événements.

Le résultat fut net et sans bavures. Tous les départements de métropole avaient massivement approuvé la politique prônée par le général de Gaulle.

— Alger et Oran ont voté contre, mais les treize autres départements d'Algérie ont voté pour l'autodétermination, constata Pierre Lagadec d'un ton volontairement neutre.

Il lisait *L'Écho d'Alger* en attendant son tour de se faire couper les cheveux. Les autres clients étaient anéantis. Ce n'était pas tant d'être lâchés par la métropole qui les consternait, mais l'ampleur de leur défaite. Un score pareil, c'était tout de même dur à avaler.

— La moitié des Musulmans ne s'est pas rendue dans les bureaux de vote, mais le désir d'indépendance l'a nettement emporté, avait laconiquement complété Maurice Amar.

Lui aussi faisait dans la sobriété, un mot de travers pouvait déclencher une discussion invraisemblable dans sa boutique. Pour ce pauvre Monsieur Léon, c'était jour de grand deuil. Concentré sur la chevelure qu'il était en train de rafraîchir, il ne décrochait pas un mot.

— On ne peut plus compter sur la France, lança un client qui attendait son tour, on va devoir se défendre nous-mêmes, il faut partout créer des milices d'autodéfense.

Personne ne releva. Un million de pieds-noirs en armes pour maintenir le statu quo face à neuf millions de Musulmans réclamant l'indépendance : c'était du délire, personne n'y croyait vraiment, mais il fallait bien se remonter le moral. C'était le grand silence du désarroi dans le salon de coiffure, on n'entendait plus que le cliquetis des ciseaux et de la tondeuse. Pourtant, on venait toujours chez Monsieur Maurice ; autant pour causer et lire le journal que pour se faire couper les cheveux ou raser la barbe.

Depuis Cahors où elle s'était installée l'été précédent, Colette Ferrandi avait téléphoné chez les Lagadec avant même que les résultats fussent confirmés dans les départements d'Afrique du Nord.

— Je suis soulagée ce soir, on va enfin en finir avec cette guerre ! L'Algérie nouvelle va pouvoir se mettre en place.

— On va en sortir, c'est certain, mais j'ai très peur de la réaction des ultras et de l'extrême droite, lui avait répondu Pierre, ces gens-là ne sont pas du genre à s'incliner devant le verdict du suffrage universel.

— Vous êtes toujours pessimiste, Pierre, vous devriez vous réjouir, il y a longtemps que vous appeliez ce référendum de vos vœux.

Pierre avait soupiré. Les Européens d'Algérie étaient désemparés, ils ne savaient plus à quel saint se vouer ; par désespoir, ils pouvaient se laisser entraîner dans les plus extravagantes aventures à la fois violentes et sans issue.

— Personne ne sait ce que veut le FLN. Quel sort sera réservé aux Européens qui voudront rester vivre en Algérie ?

— Soyez réaliste, Pierre ! Les dirigeants du FLN ne sont pas fous, ils auront besoin des Européens ; ce serait suicidaire, l'Algérie indépendante ne pourra pas se passer des pieds-noirs !

— J'aimerais en être sûr…

Y avait-il encore quelque chose à sauver de l'Algérie française ? Pierre en doutait de plus en plus.

— C'était en 1945 qu'il fallait accorder l'indépendance, tout de suite après Sétif et Guelma. Il fallait tendre la main à Ferhat Abbas et aux modérés après les massacres. Je crains qu'il ne soit trop tard…

Pierre passa le combiné à Marie-Jeanne, les deux femmes avaient des tas de choses à se raconter. Colette était allée avec Florence jusqu'à Chartres pendant les vacances de Noël. Claire vivait chez ses parents, ils avaient accueilli leur fille sans lui poser de questions et lui avaient apporté toute la tendresse et l'affection dont elle avait besoin. La professeure arrivait au terme de sa grossesse, elle se sentait déjà pleinement mère, prête à affronter son statut de femme seule.

Colette avait été déçue que Claire ne lui fît pas de confidences sur l'origine de cet enfant à venir ; ce manque de confiance la blessait. Elle n'en avait rien laissé paraître, elle eut le tact de ne pas poser à son amie de questions gênantes.

Ces retrouvailles entre les deux jeunes femmes avaient tout de même été un vrai moment de joie et de plaisir. L'une, solitaire au cœur de l'hiver à Cahors, et l'autre confrontée à la sévérité de la plaine beauceronne traversée par le vent et la pluie. Toutes les deux se sentaient en exil, loin de la ville lumineuse qu'elles aimaient et qui resterait, à jamais, leur blessure secrète. Elles n'avaient pu faire autrement que d'y retourner par la pensée, la nostalgie pouvait certains soirs de solitude prendre le dessus, les rendre très malheureuses. Le goût d'Alger était tenace, il les tourmenterait encore longtemps.

— Vous avez des nouvelles de Michel ? se permit de demander Marie-Jeanne.

— Il écrit de temps en temps, il demande des nouvelles de sa fille, il ne me parle pas de ce qu'il fait à Alger, je suppose qu'il fricote toujours avec l'extrême droite algéroise.

— Il est toujours professeur au lycée. André le voit régulièrement. Il ne s'en cache pas, il continue à militer avec les ultras, le résultat du référendum va sûrement être un choc terrible.

— Il reste très fragile, j'espère qu'il ne se laissera pas entraîner dans un acte de violence désespéré.

Elles discutèrent encore un long moment. Marie-Jeanne donna des nouvelles des uns et des autres, Colette la pria d'embrasser les Guivarch, les Amar et

Zayn de sa part. Elle eut une pensée particulière pour René qui avait l'air si déprimé et malheureux. Elle promit d'envoyer une longue lettre aux deux vieillards désemparés, elle saurait trouver les mots pour réchauffer leurs vieux cœurs fatigués.

**Il ne s'agit pas de préférer sa mère à la justice ; il s'agit d'aimer la justice autant que sa propre mère**

— Rizlène ? Jamais entendu ce nom-là. Je me demande où elle est allée chercher ça.

— J'en sais rien, c'est son père qui a appelé hier soir pour prévenir. Elle veut que mes parents mettent tout le monde au courant.

Zayn réfléchissait depuis un moment, il n'était pas encore intervenu dans la conversation de ses deux copains.

— Rizlène, c'est un prénom arabe, finit-il par leur dire, ça veut dire « gazelle » dans l'arabe qu'on parle chez ma mère, entre Médéa et Aïn Sefra. Là-bas, c'est le début du désert, on dit que la gazelle est le symbole de la finesse et de la douceur.

Ils tenaient conciliabule place Jean-Mermoz en attendant l'ouverture des portes du lycée. La naissance de Rizlène, tout là-bas à Chartres, était l'objet de leur conversation.

— Elle a voulu donner un prénom arabe à sa fille en souvenir des années qu'elle a passées avec nous à Alger, hasarda Jean-Jacques.

— N'empêche qu'elle cachait bien son jeu, la gamine elle l'a mise en route ici, et on n'a rien vu, on ne l'a jamais vue avec un homme !

André semblait dépité. Il avait toujours admiré Claire, il était déçu de ne pas l'avoir mieux devinée. Elle les avait tous mystifiés, il lui en voulait un peu.

— Les femmes sont toujours compliquées, finit par dire Jean-Jacques en endossant le costume du séducteur blasé et revenu de toutes ses conquêtes.

— À moins qu'elle ait fait sa gamine avec un Arabe ! Va savoir ?

Zayn était plutôt content de sa sortie, il trouvait très bien que la madone du lycée Bugeaud fût tombée sous le charme d'un Algérien un peu rustique.

— Elle était plutôt du genre à coucher avec un prof… Un type marié qu'a pas voulu quitter sa femme, avança André, elle est repartie chez elle pour éviter le scandale.

— T'es en train d'inventer un roman, si elle n'a rien dit à personne c'est que ça ne nous regarde pas ! Elle a le droit d'avoir ses secrets !

Au contraire d'André, Jean-Jacques était très ému par la situation de Claire devenue mère célibataire. Il éprouvait un véritable regain d'affection et même du respect pour celle qui avait enflammé leur imagination quelques années auparavant.

Zayn restait sur son idée : pour lui, la petite Rizlène était un des trop rares fruits du métissage colonial, une future représentante de ce qu'aurait pu être une Algérie originale, au peuple bariolé, cohabitant harmonieusement sur cette terre de passion et de lumière.

— Si au lieu de mépriser les Arabes et les Kabyles, les Français s'étaient mélangés avec eux en débarquant en Algérie, s'ils avaient eu l'envie de faire plein d'enfants avec les filles indigènes, on aurait donné naissance à un nouveau peuple… Il y a eu des Gallo-Romains, on aurait eu des Arabo-Gaulois…

— Avec des si, on peut imaginer tout ce qu'on veut, répliqua Jean-Jacques, les Juifs ont vécu pendant des siècles à côté des Arabes en Algérie et ils ne se sont jamais mélangés.

— On peut rêver, ça fait du bien de temps en temps.

Le portail de l'entrée des externes s'ouvrit enfin. Comme chaque matin, la joyeuse bousculade des garçons se répandit dans la cour. Zayn aperçut monsieur Ferrandi qui passait sur la galerie supérieure pour gagner sa classe.

— On lui dit pour Claire ?

Les deux autres approuvèrent, évidemment.

— On essaie de le choper à la récréation et on lui dit qu'elle vient d'avoir une gamine… avec un Arabe, ajouta André, ça va le rendre dingue !

— C'est sûr, il va faire une attaque.

Zayn se sentait léger comme un souffle de brise printanière. C'était étrange, il n'aurait su dire pourquoi, mais la naissance de cette petite fille le remplissait de joie et de félicité.

Malgré son complet virement de bord, Michel Ferrandi restait bienveillant vis-à-vis de ces trois garçons qu'il avait eus comme élèves. Il les avait connus et fréquentés en d'autres circonstances, il ne pouvait s'empêcher d'être nostalgique de ces dimanches après-midi passés aux bains Padovani avant d'aller prendre l'apéritif chez les Guivarch. Il ne fut pas étonné de les voir venir vers lui alors qu'il se dirigeait vers la salle des professeurs. Il savait vivre, il les accueillit avec courtoisie, il aimait son métier et, en dehors des cours, il prenait plaisir à dialoguer avec ses élèves.

Après les politesses d'usage, André entra dans le vif du sujet :

— Vous vous souvenez de Claire Deleuze, la prof d'anglais ?

— Oui, nous avons même été très amis dans une autre vie. Elle est retournée en métropole. Qu'est-ce qu'elle devient ? Vous avez des nouvelles ?

— Elle va très bien, elle vient d'avoir un bébé, une petite fille, on a pensé que ça vous ferait plaisir de le savoir.

— Bien sûr, je suis très content pour elle, n'oubliez pas de lui faire savoir que je lui souhaite tout le bonheur possible… J'ignorais qu'il y avait quelqu'un dans sa vie.

— Si, si, il y avait un homme, s'empressa de répondre Jean-Jacques, on les a souvent vus ensemble l'an dernier.

Et les deux autres d'approuver en hochant la tête avec gravité.

— C'est un Arabe et même un fellagha, compléta aussitôt Zayn. D'ailleurs, Claire a donné un prénom arabe à sa fille, elle l'a appelée Rizlène en hommage à ce terroriste.

Le professeur de mathématiques avait blêmi. C'était une insulte, un camouflet que venaient de lui infliger ses trois anciens élèves ; qu'une Européenne couchât avec un Arabe était devenu pour lui le comble de l'abomination, une sorte de péché mortel qui ne pouvait conduire la pécheresse qu'au cœur de l'enfer.

Voir la tête que faisait le professeur provoqua un irrépressible accès de fou rire chez les trois amis. Ils étaient très contents d'eux ; Michel Ferrandi n'avait pas fait une attaque, mais il était, à coup sûr, très fâché.

— Sales petits cons ! cracha le digne professeur en les bousculant.

Blessé par les ricanements des garçons, Michel Ferrandi poursuivit son chemin d'un pas pressé, sans se retourner.

**La vie ne vaut rien,**
**mais rien n'est plus beau que la vie**

C'était une vieille histoire très douloureuse. Il s'était fait à lui-même le serment de venger l'affront. Belkacem avait pris son temps, mais il touchait au but, il avait enfin un nom.

Il avait fallu fouiner dans toute la faune interlope des mouchards qui prospérait à Alger : on n'infiltrait pas aisément les différents échelons de la police. Les flics prêts à lâcher un renseignement à un groupe terroriste ne couraient pas les rues. Le prix à payer pour un bon tuyau était en général exorbitant, c'était toujours donnant donnant. Le FLN pouvait livrer quelques militants encombrants dont il voulait se débarrasser contre une « cible » européenne que les autorités coloniales jugeaient, à tort ou à raison, déloyale ou d'une tiédeur de mauvais aloi. Ainsi allaient toujours les coups tordus dans toutes les guerres secrètes.

Désormais, Sidi-Nouman savait que c'était l'inspecteur principal Brunet qui avait ordonné l'arrestation et la détention de ses parents et de ses sœurs à l'été 1959. Il portait la responsabilité du viol d'Attifa et de Zohra. L'inspecteur Jimenez avait laissé fuiter l'information auprès du patron d'un bar louche de Saint-Eugène ; un de ces nageurs en eau trouble collectant du renseignement chez les uns avant de le distiller chez les autres. Ce genre de types pullulait à Alger.

— Son compte est bon ! avait annoncé le jeune chef à ses hommes le jour où il avait eu connaissance de la précieuse information.

— C'est un vrai flic, un gros morceau, un chef, pas un policier en tenue ! Ça va être difficile à mettre sur pied et on risque gros, on devrait en référer à la direction politique, voulut tempérer son lieutenant, on ne peut pas prendre seuls la décision d'assassiner un responsable de la police !

— Tu as peur ? insinua le jeune patron des activistes armés.

Il était plutôt mal vu dans le groupe d'avouer avoir peur ou tout simplement de faire part de ses doutes. Assassiner ce policier ne lui disait rien qui vaille, mais le lieutenant n'osa pas répliquer. Les hommes de Belkacem obéissaient aux ordres sans discuter, la cohésion du groupe était sa force.

Sans plus tarder, ils passèrent aux modalités pratiques : un attentat contre un responsable de la police ne pouvait pas s'improviser.

En tout premier lieu, il fallait s'assurer de l'identité du quidam en question, ne pas faire preuve d'amateurisme et s'en aller abattre un autre Européen qui n'aurait rien eu à voir avec l'affaire en question.

L'inspecteur principal Brunet était méfiant, il avait du métier. Il savait disparaître, se fondre dans la foule, changer d'itinéraire, échapper à une éventuelle filature. Brunet était imprévisible. Sa femme et son fils étant repartis en métropole, il logeait désormais à l'école de police d'Hussein-Dey, dans la banlieue d'Alger, où il avait son bureau. Et pour ne rien arranger, il se déplaçait beaucoup en voiture.

Belkacem tenait sa vengeance, l'homme était dans sa mire. Sa main ne tremblerait pas, le compte personnel qu'il estimait avoir avec ce policier serait soldé. C'était à lui seul qu'il reviendrait d'abattre ce chien qui s'en était pris à sa famille. Il faudrait mobiliser tout le groupe, mais il voulait être à la hauteur de l'enjeu.

Au jour dit, alors que l'inspecteur principal Brunet sortait de l'école de police, le lieutenant de Sidi-Nouman déguisé en ouvrier du bâtiment provoqua au volant d'une camionnette volée un accident de la circulation.

S’ensuivit un spectaculaire embouteillage rue Sadi Carnot, à hauteur du jardin d’essai. Comme des centaines d’autres, la voiture de l’inspecteur principal fut immobilisée.

Les tueurs purent alors tranquillement s’approcher, à pied, de la Peugeot conduite par Brunet. Belkacem ne lui laissa aucune chance. À travers le pare-brise, il vida les huit balles du chargeur de son Mauser sur l’inspecteur principal à la conscience tourmentée. Le policier mourut sur le coup.

La nouvelle de l’assassinat de Brunet se répandit comme une traînée de poudre dans tous les services de la police algéroise. L’inspecteur Jimenez avait tout lieu d’être satisfait, il avait manœuvré comme un chef. Il allait désormais travailler sans entrave, chasser le terroriste avec ses méthodes à lui.

Loin d’Alger, dans la quiétude d’une chambre de la maternité de Chartres, protégée de cette violence insensée, blottie contre le sein de sa mère qu’elle tétait goulument, Rizlène entrait dans la vie. En cet instant, rien ne pouvait être plus beau, plus doux, ni plus chargé d’espérance que l’innocence de ce bébé et l’amour d’une mère pour son enfant.

Emporté par le tourbillon effréné de la guerre, son père venait de donner la mort. Il avait été le bras armé de ce qu’il pensait être une vengeance, il avait lavé un crime sordide par un autre crime. Il n’en éprouva aucun soulagement, sa tristesse était intacte, et sa solitude, infinie. Ainsi cheminait-on souvent sur l’étroite et périlleuse passerelle qui traversait les précipices insondables de l’absurdité.

## La sanglante conjuration des branquignols

— Qu'est-ce que c'est encore que ça ? s'interrogea à haute voix Maurice Amar.

Le slogan barbouillé en grosses lettres noires maladroites et baveuses salopait toute l'élégante façade du lycée Bugeaud. « L'Algérie est française et le restera », « OAS vaincra ». Un peu plus loin sur le mur de soutènement du jardin Marengo, il put lire, étalé dans le même style de graphie rageuse, « OAS frappe qui elle veut, où elle veut, quand elle veut ».

On était le 16 mars 1961, un jeudi matin. Maurice partait tranquillement ouvrir son salon de coiffure, ces inscriptions l'intriguaient. Quelques semaines plus tôt, il avait bien entendu parler à la radio de la création d'une organisation paramilitaire par une bande d'exaltés réfugiés à Madrid. Ortiz, Susini, Lagaillarde et quelques autres leaders de l'extrême droite essayaient de revenir dans le jeu. La situation était tellement confuse à Alger que Maurice Amar n'y avait pas particulièrement porté attention.

Les lycéens commençaient à arriver place Jean-Mermoz. Les commentaires allaient bon train, les informations et les rumeurs commençaient à circuler : OAS voulait dire Organisation de l'armée secrète, mais personne ne savait de quoi il retournait.

Zayn aperçut Maurice en train de traverser la place, il alla le saluer.

— C'est quoi cette organisation secrète ? demanda-t-il au père de Jean-Jacques.

— Je n'en sais rien ! Ça doit être encore un truc que les ultras ont inventé pour se rendre intéressants. Ces types-là ont toujours peur qu'on les oublie !

André vint bientôt les rejoindre. Comme tous les jours, Jean-Jacques était en retard au rendez-vous, il faudrait aller au-devant de lui.

— Il y en a sur tous les murs, ils en ont mis partout, fit-il avant même de dire bonjour.

En souriant, Maurice recommanda aux deux garçons d'être bien sages et de répondre poliment à leurs professeurs, puis il continua son chemin vers l'avenue de la Marne. Il n'avait rien voulu laisser paraître, mais il était inquiet, l'apparition soudaine de cette OAS n'augurait rien de bon. Ce barbouillage en règle des murs d'Alger annonçait des jours sombres, c'était la réponse de l'extrême droite à la victoire du oui au référendum sur l'autodétermination deux mois plus tôt. Les ultras n'avaient-ils pas dit qu'ils mettraient Alger à feu et à sang au cas où la France ferait le choix de lâcher l'Algérie ? On y était !

Au salon, Monsieur Léon était excité comme une puce, il voulait se battre.

— Vous avez vu, Monsieur Maurice, la France ne veut plus de nous, alors on va se défendre tout seuls. Si l'OAS recrute, je vous abandonnerai, j'irai m'enrôler pour défendre l'Algérie française les armes à la main.

— Vous savez que c'est dangereux, Monsieur Léon, on peut se faire tuer en faisant la guerre, ou même pire, on peut en revenir invalide.

— Si on ne se bat pas pour l'Algérie française, personne ne le fera pour nous !

— Imaginez qu'en allant vous battre vous perdiez la main droite, il vous resterait la gauche, Monsieur Léon, mais vous ne pourriez plus couper les cheveux. Qu'est-ce que je pourrais bien faire d'un commis manchot ?

— Vous tournez toujours tout à la rigolade, Monsieur Maurice, mais je suis très sérieux, je suis prêt à donner ma main droite pour que l'Algérie reste française et même ma vie s'il le faut.

Comme il en avait l'habitude quand la conversation avec son commis devenait impossible, Monsieur Maurice alluma une cigarette et fit un clin d'œil appuyé à la photo d'Alphonse Halimi en garde et sourire aux lèvres dans son cadre en bois au-dessus des miroirs.

Les premiers clients arrivaient, tous n'avaient que l'acronyme OAS à la bouche. Tous rapportaient avec assurance des bruits, des rumeurs, des espoirs ou des craintes. En fait personne ne savait encore rien de cette nouvelle organisation qui soignait son entrée en scène et savait faire parler d'elle.

— Il ne faudrait pas que des militaires aillent s'acoquiner avec ces types-là. L'OAS m'a tout l'air d'être une organisation clandestine de jusqu'au-boutistes prêts à toutes les aventures… même les plus folles.

— Tu crois que c'est possible ? Ils deviendraient des hors-la-loi. Aucun militaire n'a envie de devenir un hors-la-loi, tu les connais mieux que moi, ils tiennent bien trop à leur solde, à leurs primes et à leur retraite.

Marie-Jeanne replongea dans *La Promesse de l'aube* de Romain Gary, l'apparition disgracieuse des mots OAS sur les murs d'Alger ne la préoccupait pas plus que ça. Pierre soupira, il n'y avait pas moyen de causer ; quand sa femme lisait, il était parfois impossible de l'arracher à sa lecture.

Pierre se posait toujours beaucoup de questions, c'était dans sa nature. Le référendum du 8 janvier était censé ouvrir le chemin vers la paix, mais pour l'heure, il n'avait rien ouvert du tout. Ceux que révulsait la perspective de l'évolution politique de l'Algérie clamaient haut et fort qu'ils allaient tout faire pour torpiller le projet gaullien et continuer la guerre coûte que coûte.

— Sans devenir des hors-la-loi, les militaires peuvent fournir des armes et des explosifs et même des renseignements aux organisations d'extrême droite. Tout ça peut tourner à la sauvagerie, une guerre d'un nouveau genre, entre civils, opposant les partisans du FLN et ceux de l'OAS avec à la clé massacres d'innocents des deux côtés.

Marie-Jeanne se contenta de hocher la tête sans interrompre sa lecture. Pierre continua à soliloquer :

— J'ai hâte de vous savoir en sécurité en métropole, André et toi. La situation risque de devenir incontrôlable. Ça va être vraiment dangereux d'aller se promener en ville.

Romain Gary tenait toujours la corde ; Pierre était contraint de causer tout seul.

— Si au moins nous pouvions garder André enfermé à la maison et l'empêcher d'aller en ville en dehors des heures qu'il passe au lycée…

Il insistait, toujours sans plus de succès, *La Promesse de l'aube* accaparait complètement l'esprit de Marie-Jeanne.

— Vous pourriez partir tous les deux avant la fin de l'année scolaire, qu'en penses-tu ?

À regret, elle referma son livre : elle était sommée de répondre.

— Quand je voulais repartir, tu m'as convaincue de rester, nous avons pris ensemble la décision de passer une année de plus à Alger, nous avons promis à André de ne rentrer en France que l'été prochain. Si nous revenions sur notre parole, il nous en voudrait beaucoup, il aime vivre ici, il s'y plaît beaucoup malgré les événements…

— S'il devait arriver malheur à André ou à toi, je m'en voudrais jusqu'à la fin de mes jours.

— Sois un peu raisonnable, regarde les gens d'ici : ils vivent avec le danger depuis des années. La peur de ce qui peut leur arriver ne les empêche pas d'aller travailler, de faire des courses ou d'aller au cinéma. Ils vivent leur vie… ils n'ont pas le choix.

Elle rouvrit son livre : la discussion était close. Devant la détermination de sa femme, Pierre remballa son projet. L'OAS n'avait pas réussi à faire peur à Marie-Jeanne.

— Des branquignols, avait-elle encore dit en parlant des fondateurs de l'OAS.

Puis elle s'immergea à nouveau dans la prose passionnée de Romain Gary.

**« Heureux ceux qui combattent sans haine
Ou haïssent sans remords »**

— *Chouf, chouf!* C'est ce type avec un chapeau en train de marcher et de discuter au milieu d'un groupe d'élèves.

— Trop risqué à l'heure de la sortie, il y a des flics partout, impossible de s'échapper.

En tenue de balayeur des rues, Belkacem venait de rejoindre un complice au milieu de la place Jean-Mermoz. Comme chaque soir, c'était la cohue, à dix-sept heures, le lycée Bugeaud se vidait de ses élèves et de ses professeurs.

Michel Ferrandi l'ignorait, mais il était dans les premiers sur la liste. Tous les leaders des ultras de l'Algérie française y étaient répertoriés, tous étaient des cibles qu'il fallait « travailler ». Les instances politiques du FLN prenaient très au sérieux la création de l'OAS. La guerre urbaine allait immanquablement changer de nature, les indépendantistes se préparaient à l'affrontement, le combat allait être féroce et sans merci. De part et d'autre, les assassinats devraient revêtir une portée symbolique.

Le professeur de mathématiques du lycée Bugeaud était un symbole : il représentait l'oppression culturelle exercée par l'occupant colonialiste et il était surtout très écouté et admiré par les lycéens les plus engagés aux côtés de l'extrême droite. Chaque semaine, il faisait de nouveaux adeptes.

Perdus dans le flot continu des lycéens, André, Jean-Jacques et Zayn se dirigeaient, comme chaque jour, en direction du boulevard Amiral-Pierre. Ils avaient l'habitude de passer un moment, appuyés au parapet, à discuter de choses et d'autres en regardant la mer. Devant eux, poussant une petite charrette où étaient juchés poubelles, pelles et balais, marchaient deux nettoyeurs des trottoirs et des caniveaux de la ville européenne. Un autre membre du groupe de Sidi-Nouman avait repris la filature de Michel Ferrandi. Le groupe n'agissait jamais dans la précipitation.

Zayn ne lâchait pas des yeux un des balayeurs. Sa silhouette lui semblait familière. Son cœur se mit à battre très fort. Il y avait des années qu'il n'avait pas vu son frère, mais il se sentait envahi d'un fol espoir : Belkacem marchait peut-être devant lui. Il ne voulait surtout pas risquer de le perdre.

— Excusez-moi, les gars, je suis pressé, je vous dirai pourquoi demain !

Sans laisser aux deux autres le temps de réagir, il se lança à la suite de celui qu'il pensait être son frère aîné en train de s'engager dans l'avenue du 8 novembre.

Depuis l'entrée d'un immeuble où il s'était dissimulé, l'adolescent fut un peu étonné de voir les deux balayeurs pénétrer avec leur charrette à bras dans une ruelle adjacente. Ils en ressortirent quelques instants plus tard en tenue de ville. Un troisième individu les rejoignit. Après un bref conciliabule, les trois hommes hâtèrent le pas en direction de la place du Gouvernement. Discrètement, Zayn leur emboîta le pas. Il en était certain maintenant, le plus grand du trio ne pouvait être que son frère, il reconnaissait sa façon de se tenir et sa démarche souple, féline et déterminée à la fois.

Les trois types traversèrent la place et se dirigèrent vers le grand café Le Bordeaux en face de la station de bus. Il y avait beaucoup de monde à cette heure-là. Zayn eut le temps d'apercevoir que Michel Ferrandi, seul à une table, prenait l'apéritif en lisant le journal.

Horrifié, Zayn entendit trois coups de feu, puis les cris d'horreur et de désolation qui accompagnaient chaque attentat.

Michel Ferrandi gisait à terre dans une flaque de sang.

La confusion permit aux trois hommes de quitter Le Bordeaux sans être inquiétés. Comme dans un ballet bien réglé, ils se séparèrent et partirent dans trois directions différentes. Par un de ces hasards dont la vie est parfois prodigue, les deux frères se retrouvèrent face à face. Zayn était hébété, abasourdi par l'horreur de cet assassinat dont il venait d'être témoin.

Des larmes se mirent à couler sur ses joues.

— Pourquoi ? articula-t-il.

**« Nous n'irons plus au bois,
Les lauriers sont coupés »**

Le lendemain matin, le lycée Bugeaud était paralysé de stupeur. Les élèves incrédules refusaient de croire à la nouvelle de l'assassinat de Michel Ferrandi. Les cours étaient suspendus jusqu'à nouvel ordre. Sous l'autorité du proviseur, les professeurs tentaient de se mettre d'accord sur ce qu'il convenait de dire pour saluer la mémoire du défunt sans jeter de l'huile sur le feu de l'indignation. L'émotion surmontée, les cours devraient reprendre, la vie continuait… la guerre aussi.

Les élèves patientaient. Dans leur coin, les lycéens ultras formaient une cohorte bruyante qui réclamait vengeance. Les autres, la majorité, battaient la semelle en attendant la suite : tous avaient conscience que le drame de la veille n'était peut-être qu'un début et que leur avenir risquait d'être très agité.

— On n'aurait pas dû se foutre de sa gueule le jour de la naissance de la fille de Claire, maintenant qu'il est mort, je regrette.

Ce mort qui surgissait inopinément dans leur vie troublait beaucoup André. Jean-Jacques envisageait les choses plus froidement.

— Tu peux regretter autant que tu veux, ça ne changera rien, ce n'est pas notre faute s'il s'est fait descendre, c'est la guerre, il avait choisi son camp.

— D'accord, il avait choisi, mais il ne méritait pas ça…

Tous les jours il y avait des attentats à Alger, les garçons avaient fini par ne plus y faire attention. La mort violente de Michel Ferrandi venait leur rappeler que cette guerre insidieuse pouvait frapper n'importe qui. Jour après jour, la peur et l'effroi s'insinuaient dans toutes les consciences. Ce qu'éprouvaient les trois garçons se situait entre le chagrin et l'épouvante, c'était une sorte de cruauté absurde qui les glaçait.

D'habitude plutôt volubile, Zayn ne participait pas à la discussion, il était pâle, l'air défait et absent, il ne semblait pas du tout dans son assiette. La veille, il avait dit à ses deux grands copains qu'il leur dirait pourquoi il ne les accompagnait pas jusqu'au parapet d'où ils regardaient la mer. Mais ils n'y pensaient plus. La brutalité de la nouvelle qui les avait cueillis avant de franchir la porte du lycée les bouleversait.

Les lycéens observèrent une minute de silence à la mémoire de leur professeur assassiné. On leur lut ensuite un message assez neutre, où il n'était pas fait allusion à l'engagement de Michel Ferrandi aux côtés des partisans de l'Algérie française. Le document ne pouvait faire moins que de condamner la violence et appeler les deux communautés au dialogue et à la concorde : au point d'incompréhension et de haine où on en était arrivés, pareils propos étaient presque comiques.

Les cours reprirent. Le cœur n'y était ni pour les profs ni pour les élèves. La journée fut morne et pesante. Ce fut un réel soulagement de quitter le lycée ce soir-là.

Place Jean-Mermoz, le dispositif policier était impressionnant. Les trois amis longèrent la caserne Pélissier par la rue Boissonnet pour gagner le boulevard Amiral-Pierre. Ils voulaient jeter un coup d'œil à la mer avant de rentrer chez eux.

Ce soir-là, ils n'avaient pas trop envie de causer. Zayn était dans le même état lamentable et décomposé que le matin, André et Jean-Jacques ne savaient pas quoi faire pour le dérider et lui tirer ne serait-ce qu'un demi-sourire. Finalement, ce fut lui qui parla ; tourné vers la mer, il fuyait le regard des deux autres. Son cœur était lourd.

— J'ai retrouvé mon frère Belkacem, c'est pour ça que je vous ai laissés hier soir. Je l'ai reconnu en sortant du lycée, je l'ai suivi.

Les deux autres ne dirent rien, il n'y avait rien à dire, Zayn tentait de soulever le poids qui lui écrasait l'âme depuis la veille.

— C'est lui qui a buté Ferrandi !

Une bourrasque venue de la mer les glaça jusqu'aux os.

Le soir même, Pierre et Marie-Jeanne téléphonèrent à Colette Ferrandi.

Loin du drame qui s'était joué la veille au soir, elle était effondrée. Ils s'étaient aimés, elle avait vécu des jours heureux avec Michel, l'arrivée de Florence avait illuminé leur vie. Le devenir impossible de l'Algérie avait broyé leur couple, mais le divorce n'avait pas effacé le souvenir des jours enchantés ; ils en gardaient le goût. Longtemps, ils avaient voulu croire que tout resterait encore possible.

Il fallait aussi prévenir Claire ; les Ferrandi l'avaient accompagnée et soutenue dans les moments difficiles. Marie-Jeanne préféra lui écrire une longue lettre plutôt que de lui téléphoner. En plus de lui annoncer la mort de Michel Ferrandi, elle lui dressa un tableau assez sombre de la situation à Alger depuis la victoire du oui au référendum.

André était dans sa chambre, il essayait de penser à autre chose, mais sans arrêt il revenait à cette confidence que leur avait livrée Zayn ; face à ce terrible secret, il pensait à ses deux grands copains. Il aurait voulu partager avec eux cette montée d'angoisse qui lui nouait la gorge.

Rue de la Lyre, le bel optimisme de Maurice était aussi en berne. Assis dans la cuisine, il fumait sans rien dire, comme perdu dans un songe. Alger était prise d'une fièvre nouvelle, c'était un mal ardent capable d'entraîner, une fois de plus, la ville dans la spirale de la haine. Rachel ne se souvenait pas avoir vu son mari à ce point anxieux. Jean-Jacques était à la fenêtre, le front posé sur le carreau, les mains dans les poches. Il n'allait pas très fort, il ruminait aussi ce que l'ami Zayn leur avait confessé pour soulager sa conscience.

Les Amar s'apprêtaient à passer une très mauvaise nuit. Celle des Lagadec ne serait pas meilleure. Les uns et les autres avaient prévu de se rendre au cimetière européen de Saint-Eugène pour assister aux obsèques civiles du professeur de mathématiques. Ils l'avaient bien connu, pendant quelque temps, il avait été leur ami, ils n'étaient plus d'accord, mais ils lui devaient bien ça.

Ce n'était qu'un mort de plus. Il y en avait eu tellement depuis le début de l'insurrection en novembre 1954 ; c'est tout juste si on s'en émut. Dans les journaux, Michel Ferrandi n'eut droit qu'à un petit entrefilet en une de *L'Écho d'Alger* et un bref article en pages intérieures ; on y rappelait son parcours peu ordinaire de la gauche humaniste vers la droite ultra opposée à toute espèce de négociations avec le FLN.

La police et l'armée verrouillaient le secteur, les autorités redoutaient des incidents ou peut-être même un attentat. La famille du défunt était entourée d'une poignée de jeunes ultras porteurs de drapeaux français. Hormis une délégation de professeurs du lycée Bugeaud, bien peu de gens s'étaient déplacés. Jean-Jacques et André faisaient partie du petit groupe censé représenter tous les élèves du lycée. Zayn n'était pas là. Les Amar et les Lagadec entouraient René et Giovanna Guivarch qui avaient tenu à être présents. René était de plus en plus accablé, le poids de la tristesse l'empêchait de se tenir droit, il devait s'appuyer sur Giovanna pour ne pas tomber.

Un soleil presque printanier vint réchauffer un peu l'atmosphère quand le cercueil du professeur de mathématiques descendit au fond de cette terre d'Algérie qu'il avait aimée jusqu'à la déraison.

**« Soleil de mon pays**
**Des villes blanches que j'aimais**
**Des filles que j'ai jadis connues »**

— Mon père dit que c'est foutu, les Arabes vont finir par nous foutre dehors. On s'en va, lança Anita.

— Les Arabes n'ont jamais dit qu'ils voulaient se débarrasser des Européens, protesta André.

— Ils ne l'ont pas dit, mais quand ils seront à notre place, ça ne sera plus pareil, mes parents ne veulent pas voir ça, ils préfèrent partir.

— Tout le monde doit pouvoir vivre en Algérie…

— Mon oncle m'embauche, le coupa-t-elle, je pars avec ma mère à Besançon, mes parents vont s'installer là-bas. Mon père reste encore un peu pour s'occuper du déménagement.

— Vous êtes fous, il fait froid là-bas !

André était désarçonné par ce que venait de lui annoncer Anita. Le vide s'ouvrait sous ses pieds. La veille, il avait été très impressionné par les obsèques de Michel Ferrandi et voilà qu'il était contraint de vivre son premier vrai désarroi amoureux. Les temps n'étaient plus à l'insouciance.

Zayn et Jean-Jacques respectaient l'intimité des deux tourtereaux. Les deux garçons discutaient un peu plus loin. Appuyés au parapet, ils fumaient une cigarette en tournant le dos à la mer pour se protéger du vent. André était encore un fumeur clandestin tandis que Zayn et Jean-Jacques avaient acquis le droit de s'intoxiquer sans avoir à rendre de compte à qui que ce soit. En seconde, au lycée, on faisait partie des grands.

Anita était venue de Guyotville jusqu'à la place Jean-Mermoz. Il ne s'y attendait pas, il était heureux de la voir, il n'imaginait pas la déconvenue qui allait suivre. Elle avait bien dit qu'elle partirait en France pour travailler, mais ce n'était pas sûr et puis ce n'était pas un départ définitif, elle parlait de revenir pour les vacances.

— Toi aussi tu vas retourner en métropole cet été, lui avait-elle dit. Je pars avant toi, c'est tout. C'est moi qui te quitte par la force des choses.

— Mais je t'aime, avait-il larmoyé.

— Moi aussi, mais je dois suivre mes parents comme toi tu vas suivre les tiens. Mon père et ma mère quittent l'Algérie, je suis bien obligée de partir avec eux…

— On ne va plus se voir, c'est terrible !

— On s'écrira, et puis tu rencontreras d'autres filles, tu es beau garçon, tu ne vas pas tarder à me remplacer… C'est la vie !

André était un grand sensible, une larme lui vint au coin de l'œil qu'il ne parvint pas à retenir. En revanche, l'excitation de son prochain départ pour la métropole rendait Anita plus réaliste ; son cœur était bien plus léger, quitter André l'ennuyait beaucoup, mais elle ne parvenait pas vraiment à être triste.

— Nous partons demain en bateau pour Marseille, nous finirons le voyage en train.

La gorge nouée, André était bien incapable de répondre. Ils se quittèrent sur un dernier baiser, elle s'en allait prendre son bus pour rentrer chez ses parents, elle y passerait sa dernière nuit algérienne, elle était déjà ailleurs, elle fit un petit signe de la main en se retournant. C'était fini.

Quand elle fut suffisamment éloignée, les deux autres s'approchèrent. André n'avait pas bougé, il était comme figé sur place, paralysé par l'incompréhension, tout était allé si vite, il n'y avait pas une demi-heure qu'ils avaient franchi la porte du lycée.

— Elle t'a plaqué, tu aurais dû t'y attendre, c'était couru d'avance ! Ne sois pas triste, les femmes, c'est pas ce qui manque…

Jean-Jacques aimait beaucoup jouer au type revenu de tout et bien au-dessus de l'éventualité d'un chagrin d'amour. Zayn était beaucoup plus sobre, il se contenta d'entourer les épaules d'André et de l'accompagner jusqu'à la rampe Anatole-France qui conduisait à l'entrée de l'Amirauté.

— Josiane et Brigitte s'en iront peut-être aussi, finit-il par dire, beaucoup de pieds-noirs sont partis en métropole depuis le début de l'année, ils sont comme les parents d'Anita, ils pensent qu'il n'y a plus d'avenir pour eux en Algérie.

Ils marchèrent encore un moment en silence, perdus dans leurs pensées. Le boulevard était calme, presque désert, d'où ils étaient, ils surplombaient le port, et au-delà de la jetée nord et du quai charbonnier, la mer, encore lumineuse, accueillait le soir qui venait.

— Et toi, finit par lui demander Jean-Jacques, est-ce que tu crois qu'il n'y a plus d'avenir pour les pieds-noirs en Algérie ?

— Je n'en sais rien, avoua Zayn, je n'en sais rien du tout…

La beauté de l'instant fut la plus forte, le charme n'était pas rompu. Ils restèrent encore silencieux quelques minutes à contempler le majestueux panorama.

— Comment ne pas être amoureux fou de l'Algérie ? fit encore André.

Zayn et Jean-Jacques approuvèrent d'un simple hochement de tête.

## La grande gesticulation des arroseurs arrosés

« L'armée a pris le contrôle de l'Algérie et du Sahara. […] L'Algérie française n'est pas morte. […] Vive l'Algérie française pour que vive la France. » Le journaliste de Radio Alger débitait son texte avec des trémolos dans la voix. André finissait d'avaler son petit-déjeuner. Encore embrumé de sommeil, il prenait vaguement conscience que la situation très inflammable depuis le référendum de janvier venait pendant la nuit de basculer dans l'irrationnel.

Pierre était de retour, il revenait du bureau des opérations de l'Amirauté. Il passait en coup de vent pour dire au revoir à sa femme et à son fils. Le *Cap-Ferrat* était prêt à appareiller, tout l'équipage aux postes de combat prêt à en découdre s'il le fallait.

Dans cette nuit du 21 au 22 avril, le maître principal Lagadec avait été appelé à trois heures du matin. À ce moment-là, les informations étaient encore confuses et contradictoires, mais il était clair qu'une partie de l'armée venait d'entrer en rébellion. Le Gouvernement général, l'aéroport, le palais d'été, l'immeuble de la radio ainsi que quelques autres points névralgiques d'Alger avaient été investis par les militaires mutins ;

ils s'étaient rendus maîtres de la ville sans coup férir. La révolte couvait depuis des mois sous les képis, elle avait fini par prendre corps.

— Nous autres, marins, restons dans la légalité républicaine, annonça Pierre à sa femme et à son fils. J'ai reçu l'ordre de me rendre à La Pérouse pour ramener un bataillon de fusiliers marins, il va peut-être falloir défendre l'Amirauté si l'idée venait aux putschistes de s'en emparer.

— On ne peut donc ni rentrer ni sortir, je ne vais pas pouvoir aller au lycée !

— La caserne Pélissier est aux mains des rebelles, le lycée va rester fermé plusieurs jours.

— Je commence à regretter de ne m'être pas rangée à ton avis de quitter Alger sans attendre la fin de l'année scolaire, soupira Marie-Jeanne.

— Puisque c'est comme ça, salut tout le monde, je retourne me coucher.

Bâillant à s'en décrocher la mâchoire et traînant la savate, André laissa en plan son petit-déjeuner et se dirigea vers sa chambre. Deux heures à flemmarder au lit : c'était inespéré, il en aurait presque remercié les putschistes.

Trois ou quatre vieux généraux s'apprêtaient à se faire acclamer par une foule abusée par les uns, manipulée par les autres et surtout désespérée par l'évolution des événements.

Tel Fabrice del Dongo parcourant à cheval les abords de Waterloo sans rien comprendre à la bataille en cours, André Lagadec enfermé dans l'Amirauté resta étranger à la formidable manifestation d'enthousiasme qui souleva les Européens d'Alger quand, aux petites heures de l'aube, ils eurent connaissance du « pronunciamiento» . Une fois de plus, le petit peuple pied-noir voulait croire qu'on l'avait enfin entendu et qu'il était sauvé.

Le jour n'était pas encore bien établi que l'aventure putschiste avait déjà du plomb dans l'aile. Si beaucoup d'officiers avaient manifesté leur hostilité à la politique algérienne du général de Gaulle, bien peu s'étaient joints au complot. Pas facile de franchir le Rubicon, de se retrouver hors-la-loi et mis au ban de la nation si le coup échouait. Les risque-tout n'étaient pas légion dans l'armée française. Sans compter que les appelés du contingent s'étaient bien gardés de se joindre à cette aventure chimérique ; ils avaient surtout envie de rentrer chez eux.

*La Chartreuse de Parme* était au programme des lectures suivies de la classe de seconde. N'ayant rien de mieux à faire, André s'y plongea et, comme bien des jeunes gens de son âge découvrant le roman de Stendhal, il ne tarda pas à s'identifier au si beau et si romantique Fabrice. Pourtant, de chez les Lagadec, on entendait la rumeur de la foule massée sur le forum et les cortèges des voitures scandant du klaxon « Al-gé-rie fran-çaise, Al-gé-rie fran-çaise ».

Chez les Amar, on n'avait pas jugé bon de faire lever Jean-Jacques. La radio avait annoncé que des automitrailleuses avaient pris position place Jean-Mermoz devant la caserne Pélissier : le lycée Bugeaud garderait sûrement portes closes.

En pyjama, Maurice fumait en écoutant les informations. Il passait d'une station à l'autre pour avoir plusieurs sons de cloche à propos de ce qui était en train de se jouer à Alger. Les événements étant ce qu'ils étaient, il n'envisageait pas non plus d'ouvrir le salon de coiffure ce jour-là. Comme à chaque fois que l'anxiété menaçait de la submerger, Rachel traquait la poussière, elle astiquait tout ce qui pouvait l'être dans l'appartement.

Entre deux proclamations martiales, Radio Alger diffusait de la musique classique pour ajouter une touche de solennité aux événements. On coupa bientôt le sifflet à Brahms et à son concerto pour violon, l'ancien commandant en chef des troupes engagées en Algérie, le général Challe, allait parler.

— « [...] Je suis à Alger avec les généraux Zeller et Jouhaud, et en liaison avec le général Salan pour tenir notre serment, le serment de l'armée de garder l'Algérie pour que nos morts ne soient pas morts pour rien. Un gouvernement d'abandon [...] s'apprête aujourd'hui à livrer définitivement l'Algérie à l'organisation extérieure de la rébellion [...]. »

— On ne sait pas où on va, mais on fonce ! commenta brièvement Maurice.

Rachel se mordait les lèvres. Cette situation insurrectionnelle réveillait chez elle d'anciens souvenirs d'émeutes violentes.

— J'ai peur, Maurice, tu sais bien que quand ça va mal en Algérie, ça finit toujours par retomber sur les Juifs.

— Pourquoi veux-tu ? La question ne se pose pas, on est Juifs, Algériens et Français par-dessus le marché, avec tout ça on devrait s'en sortir.

Là-dessus Jean-Jacques, à moitié endormi, pointa le bout de son nez. Il avait faim. Il voulait savoir pourquoi on l'avait laissé dormir au lieu de le tirer du lit pour l'envoyer au lycée.

— Les militaires ont pris le pouvoir à Alger. L'armée à Oran et à Constantine n'a pas l'air de suivre le mouvement. On va rester tranquillement à l'abri toute la journée, on verra demain pour mettre le nez dehors.

— Tu vas pouvoir t'avancer, tu as du travail ? lui demanda Rachel.

— Pas grand-chose, en français, on doit lire *La Chartreuse de Parme* et répondre à des questions sur les personnages.

— Commence par répondre aux questions, tu liras le livre après, si tu as le temps, conseilla le père à son fils.

— Zayn a déjà lu le livre, j'avais l'intention de lui demander de me raconter l'histoire pour répondre aux questions sans avoir besoin de tout lire, mais on ne va pas se voir aujourd'hui.

— En effet, il vaudrait mieux qu'il reste chez lui par les temps qui courent. T'as de la chance, aujourd'hui tu vas avoir le temps de lire.

Le lendemain du coup de force des militaires, Alger avait le cœur repeint en bleu, blanc, rouge. Les soldats mutinés étaient fêtés et congratulés par une foule en délire qui voulait croire à la fin de son tourment. Pour les Musulmans de la Casbah, pour ceux des faubourgs ou des bidonvilles périphériques, ce n'était pas l'heure d'aller traîner en ville chez les Européens. L'excitation collective pouvait dégénérer et se transformer en une gigantesque et sanglante ratonnade ; c'était devenu un rituel, une sorte de sacrifice destiné à conjurer le sort et à apaiser le désespoir des pieds-noirs.

Comme à chaque fois qu'un violent coup de tabac secouait Alger, Zayn avait trouvé refuge chez le père Yborra. Il avait pris l'habitude d'accompagner Ahmed quand il était disponible et de donner un coup de main au fournil. En retour, le vieux boulanger était devenu le pourvoyeur en argent de poche du fils Messahoud. Tout le monde y trouvait son compte en ce jour de grand chambardement. Insurrection ou pas, il fallait cuire le pain quotidien et nourrir la population de Saint-Eugène.

Zayn était toujours avide d'informations. En trimbalant les sacs de farine, il profitait du transistor, on lui accordait le privilège de choisir la station et d'en changer s'il estimait possible d'en savoir un peu plus en allant écouter ailleurs. Et puis, en se débrouillant bien, il pouvait passer un petit coup de fil discret à Brigitte qui se morfondait toujours chez ses parents à Guyotville en attendant de trouver un travail.

Dans l'après-midi, on eut la certitude que les Français de métropole s'étaient rangés derrière le général de Gaulle investi des pleins pouvoirs. Le putsch était massivement rejeté et condamné par la droite, la gauche, les communistes et tous les syndicats, pour une fois unanimes. Hormis à l'extrême droite, les Français de France ne voulaient plus entendre parler de l'Algérie française. Ils ne voulaient plus voir leurs fils partir là-bas, risquer de s'y faire tuer pour rien

Enfermé en compagnie de Marie-Jeanne, André, un peu morose, faisait son deuil d'Anita et s'ennuyait copieusement. Dans l'après-midi, il avait appelé la boulangerie de Saint-Eugène. Il savait qu'un jour comme celui-là, Zayn devait faire le mitron faute de pouvoir se rendre au lycée. Les deux garçons avaient, bien sûr, parlé à demi-mot de leurs amours, leur conversation ne pouvant être que très allusive et embarrassée, trop d'oreilles indiscrètes traînaient autour d'eux. Il était bien plus simple d'échanger quelques informations sur les événements en cours.

— Les fusiliers marins ont pris position pour empêcher les putschistes de s'installer à l'Amirauté, avait annoncé André, on est enfermés, on ne peut même pas sortir prendre l'air.

— Tu crois que les militaires français vont se tirer dessus ?

— Ça m'étonnerait, mon père dit que le soulèvement des militaires d'Alger va foirer.

Même si l'affaire semblait bien mal partie pour les putschistes, Pierre Lagadec n'avait fait que donner son sentiment. En fait, personne ne savait comment les choses pouvaient encore tourner à Alger où les rumeurs les plus folles couraient.

Zayn avait pu capter Radio Tunis en langue française, il put livrer à son copain une information toute fraîche que Radio Alger n'avait pas reprise :

— Les généraux ne sont pas d'accord entre eux, Salan aurait voulu distribuer des armes aux civils et organiser des milices populaires, mais Challe a refusé. Depuis, ils se font la gueule.

— Ça ne va pas encourager les hésitants à les rejoindre. Mon père a raison, ça va foirer leur truc.

Le dimanche 23 avril, à vingt heures pétantes, de Gaulle apparut à la télévision, affublé de son costume de général sauveur de la patrie. On voyait bien qu'il était fâché, mais le discours était au cordeau, le vieux chef avait bouffé du cheval. La puissance et la maîtrise du verbe gaullien étaient d'une grandiose efficacité. Claire chez ses parents à Chartres, Colette à Cahors, les Amar rue de la Lyre, les Guivarch, le père Yborra, les Messahoud à Saint-Eugène ou les Lagadec à l'Amirauté : pas une oreille ne manqua cette performance de haute volée. Martelés par le grand artiste-magicien du discours télévisé et radiodiffusé, les mots pénétraient les consciences.

Le « quarteron de généraux à la retraite » fit son effet autant que le « groupe d'officiers partisans, ambitieux et fanatiques ». Par la grâce du transistor, les paroles fortes du Général inondaient les chambrées des presque cinq cent mille soldats stationnés en Algérie et bousculaient les convictions des officiers hésitants. L'homme du 18 juin 1940 faisait savoir aux mutins qu'il ne leur céderait rien, qu'ils étaient des traîtres et qu'ils seraient poursuivis, arrêtés et jugés pour leur forfaiture. Les appelés du contingent étaient priés de rester soumis à l'autorité légale et de refuser d'obéir aux officiers félons : c'était clair et sans la moindre concession. L'autoproclamé dépositaire de l'histoire de France termina par un vibrantissime « Françaises, Français ! Aidez-moi ! » qui solennisait encore un peu plus la situation.

— Il leur a foutu la trouille, ils vont se déballonner les uns après les autres.

Pierre parlait de ces militaires de haut rang qui, depuis deux jours, entretenaient l'incertitude, faisant un pas en avant vers les factieux et bien vite deux pas en arrière pour rester dans le giron de la légalité républicaine. Au pied du mur de la sédition, il y avait surtout des dégonflés et des trouillards. De Gaulle le savait, il connaissait les militaires par cœur ; en 1940, la plupart des officiers encore en état de poursuivre la guerre avaient préféré se ranger sous la bannière du vieux Maréchal défaitiste plutôt que de le rejoindre et de continuer le combat.

Le discours avait fait son effet, ces généraux, plus va-de-la-gueule qu'audacieux, se dépêchèrent de rentrer dans le rang, laissant les colonels matamores se débrouiller sans eux.

André en avait oublié qu'Anita l'avait abandonné.

Rue de la Lyre, Jean-Jacques avait cherché dans le dictionnaire la signification du mot « quarteron ».

Quant à Zayn, il occupa une partie de la soirée à expliquer à ses parents et à ses sœurs les tenants et aboutissants du discours qu'ils avaient entendu à la radio. Désormais les Messahoud avaient, eux aussi, un transistor chez eux. Leur vie en était transformée.

Le 24, Alger avait toujours la fièvre, le lycée Bugeaud garda porte close. Entre trente et soixante mille Algérois étaient encore dans la rue pour soutenir les généraux putschistes, mais sous les képis on savait déjà que c'était raté. Challe et quelques autres parlaient de se rendre tandis que des plus jusqu'au-boutistes autour de Salan claironnaient qu'ils voulaient exécuter les indécis et les traîtres. Jeter en pâture à la foule de leurs partisans ceux qui ne suivaient pas le mouvement n'était qu'une forfanterie de militaires à la dérive, les tièdes, les dubitatifs et les résignés étaient bien trop nombreux.

Le mardi 25, Alger avait la gueule de bois. La vie peinait à reprendre un semblant de cours normal. Il fallait retourner au travail. Comme à leur habitude, André, Jean-Jacques et Zayn franchirent ensemble le porche du lycée. Le coup de force des militaires ne les avait pas empêchés de dormir, ils étaient contents de se retrouver. Beaucoup de professeurs étaient absents, les garçons allaient avoir le temps de discuter en se chauffant au soleil. Il faisait beau, le printemps était là, ils avaient le cœur léger. Zayn avait quelque chose d'important à annoncer à ses deux grands copains :

— En passant, j'ai vu qu'aux bains Padovani, ils ont sorti les tables et les parasols !

C'était une information essentielle.

— Dimanche prochain, on se baigne, affirma André avec solennité.

Les deux autres opinèrent, l'eau serait sans doute encore un peu fraîche, mais un pronunciamiento raté n'allait quand même pas les priver d'aller à la plage, de mater les jolies baigneuses en bikini et de danser sur *Let's Twist Again*, le grand succès international de Chubby Checker, un Américain gominé qui faisait fureur. À Alger, les jeunes écoutaient la même musique qu'à Londres, Berlin ou San Francisco. Comme ailleurs dans le vaste monde, les garçons et les filles rêvaient d'amour et de liberté.

## Ils se sont pris pour des héros,
## Ils n'étaient que des pantins désespérés

Monsieur Léon n'était pas là. Il était bien un peu obtus quand il parlait politique, mais question boulot, il était irréprochable : jamais absent, honnête, très professionnel et toujours prêt à rendre service. Mais ce mercredi 26 avril, quand Maurice Amar avait ouvert son salon de coiffure, Monsieur Léon n'était pas venu travailler, il n'avait pas prévenu, il n'avait rien dit non plus la veille.

L'agitation n'était pas complètement retombée en ville, mais ce n'était plus l'effervescence des jours précédents. Les uns après les autres, les régiments insurgés déposaient les armes. Après avoir tant espéré, les clients du salon étaient assommés, désabusés, apathiques presque. On ne les entendait plus, personne ne se hasardait encore à commenter l'échec de la tentative de putsch des généraux, pour la plupart des pieds-noirs, c'était beaucoup trop violent et douloureux.

Le commis fit son apparition au début de l'après-midi, taciturne et buté, peu disposé à causer ni avec son patron ni avec qui que ce soit d'autre. Quand il ôta sa veste pour enfiler sa blouse, tout le monde remarqua qu'il portait un pistolet calé dans un holster sous l'aisselle gauche. Maurice Amar lui fit tout de même une remarque :

— Faites attention avec ce truc-là, Monsieur Léon, n'allez pas vous blesser ou risquer de blesser quelqu'un, il faut savoir s'en servir.

Monsieur Léon, enfermé dans le rôle d'activiste plus ou moins clandestin, ne répondit pas tout de suite. Ceux qui lui avaient confié une arme lui avaient sûrement donné des consignes de discrétion, mais le naturel bavard du commis coiffeur reprit bientôt le dessus. Il ne pouvait pas garder pour lui ce qu'il venait de vivre avec beaucoup d'intensité.

— J'ai passé la matinée avec un ancien sous-officier parachutiste, il nous apprend le métier, on va former un commando !

— Qu'est-ce que vous nous chantez là, Monsieur Léon ? Un commando pour quoi faire ?

— Pour faire la guerre, pardi ! Mais pas à la manière des militaires, on va faire pareil que les Arabes : des bombes, des attentats et des assassinats ; c'est comme ça que le FLN a gagné.

— Vous allez copier sur eux en quelque sorte, ajouta Maurice.

— À l'OAS, on est des résistants, Monsieur Maurice, on est des patriotes, on est les derniers, les plus courageux, comme les résistants en France pendant l'Occupation.

— C'est marrant parce que beaucoup d'indépendantistes se réclament aussi de la Résistance contre l'occupant pendant la guerre ! À défaut d'autre chose, il y aurait peut-être moyen de s'entendre là-dessus.

— Ne plaisantez pas avec ça, Monsieur Maurice ! Ils n'ont pas le droit ! La Résistance c'est l'honneur de la France, la victoire du courage sur la barbarie et la cruauté allemande.

— Je ne plaisante pas, je m'interroge, répondit Maurice sans regarder son commis.

— Ce qui se passe chez nous n'a rien à voir avec la guerre mondiale ! Nous, on se bat pour remettre la France dans le droit chemin parce que la France est en train de perdre son honneur en abandonnant l'Algérie.

Maurice aurait bien répliqué qu'en Algérie, avec la torture, les massacres de civils et toutes les exactions liées à la guerre, il y avait bien longtemps que la France avait jeté son honneur aux orties, mais il jugea inutile d'ajouter de la colère au chagrin déboussolé de ses clients.

— Jamais nous n'accepterons que la France négocie la paix avec les bandits du FLN, poursuivit Monsieur Léon, plutôt mourir ici, chez nous.

— Une bombe par-ci par-là, mais rien de bien méchant. Ces types-là font les malins, mais ils sont isolés et ils ont plus de gueule que de moyens.

Pierre s'efforçait de rassurer ses vieux amis Guivarch, de plus en plus inquiets des échos de la violence qu'ils percevaient depuis la petite pièce où ils passaient leurs journées. Giovanna et René ne bougeaient plus guère de chez eux, Zayn faisait leurs courses et arrosait le jardin. Chaque jour, le père Yborra leur rendait une petite visite ; c'était bien agréable de voir du monde. Les Lagadec et les Amar venaient le dimanche, ils s'étaient entendus pour ne pas dramatiser. Il était inutile d'affoler les deux vieillards en leur disant que l'OAS s'était lancée dans une fuite en avant aussi sanglante que suicidaire.

— Quand est-ce que ça va s'arrêter ? demanda René.

Il était fragile, mais parfaitement lucide et conscient de la brutale dégradation de la situation. Giovanna était très inquiète pour son vieux bonhomme de mari. De son côté, René s'en faisait beaucoup pour Giovanna : on pouvait lui raconter que tout était pour le mieux dans le meilleur des mondes, l'idée de laisser sa vieille compagne toute seule le tracassait beaucoup.

Rachel avait pris dans les siennes les mains toutes sèches et glacées du vieux monsieur.

— Bientôt, René ! Bientôt ! Ne vous en faites pas ! Nous sommes là…

À son tour, Marie-Jeanne s'était voulue rassurante :

— Tout finit toujours par s'arranger ! lui avait-elle dit.

— Même mal, avait ajouté Maurice comme pour lui-même.

Contrairement à ce qu'ils essayaient tous de faire croire à René et à Giovanna, la violence dans Alger allait crescendo. Après l'échec du putsch, un certain nombre de militaires n'ayant plus rien à perdre avaient rejoint l'OAS. Ces desperados maîtrisaient très bien le maniement des armes et des explosifs, ils mettaient leur savoir-faire guerrier au profit de l'illusion de la cause déjà perdue depuis longtemps de l'Algérie française.

Les commerces tenus par des Arabes ou des Kabyles étaient plastiqués les uns après les autres, des Musulmans étaient assassinés pour rien, simplement parce qu'ils étaient Musulmans. L'OAS s'en prenait aussi à tous ceux qui incarnaient l'autorité et la traîtrise de l'État, coupables de trahison : policiers, fonctionnaires ou enseignants favorables à la négociation avec le FLN risquaient leur vie dans les rues d'Alger. Les Européens qui souhaitaient quitter l'Algérie pour aller vivre en métropole devaient aussi se méfier : l'OAS, qui les considérait comme des déserteurs, n'hésitait pas à les décourager par la violence et au besoin par l'assassinat. Maurice se faisait l'écho de la rumeur qui courait les rues d'Alger :

— Ils se croient intouchables, ils sont protégés, on dit qu'ils ont des complices au sein de l'armée et de la police.

Pierre ne pouvait qu'acquiescer aux propos de son ami.

— Et même dans le personnel politique en Algérie et en France.

Les deux hommes étaient sortis dans le jardin parce que Maurice devait impérativement fumer. Assis sur un vieux fauteuil en osier, René prenait le soleil. Pierre et Maurice avaient fait le tour des massifs qui n'étaient plus guère entretenus. Un peu éloigné de leur vieil ami, Maurice donna son sentiment sur la situation :

— L'OAS veut torpiller les négociations que le gouvernement a dû discrètement engager après le référendum de janvier.

— Ça va être encore long, ajouta Pierre, de Gaulle n'a pas renoncé à séparer le Sahara de l'Algérie. Je continue à faire du convoyage d'hommes et de matériel vers Philippeville pour la construction d'installations pétrolières.

— La France et la future République algérienne n'ont aucune intention de partager ou d'abandonner le pétrole et le gaz du Sahara.

— Bien sûr que non, et il n'y a pas que le pétrole, il y a aussi Reggane où on fait péter nos bombes atomiques.

Rachel et Marie-Jeanne venaient rejoindre leurs maris, ils devaient aller au-devant des garçons. Avant d'aller chez les Guivarch, André et Jean-Jacques avaient retrouvé Zayn qui les attendait à l'entrée des bains

Padovani ; à pied, ce n'était pas loin. Les trois adolescents avaient passé une partie de l'après-midi à la plage. Il était temps d'aller les récupérer.

Pour Rachel, ce fut un choc. Son fils était allongé sur une serviette à côté d'une jeune fille seulement vêtue d'un sémillant maillot de bain deux-pièces. Leur conversation était à ce point intime que leurs têtes se touchaient et que de temps à autre, leurs lèvres se rejoignaient en un baiser furtif, mais bien réel. Ce qu'ils se disaient devait être bien amusant parce qu'ils riaient, indifférents à tout ce qui se passait autour d'eux. Jean-Jacques n'avait pas du tout l'air pressé de se rhabiller et de rejoindre ses parents. Un peu plus loin, Zayn était aussi en compagnie d'une fille. Ils étaient assis tous les deux, les pieds dans les vaguelettes qui venaient mourir sur la plage, et regardaient la mer ; la fille avait posé sa tête sur l'épaule du garçon et ils se tenaient par la main. Pas de doute, les inséparables avaient grandi.

Maurice dut retenir Rachel qui s'apprêtait à aller vertement signifier à son fils qu'il avait une attitude indécente. Évidemment, elle se fâcha :

— Tu lui as toujours tout passé, notre fils est en train de se débaucher et tu ne dis rien !

— C'est de son âge, fit-il en haussant les épaules, ils ne font rien de mal.

Peut-être, mais Rachel ne voulait pas en convenir, son fils unique était en train de lui échapper, c'était pour elle un drame intime.

Marie-Jeanne et Pierre étaient inquiets : ils avaient beau scruter la plage, ils ne voyaient pas André, il n'était pas avec les deux autres. Pour conjurer leur soudaine anxiété et calmer sa femme, Maurice entraîna tout le monde au bar de la guinguette. Les haut-parleurs alternaient des chansons d'Albert Rouimi ou de Bob Azzam à pleine puissance, on servait de la bière coloniale ou de l'anisette, ça causait fort, on riait, c'était pied-noir en diable, on venait là pour oublier la guerre, l'abandon de la mère patrie, l'OAS, le FLN et tout le reste. Alger dansait au bord d'un volcan, mais c'était le premier soleil, on retrouvait l'Algérie de toujours, joyeuse et forte en gueule, on se disait encore en cette fin du mois d'avril que c'était pour toujours et qu'il n'y avait pas de raison pour que ça change. C'est à ce moment-là que Marie-Jeanne aperçut enfin son fils.

André était assis sur un haut tabouret de bar, appuyé au comptoir, il buvait une bière et – horreur – il fumait une cigarette. Face à lui, sur un autre haut tabouret de bar, se tenait une jeune femme, blonde, au teint un peu pâle des gens du « nord ». Vêtue avec décontraction, elle attirait le regard. Et tous les deux causaient sans retenue et riaient comme de vieux amis, ils devaient se parler tout près de l'oreille parce que la musique couvrait les conversations. Visiblement André et la jeune femme y trouvaient un certain plaisir. La beauté nordique pouvait avoir dans les vingt-trois ou vingt-quatre ans. Le sang de Marie-Jeanne ne fit qu'un tour, elle marcha d'un pas résolu vers son fils.

— Ah, maman, tu tombes bien, je te présente Julie Baker, fit-il en écrasant son mégot dans un cendrier, elle est Anglaise et journaliste, elle est envoyée par son journal pour faire un reportage sur la jeunesse algéroise à l'heure de l'indépendance prochaine…

Marie-Jeanne était complètement déstabilisée par le soudain aplomb de son fils.

— Bonjour, Julie, bredouilla-t-elle, je suis enchantée de…

— Votre fils exagère, Madame, je ne suis pas encore une vraie journaliste, je ne suis que stagiaire au *Daily*

*Mail*, je fais partie de l'équipe du journal venue prendre le pouls de la population d'Alger. C'est parfait pour moi de rencontrer un garçon qui étudie au lycée…

Elle s'exprimait parfaitement en français avec une pointe d'accent britannique absolument délicieux.

— Viens, Julie, je vais te présenter mon père et les Amar, des amis à nous, enchaîna André. Pour ton reportage ce sera très bien, ils sont juifs, c'est très important les Juifs en Algérie.

Julie suivit André. Les présentations expédiées, on se tassa autour d'une des tables de la guinguette et Julie, tout sourire, eut vite fait de mettre tout le monde dans sa poche. Elle s'y prit si bien qu'elle se retrouva chez les Guivarch où ils étaient tous retournés pour dire au revoir aux deux vieillards sur lesquels ils veillaient avec attention. Josiane et Brigitte étant reparties à Guyotville, Jean-Jacques et Zayn n'avaient pas fait d'histoires pour suivre le mouvement. Eux aussi étaient sous le charme de Julie.

Très professionnelle, la toute jeune femme n'en finissait pas de prendre des notes et de poser une multitude de questions sur la vie quotidienne des uns et des autres dans cette ville d'Alger plongée dans le trouble et l'incertitude. Elle demanda si elle pouvait revenir le lendemain faire des photos de René et Giovanna. André en profita pour lui dire de ne surtout pas manquer la sortie du lycée Bugeaud à dix-sept heures place Jean-Mermoz.

— Vous allez voir, c'est très joyeux comme ambiance !

— J'aimerais beaucoup aller au marché de la rue de Chartres, c'est en bas de la Casbah, on dit que c'est typique, connaissez-vous quelqu'un qui puisse me servir de guide ?

Il y eut un silence gêné ; Pierre et Maurice avaient un air un peu pincé et réprobateur, ils devinaient ce que leurs femmes allaient dire.

— Moi, je peux, fit Rachel avant que Maurice ne fît part de son extrême réserve.

— Moi aussi, dit doucement Marie-Jeanne.

Pierre préféra se taire, il ne servait à rien de se fâcher. Quand sa femme avait décidé quelque chose, elle ne faisait jamais machine arrière.

**Terminer la guerre sans fin ?**

— Les ordres sont d'occuper le terrain, par la terreur s'il le faut. Les roumis doivent sentir que désormais le FLN est chez lui à Alger et qu'il règle ses comptes lui-même.

— Il y a des négociations en cours entre le FLN et le gouvernement français, avança celui qui, dans le groupe, faisait office de lieutenant, nous avons gagné, pourquoi tuer encore des roumis ?

— Pour les faire partir ! lâcha Belkacem. Il n'y a pas d'avenir en Algérie pour les non-Musulmans.

— Tu n'as pas toujours dit ça, répliqua l'autre avec un sourire non dénué de perfidie, tu disais même le contraire quand tu étais avec cette Européenne.

Le coup partit sans prévenir, le poing de Belkacem fracassa le visage de son lieutenant. C'était violent, rageur, féroce. Le cartilage et l'os du nez furent instantanément broyés, du sang gicla partout. Les autres membres du groupe en étaient paralysés de stupéfaction et de crainte. Leur chef déraillait. Depuis quelque temps, il était irascible, il n'y avait plus moyen de parler avec lui.

— On ne discute pas les ordres, reprit Belkacem sans même un regard pour celui qu'il venait d'humilier, on ne vous demande pas votre avis, ceux qui ne sont pas d'accord savent ce qui les attend.

Personne ne vint au secours du blessé qui dut se relever seul. Certains de ces hommes avaient des dizaines d'attentats ou de règlements de compte à leur actif, ils connaissaient le poids de la menace brandie par leur chef, ils le savaient impitoyable.

La réunion clandestine reprit son cours. Il s'agissait de définir un certain nombre de cibles pour répondre, coup pour coup, à la fuite en avant aussi sanglante que désespérée de l'OAS. Un plan d'Alger étalé devant eux, les membres du groupe pointèrent plusieurs commerces européens à « punir pour leur arrogance colonialiste ». Ils prirent aussi le temps de repérer l'adresse personnelle d'un certain nombre de pieds-noirs possiblement membre de l'OAS. Pour tous ces combattants de l'ombre, immergés dans la guerre depuis des années, tuer un innocent était sans importance tandis que laisser courir un terroriste ennemi était une faute politique impardonnable.

Sans le moindre souci pour son lieutenant qui s'efforçait de contenir le sang qui coulait à gros bouillons de son nez explosé, Belkacem répartit le travail entre ses acolytes. Comme toujours, les consignes étaient nettes et rigoureuses. Il ne pouvait être question d'y déroger ou de s'en affranchir.

— L'Algérie compte sur nous, leur dit encore Belkacem, ce n'est pas le moment de flancher !

— L'Algérie et le FLN, ce n'est pas la même chose, parvint à dire le lieutenant, avant de quitter la cache où avait eu lieu la réunion clandestine.

Resté seul, Belkacem cacha son visage dans ses mains. Il resta ainsi immobile un long moment, assis, les coudes posés sur la table. Il essayait de faire le vide, de ne penser à rien. Il n'y parvint pas. Finalement, il pleura.

— J'irai la voir à Paris cet été. En train, il y en a pour une heure ! leur annonça André.

Les deux autres étaient à la fois jaloux et admiratifs. Lever une fille pareille, c'était incroyable ; à leurs yeux, André était devenu un grand séducteur pour qui tout devenait possible. Il ne s'était rien passé entre Julie Baker et le grand adolescent, c'était même elle qui l'avait abordé parce qu'il avait l'air de s'ennuyer tout seul sur sa serviette, mais il laissait dire et jouait les modestes à qui la chance souriait parce qu'il savait y faire. Anita n'avait été qu'une amourette, une sorte d'entrée en matière érotique, s'en souvenir n'avait plus rien de douloureux. André pouvait se prévaloir d'avoir, maintenant, affaire à une vraie femme.

Comme chaque soir, les trois inséparables s'attardaient à causer un peu en regardant la mer, appuyés au parapet du boulevard Amiral-Pierre. Le sujet du jour, c'était cette Julie venue d'Angleterre : son joli minois, ses yeux verts, sa poitrine, ses jambes, la couleur de ses cheveux, son délicieux accent et très accessoirement son travail de journaliste de la presse étrangère. La belle était venue attendre les garçons place Jean-Mermoz, à la porte du lycée, mais elle n'avait fait la bise qu'à André. Jean-Jacques et Zayn n'avaient pas osé réclamer.

— Je vous tiendrai au courant, fit encore le fils Lagadec avec un rien de suffisance.

Zayn s'en alla seul en direction de Saint-Eugène par le boulevard du front de mer. Il aimait ce moment de solitude le soir, il se laissait envahir par la beauté de la mer, il rêvait, il composait des poèmes qu'il n'osait pas écrire.

Ce fut en attaquant la rude montée du boulevard de Flandres qu'il le vit. Chapeau sur la tête, habillé comme un vrai monsieur, Belkacem se tenait devant la porte annexe du cimetière européen de Saint-Eugène. De loin, on aurait pu le prendre pour un roumi, mais Zayn ne douta pas un instant qu'il s'agissait de son frère. Tous les deux connaissaient le quartier. Si Belkacem s'était posté précisément à cet endroit, c'était qu'il voulait le rencontrer.

Mis à part la très fugitive rencontre qui avait suivi l'assassinat de Michel Ferrandi, il y avait plus de six années que les deux frères ne s'étaient pas parlé. Zayn avait dix ans quand Belkacem avait plongé dans la clandestinité ; depuis, tant d'eau avait coulé sous les ponts qu'ils ne savaient pas quoi se dire. Loin d'être enjouées et marquées par l'espérance de la fin peut-être proche de la guerre, ces retrouvailles furent pénibles et hésitantes. Belkacem tourna longtemps autour du pot avant de poser à son frère la question qui lui brûlait les lèvres depuis qu'il avait décidé de rencontrer Zayn :

— Le FLN a des grandes oreilles, j'ai appris que tu étais élève au lycée Bugeaud... Tu as dû connaître une professeure d'anglais, une très belle femme, une blonde qui ne passait pas inaperçue, je crois qu'elle est repartie en métropole l'été dernier.

— Mademoiselle Deleuze ?

— Oui… je crois que c'est son nom, fit mine d'hésiter Belkacem, saurais-tu, par hasard, ce qu'elle est devenue ?

Zayn fut pris au dépourvu, mais la question de Belkacem ne manqua pas d'allumer une multitude de petites lumières dans son esprit.

— Pourquoi voudrais-tu que j'aie des nouvelles de mademoiselle Deleuze ? Elle était prof, j'étais élève, je ne peux rien t'en dire de plus.

— Je ne sais pas, je l'ai rencontrée une fois ou deux, j'aurais bien aimé savoir si elle avait donné de ses nouvelles à quelques-uns de ses anciens élèves… c'est tout.

Mensonge pour mensonge, les deux frères étaient quittes. Ils causèrent de choses et d'autres en contournant le cimetière européen en direction des hauts de Saint-Eugène. Ils allaient se séparer quand Zayn interpella son frère :

— Tu sais ce qui est arrivé à notre famille après la mort de Chérif ?

Belkacem acquiesça, il était inutile de revenir sur le calvaire qu'avaient subi les Messahoud.

— Il faut que tu nous venges, le responsable doit payer pour son crime…

— Je ne t'ai pas attendu, j'ai buté moi-même l'inspecteur principal Brunet qui avait en charge de me retrouver et de m'arrêter.

— Tu as assassiné Brunet ! s'étonna Zayn. Tu as tout faux. Pour ce que j'en sais, ce n'est pas ce flic-là, c'est un autre policier, l'inspecteur Jimenez, qui nous a tous humiliés en déshonorant nos deux sœurs, c'est lui qui devait payer pour son crime.

Tant de gens étaient morts pour rien depuis le début de cette guerre que son erreur ne provoqua aucune émotion particulière chez Belkacem.

— Je vais me renseigner, fit-il en hochant la tête, je te tiendrai au courant.

Sans plus de démonstrations affectives, ils se séparèrent rue Cardinal-Verdier, au pied des escaliers qui montaient vers la Casbah.

— Tu te doutes que notre rencontre doit rester secrète… même pour les parents.

Zayn acquiesça d'un simple hochement de tête.

Ce n'était qu'une hypothèse absurde, il hésitait à s'en réjouir. Il ne pouvait s'empêcher de penser que Belkacem était peut-être bien le père de la petite Rizlène.

Il avait craint d'être ridicule. Il n'y avait plus assez d'intimité entre eux pour oser faire part de son doute à ce frère, avec qui il n'avait rien partagé depuis des années.

Désormais, Maurice Amar coupait les cheveux et rasait les barbes tout seul. Ce n'était pas trop grave, le salon de coiffure était moins fréquenté depuis le début de l'année. Ce n'était pas l'exode généralisé, mais pas mal de ses clients réguliers avaient commencé à prendre le chemin de la métropole. Des fonctionnaires surtout, mais d'autres aussi qui ne supportaient plus l'ambiance mortifère qui planait sur la ville. Le fameux référendum de janvier avait converti bien des Européens au réalisme.

Ce bon Monsieur Léon délaissait les ciseaux, le peigne et la tondeuse, il ne faisait plus que de brèves apparitions au salon de coiffure, histoire de dire qu'il reviendrait travailler dès que les circonstances seraient favorables. Personne n'était dupe. On n'osait pas lui poser de questions sur ce qu'il faisait de ses journées et de ses soirées, mais il était clair qu'il ne restait pas chez lui à enfiler des perles.

En ce beau printemps 1961, toutes les nuits d'Alger étaient ponctuées d'explosions. Les Amar se réveillaient, regardaient l'heure et puis se rendormaient jusqu'à la suivante. Jean-Jacques avait le sommeil plus lourd, il n'entendait rien du tout. Comme tous les Algérois, les Amar avaient fini par s'habituer à ces hommes de l'ombre qui posaient des pains de plastic et les faisaient exploser. La police enquêtait, mais n'arrêtait jamais personne, elle n'en avait pas les moyens.

Si le commis coiffeur s'était reconverti dans le terrorisme, il mettait en pratique la règle numéro un de sa congrégation criminelle : le secret. En fait, tout le monde savait qu'il en était, mais il était prudent de faire état de son ignorance et de ne pas se mêler de ce qui ne vous regardait pas.

— Il doit avoir une maîtresse, disait Maurice sur le ton de la plaisanterie, quand on lui demandait pourquoi son commis était absent, une femme très exigeante qui ne lui laisse même pas la liberté d'aller travailler pour gagner sa vie.

— C'est sûrement ça, répondait un autre client un peu goguenard, parce que je le vois mal se servir d'une arme ou poser une bombe, il risquerait de se blesser ou de faire sauter sa propre maison.

— Il n'y a pas que des flèches chez les plus ultras des ultras, concluait un autre.

C'était les seules allusions qu'au salon de Maurice Amar on se permettait à propos de Monsieur Léon ou de l'OAS ; ces types-là avaient la gâchette facile, ils étaient capables de tout et même du pire. Si des discussions secrètes, en vue d'enclencher un processus de paix en Algérie, étaient en cours, les activistes avaient bien l'intention de les torpiller.

Sans être disposés à se joindre à ce déferlement de violence contre l'État et les Musulmans, les Européens d'Alger approuvaient massivement l'OAS. Les plus lucides doutaient : croire qu'en terrorisant la population musulmane ou en s'en prenant aux administrations et à tous les symboles de la République félonne on conserverait l'Algérie française relevait de l'aveuglement.

Fidèle à ses habitudes, Maurice refusait de dramatiser.

— C'est une poussée de fièvre, ça va retomber, avait-il coutume de dire, il n'y a pas de raisons pour que ça continue…

N'empêche que chez lui, rue de la Lyre, il évitait de parler de l'absence de Monsieur Léon parti jouer au petit soldat, il ne voulait surtout pas affoler Rachel.

L'Algérie à tout jamais française était une chimère, mais Monsieur Léon y croyait dur comme fer. Il faisait preuve d'un grand courage en défendant ses idées les armes à la main, parce qu'il n'était plus tout jeune, il n'était pas fait non plus pour être un soldat perdu et encore moins l'agent clandestin d'une organisation criminelle. Il était dévoué à sa cause, mais bien trop plan-plan pour faire une longue carrière chez les desperados de l'OAS.

Monsieur Léon aspirait à se mettre au lit tranquillement et à goûter un repos bien mérité. Il fut abattu de deux balles calibre 38, boulevard Carnot, aux petites heures du matin du 1er mai, alors qu'il rentrait chez lui après une expédition nocturne dans le bas de la Casbah. Avec une équipe de poseurs de bombes, il avait pulvérisé deux ou trois boutiques tenues par des commerçants musulmans et le hall d'un immeuble habité par un Européen collabo et moutonnier obéissant aux ordres de Paris. On est bien peu de chose.

Le corps de Monsieur Léon resta exposé quelques heures aux regards blasés des rares passants de ce jour férié. À Alger, on commençait à prendre l'habitude de voir, tôt le matin, des cadavres abandonnés ici ou là. Chaque jour, il y avait des corps sans vie à ramasser sur les trottoirs et dans les rues. Des Arabes, des Européens désormais unis dans la mort, victimes de cette guerre qui ne voulait pas finir. Il fallait toujours un peu de temps pour faire les constatations d'usage avant de les évacuer.

## Les Lagadec s'en vont aussi

André n'y avait pas trop pensé jusque-là, mais les choses se précisaient. Pierre s'était occupé de réserver les billets d'avion, le départ approchait, il fallait partir. Marie-Jeanne et lui rentreraient en France aux frais de la marine, Pierre les rejoindrait un peu plus tard. Ce retour en métropole serait le dernier. En septembre, ils ne reviendraient pas, pour sa mère et lui, c'en serait fini de l'Algérie.

Ce dimanche après-midi de juin, assis tout seul sur sa serviette aux bains Padovani, le jeune Lagadec broyait du noir. Il avait beau faire des efforts, il n'imaginait pas vivre ailleurs qu'ici, sous le soleil ardent, face à cet infiniment bleu de la mer et du ciel. Pour lui c'était un déchirement. Pour sa mère c'était un soulagement en même temps qu'une grande tristesse, personne ne pouvait quitter Alger sans se savoir condamné au regret et à une perpétuelle nostalgie.

Dans chacune de ses lettres, Claire pressait Marie-Jeanne de venir s'installer à Chartres plutôt qu'à Saulnières chez ses parents ; elle hésitait. Pierre resterait à Alger encore une année, son embarquement courait jusqu'en juillet 1962. En plus du brouillard et du ciel gris de l'hiver qu'elle allait retrouver en Eure-et-Loir, il lui faudrait affronter la solitude.

Parfois le prix à payer de la sécurité lui semblait exorbitant.

Jean-Jacques et Zayn étaient à l'eau avec Josiane et Brigitte, ils nageaient, ils riaient. Le spleen d'André le rendait stupide et injuste : « Si je n'étais pas là, ils ne s'en apercevraient même pas », se laissait-il aller à penser.

C'était idiot évidemment, le départ des Lagadec les remplissait de tristesse. Les Amar perdaient de vrais amis, des gens tellement différents du petit monde algérois dans lequel ils avaient vécu jusque-là. Les fréquenter le dimanche chez les Guivarch, ces dernières années, avait été un vrai plaisir.

Quant à Zayn, son idylle avec la douce Brigitte n'avait pas tari l'admiration qu'il portait à Marie-Jeanne. C'était pour elle que l'élève Messahoud s'efforçait d'acquérir des manières de gentleman ; pas pour qu'elle le regarde, mais pour lui, pour se sentir digne d'elle, pour qu'elle l'aimât comme un autre fils. Bien sûr, le sentiment que lui inspirait cette femme roumi lui apparaissait parfois comme une sorte de trahison de l'arabité dont il aimait aussi se prévaloir. À force de fréquenter des Européens, Zayn était passé maître dans l'art de jouer de ses contradictions, il n'hésitait plus à se rêver en intellectuel arabe, aussi à l'aise avec la culture musulmane qu'avec celle des roumis.

Mais pour André et Marie-Jeanne, le plus terrible des crève-cœurs, c'était de devoir dire au revoir à René. Il était très âgé, et affaibli ; partir, c'était lui dire adieu, ne plus revoir jamais cet adorable vieux monsieur. C'était aussi abandonner Giovanna à la solitude de la vieillesse, ne pas l'aider à faire face au tourbillon de l'indépendance qui paraissait maintenant inéluctable.

— Ne vous en faites pas, avait dit Rachel un jour où la discussion était venue sur le tapis, nous veillerons sur eux tant qu'il le faudra.

— Partez tranquilles, avait ajouté Maurice, on restera à Alger tant qu'on n'aura pas fini de payer l'appartement ; on a du temps devant nous, on en a pris pour quinze ans !

Bien qu'elle eût le cœur lourd, Marie-Jeanne, pour se rassurer, avait renchéri à son tour :

— Et puis, ils pourront aussi compter sur le père Yborra, il ne les laissera pas tomber.

— Zayn et Jean-Jacques feront leurs courses, ne vous tracassez pas, nos deux vieux vont être comme des coqs en pâte.

Maurice avait parlé le dernier. Pour rien au monde il n'aurait admis être triste de savoir que ses amis allaient s'en aller, il gardait toujours cette politesse élégante qu'il opposait à tous les drames et tous les chagrins. L'époque était tourmentée, il voulait néanmoins la vivre avec légèreté, il donnait l'exemple.

Quand il avait appris le départ prochain des Lagadec, René n'avait marqué ni tristesse ni acrimonie, il prenait tranquillement le soleil dans son jardin. Il avait souri comme pour dire à ses vieux amis que tout avait une fin.

— Nous avons encore quelques belles journées à passer tous ensemble avant que vous ne partiez, profitons du temps qui nous reste sans en gaspiller un seul instant.

Giovanna apporta un magnifique plat de pâtisseries orientales pour le goûter du dimanche.

— Bouchra les a faites pour vous ce matin, Attifa et Zohra les ont amenées pendant que vous étiez aux bains Padovani.

Zayn était rouge de confusion, ou peut-être de plaisir.

Julie n'était pas venue se baigner ce dimanche après-midi, elle avait du travail, des notes à rédiger et à mettre en ordre pour son envoyé spécial de patron. Il rédigerait l'article qui paraîtrait dans le *Daily Mail* et le signerait sans même mentionner le nom de sa collaboratrice. Mais à dix-sept heures, elle s'invita à Saint-Eugène chez les Guivarch.

Pantalon moulant, petit polo à manches courtes très décontracté pour bien mettre en valeur son bronzage, d'un sourire éclatant, elle salua tout le monde. André fut le seul à être gratifié d'une bise affectueuse. Mal luné depuis le matin, le jeune Lagadec fut, une fois de plus, inondé de ce plaisir indéfinissable qu'éprouvaient les grands adolescents à l'effleurement des lèvres d'une jeune femme dont ils n'osaient pas s'autoriser à tomber amoureux.

— Vous allez quitter Alger, fit-elle à l'adresse des Lagadec, quelle tristesse. Moi aussi je vais m'en aller. Je vais devenir adjointe de l'envoyé spécial du *Daily Mail* à Paris. Il va se passer beaucoup de choses en France dans les mois qui vont venir, les journalistes vont avoir du travail.

— C'est formidable, je viendrai te voir.

Tout à coup, partir n'était plus une épreuve insurmontable. André en était tout guilleret et ragaillardi, il était même prêt à partir tout de suite, sans même dire au revoir à personne, pourvu que ce fût sur le même vol que Julie et qu'il fût assis à côté d'elle.

— Oui, si tu veux, on visitera Paris ensemble.

Malicieux, René, à qui rien n'échappait, adressa un clin d'œil appuyé à André.

Zayn et Jean-Jacques seraient bien aussi tous les deux allés visiter Paris en compagnie de Julie, mais ce n'était pas au programme. Ils resteraient à Alger, leur ville, celle qui les avait vus naître et qui les avait fait grandir.

## Les frères d'Algérie

Les Lagadec étaient dans une voiture de la marine conduite par un matelot en tenue d'été. Pierre aussi avait revêtu l'uniforme blanc pour accompagner sa femme et son fils à Maison-Blanche. Les Amar suivaient en taxi, Zayn était avec eux, c'était la première fois qu'ils allaient jusqu'à l'aéroport d'Alger. L'idée de prendre l'avion ne les avait jamais effleurés. Les garçons rêvaient bien de voyager un jour, de connaître le monde ou d'aller vivre ailleurs, mais c'était une sorte d'horizon idéalisé qui se dérobait sans cesse. Quant aux parents Amar, quitter l'Algérie – ne serait-ce que pour visiter la France – restait une idée saugrenue qui ne leur était d'ailleurs jamais venue.

Il y avait partout des barrages tenus par des soldats en armes, les véhicules étaient contrôlés et sévèrement fouillés. Les routes d'accès étaient sous surveillance renforcée, confiées à des troupes réputées sûres, venues de métropole. Le taxi des Amar ne serait jamais arrivé jusqu'à l'aérogare si Pierre n'était pas intervenu pour débrouiller la situation : l'uniforme des marins faisait toujours de l'effet sur les biffins.

Maurice avait tiré le rideau, le salon resterait fermé toute la matinée, il voulait accompagner Marie-Jeanne et André jusqu'au bout. Rachel pleurait doucement, sans sanglots, c'était une grande sensible, elle pressentait que cet au revoir avait un goût d'adieu. Marie-Jeanne voulait avoir l'air brave, c'était dans son tempérament, elle venait d'un pays âpre et dur au mal, où il fallait dissimuler sa peine quand on en avait.

— Il faudra inverser vos habitudes, l'an prochain après toute une année passée en métropole vous viendrez en vacances ici, on prendra le temps de visiter l'Algérie, je vous emmènerai à Mostaganem, j'ai grandi là-bas. On logera chez mes sœurs, elles habitent dans la maison de mes parents. On ira à la plage tous ensemble, vous verrez, c'est très beau !

Maurice faisait semblant de croire – mais peut-être le croyait-il vraiment – qu'à l'été 1962 tout serait réglé, qu'avec l'indépendance l'Algérie aurait retrouvé sa sérénité.

Pierre hocha la tête pour approuver : lui aussi était ému même s'il était beaucoup moins optimiste que son ami Maurice. C'en était fini de ces années algériennes des Lagadec, il fallait se résoudre à clore ce chapitre de leur vie.

Les trois garçons ne disaient rien. Ils avaient l'air un peu hébétés ; à les voir recroquevillés sur leur siège, on aurait pu croire que, sous le soleil triomphant de juillet, ils avaient froid.

Ils furent contraints de circuler pour raison de sécurité. Il était temps d'aller enregistrer les bagages, il fallait se quitter. Rachel et Marie-Jeanne se firent la bise. Maurice aussi embrassa madame Lagadec. Les trois garçons se levèrent, Jean-Jacques pleurait, André résista tant bien que mal, mais quand les larmes se mirent aussi à couler sur les joues de Zayn, il laissa libre cours à son émotion.

— Mes frères d'Algérie, parvint-il à prononcer la gorge serrée, je ne vous oublierai jamais.

André, Zayn et Jean-Jacques s'étreignirent longuement, mêlant leurs larmes à leurs paroles d'adieu. Certaines pages étaient bien difficiles à tourner.

Julie Baker s'était envolée la veille. Elle avait donné à André un numéro de téléphone où il pourrait la joindre quand il viendrait à Paris. La possibilité de la revoir ne pouvait pas consoler André de quitter cette ville de violence et de passion qu'il aimait tant.

### Nouvelles retrouvailles chez les Messahoud

Il avait posé les trois photos devant Zayn. Trois hommes, européens, souriants, vestons, chemise blanche et cravate. Des types ordinaires, comme il en croisait des centaines tous les jours en se rendant au lycée ou au cinéma.

— Alors, lequel ? Si tu ne sais pas, je vais devoir buter les trois, avait-il dit en souriant.

Zayn était tétanisé. D'un simple geste, il pouvait désigner le coupable et sauver les deux autres. Il disposait de la vie d'un homme, il en était épouvanté.

Une semaine plus tôt, Belkacem l'avait à nouveau attendu en haut du boulevard de Flandres.

— Il y a trois inspecteurs Jimenez dans la police d'Alger. Jimenez est un nom espagnol très répandu chez les roumis.

Sa vue se brouillait, il n'avait pas voulu répondre ; entre vouloir venger les siens et désigner l'homme à abattre à celui qui allait exécuter la sentence de mort, il y avait un fossé très large et très profond qu'il ne se sentait pas capable de franchir.

— Je te laisse les photos, Attifa et Zohra le reconnaîtront. Tu me diras et je m'occuperai du reste.

Zayn n'avait jamais imaginé qu'il serait si difficile de prendre sa part dans l'assassinat du tortionnaire de sa famille, il en était soudain épouvanté.

Ses sœurs n'avaient pas hésité, leurs mains n'avaient pas tremblé quand elles avaient désigné le Jimenez qui les avait violées pour leur arracher des secrets qu'elles étaient bien en peine de pouvoir lui révéler. Pour gagner du temps, ou peut-être espérer s'en sortir, Zayn avait déchiré les photos.

Maintenant Belkacem était là. C'était un garçon rigoureux et méthodique, il avait fait réaliser plusieurs tirages des trois inspecteurs Jimenez. Cette fois, il était impossible de se défiler. La sueur lui coulait du front, les yeux le piquaient, Zayn hochait la tête, il ne pouvait pas se décider, c'était impossible.

— Alors ? s'impatienta Belkacem. C'est lequel ?

L'adolescent avait la nausée, il bredouillait, il ne voulait pas, il tentait encore d'échapper à l'emprise de son frère.

— Jusqu'à maintenant, tu es resté en dehors de la guerre, beaucoup de garçons de ton âge sont morts en combattant dans les maquis : tu leur es redevable.

Il s'agissait de tuer un homme, Zayn était en plein désarroi, il bredouillait des mots sans suite, il aurait voulu fuir ce cauchemar, rentrer chez ses parents, s'installer dans un coin pour lire, faire le vide.

— Toi aussi tu dois t'engager pour l'Algérie, reprit l'aîné des deux frères, souviens-toi de Chérif et de tous nos martyrs.

— Oui, j'y pense souvent…

Zayn était au fond du piège, il n'y avait pas d'issue ; Belkacem ne le lâcherait pas. Son frère avait maintenant des années de lutte clandestine derrière lui, il connaissait toutes les ficelles du métier, il parlait sans colère, d'une voix neutre, très calme, presque détachée, il savait que l'adolescent céderait. Le chef du groupe d'activistes de l'indépendance prenait son temps.

— Il y a des négociations en cours entre le FLN et le gouvernement français, reprit Belkacem, nous devons montrer que nous sommes les maîtres chez nous, si les criminels de la police ne payaient pas pour leurs crimes, ce serait un aveu de faiblesse de notre part… Une faute politique qui pèserait sur ta conscience.

Il y eut encore un long moment de silence. Au bord de l'épuisement, Zayn finit par désigner une des trois photos.

Belkacem ne le remercia pas, il se contenta d'une légère caresse sur la nuque de son frère, ce même geste d'autorité qu'il avait souvent autrefois pour son cadet, pour lui dire qu'il l'aimait. Zayn resta seul, abasourdi par ce qu'il venait de vivre. Belkacem avait disparu.

L'exécution eut lieu par une belle nuit de juillet sur la plage de Sidi-Ferruch.

Belkacem aimait les symboles ; c'était là qu'avaient débarqué les troupes du général Bourmont en 1830. C'était là que Jimenez devait expier son crime. Plus que jamais ardent chasseur d'agents du FLN, le policier avait été enlevé dans un café maure du côté de Chéragas, un gros bourg tout proche d'Alger. Jimenez avait l'habitude d'aller y quêter de précieux renseignements. Prenant acte de l'inéluctable évolution politique de l'Algérie, le patron du boui-boui, qui avait jusqu'à récemment servi les Français, s'appliquait désormais à se rendre indispensable auprès des agents du FLN. Beaucoup de types comme lui étaient en train de procéder à une indispensable conversion.

Jimenez, calé entre deux costauds à l'arrière d'une 403, ne se faisait aucune illusion sur son sort. Il crâna même un peu en descendant de la voiture.

Belkacem était déjà là, il l'attendait.

— Il paraît que tu me cherches depuis longtemps, attaqua le chef du groupe sans vains préambules, je suis Belkacem Messahoud.

L'autre se contenta de soupirer, la nuit était douce et calme, le doux clapotis des vagues était presque incongru au regard de ce qui était en train de se nouer sur la plage.

— La police me connaît surtout sous le nom de Sidi-Nouman, ajouta Belkacem.

S'il fut surpris, Jimenez n'en laissa rien paraître. La lune montante éclairait un peu la scène, Belkacem s'approcha pour mieux voir le visage du policier. Le flic lui cracha au visage.

Une première balle lui fracassa un genou ; l'inspecteur venait de comprendre que la mort ne viendrait pas d'un coup et qu'il lui faudrait souffrir. Son autre genou explosa, il était condamné à traîner la détresse de son châtiment sur le sable.

— Achève-moi, eut-il la force d'implorer.

Belkacem lui logea une balle dans le ventre. La mort allait venir, mais elle prendrait son temps ; il allait geindre et souffrir.

Ils n'avaient pas cherché à être discrets. On avait dû entendre les coups de feu depuis les villas qui surplombaient la plage, peut-être entendit-on aussi Jimenez râler, peut-être avait-on aussi perçu qu'il implorait de l'aide durant son agonie solitaire. Personne ne se risqua à aller voir, il était bien plus sage de n'avoir rien entendu ni rien vu. Et ne rien savoir non plus des comptes qui se réglaient, chaque nuit, un peu partout en Algérie.

Sidi-Nouman repartit dans une des deux voitures qui servaient à transporter le commando. L'autre était conduite par le lieutenant de Belkacem, il avait le nez cassé et deux hématomes sous les yeux.

— Il n'y avait pas besoin de faire tout ce cinéma pour liquider un flic, fit-il laconiquement.

— Non ! répondit simplement un des membres de l'expédition.

C'était suffisant, ces deux-là s'étaient compris.

— Il est vraiment devenu bizarre, le chef, dit un troisième.

Le quatrième ne dit rien, mais il offrit une cigarette à son voisin. En fait, ils étaient d'accord tous les quatre, le chef ne tournait pas rond. Il fallait faire quelque chose.

**N'oubliez pas de me donner de vos nouvelles, je pense beaucoup à vous**

— Marie-Jeanne et André sont contents d'être à nouveau en famille ? demanda Rachel.

— D'habitude, Marie-Jeanne s'ennuie chez ses parents, mais cette année elle est très occupée, elle cherche un appartement, elle a cédé à l'insistance de Claire, ils vont aller vivre à Chartres. Quant à André, il est épouvantable, il n'en finit pas de reprocher à sa mère de lui avoir fait quitter l'Algérie. Il veut revenir ici quand il aura passé son bac ; il veut faire ses études à Alger.

Maurice préparait l'anisette et la kémia. Ça aurait été bien meilleur assis à une terrasse de café à goûter la fraîcheur du soir après une journée caniculaire. Cette fin juillet flamboyait, mais c'était devenu dangereux de sacrifier au rituel de l'apéritif algérois en extérieur.

Revenant de la cuisine avec les glaçons, Maurice intervint dans la conversation :

— Avec un peu de chance, la guerre sera peut-être finie à ce moment-là, mais on n'en prend pas le chemin.

Les Amar avaient invité Pierre Lagadec à dîner. Depuis le départ de Marie-Jeanne et d'André, il vivait tout seul dans l'appartement désormais presque vide à l'Amirauté ; il lui arrivait de trouver les soirées bien longues.

— C'est toujours ce foutu Sahara qui fait capoter la négociation.

— La guerre dans Alger va continuer? demanda Jean-Jacques; il aurait droit, ce soir-là, à un tout petit peu d'anisette avec beaucoup d'eau et au moins trois glaçons.

— Tant qu'on n'aura pas décidé de faire la paix, on restera en guerre !

Maurice était très content de sa lapalissade, il en profita pour se délecter d'une gorgée d'anisette.

— De Gaulle finira par lâcher aussi le Sahara, le FLN ne transigera jamais là-dessus.

— Adieu, pétrole, gaz, dromadaires, sable chaud et bombes atomiques, lâcha Maurice faussement grandiloquent.

— Les négociations finiront bien par reprendre : d'une façon ou d'une autre, il faudra bien que ça se termine !

Ils trinquèrent à la paix, bien que le FLN eut claqué la porte des discussions entamées discrètement avec le gouvernement français. Le référendum de janvier n'avait pour l'heure rien réglé. Bien rares étaient ceux qui s'en désolaient à Alger. Cette rupture unilatérale des négociations, c'était bien la preuve qu'il n'y avait rien à attendre de ces gens-là, disait-on partout en parlant du FLN.

L'OAS se félicitait de cet échec et avait intensifié sa campagne d'attentats et d'assassinats. Les réseaux d'activistes du FLN avaient mis un point d'honneur macabre à rester les grands maîtres du terrorisme urbain.

La guerre avait perdu de son intensité dans le bled, elle s'était muée en une succession ininterrompue de règlements de comptes sanglants entre les indépendantistes et les plus résolus des ultras. Il y avait des bavures, c'était inévitable, les morts se comptaient par centaines.

— Je n'ose plus sortir, se plaignit Rachel, on ne sait jamais d'où peut venir le danger. J'envie Marie-Jeanne de vivre maintenant au calme, sans avoir à redouter de se faire agresser ou même tuer en allant faire les courses.

Pierre se permit de sourire, il savait combien Rachel était attachée à Bab El Oued, à la rue de la Lyre et à toutes ces ruelles du bas de la Casbah où elle allait encore flâner, de temps en temps, malgré les risques encourus à musarder en ville.

— Saulnières est un charmant petit village niché dans une campagne tranquille et sans histoires. Mais à y vivre, vous feriez comme Marie-Jeanne et André, vous seriez submergée par l'ennui… Alger vous manquerait : la lumière, la mer, les odeurs, la Casbah toute blanche, les rues grouillantes de monde et tout ce qui fait qu'on aime Alger. Vous êtes née en Algérie, jamais vous ne retrouverez ailleurs le bonheur que vous avez eu à vivre ici.

— D'ailleurs, il n'a jamais été question qu'on aille vivre ailleurs, renchérit Maurice.

Jean-Jacques se permit de faire la moue.

— Vous peut-être, mais moi, j'irai vivre à Paris. Il y a des années que je vous le dis !

Rachel haussa les épaules et Maurice, d'un geste affectueux, ébouriffa la tignasse que son fils s'était donné un mal de chien à discipliner pour ressembler à Dick Rivers, le leader des Chats sauvages. On passa à table. Rachel avait préparé une méguina au thon, un plat juif traditionnel, pas trop lourd, goûteux à souhait, idéal pour un soir d'été à Alger.

— Tu vois Zayn ces jours-ci ? voulut savoir Pierre.

— Tous les jours, répondit Jean-Jacques, demain on va à la baignade du port, on va louer un canoë au Rowing-club…

— Il faudra envoyer une lettre à André et lui raconter tout ça pour lui remettre la tête à l'endroit. Tel que je le connais, il doit attendre de vos nouvelles…

Jean-Jacques fit un clin d'œil à Pierre,

— On y pense, on a des tas de choses à lui raconter.

À table, Jean-Jacques n'avait pas dit qu'avec eux, dans le canoë, prendraient place Josiane et Brigitte. Elles n'avaient toujours pas trouvé de travail, mais elles entendaient profiter sans retenue du grand soleil d'Alger.

**Quand vous lirez cette lettre…**

Mes enfants, mes amis,

Bien des années séparent les grands garçons que vous êtes devenus du très vieux monsieur que je suis et qui achève son parcours. J'espère que vous ne m'en voudrez pas de vous considérer comme mes enfants, mais aussi comme de très chers et vieux amis.

Le temps a passé vite, je me revois petit enfant au début du chemin et déjà me voilà vieillard tout proche d'en finir avec ce drôle de voyage qu'est notre existence. Je sais qu'il ne me reste presque plus de jours pour rendre l'hommage que je dois à la vie tant elle a été généreuse avec moi. Elle m'a donné beaucoup et le moment approche où il faudra tout lui rendre, s'en aller dans l'oubli et, en vous disant adieu, la remercier, une dernière fois.

La vie m'a permis de parcourir l'existence comme on s'immerge dans un long roman d'aventures. Si j'ai pu vous apparaître comme un inventeur de souvenirs, c'est que j'ai toujours aimé les fables poétiques. Elles sont souvent plus vraies que la réalité des événements. Elles seules peuvent nous permettre d'appréhender, malgré toutes les laideurs qu'on y côtoie, l'éternité du monde.

En ces derniers moments, je ne me sens ni amer ni nostalgique. Dans le tourment de cette épouvantable guerre où nous sommes plongés depuis trop d'années, j'ai sur vous tous le privilège de ne pas avoir le souci de l'avenir. Mes sens restent tout entiers disponibles pour goûter encore les odeurs mélangées des fleurs de mon jardin, le bruit du vent en train d'agiter les palmiers, ou celui du ressac sur le sable et les rochers en contrebas de chez nous. Tous ces signes discrets, presque imperceptibles que nous envoie sans cesse la nature, je les ai aimés, chéris, choyés, ils ont fait partie de mes errances et de mes étonnements heureux sans cesse renouvelés. Ils m'ont nourri, ils sont, tandis que je vous écris, le souffle ténu et fragile qui me maintient en vie.

Dans notre monde, on a perdu le goût de tous ces petits bonheurs, on veut posséder, amasser des objets, maîtriser notre destinée, tout organiser à notre convenance. On ne s'émerveille plus de ce qui est offert par la nature, à portée de main ou de regard et qui bien souvent suffirait à calmer nos angoisses : un sourire, le scintillement du soleil sur la mer, le vol d'un oiseau, le goût salé des embruns que le vent porte jusqu'à nous.

Je me régale du peu qui me reste, je veux profiter jusqu'au dernier instant du soleil et du ciel de cette Algérie tant aimée, de la douceur et de la bonté de Giovanna, de son sourire ou de sa main qui caresse mon front quand elle croit que je dors. Chérir les derniers moments de la vie, c'est la célébrer et lui témoigner du respect ; alors que je suis tout près de mourir, je veux jusqu'au bout faire preuve de savoir-vivre.

Quand cette lettre vous parviendra, c'en sera fini, j'aurai fait le grand saut. Ne me pleurez surtout pas, ce n'est pas utile et puis les larmes et le chagrin n'ont jamais rien changé à la mort. Réjouissez-vous plutôt de toutes ces belles heures que nous avons vécues ensemble. Nous avons eu de la chance, nous avons été heureux… quelques fois.

Je vous embrasse,

Votre très vieil ami, René Guivarch

René Guivarch recopia son brouillon en trois exemplaires. Il s'appliqua, il voulait que les trois lettres fussent identiques. Quand il eut fini, il les glissa chacune dans une enveloppe portant respectivement les prénoms de Zayn, André, Jean-Jacques. Puis il mit ces trois enveloppes dans une plus grande où il écrivit de sa belle écriture régulière : « À ouvrir après ma mort ». Il laissa l'enveloppe bien en vue sur le petit bureau où il écrivait dans son atelier. Puis il se leva, et à tout petits pas il alla retrouver Giovanna qui prenait le soleil en caressant un des nombreux chats qu'elle nourrissait.

— Je suis épuisé, dit-il.

Mais il était content d'avoir parlé une dernière fois avec ces trois garçons qui étaient un peu ses petits-enfants et beaucoup ses amis.

# 1962

## L'année où il fallut refermer la boîte à chagrin

### Algérie française… Dernier acte

*Les Vraies Richesses* venait d'être plastiqué pour la deuxième fois en moins d'un mois. Pour ce second feu d'artifice, l'OAS avait fait les choses en grand. De la librairie d'Edmond Charlot ne restait plus qu'un tas de décombres et de gravats. Les précieuses archives littéraires algériennes accumulées depuis des dizaines d'années par le libraire étaient parties en fumées. Les éditions originales et les manuscrits de Mouloud Feraoun, de Jean Amrouche, de Mouloud Mammeri et de quelques autres grands écrivains d'Algérie étaient détruits. C'était aussi le souvenir de Camus que les plastiqueurs avaient voulu effacer.

Dans le fracas des déflagrations qui rythmaient la vie algéroise, la destruction d'une librairie n'était qu'une explosion punitive parmi beaucoup d'autres. Sous les arcades et dans les cours du lycée Bugeaud, l'OAS restait très populaire en cette rentrée de septembre 1961.

— Qu'est-ce que tu en penses, toi qu'es arabe ?

Zayn se méfiait. Quand on l'apostrophait pour savoir ce qu'il pensait de la situation à Alger, il restait évasif ou il trouvait le moyen de parler d'autre chose.

— Qu'est-ce que tu veux que je dise ? répondit-il. Comme tout le monde, je pense que faire sauter une librairie est complètement idiot, quel que soit le poseur de bombe.

L'autre insista :

— Tu es le meilleur élève de la classe, tout le monde dit que tu es très intelligent. Tu ne me feras pas croire que tu n'as pas ta petite idée sur la façon dont tu voudrais que tout ça se termine.

Jean-Jacques s'était rapproché de Zayn. Quand la tension montait, André leur manquait, ils se sentaient plus forts à trois. Ce genre de discussion pouvait déraper, tourner au pugilat.

— Je vais te décevoir, répondit avec calme le seul Arabe de la classe, je n'en sais rien, je ne suis pas devin. Mais j'aimerais bien que ça se finisse rapidement… Je préfère la paix à la guerre, vois-tu !

— T'es prudent, t'as la trouille de l'OAS, même si tu es pour l'indépendance, tu préfères fermer ta gueule.

— Qu'est-ce que tu ferais si t'étais le seul roumi au milieu de trente Kabyles tous supporters du FLN ? Tu fermerais ta gueule…

— Peut-être, mais on ne sait toujours pas ce que tu penses !

— Ce que je pense ne doit pas être très intéressant, fit Zayn avec un grand sourire.

Zayn ne cédait jamais aux provocations des ultras. C'était sa sixième rentrée au lycée Bugeaud. Au fil des années, il avait appris l'impassibilité, il ne perdait jamais de vue qu'il était l'Arabe, celui qu'on tolérait entre ces murs européens, à condition qu'il s'y fît oublier.

— L'homme moderne ne pense pas, ajouta Jean-Jacques pour détendre un peu l'atmosphère, et s'il lui arrive de penser, il ne pense à rien !

Il avait dû pêcher ça dans un *San-Antonio.* Ce n'était pas la peine d'insister, il n'y aurait pas de bagarre. Tout le monde autour d'eux eut le bon goût de rire. Un semblant de raison ou de simple bon sens subsistait encore dans l'enceinte du lycée.

Jean-Jacques se paya le culot d'un raccourci qui aurait tout de même pu dégénérer en castagne :

— En 1933, les nazis ne faisaient pas sauter les librairies, ils jetaient au feu les livres qui ne leur plaisaient pas, ça revenait au même…

Indifférence ? Manque de culture historique ? Aucun des défenseurs de l'action de l'OAS ne réagit aux propos de l'élève Amar. Plein de toute la dignité liée à sa fonction, leur professeur de physique arrivait sur la galerie. Spontanément, les élèves se turent et se rangèrent pour entrer en classe.

Le grand désordre meurtrier qui ensanglantait Alger ne perturbait pas encore le rituel lycéen. Tous ces grands élèves avaient la première partie du baccalauréat en ligne de mire, c'était du sérieux. Le cours se déroula avec la même rigueur pédagogique que dans n'importe lequel des lycées de métropole.

— Ça tire encore de partout, disait Maurice, peigne et ciseaux en main.

Une ou deux détonations par-ci, une rafale de pistolet-mitrailleur par-là, les sirènes de la police et des ambulances, ça n'arrêtait pas. La situation allait en empirant, l'ambiance n'était pas à l'optimisme au salon de coiffure.

— Les flics tirent sur l'OAS et le FLN, et le FLN tire sur l'OAS ou sur les flics, ça fait beaucoup de tireurs, on ne sait jamais qui est en train de tirer sur qui !

— Et puis il y a ceux qui égorgent, ajouta un client, c'est toujours des melons.

— C'est leur truc, le sourire arabe, fit un autre en traçant du pouce sur sa gorge le cheminement d'un couteau, ils veulent qu'on dégage, qu'on fiche le camp, qu'on leur laisse le champ libre !

Les départs pour un voyage sans retour vers la métropole se faisaient de plus en plus nombreux. C'étaient ceux qui pouvaient partir qui s'en allaient. Ils prenaient les devants parce qu'ils avaient de la famille en France et peut-être un travail qui les attendait. Les autres, les modestes, les gens de peu n'avaient d'autre choix que de s'accrocher à cette ville, à cette terre qui se dérobait sous leurs pieds. Le petit peuple pied-noir constituait l'essentiel de la clientèle de Maurice Amar, des ouvriers et des employés qui n'avaient que le désespoir en partage. Tous étaient à fond pour l'OAS.

Maurice n'avait trouvé personne pour remplacer Monsieur Léon. Il devait se débrouiller tout seul pour faire la conversation avec ceux qui attendaient leur tour.

— À ce qu'on dit, le gouvernement aurait repris les discussions avec le FLN.

Maurice restait prudent. Sans trop s'engager, il lançait une phrase de portée générale et ensuite, il laissait causer la clientèle.

— Qu'est-ce que tu veux négocier avec les bicots ? embraya celui qui était assis sur le fauteuil. Ces types-là sont pas comme nous, ils mentent comme ils respirent, ils n'ont pas de parole. Discuter avec eux, c'est se faire empapaouter à tous les coups.

— Quand on est allés le chercher pour le ramener au pouvoir en 1958, de Gaulle savait déjà qu'il allait nous trahir, c'est vraiment dommage que l'attentat de l'autre jour ait échoué ! Il ne perd rien pour attendre, ils vont bien finir par le descendre.

L'homme faisait allusion à l'attentat raté de Pont-sur-Seine, dans l'Aube. L'OAS avait conçu une machine infernale qui devait exploser au passage du chef de l'État, mais l'explosif avait pris l'eau, de Gaulle s'en était tiré sans la moindre égratignure.

— Ce sera bien fait, il aura ce qu'il mérite, mais ce serait mieux qu'il soit jugé, condamné à mort pour trahison et passé par les armes, lança un autre.

Comme à chaque fois que ses clients se lançaient dans la surenchère violente, Maurice restait prudemment en dehors de ces échanges politiques de haute tenue. Lui se plaisait à imaginer qu'il était encore possible de conclure un accord où chacun trouverait à peu près son compte. Il aspirait à un retour progressif au calme et à l'insouciance d'autrefois. Il avait toujours été un rêveur impénitent.

— C'est pas le moment de buter le Général, se laissa-t-il aller à marmonner, c'est déjà tellement compliqué d'essayer de faire la paix.

Le propos était raisonnable, mais le cours de la raison était tombé au plus bas à Alger. Maurice était un des rares à y croire encore – à moins qu'il ne fît semblant.

— La paix sera peut-être pour Noël, avait dit Maurice en éteignant la lumière ce soir-là.

— Sait-on jamais ! lui avait répondu Rachel déjà à demi endormie. Ne compte pas trop sur Noël, je te rappelle qu'on est juifs.

— Peut-être, mais Noël c'est Noël pour tout le monde, bougonna-t-il, même les Juifs ont droit de croire au père Noël !

Le *Cap-Ferrat* avait terminé sa manœuvre d'accostage, il revenait de Philippeville. Pierre Lagadec ramenait à Alger tout le personnel civil qui travaillait depuis des mois à l'implantation du terminal destiné à acheminer le pétrole d'Hassi Messaoud vers la France. N'était restée sur place que la compagnie de fusiliers marins qu'il avait convoyée la semaine précédente. Les Bérets verts étaient chargés de sécuriser le site.

— Serait-on en train de céder sur le Sahara ? demanda à Pierre un jeune ingénieur plutôt sympathique et curieux.

— Je ne suis pas dans le secret des dieux, mais les travaux semblent suspendus. Le gouvernement français fait un geste de bonne volonté, ça ne veut pas dire pour autant qu'il renonce à conserver le Sahara.

— A-t-il encore le choix ? fit remarquer le jeune homme.

Le maître principal Lagadec se contenta de sourire. L'obligation de réserve lui interdisait de livrer le fond de sa pensée à ce garçon lucide.

Un convoi de véhicules militaires attendait tous ces techniciens et ingénieurs métropolitains pour les conduire vers un hôtel du centre d'Alger. Ils y resteraient bouclés jusqu'à leur départ pour Paris. Tout ce qui touchait de près ou de loin au Sahara était hautement sensible et devait rester discret, voire secret.

Pierre avait prévu d'aller passer la soirée chez ses vieux amis Guivarch. Au bureau des opérations, il avait obtenu qu'une patrouille de fusiliers marins, au cours de sa tournée, le prît en charge jusqu'à Saint-Eugène. Le même half-track viendrait le récupérer deux heures plus tard quand il repasserait boulevard Pitolet.

Au milieu de l'effondrement de ce monde où ils vivaient depuis si longtemps, René et Giovanna restaient sereins. René n'allait plus que de son lit à son fauteuil et Giovanna veillait sur lui de toute son immense tendresse. Il attendait la fin, il la voyait s'approcher. Certains jours, il faisait preuve d'une certaine curiosité.

— Ha ! Pierre, quelles nouvelles nous apportez-vous ? demanda le vieil homme.

— Les pourparlers ont repris, ça bouge autour de la question du Sahara, on arrive au bout, René, la paix est proche…

— Non, Pierre, Giovanna et moi on s'en fiche, ça ne nous intéresse plus, l'interrompit René.

— On ne veut plus rien savoir de tout ça, dit Giovanna en souriant.

— Racontez-nous des choses intéressantes, parlez-nous de Marie-Jeanne, d'André et puis de Claire et de sa fille… Comment s'appelle-t-elle, déjà ?

— Rizlène, elle s'appelle Rizlène, René.

Giovanna hochait la tête en souriant, son René avait des trous de mémoire. Claire leur écrivait souvent, elle avait envoyé des photos de sa fille qui trônaient sur le vieux buffet du salon. René perdait les noms des uns ou des autres, il les oubliait en route. Il lui arrivait de ne pas finir ses phrases, de ne pas retrouver le fil de ce qu'il était en train de dire. À chaque fois, on faisait mine de ne s'être aperçu de rien.

— Ça commence à foutre le camp là-dedans, fit René en se frappant le front.

Avec Rachel, Maurice, le père Yborra et les deux garçons, ils avaient établi un calendrier. Chaque jour, l'un ou l'autre rendait une petite visite aux deux vieillards pour rompre leur isolement.

Bouchra Messahoud venait une fois ou deux par semaine aider Giovanna à faire le ménage, c'était une idée du père Yborra et Ahmed n'avait pas dit non. Les deux femmes ne parlaient pas tout à fait le même arabe, mais elles se comprenaient, elles se réconfortaient l'une l'autre et soulageaient leurs chagrins. Elles en étaient venues à attendre avec impatience cette matinée qu'elles passaient ensemble, c'étaient des heures presque heureuses.

## Oublier Alger ?

À mille trois cents kilomètres d'Alger, un autre grand adolescent entrait lui aussi en classe. À Chartres, on ne risquait pas une canicule tardive, c'était déjà l'automne, les matinées étaient fraîches, le ciel souvent gris, chargé de pluie et saturé d'ennui. André, solitaire et renfrogné, n'aimait pas son nouveau lycée. Les professeurs le barbaient, il passait l'essentiel de son temps à rêvasser. Ses premières notes avaient été désastreuses.

Les Lagadec habitaient au troisième étage d'un immeuble HLM récemment construit dans la périphérie urbaine, c'était froid et sans âme. Finis la terrasse surplombant le port, la vue imprenable sur la blancheur et l'empilement disparate de la Casbah, le soleil et la mer toujours si bleue, si lumineuse. Leur logement à l'Amirauté était loin d'être un palace, mais il avait la magie de ces vieux murs chargés d'histoire, bâtis autrefois, au temps des pirates barbaresques. Fini aussi le service discret et si efficace de la petite Fatma qui récurait, pour presque rien, la maison du sol au plafond.

Il n'était plus question pour Marie-Jeanne de ces longues heures passées à lire sur la terrasse, sous ce bouquet de vieux palmiers qui dispensaient une ombre douce et bienfaisante. Pierre lui manquait ; supporter à deux ce retour en métropole eût été plus facile. Marie-Jeanne s'était remise à faire le ménage, elle avait perdu l'habitude : il fallait redescendre sur Terre, oublier Alger, commencer une nouvelle vie. Madame Lagadec songeait sérieusement à chercher un travail, ne serait-ce que pour échapper à ce spleen qui l'assiégeait.

Heureusement, il y avait Rizlène et Claire. À toutes les deux, elles étaient le rayon de soleil qui illuminait ce triste retour à la réalité. Elles habitaient la même cité que les Lagadec. Claire enseignait au lycée Marceau où, de temps en temps, elle croisait André. Ils échangeaient quelques mots quand ils se rencontraient dans un couloir; c'était un plaisir partagé et discret. La morosité de l'adolescent s'en trouvait soulagée pour un moment trop bref.

— J'ai reçu une lettre de Jean-Jacques et de Zayn, lui disait-il parfois, ils te passent le bonjour et me disent de t'embrasser de leur part.

Il la tutoyait, ce n'était pas seulement de la familiarité mais une connivence, une manière de signifier aux autres qu'ils avaient vécu des choses ensemble, là-bas, au soleil.

— Ils vont bien tous les deux? Ils ne te manquent pas trop?

Claire savait qu'ils lui manquaient, c'était une façon élégante de lui dire qu'il n'était pas seul, qu'elle comprenait sa tristesse. André n'était plus amoureux de la belle professeure depuis longtemps, mais le souvenir de ses premiers émois lui était précieux.

Tandis que les passions enflammaient l'Algérie, à Chartres des fachos nostalgiques barbouillaient des « OAS vaincra » et des « vive Salan » sur les murs des édifices publics, mais ça n'avait rien à voir, ce n'était qu'un folklore de mauvais goût. André passait devant ces slogans idiots peints sur les murs en grandes lettres maladroites. Il haussait les épaules ; que pouvaient bien comprendre ces gens-là à Alger, la ville lumineuse dont il se sentait orphelin.

Chaque matin, Claire déposait la petite Rizlène chez ses parents. Le soir, elle n'avait pas le temps de souffler, les tâches ménagères l'accaparaient. Quand Rizlène dormait, elle corrigeait ses copies et préparait ses cours. Elle essayait bien de lire un peu, mais trop souvent elle cédait à la fatigue. Il lui arrivait encore de penser à Belkacem, elle se demandait ce qu'il était devenu, mais c'était sans regret : ce que la radio rapportait du terrorisme à Alger la glaçait d'horreur. « Comment ai-je pu accepter ça ? » se disait-elle souvent.

Marie-Jeanne et André allaient souvent déjeuner chez les Deleuze, c'étaient d'inébranlables militants communistes. Ça aurait pu être un rien barbant pour l'adolescent, mais la conversation venait inévitablement sur ce qui se passait là-bas ; de là on passait à l'onde de choc que les événements et la guerre d'Algérie provoquait en France. André était invité à donner son avis, on l'écoutait, on le prenait au sérieux, c'était tout à fait nouveau, il aimait débattre, il argumentait. Autour de la table, sa parole comptait à l'égal de celle d'un adulte.

Colette Ferrandi avait écrit. Depuis Cahors, elle avait fait savoir qu'elle viendrait à Chartres pour les vacances de Noël, elle se faisait une joie de revoir Marie-Jeanne et André, ainsi que Claire et Rizlène. Elle avouait dans sa lettre ne plus trop penser à Alger. Elle avait tourné la page, sa vie était toute chamboulée, elle avait un « ami », un médecin divorcé un peu plus âgé qu'elle, mais très dynamique et plein de charme. La petite Florence n'était plus vraiment petite, elle aurait bientôt dix ans. Elle ne parlait jamais de son père.

Quand les Lagadec mère et fils étaient arrivés à la mi-juillet chez ses grands-parents, à Saulnières, André s'était empressé d'écrire à Julie.

La réponse se fit attendre ; une semaine, puis encore une autre, mais rien ne vint. En plus de l'adresse du bureau du *Daily Mail* à Paris, Julie Baker lui avait donné un numéro où il était possible de la joindre. Il se décida donc à téléphoner. Il avait dû aller à la poste, les téléphones étaient encore très rares à la campagne. À l'autre bout du fil, on lui fit savoir qu'on ferait la commission. Il recommença donc à attendre. Mais rien ne vint non plus, la belle Julie devait avoir la tête ailleurs.

La désillusion d'André fut à la mesure de ses folles espérances. Il en fit part dans une lettre à ses deux compères restés à Alger. Il s'efforça de faire bonne figure en rendant sa missive légère et drôle.

Pendant ce temps-là, Zayn et Jean-Jacques prenaient du bon temps avec Josiane et Brigitte aux bains Padovani ou à la baignade du port. Ils avaient découvert les joies du canoë de mer sur le plan d'eau du Rowing-club. Dans leur courrier à la tonalité joyeuse – qu'André jugea bâclé alors que lui s'était appliqué –, ils parlaient de plage, des maillots de bain des filles, de la musique, des chanteurs qu'ils écoutaient et de tout ce qui aurait pu faire le bonheur d'un été sous le soleil algérois. Sans doute avaient-ils autre chose en tête, mais les deux amis ne consacraient pas une ligne aux événements à Alger. C'était à croire que Jean-Jacques et Zayn n'avaient rien remarqué d'anormal, ou alors ils n'avaient rien à en dire de plus que ce qu'en rapportaient la radio et la télévision à longueur de temps.

Août passa. Les rêves d'André achevèrent de s'écrouler. En septembre, la piquante Julie n'avait toujours pas donné signe de vie malgré une seconde lettre rédigée avec le plus grand soin. Il la lui avait envoyée comme on jetait une bouteille à la mer. Sa morosité permanente et son manque d'entrain depuis des semaines tenaient aussi à ce qu'il considérait comme bien pire qu'une trahison : un inadmissible mépris. Il lui en voulait de l'avoir fait rêver, il était affreusement déçu.

— Elle s'est servie de nous pour ses reportages et maintenant elle m'ignore, disait-il à Marie-Jeanne, à l'heure qu'il est, elle doit allumer d'autres types pour récupérer des infos pour écrire d'autres articles…

— Julie mène sa vie comme elle l'entend, elle ne te doit rien !

— Si, elle me doit au moins la politesse d'une réponse.

Marie-Jeanne se faisait douce et conciliante pour ne pas braquer un peu plus son grand adolescent mal vissé.

— Elle est comme elle est, elle fait ce qu'elle veut, elle est libre, tu dois l'admettre.

Ce genre de remarque achevait de le contrarier. Il y puisait une raison de plus pour faire la gueule à sa mère qui n'y était pour rien.

André s'enfonçait dans la grisaille et le cafard des désenchantés, il trouvait Chartres insipide, il maudissait ce lycée vieillot et étriqué où il gâchait sa vie, il se jugeait nul et sans le moindre caractère. Il se réfugiait dans les musiques électriques venues d'Angleterre et d'Amérique, il s'en farcissait le crâne enfermé dans sa chambre. Avec son air de ne pas y toucher, la belle Julie Baker avait fait des ravages dans le cœur et l'âme d'un adolescent trop naïf.

Marie-Jeanne tenait Pierre au courant de la dérive quelque peu nihiliste de leur grand fils. Pierre envoyait à sa femme et à André de longues lettres affectueuses pleines de conseils judicieux dont son grand garçon n'avait que faire. Pierre était loin, il ne viendrait voir sa famille qu'à Noël. D'ici là, pour Marie-Jeanne, il faudrait vivre avec son grand garçon désabusé.

Alors qu'il avait renoncé à toute forme d'espoir et qu'il cultivait son personnage de romantique désespéré et incompris, le soleil, soudain, déchira les nuages. L'horizon s'éclaira et la brise voulut bien gonfler la voile du jeune Lagadec.

Une carte postale toute simple, mais signée de Julie, attendait André dans la boîte à lettres. La jeune journaliste stagiaire lui disait de venir à Paris dès que possible, pas à son bureau du *Daily Mail*, mais chez elle, elle lui indiquait l'adresse et son numéro de téléphone.

Un violent tourbillon d'émotions, en un instant, lui fit retrouver enthousiasme et allégresse. Sa petite vie n'était pas seulement belle, elle était soudain merveilleuse, grandiose, époustouflante.

Marie-Jeanne n'était pas du tout emballée de voir son grand fils partir tout seul à Paris, par le train, pour rencontrer cette fille dont elle ne savait finalement que très peu de choses. À voir André tout ragaillardi, joyeux et dynamique, elle n'eut pas le cœur de le priver de ce rendez-vous tant désiré. Elle lui demanda juste de se mettre au travail au lycée. Il devait remonter la pente, faire la preuve qu'il était un garçon posé et réfléchi en qui on pouvait avoir confiance. Elle fit la morale, il entendit, il acquiesça à tout sans vraiment écouter, il était déjà ailleurs. Il promit tout ce qu'on voulait qu'il promît.

**La dernière Saint-Sylvestre**

Brigitte avait trouvé un emploi de vacataire à la poste d'Alger. Quant à Josiane, elle avait été embauchée comme sténodactylo à la compagnie maritime Schiaffino. C'était inespéré. Avec un travail, elles entraient enfin dans le monde des adultes.

Entre chien et loup, les mitraillages de bus civils étaient devenus fréquents. Les deux filles avaient déniché un minuscule appartement à louer pour pas trop cher rue Bab-Azoun. Elles ne rentraient à Guyotville que le samedi, en plein jour, et regagnaient Alger le dimanche après-midi.

Dans leurs rêves les plus fous, Jean-Jacques et Zayn n'avaient jamais envisagé une pareille aubaine. En sortant du lycée, au lieu de traînasser tous les quatre en ville, ils se retrouvaient dans le pigeonnier des filles. C'était très exaltant, mais encore très incomplet. Pour aboutir enfin à cette félicité à laquelle aspiraient les deux couples, les filles suggérèrent qu'un jour ce serait Brigitte et Zayn qui occuperaient les lieux en toute intimité, et le lendemain ce serait le tour de Jean-Jacques et Josiane.

Ça ne s'était pas fait d'un seul coup, il avait fallu de très longs palabres, des promesses réitérées de sagesse, de respect, pour en arriver là. Le temps filait, ce ne fut qu'au mois de décembre et même à l'approche des vacances de Noël que fut réglé l'épineux problème de la pudeur indispensable au plein épanouissement des cœurs et des corps. Les deux amis n'étaient pas encore au bout de leurs peines, mais – avec lenteur – ils progressaient.

L'année 1961 arrivait à son terme. Les mois écoulés depuis le putsch foireux du mois d'avril avaient été terribles. Dans les rues d'Alger, tout le monde se méfiait de tout le monde.

Chez les Européens, il était désormais interdit d'être modéré, de suggérer que l'OAS, dans son délire meurtrier, était en train de rendre impossible toute future réconciliation avec les Musulmans. Il en était à peu près de même chez les Arabes : qui osait dire que le FLN n'était pas une organisation démocratique risquait sa vie, et ceux qui trouvaient à redire à la politique de terreur imposée aux Européens étaient des traîtres. Des deux côtés, les durs de durs l'avaient emporté sur les modérés.

Les deux sœurs de Maurice étaient venues de Mostaganem passer Noël à Alger chez les Amar, elles étaient restées pour fêter la Saint-Sylvestre avec leur jeune frère. Jean-Jacques aimait bien ses tantes Rose et Léa, mais il avait dû leur céder sa chambre, il dormait sur un matelas par terre dans la salle à manger. Il avait hâte qu'elles repartent.

— On a trop peur de retourner à Mostaganem, avait dit Rose en s'installant pour dîner le soir du 31 décembre, on ne peut plus vivre là-bas, c'est devenu trop dangereux !

Depuis qu'elles étaient arrivées rue de la Lyre, les deux sœurs n'avaient encore rien dit de leur projet à Maurice. Elles savaient qu'il ne serait pas d'accord et qu'il les désapprouverait. Rose et Léa n'aimaient pas faire de la peine à leur frère.

— Des gens ont été égorgés en pleine rue, ajouta Léa, je crois qu'on va être obligées de partir.

— Partir, mais pour aller où ? fit Rachel soudain inquiète à l'idée de devoir loger ses belles-sœurs pendant des semaines.

— La vie devient impossible là-bas, reprit la tante Rose, sans répondre franchement à Rachel.

— Mais à Mostaganem, vous êtes chez vous ! intervint Maurice. Vous habitez la maison de nos parents ! Qu'est-ce qui vous prend de vouloir aller vivre ailleurs ?

— On a peur, Maurice, ils veulent nous faire partir, fit la tante Rose en pleurant, les Musulmans, ils veulent être entre eux, ils ne veulent plus de nous.

— En voilà une idée ! Nous, les Juifs, on est en Algérie depuis des siècles, on est chez nous à Mostaganem autant que les Musulmans, et puis, on n'a nulle part où aller.

— Il y a déjà longtemps que Benjamin veut qu'on vienne vivre à Clamart, là où il habite, à côté de Paris… Il est en train de nous chercher un petit appartement pas trop loin de chez lui, avoua Rose.

— Et puis, sa femme attend un bébé, rajouta Léa avec un sourire timide.

Benjamin, le grand fils de la tante Léa, était parti à Paris pour finir ses études. Il était revenu en Algérie deux ou trois fois pendant les vacances pour voir sa mère et sa tante, mais il avait fait sa vie en métropole. Il s'était marié avec une Française qui n'était même pas juive. Pour lui, l'Algérie, c'était fini depuis longtemps.

— On a acheté des billets d'avion, Benjamin viendra nous attendre à Paris, dit Léa.

Pour ces deux femmes qui n'avaient jamais voyagé plus loin que de Mostaganem à Alger, aller jusqu'à Paris était un périple insensé.

— Et vos affaires, qui va les garder, qui va surveiller la maison ? s'inquiéta Maurice.

— Benjamin viendra s'occuper du déménagement cet été si le calme est revenu. Il mettra la maison en vente.

— Vous voulez partir ? Dire adieu à l'Algérie ?

Rose et Léa n'osèrent pas avouer que c'était bien là leur idée.

Maurice était abasourdi par ce que venaient de lui apprendre ses sœurs, quitter l'Algérie lui était toujours apparu comme une inconcevable absurdité. Elles désertaient, il savait qu'il ne leur ferait pas changer d'avis.

— Tu sais, on a mis le temps pour se décider, dit Rose comme pour le consoler, et on n'est pas sûres de ne pas faire une grosse bêtise, mais il vaut mieux partir maintenant. Si on attend trop, on n'arrivera pas à trouver un travail en métropole, on sera trop vieilles, on ne voudra plus de nous !

Rose était employée aux écritures et au classement à la succursale du Crédit coopératif et immobilier d'Afrique du Nord, Léa travaillait chez un gros négociant pinardier qui écoulait vers la France du vin d'Algérie. Toutes les deux avaient commencé à travailler après le certificat d'études et depuis elles étaient restées fidèles à leurs employeurs sans même avoir jamais songé à en changer. Avant de se décider à quitter Mostaganem, elles avaient connu de nombreuses nuits d'insomnie passées à peser le pour et le contre de ce départ qui risquait d'être définitif.

— Vous avez des bonnes places à Mostaganem, qu'est-ce que vous allez faire en métropole ?

— On ne sait pas ! répondit Léa. Mais il faudra bien qu'on travaille toutes les deux, on ne va pas rester à rien faire.

— Il faudra bien gagner de quoi manger et se loger, ajouta Rose.

Pour Maurice et Rachel, le réveillon était gâché. Jean-Jacques était soulagé, il allait récupérer sa chambre. Et puis, ses tantes l'adoraient. Quand il irait à Paris, il n'hésiterait pas à aller sonner à leur porte s'il ne savait pas où dormir en attendant de trouver à se loger. C'était très vague dans son esprit, un rêve sans consistance, mais si Josiane était avec lui, elles ne diraient rien, il en était convaincu.

Le lendemain, Rachel, Maurice et Jean-Jacques se rendirent à Saint-Eugène. Souhaiter la bonne année et embrasser les Guivarch ne souffrait aucun retard.

Les rues étaient à ce point désertes et silencieuses que c'en était oppressant. Alger retenait son souffle, c'était à se demander quel nouveau cataclysme allait bientôt s'abattre sur la ville.

Zayn était déjà là. Comme chaque jour, le père Yborra était venu dans la matinée saluer les deux vieillards et causer de la pluie et du beau temps. Un peu plus tard Ahmed était passé, il avait amené le pain et un sourire.

Bouchra avait dit à Zayn qu'elle irait voir Giovanna et René, mais elle attendrait que tout le monde soit parti. Elle ne connaissait que quelques mots de français, elle était timide et méfiante, elle craignait qu'on se moquât d'elle. Dans son douar misérable aux confins du grand désert, la mort des anciens était l'affaire de tous ; chez les Guivarch elle veillait avec Giovanna sur la fin de René comme elle avait vu sa mère et toutes les femmes de la tribu veiller sur les dernières lueurs de vie des vieilles et des vieux qui s'en allaient.

Pierre Lagadec n'était pas là. Une dizaine de jours plus tôt, il s'était envolé vers la métropole pour retrouver Marie-Jeanne et André pour les fêtes de fin d'année. Les Lagadec avaient passé Noël à Saulnières chez les parents de Marie-Jeanne. Pour la Saint-Sylvestre, ils avaient invité chez eux, à Chartres, Claire et Colette Ferrandi qui était venue avec son nouvel ami depuis Cahors.

André avait eu droit à une coupe de champagne, on considérait qu'il était presque un adulte. Tous avaient levé leur verre en l'honneur de leurs vieux amis Guivarch et aux Amar restés au cœur de la tourmente algéroise. Dans la nuit glacée de Chartres où traînait un restant de neige gelée, ils avaient brièvement fait revivre la lumière, la chaleur et les couleurs d'Alger.

Claire était parvenue à donner le change. Elle avait réussi à entretenir l'illusion de la gaîté, mais ce goût d'Alger, cet afflux soudain de souvenirs qui s'invitaient à la table du réveillon l'avait plongée dans la tristesse. Elle s'était laissée surprendre par cette nostalgie qu'elle savait d'ordinaire si bien tenir à distance. Belkacem était revenu la hanter.

À Saint-Eugène, Giovanna avait aidé René à s'habiller, elle voulait qu'il soit beau et digne pour recevoir ceux qui viendraient les voir en ce premier jour de l'année 1962. Il était affaibli, d'une maigreur impressionnante, mais il avait catégoriquement refusé d'aller à l'hôpital.

— Je veux mourir libre, avait-il dit au médecin qui était venu l'examiner, j'veux pas quitter ce monde enfermé dans une caserne.

L'autre n'avait pas insisté, avec la folie meurtrière qui courait les rues d'Alger, les hôpitaux étaient pleins à craquer.

— C'est ma grand-voile qu'a perdu le vent. J'tiens plus la barre, j'attends la vague qui va me prendre par le travers et m'envoyer par le fond ! avait-il encore fanfaronné.

Giovanna s'était inclinée. Elle aussi savait que la vague traîtresse n'allait plus tarder, elle voulait rester avec lui jusqu'au bout, elle avait préféré le garder auprès d'elle.

Assis dans son fauteuil, il souriait, il n'avait plus la force de parler. Il était déjà parti. Giovanna lui tenait la main, elle aussi souriait, elle l'accompagnait, René n'aurait pas supporté de la voir triste et abattue, elle voulait que jusqu'au bout il fût fier de sa vieille compagne.

Zayn et Jean-Jacques étaient tout près de lui. René posa sa main libre sur celle de Zayn et puis sur celle de Jean-Jacques, peut-être le vieux peintre-poète anarchiste connut-il à ce moment-là un des derniers bonheurs de sa vie. Bien sûr, il manquait André, il aurait bien aimé les avoir tous les trois une dernière fois autour de lui, peut-être aurait-il trouvé un restant de force et d'énergie pour leur raconter un de ses vieux souvenirs complètement inventés et qu'ils aimaient tant.

Les Amar s'en retournèrent chez eux en pressant le pas. Zayn les accompagna jusqu'au carrefour de l'avenue de Flandres qui remontait vers les hauts de Saint-Eugène en contournant le cimetière européen. Tous marchaient en silence.

Ce calme inhabituel, ce vide dans les rues, ce sentiment d'être hors du monde et d'attendre une catastrophe imminente les angoissait. Zayn les quitta, il était pressé de rentrer chez lui. Rachel avait hâte d'être rue de la Lyre, de refermer la porte de l'appartement. Chez elle, elle vivait dans l'illusion que rien ne pouvait leur arriver.

L'année 1962 commençait bizarrement. Même Maurice se sentait très mal à l'aise en marchant dans les rues, il avait l'impression désagréable que des centaines de paires d'yeux l'observaient.

**Vois ce qu'ils ont fait de toi !**

Zayn remontait le boulevard de Flandres. Depuis ce matin, la vieillesse et la décrépitude lui faisaient presque aussi peur que la mort, il marchait, accablé, perdu dans ses pensées. Soudain il fut devant lui, il ne l'avait pas vu venir. Zayn était aussi grand que lui maintenant, moins costaud, mais à les voir ensemble, on ne pouvait pas s'y tromper, ils étaient frères.

— Tu reviens de chez ces roumis qui habitent en bas sur le boulevard ? attaqua Belkacem. Tu leur as souhaité la bonne année ?

— Tu m'espionnes ?

— Je veille sur ma famille, rétorqua l'aîné d'un ton faussement affable, je venge mes sœurs… je conseille à mon frère de se méfier…

Leur rencontre ne devait rien au hasard. Zayn était sur ses gardes, il n'aimait pas cet air de supériorité que prenait son frère pour lui parler.

— Et de qui dois-je me méfier ?

Belkacem prit son temps, il fit mine de réfléchir avant de répondre, comme s'il hésitait à faire un aveu difficile à entendre ; il était le maître du jeu.

— De toi ! Tu dois te méfier de ce que les roumis ont fait de toi ! Tu n'es plus un vrai musulman d'Algérie…

— Qu'est-ce que tu en sais ? se rebiffa Zayn.

— Tu ne fréquentes plus que des roumis, tu lis leurs livres, tu participes à leurs fêtes, tu es devenu l'Arabe qu'ils aiment, poli, cultivé, respectueux du pouvoir, tu oublies qu'avant tout tu es un musulman.

— Qu'est-ce que tu connais de ma vie ?

Zayn n'avait pas envie de subir la leçon de morale de son frère, il estimait avoir la liberté de choisir ses amis, de vivre et de penser comme il l'entendait.

C'était ce qu'il avait retenu de tous les livres qu'il avait lus et aimés ces dernières années.

Belkacem n'était pas du genre à s'en laisser conter, il enfonça le clou :

— Tout, je sais tout de toi ! Tous ceux qui ont fait des études chez les Français, vous êtes les mêmes, vous voulez devenir des roumis à votre tour, vous oubliez vos frères, vous oubliez le bled et la misère, l'injustice, la colonisation, vous oubliez votre langue, votre religion… Vous léchez le cul des Français.

— Tu dis n'importe quoi ! Pourquoi veux-tu que j'oublie ce que je suis ? Je n'ai jamais cherché à étouffer l'Arabe que je serai toujours, mais je ne me prive pas de réfléchir, de mettre à profit tout ce que j'ai appris au contact des Français.

— Est-ce que l'Arabe qui vit en toi pratique quotidiennement la langue du prophète, est-ce qu'il lit le Coran, est-ce qu'il prie en se tournant vers La Mecque ?

— Je respecte beaucoup notre père et la religion, se défendit Zayn, surpris par la tournure que prenait la discussion, mais je ne pratique pas l'islam comme lui, j'ai le droit de penser, de douter, de critiquer les sourates. L'Algérie indépendante devra être tolérante, et accorder aux Algériens la liberté religieuse.

Ce fut au tour de Belkacem de se trouver décontenancé. Zayn défendait ce que lui-même avait défendu en d'autres temps, quand il était amoureux de Claire et qu'il rêvait d'un avenir harmonieux à ses côtés, en Algérie. Il n'était plus le même, la guerre l'avait transformé, il était devenu dur, dogmatique et intransigeant. Il chassa ces souvenirs anciens et se fit encore plus tranchant :

— La liberté religieuse et la tolérance sont des idées de mécréants et d'incroyants et il n'y aura pas de place pour ces gens-là dans l'Algérie nouvelle, asséna-t-il, un seul peuple, une seule langue, une seule religion. Nous allons construire un grand pays musulman, puissant et respecté.

— Les roumis ne sont pas musulmans, les juifs non plus…

— Ils ne feront pas partie de l'Algérie nouvelle, on va faire partir les Européens et on chassera les Juifs. On va faire ce que les Espagnols ont fait en Andalousie à la fin du XVe siècle. Ce sera la grande revanche de l'Islam. Tous les Musulmans, comme toi, qui se prennent pour des roumis, partiront avec eux. Vois ce qu'ils ont fait de toi, Zayn ! Réfléchis bien, c'est pour ça que je te dis de te méfier !

L'aplomb et les certitudes de Belkacem le bouleversaient, Zayn ne sut pas quoi répondre. Ils marchèrent en silence jusqu'au carrefour de la rue Cardinal-Verdier. C'était là qu'ils s'étaient séparés lors de leur précédente rencontre.

— Tu es devenu complètement fou ! dit Zayn à son frère en guise d'au revoir.

— Peut-être ! fit Belkacem en lui adressant un signe de la main.

**Dans l'au-delà de notre vie…**

Il avait dit qu'il attendait la vague traîtresse qui l'enverrait par le fond. Elle ne se fit pas attendre, elle le prit par le travers le 9 janvier, au milieu de la matinée. La mer était agitée, vivante et dans sa beauté d'hiver. René était mort dans son jardin.

Giovanna l'avait aidé à gagner le fauteuil d'osier où il avait l'habitude de s'asseoir. Insensible à la froidure de janvier, il s'y était endormi pour ne plus se réveiller. Portés par le vent de mer, les embruns vinrent joindre sur son visage leurs caresses salées à celles de la douce Giovanna quand elle comprit que c'était fini.

Pierre Lagadec était rentré à Alger trois jours plus tôt ; accaparé par de multiples obligations de service, il n'avait pas pris le temps d'aller saluer ses vieux amis. Il s'en voulut beaucoup, mais il était trop tard.

Par une sorte de prémonition, Bouchra avait deviné que l'oiseau du malheur s'était posé chez les Guivarch. Elle fut la première à venir partager le deuil et la peine de Giovanna.

Le père Yborra put joindre Pierre au téléphone et Pierre vint annoncer la nouvelle à Maurice qui immédiatement enjoignit à sa clientèle de repasser plus tard pour se faire couper les cheveux. Tous les deux se dépêchèrent d'expédier un télégramme à Marie-Jeanne pour prévenir Claire et André, et un autre à Colette Ferrandi.

Rachel aida Bouchra à faire la toilette du mort et à l'apprêter pour son dernier voyage. Une Musulmane et une Juive apportaient les traditions funéraires ancestrales de leur lignée à un vieux poète sceptique venu en Algérie poussé par les hasards de la vie. Pierre et Maurice s'occupèrent des formalités pratiques des très modestes obsèques de René.

Après le lycée, Jean-Jacques et Zayn vinrent aussi dire au revoir à leur vieil ami et embrasser Giovanna. Confrontés à ce corps privé de la vie, ils étaient partagés entre la tristesse et l'incrédulité. Ce n'était pas la victime d'un attentat qui gisait devant eux, ils n'étaient pas au cœur de cette violence qu'ils côtoyaient chaque jour. La mort pouvait-elle être autre chose que cette pâleur immobile et glacée, cette absence, cet apaisement apparent qu'ils contemplaient, presque incrédules. Pourtant, ce défunt leur appartenait, il avait été l'enchanteur, celui qui les avait entraînés dans ses voyages, et dans ses rêveries au long cours. Ensemble, ils avaient parcouru un bout du grand chemin ; ils continueraient sans lui ; la nostalgie viendrait plus tard, mais elle viendrait… Elle venait toujours à un moment ou à un autre.

La guerre urbaine étant ce qu'elle était, au cimetière européen de Saint-Eugène, les croque-morts et les fossoyeurs étaient débordés. Les curés ne fournissaient plus. Les enterrements étaient bâclés. Pour rester fidèle à la mémoire de René, on se passa de prêtre pour le porter en terre. Il n'y eut pas même à raboter les prières et les patenôtres pour gagner du temps. L'assistance était des plus réduites, on ne s'attarda guère. Tout le monde se dépêcha de reprendre le chemin de Saint-Eugène par le boulevard Pitolet.

— Les roumis n'enterrent pas leurs morts, avait dit Ahmed à son patron, quand ils s'étaient remis tous les deux au travail dans le fournil, ils s'en débarrassent.

— C'est que les roumis ont beaucoup de morts à enterrer ces temps-ci, ils n'ont pas le temps de faire les choses comme il faut.

— Avec les morts, il faut faire les choses comme il faut, patron, sinon, les morts ne peuvent pas trouver l'entrée du chemin qui mène au paradis.

— René ne croyait ni au paradis ni à l'enfer, il croyait…

En définitive, le père Yborra ne savait pas grand-chose de René Guivarch.

— Je dirais qu'il croyait qu'on pouvait être heureux, compléta le vieux boulanger, à condition de le vouloir vraiment et d'avoir de la chance.

Ahmed haussa les épaules et attaqua la fournée de l'après-midi aux côtés de son patron.

Quelques jours plus tard, les garçons reçurent leur lettre d'outre-tombe. André, qui aimait encore à se voir en exilé romantique, fut peut-être plus bouleversé que Zayn et Jean-Jacques. Eux avaient pris leur part du chagrin de Giovanna, ils avaient vu René, le teint cireux, les traits figés, attendant qu'on le transporte jusqu'au cimetière ; le décès de leur vieil ami était une évidence indéchiffrable et une réalité qu'ils avaient pu apprivoiser.

André lut et relut la lettre, il s'imprégna des mots écrits par René, la dernière de ses phrases résonnait dans son âme : « Nous avons eu de la chance, nous avons été heureux… quelques fois. » C'était une sorte de leitmotiv qui revenait sans cesse, tout au long de ces jours tristes de janvier. René lui disait de suivre son chemin, de tourner la page, de ne plus se réfugier dans les jours enfuis, mais de tenter de vivre pour être « heureux… quelques fois ».

Il fallut bien des jours pour que le message fût clair pour les trois garçons.

L'aurait-il jamais été pour André s'il n'avait pas revu Julie Baker ?

Elle perchait dans un petit appartement de la Butte-aux-Cailles, ils s'étaient retrouvés dans un bistrot pas trop bruyant du boulevard Auguste-Blanqui ; elle était toujours aussi fascinante. Elle lui avait annoncé qu'elle retournait à Alger prendre la température de la rue et informer les lecteurs du *Daily Mail* de ce qui se passait réellement en Algérie. Elle voulait voir les Amar, Pierre Lagadec et bien sûr Jean-Jacques et Zayn ; il lui fallait leurs adresses et les téléphones où elle pourrait les joindre.

— As-tu remarqué que depuis le début du mois de décembre, on ne guillotine plus d'indépendantiste, ni en Algérie ni en France ? lui avait-elle demandé.

Non, il n'avait pas remarqué. Il était déçu, il espérait pouvoir lui dire qu'il était amoureux, qu'il ne cessait jamais de penser à elle, mais elle lui parlait politique. C'était intéressant, il avait la tête ailleurs et le cœur en bandoulière.

— C'est bien la preuve que les négociations avancent ! De Gaulle fait un geste de bonne volonté en direction du FLN.

— Oui, sûrement, avait-il concédé en s'efforçant de faire bonne figure.

— L'année 1962 va être celle de l'indépendance de l'Algérie, reprit-elle pleine d'enthousiasme, c'est formidable pour moi de pouvoir suivre les événements à Alger.

André était dépité. Il n'osait pas être désagréable, lui dire qu'elle se moquait de lui et s'en aller sans se retourner. Il restait assis en face de Julie, assommé et passif, à subir son verbiage, à se demander comment il pourrait faire pour qu'elle le laissât s'immerger dans le néant de sa déception.

André avait un train à prendre pour rentrer à Chartres, il allait bientôt devoir la quitter et lui souhaiter bon voyage. Il se jurait déjà qu'elle ne l'y reprendrait plus ; c'est alors qu'elle se pencha vers lui pour lui chuchoter quelque chose à l'oreille :

— Je suis tellement heureuse que tu sois venu, tu es toujours aussi beau…

Il avait rougi, pâli et le vertige l'avait saisi. Elle se souleva légèrement de son siège et posa sur les lèvres d'André un baiser léger absolument merveilleux. Julie ne lui laissa pas le temps de réagir, elle était déjà dehors et courait sur le boulevard pour attraper un taxi.

André ne sut jamais dire comment il avait fait pour regagner la gare Montparnasse et attraper son train. Assis en face de lui, un homme lisait *L'Humanité*.

En une, sous le gros titre « Les crimes de l'OAS », le quotidien communiste rendait compte d'une série de plasticages qui avaient eu lieu la veille à Paris et en région parisienne. La photo d'une petite fille ensanglantée attirait le regard. Une autre photo montrait des manifestants couchés sur les voies devant un train immobilisé plein de jeunes soldats hilares. L'année 1962 serait peut-être celle de l'indépendance de l'Algérie, mais on continuait à envoyer là-bas des jeunes appelés par dizaines de milliers. André était ailleurs, il planait dans un monde à la fois étrange et sublime, ses lèvres gardaient le goût du baiser de Julie, son âme était bouleversée et son cœur tout près d'éclater, l'Algérie était loin.

C'était le 8 février, un jeudi. Le Parti communiste et d'autres organisations de gauche avaient appelé ce soir-là à une grande protestation place de la Bastille pour dénoncer les plasticages de l'OAS à Paris. La manifestation avait été interdite, mais les organisateurs avaient maintenu leur mot d'ordre de rassemblement. La police, ce soir-là, fit preuve d'une brutalité inouïe pour réprimer ce que le pouvoir estimait n'être qu'un désordre. De la station de métro Charonne où les manifestants s'étaient réfugiés pour échapper à la violence policière, on retira neuf morts. La guerre d'Algérie n'était plus depuis longtemps une guerre coloniale, c'était un mal insidieux qui infectait et rongeait toute la société française.

André écrivit une longue lettre à Jean-Jacques et à Zayn – une seule à lire à deux. Il fit part à ses frères d'Algérie de la commotion sentimentale qu'avait provoquée ce baiser à peine esquissé, mais qui changeait sa vie. Il leur annonça aussi l'arrivée prochaine de Julie à Alger, la ville où tous les trois avaient eu de la chance et où ils avaient « été heureux… quelques fois ».

**Cent trente-deux années de colonisation française, sept années et cinq mois de guerre**

— Ça y est ! La guerre est finie, l'accord de cessez-le-feu est signé, ils l'ont annoncé à la radio. On a gagné !

Le lieutenant de Belkacem exultait, il rayonnait de bonheur, la France mettait fin au combat et ouvrait enfin le chemin vers l'indépendance pleine et entière de l'Algérie. C'était un grand jour pour eux, l'aboutissement d'années de luttes âpres et meurtrières.

— Ce n'est qu'un chiffon de papier, nous n'en tiendrons aucun compte, lâcha Belkacem sans même lever la tête.

Il n'avait visiblement pas envie de discuter avec ses compagnons.

Le chef du commando FLN était en train de nettoyer et de graisser le Mauser P38 qu'il n'avait nullement l'intention de remiser au fond d'un tiroir parce que la France et le gouvernement provisoire de la République algérienne venaient de se mettre d'accord pour cesser les combats. L'enthousiasme était retombé d'un seul coup.

— Qu'est-ce que tu veux de plus, mon frère ? interrogea le lieutenant. On a tout ce qu'on voulait, l'indépendance, la souveraineté sur le Sahara, le départ des troupes françaises et un gouvernement de transition FLN en attendant le référendum pour les seuls habitants de l'Algérie !

— Qu'ils partent ! Tant qu'il restera un Européen en Algérie, l'indépendance ne sera qu'une illusion.

Et pour se faire bien comprendre de ses hommes, Belkacem manœuvra ostensiblement la culasse de son revolver. Il était content de son nettoyage, au fil du temps de la clandestinité, son arme était devenue sa seule vraie amie, la seule en qui il eût une absolue confiance.

— Les accords sont formels, protesta le lieutenant, les Européens ont la garantie de pouvoir rester et de choisir de devenir citoyens algériens…

— C'est bien pour ça que ces accords ne sont qu'un chiffon de papier ! le coupa le chef. Krim Belkacem, Saâd Dahlab, Redha Malek et les autres négociateurs ont été des pantins manipulés par le gouvernement français, ils ne représentent qu'eux-mêmes, la direction du FLN ne reconnaîtra jamais la validité de ce cessez-le-feu.

— Tu dis n'importe quoi ! Tu prends plaisir à la guerre, sans la guerre tu n'es plus rien ! Tu n'es qu'un pauvre type comme nous tous, un pauvre type condamné à gagner sa chienne de vie pour ne pas crever de faim !

La balle rasa la tête du lieutenant et vint se ficher dans la cloison derrière lui. Elle mit fin à la discussion. Si Belkacem était bon tireur, il n'aimait pas non plus être contredit. Ses compagnons étaient stupéfaits, jamais ils n'avaient imaginé qu'il userait de son arme contre eux. Le message était très clair : qui n'était pas d'accord avec lui risquait très gros.

— La guerre continue avec les tueurs de l'OAS, reprit le chef sans trahir la moindre émotion, ces types-là vont continuer à faire régner la terreur chez les Musulmans, ils sont nos ennemis, ils poursuivent la guerre coloniale, ils tuent, ils massacrent sans discernement des hommes, des femmes et même des enfants, notre devoir est de tous les éliminer.

— Et pour les Européens, interrogea un compagnon, qu'est-ce qu'on fait ?

Avant de répondre, Belkacem prit le temps de regarder fixement chacun de ses hommes, il voulait s'assurer de leur fidélité sans faille, de leur volonté d'aller au bout du combat qui les avait réunis.

— Vous vous souvenez qu'au début des attentats, les pieds-noirs avaient l'habitude de dire que pour un Européen de tué, il fallait tuer dix Arabes. Alors c'est très simple, on va leur rendre la politesse, pour chaque Musulman tué par l'OAS…

Il n'eut pas besoin de terminer sa phrase, tous avaient compris.

— Deux ou trois mois à ce régime-là et il ne restera plus un Européen à Alger, on les aura tous fait partir, on sera vraiment entre nous à ce moment-là !

— Un seul peuple, une seule religion, une seule langue, fit le lieutenant un rien dubitatif, mais sans insister.

Il était né à Tizi Ouzou, il aimait parler le kabyle, c'était sa langue maternelle. La dérive autoritaire, voire despotique, de la fraction la plus dure du FLN l'inquiétait ; Belkacem en était devenu un des plus farouches zélateurs.

**« Ils disaient en leur cœur : Traitons-les tous avec violence ! Ils ont brûlé dans le pays tous les lieux saints. » (Psaume 74)**

— C'était un vieux, un Kabyle, il marchait devant moi, tranquillement, ils sont sortis du café, un des deux types avait un pistolet à la main et il a tiré sur le vieux en pleine tête.

Maurice était livide. Il en tremblait encore. Un meurtre en pleine rue, sans autre motif que la haine raciste : la victime était musulmane d'aspect.

— Il y en a des dizaines tous les jours, ajouta Pierre Lagadec, le cessez-le-feu est vécu comme une trahison insupportable par l'OAS.

Maurice était venu à pied depuis son salon de coiffure rendre visite et apporter quelques courses à Giovanna. Pierre s'était fait déposer à Saint-Eugène par une patrouille de fusiliers marins. Les deux hommes étaient catastrophés, plus rien ne semblait en mesure d'enrayer la spirale de violence qui ravageait Alger.

Moins de vingt-quatre heures après l'annonce des accords signés à Évian le 18 mars, la sauvagerie sanguinaire des soldats perdus de l'OAS avait pris des proportions effarantes. Dans leur folie dévastatrice, les tueurs s'étaient lancés dans une campagne de massacres à peine imaginable. Aucun Musulman ne devait plus se sentir en sécurité sur le territoire algérien. C'était de la démence, ils n'étaient que quelques centaines, ils assassinaient au hasard des femmes, des enfants, des vieillards, tous musulmans. Jamais la guerre urbaine n'avait été à ce point meurtrière à Alger.

— Zayn ne doit plus se rendre au lycée, dit Pierre, c'est trop dangereux, il peut croiser un cinglé de l'OAS sur un trottoir et se faire descendre. Le mieux serait qu'il reste tranquillement chez lui, ou dans le fournil du père Yborra avec son père.

— Zayn n'est plus un petit garçon, je ne suis pas sûr qu'il soit d'accord pour suivre tes conseils, répondit Maurice qui se remettait de ses émotions en descendant une anisette pure.

— Mais c'est dangereux pour lui d'aller traîner chez les Européens, il peut se faire tuer !

— On peut tous se faire tuer, Pierre, nous vivons au milieu de la folie furieuse, mais nous vivons… Advienne que pourra !

— D'accord, mais ça n'empêche pas de prendre des précautions pour éviter le pire !

— Jean-Jacques continue à aller au lycée, je vais travailler tous les jours et Rachel sort pour faire les courses, les tueurs vont finir par se lasser de tuer, ou alors on se sera habitué, on ne fera plus attention à tous ces crimes…

Giovanna venait de les rejoindre. Assise dans le fauteuil de René, elle gronda Pierre sans se départir de sa bonté et de sa bienveillance :

— Pierre, je vous interdis de nous raconter tout ce qui se passe en ville, c'est tellement horrible que je ne veux plus en entendre parler, donnez-moi plutôt des nouvelles de Marie-Jeanne, de votre grand garçon, de Claire et de cette merveilleuse petite fille que j'aimerais tant embrasser.

Pierre s'exécuta, il donna des nouvelles. Il n'était pas d'Algérie, il n'avait pas mûri sous ce soleil-là, dans quelque mois il s'en irait, il ne pouvait pas comprendre cette apparente sérénité, ce fatalisme enjoué de ceux qui n'avaient jamais envisagé de vivre ailleurs que sous ce ciel immensément bleu.

— Claire et Marie-Jeanne m'écrivent toutes les semaines des lettres très gentilles, reprit la vieille dame, mais vous entendre parler de ce qu'elles deviennent là-bas, c'est quand même mieux. Elles me disent qu'elles viendront à Alger dès que ce sera possible… Pourquoi pas l'été prochain ? Ça me ferait tellement plaisir.

Si le doute l'effleurait, elle n'en laissait rien paraître. Tout était devenu tellement confus que personne ne se hasardait à dire quand et comment la situation pourrait redevenir à peu près calme.

Les Européens étaient pris entre deux feux, il y avait des tueries un peu partout, il devenait courant d'enjamber des cadavres sur les trottoirs. Il fallait essayer de continuer à vivre, mais quoi que pût en dire Maurice, c'était chaque jour plus difficile.

Sa patrouille terminée, le half-track qui avait déposé Pierre, boulevard Pitolet, venait le récupérer pour le ramener à l'Amirauté. Pierre insista pour que Maurice embarque avec lui dans le véhicule blindé.

— C'est bien pour te faire plaisir, concéda Maurice. Pourquoi voudrais-tu qu'on s'en prenne plus à moi qu'à un autre ?

En débouchant de l'avenue du 8 novembre pour remonter vers la rue de la Lyre, ils furent stoppés par un imposant barrage militaire. Apparemment, l'armée avait investi le quartier, des soldats en armes entraient dans les immeubles pour les fouiller. C'était une opération de grande envergure. Le maître principal Lagadec et le second maître fusilier qui commandait la patrouille partirent à la pêche aux renseignements.

— Il y a eu un attentat de l'OAS contre un convoi militaire ce matin place Desaix, rapporta Pierre en retrouvant Maurice sagement assis dans le véhicule blindé.

L'OAS massacrait aveuglément et dans le même temps menait la vie dure à l'armée française, toujours chargée du maintien de l'ordre.

— Il y a eu des morts, apparemment sept jeunes appelés ont été tués et une douzaine de supplétifs musulmans ont aussi été tués ou blessés, reprit Pierre, l'armée tente de retrouver les coupables qui se sont planqués dans le quartier.

— Les harkis sont pris entre deux feux, jugea utile de préciser le sous-officier qui avait accompagné Pierre. L'OAS les assassine parce qu'ils continuent à obéir aux ordres de Paris, et le FLN veut leur faire payer leur ralliement à l'armée française.

— Les soldats peuvent fouiller tant qu'ils veulent, intervint Maurice, ils ne trouveront pas les assassins, Bab El Oued est le bastion de l'OAS, presque tout le monde est à fond derrière eux.

— Pas toi, j'espère, fit Pierre en riant.

— Je t'ai déjà dit que je n'étais pas un pied-noir, mais un Juif d'Algérie…

— Bien, on va raccompagner le Juif d'Algérie jusque chez lui, décida Pierre, pour que les soldats de l'armée française ne lui fassent pas de misère !

C'est donc accompagné de trois Bérets verts en armes que ce 23 mars, Maurice regagna ses pénates. Dans le voisinage, on ne manqua pas de se poser toutes sortes de questions en voyant monsieur Amar arriver chez lui escorté par ceux qui faisaient la guerre à l'OAS. « Pas étonnant, pensait-on en le voyant passer, Amar a toujours été complaisant avec les Arabes et le FLN ! »

Les esprits étaient très échauffés, sans le lui dire en face, on murmurait dans son dos qu'il était un traître.

Rachel était aux cent coups. Le retard de Maurice l'avait affolée, elle avait imaginé une mauvaise rencontre avec un commando du FLN.

Le lendemain, l'armée poursuivit sa reprise en main du quartier, perquisitionnant les appartements et faisant le coup de feu avec les tueurs. Les soldats avaient établi des barrages à tous les carrefours pour filtrer la population et, si possible, coincer des membres de l'OAS. Le pouvoir voulait en finir avec cette organisation criminelle qui le défiait ouvertement en pratiquant le meurtre à grande échelle dans le but avoué de faire capoter le cessez-le-feu.

Le dimanche 25, la tension monta encore d'un cran, l'armée de l'air mitraillait indistinctement depuis le ciel tous ceux qui se réfugiaient sur les toits et les terrasses, terrorisés par la brutalité de la perquisition militaire. Des centaines de pieds-noirs furent placées en centres de rétention. Maurice, Rachel et Jean-Jacques s'étaient faits tout petits. L'appartement des Amar avait été fouillé, ils étaient consignés chez eux avec l'interdiction de mettre le nez dehors.

Quand les soldats eurent quitté l'immeuble de la rue de la Lyre, l'information commença à circuler d'un appartement à l'autre, puis d'immeuble en immeuble : les Européens étaient appelés à manifester contre le blocus de leur quartier et à protester contre les accords signés le 19 mars. Chez les Amar, on se garda bien de se joindre à cette protestation pacifique plus ou moins initiée par l'OAS.

Vingt à trente mille manifestants se retrouvèrent au début de l'après-midi du 26 mars sur l'esplanade du boulevard Laferrière, entre le monument aux morts et la Grande Poste, avec dans l'idée de remonter la rue d'Isly pour faire céder les barrages et débloquer Bab El Oued. Il faisait beau, les écoles étaient fermées, beaucoup étaient venus en famille. La manifestation, drapeaux français en tête, s'engagea dans la rue d'Isly. Un premier barrage s'ouvrit pour laisser passer le cortège et puis soudain, ce fut l'horreur.

On ne saurait jamais qui donna l'ordre d'ouvrir le feu, ou si des soldats mal commandés prirent peur et se mirent à tirer dans la foule, toujours est-il qu'on releva au moins cinquante morts et deux cents blessés à la fin de l'après-midi, tous Français d'Algérie, victimes des balles de l'armée française.

Aux premières détonations, Maurice, Rachel et Jean-Jacques étaient descendus voir ce qui se passait. Par la rue Dumont-d'Urville, ils avaient pris la rue d'Isly à contresens de la manifestation, ils furent dans les premiers à porter secours aux blessés et à aider à les brancarder vers les voitures et les ambulances. Jean-Jacques était à la fois bouleversé et horrifié par le chaos sanglant qu'ils découvrirent en arrivant sur place. Jamais il ne pourrait oublier les flaques de sang sur le bitume, les hurlements des victimes, les morts recouverts à la hâte d'une bâche et les lamentations des proches. L'effroi venait de faire irruption dans sa jeune existence.

Le FLN ne restait pas les bras croisés. Aux atrocités suicidaires de l'OAS répondait la férocité sanglante des plus enragés des indépendantistes.

Les pieds-noirs devaient surtout faire face aux « marsistes », ces types restés jusque-là prudemment en marge de la rébellion, mais qui, depuis l'annonce du cessez-le-feu du 18 mars, se livraient, avec beaucoup de zèle, à la chasse aux « colons ». À bon compte, ces pseudo-justiciers s'achetaient une conduite par le meurtre et l'assassinat gratuit. En France aussi, à la Libération, on avait vu beaucoup de ces résistants de la vingt-cinquième heure mener la chasse aux collabos et poser en justiciers sans peur et sans reproche en tondant des femmes accusées – souvent à tort – de collaboration horizontale.

La guerre à laquelle se livraient l'OAS et le FLN rendait difficile la circulation d'un quartier à l'autre. L'OAS barrait certaines rues, contrôlait les occupants des automobiles et exécutait sans autre forme de procès les Musulmans qui leur tombaient entre les mains. Le FLN avait aussi ses barrages, il filtrait le trafic dans les secteurs qu'il tenait. Dans le meilleur des cas, il gardait l'auto et laissait le propriétaire poursuivre son chemin à pied, il pouvait aussi le gratifier d'une rafale de mitraillette ; tout dépendait de l'humeur des combattants.

Dans ces conditions, aller au lycée demandait aux élèves beaucoup d'abnégation. L'emploi du temps était devenu un vrai gruyère. Entre les jours où le lycée restait fermé et les absences des professeurs dans l'incapacité de rejoindre leur poste, Jean-Jacques et Zayn ne recevaient plus qu'un enseignement émietté et incohérent. Quand il y avait cours, la classe n'était jamais complète, des élèves ne pouvaient pas venir tandis que d'autres profitaient de la situation pour rester chez eux. Chaque jour, on apprenait que l'un ou l'autre était parti en métropole et ne reviendrait pas ; l'ambiance était dramatique, les élèves avaient le sentiment que la grande machine lycéenne, qui jusque-là avait résisté à la tornade des événements, était en train de prendre l'eau et n'allait pas tarder à faire naufrage.

C'était presque tous les jours congé, mais il n'était plus possible d'aller au cinéma ni de traîner en ville ou s'attarder à regarder la mer depuis le parapet du boulevard Amiral-Pierre, c'était devenu bien trop dangereux.

Les amours des garçons étaient au point mort. Josiane était sur le départ. Lasse de tout ce charivari de violences invraisemblables, sa famille avait décidé de braver l'interdiction de quitter l'Algérie imposée aux pieds-noirs par l'OAS. Les parents de Josiane n'avaient jamais traversé la Méditerranée, ils ne savaient ni où aller ni ce qu'ils feraient en métropole, mais ils voulaient partir. Ils laissaient tout derrière eux, leur maison, leur passé, plusieurs générations de défunts qui reposaient dans la terre de cette Algérie tant aimée. Ils s'en allaient, ils quittaient ce monde qui les rejetait.

Jean-Jacques était triste et dépité, il aurait voulu revoir Josiane avant son départ, mais tout allait si vite en ces jours de désastre, il n'avait même pas pu l'embrasser une dernière fois, échanger la promesse de se revoir, peut-être, un jour, « Si Dieu veut » comme on disait en ces jours de grands adieux. Il était malheureux, il se sentait abandonné, condamné à la solitude. Le départ d'Alger dont ils avaient rêvé avec Josiane était une envolée vers la liberté, vers une pleine espérance, pas ce départ contraint, ce renoncement désespéré qui les jetait, elle et sa famille, dans l'inconnu et l'angoisse.

Quant à Brigitte, elle restait chez ses parents à Guyotville. Eux ne parlaient pas encore d'échapper à la violence en allant s'installer en métropole, mais ils ne voulaient plus que leur fille reste seule à Alger. Ils avaient peur. C'étaient pourtant des gens ouverts d'esprit. Malgré les troubles et la sauvagerie de l'époque, ils n'empêchaient pas Brigitte de s'entretenir au téléphone avec un jeune Arabe ; c'était proprement inouï dans ce déferlement de violence qui submergeait l'Algérie. Zayn aimait Brigitte et Brigitte aimait Zayn comme on aimait à dix-sept ans. Tous les deux se parlaient au téléphone, lui depuis la boulangerie du père Yborra, elle de chez ses parents. La sensibilité, la finesse et le courage de cette fille si timide en apparence ravissaient Zayn. Il aurait voulu la tenir dans ses bras, faire fi de tous ces préjugés qui l'empêchaient de l'aimer sans retenue, de vivre avec elle une de ces histoires romanesques dont regorgeaient les livres qu'il lisait.

Zayn craignait que, fatigué de cette violence dont on n'entrevoyait pas le terme, le père de Brigitte prît à son tour la décision de mettre sa famille à l'abri. L'adolescent n'avait jamais imaginé que l'indépendance, qu'il espérait et attendait depuis longtemps, adviendrait dans un pareil tourbillon de haine et de cruauté.

Les départs pour la métropole s'accéléraient, de quelques centaines par semaine à la fin de 1961, on était passé à plusieurs milliers par jour depuis l'annonce du cessez-le-feu. Terrorisées par les soubresauts sanglants de l'indépendance désormais inéluctable, des familles entières s'en allaient. Sur le pont des bateaux, ils regardaient Alger disparaître au-delà de l'horizon. Des larmes plein les yeux, ils quittaient ce pays, cette ville, où ils étaient nés, où ils avaient grandi et qu'ils avaient aimés au-delà de la raison. L'Algérie resterait, jusqu'au soir de leur vie, une blessure inguérissable.

**« Sur les bords des fleuves de Babylone, nous étions assis et nous pleurions… » (Psaume 137)**

Maurice errait comme une âme en peine au milieu des décombres. Il n'arrivait pas à y croire. Le salon de coiffure pour hommes à l'angle de la rue Delacroix et du boulevard de la Marne n'était plus qu'un tas de gravats. Il avait sauté au milieu de la nuit. L'OAS n'aimait ni les tièdes, ni les conciliants, ni ceux qui avaient une sympathie marquée pour les Arabes. Maurice Amar avait été puni, mais il aurait aussi bien pu prendre deux balles dans la tête. Et puis, il avait refusé de payer l'impôt-racket que tous les commerçants étaient sommés de verser à l'OAS ; c'était courageux et digne, mais très risqué.

— Qu'est-ce qu'on va devenir ? Comment je vais faire pour nourrir ma famille, maintenant ? C'est mon gagne-pain qu'ils ont fait sauter.

Pierre était là. La patrouille des fusiliers marins qui tentait de maintenir l'ordre dans le quartier l'avait prévenu, ils avaient vu les dégâts en passant ; il était venu aussitôt pour soutenir son ami Maurice.

— Comment je vais faire avec la banque ? J'ai de quoi payer l'échéance d'avril pour l'appartement… mais après ? J'en ai pris pour quinze ans.

— Avec la banque, il doit y avoir moyen de s'arranger, tu n'es pas le premier commerçant à te faire plastiquer.

— Il va falloir que je trouve un boulot en attendant que tout ça soit réparé ! Et le boulot de commis coiffeur ne court pas les rues, je ne sais rien faire d'autre que couper les cheveux.

Les deux hommes se turent. Le portrait d'Alphonse Halimi gisait au milieu des gravats, la photographie du champion de Constantine continuait à sourire comme aux plus beaux jours de ses combats victorieux. Pierre s'en saisit pour la montrer à l'ami Maurice.

— Tu sais que désormais ton idole vit à Paris ? Tu pourrais en faire autant, c'est peut-être le moment de partir et de changer de vie.

— Partir ? Mais tu n'y penses pas ! Je suis un Algérien, un vrai, s'indigna Maurice, en fouillant un peu du côté de mes arrière-grands-parents, je dois bien avoir des ancêtres kabyles, je suis chez moi ici. Et puis, où veux-tu que j'aille ? En France ? Et pourquoi pas en Israël pendant que tu y es ? C'est l'OAS qui m'a plastiqué, je n'ai jamais eu de problèmes avec le FLN et je me suis toujours très bien entendu avec les Arabes. Pourquoi veux-tu que ça change ?

Pierre soupira. Il avait déjà discuté d'un éventuel départ avec Maurice et Rachel, mais les Amar étaient têtus. Pas question de quitter la rue de la Lyre, tout le charivari qui chamboulait Alger finirait par prendre fin. Après le référendum qui devait avoir lieu pour savoir si les Algériens voulaient vraiment être indépendants, tout rentrerait dans l'ordre, le pouvoir à Alger changerait de mains et tout s'arrangerait.

— En signant les accords d'Évian, de Gaulle a été naïf, reprit Pierre, le FLN n'a pas l'intention d'honorer sa parole, les pieds-noirs ne pourront pas rester en Algérie, ils devront partir. Les maximalistes du FLN vont obliger la population européenne à foutre le camp, c'est pour ça qu'ils sèment la terreur dans les rues.

— Naïf, de Gaulle ? Tu veux rire ? C'est un cynique. Depuis qu'il a renoncé au Sahara, il voulait un accord à n'importe quel prix, il savait très bien que les pieds-noirs seraient chassés d'Algérie. C'était le prix à payer pour en finir avec cette guerre dont il ne veut plus entendre parler.

— Naïf ou cynique, ça revient au même, concéda Pierre Lagadec, vous allez être obligés de partir. Le FLN est bien décidé à vous foutre dehors. Cent trente ans de colonisation et des années de guerre ont rendu la réconciliation impossible. Il n'y a pas d'autre issue que le départ pour les pieds-noirs.

— Pour les pieds-noirs, c'est malheureusement inévitable, répondit Maurice, mais je te rappelle que Rachel et moi nous ne sommes pas pieds-noirs…

— Oui, je sais, vous êtes des Juifs d'Algérie, vous êtes ici depuis toujours… Je connais la chanson, mais je crains que votre musique ne soit pas vraiment du goût de ceux qui, au FLN, veulent faire place nette.

— Je viens d'avoir affaire à l'OAS, pour le FLN on verra plus tard si tu veux bien ! Je t'invite à boire une anisette, on ne peut plus s'asseoir en terrasse, mais le Khédive reste ouvert, il faut sonner et le patron vient ouvrir.

Pierre hocha la tête, il ne pouvait s'empêcher d'admirer cette façon qu'avait Maurice d'encaisser les coups durs, de maintenir une sorte de distance entre lui et le malheur. Envers et contre tout, il gardait foi en l'avenir.

— Nous autres, les Juifs d'Algérie, au cours des siècles, on a tout enduré des Musulmans : l'injustice, la taxe prélevée sur les dhimmis, le pillage des synagogues, les émeutes antijuives, les massacres et j'en passe, reprit Maurice, mais on est toujours là, chez nous, avec eux. On est inséparables. Ce n'est tout de même pas une bande d'excités du FLN qui va nous chasser de chez nous !

Il ne servait à rien d'essayer de discuter. Pierre se contenta de soupirer. Boire l'anisette avec Maurice était un de ces incomparables petits bonheurs de sa vie à Alger. Au mois de juillet, son embarquement arriverait à son terme. L'indépendance entrerait en vigueur, il retournerait en métropole, c'en serait fini de ces plaisirs minuscules, de ces discussions à n'en plus finir en regardant fondre les glaçons et en picorant la kémia.

Le ciel d'Alger, l'odeur des premiers jasmins, et sur le boulevard, indifférents à l'agonie de ce vieux monde colonial, les palmiers qui s'agitaient doucement dans la brise si douce du printemps : il allait quitter ce monde de l'Afrique du Nord qu'il avait tant aimé. Pierre en ressentit soudain une grande tristesse.

**« N'élevez pas si haut votre tête,**
**ne parlez pas avec tant d'arrogance ! » (Psaume 75)**

Finalement Julie n'était pas allée à Alger : le cessez-le-feu du 19 mars l'avait privée d'un voyage au soleil. Le rédacteur en chef de son journal estimant que tout était réglé en Algérie, il n'y avait pas lieu d'y dépêcher une journaliste. D'autant que le grand Charles avait décidé de faire approuver sa politique algérienne par un référendum qui ne concernerait que les départements de métropole. Le vieux Général jouait sur du velours, il n'était pas sans savoir que pour les Français c'en était bien fini de l'Algérie, ils en étaient fatigués. L'OAS allait sûrement jouer de l'explosif et de l'assassinat : il risquait d'y avoir du sport et beaucoup d'articles à écrire sur ce qui se passerait à Paris.

André était enchanté. Sa muse restait à une heure de train, il pouvait aller la retrouver le jeudi après-midi ou le dimanche, quand elle était décidée à le voir. C'était tout de même fantastique.

— Je t'aime, avait-il osé un jour qu'ils se retrouvaient et qu'elle avait posé un de ces baisers très doux sur ses lèvres.

— Je sais, avait-elle répondu en le gratifiant d'un sourire irrésistible.

Il faisait beau. Ils avaient marché main dans la main. Ils étaient allés jusqu'au cimetière du Montparnasse qu'elle voulait visiter. Il aurait préféré aller chez elle, dans sa chambrette de la Butte-aux-Cailles, mais c'était elle qui donnait le tempo.

— Quand ils t'écrivent, tes deux copains Jean-Jacques et Zayn te parlent des événements qui ensanglantent Alger en ce moment ?

— Non, jamais, répondit-il après avoir hésité à inventer quelque chose qui aurait donné un peu de relief à sa conversation.

— C'est curieux ! Ils sont au cœur des événements et ils n'en parlent pas ! s'étonna-t-elle. Que peuvent-ils bien te raconter ?

— Tout un tas de trucs, répondit-il, ils aiment bien déconner, raconter n'importe quoi pour me faire marrer.

— Et toi, qu'est-ce que tu leur écris ? Tu leur parles de ce qui se passe ici, de l'OAS et de tout le reste ?

— Non, je fais comme eux, je blague, je leur dis qu'ils me manquent, que j'aimerais bien être encore à Alger avec eux... Ou alors je leur parle de toi !

Ils étaient devant la tombe où reposait Baudelaire en compagnie de sa mère et du général Aupick, son beau-père. Il y avait du monde dans l'allée, beaucoup de curieux venaient voir à quoi pouvait bien ressembler la stèle du sulfureux poète. Ils repartaient déçus, le tombeau était banal, et pour tout dire assez bourgeois.

— Et que leur dis-tu ? voulut-elle savoir.

La question était directe, il fallait se découvrir, risquer de tout perdre pour un mot malheureux. Il osa.

— Je leur dis que je t'aime, que je t'ai aimée quand je t'ai vue pour la première fois aux bains Padovani... Que je voudrais qu'on s'aime... vraiment.

Elle sourit. Dieu qu'elle était belle. Il n'en revenait pas d'avoir été aussi audacieux.

Elle l'attira contre elle, plongea son regard dans le sien et puis l'embrassa. Ce n'était plus un de ces baisers furtifs dont elle le gratifiait depuis un certain temps déjà à chacune de leurs rencontres, mais un vrai baiser, comme ceux qu'échangeaient Tony Curtis et Marilyn Monroe dans *Certains l'aiment chaud* de Billy Wilder ; ils avaient adoré le film tous les deux.

Il allait parler, mais elle lui posa un doigt sur la bouche.

— Allons voir la sépulture de Maupassant, dit-elle. Tu aimes Maupassant ?

— Euh... Oui, bien sûr.

Il ne l'avait guère lu, mais il était prêt à aimer tout ce qu'elle aimait, pour qu'elle l'aimât... vraiment.

Le lycée Bugeaud était fermé la moitié du temps, Brigitte était devenue inaccessible, son ami Jean-Jacques ne circulait pas comme il voulait et il était devenu dangereux de s'attarder sur les plages : Zayn passait donc le plus clair de son temps chez Giovanna. Il aimait la vieille dame, il aimait aussi cette maison biscornue et bancale où il faisait si bon rêver.

Zayn avait entrepris de faire l'inventaire du capharnaüm entassé dans l'atelier de René. La tâche en aurait découragé plus d'un, mais le jeune Messahoud était un opiniâtre. Avec méthode, il avait commencé à classer tous les papiers, à archiver les albums photo, à inventorier les dessins, les aquarelles, les peintures, à mettre un peu d'ordre dans l'entassement des livres accumulés par René au cours de sa vie de lecteur.

Bouchra et Ahmed étaient rassurés de le savoir aux côtés de Giovanna. Chez elle, il était à l'abri de la violence de la rue. Et puis, les parents Messahoud n'oubliaient pas que le père Yborra les avait protégés quand la haine ratonneuse flambait dans les rues d'Alger. Bouchra avait dit à Ahmed que c'était à leur tour de s'occuper de cette vieille dame esseulée. Ahmed avait bougonné, mais il avait fini par en convenir, ils lui devaient bien ça. Les temps étant difficiles, ils veillaient donc à ne jamais laisser trop longtemps Giovanna toute seule.

Jean-Jacques venait rejoindre Zayn à Saint-Eugène. Malgré le danger, il n'était pas question pour le fils Amar de rester enfermé rue de la Lyre. Le mois de mai était là, c'était toujours une splendeur en Afrique du Nord. Le soleil n'avait pas encore tout grillé, la nature était pimpante et aimable, l'odeur des jasmins et des fleurs précoces entêtait les passants, la mer était là, tout proche et qui vous appelait, il était impossible d'y résister.

Depuis le plasticage du salon de coiffure, Rachel voulait que Jean-Jacques restât à l'abri de l'appartement et qu'il ne mît plus le nez dehors. Elle pleurait, elle suppliait son fils de rester à l'abri, de ne pas aller tenter le diable. Jean-Jacques la consolait, la rassurait du mieux qu'il pouvait, mais il sortait quand même. C'était plus fort que lui, il voulait vivre, respirer, profiter de ce printemps qui donnait toute sa mesure, et ne plus penser aux luttes féroces qui déchiraient la ville.

Le soleil déjà ardent faisait enrager les amateurs de plage. Même pressées et inquiètes, les filles dans les rues avaient déjà le teint hâlé et leurs robes légères se soulevaient dans la brise. La situation était dramatique, on risquait le mitraillage à tout moment, on avait peur, mais de temps en temps, on pouvait avoir la tête en fête et le cœur léger.

Quand ils se retrouvaient, Zayn et Jean-Jacques commençaient par se lamenter. La faillite de leurs amours leur semblait insupportable, mais quand ils avaient fini de se considérer comme les deux garçons les plus malheureux au monde, ils riaient, ils imaginaient de bientôt retrouver la plage, ou de retourner au cinéma. Ils écrivaient à la manière de San-Antonio des lettres croustillantes et drôles à André qu'ils appelaient *Le Déserteur* en faisant référence à la chanson de Boris Vian, interdite de diffusion pour antipatriotisme, mais que tout le monde connaissait.

Ils voyaient aussi venir cette fichue première partie du bachot qui approchait à grands pas. Malgré leur année scolaire intermittente, ils avaient fait preuve de bonne volonté, ils avaient essayé de se maintenir tant bien que mal à niveau, mais ils n'étaient pas prêts. Zayn et Jean-Jacques ne s'en faisaient pas trop, en ce joli mois de mai, à Alger, personne n'avait la tête aux examens.

Chez les Européens, il fallait survivre et surtout se décider : céder au désespoir, braver l'OAS et partir, ou bien s'accrocher, espérer, croire, envers et contre tout, qu'un avenir était encore possible en Algérie, et rester.

Giovanna préparait un goûter aux deux garçons, comme autrefois, quand René tenait le trio des inséparables en haleine avec les récits fantastiques de ses voyages autour du monde. Zayn et Jean-Jacques prenaient toujours autant de plaisir à manger les gâteaux au miel préparés par la vieille dame et à se servir de grands verres de la citronnade maison ; ils arrivaient à cet âge où on découvrait la nostalgie en même temps que la musique un peu triste des souvenirs. Ce n'était qu'un début, viendrait plus tard le temps des regrets. Ils vivaient les convulsions d'un monde ancien en train de disparaître. C'était étrange d'être réfugiés là, dans cette maison hors du temps, loin du bruit et de la fureur, à attendre la fin de la tourmente.

L'accouchement de l'Algérie nouvelle était une tragédie de grande ampleur. Claire restait très attentive aux soubresauts sanglants qui accompagnaient ce dernier acte de la marche vers l'indépendance. Le goût d'Alger, l'émerveillement devant ce monde déjà oriental, le bonheur des jours passés sous le grand soleil de l'Afrique du Nord autant que la beauté secrète de la ville de ses amours seraient pour longtemps sa blessure intime, inguérissable, la nostalgie à laquelle elle s'efforcerait de ne jamais céder.

Malgré la presse surveillée et censurée, elle parvenait à se faire une idée assez juste de ce qui se passait là-bas. Claire en parlait souvent avec Marie-Jeanne. Les deux anciennes des dimanches après-midi de Saint-Eugène étaient devenues inséparables, elles se voyaient presque tous les jours. Pierre envoyait deux ou trois fois par semaine de longues lettres à sa femme et à son fils ; il relatait la dégradation continue de la situation à Alger, la terreur des Européens victimes de la folie furieuse de l'OAS et de la pression du FLN qui voulait les faire partir. Il racontait aussi l'incompréhension de beaucoup de Musulmans que ces tueries révulsaient. Marie-Jeanne partageait toutes ces informations avec son amie.

— Je me demande bien ce que fait Belkacem au milieu de toute cette barbarie, s'interrogeait Claire, il avait tellement changé à la fin. Il n'était plus ce garçon ouvert et subtil que j'avais connu au début de notre relation.

Le référendum sur l'indépendance avait eu lieu un mois plus tôt. Plus de quatre-vingt-dix-neuf pour cent des Français avaient approuvé la politique du général de Gaulle et souhaité se débarrasser de cette Algérie où stationnaient encore des dizaines de milliers de jeunes appelés.

— Il suit son chemin, répondit Marie-Jeanne, tu n'y peux plus rien !

— Il est entré dans la clandestinité en 1955, continua Claire, je me dis qu'il doit être maintenant incapable de vivre comme tout le monde, la guerre est en lui, c'est comme une maladie qu'il aurait contractée. Ça s'est vu en France après-guerre, des types qui ne supportaient plus de vivre en paix…

— C'est vrai, Pierre en a connu beaucoup en Indochine, des malades de la paix… ou de la guerre… Très peu en sont revenus.

— Belkacem est peut-être mort à l'heure qu'il est, reprit Claire en attrapant sa Rizlène au passage et en la perchant sur ses genoux, il m'a offert ce que l'Algérie avait de plus beau à offrir, la plus belle et la plus fantastique petite fille du monde.

Claire couvrit Rizlène de bisous gourmands. La gamine protesta et se débattit en riant, elle voulait jouer par terre avec ses cubes. C'était une enfant très vive, magnifique, brune, avec des cheveux bouclés, des yeux noisette et un teint légèrement cuivré qui trahissait son origine.

— Plus tard, tu lui diras ? Tu lui parleras de son père ?

— Elle voudra savoir, tous les enfants veulent savoir d'où ils viennent, de quelle histoire ils sont le fruit, je ne me déroberai pas !

— Et si elle veut connaître son père ? Ou même la famille de son père ? voulut encore savoir Marie-Jeanne.

— Je n'y ai pas réfléchi, mais ce serait une demande légitime, nous verrons bien quand elle sera grande ! J'aviserai à ce moment-là, répondit Claire, pour l'instant nous sommes très heureuses toutes les deux.

## « Il n'y a pas de sot métier, il n'y a que de sottes gens »

Heureusement, Pierre Lagadec l'avait tiré d'affaire. Parce que c'était à croire qu'à Alger les cheveux et les barbes attendaient la fin de la barbarie qui déchirait la ville pour se remettre à pousser. Avec courage, dès le lendemain de la dévastation de son salon de coiffure, Maurice s'était mis en quête d'un emploi de commis coiffeur.

Il avait visité quelques-uns de ses confrères pour proposer ses services. On l'écoutait poliment, il racontait ses malheurs : son salon de coiffure pulvérisé par l'OAS, l'assurance qui refusait de couvrir les dégâts causés par un attentat, les mensualités de l'appartement de la rue de la Lyre à rembourser et – il insistait surtout là-dessus – la nécessité absolue où il était de trouver, au plus vite, un emploi pour ne pas crever de faim.

On se lamentait avec lui sur la dureté des temps, sur la situation qui se dégradait de jour en jour, on compatissait, mais on n'avait besoin de personne. Chez tous les patrons coiffeurs, ce n'était pas le moment d'embaucher vu que la clientèle fondait à vue d'œil.

Maurice était chaque jour un peu plus inquiet : même en étant très parcimonieux, ses petites économies n'allaient pas permettre à sa famille de tenir bien longtemps. Il en faisait des cauchemars, il se voyait jeté à la rue ou condamné à la prison pour dette, ou encore réduit à la mendicité. C'était terrible, d'autant qu'il s'efforçait de conserver son bel optimisme pour ne pas affoler Rachel qui était déjà bien assez angoissée comme ça.

Il commençait à désespérer quand Pierre lui avait donné rendez-vous quai d'Arcachon, à l'entrée de la gare maritime. Le maître principal Lagadec connaissait un ancien officier de marine qui occupait un poste important à la direction de la Transat à Alger. Il lui avait demandé s'il n'aurait pas un emploi de bureau disponible pour un homme de bien, efficace et compétent. L'affaire s'était réglée sur-le-champ : Maurice, ancien patron coiffeur, était devenu agent surnuméraire à la distribution des titres de transport pour les candidats au départ. C'était bien le seul genre d'emploi qu'on pouvait trouver à Alger à ce moment-là.

— Il y a tellement de gens qui veulent ficher le camp qu'on est complètement débordés, lui avait dit le chef de bureau en lui expliquant ce qu'il avait à faire. Même si les passagers font la traversée sans payer, il faut quand même les enregistrer pour savoir qui est à bord.

— En effet, avait répondu Maurice un brin ironique, c'est très important.

— Imaginez que le bateau coule ! C'est déjà arrivé, faut bien connaître le nom des disparus !

— Ceux-là n'auraient vraiment pas de chance, l'interrompit le nouvel agent surnuméraire, se faire foutre à la porte de chez soi pour finir noyés ! Y en a qui les accumulent…

Maurice retrouvait la forme. Il valait mieux parce que son travail était particulièrement déprimant. Il allait voir, un par un, tous ces gens qui attendaient dans le grand hall de la gare maritime, il inscrivait leur nom sur un bordereau ainsi que le numéro de leur carte d'identité et leur délivrait le billet qu'ils devraient présenter pour embarquer. Tous étaient exténués, ils étaient là depuis la veille, entassés à attendre avec leur maigre bagage. Les enfants pleuraient, les parents et les vieux serraient les dents, accablés de tristesse et de désespoir : ils ne partaient pas, on les chassait.

Quoi qu'il pût penser des pieds-noirs, de leur aveuglement, de leur incohérence ou de leurs erreurs, Maurice était bouleversé par toute cette épouvantable détresse. Ce n'était pas des exploiteurs de la misère arabe ou des gros colons enrichis en faisant « suer le burnous » qui s'en allaient, ce n'était que des modestes, des gens de peu qu'on avait trompés, manipulés et finalement laissés tomber.

La chaleur était étouffante sous la grande verrière. Il y avait des soldats en armes partout, c'était à se demander si l'armée se méfiait des misérables candidats à l'exil ou si elle les protégeait de l'OAS qui leur refusait le droit de partir.

En remplissant ses bordereaux, Maurice essayait d'avoir un mot de consolation pour les uns et les autres. Parfois, il arrachait, ici ou là, un sourire résigné.

En rentrant chez lui, il était épuisé et déprimé.

— J'ai toujours cru à l'indépendance de l'Algérie, dit-il à Rachel, mais je ne pensais pas que ça se terminerait comme ça !

— Et comment voulais-tu que ça se termine ?

Il prit le temps de réfléchir avant de répondre à sa femme.

— J'en sais rien, finit-il par dire.

**« Ils erraient dans le désert,
ils marchaient dans la solitude,
sans trouver une ville où ils pussent habiter. »
(Psaume 107)**

Ahmed était devant la vitrine, les bras croisés, le regard farouche. La colère faisait saillir les veines de son cou. Les autres n'osaient plus approcher. Derrière Ahmed, le père Yborra épongeait avec un mouchoir le sang qui coulait de son front.

Des jeunes, presque encore des gamins, n'osaient plus bouger. Excités par la prochaine indépendance – le référendum algérien était annoncé pour le 1er juillet –, ils avaient trouvé malin de jeter des pierres sur la vitrine de la boulangerie. Le père Yborra était sorti pour leur faire la leçon et protéger son magasin, mais il avait été accueilli par une volée de cailloux lancés depuis la rue. Un projectile l'avait atteint en plein front, ce n'était pas grave, mais il saignait abondamment.

Depuis le fournil, Ahmed avait entendu les pierres et les cris, il était allé voir ce qui se passait : le père Yborra, aveuglé par le sang, tentait de faire face à la meute. Le commis boulanger était sorti en furie sur le trottoir, il avait protégé son patron et avait vertement interpellé ses agresseurs en arabe, les menaçant d'une bonne raclée s'ils ne décampaient pas immédiatement.

Ahmed était impressionnant : grand, costaud, tout en muscle à force de trimbaler des sacs de farine, personne n'avait envie d'avoir affaire à lui tant il était en colère. Les trublions se replièrent prudemment.

La blessure était superficielle, un pansement eut tôt fait d'empêcher le sang de couler.

— Je vais partir, Ahmed, je vais faire comme les autres.

Le père Yborra parlait lentement, sans colère. Il était grave, l'incident qu'il venait de vivre lui avait ouvert les yeux. Ahmed s'était remis au travail, sa colère était tombée.

— L'Algérie ne veut plus de moi, reprit le boulanger, je suis vieux, j'ai fait mon temps.

— Arrête de dire des conneries, chef, qui va faire le pain si tu t'en vas ? Et puis il faut un patron ici, il faut toujours un patron pour que ça marche, et à la boulangerie, le patron, c'est toi !

Il y eut un long silence. Ahmed s'était remis au travail comme pour signifier qu'il n'avait pas envie de discuter avec le père Yborra. Le commis s'employait à remuer toute la gamellerie du fournil et à faire du bruit. Le vieux attendit patiemment la fin du charivari.

— Non, Ahmed, à partir de maintenant, le boulanger, c'est toi !

— C'est impossible, je ne suis pas capable d'être un patron, répliqua l'ouvrier.

— Je vais m'en aller, Ahmed, c'est toi qui vas faire le pain pour tout le quartier : c'est ça l'indépendance, faire son pain soi-même, et toi, je suis sûr que tu feras du très bon pain parce que tu es honnête, courageux et que tu connais parfaitement le métier.

Ahmed était désarçonné par ce que lui annonçait son patron, il n'avait jamais imaginé une pareille situation : c'était une vraie catastrophe, il ne se voyait pas tenir la boutique, faire les comptes, les commandes ou décider des quantités de pâte à pétrir. Toute sa vie, il avait obéi.

— J'y arriverai jamais, patron, tu peux pas partir comme ça !

— Tes filles sont débrouillardes, elles tiendront la boutique, ton Zayn est malin, il s'occupera des commandes, au début ça sera un peu difficile, mais vous allez y arriver… J'ai confiance en toi.

Le pauvre Ahmed se tordait nerveusement les mains, il essaya encore d'argumenter pour retenir son patron :

— Mais tu vas aller où si tu t'en vas ? T'as jamais mis les pieds en métropole. Et puis tu vas faire comment pour les sous ?

— T'en fais pas, je vais avoir ma retraite d'artisan boulanger, c'est pas beaucoup, mais je n'ai pas besoin de grand-chose, fit le père Yborra d'un ton qu'il voulait léger. J'ai un neveu à La Rochelle, il m'a écrit qu'il pourrait m'héberger en attendant de me trouver un logement.

— C'est où, La Rochelle ? voulut savoir Ahmed.

— C'est loin, il fait froid en hiver, mais il y a la mer… Tu sais, les Algériens ne veulent plus de moi, mais je ne suis pas vraiment Français non plus, je suis plutôt Espagnol. En fait, je ne suis plus chez moi nulle part... La Rochelle ou ailleurs, ça n'a aucune importance.

— Alors, reste ici, plaida encore Ahmed, tu es chez toi, même si l'Algérie est indépendante.

— Non, Ahmed, il faut tourner la page, la France n'a pas su apprivoiser l'Algérie, c'est fini, on s'en va, c'est dans l'ordre des choses.

Ahmed avait les bras ballants. Ça ne lui arrivait jamais de ne rien faire, mais l'émotion le paralysait, de grosses larmes coulaient sur ses joues.

— Il n'y a pas besoin de réserver son passage, mais il faut arriver très tôt à la gare maritime pour pouvoir embarquer. Je vais préparer ma valise, je partirai de bonne heure, je demanderai à la patrouille des fusiliers marins de me descendre jusqu'au port, ils me connaissent, quand ils s'arrêtent devant la boutique, je leur offre les croissants. Adieu, fils…

Le père Yborra aussi pleurait, tout était dit, il n'y avait plus place que pour les larmes et le silence.

**« Et sur ton livre étaient tous inscrits**
**Les jours qui m'étaient destinés**
**Avant qu'aucun d'eux existât » (Psaume 139)**

Les accords d'Évian étaient accompagnés d'une clause d'amnistie générale et de libre circulation pour les membres du FLN. Le référendum prévu en juillet scellerait l'indépendance effective de l'Algérie, mais en attendant, la police et l'armée française restaient garantes de l'ordre public ; l'une comme l'autre avait fort à faire pour tenter d'endiguer la haine qui menaçait de tout submerger d'un torrent de sang.

Belkacem était donc sorti de la clandestinité même s'il n'avait pas repris contact avec les siens. Pour lui, la guerre était loin d'être terminée, mais désormais il voulait agir au grand jour, à visage découvert. Le combat contre l'OAS continuait, et au sein du FLN la lutte pour le pouvoir s'était intensifiée, ce n'était pas le moment de s'endormir.

— La police française nous a communiqué les coordonnées d'un commando OAS qu'elle a réussi à infiltrer, commença Belkacem, c'est à nous de les éliminer… Ils empêchent les Européens de partir en métropole, ils veulent qu'ils restent en Algérie.

— On collabore avec la police française, maintenant ! s'exclama le lieutenant.

— On ne collabore pas avec la police, on organise la transition, répondit Belkacem, nous allons faire la preuve que nous sommes les maîtres chez nous !

— L'OAS qui empêche les roumis de partir, c'est l'affaire des roumis, lança un autre clandestin, ça ne nous regarde pas !

Les combattants du groupe étaient las, ils voulaient rentrer chez eux, retrouver leur famille, peut-être oublier cette guerre qu'ils considéraient comme terminée. L'indépendance était à portée de main, ils n'avaient plus envie de se battre. Quant aux luttes féroces pour s'emparer du pouvoir, ce n'était plus leur combat. Belkacem toisa ses compagnons de lutte qu'il sentait lui échapper.

— Si, c'est notre affaire, si on veut que les roumis s'en aillent tous en France ou ailleurs, il ne suffit pas de leur faire peur, nous devons les aider en éliminant ceux qui les empêchent de partir ; c'est pour ça qu'on doit travailler avec la police française…

— On a l'indépendance, reprit un autre, on protège les nôtres, mais on laisse les roumis se débrouiller entre eux… Ils finiront bien par partir parce que bientôt ils ne seront plus les maîtres chez nous. Qu'est-ce que tu veux de plus ?

Belkacem était très agacé par la contradiction même s'il n'en laissait rien paraître : au train où allaient les choses, ses hommes ne tarderaient pas à mettre aux voix ce qu'il convenait de faire ou de ne pas faire.

— Et puis moi, lança un nouvel intervenant, je n'ai pas confiance dans la police française, si ça se trouve c'est un piège.

En fait, tous avaient un avis sur la question et voulaient qu'il fût entendu. Belkacem ne voyait pas du tout les choses comme ça, il avait l'habitude de décider et les autres suivaient sans discuter. La fin de la clandestinité changeait la donne. Désormais, ceux qui avaient affronté la police et l'armée française à ses côtés estimaient avoir voix au chapitre. Ils s'étaient battus pour l'indépendance, mais aussi pour la liberté et la démocratie.

La guerre finie, Belkacem envisageait d'entrer dans l'arène politique algérienne ; pour commencer, il avait bien l'intention de se faire entendre dans le combat déjà engagé pour la conquête du pouvoir. Il avait besoin de cette opération contre l'OAS pour être reconnu comme un des leaders de la lutte anticoloniale à Alger. Elle lui permettrait d'exister politiquement.

— Ce sera notre dernier combat tous ensemble, leur annonça-t-il, ensuite, nous dissoudrons le groupe, je vous rendrai votre liberté. Je continuerai seul, ou avec ceux qui voudront me suivre.

Tout le monde se mit à parler en même temps, les hommes se concertèrent. Belkacem se tenait soigneusement en dehors des conciliabules, il était plus qu'énervé par cet exercice démocratique appliqué au domaine de l'action. C'était son lieutenant qui menait la fronde, depuis longtemps déjà le lien de confiance était rompu. Après qu'il eut questionné les uns et les autres, l'homme finit par prendre la parole :

— C'est d'accord, Belka, on marche cette fois encore, mais après, terminé. Tu te débrouilleras sans nous pour mener ta guerre personnelle contre les roumis.

Belkacem ne les remercia pas, il se contenta de hocher la tête. Déjà, il envisageait les détails de l'opération.

Maurice Amar avait pris son service à quatre heures du matin. Le *Ville de Tunis* accosterait vers huit heures et appareillerait vers onze heures. Les quatre paquebots de la Transat assuraient une noria presque ininterrompue avec la France, ils arrivaient presque vides et repartaient avec leur contingent de pieds-noirs.

Le père Yborra était là, solitaire, un peu perdu, assis sur sa valise ; comme des milliers d'autres gens, il attendait.

— Qu'est-ce que vous faites là ? s'étonna Maurice en le voyant. Les habitants de Saint-Eugène ne vont pas avoir de pain ce matin !

— C'est Ahmed qui va s'occuper du pain, moi je fais comme tout le monde, je vais me faire pendre ailleurs.

Maurice était ébranlé, jamais il n'avait imaginé qu'un type comme le père Yborra pût quitter son commerce pour s'en aller finir ses jours en métropole. Tout le monde l'aimait dans son quartier, les Arabes avaient de l'estime et de l'amitié pour lui, il faisait crédit aux Européens pauvres, il rendait service aux uns comme aux autres, il était boulanger depuis si longtemps qu'on ne se souvenait pas d'un autre boulanger avant lui en bas de Saint-Eugène.

— Je n'ai pas eu le courage d'aller dire adieu à Giovanna Guivarch, reprit-il, vous irez lui dire que je suis parti, je compte sur vous !

— Ça vous a pris comme ça, d'un seul coup ? demanda encore Maurice.

— En fait, je ne pars pas, je m'enfuis. Il faut se rendre à l'évidence, ça me fait mal au cœur de le dire, mais l'Algérie, c'est fini, Maurice…

— Non, ça commence pour l'Algérie ! Il va y avoir une période de troubles au début, mais c'est normal, il faut laisser le temps au nouvel État algérien de s'installer…

Maurice n'avait pas fini sa phrase qu'un fracas de mitraillage retentit, amplifié par la haute voûte du grand hall. Instinctivement, tous ceux qui étaient entassés sous la verrière en attente d'embarquement se jetèrent au sol pour s'abriter d'un éventuel arrosage au fusil-mitrailleur. Mais c'était à l'extérieur de la gare maritime que ça se passait. Sur le quai d'Arcachon, un commando d'Européens, vraisemblablement appartenant à l'OAS, échangeait des tirs d'armes automatiques avec un groupe d'activistes du FLN. Les militaires qui assuraient la sécurité avaient bouclé le grand hall, mais se gardaient bien d'intervenir. Tous ces jeunes soldats étaient des appelés qui n'aspiraient qu'à rentrer chez eux, ils savaient qu'on était tout proche de la fin de cette foutue guerre, ce n'était pas le moment d'aller ramasser une balle perdue.

Les membres de l'OAS n'étaient guère que cinq ou six, c'étaient des types aguerris, probablement d'anciens militaires, ils savaient se battre, ils se repliaient vers les baraquements et les bureaux des compagnies de transport maritime construits en arrière du quai. En face, les combattants du FLN étaient plus nombreux, eux aussi avaient du métier, ils avançaient avec méthode, sans hâte, sûrs de leur fait.

Soudain, les tirs cessèrent, ce fut oppressant, le mitraillage avait été presque rassurant.

— Les tueurs de l'OAS connaissent les lieux, ils ont dû s'enfuir par l'arrière du bâtiment, fit remarquer Maurice, ils avaient sûrement des voitures garées à côté pour s'échapper.

— Ils devaient mijoter un coup tordu contre la gare maritime, pour décourager les pieds-noirs de partir, répondit le père Yborra. Pour une fois, le FLN a protégé des Européens, on ne va pas lui en faire le reproche.

Sur le quai, les combattants du FLN progressaient prudemment vers le petit immeuble où avaient disparu les types de l'OAS ; peut-être y étaient-ils encore cachés. Trois hommes le contournaient pour l'investir

sur le brancard était très grièvement blessé. Une ambulance militaire le conduirait dès que possible à l'hôpital Mustapha.

— Il faudrait prévenir Ahmed et Bouchra, dit l'ancien boulanger. Les pauvres, ils ont déjà perdu un fils… J'espère que celui-là va s'en sortir.

— Je vais m'en occuper, dit Maurice, je finis à midi. Je connais un peu Ahmed et sa femme, j'irai les voir.

Le père Yborra était bouleversé, mais il voulait toujours partir. Maurice lui délivra un billet pour pouvoir monter à bord du *Ville de Tunis* en partance pour Marseille.

— Alger est devenue trop cruelle, je veux vivre en paix, loin de tous ces meurtres et de tous ces chagrins… Un jour, vous aussi vous partirez, Maurice…

— Non, moi je mourrai en Algérie, chez moi. Vous savez, Monsieur Yborra, un jour, je serai propriétaire ici à Alger… quand j'aurai fini de rembourser notre appartement.

— Moi aussi j'étais propriétaire, j'avais une boulangerie à Saint-Eugène…

Il ne fut pas facile de retrouver Belkacem tant l'afflux des blessés et des morts submergeait les services de l'hôpital Mustapha. Bouchra et Ahmed n'y seraient jamais arrivés sans l'aide opiniâtre de Zayn et de Maurice.

Médecins, infirmières ou personnel administratif paraient au plus pressé, les Messahoud et Maurice furent baladés d'un bout à l'autre de l'immense bâtiment et des pavillons annexes où se concentraient toutes les souffrances et toutes les tragédies de ces dernières semaines de la présence française en Algérie. Ils finirent par dénicher Belkacem dans une salle où, avec quelques autres grands blessés, il hésitait entre continuer à vivre et sombrer dans le néant. Dans la même chambre, des hommes râlaient, geignaient et s'agitaient, mais Belkacem, assommé par la morphine, dormait presque paisiblement. Son visage avait la pâleur cireuse de la mort, mais sa poitrine se soulevait irrégulièrement, il respirait avec difficulté.

Bouchra pleurait, elle parlait en arabe à l'oreille de son fils, c'était à la fois une prière, une lamentation et une supplication, mais s'il l'entendait, il était bien incapable de le lui faire savoir. Ahmed avait posé sa main sur celle du moribond, comme si par ce contact, il avait voulu faire passer un peu de sa propre vie dans celle de son fils. Zayn, à côté de son père, appelait doucement son frère, peut-être pour lui signaler que lui aussi était là et qu'il voulait qu'il revienne parmi les vivants, qu'il ne se laisse pas emmener dans le vide infini de l'éternité.

Maurice se tenait en retrait. Ces retrouvailles sur le seuil de la mort le bouleversaient, la détresse de ces trois êtres qui s'acharnaient à espérer, à croire que la vie serait la plus forte lui tirait des larmes de compassion. Il lui revenait de son enfance de vagues bribes de prières qu'il récitait comme un mantra doté du pouvoir magique de faire vivre ce garçon qu'il ne connaissait pas.

Quand un infirmier vint leur signifier que la visite avait assez duré, qu'ils devaient partir, Maurice aida Ahmed à détacher Bouchra de son fils. Lui aussi parlait arabe, il trouva au fond de lui des trésors de délicatesse et de bonté pour la conduire hors de la salle mouroir où l'esprit de son fils errait aux confins extrêmes de la vie.

— Vous savez où il se trouve maintenant, vous pourrez revenir le voir demain, il ira peut-être mieux, il vous a entendus, il vous fera peut-être comprendre qu'il a décidé de vivre !

Maurice n'y croyait pas vraiment, mais il fallait dire quelque chose pour rompre l'enfermement de Bouchra dans le silence du désespoir.

— Merci.

C'était un des quelques mots de français qu'elle connaissait, elle l'adressait à ce Juif, ce presque roumi qui faisait preuve de tant d'humanité.

Les visites étaient terminées, Maurice repartit vers Bab El Oued, les Messahoud s'en allèrent avec leur chagrin vers Saint-Eugène. Quant à Zayn, sans rien dire à personne, il revint vers l'hôpital. Il se fit discret, se faufila, profita de l'affolement général et de l'arrivée d'une nouvelle fournée de blessés, et sans se faire remarquer, il parvint jusqu'au lit occupé par son frère. Il le fallait.

Zayn se mit à genoux, sa bouche était tout proche de l'oreille de Belkacem, il pouvait chuchoter, mélanger l'arabe et le français et n'être entendu que de son frère.

— Je te demande pardon, Belka. Un jour tu m'as demandé si j'avais des nouvelles de Claire Deleuze, je t'ai dit que non, je ne sais pas pourquoi, mais je t'ai menti. Claire a mis au monde une petite fille, ta fille, elle s'appelle Rizlène. Il faut que tu vives pour faire sa connaissance, tu ne peux pas t'en aller comme ça, sans qu'elle sache qui est son père. Je t'ai amené une photo, c'est Giovanna qui me l'a donnée, tu sais, c'est cette dame roumi qui habite sur le boulevard à Saint-Eugène, je sortais de chez eux quand on s'est parlé la dernière fois, à la fin je t'avais dit que tu étais fou !

Belkacem ne bougeait pas, sa respiration était bruyante, il cherchait de l'air. Zayn réussit à glisser la photo de Rizlène sous la chemise de son frère, à la place du cœur. Et puis il recommença à chuchoter, ce qu'il avait à dire à son frère était très intime, il avait pris sa main dans la sienne.

— Si je t'avais dit la vérité, peut-être que tu aurais laissé tomber le combat pour l'indépendance, tu serais parti en France pour voir ta fille et la femme que tu aimais, tu aurais échappé à l'OAS. Tout ce qui t'est arrivé est ma faute. J'aimerais tant que tu me pardonnes.

Zayn sentit la main de Belkacem se crisper. Il se tut. Le blessé avait les yeux ouverts ; se pouvait-il qu'il eût entendu ce que son frère venait de lui dire ? Un fol espoir agita le cœur de l'adolescent, Belkacem semblait vouloir parler, il s'approcha tout près pour recueillir ce mince filet de voix.

— Zayn… mon frère, je t'aime… beaucoup.

**Il faut que vous sachiez…**

J'ai beaucoup hésité avant de vous écrire. J'ai demandé leur avis à Jean-Jacques et à André. Eux n'ont pas hésité, ils m'ont dit que je ne pouvais pas rester dans l'incertitude. Je leur accorde la confiance qu'on accorde à ses frères ; vous le savez, nous sommes frères depuis la sixième. Jean-Jacques m'a dit de vive voix, et André au téléphone, que je devais vous faire part de ce qui me préoccupe, que je ne pouvais pas sans cesse reculer et que je n'avais pas le droit de garder pour moi ce que je crois être la vérité.

J'ai hésité aussi parce que je ne voudrais pas que mon indiscrétion ternisse le souvenir que vous gardez de moi et que vous m'en vouliez de m'occuper de ce qui ne me regarde pas. Mais j'ai promis à André et à Jean-Jacques que je ne me déroberai pas.

Depuis déjà un certain temps, je suis hanté par l'idée que votre petite Rizlène est la fille de Belkacem. J'ai pu accompagner les derniers instants de mon frère.

Très grièvement blessé, il n'avait déjà plus la force de parler. Je lui ai tenu la main, je l'ai supplié de vivre pour qu'il connaisse sa fille un jour, mais la mort l'a emmené, il n'a pas pu me répondre.

Comprenez-moi, Claire, si mon frère était le père de votre fille, il l'ignorait, c'est moi qui le lui aurais appris sur son lit de mort. Mais je ne suis pas sûr qu'il m'ait entendu.

Il se peut aussi que je fasse fausse route, que je fabule et que je sois en train de bâtir un roman, parce qu'un jour, mon frère m'a demandé si j'avais de vos nouvelles alors qu'il n'avait, a priori, aucune raison de vous connaître. Parfois j'ai la certitude que Rizlène est bien la fille de Belkacem, mais d'autres fois je doute. C'est terrible de ne pas savoir, parce que mes deux frères aînés sont morts, il ne subsiste rien ni de Chérif ni de Belkacem.

Si Rizlène est bien la fille de Belkacem, il ne sera pas tout à fait mort, il continuera à vivre à travers cette petite fille.

Je n'ai partagé ce secret qu'avec André et Jean-Jacques en qui vous pouvez avoir une confiance totale, nous n'avons tous les trois qu'une seule parole. Nous respecterons votre volonté si vous estimez devoir garder pour vous seule le secret de la naissance de Rizlène.

Je n'ai pas fait part de mes doutes à mes parents. La mort de Belkacem les a, une nouvelle fois, plongés dans la peine et le désarroi. Ils ont donné deux fils pour l'indépendance de l'Algérie. Au soir du référendum qui marquera la naissance de l'Algérie nouvelle, le 1er juillet prochain, mon père et ma mère ne sortiront pas dans les rues pour crier leur joie d'être enfin libérés de l'emprise de la France, ils auront bien trop de chagrin.

En attendant, nous vivons encore des moments terribles à Alger, la ville est en proie à une barbarie inimaginable. C'est la guerre de tous contre tous, Belkacem et ses compagnons d'armes ont été victimes de la lutte entre le FLN et l'OAS.

Jean-Jacques et moi avons tout de même passé la première partie du bac, nous attendons les résultats. André nous a dit qu'il avait très bien réussi. Nous ne savons pas encore comment se passera la rentrée de septembre, ni même s'il y aura une rentrée au lycée qui ne s'appellera plus le lycée Bugeaud. Ce qui est certain, c'est qu'il risque de manquer beaucoup d'élèves européens à l'appel. De nombreuses familles ont attendu la fin de l'année scolaire pour fuir l'Algérie. C'est à peine croyable, mais Alger est en train de se vider complètement de sa population européenne. Je suis content que vous, Marie-Jeanne et André ne soyez plus à Alger, par les temps qui courent, il est dangereux de mettre le nez dehors.

Il avait encore aligné quelques banalités, comme s'il avait voulu rendre sa missive anodine. Zayn avait longuement hésité quant à la meilleure façon de conclure sa lettre. Il osa finalement un : « Je vous embrasse, vous et votre petite Rizlène. »

Claire replia la lettre qu'elle venait de recevoir d'Algérie, elle était pâle, ses mains tremblaient. Belkacem était mort, il avait respecté sa volonté de rupture totale, mais il avait tenté d'avoir de ses nouvelles. Ils s'étaient aimés, elle était trop bouleversée pour pouvoir répondre tout de suite à Zayn. Mais elle savait qu'elle lui répondrait.

Depuis peu, les Lagadec avaient le téléphone, elle appela André, elle voulait le voir sans tarder.

Rizlène chantait à tue-tête, en la mimant, une comptine que lui avait apprise sa grand-mère :

Papa l'a dit (on touche le pouce)
Maman l'a dit (l'index)
Grand frère l'a dit (le majeur)
Grande sœur l'a dit (l'annulaire)
Doudou l'a dit (l'auriculaire)
L'école, c'est parti
Youpi ! (les 2 mains en l'air)

— Chante avec moi, maman ! implorait la petite.

Elle se demandait bien pourquoi ce soir-là sa maman ne voulait ni jouer ni chanter.

**Terminé pour la machine et la barre…**

Le maître principal Lagadec n'avait pas sommeil, son second était de quart, mais il était à sa passerelle, debout à côté du timonier. Il regardait la mer, la météo n'annonçait rien de particulier, ce serait une navigation sans histoires, mais le sous-officier avait le cœur gros. Le *Cap-Ferrat* avait appareillé quelques heures plus tôt, en fin d'après-midi, il faisait route vers Toulon. Il allait être désarmé avant d'être remorqué jusqu'à un chantier de démolition pour être ferraillé.

Quant à Pierre, il bénéficierait d'une longue permission familiale avant de regagner le dépôt de Brest où il attendrait une nouvelle affectation. Peut-être ferait-il valoir son droit à la retraite ; il y pensait.

Au sortir de la rade, Pierre Lagadec avait fait piquer plein est avant de prendre son cap vers la France. Ce 14 juin 1962, il voulait que son bateau, pour son dernier voyage, fît à rebours la route de l'escadre du commandant de la flotte, le vice-amiral Duperré qui avait mouillé ses ancres devant la plage de Sidi-Ferruch le 14 juin 1830. Il avait aimé l'Algérie, l'homme de devoir qu'il était ne pouvait pas laisser passer cette date symbolique sans la célébrer à sa façon.

Les Algériens devaient se prononcer le 1er juillet 1962 par référendum sur l'indépendance de l'Algérie. Le résultat ne faisant guère de doute, la marine avait commencé son déménagement. Le démantèlement des installations de l'Amirauté devait être rondement mené, les nouvelles autorités avaient hâte de faire flotter le drapeau vert et blanc frappé du croissant et de l'étoile rouge sur la vieille forteresse barbaresque. Il fallait amener le pavillon tricolore, le temps était venu de rendre aux Algériens les clés de leur histoire.

La veille, Pierre s'était rendu à Saint-Eugène, il avait fait ses adieux à Giovanna. La situation chaotique à Alger laissait la vieille dame indifférente : tout juste s'étonnait-elle de voir tout le monde ficher le camp en métropole.

Ahmed et Bouchra étaient venus avec les Amar dire au revoir à Pierre. Zayn et Jean-Jacques étaient là aussi. Ils avaient fait une petite fête toute simple, mais teintée d'amertume.

— Pour être franc, ce n'est pas ainsi que j'avais imaginé l'accession à l'indépendance de l'Algérie, avait dit Pierre en levant son verre, j'avais rêvé de paix et de fraternité. Je suis un naïf, tous les regrets du monde n'y changeront rien. Levons tout de même nos verres à l'Algérie nouvelle !

— À l'avenir ! ajoutèrent Maurice et Rachel.

Pierre avait amené une bouteille de champagne, Giovanna avait préparé de l'orangeade pour les Messahoud, tout le monde leva son verre.

— Et je lève aussi mon verre à vous tous que je laisse ici, vous nous avez accueillis, Marie-Jeanne, André et moi, avec tant de générosité et d'amitié que j'ai le sentiment de vous abandonner dans la tourmente et de vous laisser tomber.

Zayn traduisit pour sa mère ce que venait de dire Pierre. Ahmed allait dire quelque chose, mais Bouchra le devança, elle parla en arabe. Zayn était ému, il avait la gorge serrée, il ne pouvait pas parler. C'est Rachel qui se fit traductrice :

— Bouchra vous dit que Zayn a eu beaucoup de chance parce qu'il a rencontré des gens qui l'ont aimé comme leur propre fils sans jamais rien lui demander, parce qu'ils avaient la bonté en eux. Elle dit aussi que la bonté habite les trois garçons et qu'ils doivent faire attention à ne pas la laisser partir, il faut qu'ils la gardent toujours au fond de leur cœur.

Madame Messahoud souriait ; depuis la mort de Belkacem, aucun sourire n'était venu illuminer son visage.

**Les Amar**

Pour la première fois depuis des mois, les Amar étaient sortis flâner un peu dehors. La journée avait été caniculaire, il était bien agréable de respirer un peu dans la douceur du soir. Zayn était là, avec Jean-Jacques. Les deux garçons, faisant fi des recommandations de leurs parents, avaient passé l'après-midi à tirer sur les avirons sur le plan d'eau du Rowing-club. Ils avaient décidé de se muscler les épaules. C'était gratuit, il n'y avait qu'à prendre un bateau, le mettre sur l'eau et ramer droit devant soi vu que tout le monde était parti, même le gardien. Au début, ils avaient eu un peu de mal à aller tout droit et à coordonner leurs mouvements, mais ils pouvaient se vanter d'avoir passé un très bel après-midi. En ce mois de juin, ils n'étaient pas nombreux les jeunes inconscients qui prenaient du bon temps à Alger. Le soir, Zayn était resté dîner chez les Amar.

Deux jours plus tôt, le 17 juin, l'OAS avait fait savoir qu'elle suspendait ses actions terroristes à l'encontre des populations musulmanes. Les fous furieux de l'organisation secrète d'extrême droite ne s'opposaient plus au départ des Européens qui souhaitaient gagner la métropole. Ce discret accord passé par un des leaders de l'OAS avec le FLN ne valait que pour Alger ; ailleurs en Algérie, massacres, enlèvements et règlements de compte continuaient de plus belle. Les Algérois qui jusque-là avaient hésité à partir par peur des représailles s'en allaient ; dans les ports français où ils arrivaient, ils étaient les « rapatriés d'Algérie ».

Des flots ininterrompus de candidats au départ descendaient vers les quais et la gare maritime ; c'était un cortège de gens accablés, écrasés par le malheur de l'exil. Ils emportaient leurs maigres biens dans une ou deux valises, ils étaient livrés à eux-mêmes, rien n'était prévu pour les aider ou les secourir. Ils s'étaient crus plus Français que les Français, mais voilà, la France tournait la tête pour ne pas voir leur détresse.

Les Amar et Zayn étaient appuyés à la rambarde du boulevard Anatole-France, en haut de l'escalier qui descendait vers le port. Ils regardaient, le cœur serré, tout ce malheur défiler en contrebas du boulevard.

— Les parents de Brigitte vont partir aussi, ils n'ont plus confiance, ils voulaient rester, mais l'Algérie indépendante leur fait peur.

Zayn était plus résigné que triste, la belle histoire dont il avait rêvé n'irait pas plus loin, la tourmente de l'indépendance l'avait saccagée.

— Ça va prendre du temps, commenta Maurice, ça ne va pas se faire en un jour, il y aura encore beaucoup de morts, mais la paix finira par s'imposer en Algérie. Ensuite, viendra peut-être le temps du pardon…

— Sûrement pas, Maurice, répondit Zayn, je ne pourrai jamais oublier que mon frère Chérif a été tué par l'armée française, ni ce que la police a fait subir à mes sœurs, ni que Belkacem a été assassiné par l'OAS…

Il y avait de la colère dans la voix de Zayn ; Maurice dut préciser sa pensée :

— Il ne s'agit pas d'oublier, Zayn, les offenses et les crimes sont ineffaçables, mais il faut cesser de haïr, parce qu'on ne peut pas vivre dans la haine et le ressentiment. C'est ça le pardon : choisir la vie, se souvenir, mais faire taire la colère et le désir de vengeance.

— Ça va être difficile, fit remarquer Rachel.

— Trouver la voie du pardon pour maintenir la paix demande l'effort de tous, il faut être attentif aux autres, essayer de les connaître, de les comprendre, et si on n'arrive pas à les aimer, il faut au moins les respecter. Il est bien plus simple de faire la guerre.

— Il faudra que tu expliques ça à ces gens qui partent en France en laissant toute leur vie derrière eux, dit Jean-Jacques à son père.

Résignée, la foule attendait pour pénétrer à l'intérieur de la gare maritime.

— Ils ont de la rancœur, ils ne sont pas près de pardonner, dit Rachel comme pour faire écho à son fils.

— En Algérie non plus, personne n'est prêt pour le pardon, ajouta Zayn. Sauf ma mère, peut-être…

Les derniers rayons du soleil faisaient flamboyer la mer, deux remorqueurs emportaient un paquebot chargé de « rapatriés » dans l'axe de la passe entre la grande jetée nord et le quai charbonnier. Avant de s'élancer vers la rade, il fit longuement mugir sa sirène de brume dans le soir qui s'avançait sur Alger ; c'était déchirant de tristesse pour les uns, mais un signal de grande joie et d'espérance pour les autres.

# Épilogue

**« Ce que nous avons entendu, ce que nous savons,**
**Ce que nos pères nous ont raconté,**
**Nous ne le cacherons point à leurs enfants. »**
**(Psaume 78)**

Rizlène avait fini par s'endormir. Claire était nerveuse, elle s'en voulait. Qu'allait-elle faire à Alger ?

Il n'était plus temps de regretter, la caravelle d'Air France amorçait sa descente vers Dar El Beïda, qu'autrefois on appelait Maison-Blanche.

De l'autre côté de l'allée centrale, André referma le second tome de l'*Histoire de la révolution russe* de Trotski qu'il était en train de lire, il s'y replongerait plus tard. Si lui aussi était inquiet de ces retrouvailles avec l'Algérie, il n'en laissait rien paraître.

Tout était la faute de ce grand jeune homme qui aurait bientôt vingt ans. Il était maintenant étudiant en histoire et militait activement à l'extrême gauche. C'était lui qui avait eu l'idée. Aussitôt les deux autres avaient pris le relais, inondant Claire de courriers et d'invitations enthousiastes : malgré l'éloignement, ceux qui avaient été les trois inséparables du lycée Bugeaud réussissaient à entretenir une belle complicité.

Jean-Jacques et Zayn avaient aussitôt écrit à leur ancienne professeure d'anglais qu'ils seraient tellement heureux de la revoir et de faire enfin la connaissance de la petite Rizlène. Sa fille devait aussi absolument découvrir son autre patrie et son autre famille, rencontrer ses grands-parents algériens, ses tantes Attifa et Zohra et, bien sûr, son oncle Zayn.

Rachel et Maurice Amar avaient tout de suite considéré comme acquis qu'elle viendrait, ils étaient ravis, renouer pour quelques jours avec le monde « d'avant » n'était pas anodin. De leur côté, Marie-Jeanne et Pierre Lagadec avaient gentiment insisté pour qu'elle accompagnât André. Ils étaient devenus ses amis les plus proches, elle n'avait pas voulu les froisser.

C'était une vraie conspiration : Claire avait fini par céder, mais maintenant, alors qu'elle allait bientôt atterrir à Alger, elle regrettait, elle se reprochait d'avoir manqué de volonté. La page était tournée, pourquoi y revenir, faire à nouveau saigner de vieilles blessures ? Sa vie avait pris un autre cours, il ne servait à rien de ressasser ces années passées, il valait mieux essayer d'oublier.

Le voyage à Alger était le cadeau que parents et grands-parents faisaient à André pour la réussite à sa seconde partie de baccalauréat l'année précédente, en juin 1963.

Le tout nouveau bachelier avait dû attendre une année pour organiser ce retour à Alger, parce qu'à l'été 1963 le calme n'était toujours pas revenu là-bas. Le pays était au bord du chaos. L'heure était aux règlements de comptes, les différentes factions indépendantistes s'affrontaient les armes à la main, tandis que les harkis – les supplétifs de l'armée française – abandonnés à leur triste sort étaient massacrés par milliers.

L'heure n'était pas encore propice au tourisme.

En juillet 1964, tout n'était pas rentré dans l'ordre, tant s'en fallait. La création, ex nihilo, d'un État moderne s'avérait plus compliquée que prévu. À Alger le pouvoir demeurait fragile et instable, la désorganisation restait totale, mais la sécurité publique était, désormais, à peu près assurée, on ne risquait plus de se faire écharper dans les rues. Il devenait donc possible de se rendre en Algérie.

Obtenir papiers et autorisations nécessaires n'allait pas de soi, mais à cœur vaillant rien d'impossible : Julie Baker connaissait toutes les combines pour contourner les obstacles administratifs susceptibles d'entraver le voyage de son jeune amant. Monsieur Lagadec, tout jeune retraité de la marine, s'était aussi mis en quatre pour aider son fils à réaliser ce projet de voyage qui lui tenait tant à cœur.

De haute lutte, André avait donc réussi à obtenir des visas temporaires pour Claire et sa fille et pour lui-même. Ce serait trois semaines loin de Julie, mais trois semaines avec Jean-Jacques et Zayn à retrouver « un certain goût d'Alger » en arpentant les rues et les lieux de son adolescence.

Bon sang, qu'ils avaient changé ! Claire ne les avait pas vus depuis quatre ans. Elle avait quitté des gringalets et c'étaient de jeunes hommes qu'elle retrouvait après avoir franchi le comptoir de la douane. Jean-Jacques avait désormais un peu du charme ténébreux d'un Monty Clift dans *Le Bal des maudits* d'Edward Dmytryk, Zayn était large d'épaules, bâti comme son père, mais avec un visage sérieux et grave où flottait toujours un étonnement d'enfant émerveillé. C'était indéniable, Claire retrouvait quelque chose de Belkacem dans son ancien élève qui ouvrait grand ses bras pour l'accueillir, elle était troublée. Claire fut émue de voir les garçons s'embrasser comme des frères trop longtemps séparés et qui étaient tout près de fondre en larmes tant ils étaient bouleversés par ces retrouvailles.

Zayn avait espéré que les parents Lagadec pourraient venir aussi. Il n'était plus ce garçon timide qui ne se sentait à sa place ni chez les roumis ni chez les siens, mais il gardait toujours, tout au fond de lui, cette admiration secrète pour Marie-Jeanne.

Ils s'entassèrent dans la vieille Citroën du père Yborra – en s'en allant, il l'avait laissée à Ahmed avec la boulangerie. Zayn conduisait, Rizlène était méfiante, elle ne lâchait sa mère que pour se réfugier dans les bras d'André, ces deux types devant qu'elle ne connaissait pas et qui n'arrêtaient pas de parler et de rire ne lui disaient rien qui vaille.

Il fallait procéder dans l'ordre : d'abord, déposer Claire et Rizlène rue Ahmed Bouzrina – anciennement rue de la Lyre – chez Rachel et Maurice. Jean-Jacques laissait sa chambre à son ancienne professeure et à sa fille. Le temps de leur séjour à Alger, il irait dormir avec ses deux grands copains à Bologhine – que tout le monde continuait d'appeler Saint-Eugène – chez Giovanna Guivarch. Elle était ravie d'accueillir ces trois pensionnaires, ils avaient tant compté dans les dernières années de René.

— Vous voilà enfin revenus ! s'était écriée Rachel en serrant Claire dans ses bras et en embrassant André comme du bon pain.

Elle pleurait.

C'était bien peu dire qu'elle était heureuse de les voir arriver, elle retrouvait un peu de ce temps d'avant qu'elle regrettait. Entre les pénuries de toutes sortes, la désorganisation de la vie quotidienne due au départ des Français et l'instabilité politique, ces premiers temps de l'indépendance n'avaient pas été faciles à vivre pour ceux qui avaient décidé de rester à Alger.

— On finissait par se dire que vous nous aviez oubliés, avait rajouté Maurice qui cachait son trouble du mieux qu'il pouvait.

— Vous oublier? Ce serait oublier l'Algérie! Vous savez bien que c'est impossible! avait dit André lui aussi très ému.

Rachel et Maurice avaient souri. Ils étaient un peu déçus parce que Claire ne disait rien. Ils s'attendaient à des retrouvailles joyeuses et pleines d'enthousiasme avec la jeune femme, mais son silence les troublait. Rizlène s'était réfugiée dans les bras de sa mère.

Ensuite, les garçons étaient partis en ville; c'était prévu de longue date.

Un jour de juillet en plein après-midi à Alger, il valait mieux marcher du côté ombreux des rues. Pour André, c'était un ravissement, il retrouvait, sa ville, les odeurs, la lumière, la chaleur accablante, le désordre, le bruit qui lui avaient tant manqué ces trois dernières années. Le décor était le même, hormis le nom des rues qui avait changé, la ville pouvait donner l'illusion de continuer d'exister en passant pour profits et pertes les convulsions des années de la guerre.

Pourtant, plus rien n'était comme avant. Deux années après l'indépendance, Alger avait fait sa mue. Les Musulmans avaient pris possession des lieux. Ils étaient chez eux, maintenant. Rue Larbi Ben M'hidi – l'ancienne rue d'Isly – ou rue Didouche Mourad – l'ancienne rue Michelet –, on voyait encore, ici ou là, un couple d'Européens, mais ce cœur battant de l'Algérie coloniale était devenu arabe. Le verbe haut, la faconde imagée du pataouète des pieds-noirs avait laissé la place au darja, au kabyle et au mélange pittoresque du français et de l'arabe populaire.

Des femmes voilées drapées dans leurs haïks tout blancs côtoyaient sur les trottoirs des filles plus jeunes, vêtues à l'européenne, des vieux en turbans et burnous buvaient du thé aux terrasses des cafés, d'autres, sans le sou faute de travail, attendaient à l'ombre des arcades que le destin leur fasse signe.

Beaucoup de magasins avaient encore leur rideau baissé, et les traces de la sauvagerie qui avait ensanglanté Alger deux années plus tôt étaient encore visibles partout. La guerre hantait encore toutes les consciences.

Les ex-lycéens ne pouvaient faire moins que de traverser l'ancienne place Jean-Mermoz, d'y saluer leur ancien lycée devenu le lycée Émir Abdelkader, avant d'aller retrouver le parapet de l'ancien boulevard Amiral-Pierre où ils s'attardaient autrefois, après les cours, pour regarder la mer et rêver. Ni Anita, ni Josiane, ni Brigitte ne leur avaient donné de leurs nouvelles, elles devaient vivre quelque part en France, à tout jamais nostalgiques, comme tous les pieds-noirs, de cette Algérie que l'éloignement leur ferait peindre bientôt comme un paradis perdu. Sans doute avaient-elles rencontré d'autres garçons, sans doute n'éprouvaient-elles plus qu'une tendresse amusée pour leurs amourettes passées.

Eux aussi avaient tourné la page, leurs vies amoureuses s'étaient enrichies d'autres rencontres, d'autres espoirs. Jean-Jacques et Zayn enviaient André : non seulement l'Anglaise, Julie Baker était belle, mais elle était surtout très libre.

Les deux Algériens du trio avaient passé leur second bac en même temps qu'André. Le cordon n'avait pas encore été coupé entre l'Éducation nationale française et le ministère de l'Éducation de la République algérienne, les examens se ressemblaient encore beaucoup des deux côtés de la Méditerranée. Zayn s'était lancé à corps perdu dans des études de médecine, Jean-Jacques faisait de la physique et des mathématiques. Tous les deux avaient dans l'idée de venir un jour poursuivre leurs études en France.

Le soir, chez Giovanna, après que la vieille dame fut couchée, ils parlèrent encore pendant des heures en fumant, assis dans ce jardin où cactus et succulentes se souvenaient de René. Ils n'auraient pas été étonnés qu'il vînt s'asseoir avec eux, sous les étoiles, pour leur raconter une de ses vieilles histoires d'autrefois.

— Si le patron Yborra revient et qu'il y a quelqu'un qui habite chez lui, qu'est-ce qu'il va dire ? Il sera pas content, le patron…

— Le père Yborra ne reviendra jamais, les pieds-noirs sont partis pour toujours, Ahmed, vous pouvez laisser votre fille s'installer dans l'appartement au-dessus de la boulangerie.

— Les pieds-noirs ne reviendront jamais, mais le patron Yborra c'est pas un pied-noir, c'est un boulanger. Maintenant que c'est plus calme à Alger, il va rentrer chez lui… c'est sûr !

— C'est fini, Ahmed ! On ne reviendra pas en arrière.

Attifa traduisait la conversation pour sa mère. La sœur aînée de Zayn voulait se marier, mais elle ne pouvait pas cohabiter avec son mari dans les deux pièces où s'entassaient les Messahoud. Alger manquait cruellement de logements, Attifa guignait l'ancien appartement du père Yborra qui restait inoccupé. Pour Ahmed, c'était sacrilège.

Zayn avait pris le parti de sa sœur, il avait plaidé, mais son père l'avait à peine écouté, il n'avait rien voulu savoir ; alors, en désespoir de cause, Attifa s'était tournée vers Maurice que son père tenait en haute estime bien qu'il fût juif. Mais Maurice n'avait pas eu plus de succès. Ahmed était aussi têtu que fidèle, celui qui avait été beaucoup plus que son patron lui manquait, il ne se résignait pas. Garder ce logement vide c'était une manière d'entretenir l'illusion d'un retour possible du père Yborra et revenir au temps de cette amitié inavouable qui les liait tous les deux.

Rachel et Maurice étaient chez Giovanna avec les Messahoud. Attifa et Zohra, les deux sœurs de Zayn, étaient là aussi. On discutait en attendant Rizlène et sa mère, elles étaient arrivées la veille. Ahmed et Bouchra étaient tendus, ils allaient faire connaissance avec leur petite-fille et avec cette Européenne qui avait aimé Belkacem en secret alors qu'eux deux restaient sans nouvelles de leur grand fils. Ils en avaient très envie, mais ils redoutaient ce moment de vérité.

Les garçons étaient partis en voiture, ils ramèneraient Claire et sa fille après la sieste de Rizlène. La petite était un peu sauvage, elle n'était pas habituée à cette chaleur accablante qui pesait sur Alger au mois de juillet. La veille au soir, Rachel et Maurice avaient eu bien du mal à amadouer un peu la fillette qui allait passer ces trois prochaines semaines chez eux. Elle n'avait pas lâché sa mère.

Claire aussi était nerveuse. Elle se souvenait de ce fameux couscous, dans cette même maison de Saint-Eugène quelques années auparavant quand elle croyait encore à un avenir possible au côté de Belkacem, dans une Algérie apaisée et réconciliée. Claire se souvenait aussi que la mère de Zayn ne parlait pas français, que ce jour-là, elle n'avait pas voulu s'asseoir à table avec eux.

Pour sa part, Giovanna était sereine, depuis des mois elle rêvait d'embrasser la petite Rizlène. À son âge on allait à l'essentiel en évitant de se poser trop de questions, elle ne doutait pas un instant que tout allait se passer pour le mieux. Comme autrefois, elle avait voulu préparer des pâtisseries orientales pour le goûter, mais elle se sentait vieillir, Bouchra était venue l'aider.

Enfin ils traversèrent le jardin, Claire marchait entre Zayn et Jean-Jacques. Rizlène était dans les bras d'André, elle s'y était réfugiée, elle n'avait pas même fait un bisou aux deux autres, elle ne les connaissait pas, elle ne voulait pas.

Ce fut difficile. Claire embrassa Giovanna, mais se sentit très gênée devant les parents Messahoud : comment les saluer ? Finalement, elle ne leur offrit qu'une simple poignée de main, mais gratifia Attifa et Zohra d'un sourire peut-être un peu forcé. Quant à Rizlène, elle refusa tout net d'embrasser qui que ce soit et quand Bouchra lui tendit les bras, elle cacha son visage dans le cou d'André.

— Elle ne nous connaît pas, fit Giovanna, il faut lui laisser le temps de s'habituer.

Mais tous étaient gauches, empêtrés de timidité et de retenue, chaque fois qu'on essayait de dérider Rizlène, elle s'enfermait un peu plus dans son refus de voir quiconque.

Ahmed était tout pâle et ne savait ni quoi dire ni quoi faire. Bouchra était aussi désemparée, elle avait imaginé que sa petite-fille lui grimperait sur les genoux, qu'elle pourrait l'embrasser jusqu'à s'en user les lèvres et qu'elle retrouverait dans les sourires de Rizlène le reflet de Belkacem. Attifa et Zohra faisaient bonne figure, mais elles aussi étaient déçues pas l'attitude peu avenante de leur nièce.

Zayn et Jean-Jacques, pour échapper à la gêne ambiante, choisirent d'aller dans le jardin fumer une cigarette. André s'empressa de confier Rizlène à sa mère et fila dehors lui aussi. Ahmed et Maurice ne tardèrent pas à rejoindre les garçons.

— Ça sera plus facile entre femmes, fit remarquer Ahmed, on les gêne.

Maurice approuva d'un hochement de tête ; il n'aimait pas gêner. Les garçons regardaient la mer de l'autre côté du boulevard, sans rien dire ; ils avaient tout mis en œuvre pour que cette rencontre eût lieu, mais la suite ne dépendait pas d'eux.

— On pourrait aller à la plage demain ? demanda André pour faire diversion.

— On pourrait, répondit Jean-Jacques.

— C'est plus comme avant, compléta Zayn, on ferait mieux d'aller au Rowing-club, il y a encore de la bonne musique là-bas… et on ferait de l'aviron.

Attifa et Zohra vinrent les chercher, Giovanna avait servi le goûter. Les deux filles étaient radieuses, il avait dû se passer quelque chose.

Quand ils entrèrent, Rizlène était sur les genoux de Bouchra. La grand-mère avait encore la larme à l'œil, elle chuchotait quelque chose à l'oreille de la petite fille qui babillait en riant ; c'était à croire que la barrière de la langue était vaincue, qu'elles se comprenaient.

Ahmed sorti, Bouchra n'avait pas pu retenir ses larmes ; intriguée de voir une adulte pleurer, Rizlène avait tendu un bras vers elle. Bouchra avait saisi cette petite main de la consolation, un sourire tout simple, mais lumineux, avait fait le reste.

Giovanna était à sa droite, elle rayonnait de bonheur. La glace était rompue, Claire était soulagée, peut-être était-elle heureuse ; elle souriait, c'était la première fois depuis qu'elle était de retour à Alger. À leur tour, les hommes s'assirent, la paix pouvait venir, elle serait la bienvenue, on l'installerait au centre de la table.

— Je trouve ce moment très beau, chuchota André aux deux autres.

— Oui, ajouta Jean-Jacques, tu as raison, c'est très beau.

Zayn ne put rien dire tant il était ému, il n'allait quand même pas pleurer devant tout le monde… Et puis si, finalement, il pleura.

24/02/2022

**Ce roman aurait pu commencer ainsi…**

Le président du Conseil hésite.

La situation est déjà bien assez compliquée, le remède risque d'être pire que le mal : est-ce bien utile d'aller agiter un nouveau chiffon rouge devant les masses arabes au risque de faire basculer toute la population musulmane dans la rébellion ouverte ? Guy Mollet sait aussi qu'il lui faudrait affronter la réprobation internationale. La répression en Algérie ne grandit pas la France aux yeux du monde. Cette terre arabo-musulmane peut-elle rester soumise à une petite minorité d'origine européenne, alors que partout dans le monde les peuples colonisés accèdent à l'indépendance ?

Le chef du gouvernement a été élu pour mettre un terme aux tragiques « événements d'Algérie » : n'a-t-il pas dit de la guerre qui flambe là-bas depuis novembre 1954 qu'elle était « imbécile et sans issue » ? Mais il était en campagne électorale. Il est maintenant sous pression…

Au mois de mai, l'embuscade de Palestro en Kabylie a coûté la vie à vingt soldats du 9e régiment d'infanterie coloniale. En France comme chez les Européens d'Algérie, l'émotion est immense. Parmi les morts il y avait des appelés du contingent ; leurs corps ont été retrouvés horriblement mutilés. La droite et une grande partie de la gauche exigent du gouvernement qu'il fasse preuve de fermeté et qu'il rétablisse l'ordre. Guy Mollet n'a pas les moyens politiques de résister aux injonctions de l'opinion publique.

À Alger, c'est l'hystérie. Les partisans les plus durs de l'Algérie française tiennent le haut du pavé, ils manifestent bruyamment et refusent toutes perspectives de négociations. À chaque coup de main des

Musulmans indépendantistes, le gouvernement est conspué, traîné dans la boue. Les quotidiens d'Afrique du Nord sont le jouet du lobby colonial qui ne cesse de jeter de l'huile sur le feu. Les Européens ultras réclament des têtes, ils veulent que les décisions de justice soient immédiatement exécutées. Ils en appellent à une volonté et à une détermination sans faille du gouvernement pour venir à bout de cette révolte.

Autour de la grande table du Conseil, chacun des ministres concernés est appelé d'un seul mot à donner son avis : faut-il ou non exécuter les nationalistes algériens condamnés à mort et détenus dans les prisons d'Alger, de Constantine ou d'Oran ?

Max Lejeune, secrétaire d'État chargé des opérations de maintien de l'ordre en Algérie, est « pour ». C'est un dur, un partisan convaincu de l'Algérie française farouchement opposé à la moindre concession.

Robert Lacoste, le ministre résident en Algérie, un autre forcené de la répression à outrance, est « pour » lui aussi.

Le ministre de la Défense nationale, Maurice Bourgès-Maunoury, n'est pas entré au gouvernement pour prendre des demi-mesures, il est convaincu de parvenir à mater l'insurrection par la force ; il est « pour », évidemment.

Le ministre de la France d'outre-mer, Gaston Deferre, est « contre ».

Le ministre d'État sans portefeuille, Pierre Mendès France, est « contre » également.

Alain Savary, un socialiste né en Algérie, ancien de la France Libre devenu secrétaire d'État chargé des affaires tunisiennes et marocaines, est « contre ».

François Mitterrand, garde des Sceaux, s'exprime le dernier. Son avis est prépondérant, car il est aussi, de droit, le vice-président du Conseil supérieur de la magistrature. Si c'est au président de la République qu'il revient de gracier, ou non, un condamné à la peine capitale, l'avis du ministre chargé de la justice est décisif; Mitterrand est « pour ». Il n'a pas hésité.

C'est le tribunal permanent des forces armées qui a prononcé les peines de mort. En Algérie, la justice, le droit et les grands principes de la République ont été mis en quarantaine depuis l'octroi des « pouvoirs spéciaux » au gouvernement au mois de mars 1956. Tout est permis, même l'invraisemblable.

À l'aube du 19 juin, Ahmed Zabana et Abdelkader Ferradj sont les deux premiers nationalistes algériens à être guillotinés dans la cour de la prison Barberousse.

Dans les jours qui suivent, on ne compte pas moins de vingt et un attentats à Alger. Sept Européens y perdent la vie. En réponse à cette première vague de terrorisme, le 10 août, des militants ultras de l'Algérie française déposent une bombe de forte puissance devant l'entrée d'un bain maure rue de Thèbes dans la Casbah. On relève quatre-vingts morts et cinquante blessés : tous Musulmans.

La République vient d'entamer une terrifiante descente aux enfers....

**… mais cette narration aurait été très différente… Peut-être l'écrirai-je un jour.**

## L'auteur paie ses dettes…

Les femmes et les hommes qui ont connu l'Algérie de ces années-là avancent en âge, beaucoup ont déjà disparu. Quant aux enfants témoins de ces temps de troubles et de violences extrêmes, ils sont pour le moins devenus septuagénaires : avant que le temps ne nous ait tous engloutis, j'ai éprouvé le besoin de revenir sur toutes ces bribes de souvenirs, tous ces détails improbables, ces traces diffuses et incertaines qui restent présentes à ma mémoire. L'Algérie de ce temps-là est devenue, par la force des choses et du temps qui passe, un territoire imaginaire qu'il m'est permis, après beaucoup d'autres romancières et romanciers, d'explorer.

Ce livre doit beaucoup à Annie, mon indispensable boussole dans cette grande et incertaine traversée qu'est la rédaction d'un roman. J'ai bien conscience que, sans l'affection et le soutien de mes proches, ce livre ne serait resté qu'un projet entamé, mais jamais abouti.

*Un certain goût d'Alger* n'est surtout pas un livre d'histoire, mais une fiction qui s'inscrit, aussi précisément que possible, dans la trame compliquée de la marche vers l'indépendance du peuple algérien. Le romancier que je suis a puisé à pleins bras dans le travail patient et minutieux des nombreux historiennes et historiens qui se sont employés à éclairer et à ordonner la complexité de la tragédie de cette guerre d'Algérie qui ne finit pas de nous hanter. Ce livre doit beaucoup à la diversité de leurs travaux.

Cependant, quelques éléments de cette histoire s'ancrent dans ce que fut, pour moi, la réalité de cette fin tragique de l'Algérie coloniale. Le *Cap-Ferrat*, bateau de servitude de la marine, a bien existé, il avait son poste d'amarrage à l'entrée de la darse de l'Amirauté, il n'était pas commandé par le maître principal Pierre Lagadec, mais par mon père, le maître principal Paul Cojan. J'allais à l'école des garçons de la rue Lazerges tout à côté du collège technique des jeunes filles et j'ai aussi en partie restitué l'ambiance des réunions amicales des dimanches après-midi à Saint-Eugène chez les Guivarch tels qu'ils ont survécu dans ma mémoire.

Dès qu'on se mêle d'en rendre compte, le passé devient forcément une recomposition infidèle et partiale. Il y a mille et une façons d'envisager et de raconter l'épouvantable tragédie qu'a été la guerre d'Algérie, mais le temps est venu, non pas du repentir qui ne veut rien dire, mais de la lucidité. Il ne peut être question d'abolir les fautes, d'effacer les crimes ou de faire taire la mémoire, mais il est indispensable d'en finir avec la haine, d'oublier la rancune et d'apaiser la colère. Il faudra encore beaucoup de courage et de volonté, aux uns comme aux autres, pour cheminer vers une vérité qui n'en finit jamais de se dérober.

J'avais neuf ans quand, avec mes parents, nous avons quitté Alger, j'y ai vécu heureux et plein d'insouciance sous le soleil et les pieds dans l'eau ; j'étais assez peu préoccupé par les événements et la guerre qui nourrissaient les peurs, les hantises et, parfois, l'enthousiasme déraisonnable des adultes. Les infidélités de la mémoire étant ce qu'elles sont, je dois donc à mon ami Pierre Yborra – il avait 20 ans en 1962 – de m'avoir tenu la main pour me conduire, comme un grand frère, dans les rues d'Alger au cours de ces dernières années de la colonisation. Je dois aussi à Djamila Loumis, écrivaine algérienne, de m'avoir suggéré, avec tact et délicatesse, bien des corrections au fur et à mesure que je lui soumettais l'avancée de ce roman. Je dois aussi à mon plus qu'ami Frédéric Teboul quelques informations capitales sur la vie d'une famille juive laïcisée d'Algérie.

Comme pour mes autres livres, le soutien de Christophe Prat, mon éditeur, a été déterminant, il a veillé sur la genèse de ce livre et a accompagné de toute sa bienveillance chacune des étapes de sa rédaction.

## Et pour finir, quelques repères chronologiques

Je n'ai pas écrit une histoire de la guerre d'Algérie, mais un roman qui a pour cadre l'Algérie entre les années 1956 et 1964. Il n'est pas question pour moi de décliner une chronologie complète des dates marquantes de ce drame épouvantable, je me borne à rappeler ici quelques-uns des événements de la tragédie algérienne évoqués dans cette fiction.

**1956 – L'année de « la guerre imbécile et sans issue »**

19 juin : Ahmed Zabana et Abdelkader Ferradj sont les deux premiers nationalistes algériens à être guillotinés dans la cour de la prison Barberousse. Début des attentats individuels contre les Européens d'Alger.

26 juillet : Le colonel Nasser annonce la nationalisation du canal de Suez.

28 juillet : Roger Walkowiak remporte le Tour de France. Roger Pierre et Jean-Marc Thibault chantent *À Joinville-le-Pont*, et Lucienne Delyle *Fleur de mon cœur*. L'Algérie est loin, la chanson se veut légère. Pourtant, depuis avril, on rappelle les « libérés », le service militaire est porté à 30 mois, il n'y a pas moins de 400 000 soldats français en Algérie.

En dehors de la chanson de Boris Vian *Le Déserteur*, la variété française ne s'engage pas contre la guerre d'Algérie. Strictement censurée en France, cette chanson est plus intolérable encore dans la bouche des soldats français déployés en Algérie : un simple fredonnement de l'air par un soldat peut être puni de plusieurs semaines de prison.
10 août : Attentat contre-terroriste perpétré par des ultras, rue de Thèbes, dans la Casbah ; 80 Musulmans sont tués, 50 sont blessés.
30 septembre : Premiers attentats à la bombe à Alger. Le FLN pose deux engins explosifs au Milk-Bar et un autre à la Cafétéria. Quatre Européens sont tués, une soixantaine d'enfants blessés.
22 octobre : Détournement en plein ciel de l'avion des dirigeants extérieurs du FLN : Ahmed Ben Bella, Hocine Aït Ahmed, Mohamed Khider, Mohamed Boudiaf et Mostefa Lacheraf.
23 octobre : Début de l'insurrection hongroise. Internationalisation du conflit algérien.
29 octobre-7 novembre : Calamiteuse expédition de Suez. Débarquement franco-britannique à Port-Saïd en Égypte. Victoire militaire sans lendemain des coalisés, mais victoire politique pour l'Égyptien Nasser.
28 décembre : Assassinat d'Amédée Froger à Alger.
29 décembre : Ratonnade de grande ampleur lors de ses obsèques.

**1957 – L'année de la défaite morale et politique**

7 janvier : Début de « la bataille d'Alger ». Les parachutistes traquent les terroristes dans la Casbah et tous les bidonvilles qui ceinturent Alger. Les militaires pratiquent la torture pour faire parler les femmes et les hommes suspectés d'avoir aidé, d'une façon ou d'une autre, les indépendantistes.

11 février : La grâce présidentielle refusée, Fernand Iveton est guillotiné.
4 mars : Annonce du « suicide » de Larbi Ben M'hidi, commandant FLN de la zone autonome d'Alger.
26 mars : Annonce du « suicide » d'Ali Boumendjel, membre du Conseil mondial de la paix, proche du Parti communiste algérien, très populaire dans tout le monde arabe.
21 mai : Chute du gouvernement Guy Mollet. François Mitterrand n'est plus garde des Sceaux, il n'est pas appelé à constituer le nouveau gouvernement.
9 juin : Attentat FLN au casino de la Corniche à Alger. Huit morts, une centaine de blessés.
11 juin : Ratonnades aux obsèques des victimes de l'attentat de la corniche. Arrestation de Maurice Audin.
20 juillet : Jacques Anquetil remporte son premier Tour de France. Eddie Constantine chante *Cigarettes, Whisky et p'tites pépées*. 500 000 hommes crapahutent dans les djebels, il vaut mieux essayer de penser à autre chose qu'à la guerre d'Algérie.
24 septembre : Arrestation de Yacef Saâdi, responsable FLN de la zone autonome d'Alger.
Octobre : fin de « la bataille d'Alger ». Environ 3 000 morts ou disparus chez les Algériens ; tous n'étaient pas membres du FLN, tant s'en fallait. Le terrorisme indépendantiste avait fait pour les années 1956 et 1957 sur l'ensemble du territoire algérien environ 300 morts côté français d'Algérie.
26 décembre : Assassinat d'Abane Ramdane au Maroc sur ordre d'une des factions du FLN. Le mouvement indépendantiste change d'orientation.

**1958 – L'année de la grande illusion**
8 février : L'aviation française bombarde le village tunisien de Sakiet Sidi Youssef.

12 février : Parution de *La Question* d'Henri Alleg.
15 avril : Chute du gouvernement Félix Gaillard; vacance prolongée du pouvoir.
10 mai : Communiqué du FLN annonçant le jugement et l'exécution de trois soldats français en réponse aux exécutions capitales perpétrées à l'encontre des militants FLN.
13 mai : Les manifestants s'emparent du Gouvernement général. Formation d'un « Comité de salut public » présidé par le général Massu.
14 mai : Appel au général de Gaulle par le général Salan au nom du « Comité de salut public ».
1er juin : À Paris, investiture du gouvernement de Gaulle.
4 juin : Le général de Gaulle à Alger : « Je vous ai compris ».
2 juillet : Nouveau voyage du général de Gaulle à Alger.
19 juillet : Charly Gaul remporte le Tour de France. Édith Piaf fait tourner la France sur *Mon manège à moi* et Charles Trenet chante *L'Âme des poètes*; la chanson française continue d'ignorer la guerre d'Algérie.
28 septembre : Référendum portant sur la constitution de la Ve République.
23 octobre : Conférence de presse du général de Gaulle qui offre « la paix des braves », repoussée deux jours plus tard par le FLN.
12 décembre : Le général Challe devient commandant en chef des troupes stationnées en Algérie. Intensification de la lutte contre l'Armée de libération nationale.
21 décembre : Le général de Gaulle est élu président de la République.

**1959 – L'année du marteau-pilon**

24 janvier : Le général Salan, nommé gouverneur militaire de Paris, quitte l'Algérie.

25 mars : Conférence de presse du général de Gaulle : « L'Algérie est en question, son destin politique apparaîtra dans le suffrage de ses enfants ».

29 avril : Le général de Gaulle répond à une interview pour *L'Écho d'Oran* : « L'Algérie de papa est morte ».

Juillet : Début de l'opération Jumelles en Kabylie : 60 000 soldats français et harkis sont engagés dans une opération de « ratissage » de grande envergure. L'armée française tente d'éliminer tous les foyers de rébellion en Algérie.

18 juillet : Federico Bahamontes remporte le Tour de France. Sacha Distel chante *Des pommes, des poires et des scoubidous*, on continue de s'amuser et de rire malgré ce qui se passe de l'autre côté de la Méditerranée. Sans doute préfère-t-on ne pas savoir ?

29 juillet : Assassinat par les parachutistes d'Aïssat Idir, leader syndicaliste algérien.

27 au 30 août : Tournée des « popotes » : le général de Gaulle vient en Algérie prendre le pouls de l'armée.

16 septembre : Discours du général de Gaulle : il se prononce pour l'autodétermination et annonce la tenue prochaine d'un référendum.

**1960 – L'année du doute**

18 janvier : Annonce du rappel du général Massu en métropole.

24 janvier : Début de la semaine d'émeutes, dite « semaine des barricades », opposant les Français d'Algérie à la police et à l'armée françaises.

2 février : L'Assemblée nationale vote les pouvoirs spéciaux, pour un an, à l'usage de l'exécutif.

2 juin : Tribune de Simone de Beauvoir en soutien à Djamila Boupacha dans *Le Monde*. En métropole, premières grandes mobilisations contre la guerre d'Algérie.
29 juin : Échec des premiers pourparlers de paix (à cause du Sahara entre autres).
17 juillet : Gastone Nencini remporte la 47e édition du Tour de France. Serge Gainsbourg chante *Le Poinçonneur des Lilas*, et Henri Salvador, *Faut rigoler*... Tout un programme !
10 décembre : Premières manifestations de la population algérienne en faveur du FLN. S'ensuit une répression sanglante, notamment à Alger.
12 décembre : Saccage et incendie de la grande synagogue d'Alger.

**1961 – L'année du bras de fer**

8 janvier : Référendum sur la proposition d'autodétermination du général de Gaulle.
17 mars : Nouveaux pourparlers entre le gouvernement français et le FLN.
11 février : Constitution de l'OAS (Organisation de l'armée secrète) par les leaders d'extrême droite en exil à Madrid.
22 au 24 avril : Tentative de putsch, à Alger, par un « quarteron de généraux à la retraite ».
5 mai : Des militaires putschistes rejoignent l'OAS. L'organisation est mise sur le pied de guerre et change de dimension.
20 mai : Ouverture de négociations à Évian.
13 juin : Suspension des négociations d'Évian.
16 juillet : Jacques Anquetil remporte son second Tour de France. Dario Moreno chante *Brigitte Bardot*, et Johnny Hallyday, *Viens danser le Twist*... En 1939, on chantait *Tout va très bien, Madame la Marquise*.

8 septembre : Premier attentat de l'OAS contre le général de Gaulle à Pont-sur-Seine.
17 octobre : Manifestation et répression des Algériens à Paris.
23 octobre : À l'appel des partis de gauche, début d'une série de manifestations françaises contre la guerre d'Algérie.

**1962 – L'année où il fallut refermer la « boîte à chagrin »**

8 février : Manifestation anti-OAS à Paris à l'appel du Parti communiste et d'autres organisations de gauche. Huit morts au métro Charonne suite à l'intervention brutale de la police.
10 février : Ouverture d'un nouveau « round » de négociations aux Rousses.
26 février : Vague d'attentats OAS sans précédent contre la population musulmane.
7 mars : Ouverture de la deuxième conférence d'Évian.
18 mars : Signature des accords d'Évian portant sur le cessez-le-feu et le devenir des Français d'Algérie.
26 mars : Fusillade de la rue d'Isly. L'armée française tire sur les manifestants européens : 50 morts, 200 blessés.
Avril-juillet : Affrontements entre l'OAS et le FLN, les morts se comptent par centaines. Départ en masse des Européens et de 100 000 Juifs d'Algérie.
8 avril : Référendum en métropole. Les accords d'Évian sont approuvés à plus de 90 % par les Français.
1er juillet : Référendum sur l'autodétermination en Algérie. Approbation de l'indépendance par 99,72 % du peuple algérien.
5 juillet : Proclamation de l'indépendance de l'Algérie. Implosion du FLN, luttes farouches et manœuvres d'appareil pour s'emparer du pouvoir.

15 juillet : Jacques Anquetil remporte son troisième Tour de France. Autour des feux de camp, on chante *Santiano* en se prenant pour Hugues Aufray, Claude Nougaro conjugue savamment *Le Jazz et la Java*, tandis qu'Enrico Macias, avec *Adieu mon Pays*, rappelle aux Français, en vacances, qu'un million de pieds-noirs viennent d'arriver en France.
Août : Combats sanglants entre les différentes factions indépendantistes. Début des atrocités commises contre les harkis.
9 septembre : L'armée des frontières, commandée par le colonel Boumédiène, fait son entrée à Alger.

La guerre d'Algérie fut un drame épouvantable, 150 000 combattants du FLN, 100 000 civils algériens y perdirent la vie. 50 000 harkis furent massacrés ou disparurent dans les mois qui ont suivi l'indépendance. 30 000 jeunes soldats français payèrent de leur vie cet épisode dramatique de l'aventure coloniale de la France. 3 000 Européens d'Algérie furent tués lors d'attentats ou de coups de main de l'ALN, 3 500 autres furent enlevés et beaucoup d'entre eux ne furent jamais retrouvés, ni morts ni vivants.
D'un côté comme de l'autre, il y eut des blessés par dizaines de milliers, des corps abîmés et mutilés, des hommes, des femmes et des enfants acculés au désespoir, car il y eut plus encore de traumatismes et de blessures de l'âme que rien ne put jamais adoucir.
Un million de pieds-noirs et 100 000 Juifs d'Algérie furent contraints à l'exil.

#lisez! engagé
Pour plus d'information :
www.lisez.com
Imprimé sur du papier issu de forêts gérées durablement.

Achevé d'imprimer en Italie par Grafica Veneta SpA
en juin 2024

POCKET – 92, avenue de France, 75013 Paris

S34142/01